신작 구소설 연구

이 은 숙

국학자료원

책머리에

이 책은 신·구문학의 접점기에 창작된 구소설들을 대상으로 한 연구서이다. 필자가 처음 이들 신작 구소설을 대상으로 본격적인 연구를 한 이래 관심이 촉발되어 여러 연구자들이 새 자료도 발굴하고, 기왕에 논의된 작품들도 새로운 시각으로 재해석하는 작업을 하여 왔다. 이런 연구의 결과로 문학사상 드물게 여러 가지 문학적 조류가 혼재했던 이 시기 문학사의 실상이 선명해지고 있어서 이 책의 출간은 오히려 늦은 감이 있다.

이 책은 필자의 박사논문과 석사논문, 그리고 그 동안 발표했던 신작 구소설에 관한 소논문들을 모은 것으로, 신작 구소설 중 애정소설과 항일 우의소설을 주로 다루고 있다. 이 책을 통하여 당시에 얼마나 치열하게 신구문학 사이의 밀고 당기기가 있었는지 살펴볼 수 있을 것이다. 전대 구소설의 다양성은 그대로 유지하면서 신문학적 요소를 가미한 형식적인 변모와 전통문학의 자산을 활용한 구소설의 창작 기법과 신소설과 구소설의 변별성을 인식하고 선택한 구소설식 창작방법, 새 시대의 현실 인식에 바탕한 새로운 애정관, 고통스러운 민족적 현실을 항일의 의도로 담아낸 민족적 대응까지, 오히려 구소설의 전성기를 뛰어넘는 다양한 면모가 이 신구문학이 혼재하던 격변기의 문학적 실상을 증언한다.

그러나 미처 다루지 못한 다른 유형의 많은 신작 구소설들이 아직도 많고, 그 속에는 지금까지의 연구에서 거론조차 되지 않았던 작품들도 많다. 그 작품들까지 골고루 조명하여 문학사적 위상을 밝혀내는 작업을 촉발하는데 이 책이 기여하기를 바란다. 필자가 상세하게 논의한 작품을 다룬 후속 논문에서 필자의 연구를 참조하지 않고 동어반복을 하는 경우가 있어서 안타까웠는데, 이제는 짐을 벗는 기분이다.

필자는 한 이태 전에 중국에 잠깐 머문 적이 있다. 소수민족의 전통 의상을 곱게 차려 입고 차를 짊어지고 나와 차 파는 아가씨와 양고기 꼬치 구이를 숯불에 구워 파느라 하늘로 향해 머리풀고 올라가던 연기들, 그 연기 사이로 해적판 영화 광판(光版, CD)을 사라고 행인에게 들러붙는 지저분한 청년들. 북경 거리를 질주하던 그 수많은 각양의 자동차들, 물결로 너울져 흐르는 자전거들, 그리고 그 사이를 뚫고 횡포하게 달리는 오토바이들, 그리고 그 속을 유유히 네발로 걷는 소 달구지, 말 달구지. 중국의 실리콘 밸리라는 북경대 근처의 중관촌 길에서 최신 외국산 세단 앞으로 유유히 그들 달구지를 끌고 가는 중국인을 보면서 마치 역사를 압축해놓은 현장을 목도하는 것 같았다. 아마 신작 구소설들이 창작되던 시대가 그러했으리라.

그러나 신작 구소설의 존재는 오히려 이십 년 남짓한 짧은 기간 동안 구소설과 신소설과 근대소설의 혼재를 거쳐 근대소설이 확립되는 그 신속한 변화 과정에 더 큰 의문을 갖게 한다. 문학사적인 숙성을 거친데다 더해진 서양소설의 충격의 결과로 근대소설이 성립되었다는 일반론이 근대소설의 성립을 개운하게 해명하는 열쇠가 되는 것인가. 구소설의 변천이 끝나고 신소설, 근대소설의 변모가 순차적으로 이루어졌다고 할 때 적용되는 논리로서만 의미 있는 것은 아닌가.

신작 구소설의 존재는 소설사의 변모가 순차적으로 질서 있게 이루어진 것이 아니라는 실상을 밝힌 데서 나아가 소설사의 순차적인 변모를 전제로 한 문학사적 해석에 의문을 제기하는 데까지 이르렀다. 이런 의

문을 푸는 것은 앞으로의 연구에서 해결해야 할 과제가 될 것이다.

국문학을 공부하겠다고 나선지도 벌써 15년이 되었다. 그 동안 이리저리 떠돌며 공부하고 강의하느라 별로 내세울만한 성과가 없다. 이 책의 출간을 계기로 제대로 다잡고 학문에 정진해보리라 다짐한다.

이 분야 연구의 눈을 띄워 주시고 지도해 주셨으나, 이제는 게으른 필자에게 질타도 포기하신 조동일 선생님께 송구하나마 감사의 말씀을 드리고, 언제나 애정어린 눈으로 지켜보시며, 당신의 수많은 저서를 건네주는 것으로 격려를 대신하시던 최승범 선생님께도 감사를 드린다. 대단찮은 공부를 하는 동안 가족들의 너무나 큰 희생이 있었다. 사죄나 감사의 표현마저 오히려 물색 모르는 짓 같아서 오히려 가족들에게는 앞날의 정진을 담보로 묵묵히 침묵을 지켜야 할 것 같다.

어려운 출판 여건에도 불구하고 선뜻 타산 없이 출판을 맡아 주신 국학자료원에도 감사한다.

2000년 6월

온고을의 한켠 솔내에서

이 은 숙

目次

제 2 부

제 1 부

1. 서 론

문학연구의 결과는 문학사 기술로 총괄되어 나타난다. 문학사는 문학연구의 성과가 집적되어 있으므로 문학사의 기술을 통해 문학연구의 현황과 과제를 짚어볼 수 있다. 기존 문학사 기술 양상의 가장 두드러지는 특징은 고전문학사와 현대문학사가 분리되어 있다는 점이다. 최초의 문학사인 1922년 安廓의 「조선문학사」가 집필 당시의 신문학기까지 다루고 있음에도 불구하고, 해방 이후 나온 문학사들은 대부분 신·구문학사를 나누어 기술하고 있다. 이렇게 분리하여 기술한 결과 신·구문학사를 꿰뚫는 시각 자체가 단절되는 단층이 생기게 되었다.

그런 결과로 소설사에서는 신문학사의 첫머리에 놓는 신소설은 중시하여 다루면서, 같은 시기에 창작된 구소설에는 관심을 갖지 않았다. 그래서 자연히 신·구문학의 接點지역에 위치한 문학작품들, 그 중에서도 구소설이 放棄된 채로 남아 있게 되었다.

본고는 신·구문학을 나누어 취급하는 학계의 관습 탓으로 死角地帶가 되어버린 접점 지역의 구소설을 조명하여, 신구소설사를 연결선상에서 파악하고 그 연속성을 밝히려는데 우선 그 목적을 둔다. 그동안 본고가 대상으로 하려는 신문학기에 창작된 구소설의 존재가 거론되기도 했었지만, 창작시기를 중시하여 올바른 자리매김을 하려는 노력은 드물었다. 본고의 연구목적과 가장 근접한 기존의 연구성과는 신·구문학의 접점지역을 이행기라는 폭넓은 관점 속에서 다룬 조동일의 「한국문학통사」4권이다.[1] 그러나 기왕의 연구 관점이 분리되어 있던 탓으로 이 시기의 문학이 소홀하게 취급되어서 그동안 밝혀진 소설 자료가 많지 않았으므로 여기서도 자료가 충분히 다루어지지는 못했다. 그래서 아직도 미진한 부분이 있고, 새로운 자료의 발굴로 논의가 번복되거나 새로운 관점을 세워야 할 부분이 남아 있다.

「한국문학통사」4권에서 이 시기의 구소설을 '신작구소설'이라 명명하고 문학사적인 의미를 밝히려는 시도를 한 이후 필자가 이 논의를 계승하여 이에 해당하는 작품군을 설정하고 본격적인 논의를 폈다.[2] 이후 권순긍은 '신작 고소설'이라는 용어를 사용하면서 역사·군담류 소설까지 논의를 확대하였다.[3] 이후 점차 신작 구소설에 대한 관심이 증대되어 김종철이 「미인도」의 존재를 밝혔고,[4] 장효현이 「春夢」 등 몇 편의 작품을 신작으로 밝히는 등[5] 연구가 활발해지고 있다. 필자 또한 이 분야를 지속적으로 탐색한 결과, 최근에 신작 구소설 「昭陽亭」과 「梨花夢」의 존재를 밝힌 바 있다.[6] 그러나 아직도 알려지지 않은 자료가 많으므로 신작 구소설의 전반적인 성격을 규명하기 어렵다.

본고에서는 신문학기에 새롭게 창작된 구소설이라는 점에서 '신작'이

---

1) 조동일, 한국문학통사 5, 제 3판, 지식산업사, 1994.
2) 이은숙, 활자본 신작 구소설에서의 애정소설 연구, 한국학대학원 석사논문, 1987.
3) 권순긍, 1910년대 활자본 고소설 연구, 성균관대 박사논문, 1990.
4) 김종철, 「美人圖」 연구, 인문논총, 아주대 인문과학연구소, 1991.
5) 장효현, 애국계몽기 창작 고전소설의 한 양상 −신자료의 소개를 중심으로, 정신문화연구 41호, 정신문화연구원, 1990.
6) 이은숙, 신작 구소설 「이화몽」의 창작방식, 한국학대학원논문집 8, 1993. 이은숙, 신작 구소설 「소양정」·「소양뎡긔」·「봉선루」에 나타난 신·구소설의 관련양상, 고전문학연구 8, 고전문학연구회, 1993.

라는 용어를 쓰고, 당시 신소설과의 대립개념을 명시하기 위해 '구소설'이라는 용어를 써서 창작 시기가 갖는 소설사적인 의미를 부각시키기로 한다. 본고는 기왕에 다루어진 자료도 창작시기를 중시하는 관점에서 새롭게 다루고, 또 기왕에 다루어지지 않은 새로운 자료들까지 발굴해내어 올바른 문학사적인 몫을 지워줌으로써, 문학연구 대상의 지평을 확장하고, 또 신·구문학의 연속성 문제에 보다 구체적인 근거를 제공할 것이다.

신작구소설의 연구는 신문학기의 소설사가 단선적으로 전개되지 않았던 실상을 밝히는데 그 의의가 있다. 물론 '新作 舊小說'이란 용어는 유형 개념과는 관계없이 단지 창작 시기만을 중시하여 사용된 용어이므로 포함되는 작품군의 성격은 다양하다. 전대 구소설과 동질성이 강한 작품도 있고, 창작 시기의 특성상 이질적인 작품도 있다. 신문학기에 출간된 그 많은 구소설들이 인쇄매체만 달리 해서 전대 구소설을 복제하기만 했던 것은 아니다. 그 안에는 신작도 있어서 나름대로 구소설을 변모시키려는 노력이 있었다. 그것이 구소설을 변모시키려는 노력의 결과라기보다 구소설의 틀에다 새로운 소재나 현실인식을 담아내려 했기 때문일 것이다.

본고에서는 구소설의 틀에다 새로운 현실인식을 담아내려 한 작품을 연구 대상으로 삼는다. 특히 창작 당대의 정치사회적인 상황 속에서 민족적인 대응양식을 구소설을 통해 이룩하려던 항일 구소설들을 주요 대상으로 삼는다. 창작 당대는 이미 일제에 의해 언론이 통제를 당하던 시기였으므로, 항일의 의도를 담은 작품이 자유롭게 발표될 수 없었다. 본고에서 다루려는 작품들은 일제의 검열을 넘어서서 항일의 주제를 담으려 했던 작품들이다. 검열을 넘어서기 위해서나, 보다 효과적으로 주제를 전달하기 위하여 우의구조를 취하고 있다.

寓意는 표면적인 전개와 동시에 배후에 이면의 사건구조를 설정하고 있어서 이면의 구조를 의식하도록 되어 있는 수법으로 독자에게 진실을 일깨워 행동에 이르게 하려는 목적을 가진다. 우의소설은 명백하고 지속적인 이중구조를 가지고 있어서 확정적인 이면의 지시내용을 이해하는 것이 작품이해의 선행조건이 된다.

신작 구소설로서 주제와 수법이 유사한 작품군의 설정은 수많은 자료를 검토한 끝에 가능하였다. 널리 연구되지 않은 많은 구소설의 검토를 통하여 신작 구소설군을 발굴해낼 수 있었고, 다시 또 신작 구소설 중에서 우의소설이자 항일의 주제를 가진 작품군을 분류해내야 하였다.

이렇게 선정한 작품은 「鴨綠江」, 「映山紅」, 「山村美女」인데, 여기에다 근대소설의 시험작이라 할 수 있는 「魂」을 함께 다룬다. 「魂」은 우의소설과의 연속성이 두드러지고, 신·구소설의 연속성 문제를 따질 수 있는 중요 작품이므로 같이 다루어야 효과적인 논의를 할 수 있기 때문이다.

「압록강」은 기존연구에서 다루어진 바가 없는 구소설로 본고에서 처음 그 존재를 밝힌다. 이 작품은 구소설인데다 신작이어서 발굴이 여러 모로 의미있는 셈이다.

나머지 「山村美女」, 「映山紅」, 「魂」은 기존연구에서 다루어진 적이 있다. 「산촌미녀」, 「혼」은 조동일의 「한국문학통사」에서 우의적인 수법을 주목하였으나 문학사라는 저서의 특성상 소략한 논의에 그쳤을 뿐이다.[7] 「산촌미녀」는 이종주의 선행연구가 있으나 우의소설로서 갖는 의미는 주목하지 않았고,[8] 「혼」은 본격적인 작품론이 없다.

「영산홍」은 개화기 소설로는 드물게 한글본과 한문본이 공존하는데, 한문본인 「滿江紅」만 먼저 알려졌다. 이규호는 본격적인 작품론을 통하여, 한문소설이 취할 수 있는 여러가지 기술을 총망라하고 있으며, 전통의 계승에 관계되고 있는 신·구소설의 여러가지 특징을 공유하고 있는 작품으로 주목하였다.[9]

---

7) 조동일, 한국문학통사 4권 제 3판, 지식산업사, 1994, 344~7면.
　　————, ———— 5권 제 3판, ————, 1994, 98~9면.
8) 이종주, 여항소설, 시인사, 1984.

한문소설 「滿江紅」은 개화기에 이르러 한문소설의 活路를 개척하려 했다는 점이 그 의의로 인정되었다. 희곡적인 면모는 일반적으로 신소설에서 대화를 중시하는 것과 같은 성격이며, 白話體를 사용하여 한문소설을 근대화시키고자 했다는 것이다. 그러나 한문소설을 부흥시키려는 이런 노력들은 '소설적 진실성과 무관한 겉치레에 지나지 않'으며 '결국 문학사적 위치를 찾지 못하는 정체불명의 작품이 되고 말았으며 한문소설의 재흥에 기여할 수 없었다'는 부정적인 평가10)를 받았다. 권순종은 또한 이 작품을 희곡으로 다루면서 갈등구조나 인물의 성격창조에는 그다지 성공하지 못한 작품으로 평가했다.11) 지금까지의 연구에서 신·구문학의 연속성을 보여주는 문학사적인 의미는 인정하고 있지만, 작품 자체의 의미는 과소평가 되었다. 그 이유는 무엇보다도 우의적 수법에 근거하여 주제가 설정되어 있다는 데에 대한 이해가 결여되어 있기 때문이라 할 수 있다. 어떤 연구도 이 작품이 우의구조를 갖는 작품임을 주목하지 않았다. 따라서 수법이나 주제가 갖는 의의가 정당하게 평가되지 못했다.

「滿江紅」의 한글본 「영산홍」이 병존하는 사실은 최근에야 알려졌다.12) 이 작품이 비로소 한문소설의 재흥을 기도했던 의의 외에 국문소설로서 구소설을 재흥시키려 한 의의도 중시해야 할 필요가 생겼다. 동일 작가에 의해 국한문 소설이 동시에 창작된 예는 거의 없었기 때문에 개화기에 그러한 시도가 이루어졌다는 것 또한 의의 있는 일로 평가된다.

이와 같이 대상자료가 수법은 우의, 주제는 항일이라는 점에서, 또 창작 시기가 같은 신작구소설이라는 점에서 동질적이므로 세 방향에서 그 문학사적 의의를 따져야 할 것이다.

---

9) 이규호, 개화기 한문소설 「滿江紅」연구, 雨田辛鎬烈先生古稀紀念論叢, 창작과 비평사, 1983.
10) 조동일, 한국문학통사 4, 제 3판, 지식산업사, 1994. 359면.
11) 권순종, 전통극과 근대극의 접맥양상연구, 계명대 박사논문, 1989.
12) 윤일수, 「滿江紅」연구, 영남대 석사논문, 1991.

논의는 우의문학의 전통과 전개 양상을 먼저 살핀다. 우의의 의미는 무엇인가 따져보고, 전대문학과의 관련 속에서 우의적 수법의 의미를 규명하기 위하여, 우의의 수법이 사용되었다고 논의된 寓言, 假傳文學, 夢遊錄, 寓話小說 등을 통시적으로 살핀다. 이로써 전통문학과 본고에서 논의하는 작품군이 어떻게 접맥되어 있는지 알아본다. 공시적으로 우의의 수법을 활용한 갈래인 개화기의 夢遊錄과 討論文들과의 관련도 따진다. 우의적 수법의 통시적인 고찰은 선행 연구에서 시도된 바 없었으므로, 수법을 중심으로 문학사를 재평가하는 의미가 있을 것이다.

다음은 이들 작품군의 작품세계를 살핀다. 우선 대상 작품의 자료 고찰을 통하여 작품의 외형적인 특징과 신작 구소설일 수 있는 근거를 살핀다. 아울러 작가가 드러난 경우는 구체적으로 작가의 행적을 추적하고, 기존 연구와 다른 관점을 택하는 경우에는 그 근거도 아울러 살핀다.

다음에는 실제로 항일 우의소설들이 어떻게 우의구조를 활용하여 주제를 표출하며 당대의 작품 외적 상황에 대응하려 했는지 살펴본다. 그러기 위해서 먼저 표면구조를 통해 전개되는 사건을 살펴본다. 다음으로 표면적인 사건의 의미망 속에 내재된 이면구조를 통해 표출하는 주제를 따져본다. 이면을 드러내는 방식으로는 命名法을 통해 이면의 의미를 함축하는 방식이 있다. 이 방식은 전대문학에서 자주 사용되던 전통적인 방법인데 역시 이들 작품군에서도 사용되고 있으므로 명명법의 의미를 따져 이면의 의미를 포착할 것이다. 다음으로는 서사적인 전개과정에서 나타나는 논리의 파탄이나 문학적 관습을 탈피하는 방식으로 드러내는 이면의 의미를 추적한다. 작가가 밝혀진 작품 「영산홍」의 경우는 작가의 역사인식과 어떻게 연관되어 있는지도 아울러 살펴본다. 각 작품의 결말 부분의 현실 대응방식은 특히 의미 있는 부분이다. 결말을 통해 작가가 어떻게 당대 현실을 인식하고 있었는지 집약적으로 드러나기 때문이다.

논의의 순서는 전통문학과 밀접한 작품에서부터 근대문학과 밀접한 작품 순으로 한다. 「압록강」, 「영산홍」, 「산촌미녀」, 「혼」의 순서이다.

이어서 이들 작품군의 문학사적 위치를 고찰한다. 이들 작품군이 갖는 세 가지 특징, 즉 '抗日'·'寓意'·'新作舊小說'의 세 방향에서 접근하여 문학사적 위치를 규정한다. 먼저 전통문학과의 관련이 깊은 '우의'의 측면을 살피기 위해 전통 우의문학과의 관련성을 살핀다.

또 항일의 주제가 갖는 의미는 주로 1920년대 항일소설들과의 관련 속에서 살펴본다. 1910년대의 항일소설은 달리 찾아볼 수 없으므로, 20년대 소설을 위주로 살핀다. 적극적인 항일소설만을 중점적으로 논의한 선행 연구도 미비한 상황에서, 항일소설사만을 따로 살핌으로써, 항일우의소설과 관련하여 통시적으로 근대소설사를 새로 보는 시각을 마련하고자 한다.

신작 구소설로서 갖는 문학사적 위치를 살피기 위해 동시대의 다른 신작 구소설을 살펴본다. 신작 구소설의 누적된 연구 성과가 많지 않으므로 신작 구소설의 전체적인 판도를 살피는 것 자체가 의미 있는 작업이 될 것이다. 전술했듯이 신작 구소설은 신·구소설사의 연속성 문제에 고리가 된다.

이런 작업의 결과, 선행 신작 구소설 연구에서 거의 밝혀지지 못했던 새로운 소설군의 면모가 드러나게 될 것이다. 주제와 수법 면에서 전대 구소설의 일반적인 면모를 벗어나는 새로운 구소설의 연구를 통하여, 우리 소설사의 신·구소설 접점 지역에서 얼마나 다양하고도 의미 있는 논쟁이 벌어졌는지 살펴볼 수 있을 것이다.

2. 寓意文學의 傳統과 展開 樣相

2.1. 寓意의 개념과 범주

寓意는 영어 allegory, 독어 Allegori, 불어 allegorie의 對語로 諷喩로도 번역된다. 어원은 그리스어 'allegorein'으로 'speaking otherwise'의 뜻이다. allos(cther) + agoreuein(to speak)에서 온 말로서 더 따져 보면 'agoreuein' 은 'agora'에서 왔는데 'assembly' 혹은 회합의 관습적인 장소를 일컫는 말이다. Allegory는 비유로서 사용되는 것만 의미하지 않고, 은밀하게 남아 있을 어떤 것을 공공연한 곳으로 노출하는 것을 의미하기도 한다.13) 비밀과 공개라는 상반된 요구가 다같이 이루어져야 할 필요가 있을 때, 알레고리의 방식이 사용된다는 말이다.

---

13) J. Hillis. Miller, The Two Allegory, *Allegory, Myth, and Symbol*, Morton W. Bloomfield ed, Harvard University Press:Massachusetts, 1981. 356면. "Allegory - the word means to speak figuratively, or to speak in other terms, or to speak of other things in public, from the Greek allegorein, allos, other, plus agoreuein, to speak (in public), from agora, an assembly, but also the marketplace or customary place of assembly. (···) The word allegory always implies not only the use of figures, but a making public, available to profane ears, of something which otherwise would remain secret."

알레고리의 풀이 중 대표적인 것을 들어보면, M.H.Abrams는 "알레고리는 행위자(agent)와 행동, 때로는 그 배경(setting)까지가 축어적이거나 일차적 수준에서 일관된 의미를 구성하고 또 행위자와 개념과 사건의 이차적이고 상호 연관적인 수준을 의미하도록 고안된 서사물"14)이라고 하였고, 이상섭의 文學批評用語事典에는 "확장된 비유라고 우선 정의할 수 있는데 그것은 표면적으로는 인물의 행위와 배경등 통상적인 이야기의 요소들을 다 갖추고 있는 이야기인 동시에 그 이야기 배후에 정신적 도덕적 또는 역사적 의미가 전개되는 뚜렷한 이중구조를 가진 작품인 까닭이다. …… 구체적인 심상의 전개와 동시에 추상적 의미의 층이 그 배후에 동반되는 것이 의식되도록 되어진 작품이 알레고리"15)라 하였다.

프린스톤 시학사전에는 서술하고 있는 사건이 동시에 명백하고 지속적으로 또 하나의 사건, 혹은 이념의 구조, 역사적 사실, 도덕적 철학적 개념, 혹은 자연 현상 등을 설정하고 있는 것이 우의라고 하였다. 또 그것은 지속성의 측면에서 모호성이나 단순한 환상과도 구분된다고 하였다.16)

이와 같은 우의의 개념을 정리해보면 寓意는 표면적인 전개와 동시에 배후에 이면의 사건구조를 설정하고 있어서 이면의 구조를 의식하도록 되어 있는 수법, 즉 '표면구조와 이면구조로 되어 있고 이면구조를 의식하도록 되어진 수법'이라 할 수 있겠다. 따라서 우의소설은 명백하고 지속적인 이중구조를 가지고 있어서 확정적인 이면의 지시내용을 이해하는 것이 작품이해의 선행조건이 된다.

---

14) M.H.Abrams, 문학비평용어사전, 崔翔圭 譯, 대방출판사, 1985.

15) 이상섭, 문학비평용어사전, 민음사, 1976, 193면.

16) Alex pleminger ed, *Princeton Encyclopedia of Poetry and Poetics,* princeton univ. press, 1974, p.12 : "We have Allegory when the events of a narrative obviously and continuosly refer to another simultaneous structure of events or ideas whether historical events, moral or philosophical ideas, or natural phenomena. (·· ·) It is continuity that distinguishes Allegory from ambiguity or simple allusion."

그렇다면 상징(symbol)과의 관계가 문제된다. 상징이 '그 자체로서 다른 것을 대표하는 사물일체', '그 자체 이외의 것을 의미하는 것'이라는 포괄적인 개념으로 쓰일 때는 기호, 단어들도 모두 상징에 해당되므로 알레고리 또한 상징에 포함된다. 그러나 문학에서의 상징이란 '어떤 대상이나 사건을 의미하면서도 또 그것을 넘어서는 어떤 것을 의미하거나 일정한 범위의 지시내용을 갖는 단어나 어구를 가르키기 위해 사용되는 것'이다.17)

상징과 알레고리의 관계는 오래 전부터 논란거리였는데 '알레고리는 그 지시 내용이 특정적이지만 상징은 그 지시 내용이 미확정적이고(무한할 정도로) 매우 암시적'18)이라는 쪽으로 귀결되었다. 일반적으로 알레고리에서는 각 인물과 그 인물이 의미하는 바 사이에 일대 일의 대응관계가 있는 반면 상징적 인물이 갖고 있는 의미는 복잡하고 다양하며 애매하다.19) 그렇지만 상징이 알레고리와 대립 개념은 아니고 서로 얽혀 있다고 할 수 있다.20). 따라서 한 심상이 어떤 추상적인 의미를 나타내되 다소 막연히 암시하는 것이 아니라 한가지 의미만을 대표하도록 계속 쓰인 경우에는 알레고리스런 상징이라고 한다.21)

알레고리의 對極에는 리얼리즘(realism)이 선다. 알레고리가 표면 서술과는 다른 이면의 의미 층위를 갖는 반면에 사실주의는 저층의 의미를 갖지 않는다. 알레고리는 주제가 전적으로 이미지를 지배하고, 사실주의는 이미지가 지배적이고 주제의 의미는 최소화된다.22)

---

17) M.H.Abrams, 위의 책.

18) M.H.Abrams, 위의 책, 306.

19) 박덕은 편역, 소설의 이해, 로버트 스탠튼, 소설의 이론, 새문사, 1984, 101면.

20) Graham.Hough, *An Essay on Criticism*, Seoul Korea, Pan Korea book Corporation, 1983. 123면.

21) 이상섭, 위의 책, 130면.

22) Graham.Hough, 위의 책, 123~7면. "The oppsite of allegory is straightforward mimesis of phenomenal objects, without ulterior meaning - what we normally if ineptly call 'realism'.

알레고리는 '諷喩' 또는 '寓意'라 번역되는데, '諷喩'가 더 많이 쓰이고 있다. 字意로 보아 넌지시 타이른다는 뜻의 諷喩보다, 어떤 사물이 가탁하여 은연 중 어떤 의미를 나타낸다는 뜻의 寓意가 앞에서 논의한 알레고리의 對語로 적당하므로 본고에서는 '寓意'를 사용하기로 한다.

앞서 논의한 바와 같이 寓意는 이중구조로 되어 있으며, 배후의 구조가 반드시 의식되도록 되어 있다. 따라서 표면의 구조로만 이해하려 들면 파탄에 이르게 된다. 표면의 구조는 이면의 구조를 이해하기 위한 통로이다. 표면은 이면을 이해하는데 바쳐지고, 이면이야말로 작품의 의도가 집약된 부분이다.

이와 같은 우의의 개념에 적합한 작품으로 신작 구소설 중 네 작품을 선정할 수 있었다. 이들 작품군은 표면구조와 다른 이면의 구조를 설정하고 있었으며, 이면의 구조를 드러내기 위한 표면적 장치를 가지고 있었다.

표면으로 이해할 때 파탄에 이르는 부분은 이면으로 통하는 구체적인 통로이다. 작가가 이면을 암시하기 위해서 설정한 장치인 셈이다. 표면만으로 완벽한 구조가 이루어지면 독자는 이면을 이해할 기회를 박탈당하는 셈이고 작가가 마련한 이면은 徒勞에 그칠 따름이다. 상징은 그 자체로도 의미가 있으면서 지시 내용이 미확정적이므로 표면으로 이해해도 파탄에 이르지 않고 複合的인 의미로도 파악이 가능하지만, 寓意는 표면이 이면의 이해를 위해 설정되어 있고 지시내용이 확정적이므로 독자는 반드시 확정적인 지시내용의 이해에 도달해야 한다.

따라서 작자는 반드시 표면에 이면으로 통하는 통로를 설정하게 되는

Let us use the word 'theme' for the immaterial 'abstract' ellement in allegory, and the word 'image' for the 'concrete' personages, actions or objects in which it is embodied.

At one pole we have literature in which theme is absolutely dominant over image. ($\cdots$) At the other pole we have literature where image is dominant and thematic significance is minimal."

데 이 부분이 독자측에서 보면 '구멍'인 셈이다. '텍스트의 여백(Blank)에 의해 구멍이 생기고 이 부분이 독자의 상상으로 채워져 작품이 존재한다'[23]고 본 볼프강·이저의 논의에서는 구멍에 독자가 참여하므로 작품이 고정되지 않는다는 의미이다. 여기서의 구멍은 작품에서 설정 가능한 여러 종류의 구멍 중 하나일 뿐이다.

첫째는 이미 관습화되어 있어 설명이 불필요할 경우에 생략된 부분이다. 구소설에 나타난 설화의 차용은 이런 차원에서 설명될 수 있다.[24] 둘째는 독자가 참여할 여지를 두려는 구멍이다. 이것은 바로 볼프강式 구멍으로 독자의 상상에 의해 의미가 이루어지므로 독자에게 개방되는 부분이다. 따라서 독자에 따라 의미가 다양해질 수 있으므로 작품은 독자와의 관계를 통해 존재하는 것이 된다. 세째는 이면을 암시하기 위해 표면을 비워두는 의도적인 구멍으로 이것은 작품 자체에서 의미가 究明되어야 한다.

세번째의 구멍은 작자가 의도한 이면에 도달하려는 통로로 연결되어 작품 자체로 구멍이 메워지는 셈이며, 독자는 작자가 의도한 구멍 메우기를 할 수 있을 뿐이다. 이면을 노출시키는 장치로서의 구멍은 다양한 방식으로 존재할 수 있다. 우선 이면을 암시하는 함축적인 命名方式을 들 수 있다. 「魂」에서의 命名法이 그렇고 잘 알려진 번안의 「天路歷程」이 그렇다.

---

23) Wolfgang Iser, Interaction between text and reader, 차봉희 편저, 독자반응비평, 고려원, 1993, 231~44면 번역 참조
24) 주인공이 위기에 빠졌을 때, 그것이 설화와 유사한 상황이라면 독자는 위기가 설화와 같은 방식으로 해결될 것이라는 기대를 가진다. 예컨대 효자나 열녀가 위기에 처했을 때에 호랑이가 나타나면 이들을 구원하는 것이 설화의 전개 양상이므로, 소설에서도 이와 같은 상황이 재현되면 설화와 같은 양상으로 해결이 이루어질 것이라는 기대를 독자가 가진다는 것이다. 그리고 이런 기대 속에서 작품이 전개될 때 작자는 따로 그 이유를 설명하지 않아도 합리성을 획득하게 되는 것이다. 이은숙, 新小說 「馬上淚」의 구비문학 활용방식(한국학 대학원 논문집 6집, 1991, 40~45면) 참조.

둘째로는 표면구조에 나타나는 파탄이다. 타당성이 결여된 사건이나 전후맥락이 긴밀하지 않은 서술상의 불합리 같은 서사적 맹점들은 작품이 또 하나의 이면이 있음을 암시하여 표면으로만 이해하지 못하도록 방해한다. 저층의 의미를 따로 갖지 않는 리얼리즘에서는 표면으로서 완성되므로 표면의 파탄은 곧 작품의 파탄이 되지만, 우의는 이중구조가 설정되므로 표면의 파탄은 의도된 것이며 이것은 당연히 이면으로 보완 극복된다. 즉 문학적 관습에 의존하지 않고 작품 자체로 해명이 되는 것이다.

우의는 이같은 구멍을 통하여 작품 자체의 이중구조를 포착케 한다. 그럼으로써 우리가 알고 있거나 깨달으려 하지 않거나, 깨달을 수 없는 진실을 우리에게 상기시켜 우리로 하여금 행동하도록 하는 목적을 가진다.[25]

다음은 전대 문학에서 보편적으로 우의적인 수법이 주로 사용되었다고 논의된 갈래 별로 우의적 수법이 어떻게 구현되고 있는지 따져보자.

2.2. 韓國 寓意文學의 傳統

2.2.1. 假傳과 夢遊錄

「莊子」寓言篇에서 그 용례가 보이는 것으로 보아 우의적 수법을 사용하고 있는 단편적인 진술들을 가리켜 寓言이라고 칭하는 전통은 꽤 오래 된 것으로 보인다. 외부상황에 의해 직설법으로 뜻을 바로 전하지 못할 때나 뜻을 효과적으로 전달하고자 할 때, 표면구조와 이면구조를 동시에 설정하여 이면에 뜻을 숨겨서 전달하는 우의적인 수사방식을 사용

---

25) 로버트·스탠튼, 위의 책, 101면.

한 글이 寓言이다. 우언은 통상 분량이 짧고 유기적인 구성을 갖춘 이야기를 칭한다.[26] 고대의 우언은 주로 口述의 형식으로 이루어졌는데, 話者의 의도와 작품의 주제와 청자의 반응 등이 일치함을 특징으로 한다.[27] 우의의 본래 의도가 독자에게 진실을 깨닫게 하여 행동하도록 하는 목적을 갖는 바, 고대의 우언도 청자를 일깨우려는 목적에서 구술되었고 이와 같은 의도가 구현되었음을 구술 상황을 통해서 알 수 있다.

우리 문학사에서 우언은 三國史記에 수록된 先道解의「龜兎之說」(권 41, 列傳 金庾信條)과 薛聰의「花王戒」(권 46, 列傳 薛聰條) 등이 첫머리에 놓인다.「龜兎之說」에는 옥에 갇힌 김춘추가 先道解의 이 寓言을 듣고 깨달은 바 있어 꾀를 써서 위기를 모면했다는 故事가 담겨 있다. 신하의 도리를 지키려다 죽을 지경에 처한 김춘추는 先道解가 寓言을 통해 탈출 방법을 암시해주자 곧 실현불가능한 맹서를 하고 풀려난다. 간을 두고 왔다고 거북을 속여 빠져나가는 토끼의 꾀와 흡사한 꾀를 써서 풀려난 것이다. 先道解는 김춘추에게 뇌물을 받았지만, 고구려 왕의 신하로서 노골적으로 利敵행위를 할 수는 없어서 우회적으로 위기를 벗어나는 방법을 일러주었던 것이다.

다음 임금에게 군왕의 道를 역설하기 위한「花王戒」는 신하가 직접적

---

26) 안병설, 先秦寓言의 특질, 語文學 3집, 국민대 어문학연구소, 1984. 487면, 494~5면.: 寓言은 怪力亂神을 말하려 않는, 實際를 중시하던 儒家的 中國傳統과는 相反되는, 作者의 想像에 따라 이야기를 虛構하여 作意를 寓意하는 비유적 형식으로서 獨立된 文學專書로 등장한 것이 아니고 諸子들의 思想書 속에서 說理的 目的을 위해서, 혹은 역사서 속에서 遊說의 목적으로 쓰인 독특한 산문이라고 하였다. 그는 이어서 先秦寓言과 서구우언의 고찰을 통하여 寓言의 특질을 정리하였는데, 간결하고 명백한 이야기로 유기적인 구성을 갖추고 있으며, 은유의 수법으로 주제를 암시하는 산문체로서, 독자에세 교훈을 주거나 풍자적 효과를 노리는 것이라고 하였다.
  윤주필, 寓言의 전통과 조선전기 夢遊記, 민족문화 16집, 민족문화추진회, 1993. 30 ~4면. : 장자에 나타난 위의 세가지 논법을 정리하여, 우언 양식은 허구와 사실과 우의의 결합으로 이루어지는 서사체 또는 의론체라고 하였다.
27) 유종국, 寓言의 樣式, 國語文學 26, 전북대 국어국문학회, 1986, 340~6면.

으로 임금에게 바른 도리를 강론할 수 없다는 한계를 넘기 위한 방편으로 우의의 수법이 사용된 예다. 薛聰은 심심파적을 원하는 왕에게 의미 있는 寓言을 통하여 군왕의 도를 경계하였고, 新文王은 薛聰의 이와 같은 의도를 깊이 헤아려 그를 중용하였다. 直言을 했을 때 聽者나 화자에게 가해지는 부담감을 줄이기 위해 寓言으로 뜻을 전달해서 소기의 목적을 거둔 예다.

위의 두 사례는 寓言이 사용되는 상황을 적절하게 보여준다. 의사표현을 자유롭게 하지 못하는 외부적인 상황 하에서 속뜻을 전하는 수단으로 우의적 수법이 사용된 점에서는 우의소설과 같다. 우언은 다른 상황에서 쓰일 때는 또 다른 의미로 해석될 수 있다. 예컨대 「龜兎之說」의 토끼나 거북은 듣는 이에 따라 상징하는 바가 달라질 수 있는 것으로 문면의 뜻만으로도 완전한 의미 단위가 이루어지는 점은 우의소설과의 근본적인 차이점이다.

다음 단계의 우의의 방식은 의인법을 수단으로 사용하면서 의인법 자체에 비중을 두는 가전으로 나타났다. 김광순은 '이들 작품이 봉건적 군주하의 사회상에 대한 모순과 인간성의 결함을 정면으로 터뜨릴 수 없어 의인의 수법으로 우의한 것'[28]이라고 하였다.

최초의 가전인 「麴醇傳」을 살펴본다. 麴醇은 姓이 麴이고 名이 醇인데 麴醇은 '진한 누룩'이라는 뜻이 있다. 字는 子厚인데 술에 취해 거나한 상태를 나타내는 말이므로 첫 문장에서 이미 이글이 술에 관한 글이라는 것을 알수 있고, 선조인 牟가 옛적 농사를 맡은 벼슬인 后稷을 도왔다는 서술에서 麴醇이 술을 의인화 했음을 알 수 있다. 명명법으로 의인화된 사물을 나타내는 방식은 우의에서 이면의 의미를 나타내려는 보편적인 방식인데 여기서 처음으로 사용된 점에서 주목된다.

---

28) 金光淳, 高麗後期 擬人文學의 形成과 文學史的 意義, 한국어문학회 편, 高麗 時代의 言語와 文學, 형설출판사, 1975, 35면.

그러나 가전의 의인은 앞서 두 寓言의 의인과 근본적인 차이가 있다. 寓言의 동식물은 인간을 나타내기 위한 수단으로 사용되어 등장하지만 가전의 사물은 수단이 아니고 그 자체가 목적이며, 오히려 사물을 의인화하여 인간이 사물을 나타내기 위한 수단으로 활용되었다는 점에서 전적으로 대조된다. 또 위의 寓言에 등장하는 동식물은 각각 구체적으로 특정 인간을 대신하고 있다. 용왕과 거북은 고구려왕을 토끼는 김춘추를 각각 우의적으로 나타낸 것이다. 그러나 가전의 의인화는 거꾸로 사물을 나타내기 위해 인간화 시켰기 때문에 특정 인물과의 관련은 없다. 따라서 전자는 특정인물(群)을 대신하는 동식물을 전면에 내세워 인간 사이의 일을 우의적으로 나타낼 수 있지만, 가전은 문제 삼고자 하는 대상이 사물, 「麴醇傳」에서는 술 자체이므로 인간사를 우의적으로 나타내지 않는다.

家系서술과 醇의 일대기는 술의 특성을 戱化化시켜 나열하거나 고사를 인용하거나, 혹은 典故있는 인물이나 사건을 들춰내 醇의 특성과 관련시키는 방식으로 서술된다. 여기서 등장하는 인물이나 일화는 醇, 술의 특성을 밝히는데 기여하고 있을 뿐, 다른 의도는 없는 것이다. 술과 관련된 단편적 故事를 편집하는 것으로 人間事를 우의적으로 표출하기를 기대하는 것은 무리인 듯 하다.

종결 부분의 史評도 대부분 醇의 특성을 요약 서술한데 그치고 있으므로 우의적 가능성이 있는 史評은 극히 일부일 따름이다. 史評의 의도는 의인된 등장인물의 행위에 대한 교훈적인 의미부여일 따름이고 우의적 의미로 보기 어렵다.

즉 가전은 우의적인 의도를 관철시키기 위한 문학갈래가 아닌 셈이다. 그러나 작품에 드러난 의미와 작자를 연결시키면 우의적인 태도를 일정 부분 인정할 수 있다. 그래서 술은 흥을 돋구어 주는 것이지만, 너무 마시면 나라마저 망칠 수 있다는 표면적인 설정 끝에 벼슬을 하지 못하고 숨어 지내면서도 숭앙을 받는 사람이기를 바라고 벼슬을 해서 나라를 망치는 자는 되지 말아야겠다고 다짐하며 정사를 돌보지 않는 군주까지 비판의 대상으로 삼는 이면의 설정을 통하여, 불우했던 임춘이 자기 처지를 합리화하면서 세상에 대한 불만을 나타냈다[29]고 보는 것이 가능하다.

그러나 이런 우의적인 의도 파악은 작자와 연결되었을 때만 가능하고 작자와의 고리를 끊고 작품 자체로만 볼 때는 이같은 이면적 설정을 파악해내기 힘들다. 「楮生傳」, 「竹夫人傳」 등은 저자와의 관련 즉 의도론적 관점 속에서도 우의적인 성격을 밝히기 힘든 작품들이다.

이것은 초기 가전인 임춘의 「麴醇傳」 「孔方傳」 이규보의 「淸江使者玄夫傳」, 「麴先生傳」 등에서 보이던 부분적인 우의성이 후기에는 거세되는 쪽으로 가닥을 잡아갔음을 보여준다. 바꿔 말하면 가전은 우의적인 창작방식으로 世人을 戒世하려는 의도가 본령이 아니라는 것이다. 가전의 本旨는 우의나 풍자에 있는 것이 아니다. 때로는 부분적으로 우의성이 나타나기도 하지만 한 작품 전체가 우의로 일관성있게 짜여진 작품은 찾아보기 어렵다.[30]

이점은 조선조의 가전을 살펴보면 확실해진다.[31] 여기서는 사물 자체의 특성을 밝히는데 주력하여 주제의식이 약화된 현상을 살필 수 있거니와, 남녀 性器를 다룬 宋世琳의 「朱將軍傳」과 成汝學의 「灌夫人傳」 등에 이르면 최소한의 주제의식도 없이 단지 戲筆로 격하되고 있을 뿐임을 알수 있다.

가전은 의인법을 취하여 주제를 표출하고 있을 뿐이지 우의의 구조를 취하고 있는 것은 아니다. 우의적인 주제의식의 표출에 그 本旨가 있지

---

29) 조동일, 한국문학통사 2권, 제 3판, 지식산업사, 1994, 123면.
30) 曹壽鶴, 傳文學 연구, 계명대 박사논문, 1986, 170면.
31) 담배를 다룬 李義老의 「南靈傳」, 겨울에 쓰는 溫身具인 湯婆를 다룬 趙續韓의 「湯婆傳」, 南有容의 말을 다룬 「屈乘傳」과 붓을 다룬 「毛穎傳補」, 고양이를 다룬 柳本學의 「烏圓傳」 등등이 있다.

않고, 전달동기보다 표현동기가 우세한 갈래로서 후기로 갈수록 표현동기 쪽에 더욱 더 비중이 두어졌던 것이다.

가전이 널리 쓰이면서 사물이나 동물이 아닌 心性을 의인화한 一連의 작품들이 나타났다.[32) 심성의인 작품은 作中 인물이나 題材 및 소재 등이 극히 유사하며, 그중 최초의 작품인 「天君傳」은 이후 창작된 다른 작품들의 母本이 되어 敷衍, 變移되었다.[33) 작품들 상호간에는 인물에 있어서도 천군 아래 충신형과 간신형의 인물들이 극히 유사하며, 구조는 천군을 중심으로 충신형과 간신형 인물의 대립, 갈등의 구조로 사건이 전개되고, 내용도 心經의 내용과 근본적으로 일치하고 있는 점이 공통적이다.

따라서 대표적인 김우옹의 「天君傳」을 살펴보도록 하겠다. 「東岡集」에 따르면 南冥은 性命의 진리를 체계화하여 神明舍圖를 짓고 東岡에게 이를 풀이하는 傳을 짓게 하였다고 한다.[34) 神明舍圖의 내용은 神明舍(마음의 집)에 太一眞君(天君 즉 心)이 있는데 안에는 敬이 冢宰(政丞)가 되어 內心 修養을 하고 밖으로는 百揆 義가 사물을 맡아 잘 다스리니 太平하더라는 뜻으로 유학의 정신수양법을 일컫고 있는 것이다.[35) 천군이 충신형 인물인 太宰 敬과 百揆 義를 가까이 했을 때 나라가 화평하였고, 이들을 멀리 했을 때 멸망에 이르기까지 했다는 「天君傳」의 내용은 神明舍圖의 내용과 일치하고 있다. 「천군전」은 추상적인 심성의 원리를 쉽게 전달하기 위해 심성을 의인화하여 지어진 전이다.

---

32) 심성을 의인화한 작품은 김우옹(金宇옹, 1540~1603)의 「天君傳」을 필두로 하여, 林悌(1549~1587)의 「愁城誌」, 鄭泰齊(1612~1669)의 「天君演義」, 林泳(1649~1696)의 「義勝記」, 鄭琦和(1786~1827)의 「天君本紀」, 柳致球(1793~1854)의 「天君實錄」 등이다.

33) 金光淳, 天君小說研究, 형설출판사, 1980, 119 ~196면.

34) 김광순, 위의 책, 106~7면.
    조동일, 한국문학통사 2권 제 3판, 지식산업사, 1994, 482면.

35) 김광순, 위의 책, 106 ~7면.

사물 의인 작품이 갈등이 없었던데 비해, 심성의인작품은 갈등을 통해 주제를 표출하는 서사적 성격을 지닌다. 심성의인 작품들은 사물의인 가전과 달리 구조적으로 우의적이며, 의인구조는 바로 우의구조와 일치하고 있다. 우의구조는 우선 命名방식에서 드러나고 있다. 등장인물이 명료하게 神明舍圖의 내용과 일치한다. 독자의 용이한 이해를 고려해 우의구조를 활용하고 있는 경우이다. 「天君傳」의 경우, 人君이 충신의 말을 들으면 나라가 평안하지만, 간신의 말을 들으면 곤경에 처하게 된다는 것을 암시하여 治心이 곧 治國이요, 治國의 방법이 곧 治心의 방법과 동일함을 나타내고 있음을 알 수 있다. 이면은 표면에 드러나야만 되고 표면으로서는 의미가 완성되지 않는 것이다.

따라서 사물을 의인한 가전이 전달동기보다 표현동기가 우세했던 반면, 심성의인은 전달동기가 우세했다고 할 수 있다. 그러나 후기에 가면 성리학의 영역까지 흥미거리를 끌어들여 파탈을 해보자는 속셈[36]이 나타난 것도 부인할 수 없어서, 점차 표현동기를 중시하는 쪽으로 나아갔다고 할 수 있다.

몽유록은 꿈에 겪었다는 일을 적은 것이다. 그런데 작자의 의도나 작품의 주제가 가탁한 이야기 그 자체에 있지 않고 꿈 이야기를 통해 이면의 의미를 드러내는데 있다[37]고 하므로 우의성을 살피는데 주목되는 갈래다.

지금까지 발굴, 소개된 조선조의 몽유록은 10편이다.[38] 일반적으로 우의적 수법은 비판이나 설득의 의도가 강렬할 때 사용된다. 현실비판 의

---

36) 조동일, 한국문학통사 3권, 제 3판, 지식산업사, 1994, 469면.
37) 柳鍾國, 夢遊錄小說研究, 아세아문화사, 1987, 49면.
38) 이중 작자가 밝혀진 것은 元昊(세종?~세조?) 혹은 林悌(1549~1587)의 「元生夢遊錄」, 尹繼善(1577~1604)의 「達川夢遊錄」, 沈義(1475~?)의 「大觀齊夢遊錄」, 崔睍의 「琴生夢遊錄」, 申光漢(1484~1555)의 「安憑夢遊錄」 등 5편이고 나머지 「泗水夢遊錄」, 「江都夢遊錄」, 「皮生冥夢錄」, 「金華寺夢遊錄」, 「浮碧夢遊錄」 등 5편은 작자가 밝혀지지 않았다.

도가 강한 작품은 「元生夢遊錄」, 「江都夢遊錄」, 「達川夢遊錄」, 「皮生冥夢錄」 등이다.39) 이중 작자가 밝혀진 작품 중 가장 먼저 나왔으며, 현실비판 지향이 강한 「元生夢遊錄」을 살피기로 한다. 일반적으로 현실비판 지향이 강한 작품이 그 의도를 우의적으로 나타내기 쉽기 때문이다.

「원생몽유록」은 端宗廢位와 그를 復位시키려다 실패하고 처형된 死六臣의 魂靈들이 등장하여 心懷를 토로하는 내용이다. 왕과 여섯 신하가 비록 특정 임금을 지칭하지 않았고, 특정인이 아닌 第一座者, 第二座者 등으로 지칭했지만 각각 端宗과 死六臣을 나타내는 것은 너무나 확실하다. 이하 다섯 사람이 차례로 읊는 시는 그들이 각각 사육신 중 누구인지를 알 수 있게 한다. 第一座에 앉은 인물은 朴彭年, 第二座는 成三問, 第三座는 河緯地, 第四座는 李塏, 第五座는 柳誠源이다. 나중에 들어온 奇男子는 兪應孚다.40) 이상과 같이 왕과 6명의 등장인물은 각각 단종과 死六臣에 명료하게 대응된다. 몽유자인 元子虛를 인도하고 사건을 끌어가는 幅巾者도 실제 인물 秋江 南孝溫을 나타낸다.41)

아홉 명의 등장인물이 모두 실제 인물과 구체적으로 대응하면서 詩와 짧은 대화를 통해 역사적 사건이나 그에 대한 평가와 비판을 보여주고 있기 때문에, 이 작품은 명료하게 이중구조를 구비하는 우의적 특성을 보여준다. 표면으로는 왕과 그 신하 6명이라는 보편적인 인물을 표방하

---

39) 柳鍾國, 위의 책, 56~128면.
　　鄭學城, 몽유록의 역사의식과 유형적 특질, 관악어문연구2, 1977.
　　車溶柱 (夢遊錄系 構造의 分析的 硏究, 창학사, 1981, 89~178)는 理想型, 寓意型, 悲憤型, 批判型 등 네 유형으로 분류하였는데, 悲憤型에 「元生夢遊錄」을 들고 批判型에 나머지 세 작품을 들었다. 그러나 비분형이나 비판형이나 현실비판적이라는 점에서는 동일하다고 볼 수 있다.
40) 여기까지 등장인물이 사육신 중 구체적으로 누구와 대응하는가에 대한 논의는 車溶柱, 몽유록계 구조의 분석적 연구(창학사, 1981, 156~8)와 柳鍾國(위의 책 71면)의 논의를 참조하여 정리한 것이다.
41) 幅巾者는 김태준이 南孝溫이라 한 이래 李家源은 煙村 崔德之라 하고 車溶柱, 柳鍾國은 모두 南孝溫이라 하였다.

고 있지만 세조에게 왕위를 찬탈 당한 단종, 그리고 단종의 복위운동을
하다 처형된 사육신과 연관짓지 않으면 작품의 이해는 불가능하다. 표면
적인 인물과 상황설정은 이면의 세조찬탈 규탄과 단종 복위에 실패한 원
한토로라는 이면적 주제를 제시하기 위해 이바지한다.

그러나 이면은 표면에 현저하게 노출되어 있다. 왕과 여섯 신하가 등
장하여 왕위찬탈을 비방하며 신하로서 이를 막지 못한 恨을 읊고 있는
데, 역사상 일회적인 사건인 단종과 사육신 사건을 떠올리는 것은 당연
하다. 따라서 '재현된 언어적 진술의 이면에는 단종을 동정하고 사육신
을 추앙하는 의미가 담겨 있으며 나아가서 당시 以臣伐君한 세조의 행위
까지도 은근히 비판하는 의미가 감추어져 있다'42)고 하나, 감추고 있는
것은 창작 당시에 드러내 놓고 다룰 수 없고 忌諱하는 내용이라는 것을
의식한 작자가 갖춘 최소한의 형식일 뿐이다. 얇은 표면 아래 역사적으
로 일회적인 특수한 사건을 이면으로 설정하고 있기 때문에, 표면에서도
윤곽을 탐색할 수 있다.

세조代든지 선조代든지 세조의 찬탈에 대한 규탄과 단종 복위운동에
실패한 원한이라는 이면적 주제가 쉽게 노출되어 있는 이러한 작품이 널
리 유포되기는 어려웠을 것이다. 역사적 모반 행위에 대한 불만에 동조
하는 독자를 확보하여 울분을 모으기가 어려웠을 것이니, 이 작품은 일
반적으로 우의구조가 누릴 수 있는 이점을 거의 누리지 못하고 있다고
할 수 있다.

현실비판형이라 불리는 다른 세 작품 「江都夢遊錄」, 「達川夢遊錄」,
「皮生冥夢錄」은 모두 전란의 폐해를 문제 삼고 있다. 그러나 등장인물이
실제 인물이거나, 허구적인 인물이라도 이중의 의미를 갖지 않고 있으며,
등장인물의 입을 통하여 창작의도가 직설적으로 드러난다. 따라서 우의
구조와는 무관하다.

---

42) 柳鍾國, 위의 책, 66면.

차용주가 우의형이라 하고 유종국이 삶의 권계 지향이라는 「安憑夢遊錄」을 살펴보자. 「안빙몽유록」은 현실-꿈-현실로 되어 있는 작품 구조 내에서 꿈속의 일이 현실에 존재하는 꽃이 등장하여 벌인 일로 처리된다. 主君은 牧丹, 李夫人은 李, 班姬는 桃, 徂徠先生은 老松, 首陽처사는 垂楊, 東離隱逸은 菊, 王妃는 梅, 周氏는 蓮, 美人은 黜堂花의 의인화이다.

또 꿈속에 등장하는 꽃의 정령들은 실제 역사상의 인물을 나타낸다. 主君은 丹朱의 후손이고, 李夫人은 漢武帝의 애첩이고, 班姬는 漢元帝의 후궁이며, 徂徠先生은 宋代의 학자 石介이며, 수양처사는 백이(숙제)(?)이고, 東離隱逸은 도연명(?), 周氏는 周濂溪를 나타낸다. 물론 이것이 명징하게 역사적 인물과 대응되지는 않고, 거명하지 않은 나머지는 알 수조차 없다. 즉 의인화는 명료한데 우의는 불투명한 것이다.

등장인물의 성향은 두 부류로 나누어진다. 詩宴에 참석한 아홉사람 중 徂徠先生, 首陽, 東離隱逸 등 세 사람은 남성적이고 강직한 인물이며, 나머지는 여성적이며 정감어린 분위기를 지니고 있다. 왕을 정점으로 해서 兩者는 절개, 고고의 기상과 미모, 부귀의 기상이 대립되어 있다.

兩者의 의미는 覺夢 후 안빙의 자세에서 확실히 나타난다. 몽중체험을 통해 삶의 여러 양상을 살피고 자신의 삶의 태도를 반성하는데 이르렀다. 과거에 뜻을 둔 선비로서 사람이 빠지기 쉬운 노래, 춤, 여색을 경계해야 하고, 공부하는 선비가 거처하는 울 안에는 눈을 어지럽히는 꽃도 멀리하는 것이 옳다는 것이다. 그래서 주제는 선비로서의 몸가짐과 독서 정진의 권장이랄 수 있다.[43] 그러나 우의적인 의미가 이처럼 명료한 것만은 아니어서 선행 연구자들이 주제를 파악하면서 다양한 견해를 제시하였다.[44] 전혀 다른 관점에서 주제를 파악하거나 주제의식이 희박하다

---

43) 崔勝範, 「安憑夢遊錄」에 대하여, 국어문학 24집, 전북대 국어국문학회, 1984, 143면.

44) 金起東(韓國古典小說研究, 교학사, 1981, 112면)는 어떤 문제성을 제시하지는

고 하는 이유는 우의적 면모를 갖추면서도 확실하게 구조로까지 짜여지지 않고 있는 탓이라 하겠다.

기타 다른 유형으로 분류되는 나머지 여섯 작품도 우의구조를 가진 작품이라고 보기 어렵다. 실제 역사상의 인물이 등장하여 이상세계를 꿈꾸어보거나 심회를 토로하거나 성현의 도를 설명하거나 하는 등으로 현실에서 일어나기 어려운 일을 꿈을 통해 표현하는 것일 뿐, 우의적인 구조를 가진다고 할 수 없다.

이상의 논의로 보면, 몽유록 양식이 본시 우의적 수사를 수용하는 특징이 있다[45]고 일반화할 수는 없다. 우의는 몽유록 갈래의 구조적 특징이 아님이 명백해졌다. 우의는 몽유록 갈래의 특징이 아니고, 여느 갈래나 마찬가지로 작품에 따라 取捨할 수 있는 개별적인 문제일 뿐이다. 다만 현실적으로 일어날 수 없는 상황을 꿈을 빌려 설정하면서 강도 높은 비판의 목소리로 작가의 문제의식과 현실비판을 표출하므로, 우의의 수법을 선택할 가능성이 높을 뿐이다. 그 가능성이 바로 「元生夢遊錄」의 우의구조로 나타난 셈이다.

2.2.2. 寓話小說

우화는 우의적 수법을 사용하는 갈래의 하나이다.[46] 동물을 보조관념

못하고 있고, 주인공이 각몽후 다시 화원에 들어가지 않은 것에서 인생의 무상을 주제로 한다고 하였다. 車溶柱(위의 책, 148면)는 罷宴이 될 때까지는 뚜렷한 문제의식이 없고, 미인, 곧 출당화의 泣訴에 맞춰, 불확실한 사유에 희생되어 오랫 동안 냉대와 차별을 받게 되는 인간 사회의 부조리를 우의한 것이 아닌가. 그러나 주제의식이 뚜렷하게 부각되지 않아 작품의 가치를 半減시키고 있다고까지 하였던 것이다.

45) 柳鍾國, 위의 책, 114면.

46) 이상섭, 문학비평용어사전, 민음사, 1973, 211면 : "우화는 크게 보면 우유(Allegory)의 한 분야이다." 194면 : "「이솝 우화」는 가장 널리 읽히는 대중적 알레고리들인 바, 우화는 의인법 대신 「의동물법」을 사용했다고 할 수 있는

으로 인간을 원관념으로 하여 의인하여 인간세계를 우의한다. 그런데 등장인물의 이미지는 보조관념에 지배되어 완전한 의인화가 이루어지지 못한다. 우화는 등장인물의 일대기가 아니며 한 단면, 하나의 사건을 주로 다룬다. 이러한 우화의 특질은 소설에서도 그대로 이어진다.

그래서 우화소설은 인간 사회를 寓意와 諷刺와 諧謔으로 교훈하고 있는 소설[47]이라고 하고, 여러 동물을 통해 유형적인 인간행위를 예시하며, 하나의 교훈적 명제를 제시하는 동물의인소설의 일종으로, 이 작품의 전체적 표현 기법인 의인은 우의와 밀접한 관련을 가지고 있다[48]고 하여, 우화소설에 우의적 수법이 쓰이고 있다는 일반적인 인식이 이루어지고 있다.

우화와 우화소설의 차이는 구비설화와 소설의 차이와 같다. 언제 어디서나 항상 있을 수 있는 대립을 다루는데 그치지 않고 특정 시기의 사회적 상황과 결부되는 의미를 가질 수 있게 구체화하여 소설로의 개조[49]가 이루어진다. 그런데 소설에서는 사회적 상황을 직접 다룰 수 없을 때, 우화의 오랜 전통을 이어서 그 의미를 이면에 감추는 우의구조가 이룩된다.

그래서 우화가 보편적인 인간형을 우의적으로 표출하고 있는 반면, 우화소설은 특정시기의 사회적 상황과 인물 유형을 반영하는 우의구조를 형성하게 된다. 여기서 다루고자 하는 쟁년담을 예로 들면, 불전설화에서는 '敬長思想'을 국내 민담에서는 '지혜로운 자의 승리'를 나타낸 것[50]

알레고리이다."
   M.H.Abrams, 문학비평용어사전, 崔翔圭 譯, 대방출판사, 1985. : Allegory의 수법으로 쓰인 글을 Fable, Parable, Exemplum으로 三分하고 있다.
47) 김재환, 한국동물우화소설의 연구, 동아대 박사논문, 1988, 3면.
48) 김광순, 장끼전의 이본과 두 세계관의 인식, 한국의인소설연구, 새문사, 1987, 313면.
49) 조동일, 한국문학통사 3, 제 3판, 지식산업사, 1994, 107면.
50) 정인한, 쟁년설화 및 그 소설적 수용연구, 한국학논집 10, 계명대, 1983.

과는 달리 조선후기에 와서 두껍전 등의 우화소설에 삽입된 쟁년담은 당대사회가 갖는 구체적인 갈등구조를 담고 있다는 차이점이 있다.[51] 이 부분에 관한 연구에서도 우화소설이 언제 어디서나 있을 수 있는 보편적인 인물과 심성의 갈등을 다루고 있으며, 또 일부는 지배층을 풍자 비판하고 있다는 논의를 펴왔지만, 최근에는 이런 구체적인 우의성이 주목되어 우화소설이 조선 후기 향촌사회의 변동을 잘 반영하고 있다고 보아 새로운 시각에서 우화소설을 재조명하는 작업들이 활발히 시도되고 있다.[52]

예컨대 「두껍전」 계통의 작품에서는 몰락 양반이 다양한 모습으로 형상화되어 있는데, 이것은 전환기적 존재에 대한 다양한 시각에서의 평가이므로 당시 인간 사회에서 일어나고 있던 변화의 한 단면을 향촌사회라는 구체적이고도 한정된 공간에 수렴하여 파악해낼 수도 있으리라는 것이다. 정흥모는 조선후기 사회변동에 대한 최근의 역사연구 성과를 원용하면서 송사형 우화소설이 요호층을 형상화하고 있다고 주장하였다. 「장끼전」의 장끼와 까투리를 특권계층, 혹은 양반 및 사대부 부녀자로 보는 데 이의를 제기하고, 조선 후기 몰락양반이 절망적인 처지로까지 전락한 유랑민이라고 보아야 한다[53]는 견해가 나오는 것도 우화소설이 당대사회를 밀접하게 반영한다는 전제를 인정하는데서 한발 나아가 범박하고 막연하게 한 계층을 대표한다는 논리를 더 심화시키고 구체화시킬 수 있

---

51) 소인호, 두껍전 이본군의 양상과 사회적 의미, 고려대 석사논문, 1991, 55면.
52) 정흥모, 송사형 우화소설의 인물형상과 조선후기 향촌사회의 변모, 고전문학연구 5집, 고전문학연구회, 1990.
　　민찬, 「두껍전」 계통 우화소설의 현실인식과 그 지향, 고전문학연구 6집, 고전문학연구회, 1991.
　　정출헌, 「장끼전」에 나타난 조선후기 유랑민의 삶과 그 형상, 위의 책.
　　　　　, 조선후기 향촌사회의 변동과 우화소설 -우화소설에 삽입된 爭年모티프를 중심으로, 민족문학사연구 창간호, 민족문화연구소, 1991.
　　　　　, 조선후기 우화소설의 사회적 성격, 고려대 박사논문, 1992.
53) 정출헌, 「장끼전」에 나타난 조선후기 유랑민의 삶과 그 형상, 위의 책, 247면.

기 때문이다.

이와 같이 우화소설이 사회의 지배계급과 피지배계급의 대립이라는 이분법적 도식의 틀 속에서 지배계급이나 봉건제도에 대한 풍자를 하고 있다는 보편적인 인식을 넘어 작품의 구체적인 우의성을 주목하면, 조선 후기의 사회와 구체적이고 구조적으로 밀착되어 있다는 인식에 이를 수 있다.

지금까지 알려진 우화소설은 판소리 계열의 유형과 爭年型과 訟事型으로 분류될 수 있다. 판소리 계열에는 「토끼전」, 「장끼전」 등이 있고, 쟁년형에는 30여종의 이본을 가진 「두껍전」 계열의 작품군이 있고, 송사형에는 「황새결송」, 「까치전」, 「鼠同知傳」, 「鼠大州傳」, 「鼠獄記」, 「蛙蛇獄案」, 「鵲烏相訟」, 「鹿處士宴會」 등이 있다. 우화소설은 쟁년형, 송사형, 판소리 계열의 작품군으로 진전되었다고 보는 것이 일반적이다.

쟁년형과 송사형은 쟁년·잔치·송사라는 변수를 놓고, 잔치와 쟁년이 연결되어 있는 「두껍전」과, 잔치·쟁년·송사가 연결된 「녹처사연회」와, 잔치와 송사가 연결된 「까치전」과, 잔치와 송사가 간접적으로 연결된 「서대주전」, 「서동지전」과 잔치는 없고 송사가 아닌 재판만 있는 「서옥기」 등으로 정리할 수 있다. 쟁년·잔치·송사의 모티프는 조선 후기 사회상의 역동적인 변화과정을 일정하게 반영하고 있다.

설화의 쟁년담은 소설에 수용되면서 연회배설이라는 장치와 결부된다. 이것이 쟁년 모티프를 수용하는 소설 이전 단계의 다른 갈래와 구분되는 가장 큰 차이다. 쟁년을 할 수 있는 인위적인 공간이 마련되고 있는 것이다.54) 소설에서 잔치는 나이다툼을 위한 장치나 송사사건을 유도하기

---

54) 불교설화나 민옹전의 쟁년담은 잔치가 없고, 설화에서의 쟁년담은 대체로 연회가 베풀어지지 않는다. 사슴·토끼·두꺼비가 떡을 놓고 나이다툼을 벌여 이긴 쪽이 먹기로 했다. 이때 두꺼비를 제외한 다른 짐승은 이름이나 자랑의 내용이 밝혀져 있지 않은 경우가 많고 두꺼비만 둘 다 확실히 밝혀진다. (성기열, 두꺼비의 나이자랑, 민족문화대백과사전, 395~6 참조) 그러나 산속에 사는 짐승들이 모여 잔치를 하다 나이자랑을 하고 두꺼비가 연장자로 판별되어

위한 장치로서55) 기능하는 외에 이해를 같이 하는 집단에게만 배타적으로 허용되어 자신들의 결속력을 강고하게 하는 기능이 있다.

잔치라는 장치를 통하여 향촌사회라는 공간을 설정하고, 그 속에서 대립하는 동물들을 통하여 향촌사회 내부에서 대립·갈등하는 인물들을 형상화하고 있다는 우의적 관점에서 파악해야만, 나이가 아닌 경제적인 능력을 고려하여 이루어진 이해집단이 결속력을 강고하게 하는 수단으로 연회를 활용하고 있다고 이해할 수 있다. 「두껍전」의 獐선생을 위시한 연회 참석자들은 자신들의 이해에 어긋나는 부류에게는 배타적인 연회를 주관함으로써, 새롭게 경제적 부를 획득해서 향촌사회에서 그 영향력을 확대시켜 나가는 부류의 형상을 잘 보여준다.

동물사회는 물리적 힘에 의해 서열이 결정되는 곳이다. 그들 사회에서 자리를 다퉈야 되는 새로운 갈등이 생겨나는데, 이것은 힘에 의한 기존의 위계질서가 더 이상 통용되지 않는다는 것을 의미한다. 그래서 年齒라는 새로운 기준을 제시하게 되는데 연치는 長幼有序라는 조선조 유교의 핵심적인 윤리이다. 형식은 연치지만, 과장된 나이를 제시하는 수사적인 언변이 서열을 정하는 기준이 된다. 언변은 물리적인 힘이나 연치와 무관하다. 그래서 표면적으로 연치라는 기존질서를 내걸었지만 실제는 기존질서가 뒤집어지는 새로운 질서를 이면에서 제시하고 있는 것이다. 치열한 언변경쟁을 통해 연장자로 상좌에 오른 두꺼비는 아이러니칼하게도 직접 사족의 후예임을 주장하는 몰락양반의 전형이다.

그러나 쟁년의 결과 수장이 되었던 두꺼비는 「두껍전」에서는 연회에 초청조차 받지 못한다. 녹처사가 두꺼비를 先祖代부터 受恩한 존재로 자

상석에 앉았다는 설화도 있는 것으로 보아 (임동권 편, 한국의 민담, 서문당, 1972, 47~8면 참조), 두꺼비와 나이자랑이라는 話素만 필수적이고 잔치는 선택사항에 불과할 뿐이라는 것을 알 수 있다.
55) 이상구, 「우화소설의 서술구조와 사회의식 —爭年및 송사형 우화소설을 중심으로」, 고려대 석사논문, 1984, 44면.

신과는 類가 다른 微細之類로 규정하고 있고, 양반으로서의 신분보다도 빈민으로서의 경제적 상황이 더 부각되고 있어서 두꺼비는 신분과 경제력이 서로 어긋나 있다. 소외당한 두꺼비가 사족의 권위로 초청객들을 직접 나무라거나 징계하는 방식으로 훼손된 명예를 스스로 회복하지 못하고, 송사에 의존하는 것은 그의 약화된 위상을 직접 보여주는 것이다.

그러나 두꺼비는 송사의 敗訴와 더불어, 권위 회복은커녕 남아 있는 권위마저도 실추되고 만다. 송사라는 첨예한 대결에서 두꺼비는 완전히 무력화되며, 거꾸로 녹처사의 자신감은 극명하게 표출된다. 두꺼비의 초라한 형상은 상대적으로 녹처사를 중심한 경제력을 가진 계층의 입지가 강화되었음을 보여준다.

쥐를 의인화한 송사형 소설군은 두 유형으로 나눌 수 있다. 하나는 다람쥐의 무고를 당했던 서대주가 공정한 판결로 누명을 벗는 유형이고, 또 하나는 양식을 강탈했던 서대주가 부당한 판결에 힘입어 송사에서 이기는 유형이다. 前者는 영창서관본 「서동지전」(1918), 회동서관본 「서더쥐전」(1918), 국문필사본 「서대주전」 8장본이 있고, 後者는 한문필사본 「서대주전」, 국문필사본 「다람전」56)이 있다.

송사형 소설에서는 주인공인 쥐가 경제력을 확보한 계층이다. 국문본 「서동지전」 유형은 서동지가 다람쥐에게 무고를 당해 송사를 통한 대립 관계를 형성한다. 절대빈곤에 처한 다람쥐가 염치를 돌아볼 여유없이 서대주에게 구걸을 하러 간다. 서대주는 다람쥐의 양반 신분을 염두에 두고 첫번째의 요구에는 응하지만 두번째는 거절한다.

「녹처사연회」에서는 불청객 두꺼비가 초청받지 못한데 앙심을 품고 송사를 제기했었는데, 다람쥐는 초대받지 못한 것을 질책하기는커녕 그곳으로 구걸을 왔으니 다람쥐의 구걸행위는 서대주의 위상을 한껏 높여

---

56) 「다람전」은 서대주가 일방적으로 송사에서 승리하는 것이 아니고 삼십대의 태형을 당한다. (金光淳, 「다람전」에 대하여, 『韓國擬人小說硏究』, 새문사, 1987, 357면 참조)

주고 있는 셈이다. 그래서 첫 번째의 구걸이 성공할 수 있었던 것이다. 양반은 체면보다 처자식 먹여 살리는 현실적인 면을 중시해야 할 정도로 지독하게 몰락해 있거나, 명분보다 실질을 중시하는 쪽으로 변모했다고 할 수 있다.

잔치를 열고도 몰락 양반인 다람쥐를 초대도 하지 않았던 것은 경제력이 신분질서보다 더 중요하게 평가되고 있는 사회상의 변모를 보여주는 부분이다. 여기서의 연회는 쟁년이 완전히 사라지고 송사로 연결되지도 않으며, 단지 경제력을 확보한 계층의 결속력과 공고해진 위상을 과시하는 행사가 되고 있다.

구걸을 거절당한 다람쥐는 빈한한 몰락양반으로서 산군에게 무고를 하는 송사를 하는 수밖에 서동지에게 설분할 다른 방도가 없다. 誣告의 의도는 雪憤하는 것 외에 서대주에게 재물을 허비하게 만들자는 것이다. 재물로 쌓은 그의 입지는 재물이 없어지면 허물어질 수 있다.

서대주는 자신을 잡으러 온 차사에세 뇌물을 준 서대주가 당당하게 자신의 무죄를 밝힌 덕분에 무죄 판결을 받으나, 판결이 끝나고서도 다시 관에 뇌물을 준다. 다람쥐는 엄형정배 당하게 된 신세가 되었다가 서대주의 선처에 힘입어 풀려나게 되고, 거기다 돈까지 받아 체면은 회복할 길이 없게 되었지만, 의도했던 바대로 서대주의 재산은 한껏 허비하게 만들었다.

천자의 교지를 받고 제도적으로 확고하게 재산과 위치를 확보한 서대주가 몰락한 사족인 다람쥐를 대하는 방식, 송사에 대처하는 태도 등에서 확보된 입지를 활용하고 또 이를 지속적으로 지키기 위한 능란한 처세를 읽을 수 있었다. 바꿔 말하면 천자의 교지로 입지가 공고해졌어도, 상황에 따라 능란하게 대처하지 않으면 재물로 쌓은 그의 위치는 흔들릴 가능성이 내재해 있는 것이다. 재판이 끝난 이후에도 뇌물을 주는 것은 바로 이러한 이유에서이다.

한문본 「서대주전」은 서대주가 다람쥐의 식량을 털어와서 관에 잡혀 갔으나 뇌물을 주고 풀려나고, 오히려 다람쥐가 정배를 간다는 내용이다. 한글본 「서동지전」이 경제부민이 자기 이익과의 관련여부에 따라 능란하게 처세하며 재물을 지키는 모습을 보여준다면, 한문본 「서대주전」은 부를 축적하기 위해서는 약탈도 서슴지 않고 오히려 죄를 피해자에게 전가시키기까지 하는 악랄한 경제부민의 모습을 보여주고 있는 것이다. 불법적인 행위도 많은 재물을 가지고 관리를 매수하여 무마시킬 정도로 재물과 재물을 가진 자의 힘은 막강해진 것이다.

다람쥐가 구걸을 요청하며 한껏 서대주를 치켜올리며 대접을 하는 것이나, 관에 끌려간 서대주가 그만큼 대우를 받는 것은 모두 그가 돈이 많았기 때문이다. 공신의 후예임을 내세우나 그 때문에 대우를 받는 적은 없다. 조선후기가 점점 화폐경제의 논리에 의해 움직이게 되는 역사적 추이를 반영하고 있는 것이다.

이와 같이 우화소설은 우화로서의 양식적 특성을 빌어, 정면으로 다루기 어려운 문제, 즉 향촌사회에서 유교적인 신분질서의 중요성이 감소하는 것과 대조적으로 중요하게 평가되어 가는 경제력의 문제와 주변적 변모상황을 형상화하고 있다.

그러나 기존연구에서는 막연하게 우화소설이 지배계급과 피지배계급의 대립이라는 이분법적 도식에 준거하면서 대체로 지배계급의 부패와 비리에 대한 비판, 또는 봉건적 제반 모순과 부조리에 대한 풍자로 파악하였다. 예컨대 쟁년형의 경우는 동물들이 말재주로서 상좌를 다투는데 주목하여 長幼有序란 봉건적 이데올로기를 희화화한 것으로 보아 왔는가 하면, 송사형은 수령이나 아전같은 봉건적 관료에 의해 자행되는 수탈과 부정을 풍자·비판한 것으로 이해하기 일쑤였다. 이러한 연구 경향은 우화소설의 한계를 보여준다.

예컨대 독자는 서대주가 다람쥐를 탈취하는 것을 생계를 이어가는 동물 '쥐'의 특성만을 반영한 의인화로 이해하고, 시대적 문제의식과 무관하게 파악할 가능성이 있다는 것이다. 나아가 '쥐'를 탈취로 치부하거나 지위를 유지하는 경제부민의 형상으로 파악한다 하여도, 형상화 이상의 역사적인 전망은 발견하지 못한다. 단지 경제적 힘에 의거하여 변모되어 가는 당대 세태가 전편에 걸쳐 풍속화적 차원에서 그려질 뿐이기 때문이다.

　판소리계 소설 「장끼전」, 「토끼전」에 이르면 이런 한계가 어느 정도 극복된다. 먼저 「장끼전」을 본다. 장끼와 까투리는 몰락양반이거나 평민이라고 할 수 있는데, 그 중에서도 안정적으로 생계를 꾸리지 못하고 떠도는 流民으로 볼 수 있다. 조선 후기 평민 중에서는 농업 기술의 발달로 饒戶·富民층에 올라선 사람들도 있었지만, 무자비한 국가수탈로 수많은 貧農이 출현하였고, 이들 중에는 疊徵, 族徵, 隣徵 등의 가혹한 조세제도로 고향을 등지고 유랑길에 오른 사람들이 많았다.

　꿩은 관포수, 사냥개, 보라매, 모리꾼 등에게 쫓기다가 잡히면 삼태육경 수령방백에게 잡혀가서 '長服'하게 되는 신세가 되고, '됴흔깃'은 사령기의 '살대치례'나 塵房의 먼지채 등 갖가지로 쓰인다. 이것은 양반이나 요호층이 포탈한 세금까지 떠맡으며, 이모저모로 수탈당하는 평민의 형상이다. 이런 수탈로 말미암아 '엄동설혼쥬린몸이'되어 '아홉아달' '열두쌀년 압세우고 뒤세우고' 먹이를 찾아가는 참담한 유랑민이 된다.

　장끼가 콩알 하나에 현혹되어 까투리의 만류하는 말도 듣지 않고 차위에 치어 탁첨지에게 잡혀가는 것은 위와 같은 수탈구조에 희생되는 모습이다. 장끼와 까투리는 모두 유랑민의 형상이지만, 장끼가 중층적인 수탈구조에 희생되는 비참한 모습의 형상화라면, 까투리는 그것을 늠름하게 극복하는 긍정적인 모습의 형상화이다.

　까투리의 현실극복의지는 장끼가 콩을 먹으려 할 때 여러 이유를 들어 말리는 慧眼을 통해서 우선 나타난다. 수상한 주변 정황으로 미루어 인간이 설치한 함정의 미끼임을 간파하고 있는 것이다. 까투리로서는 불길한 징조를 충분히 감지하고 말렸지만, 장끼는 듣지 않고 차위에 치어 죽어버렸다. 그러나 까투리는 절망하지 않고 장끼의 장례를 치르고, 자식들을 데리고 청혼자 중에서 자신에게 가장 적합한 상대인 장끼를 만나 재혼을 하여 새 인생을 꾸린다.

이것은 까투리를 통해 유랑민의 미래에 대한 전망을 제시하는 것이다. 유랑민의 비참한 삶을 만화경 식으로 제시하는 것에 머물지 않고, 그 해결 의지까지 제시해 보임으로써 현실극복의지를 보여준다.

그 점에서는 「토끼전」도 마찬가지다. 권력에 맹목적으로 복종·봉사하는 별주부를 앞세워, 봉건적 억압의 상징이자 부패한 권력의 핵심인 용왕이 힘없는 백성 토끼에게 횡포를 부리고 있으나 토끼는 억압과 수탈을 넘어서는 지략을 발휘하고 있다.

그러나 「장끼전」과는 다른 큰 차이가 있다. 「장끼전」은 현실의 높은 波高 앞에 굴복하고 좌절하는 인물·장끼와 이것을 분별하고 헤쳐나가는 인물·까투리가 분리되어 나타난다. 반면에 「토끼전」에서는 이 두 인물이 토끼 하나로 융합되어 나타난다.

국가가 그 구성원을 속여서 희생시켜야만 지속이 가능한 상황에서[57] 중간자 별주부를 통해 개인의 희생을 유도해낼 때, 토끼가 그 희생자로 지목되어 용궁까지 유인된 것은 현실 앞에 굴복하고 좌절하는 것과 같다. 별주부가 지상의 三災八難을 시시콜콜 들어가며 토끼의 고난에 찬 처지를 강조하고 또 한편으로 용궁행으로 보장되는 부귀영화를 내세우며 토끼를 죽음의 길로 꼬여낼 때, 토끼가 지상의 고난을 부인하지 못하고 용궁의 부귀영화에 현혹되어 용궁행을 택하는 것은 현실도피이자, 추악하고 탐욕스러운 용왕의 행각으로 희생되는 현실패배와 좌절을 의미

---

57) 김종철, 「수궁가와 적벽가의 민중정서와 미학」, 『조선후기의 사회와 사상』, 서울대 한국문화연구소, 1991.11.8. 학술토론회 발표문, 4~5면.

한다.

　고난에 찬 현실 앞에서 죽음을 택하는 토끼의 좌절은 좌절로만 끝나지 않는다. 토끼 자신이 죽음 일보 직전에서 용왕을 구할 간을 두고 왔다는 지략에 찬 언변으로 자신을 구한다. 언변은 지위고하, 빈부귀천을 막론하고 누구나 지닐 수 있는 능력이지만, 하층빈민으로서 가질 수 있는 유일한 능력이다.

　그러나 오직 하나의 능력을 가졌을 뿐인 하층빈민은 다른 모든 능력을 다 가지고 오로지 이 언변의 진실을 밝히는 능력만을 가지지 못한 용왕과의 대결에서 승리한다. 그래서 여태 속아왔던 토끼가 속이는 자로 우위에 올라서게 되고, 중간자를 통해 속임수에 성공하여 속이는 자가 되었던 용왕은 속는 자로 바뀌게 된다. 속이는 자와 속는 자의 역전은 순전히 토끼의 능력에 의해 이루어지면서, 현실 도피나 굴복에서 돌파나 극복으로 對 현실 태도를 달리 한다.

　가해자에게 통쾌하게 복수하는 것도 토끼가 우회하지 않고 현실을 정면으로 극복하고 있음을 보여준다. 용왕과의 극한 대립에서 승리한 토끼에게 세상은 더 이상 도피해야 할 공간이 아니다. 여전히 三災八亂이 존재하는 세상에서 그물에 걸리고, 독수리에게 잡히지만, 용왕의 마수에서 빠져 나왔던 것보다 더한 지략을 발휘하며 정면 돌파한다.

　토끼가 당하는 위기는 장끼가 당했던 위기와 흡사하다. 장끼 일가가 직면하게 되는 고난들, 즉 관포수, 사냥개, 보라매, 모리꾼 등에게 쫓기고 잡혀서는 수령방백들에게 장복하게 되는 위협적인 상황은 바로 토끼가 당하는 고난들이다. 장끼가 이런 고난들 중 첫 번째 고난 앞에 굴복했다면, 토끼는 이를 줄기차게 극복하는 내재적 힘을 과시한다.

　장끼가 죽음을 당한 뒤 현실 극복의지를 보이는 까투리도 남편을 죽게 하고 자신의 목숨마저 노리는 차위 임자에게 어떤 복수도 꿈꾸지 못한다. 단지 자포자기하지 않고 남은 자식들을 데리고 새 생활을 찾는다는 점에서 소극적인 현실대결방식을 보여주고 있을 따름이다. 그러나 토끼는 위기에 빠졌을 때 자신의 힘으로 벗어나면서 위기 극복에 멈추지 않고, 가해자를 희롱하거나 비난하는 수법으로 응징까지 하고 있다.

「장끼전」이 현실에서 패배하는 자와 극복하는 자가 분리되어 있고 그 극복도 소극적인 방식으로 이루어지고 있음에 비해, 「토끼전」은 현실에 대한 패배와 극복이 同一人에 의해 이루어지고 적극적인 현실극복의지를 보인다. 그래서 토끼는 새로운 시대를 맞이할 수 있는 무한한 잠재력을 지니고 미래에 대한 밝은 전망을 제시한다. 암울한 현실을 헤쳐나갈 수 있는 의지를 자생적으로 터득하고 발휘하는 토끼의 對현실인식과 극복의지야말로 수많은 우화소설을 통해 도달하는 정점이 되는 것이다.

그리하여 두 편의 판소리계 소설은 우화가 갖는 형식 자체의 한계 속에서 나아갈 수 있는 極點까지 나아갔으며, 특정한 국면을 맞이하여 등장인물들을 현실 속의 인물로 대치할 수 있게 되면 근대소설로서의 면모를 갖출 만큼 높은 소설사적 성취를 이루게 되는 것이다.58) 의인의 수법을 취했던 전대의 다른 문학 갈래들이 二元論을 취하지 않았던 것처럼59) 우화소설도 문제의 제기와 해결이 一元論적 관점에서 이룩되고 있는 것 또한 주목할 만한 성과이다. 항일 우의소설은 동물우화소설이 이룩한 이러한 소설사적 성취의 기반에서 잉태된 것이다.

그러나 한편으로 우화소설은 우의소설로서의 한계를 내포하고 있다. 등장인물이 동물이기 때문에 동물 자체의 성격에 우의되는 인물의 성격이 국한된다. 이것은 모든 우화가 가지고 있는 공통적인 한계이다. 그래서 이상의 여러 우화소설들처럼 다양하게 인간생활, 조선후기의 현실생활을 우의하고 있다 하여도, 독자가 단지 도덕적인 교훈을 주는 형식으로만 이해할 우려가 있다. 표면으로만 이해할 우려가 있다는 것은 이면

---

58) 정출헌, 위 박사논문, 269면.
59) 의인의 수법이 반드시 일원론과 결부되는 것인지는 별도의 고찰이 필요하겠지만, 귀납적으로 볼 때 이 둘은 결부되어 있고 예외가 없다.

으로 향하는 통로가 선명하지 못하다는 것을 말해준다. 표면으로 이해하는 것을 작자가 꺼리지 않았기 때문이기도 할 것이다. 이면을 드러내주는 통로가 불확실했기 때문에 우화소설이 가지는 중층적인 의미를 밝히는데 많은 논란이 필요하였다. 의인법을 넘어 인간을 등장시키면서, 구조적으로 현실생활을 우의하는 작품을 기대하려면 개화기의 항일 우의소설을 기다려야 한다.

2.3. 新·舊文學 接點期의 寓意文學

개화기에 우의적 수법을 사용한 주목할만한 갈래는 몽유록과 동물우화 형식의 토론문이다. 몽유록은 1908년 劉元杓의 「夢見諸葛亮」과 1911년 朴殷植의 「夢拜金太祖」와 1916년 申采浩의 「꿈하늘」이 대표적인 작품이며, 1907년 安國善의 「禽獸會議錄」은 두 유형을 겸하고 있는 작품이다.

「몽견제갈량」은 1908년 8월 11일에 광학서포에서 발행된 후 다음해 3월 10일에 재판된 것으로 보아 상당히 인기를 끌며 읽혔음을 알 수 있지만, 再版 이후 금서가 되었다. 「몽배금태조」는 망명지 만주에서 발행되어 유인본으로 간행되었다. 「꿈하늘」도 망명지 중국에서 1916년 집필되었으나 발표되지 못하고 遺稿의 형태로 있다가 해방 후 전집에 수록되었다. 창작 당시 「꿈하늘」은 국내 독자를 만나지 못했는데, 나머지 두 작품도 일제에 의해 '治安'을 이유로 販禁당해 독자를 더 이상 만나지 못하게 되었다.

이와 같은 사실은 개화기 몽유록이 애국계몽운동, 의병전쟁, 독립 투쟁의 연장선상에 있으며 반봉건 개혁과 반외세 투쟁이라는 역사적 요청에 의해 씌여진 것60)임을 입증하는 것이라 할 수 있다. 실제로 이것은

---

60) 정학성, 「몽유담의 우의적 전통과 개화기 몽유록」, 『관악어문연구』 3, 서울대

애국계몽운동을 펴온 세 작가의 성향에서도 드러난다.61)

창작 시기 순으로 유원표의 「夢見諸葛亮」을 먼저 살펴본다. 密啞者 즉 작자의 의도는 제갈량이라는 인물을 등장시켜 자신의 현실인식을 보다 효과적으로 표현하기 위한 데 있다. 공명의 잘못된 치적을 지적하는 것도 모두 창작 당대의 문제를 짚어내기 위한 구실에 불과한 것이다. 공명은 密啞者의 주장을 더욱 확실히 펴기 위한 보조자로 등장할 따름이라서 밀아자보다 더 확고한 믿음이나 주장을 가지고 있지 못하며 특정한 성격을 가진 인물도 아니다. 이처럼 표면에 드러나는 인물마저 고유한 특성을 가지지 못하는 인물이 되므로 다른 인물을 대변할 여유는 물론 없다. 그러므로 제갈량은 寓意的인 인물이 되지 못한다.

이 작품은 또 토론 형식으로 전개되므로 사건 전개에서 나타날 수 있는 우의성도 기대할 수 없다. 「夢見諸葛亮」은 꿈이라는 장치와 제갈량이라는 보조자를 등장시켜 밀아자, 즉 작가의 주장을 효과적으로 전달하고 있을 뿐이다. 꿈이라는 장치와 제갈량이라는 인물만 들어내면 직선적인 주의·주장만 남을 뿐이다. 조선조 몽유록에서도 확인할 수 있었지만 우의 구조는 몽유록의 유형적 특성이 아니라 작품 하나하나의 개별적인 선택의 문제일 따름인 것이다.

박은식의 「夢拜金太祖」도 「夢見諸葛亮」과 마찬가지로 대담 형식으로 진행된다. 그 대담의 형식 또한 작자의 주장을 전달하기 위한 방식일 따름이다. 작자인 無恥生의 질문에 자긍심을 가질만한 선조 金太祖가 대답하는 형식을 취하고 있으나, 실은 작자의 自問自答에 불과하다. 교육과 자강에 대한 작자의 사상을 해설서보다 더 효과적으로 전달하기 위해, 금태조를 끌어들여 대화로 진행하고 있는 것이다. 따라서 작자 자신의

국문과, 1978, 439면.

61) 劉元杓는 윤명구, 『개화기 소설의 이해』(인하대 출판부, 1986, 174~9면) 참조. 朴殷植은 李萬烈, 朴殷植 (한길사, 1980, 337~42면) 참조. 申采浩는 김병민, 『신채호문학연구』(료녕민족출판사, 1988, 1~25면) 참조.

논설문 같은 견해를 나타내는데 동원된 금태조나, 작자 자신의 직접적인 투영인 無恥生을 우의적인 인물로 볼 수는 없다. 물론 이 작품에는 서사적인 사건전개가 없으므로 사건이 함축하는 우의성도 기대할 수 없다.

그러나 신채호의 「꿈하늘」에 이르면 상황은 달라진다. 우선 다양한 등장인물과 사건이 설정되어 있어서 우의성을 함축할 가능성이 확대된다.

주인공 '한놈'은 작가 자신의 분신이자 평범한 모든 한민족의 전형으로 '임의 나라'(민족의 이상향)에 도달하는 성격의 발전을 보고 있다.[62] 內戰을 하다가 각성을 하고 님과 도깨비의 싸움에 참여하려 한다. 그것은 님의 나라에 가는 길이기도 하다. 님의 나라는 독립된 우리 나라이고 도깨비는 독립을 가로막는 악한 일본을 말한다.

한놈과 동행하는 여섯놈은 그대로 조선사람의 집단이며 당대 반일 독립운동에 떨쳐나섰던 반일독립단체를 상징한다.[63] 여섯놈이 님나라로 가는 것을 하나하나 포기하는 것은 독립의 길에 나섰다가 여러 이유로 주저앉거나 변절하는 항일운동가의 여러 모습을 보여주는 것이다. 독립군 내의 내분, 일제와의 대결을 피하고 山水로 숨는 현실도피자, 친일파로 변신하는 무리 등등 일제 치하에서 우리 민족이 취한 다양한 현실 대응 방식을 보여준다.

그러나 혼자 남아 온갖 고투를 헤쳐 나아가는 한놈의 형상은 당대 반일투쟁에 떨쳐나선 애국자들과 작가자신의 파란 많은 생애를 비쳐보게 한다. 드디어 한놈은 적진에 도착하여 드디어 풍신수길과 맞닥뜨리나 미인으로 변모한 모습에 현혹되어 지옥으로 떨어지고 만다. 일제와의 대결에서 두번씩이나 당한 역사적인 비극이 한놈이 풍신수길에게 패배하는 것으로 나타나는 것이다.

그러나 한놈의 패배는 패배로만 끝나지 않는다. 순옥사자 강감찬을 만

---

62) 정학성, 위의 논문, 438면.
63) 김병민, 위의 책, 112면.

나 지옥에 떨어지긴 했지만, 묶은 사람도 못나가게 하는 사람도 없다는 말을 듣는다. 한일합방이 되었지만 일제의 압박 속에 자신을 묶어 두는 주체도 우리 민족이므로 독립과 해방을 열망하는 인식의 전환을 이루면 해방될 수 있다는 것이다.

한놈이 자각의 결과로 지옥을 부수고 보니 그곳이 바로 님나라였다. 인식의 전환으로 지옥에서 님나라로 옮겨왔듯이 억압에서 해방으로 전환할 수 있다. 님나라는 하늘이 자꾸 뽀얀 먼지로 뒤덮이고 있었다. 더럽혀진 하늘을 쓴다는 사건으로, 사대주의를 청산하고 민족의 자주의식을 회복해야 된다는 생각을 나타냈다.

이와 같이 민족주의자가 민족의 진정한 자주독립을 향하여 가는 정신적 편력을 우의의 수법으로 나타내고 있다. 여행과정에서 일어나는 갖가지 사건들은 진정한 자주독립의 길이 얼마나 어렵고 힘든 일인가를 유추하여 지각되도록 되어 있다. 여기에서 나타나는 사건도 현실적 시공간의 제약이나 범주를 초월한 것으로 추상화되어 있는 것이 특징이다.64)

마지막으로 한놈이 도달한 곳은 애국의 눈물이라는 출입증이 있어야 들어갈 수 있는 '도령군 놀음 곳'인데 한놈이 출입 자격을 상세히 묻는 부분에서 끝이 난다. 출입증을 요구하는 것은 애국자와 반역자를 골라내고, 애국자인 양 하는 사람들 중에 섞여 있는 거짓 애국자를 골라내겠다는 것이다.

순옥사자 강감찬이 나열하는 열 두개의 지옥에다 망국노, 매국노를 일일이 분류하여 넣은 것과 같이, 애국자의 무리도 일일히 분류해 참과 거짓을 가려야 한다는 것이 단재의 생각이다. 거명된 매국역적의 명단 '백제의 임자(任子)며, 고구려의 남생(男生)이며, 발해의 마지막 임금인 인찬(諲撰)이며, 대한 말일의 민영휘, 이완용과 같은 무리'나 이들의 생전 행위가 모두 문면 그대로이다. 애국의 눈물과 그 참과 거짓, 강감찬의 열두

---

64) 김교봉·설성경, 『근대전환기소설연구』, 국학자료원, 1991, 136~7면.

지옥도 모두 문면 그대로의 의미이다. 매국노에 대한 분노 표출방식이
사실적으로 허구화되어 있을 따름이다.

　이 작품에 등장하는 실명의 등장인물은 모두 우의구조 속에 포착될
수 없다. 을지문덕, 강감찬, 김부식 등 주요인물도 인물의 실제 행적을
빌어 허구화하고 있으며, 등장하는 사건 또한 이들 사적을 빌어서 직설
적으로 의미가 표출되고 있다. 이것은 이들 역사적 인물이 관련된 사건
의 서술이 비록 허구적이나, 우의적 방식이 아니고 사실적인 방식을 따
르고 있음을 보여준다.

　그러나 前述했던 바와 같이 한놈을 중심으로 진행되는 사건들과 한놈
과 역사적 인물이 얽히는 사건은 모두 우의적 방식에 의존하고 있다. 즉
완전히 허구적인 인물이 등장하는 부분이 우의적 수법으로 처리되고 있
는 셈이다. 작품 전체적으로 볼 때에는 우의적 수법과 사실적인 수법이
허구적 인물과 역사적 인물을 기준으로 나뉘어져 있는 셈이다.

　「꿈하늘」을 창작하던 1916년에는 丹齋가 중국에 망명하여 북경에 체
류하고 있을 때이다.[65) 따라서 최소한 언론의 탄압을 의식하지는 않은
것으로 보인다. 역사상의 실존인물이 관련된 사건의 서술이 우의적 방식
이 아닌 사실적 방식으로서, 민족주의적인 입장이 노골적으로 제시되어
있기 때문이다. 단지 문학적인 성과를 고려해서 사실적, 우의적인 수법을
씨줄과 날줄로 엮어 교차시켰던 것으로 보인다.

　이러한 단재의 배려가 돋보이는 것은 사실적인 수법은 주로 과거의
인물과 관련되어 있고, 우의적인 수법은 한놈을 중심으로 해서 현재와
미래와 관련되어 있다는 것이다. 확실한 과거는 문면에 그 의도가 그대

---

65) 일본은 제 1차 세계대전 동안 구미열강이 전쟁으로 여유가 없는 틈을 이용해
　　서 중국에 대한 노골적인 침략을 강행했다. 1915년에는 21個條의 요구조건을
　　제출해서 승인 받기까지 했다. 따라서 북경에서도 일본의 영향력에서 자유로
　　울 수는 없었을 것이지만, 언론까지 탄압할 정도의 영향력은 아니었던 것 같
　　다. 황원구, 東洋文化史略 (연세대출판부, 1980, 131면) 참조.

로 드러나는 사실적인 수법으로 처리하고, 불확실한 현재와 미래는 의도가 이면에 숨는 우의적 수법으로 처리하고 있다. 지나간 과거에 있어서는 當爲가 무의미하고 단지 역사를 심판하는 근거일 따름이지만, 현재와 미래에 있어서는 當爲가 삶의 지표가 되어야 하므로 현실에 커다란 영향을 미친다. 삶에 있어서는 언제나 과거보다 현재와 미래가 중요하다.

불투명한 현재와 미래를 위해 오히려 나아갈 길을 제시하면서 비난보다는 鼓舞를 하는 일이 더 급했다. 그럴 수 있는 가장 효과적인 방법을 우의적인 수법을 통한 勸勉이라고 보았던 것이다. 이 작품의 우의적 수법이 거둔 성과는 바로 여기에 있다. 「꿈하늘」에 나타나는 우의적인 수법의 부분성마저 의도적인 창작의 결과이며, 그 의도는 적중한 셈이다.

이 작품은 유고의 상태로 남아 있다가 해방 후 전집에 수록되었으므로 창작 당시에는 최소한의 독자만을 만날 수 밖에 없었다.66) 우의는 독자의 참여를 통하여서만이 그 의미가 완성되므로, 창작 당대의 상황으로 보아 이 작품은 그 성과가 미미하다고 할 수밖에 없다. 그럼에도 이 작품이 우의적 수법을 사용하여 거둔 성과를 간과할 수는 없다.

「몽견제갈량」은 국내에서 발행되어 일제의 눈을 의식하지 않을 수 없었겠지만, 다른 두 작품은 모두 국외에서 씌어져 일제의 강박을 의식하

---

66) 「꿈하늘」이 창작 당시 활자화된 것 같지는 않으나, 어느 정도 당대 독자를 확보했는지는 알 수 없다. 김병민(위의 책, 297~8면)에 의하면 丹齋의 문학유고는 1928년 일제에 체포된 후 그의 동지에 의해 보관되다가 북한의 국립도서관에 전해졌다고 한다. 그런데 남한 쪽에서는 따로이 단재의 전집이 1972년에 상·하로 출간되었다가 75년에 補遺 1권이 추가로 발행되었다. 「꿈하늘」은 바로 이 보유편에 수록되었다. 전집의 해제에 의하면 (단재신채호전집 간행위원회, 단재신채호전집 하권, 1975, 489~93면) 원고를 보관했던 사람들은 尹世復(단재의 독립운동의 동지로서 중국에 망명하였을 때 그의 집에서 거하기도 하였다. 그는 大倧教의 2대 教主이기도 하다.), 卍海 한용운, 耕夫 申伯雨 등의 보관자들이 나중 전집을 엮기 위하여 淸書를 한 것이 대부분으로 전집에 수록된 것은 원본 그대로가 아니고 寫本을 현대의 표기법으로 고친 것이다. 이와 같이 단재의 유고들은 여러 사본으로 존재했으므로, 당대에도 널리 읽히지는 못했을 망정 최소한의 독자는 확보했던 것을 알 수 있다.

지 않아도 되는 상황이었는데도, 주의·주장을 나타내기 위한 형식으로 몽유록을 선택했다. 그것은 몽유록이 주장을 나타내는데 적합한 갈래라는 인식을 하고 있었음을 보여주는 것이라고 할 수 있다. 우의적인 구조를 중시하고 표출하기 위해서가 아니라, 주장을 효과적으로 전달하기 위한 방편으로 몽유록이 중시되었던 것이다.

그러나 우의는 작자의 의도를 직접적으로 노출할 수 없는 상황하에서 원용되는 수법이고, 몽유록이 주의·주장을 전달하는 형식으로 애용된 갈래이니만치 몽유록과 우의적 수법이 결합할 가능성은 높다고 하겠다. 개화기의 몽유록 중에서는 우의적 수법을 사용하여 주의·주장을 펼친 성공적인 사례로「꿈하늘」을 꼽을 수 있겠다.

다음으로 개화기의 토론문은 흔히 우화적 방식을 사용한 작품군으로 논의되어 왔고,67) 몽유록의 특성을 구비하기도 한 작품들이 다수 있기 때문에 우의적인 특성을 살필 필요가 있다.

개화기 토론문으로는 25편이 알려져 있다. 이중 단행본이 5편, 신문 게재 작품 10편, 잡지 수록 작품 10편이다.68) 토론문은 1896년에서 1913

---

67) 이상원(개화기 동물우화소설고, 국어국문학 18·19합집, 부산대국문과, 1982)
은 "개화기 동물우화소설의 삽입우화는 그 이야기의 이면에 현실을 풍자하기 위한 교훈적 의미를 포함하므로 이중구조를 가진다."(15면)고 하며,「警世鐘」,「禽獸會議錄」,「蠻國大會錄」 등이 우화로서 알레고리의 영역에 속한다고 지적하였다. 여기서 들고 있는 동물우화소설은 모두 토론문에 해당하는 작품들이다.
윤명구(개화기소설의 이해, 인하대학교출판부, 1986 151~3면)도「금수회의록」이 우화로서 가지는 우의적인 특성을 지적하고 있다.

68) 김주현(개화기토론체 양식연구, 현대문학연구 105집, 서울대 현대문학연구회, 70 ~1)이 총 27편을 제시하고 있으나,「夢見諸葛亮」과「夢拜金太祖」는 주로 몽유록으로 논의되어 왔고, 몽유록의 특성을 보다 많이 지니고 있는 작품이므로 몽유록으로 앞장에서 다루었다. 단행본은 안국선의「禽獸會議錄」, 김필수의「警世鐘」, 이해조의「自由鐘」, 유일서관에서 발행된 작자 미상의「天中佳節」, 송완식의「蠻國大會錄」 등이다. 단행본 외에는「소경과 안즘방이문답」,「거부오해」 등, 많이 알려진 신문에 게재된 작품을 주로 다룬다.

까지 24작품이 나왔다. 10여년에 걸쳐서 존재했던 토론문은 토론이 성행한 당시의 사회적인 배경 하에서 생겨난 갈래로서 일부는 실제 토론을 그내로 옮겨놓은 것과 같은 양상을 보인다. 토론문은 토론자의 성격과 토론의 내용에 따라 동물우화 형식의 토론문과 시사토론문으로 나눌 수 있다.[69] 또 시사토론문은 등장인물의 성격에 따라 소외계층의 토론문과 사회참여계층의 토론문으로 나눌 수 있다.

이중 사회참여계층의 토론문은 실제 토론을 옮겨 놓은 것 같아서 우의가 개입될 소지가 적다. 「申進士問答記」(한성신보 1896.7.12.~8.27), 「無何翁問答」(한성신보 1.22. 6회 未完)등은 각각 개화와 구습 타파를 토론 내용으로 하고 있는데, 직접적으로 토론자가 자기 견해를 표명하는 방식으로 전개된다. 토론은 직설적으로 친일적인 개화론을 펼치는 양상으로 진행되므로 속뜻을 감추는 우의적인 수법과는 무관하다.

토론문 중에는 드물게 장편인 「자유종」도 등장인물이 자신의 견해를 직접적으로 펼치고 있으므로 우의적인 수법과는 무관하다. 反語에 의한 풍자도 없고 직설적인 발언만 하면서, 등장인물의 처지나 성격도 인상깊게 설정되어 있지 않아, 사건의 전개나 시간적인 순서와 무관한 토론이 그 자체로서 작자의 주장을 나타내고 있다.[70]

「天中佳節」도 신문물제도를 소개하는 내용으로 우의와는 관계가 없다.

우의적 수법은 동물들이 등장하는 작품군과 사회 소외계층 인물군이 등장하는 작품군 위주로 살펴야 한다. 동물과 소외계층은 局外者적 위치에서 대상에 대한 비판적 접근이 가능하므로 우의적인 방식이 고려될 것 같다. 소외계층의 토론문으로 주목할만한 작품은 「소경과 안즘방이 문답」(대한매일신보 1905.11.17.~12.23.), 「거부오히」(대한매일신보 1906.2.20.~3.7.), 轟笑生의 「病人懇親會錄」(대한민보 1909.8.29. ~10.12.), 白痴生의

---

69) 조동일, 한국문학통사 4권 3판, 지식산업사, 1994, 334~4면.
70) 조동일, 위의 책, 337면.

「絶纓新話」(대한민보 1909.10.14.~11.23.) 등이다.

「車夫誤解」, 「소경과 안즘방이 문답」 등은 주제를 효과적으로 드러내기 위하여 이중으로 소외된 인물군이 설정되었으나, 이면에 다른 계층을 설정하고 있지 않으므로 우의와는 거리가 있다.

「病人懇親會錄」도 사정은 마찬가지이다. 토론은 주로 정상인을 비판하고 '병신'들을 옹호하는 내용인데 친일적인 입장에서 정상인들을 비판하고 있으므로, 민족성 비하로 흘러 일제의 식민정책에 동조할 위험까지 내포하고 있다. 따라서 일제의 출판 탄압에 대처하려는 작품 내적 대응 방식으로 우의적인 방식을 고려할 필요는 없었을 것이다.

다음 「絶纓新話」를 보자. 「滑稽소설」이라는 표제가 붙어 있으며, 내용은 장에 가는 양반 샌님과 서울 가는 상놈 덤벙이가 만나서 나누는 대화로 구성되어 있다. 양반 샌님이 단계별로 격이 낮아져 결국은 점쟁이, 무녀의 아들로까지 격하되는 과정을 풍자적으로 보여주는데, 그것이 현 양반의 현실이다. 샌님에게 이와 같이 차례로 '생수'날 계교를 일러주는 덤벙이는 샌님의 지위가 격하될수록 상대적으로 지위가 격상된다. 무기력한 양반과 생기 있는 상민의 이야기로서, 무기력해진 양반은 그만 활기찬 상민들에게 주도권을 넘겨줘야 한다는 것이 작품의 의도이다. 전대의 설화 속에 풍부하게 전해오는 '어리석은 상전과 발랄한 하인' 유형을 발전적으로 계승하여, 풍자적이고 상징적인 수법으로 당대 사회를 진단하고 있는 작품이다.

덤벙이가 샌님에게 무녀의 수양아들이 되라며, 명성황후를 등에 엎고 갖은 위세를 부리며 양반을 좌지우지하던 무당 '진령군'과 '수련'을 들먹이며 풍자적으로 당대 사회를 비판한다. 이와 같이 주도면밀하게 전개시켜온 자신의 작품을 한갓 '갓끈이 끊어지도록 우스운 새로운 이야기'라고 명명함으로써 '별 것'을 '별것 아닌 것'으로 가장하는 골계적 방식을 취하고 있다. 그러나 논의했듯이 풍자나 상징 골계는 우의의 수법과는 거리가 있다.

다음으로 살필 작품군은 동물우화토론문이다. 이에 해당하는 작품은 「禽獸會議錄」, 「警世鐘」, 「禽獸裁判」(欽欽子, 대한민보 1910. 6.5.~8.18) 등 이다.

「금수회의록」은 우화를 표방하며 비판의식을 담았으나, 1909.12월에 일제에 의해 203부가 압수되는 탄압을 당한 작품이다. 우화의 형식을 빌 어 현실비판을 감추려 했다기보다 우화의 형식으로 더욱 노골적으로 현 실비판을 감행하려 했던 결과일 것이다. 동물이 등장인물이 되어서 인류 의 비행을 공격하는 내용인데, 직접적으로 대상을 규탄하므로 우의적인 방식이 개입할 여지가 없다. 동물이 등장한다는 의인의 장막을 거치고 보면 순수하게 직설법으로 진행되고 있을 따름이다. 동물의 입을 빌었기 때문에 현실에 대한 강도 높은 비판이 직설적으로 표출되고 있다.

실제로 당시는 이러한 노골적인 비판이 용납되지 않았다. 일제가 직접 출판을 탄압했던 시기였던 때문이다. 이 작품이 우의적인 수법을 사용하 지 못하고 있다는 것은 그러한 상황에서 감행한 이러한 노골적인 비판이 결국은 판금이라는 탄압을 자청했다는 점에서도 역설적으로 확인된다. 출판 탄압은 직설적인 비판을 봉쇄하려는 방책이기 때문이다.

그런 점에서는 「警世鐘」도 마찬가지이다. 동물을 등장시켜 인간을 비 판하게 하는데, 단지 그러한 인간사의 문제를 기독교의 교리를 준수함으 로써 해결해야 한다고 강변하는 점만이 다르다.

토론문은 대부분 주의주장을 직설적으로 표출하기 위한 갈래로 사용 되었다. 풍자나 상징의 수법으로 당대 사회를 비판적으로 보는 작품도 있지만, 항일의 의도를 나타내는 작품은 찾기 힘들었고, 오히려 친일적인 성향을 나타내는 토론문도 있어서 올바른 역사인식을 토론문으로 표출 한 작품은 의외로 드물었다. 그런 점에서 「금수회의록」이 평가될 수 있 지만 현실비판의 의지를 직설적으로 표출하여 일제의 탄압을 자청했다는 것을 볼 때, 토론문이 택한 문학적 대응방식이 적절한 것이었는가는 회의적일 수밖에 없다.

　이러한 상황에서 동시대의 유일한 우의문학인 신채호의 「꿈하늘」이 항일의 의도를 강력하게 표출하기 위해 택했던 방식이 돋보인다. 여기서 우의적 수법이 갖는 당대적 의미를 다시 한번 확인할 수 있다.

3. 抗日 寓意 新作舊小說의 作品世界

3.1. 「압록강」

3.1.1. 資料 考察

「鴨綠江」은 기존 연구에서 전혀 논의되지 않은 새로운 작품이다. 본고에서 처음 논의되는 작품이므로 소상하게 소개하고자 한다.

「鴨綠江」은 비극소설이라는 표제가 곁들여진 필사본으로 정신문화연구원본만 확인할 수 있었다. 다른 異本이 보고된 바 없으므로 유일본으로 짐작된다. 109면으로 되어 있으며 각 面마다 면수가 적혀 있다. 말미에는 '著作者 閔丙昭'[1]라고 明記되어 있다. 작품 末尾에 작자를 밝힌 것은 신소설에서 출판법에 따라 저자를 명시하던 관례를 따른 것으로 볼 수 있다. 필사본에 굳이 假名이나 筆名을 사용했을 리가 없으리라 보이지만, 閔丙昭는 신·구소설을 막론한 딱지본 소설의 저자로 발견되는 인물이 아니어서 다른 보조자료가 밝혀지지 않는 한 알 수 없다.

---

1) 마지막 '昭' 字는 불확실하다.

표지에는 45°각도로 비스듬하게 '悲劇小說 鴨綠江'이라고 씌어 있으며, '압록강'은 한글로 병서되어 있다. 남은 공간은 그림으로 채워져 있는데 판본이 나빠 선명하지는 않으나 압록강을 그린 그림인 듯, 강에 돛단배가 두어 척 떠있고 주위에는 숲과 정자가 있다.

제목만 써 있는 보통 필사본과 다른 모습이다. 그림이 그렇고 '悲劇小說'이란 副題가 그런데, 이런 외형은 전래의 필사본보다 당대의 신소설을 위시한 활자본과 더욱 가까운 것이다. 울긋불긋한 표지 그림과 아울러 '戀愛小說', '倫理小說', '愛情喜劇小說' 등등의 표제를 곁들여, 독자의 호기심을 자극함으로써 판매 부수를 늘이려 했던 활자본과 같은 외양은 이 작품이 활자본과 같은 시기에 창작된 것임을 말해 준다. '悲劇小說'이라는 표제와는 달리 내용이 비극으로 되어 있지는 않다. 비극에 대한 認識이 제대로 되어 있지 않았기도 했거니와, 활자본의 통례를 쫓아 독자의 관심을 끌기 위해서 '비극소설'이라고 附記했을 것이다.

지면을 메우는 체제도 구소설보다 신소설에 가깝다. 대개의 필사본 구소설이 처음부터 끝까지 행갈이 없이 빽빽하게 써내려 가는데, 이와는 달리 이 작품은 대화 부분과 내용이 바뀌는 곳에서 행갈이를 하고 있으며, 특히 대화 부분은 한 줄 아래로 내려쓰고, 대체로 話者의 이름을 괄호 안에 넣어 제시하는 화자분리의 방식을 사용하기도 한다.[2] 이런 방식은 활자본 중에서도 신소설만이 취하던 방식이므로, 擬古的인 구소설로서 신문화 지향성을 보이는 작자의 성향과 아울러 이 작품의 창작시기를 알 수 있게 한다. 신문화 지향적인 작가의 성향은 작품 내에서 거듭하여 당대를 긍정적으로 묘사하고 있는 데서도 확인된다.

간혹 어려운 단어는 한자를 괄호 안에 넣어 표기하고 있다. 이런 표기 방식은 근대 소설기에 와서 널리 행해지던 방식이다. 창작시기를 한일합

---

2) 대화의 윗머리 부분에 괄호 속에 화자의 이름을 넣는 화자 표시 방식은 사용되기도 하고 생략되기도 한다. 이로 보아 작자는 화자 표시를 이와 같은 방식으로 꼭 해야 한다는 의식은 없었던 것 같다.

방이 된 이후로 볼 수 있는 근거라 할 수 있다.

문장의 어미 처리 부분에서도 창작시기를 가늠할 수 있다. 대부분 구소설과 같이 '~더라', '~하리오' 등을 고수하고 있으나, 간혹 심심치않게 '~다', '~흔다' 등도 사용된다.

작품의 전개 방식도 주인공의 출생담부터 시작하여 시간 순으로 진행되는 구소설의 관습을 지키지 않고 있다.

> 쏫다운 봄소식을 지촉ㅎ노라고 시름업시 솔솔 쑤리던 무르녹은 비는 흐루밤 서북풍이 써인 구름을 쓰러바리는 통에 그만 쑤욱 슨 첫는디 비싯헤 소사느오는 만산초목은 맛치 혼졀흔 사람이 일기 선단을 먹은다시 작년 서리 긔운을 못익이여 쥭엇던 옛뿌리와 옛가지에는 푸른 입시 불은 쏫이 어우러저 봄빗을 자랑ㅎ는듯… (띄어쎅기 - 필자3))

이 작품의 서두는 출생담도 아니고 사건진행에 필요한 말도 아니다. 서사적 기능 위주의 구소설의 문체보다는 부분적으로 묘사적 기능을 지녔던 신소설 문장에 근접하고 있음을 알 수 있다. 서두의 봄풍경 묘사에 이어서 서술되는 사건도 기분이 좋은 이한림이 만취하여 집으로 돌아가서 부인과 담소하는 내용이 먼저 서술되고, 이어서 이한림의 내력이 서술된다. 즉 서술의 역전이 시도되는 것이다.

다음 새로운 어휘의 등장이 창작시기를 짐작케 한다. 작자는 간혹 작품 내의 시간대와 작자가 사는 당대를 비교 설명하고 있는데, 당대는 20세기이다.

> 지금 문명된 이시더로 말흐면 토목국에 도로영 (土木局 道路令)

---

3) 본문은 행갈이만 되어 있을 뿐 처음부터 끝까지 띄어쓰기는 없다. 이하 모든 인용문에서는 필자가 현대어법에 맞게 띄어 쓰기로 한다.

이 엄밀ㅎ야 비록 심산궁곡이러도 될 슈 잇는 디까지는 도로을 기
쳑ㅎ야 혹은 일등노니 이등노니 설치ㅎ야 교통기관(交通機關)을 편
의케 ㅎ야 비록 천마산 갓흔 흠악흔 산이러도 능히 기쳑ㅎ야 뒤로
는 디흥동(大興洞)으로 쑬인 이등노가 잇고 압흐로는 평양(平壤)으로
쑬인 일등노가 잇서서 비록 소경이러도 서슴치 오고 단닌다 ㅎ것지
마은 그쩌로 말ㅎ면 인물발젼과 도로기쳑이 암미ㅎ야 … (21면)

한 대사가 에쓰광선이나 비추고 보는 것 갓치 다가가 … (38면)

즉금 법률이 밝고 경찰이 엄중흔 이시대로 말ㅎ면 비록 살인죄슈
와 지여구사습 갓흔 큰 죄인이러도아모나 못죽이고 반다시 경찰당
국에 비상흔 조사와 금사국에 엄중흔 취조을 밧고 쏘 지판판사가
그 조사흔 결과에 의지ㅎ야 너는 무슨 죄목에 범측인즉 법률 제몃
조에 의ㅎ야 몃히 증역이나 사형선고이다 이갓흔 공평무원흔 판결
을 맛친 이상에야 츠죄을 ㅎ되 … (78면)

근일 인심이 효박흔 이세상으로 말ㅎ면 누구나 금젼을 치용코자
흘 쩌에는 상당흔 지산가와 신용자 이외는 반다시 가옥과 토지을
저당셜입ㅎ되 분명흔 게약서을 성입ㅎ야 가량 빅환두에 오젼 인지
을 쎡 붓치고 쏘 연디보증인을 이삼인식 세워 도장을 바덧다가 만
일 반제기한(返濟期限)이 경과ㅎ는 동시에는 비록 지지ㅎ츤상흔이
치권자(債權者)가 되고 공후작록을 가진 사람이 채무즈(債務者)가 되
엿더러도 상당히 지불명영을 붓친다 가차업을 흔다 ㅎ야 원금에 디
흔 이자는 고사ㅎ고 이지변이라도 쳐서 일젼일 쑨 **러피지 오고
다 바들 능력이 잇지마은 그쩌로 말ㅎ면상ㅎ반상이 판이ㅎ야 양반
명식흔 ****** 실낫만흔 셋줄이 잇서도 법에 업는힝동을 만이ㅎ야
… (96면, * - 판독 불가능한 부분)

여기서 쓰인 '土木局 道路令', '에쓰광선', '경찰당국', '금사국'(검사
국), '지불명령', '가차업' 등등의 용어로 보아 근대식으로 제도가 정비

된 20세기 이후에 이 소설이 쓰여졌음을 알 수 있다. 이러한 새로운 어휘들이 당대에 극소수의 지배층이 아니면 상세히 알 수 없었을 것이라는 점을 감안해 보면, 작자는 신문물과 신제도에 익숙해 있거나 관심이 있던 소수의 상층인물이었으리라 추측해 볼 수 있다.

작가는 이와 같이 창작 당대와 작품 속의 시대를 비교하여 설명하는 방식을 즐겨 쓰고 있다. 창작 당대의 상황에 밝은 식견을 가지고 있음을 애써 드러내고자 하는 것이다. 이런 면모는 창작 시기가 확인되는 결정적인 근거이기도 하지만, 복고 취향을 넘어 당대의 독자에게도 의미 있는 작품이 되고자 하는 작자의 의도가 직접적으로 노출된 사례이기도 하다. 우의소설로서 당대적인 의미를 추구하려 했던 것과 상통하는 면모인 셈이다.

실제로 작자는 주인공이 창작 당대적 인물인 양 착각하는 실수를 범하기도 한다. 작품 속에서는 조선조 영조대왕 시절을 배경으로 하고 있는데, 갑자기 주인공의 생각을 서술하는 부분에서 '이십세긔에 일긔남이 되어…'(81면)라는 부분이 나온다. 작자는 비록 의고적인 구소설을 창작하고 있지만, 주인공이 당대적 의미를 갖고 당대를 사는 인물인 양 묘사하고 싶은 이면의 의도를 갖고 있는 것이다.

이상으로 표지의 특성, 지문과 대화를 구분하고 내용이 바뀌는 부분에서 행갈이를 하는 방식, 어미처리, 도입 부분의 서술의 역전 및 묘사, 신문물을 나타내는 새로운 어휘, 작자 明示 등등 많은 부분에서 이 작품이 필사본 신작 구소설임을 확인할 수 있다. 또한 비록 의고적인 구소설의 형식을 빌고 있지만, 당대 지향적인 성향이 강하여 창작 당대의 현실과 동떨어지지 않은 작품을 쓰려고 하는 작가의 의도를 읽어낼 수 있다. 이 점은 이 작품이 우의소설이라는 것과 상통하는 면모이다.

다음 활자본과 흡사한 점이 많아 그 선후문제를 필사상황을 근거로 따지고자 한다. 필사본에서는 필사를 하는 과정에서 행간에 빠진 부분을 끼워 넣는 일이 빈번하게 나타난다. 물론 착오로 **빠뜨린** 글자를 끼워 쓰는 일도 있지만, 첫 번째의 필사가 착오였음을 인정하기 어려운 부분이 더 많다. 표현을 보다 구체적으로 하거나 유연하게 하기 위한 수식어가 끼어드는 일이 더 많기 때문이다.

> 승상은 디사께 지비ᄒ고 (유유세월에) 긔체안강(氣體安康)히 기시라 축언ᄒ고 (87면)
> 여룡여호ᄒ 군졸이 휘달어가ᄂ 바람에 언의듯 (감회만흔) 압록강을 당도ᄒ엿다 (87면)
> 장안에 둘지 가라면 시비홀만치 유지산흔 (중인) 신일명이라 (96면)

이상 인용문 중 ( )안에 든 부분이 첨가하여 서술된 부분이다. 이와 같은 사례는 작품의 곳곳에 대단히 많다. ( )안의 첨가 구절들이 없어도 문맥의 의미는 통하나, 첨부됨으로써 구체적인 묘사나 정보의 첨가가 이루어지고 있다.

> (그쩌맛침) 윤씨부인이 푸닥거리 경읽기에 돈이 쏠려 (96면)

이 부분은 ( ) 안의 첨부 구절이 윗면 공백 부분에 씌어져 있다.

이상의 사례들은 이 필사본이 단순히 다른 활자본이나 필사본을 베껴 쓴 것이 아니라, 창작 당시의 원본이 아닌가 하는 추측을 하게 한다. 창작을 하면서 혹은 일단 창작이 끝나고 다시 검토하는 과정에서 미비한 부분을 첨가한 것으로 보이기 때문이다. 이점은 미비한 부분을 보완하는 것에 그치지 않고, 이미 서술한 부분을 더 나은 표현으로 수정하면서 써 내려간 부분에서 다시 확인된다.

> 치산범졀에 미우 유풍력ᄒ야 고리딕금과 몽둥이장변((을노와)) (갓
> 흔거로 취죄ᄒ야) 별연간 지산이 외붓듯 가지붓듯 ᄒ야 요부흔 지산
> 가을 이루란터((에 맛침 굿씨에))이라   (96면)

((   )) 안은 지워버린 부분이나 식별이 가능하였다. 이를 통해 보면 구
체적인 표현을 첨부하기만 한 것이 아니라, 보다 나은 표현으로 고쳐 쓰
기도 했던 것을 알 수 있다. 위의 인용문 중 두 번째의 삭제 부분에서는
문장을 이어 쓰려다가 다시 고쳐서 종결하고 있다. 한 문장 한 문장 고
심해서 써내는 창작 당시의 작자의 구체적인 갈등 상황을 읽어낼 수 있
는 부분이다.

또 일단 써낸 부분이 미심쩍고 성에 차지 않아서인지 기왕 써놓은 부
분을 고치지도 않고 다른 문장표현을 附記하는 경우도 있다.

> 이흔림인지 누군지(무어신가) 니논(돈? -필자)을 씨고 기흔이 지
> 니도 갑지 오키로 (96면)

'누군지'를 그대로 두고 옆에 '무어신가'을 덧붙여 써놓았다. 화영이
매부 박상열과 같이 부친을 찾아 재동에 갔다가 집이 이미 다른 사람의
손에 들어 갔음을 알고 당황해 하는데, 새로 집주인이 된 中人이 화영의
신분을 알고도 무단 침입자로 취급하며 眼下無人으로 함부로 대하는 부
분이다. 계모 윤씨의 악행과 그로 인한 폐해가 승상이 된 이후까지 미치
고 있음을 보여주기 위해서, 새 집주인에게 당하는 수모를 확대하려는
것이 첨가하는 말의 의도이다.

위의 여러 사례들이 이 작품이 선행하는 활자본을 필사한 것이라기보
다 창작의 현장에서 필사된 것임을 추측하게 한다. 딱지본과 같은 표지
그림과 행갈이 방식, 대화분리 등등은 이 판본이 활자본으로 찍어내기
위한 대본으로 씌어진 것이라는 짐작을 하게 한다. 그러나 정작 활자본

으로 출간되었는지는 알 수 없다. 당시에 발행된 다른 활자본에 수록된
출간 목록에서도 발견되지 않고, 현존하는 활자본도 찾아볼 수 없기 때
문이다. 그렇게 된 원인은 우의소설적 측면과 관련이 있지 않은가 추측
해 본다.

3.1.2. 작품 표면의 사건 전개

前述한 바와 같이 이 작품은 기존 연구에서 논의된 적이 없고, 작품
소개조차도 이루어진 적이 없다. 본고에서 처음 논의되는 새로 발굴한
작품이므로 논의의 편의를 위해 내용을 살펴본다.

만산초목에 봄기운이 서린 봄날, 이한림이 대취하여 집으로 돌아
가 부인 조씨와 담소하고 있다. 사십 후에야 화순, 화영 남매를 두
어 세상에 그리울 것이 없어 退朝를 하고 돌아오는 길이었다.
그러나 화순이 열살 때 부인 조씨가 득병하여 한림에게 후취를
얻을 것을 부탁하고 죽고 만다. 조씨가 죽은 뒤, 곧 이한림은 윤사
간(詞諫)의 중매로 그 여동생 윤씨를 후취로 맞이하였다. 윤씨는 화
순 남매를 박대하고 해치고자 하다가 윤사간과 방책을 모의한 끝에
화영을 죽이기로 하였다.
윤씨는 한림에게 청하여 화영을 천마산의 귀법사 성암대사에게
공부하러 보내게 하고서, 동행하는 노복 장쇠에게 중도에 죽이라고
일렀다. 윤씨의 말을 엿들은 忠僕 복돌이가 동행을 자청하며 화영을
제가 죽이겠다 별렀다. 화순은 화영이 집을 떠나 공부하는 것이 내
키지 않았으나, 별 수 없이 서러운 이별을 해야 했다. 천마산에 이
르러 복돌은 화영을 죽이려 하는 장쇠를 강박, 회유하여 서울로 돌
려보냈다. 장쇠는 복돌이 시킨대로 두 사람을 죽였다고 윤씨에게 고
하고, 한림에게는 복돌이 공자를 위해 귀법사에 남았다고 전하였다.
화영과 복돌이는 산적을 만나 노자를 다 털리고 무일푼이 된 데
다 길마저 잃고 헤매어 기진할 정도가 되었다. 마침 하늘에서 옥함

하나가 떨어졌는데, 갈 방향을 지시하는 지도와 천사구명단이 들어 있었다. 두 사람은 옥함 속에 든 글귀대로 지도를 안내삼아 중국 요동땅 보화사를 향해 가게 되었다.

윤씨는 윤사간과 상의하여, 한 대사를 시켜 화영이 虎食 당하였다고 서암대사가 보낸 양 위조한 편지를 이한림에게 전한다. 통곡하는 한림과 화순을 본 윤씨는 화순마저 죽일 결심을 한다.

복돌의 공궤를 받으며 신의주에 도착한 화영은 압록강을 건너던 중, 신세를 한탄하며 강물에 몸을 던진다. 한 대사가 바위에 걸린 화영을 구해내 환약으로 소생시켰는데, 바로 보화사 설형대사가 보낸 중이었다. 대사를 따라 보화사에 들어간 화영은 설형대사에게 古今興亡治亂, 천문지리, 둔갑장신법 등을 공부한다.

화순을 제거하려 하는 윤씨는 한층 더 화순을 구박하여 구타하기까지 한다. 이에 그치지 않고 윤씨는 화순이 외간 남자와 간통한 것처럼 편지를 날조하여 이한림에게 보인다. 그 뒤 시비 선향을 시켜 사람을 사서 화순의 방에 침범케 하고, 이한림으로 하여금 이를 목격하게 만든다. 분노한 이한림이 화순을 죽이려고까지 하는데, 간교한 윤씨가 이를 만류하고 내보내고서는 화순을 두들겨 팬다. 누명을 쓴 화순은 달리 방법이 없어 스스로 목을 매고 만다. 이를 본 옥순의 만류로 화순은 도망치고, 화순과 똑같이 생긴 옥순이 대신 목을 매 죽었다. 옥순은 화순의 모친 조씨가 시집올 때 데려온 몸종 월게의 딸이었다.

집을 나온 화순은 길에서 복동어멈을 만나 구원을 받으나, 사실은 뚜쟁이로서 화순을 상처한 김진사의 후처로 넘겨 한밑천 재산을 챙기려 하였다. 혼인 전날 밤에 화순이 도망쳐서 절벽에 떨어져 죽으려 하였는데, 수산어멈이 구해 주었다.

윤씨가 화순 남매를 죽이고, 아들을 낳기 위해 판수와 무당을 불러 굿과 푸닥거리로 家産을 모조리 탕진하였다.

화영이 보화사에 온지 여섯 해가 되었을 때, 남만이 중원을 침공하였다. 화영의 명성을 들은 황제가 화영을 불러 병부상서를 제수하며 이를 토벌케 하였다. 화영은 복동을 부하로 삼고, 전국에서 무사를 뽑아 출전하여 남만을 토벌하였다. 이후 화영은 황제의 청으로 공주와 혼인하여 정사를 돌보았다.

황제에게 귀국하기를 청하여 조선에 돌아오다가 압록강에 이르러 시를 지었다. 조선에서 좌승상이 된 화영은, 화순과 결혼하고 과거에 급제한 매부 박승열을 조정에서 만났다.

수산어멈의 중매로 화순은 도화동 박산림의 아들 박승열과 혼인하였는데, 곧 과거를 보아 호조판서를 제수받았던 것이었다. 박판서는 승상이 임금에게 고하는 내력을 듣고 처남임을 알아 보았던 것이다.

두 사람은 같이 재동 본가를 찾았으나, 다른 사람이 살고 있었다. 윤씨가 돈을 빌어쓰고 집을 빼앗겨 삼청동 초가로 옮긴 것이었다. 화영과 박승열이 삼청동에 이르렀을 때는 이미 이한림이 기진하여 죽어 있었다. 이에 화영이 청심환으로 살려내고 눈물 속에 상봉하였다. 이때 박승열의 편지를 받은 화순도 와서 가족이 같이 상봉하게 되었다.

화영의 소문을 들은 선향과 윤씨는 노성의 친정으로 달아났다. 월게 또한 승상 남매가 왔다는 말을 듣고 한림 댁으로 왔으나 전에 죽은 사람이 소저가 아닌 옥순이라는 것을 확인하고 통곡하였다. 한림은 옥순의 시체를 수습하여 잘 매장하고 비석을 세워주었다.

승상 남매가 노성으로 하인을 보내 윤씨와 선향을 맞아오게 했는데, 분노한 한림이 두 사람에게 형장을 치려 하였으나 승상의 만류로 용서하였다. 윤씨 또한 감동하여 전일의 죄과를 뉘우쳤다. 선향은 오라비 복돌의 공로를 보아 또한 용서해 주었다.

임금이 모든 사람에게 직첩과 상급을 내렸다. 화영은 중원에 들어가 황제의 영접을 받고, 다시 조선에 나와 영화롭게 살았다.

이 작품은 계모와 전실 자식들 간의 갈등을 주요 내용으로 하는 가정소설을 표방하고 있다. 화영 남매의 모친인 조씨가 죽고 나서 후취로 들어온 윤씨가 전처 소생인 두 사람을 죽이려고 하면서 갈등이 시작된다. 동생인 화영은 공부를 핑계삼아 절로 보냈다가 중도에 노복으로 하여금 죽이게 하고, 누이 화순은 외간 남자와 내통한 것처럼 꾸며 누명을 쓰게 한 다음 스스로 목숨을 끊게 함으로써, 윤씨는 전처 소생의 두 자식을 제거하고자 한다. 물론 계모 윤씨의 흉계는 다 실패한다. 화영은 또 다른 충복인 복돌 덕분에 목숨을 구하고, 화순 또한 충성스러운 시비인 옥순이 대신 죽음으로써 목숨을 구해 도망치게 된다. 가족 내의 갈등을 그린 가정소설 중에서도 계모와 전실 자식의 갈등을 그린 계모형 소설에 속한다. 여기까지는 소설의 전반부에 해당한다.

계모형 소설은 계모라는 전형적인 인물이 등장하여 이로부터 야기되는 가정적 비극 내지 파탄을 그리는 소설을 말하며 「장화홍련전」이 대표적인 소설이라 할 수 있다.[4] 계모형 소설은 엄밀히 말하면, 계모와 전실 자식 간에 갈등이 일어난 것이 아니라, 계모라는 가해자로 인해 전실자식들이 겪는 고난과 극복을 다룬다.

계모와 전실자식의 관계는 여러 갈등 요소를 내포하고 있기 때문에 「장화홍련전」, 「콩쥐팥쥐전」을 위시한 여러 구소설들이 소재로 삼아 왔고, 당대의 신소설에서도 계속해서 다루어지고 있던 소재였다. 계모와 전실 자식의 갈등은 처첩갈등 만큼이나 숙명적이다. 가족 구성원 간의 위치에 따라 유발되는 갈등으로 인간 대 인간의 갈등이 아니라, 관계 사이에서 일어나는 갈등이다. 이런 갈등에서는 계모와 妾이 加害者로 되어 있는데 妻妾갈등은 똑같이 成人이라는 대등한 관계에서 이루어지기 때문에 상대방의 加害에 대응 내지 공박이 가능하고, 때로는 처가 가해자가 되기도 한다. 그러나 계모와 전실 자식의 갈등은 성인과 미성인의 갈등인데다 계모는 효성이라는 유교 윤리를 업고 있으므로, 가해자는 일방적으로 성인인 계모이고, 따라서 작품은 주로 가해와 가해로 발생한 고난 및 극복으로 이루어진다.

이 작품 또한 계모 자식 갈등을 다룬 전대 소설의 맥락을 이어 가해자

---

4) 우쾌제, 「薔花紅蓮傳」考, 한국고전소설론, 한국고전소설편찬연구회 편, 새문사, 1990, 391~2면.

인 계모 윤씨, 弱者이자 피해자인 전실자식 화순, 화영, 그리고 이들 사이에 존재하는 무능한 아버지 이한림 등의 인물이 등장한다. 등장하는 인물은 여타 계모형 가정소설인 「黃月仙傳」, 「魚龍傳」, 「金仁香傳」, 「金就景傳」과 동일한 유형이다.

후반부는 화순보다 화영에게 촛점이 놓인다. 복돌에 의해 구출된 화영이 산적을 만나고 나서 기진하여 죽게 되었을 때, 천상계가 내린 玉函을 받아 구출되고 그 안내에 따라 중국으로 가게 된다. 그러나 화영은 그럼에도 절망 속에서 헤어나지 못하고 압록강을 건너면서 스스로 몸을 던지고 만다. 이번에는 설형대사가 보낸 승려에게 구출되어 보화사로 가서 몸을 의탁하게 된다. 그러다 중원을 침범한 南蠻을 물리치는 공을 세우고 입신양명하고 공주와 혼인하고 조선으로 돌아오게 된다. 화영의 고난과 그 극복과정, 특히 국외 즉 중국에서 남만을 물리치는 활동은 국외원정 군담소설 유형5)의 주인공이 벌이는 활약과 같다.

국외원정 군담소설은 다른 군담소설과 같이 고귀한 혈통을 가지고 태어난 주인공이 시련을 겪고 전쟁을 성공적으로 이끌어 승리한다는 유형을 취하고 있다.6) 그래서 이 작품은 구조적으로는 영웅소설 유형에 포괄된다. 화영과 화순의 일생을 보면 이 작품이 '영웅의 일생'의 유형구조에 일치함을 알 수 있다.

화영의 일생
① 한림의 아들이다.
② 한림이 사십을 넘어 얻었다.
③

---

5) 이영신, 국외원정 군담소설 연구(한국학 대학원 석사논문, 1982)에서 주인공이 외국으로 원정을 가는 작품을 이렇게 명명하였다. 이 유형에 드는 작품으로 「金太子傳」, 「六美堂記」, 「江陵秋月」, 「玉簫奇緣」, 「金剛聚遊記」, 「張仁傑傳」, 「申遺腹傳」, 「李泰景傳」, 「李麟傳」 등을 들고 있다.
6) 이영신, 위의 논문, 40면.

④ 계모의 살인음모로 죽을 구비에 이르렀다.
⑤ 복돌, 설형대사를 만나 죽을 고비에서 벗어났다.
⑥ 중원올 침입한 남만과 싸우게 된다.
⑦ 남만을 물리치고 공주와 결혼한다.

화순의 일생
① 이한림의 딸이다.
② 이한림이 사십이 넘어 낳았다.
③
④ 계모의 음모로 누명을 쓰고 자결하려 하였다.
⑤ 시비 옥순이 대신 죽어 죽을 고비에서 벗어났다.
⑥ 복동어멈에게 유인되어 팔려갈 처지에 놓였다.
⑦ 위험을 알아채고 도망쳐 수산어멈의 도움으로 박승열과 결혼하게
  되었다.

고난을 극복하는 과정에서도 하늘에서 옥함이 떨어져 갈 방향을 제시하고, 기진한 사람을 소생시키는 환약을 주며, 설형대사가 중을 보내 강물에 빠진 화영을 구해내는 등 천상의 구출자가 등장한다. 이들이 영웅형 인물이고 천상의 구출을 받는 것은 이 작품에 二元論의 잔재가 남아 있음을 보여준다.

이상과 같이 이 작품의 외면은 전대 구소설의 보편적인 유형을 취하면서 그 관습을 충실히 잇고 있다. 따라서 독자는 표면적인 전개과정에서 충분히 여타 구소설과 같은 흥미를 느낄 수 있다. 요컨대 굳이 이면의 의미를 탐색하려 들지 않는 독자라도 충분히 작품을 읽는 묘미를 구소설과 같이 느낄 수 있다는 것이다.

그러나 구조나 소재는 구소설의 관습을 계승하고 있지만, 문체는 신문학기의 그것을 도입하려 한 흔적이 여실하다. 앞장에서 살핀 것처럼 서술의 역전이 시도되기도 하며, 심리묘사와 사실적인 묘사, 구어체에 근접

한 문장표현이 두드러지기도 한다.

계모 윤씨가 노복 장쇠에게 화영을 천마산에 데리고 가다가 중도에서 죽이라고 이르고 있는 중에 밖에서 갑자기 복돌이가 들어오는데, 이 장면을 이렇게 나타낸다.

이와 갓치 입에 침 흔점도 업시 분분히 치하ᄒᆞ는 지음에 별연간 문이 푸시시 열이며 엇던 모양이 흠상구진 남자가 벗석 드러오니 윤씨 쌈작 놀니여 ᄒᆞ던 말을 쑤윽 끈치고 (…) 그남자는 황겁흔 모양으로 쑤러 오저 공손히 엿자오되 (…) 이 남자는 별 사람이 아니라 선향에 오라비 되는 복돌이라 ᄒᆞ는 사람인ᄃᆡ (12~13면)

어떤 인물이 갑자기 등장한 뒤 그 인물의 내력을 나중에야 서술하는 방식이 자주 사용된다. 이런 수법은 장면을 전환하였을 때도 자주 사용한다.

화순이 누명을 쓰고 죽음을 결심하고 목을 매고 나자 시비 옥순이 나타나 화순을 구하고 자신이 대신 목을 맨다. 작자로서는 이 사건이 사실적이지 않다고 본 것 같다. 그래서인지 독자를 설득하려는 설명을 사실적으로 하고 있다.

옥슌에 용모가 소저와 갓흔 모양으로 말ᄒᆞ면 ᄒᆞ림은 비록 청천빅일에 눈을 비뷔고 보더래도 얼는 아라보지 못ᄒᆞ려던 ᄒᆞ물며 이밤중에 눈물이 장막을 처서 옥슌이는 말고 다른 사람을 가지고 소저에 시체라 ᄒᆞ더리도 쌸이야 붓들고 울 지경인ᄃᆡ 엇지 옥슌인지을 알리요 만일 부인과 선향이나 유심히 보앗스면 옥슌이로 발각될지 모르 것마은 소저가 자결흔 것만 깃거ᄒᆞ야 자세히 볼 여가도 업거니와 셜혹 모양이 여간 틀인지을 보더리도 목을 미여 죽엇스니 으례히 모양이 그럴거다 인정ᄒᆞ고 일졀 의심이 업슬거시니 옥슌에 딕힝홈이 엇지 탈노되리요   (66면)

옥순이 화순이 대신 죽는 것을 독자가 의아하게 여길 것이라고 보아, 여러 상황을 가정하면서 작중 인물들이 이 사건을 믿는 과정을 합리적으로 설명하고 있다. 그러나 사실 이렇게 시비가 주인을 대신하여 죽는 것은 구소설에서 주인공이 위기를 벗어나는 방식으로 자주 애용해왔던 수법이다. 구소설을 쓰면서도 합리적인 전개를 통하여 신문물을 접하고 있는 독자의 리얼리티에 대한 기대를 충족시키려 하는 의도가 단적으로 드러나는 부분이라 할 수 있다.

화영이 결국 죽은 부친의 시신과 상봉하자, 소매 속에서 환약을 꺼내 부친을 소생시키는데, 작자는 이 장면의 허탄함을 사실성으로 바꾸고자 몇 가지 설명을 첨부한다.

> 그러느 사람이란 거시 이러흔 써라도 응급치료를 잘흐면 회싱흐
> 는 일도 잇는 거시라 총명이 오직 사람에 지니는 승상은 그런 병에
> 적당흔 약을 가지고 다니던 터에 그 모양을 보고 급히 회즁으로서
> 슌긔 청심환이라 흐는 환약을 가라 흐림 입에 흘너 느엇더라 (98면)

기진하여 죽은 사람도 응급처치를 잘 하면 살아난다든지, 화영이 적당한 약을 언제나 가지고 다녔다든지 하는 설명을 하여 죽은 사람이 소생하는 사건에 합리적인 설명을 하고 있다.

영웅소설의 이원론을 일부 수용하면서도 그 속에서 최대한 합리적이고 사실적인 설명을 하려는 작자의 이러한 태도는 구소설에 대한 작자의 인식을 보여준다. 비합리적인 측면은 합리적인 방식으로 바뀌어 나가야 한다는 것이 작자의 구소설 인식인 것이다.

구어체에 근접한 표현을 하려는 방식은 속담을 자주 사용하고, 대화부분에서는 특히 일상어를 사용함으로서 이루어지고 있다.

> 서울 깍장이가 시굴 어리벽이에게 속는다 (26면)
> 나무를 업시 ᄒ랴면 쑤리까지 업시라 (32면)
> 죽은 경승이 산 긔만 못ᄒ다 (36면)
> 죄는 니가 지을거시니 베락은 네가 마지라 (36면)
> 틔산갓흔 은혜는 머리를 베여 신을 숨아드려도 못다갑것슴이가
> (37면)

이와 같이 대화나 지문 중에 빈번하게 속담을 사용하고 있다. 속담은 구어체 표현에서 주로 애용되는 방식이다.[7]

화영이 승상이 되어 조선에 돌아와 매부 박판서와 같이 재동 옛집을 찾았을 때, 만난 새 집주인은 전형적인 시쳇말을 구사하고 있다.

> 왜 당신네 밥먹고 잘못 ᄒ랴 단인단 말이요 이흔림이라면 누가
> 벌벌 쓸고 긔졀을 ᄒ는 줄 아는가배 어서 잔말 말고 밥비 나가요
> (96면)

구소설의 문체를 벗어나 있는 것은 물론 문어체를 완전히 탈피하여 일상어가 그대로 수용되어 있는 경우이다. 이러한 신문학적 수법들은 대체로 구소설에다 신문학적 사실성을 더하기 위해 시도된 것들이다. 이러한 시도가 작품의 전개에서 크게 파탄을 일으키지 않으므로 독자는 표면의 이해에 그쳐도 흥미로운 작품 이해에 도달할 수 있다.

이런 점들은 작가가 일단 위와 같은 구소설의 관습을 계승하기도 하지만, 한편으로 당대의 문학적 관습에 대한 관심을 나타내어 작품에 당대적 의미를 더하려는 의도라고 볼 수도 있겠다. 작품의 골격과 소재는 구소설의 유형을 이어 구소설 독자의 관심을 끌면서, 문체나 구체적인 전개 과정에서는 신문학기의 수법이 시도되어, 신문학기에 창작된 작품

---

7) 이은숙, 신소설 「馬上淚」의 구비문학 활용방식, 한국학 대학원 논문집 6집, 1991, 32~5면 참조.

으로서 독자의 기대를 여러모로 충족시키고 있다.

구소설의 틀에 가미된 신문학의 수법은 구소설적 전통의 계승과 변형을 함께 이룩하려는 작가의 의욕으로 이해될 수 있다. 구소설로서 당대 문학적 의의를 획득하려는 노력이 이와 같은 모습으로 나타난 것이다. 그리고 그것이 작품의 전개상 무리한 시도에 그치지는 않고 있으므로 구소설의 형식에 신문학적 요소가 더해져 이루어진 표면의 설정은 신문학기에 가능한 구소설의 창작 방식으로서 이해된다.

3.1.3. 작품이면에 구현된 주제

이 작품의 우의적 방식은 두 가지 방법으로 접근할 수 있다. 하나는 구소설의 유형 계승을 표방하면서도 한편으로 관습을 탈피하는 수법으로 제시하는 이면의 의미를 포착하는 것이고, 또 하나는 구체적인 지명을 거론하면서 공간의 이동이 제시되는데, 예사롭지 않은 지리적 공간의 의미를 추적하는 방식이다.

전술한 바와 같이 이 작품은 소재로 보아 계모형 소설과 국외원정 군담소설에 해당된다. 따라서 구소설의 전통을 표방하는 이 작품이 전통의 수위를 넘어 다른 의미를 추구하는 양상은 두 유형의 소설군과의 비교를 통해 살필 수 있다.

먼저 계모와 전실 자식의 갈등이 야기되는 원인을 살펴보자. 계모형 소설의 전형인 「장화홍련전」에서는 자기의 존재 의미를 상실한 한 인간이 그 의미를 회복하기 위한 욕망을 시기심의 형태로 나타낸다.[8] 물론 대부분의 계모형 소설에서 계모는 천성적인 악인으로 묘사된다. 그러나 그같은 악인으로서의 성격이 표출되는데는 동기가 있다. 「장화홍련전」에서는 배좌수가 틈만 있으면 두 딸을 붙들고 죽은 전처를 생각하며 눈물

---

8) 우쾌제, 「薔花紅蓮傳」, 김진세 편, 한국고전소설작품론, 집문당, 1990, 751면.

을 홀림으로써 계모 허씨의 시기심을 유발시킨다.

> 미양 녀으로더브러 강부인을 싱각ᄒ며 일시라도 냥녀를 못보면
> 삼추갓치녀겨 나갓다가 드러오면 몬져 냥으의 방의 드러가 손을 잡
> 고 눈문을 흘녀왈 너이 심규의잇셔 어미 그리워ᄒ믈 노뷔 미양 슬
> 허ᄒ노라ᄒ며 이련ᄒ여ᄒ미 졈졈간졀ᄒ니 허씨 이러ᄒ므로 싀긔지
> 심이 디발ᄒ야 장화형졔를 모희할 쇠를 싱각ᄒ니9)

뿐만 아니라 시기하는 계모 허씨를 불러 배좌수가 모든 재산이 다 전
처의 것이니 두 여아에게 잘하라고 훈계까지 하자, 시기심은 장화 홍련
을 죽이려는 데까지 이르고 마는 것이다. 계모 허씨의 시기심은 존재상
실감을 느끼고, 존재의미를 회복하려는 양상인 애정성취적 행위의 결과
로 나타나는 것이다.10)

그러나 「압록강」의 윤씨는 시기심의 동기가 없다. 윤씨의 성품은 혼인
당일 드러나는데 ‘신부얼굴에살긔가득’ 하다고 하였다. 이외에 계모형 소
설에서 보여주는 일반적인 계모의 속성을 드러내는 묘사는 없다. 다른
구소설에서는 계모는 한결같이 외모가 추악하거나 천성이 간악한 악인
의 대표적 인물로 설정하고 있는데, 이 작품에는 위의 표현 이외에 천성
이나 추악한 외모를 나타내는 구절이 없다. 시기심의 동기도 전혀 설정
되어 있지 않다. 단지 혼인 당일의 신부의 살기 가득한 얼굴모습을 서술
한데 이어서

> 윤씨부인이 흔림문리에 드러온 후로 비단 흔림을 례로셤기지 못
> 홀 뿐 아니라 젼실 아달 화슌이남미을 박디자심ᄒ야 무단히 님일ᄒ
> 기와 침소ᄒ기을 마지 으니ᄒ니 화슌이는 엇지홀 줄 몰느며 니에
> 효셩이 부족ᄒ야 그리ᄒ시나 ᄒ야 일층조심ᄒ야 셤기나 흔번 마음

---

9) 「薔花紅蓮傳」 紫岩本, 4면. (우쾌제, 위의 논문에서 재인용, 752면)
10) 우쾌제, 위의 논문, 752면.

> 을 악독ㅎ게 먹은 윤씨는 일분도 뉘치지 ㅇ니ㅎ고 은근히 ㅎ코자
> ㅎ나 한림이 총이ㅎ난고로 참아엇자지는 못ㅎ고 (6면, 이하 인용문
> 띄어쓰기 -필자)

라고 하여 전혀 동기가 없이 시기심이 발동하며, 그 시기심은 바로 남매를 죽이려는 행위로 이어진다. 전대 구소설에서는 계모가 자기 자식을 낳은 뒤부터 전실자식을 학대하거나 학대가 심해지는데 비해, 윤씨는 자기 자식이 없음에도 '천사만념으로 화순남미 ㅎ칠 게교를 연구'한다. 남편이 전실자식을 자기 소생보다 더욱 사랑하는데서 유발된 시기심과 보호본능 때문이었다면 계모의 악행이 최소한의 타당성을 확보한다고 할 수 있으나, 윤씨는 자기 소생도 없이 전실 자식 둘을 죽여놓고, 이후에야 자기 소생을 갖기 위해 가산을 탕진하면서 굿과 푸닥거리로 祈子精誠을 드리기까지 한다.

윤씨의 무조건적인 증오심 앞에 어린 남매는 무방비로 당할 수밖에 없다. 화영은 자신을 공부시킨다는 핑계로 첩첩 산중에서 원혼을 만들려 할 때도 자기를 죽이라는 密命을 받은 두 노복을 따라 나설 수밖에 없었고, 화순 또한 처녀의 몸으로 외간 남자와 간통했다는 누명을 쓰고 목을 맬 수밖에 없었다. 惡人이자 强者인 계모에게서 善人이자 弱者인 두 남매를 보호하고 방패막이가 되어야 할 사람은 이한림이었으나, 그는 윤씨의 흉계를 전혀 눈치채지 못하고 화영을 자진해서 천마산으로 떠나보내고, 누명을 쓴 자기의 딸 화순에게 칼을 들고 덤비는 어리석고 무능한 사람일뿐이다.

전대 계모형 구소설에서 계모의 악행은 전실자식을 쫓아내거나[11], 외간 남자와 간통한 것 같이 꾸며[12] 부친에게 죽게 하거나, 남편에게 버림받게 만드는 것이 대부분이었다. 그런데 이 작품에서는 단도직입적으로

---

11) 「魚龍傳」, 「金就景傳」 등이 여기 해당된다.
12) 「薔花紅蓮傳」, 「鄭乙善傳」, 「金仁香傳」, 「黃月仙傳」 등이 해당된다.

남매 모두를 죽이려 들었다. 이점은 소설적 흥미를 放棄하는 수법의 미
숙성이라고도 지적할 수 있겠으나, 윤씨의 이런 무조건적인 적대감은
'구멍'이자 작품의 裏面을 이어주는 고리라고 할 수 있다. 표면에서 전
후 정황을 완벽하게 연결하는 구조이기를 포기하는 어그러진 구조는 이
면에 또 하나의 구조를 설정하고 있음을 나타낸다. 계모형 가정소설의
유형으로 여러 삽화를 똑같이 차용하고 있으면서도 그러한 '구멍'을 가
지고 있는 것이다.

　'구멍'을 메우기 위해서는 화영과 화순이 계모의 살해 위협을 피하기
위해 화영은 신의주를 거쳐 압록강을 건너 요동땅으로 들어가고, 화순은
송화동과 도화동 등 서울 시내에 은거한 점을 들어야 한다.

　　신의쥬로 말ᄒ면 우리 조선에 둘지 가라면 시비홀만흔 일더 번화
ᄒ 시장(市場)이라 압흐로ᄂ 백두산(白頭山)에서 천유여리을 흘너 니
리ᄂ 압록강(鴨綠江)이 국게(國界)을 층ᄒ야 잇고 변부 중앙으로ᄂ
북경(北京)을 통ᄒᄂ 디로가 빗겨 잇ᄂ디 언의 희을 물론ᄒ고 음력
구시월을 당ᄒ면 의슌관(義順館)에 송영ᄒᄂ 사신과 치문(柵門)에 왕
리ᄒᄂ 상고가 가장 복잡ᄒ고로 압록강에 왕리ᄒᄂ 크고 즉은 비
(船)가 북갓치 다니난디 그즁 크도즉도 아니흔 엇던 비 위에 힝식이
초초흔 두사람이 마조 안저 처량흔 음셩으로 과거사와 미리사을 이
약이ᄒᄂ 사람은 곳 조선을 등지고 청국을 근나가는 리공자가 자긔
노복 복돌과 갓치 스러운 사졍을 이약이ᄒᄂ 거시러라
　　간도(間島)쪽으로 부러오는 쌀쌀흔 바람은 사람이 혈관을 써느럿
케 ᄒ고 통군졍(統軍亭) 압흐로 둘여 잇ᄂ 공단빗갓흔 단풍 입사귀
ᄂ 사람에 눈을 뷔슬듯 흔데 강변사장에 왕리ᄒᄂ 갈미기에 오열흔
소리도 쪼흔 강즁 경긔을 도와 심회산란흔 사람으로 희야금 구곡간
장을 구비구비 녹이게 흔다　　(33~4면)

요동땅으로 가는 행로, 특히 압록강을 건너는 정황을 이와 같이 장황
하게 사실적으로 묘사하고 있다. 압록강에 대한 이야기를 사공과 같이

나누는 대목에서는 우리 국토에 대한 긍지마저 나타나고 있다.

> (공쥬) 여보시요 이강이 무슨 강인데 이와 잣치 큼잇가
> (사궁) 이강은 압록강이라 흐난 강인디 우리 조선 오디강(五大江)
> 중에도 첫손고락 쏩는 강임이다
> (공쥬) 그럿켓심이다 우리 조션에서는 아마 이강보듬 더 큰 강은
> 업슬거시지요 참말 디단히 크구려   (34~5면)

'우리 조선'이라는 표현이 눈에 띈다. 국내를 배경으로 하는 작품의 경우에도 조선을 이와 같은 방식으로 지칭하는 경우는 드물다. 이것은 나중 화영이 중국으로 들어가서 조선을 '고국'이라고 표현하는 의식과 상통한다. "어너 쩌나 고국을 도라가 아바지와 누의를 다시 맛니보나" (46면) 다른 국외원정 군담소설에서는 보통 주인공이 우리 나라를 지칭할 때, '본국'[13])이라는 표현을 쓴다. 이 작품에서는 중국의 황제마저도 화영에게 말할 때 조선을 가리켜 '고국'이라고 부르는데(85면), 이것은 화영이 여타 군담소설의 주인공의 의식과는 다른 차원에 있기 때문에 가능한 표현으로 보인다.

압록강에 대한 감회가 이와 같이 남다른 것도 화영이 이면에서는 독립군의 행적과 의식을 나타내기 때문이라고 볼 수 있다. 일제는 한일 합병이 되기 직전 1908년 이후 '남한 대토벌 작전'을 통해 의병의 토벌과 색출 작업을 벌였다. 이 때 일진회를 비롯한 친일세력도 동원하였다. 합병 이후에는 잔존 의병 세력을 토벌하려고 대대적인 군사 작전을 벌여 이제 나라 안에서의 의병 활동은 더 이상 불가능하였다. 그리하여 나라 안의 의병들은 두만강, 압록강을 건너 일제의 탄압이 미치지 않는 간도

---

13) 부마ㅣ 갈ㅇ디 니가 본국에 잇슬 쩌에 고쥭 한 줄기가 잇거눌 베혀 져를 만드러 부럿더니 ······(「金太子傳」, 유일서관, 1915, 활자본고전소설전집 1권, 아세아문화사, 1978, 659면. — 밑줄 필자)

와 러시아령 연해주로 이동하였다. 일본군의 탄압을 피하여 역량을 보존하고, 다시 항일 무장 투쟁의 근거지를 확보하기 위함이었다.[14]

국내에서 항일의 거점을 잃고 국경을 건너는 민족지사의 감회가 국내에서 살지 못하고 압록강을 건너야 하는 화영의 감회로 나타나서 이와 같이 장황하고 사실적으로 묘사되는 셈이다. 나중 화영이 중국에서 남만을 물리치고 승상이 되어 돌아오면서 압록강에서 남다른 감회에 젖는 모습에서, 이면의 이러한 설정은 더욱 확실해진다.

두 사람이 계모의 흉계를 벗어나는 과정은 이와 같이 전대 구소설의 틀에서 벗어나 있다. 대부분의 계모형 소설에서는 계모의 악행의 결과 주인공이 죽는데 이른다. 「장화홍련전」과 「콩쥐팥쥐전」은 계모나 계모의 자식으로부터 직접 죽음을 당하고 「정을선전」은 계모가 부정하다는 누명을 씌우자 여주인공이 자살하고 만다. 「김인향전」은 누명을 쓰자 부친이 직접 딸을 못에 빠져 죽게 한다.

같은 유형의 소설에서 가장 내용이 흡사한 작품은 「어룡전」이다. 이 작품은 계모가 부친이 집을 비운 사이 남매를 쫓아내는 것으로 되어 있는데, 쫓겨난 남매의 행적이 「압록강」과 흡사한 데가 있다. 여아 月은 구출자의 양녀가 되었다가 구출자가 중매하여 혼인하게 되고, 남아 龍은 도사에게 구출되어 무술을 익힌 뒤 흉노의 침입을 막아낸다. 영웅소설의 공식을 그대로 따르고 있는 것이다. 그러나 처음부터 중국 송나라 안에서 이루어지는 일일 따름이어서 민족의식이 발현되는 「압록강」과는 현격한 차이가 있다.

이와 같이 두 사람이 계모의 흉계를 피하면서 겪는 고난은 계모형 소설의 유형을 벗어나 있다. 오히려 이 부분은 국외원정 군담소설과의 관련 속에서 논의되어야 한다.

국외원정 군담소설 중에는 계모형 소설과 결합되어 있는 소설이 없다.

---

14) 윤대원, 한국근대사, 풀빛, 1993, 408~15면.

그점에서도 「압록강」은 독특하다. 국외원정 군담소설과의 비교를 위해서는 국외원정을 하는 계기나 과정을 살펴야 한다.

여타 구소설에서는 주인공이 전쟁에 출전하는 계기는 구출자인 도승이 천기를 보고 전쟁이 일어났음을 알고 주인공으로 하여금 천자를 구원하러 보내는 경우가 대부분이다.15) 국외원정 군담소설에서는 중국이 夷狄의 침입을 받고 곤경에 처해 조선의 원정을 요청하여 이루어진다. 주인공은 중국에 구원병으로 출전하게 되는데 이들이 직접 원병을 보내야 한다는 논리를 편다. '隣國에 恥嘲'가 많으니 중국의 위신을 세우기 위해 출전해야 된다16)거나, '脣亡齒寒'이니 중국이 무너지면 조선도 위험하다17)는 논리가 그것이다.

그러나 「압록강」에서는 전쟁에 출전하는 계기가 여타 소설의 도식을 벗어나 있다. 화영이 보화사에 와서 설형대사로부터 무술을 익히는 여섯 해 동안 그의 명성이 주위에 퍼졌다.

> 아람다운 작약이 잡풀 속에 뭇처 잇스나 그 향늬는 감츄지 못ᄒ는 것과 갓치 비록 공자가 젹막공산 중에 잇스나 그 지혜도략이 놀납듯는 성명은 자연 원근에 전파되엿더라　　　(82면)

산사에 묻혀 있는 그의 명성이 퍼지고 마침내 황제까지 전해져 직접 부르는 정도가 된다.

---

15) 「유충열전」에서는 도승을 만나 구출되어 수학한 후 出戰하라는 도승의 지시를 받고, 甲冑와 寶劍을 얻어 순식간에 전쟁터에 도달하여 천자를 구한다. 「소대성전」에서는 청룡사에 있은지 오년만에 소대성 자신이 직접 천기를 보고 호적의 강성함을 아는데 노승이 보검을 주며 출전하라 하였다.
16) 「江陵秋月」
17) 「玉簫奇緣」, 「申遺腹傳」, 「李泰景傳」 등이 그러한 경우이다. 이영신, 위의 논문, 62~3면 참조.

잇썩 남만이 중원을 침노ᄒ야 변경이 요란ᄒ 고로 황제씌서 인지
업슴을 흔탄ᄒ시다가 맛침 공즈에 성명을 듯고 안거사마와 칙서을
보니여 마지러 온 거시러라   (82면)

대부분의 군담소설과 마찬가지로 구출자인 도승의 도움으로 무술을
공부하게 되나 도승의 명령에 의해서가 아닌 그 자신의 능력 발휘의 결
과로 전쟁에 출전하고 있다. 뿐만 아니라 황제는 황성에 온 화영을 황제
의 품위를 손상시키기까지 할 정도로 극진하게 맞이하고 있다.

황제씌서 금관예복으로 친히 예로 마지실시 공즈에 손을 잡으시
고 위로ᄒ시며 짐이 정사ᄒ기을 인의로 못ᄒ야 만이가 침노ᄒ고 인
심이 흉흉ᄒ오니 바라건더 사직안보홀 도리을 가라쳐쥬소서 (83면)

그럼에도 불구하고 군담소설 혹은 국외원정 군담소설에 나타난 출전
계기의 공식성에서 벗어나 있다. 이 작품과 흡사한 전개 양상을 보이는
계모형 소설 「어룡전」도 龍이 구출자인 도사의 지시를 받고 출전하는 것
을 볼 때, 화영의 출전 과정은 창작 당대의 현실에 대응되는 다른 해석
이 필요하다는 것을 알 수 있다. 「압록강」이 영웅소설의 구조를 취하고
있고, 초월계의 존재가 아직 상당한 위력을 발휘하고 있다는 점을 상기
해 보면, 이 부분은 틀림없는 작품의 구명으로 이해된다.
주지하다시피 이 작품의 지리적 배경은 국내이고, 시대는 조선조로서
주인공의 공간이동이 비교적 구체적으로 서술된다. 이동하는 공간의 의
미는 소홀히 지나칠 수 있는 부분이 아니다. 특히 화영이 이동하는 공간
은 여러 의미를 갖는다.
계모 윤씨의 농간으로 집을 떠나 공부하러 가고자 했던 곳은 개성 천
마산의 귀법사이다. 천마산과 귀법사는 실존하는 공간이다. 천마산은 개
성의 진산으로서 암석 봉우리가 하늘을 찌를 듯이 솟아 있어 天摩山이

다. 산세가 기묘하고 장엄하여 '개성금강'으로 혹은 '소금강'으로도 불리웠는데, 고려 건국에도 관계가 깊은 산으로 대홍산성이라는 피난성이 축조되어 있다.[18]

歸法寺는 고려 광종 때 건립되어 均如가 초대주지로 있었던 사찰이다. 당대의 실력자 崔冲은 이곳에서 夏課를 베풀었으며, 가난한 선비들을 모아 九經三史를 강의하고 詩會를 열기도 했다. 뿐만 아니라 여러 왕들이 즐겨 찾는 절로서 중요한 법회의식이 거행되는 당대의 최대의 국찰이었다. 조선조에 소실되었으나, 해방 이전까지는 당간석주와 초석들이 산재해 있었다.[19]

화영이 공부를 하러 간 산과 사찰은 이와 같이 우리 역사상, 특히 고려와 관련하여 중요한 의미를 갖는 공간이다. 그러나 화영은 이곳에 안주하여 공부하지 못하고 중국으로 건너갈 운명을 지녔다. 고려조는 되돌아가야 할 시점이 아니고, 안정된 조선이 되돌아가야 하는 곳이다. 그러나 조선조는 안정된 질서를 이룩하고 있지 못하다. 그래서 제 삼의 공간인 중국 요동 땅으로 가서 조선조의 안정된 질서를 이룩하기 위한 준비를 해야만 하였다.

천마산은 1920년 12월에 조직된 무장독립운동단체의 이름이 되기도 했다. 天摩隊, 혹은 天摩山隊라고 불리기도 한 이 단체는 구한국출신 군인들로 구성되어 경찰서 등 행정기관 수십개를 파괴하고, 일본경찰과 친일파를 암살하는 등, 군자금 모집, 민중공작, 일본관리 암살 등의 목적을 위해 용감히 항전하였다. 일본의 토벌대에게 쫓기면서 南滿州의 독립단과 연대하여 싸우다가 대장이 체포된 후 광복군사령부에 통합되었다.[20] 물론 여기서의 천마산은 개성에 있는 천마산이 아니고, 평북 의주에 있

---

18) 한국민족문화대백과사전 21권, 한국정신문화연구원, 1991, 「天摩山」條.
19) 위의 책 4권, 「歸法寺」條.
20) 위의 책 21권, 「天摩隊」條.
   李弘稙 편, 새국사사전, 백만사, 1975, 1338면, 「天摩山隊」條.

는 同名의 산이다.

그러나 화영이 천마산에서 修學하지 못하고 중국으로 건너가는 것과 동일한 이름의 천마산대는 일정한 관련이 있어 보인다. 천마산대는 항일 독립무장단체로서 일본군과 치열하게 대결을 벌렸던 단체이지만, 결국은 국내에서 거점을 잃고 만주로 쫓겨가야 했던 것이다. 이것은 화영의 행적과 일치한다. 계모 윤씨의 구박으로 국내에서 뿌리를 내리지 못하고 만주로까지 떠나야 하는 신세와 같다.

그렇다면 천마산이란 공간은 이중의 의미를 지니게 된다. 고려조와 관련 깊은 천마산은 화영이 머물 공간이 되지 못하는 곳이기도 하면서, 한편으로는 거기서 머물지 못하는 화영을 통해 국내에서 일본군에 의해 국외로 쫓겨가야 하는 독립군의 처지를 나타내기도 한다.

그래서 화영이 신의주를 거쳐 압록강을 건너는 과정은 당시 일제에 저항하던 독립지사들이 국내에서 거점을 잃고 만주 땅으로 망명하던 것에 비견될 수 있다. 헤이그 밀사사건의 책임을 물어 정미7조약을 체결하고 군대를 해산시키자 일제에 대항해 해산된 군대가 의병이 되어 저항했고, 급기야 1910년 이후에는 독립군으로 압록강, 두만강을 건넜다. 계모의 악행을 피해 요동땅에 들어간 화영이 공부하는 것은 孔孟이나 詩文이 아닌 古今興亡治亂, 천문지리, 둔갑장신법 등이다. 말하자면 역사를 배워 현실을 파악하고 천문지리라는 실용적인 학문과 둔갑장신법이라는 護身法을 배워 현실에 능동적으로 대처하는 인간으로 변모하는 것이다. 이런 배움의 결과로 남만이 중원을 침범했을 때, '문만 슝상ᄒ고 무는 희이ᄒ야 군오가 문란ᄒ고 병긔가 졍제치 못홈으로 오날날 만이가 중원을 침노ᄒ는 변이 낫'다는 현실인식에 도달한다.

이러한 이면의 의미는 압록강을 다시 건널 때의 화영의 감회에서 확실해진다. 화영은 죽음의 위협이 사라진 뒤에도 신세를 自歎하다 압록강에 몸을 던졌고, 삶과 죽음의 갈등에 시달린 그 강은 그에게 잊지 못할 곳으로 남아서 귀향 도중 시까지 짓게 한다.

鴨江倚舊綠 回憶當年事
北人今自東 暗暗春夢中

捲土重來, 錦衣還鄕하는 그로선 아스라히 봄꿈 같이 기억되는 감회 깊은 일이었다. 얼마나 많은 독립지사와 亡命客들이 恨맺혀 건넜을 것인가. 작자는 제목을 [화영전]이라 붙이지 않고, 한 서린 조국강산의 이름을 붙임으로써 우의 소설임을 명확히 한다. 이점은 다른 국외원정 소설에서 귀국하는 도중 특정 지역에서 특정한 감회에 젖는 주인공의 모습을 발견할 수 없다는 데서도 확인된다. 귀국하는 과정을 구체적으로 묘사하지 않는다는 것은 그렇게 해서 부여해야 할 의미가 없기 때문이다.

화순 또한 집을 나와 피해 있으면서는 이미 누명을 쓰고 자진이나 하려드는 무기력하고 수동적인 弱者의 처지에서 벗어나, 제 앞을 가리는 분별력 있는 규수로 바뀌게 된다. 복동어멈의 검은 책략을 미리 탐지해 도망하고, 다시 만난 구출자 수산어멈도 최대한 경계하며 행동하게 된다.

화영과 화순은 이 나라 백성이 대책 없이 일제의 수중에 놓였을 때 보여준 여러 가지 대응방식 중 두 유형이다. 항거할 여지가 없을 정도의 강력한 악인인 윤씨는 일제를 상징하고, 악행을 방조하거나 부추기는 무기력한 보호자인 이한림은 고종이나 지배층에 다름 아니다. 악행을 유도하는 윤사간은 매국노이고 악행에 동조하는 시비 선향이나 장쇠는 갈등 끝에 혼을 파는 불쌍한 백성이다.

가해자群은 거의 기성 세대이다. 현실을 책임져야 하는 세대는 惡行과 이의 방조로 현실을 희망 없는 암울함 속으로 밀어 넣었고, 피해자는 어두운 현실을 떠맡아야 한다. 가해자가 舊世代인 대신 암울한 상황에 놓인 피해자는 新世代이며, 미래를 짊어지고 있다. 이 땅을 암흑 속에 방치해 둘 수는 없는 것이다. 한 사람은 국외에서 한 사람은 국내에서 앞날을 도모하여 결국 惡人까지 포용하는 세상을 만든다.

윤씨에 의한 화영 남매의 수난이 민족의 수난을 나타내기는 하나 그 극복이 민족의 극복일 수는 없는 셈이다. 단지 소설적 기대일 따름이다. 이원론적 잔재가 남아 있어 초월적 존재가 문제의 해결에 개입하고 영웅소설의 골격이 견고하게 유지되고 있는 작품의 특성 상 현실과 완벽하게 대응하는 우의 소설을 기대하기는 어렵다. 작품 외적 현실은 가해자를 극복하지 못하고 더 절망적인 상황으로 진행될지언정, 영웅소설의 틀을 빈 우의소설로서는 영웅소설의 내적인 진행과정을 쫓는 것이 우선적인 당위가 되고 있는 셈이어서 가해자를 응징하는 쾌거가 이룩되고 있다. 현실을 우의적으로 반영하려는 의도보다 영웅소설의 관습적인 전개 양상을 쫓으려는 의도가 우선하는 것은 표면의 계모형 가정소설과 영웅소설의 면모가 강조되어 있는 것이라고 해석할 수 있다. 따라서 흥미거리를 찾는 구소설 독자를 만족시키는 읽을거리가 될 수 있었음을 알 수 있다.

이점은 구소설의 우의적 수법과 사실성은 공존하기 어려운 것임을 말해 준다. 그럼에도 전대 구소설과 신소설 사이에 나타나는 이러한 시도는 구소설의 자생적인 변화를 보여주는 동시에 구소설의 틀을 빌어 억압된 사회현실에 대한 민족적인 대응양식을 이룩하려 했다는 점에서 소중한 성과라 할 수 있다.

3.2. 「映山紅」

3.2.1. 資料 考察

「영산홍」은 국문본과 한문본이 다 있는데, 한문본은 「滿江紅」이란 제목으로 1914년 5월 28일에 匯東書館에서 발행되었고, 한글본 「영산홍」은 같은 해 9월 14일에 誠文社에서 발행되었다. 그러나 한문본도 발행처는 匯東書館일지언정 인쇄소는 한글본과 같은 誠文社로 되어 있다. 인쇄과정은 동일한 것이다.

한글본 「영산홍」의 표지는 저작자와 발행소의 이름이 양옆에 굵게 써 있고, '영산홍'은 한자로 한 가운데 굵은 서체로 써있고, 한글이 병서되어 있으며, '全'字가 밑에 써있다. 울긋불긋한 그림으로 표지를 장식하던 당대의 다른 출판물과 다른 양식을 보인다. 그러나 제목 밑의 '全' 字는 구소설에서 권수를 표시하던 방식을 그대로 사용한 것이다.

1930년 덕흥서림에서 간행된 「壬午軍亂記」 표지의 소설 광고란에 '戀愛小說 映山紅'이라고 선전하고 있는 것으로 보아, 1930년대까지 한글본으로 인기리에 읽힌 소설임을 알 수 있다. 한문본 「만강홍」의 명칭은 보이지 않으므로, 문자 매체의 특성상 한문본은 널리 읽히기 어려웠고, 한글본만이 널리 나중까지 읽혔을 것으로 보인다.

한문본은 21편으로 나누어 서술되고 있는데 한글본은 제일 편 19절로 나뉘어지며, 상·하권으로 나누어져 있다. 구체적으로 두 작품의 차이를 보기 위해, 도입부분의 같은 내용이 양본에서 어떻게 나타나 있는지 비교해보기로 한다.

一道長江은滾滾泊泊　夕陽은無限紅ㅎ고江柳는黃ㅎ고江草는十里五里一樣碧ㅎ고江沙는雪如白이로다 (1면)

일더장강은 쫠쫠쵤쵤 셕양은 한이업시 붉어잇고 강상의 텬지만지로 쳑쳑휘늘어진버들은 황금스를 드리운듯 강가의 십리오리 더북더북 쌀닌풀은 녹싱초를 폇들인듯 강남강북의 넓고가난 모러는 봄눈을 잠간쑤리운듯　(1면)[21]

---

21) 이하 이 작품 인용문의 띄어쓰기는 원문을 그대로 따른다.

한문본은 띄어쓰기가 대부분 되어 있지 않고, 행갈이는 이루어져 있다. 한글본은 호흡단위로 띄어쓰기가 되어 있으며, 행갈이도 되어 있다. 내용은 똑같으나, 한글본에서 묘사가 부연되어 있음을 알 수 있다. 예를 들면, '江柳는黃ㅎ고'가 '강상의 텬지만지로 척척휘늘어진버들은 황금스를 드리운듯'으로, '텬지만지로 척척휘늘어진'이라는 修飾句가 첨부되어 있다. '江草는十里五里一樣碧ㅎ고'는 '강가의 십리오리 더북더북 쌀닌풀은 녹싱초를 폇들인듯'로 되어, '더북더북 쌀닌풀은 녹싱초를 폇들인듯'이라는 수식구를 첨부하거나 일부 표현을 바꾸어 놓고 있다. '江沙는雪如白이로다'도 '강남강북의 넓고가난 모리는 봄눈을 잠간뿌리운듯'으로 되어, 묘사가 첨부되어 있다.

4개월의 간격을 두고 발표된 두 작품의 선후관계는 위와 같이 한글본에서 묘사가 곡진해지고 문장이 부연된 사실로 보아, 발표순서와 같이「滿江紅」이 먼저 씌어지고「영산홍」이 나중에 씌어진 것으로 보인다. 이것은 그의 손자인 이동초에 의해서도 확인되었다.[22) 여기서는 작자가 더 공을 들인 것으로 보이는 한글본「영산홍」을 택한다. 본고에서 다루는 다른 작품이 모두 한글본이라는 것과 형평이 맞고, 또 우의소설의 수법을 중시하는 본고의 성격상 작자의 창작태도가 더욱 주도면밀해진 한글본이 적당하다고 판단되기 때문이다. 그러나 필요에 따라서는「滿江紅」도 같이 거론하기로 한다.

동일 작가에 의해 국한문 소설이 동시에 창작된 예는 거의 없었기 때문에 개화기에 이러한 시도가 이루어졌다는 것은 의의 있는 일로 평가된다. 작가는 한문소설의 재흥과 국문 구소설의 재흥을 동시에 시도한 셈이다. 한문소설의 재흥 시도는 徒勞에 그쳤다고 할 수 있으나, 국문 구소설의 재흥 시도는 신작 구소설이 새롭게 평가되는 연구현황에 비추어 볼

---

22) 윤일수, 「滿江紅」연구, 영남대 석사논문, 1991, 4면.

때, 의의 있는 일이 아닐 수 없다. 신·구소설의 주고받기가 한문소설보다 국문소설 분야에서 두드러졌고, 한문소설 「滿江紅」보다 국문소설 「영산홍」이 널리 읽혔으므로 국문소설 「영산홍」의 의의는 크다 할 수 있다.

「영산홍」은 본고에서 다루는 네 편의 우의소설 중 유일하게 작자의 행적이 소상하게 알려진 소설이다. 우의소설에서 작자가 가지는 의미는 각별한 것이므로 작자의 삶의 궤적이 중시되는 것이 마땅하다.

李鍾麟(1883.2.12 ~ 1950.9.28)은 호는 凰山, 道號는 普庵, 필명은 鳳凰山人, 또는 鳳山子이다. 어려서 漢學을 배워 1907년 22세 때는 성균관 박사가 되는 등, 한학에 조예가 깊었다. 1908년 천도교에 입교한 이후 1908년 大韓協會會報 主筆, 1909 大韓民報 主筆, 1910년에는 이때 창간된 天道敎會月報의 주필을 역임하면서 이후 수많은 논설과 연설을 통하여 포교와 계몽에 힘썼다.[23] 그러나 1919년 「朝鮮獨立新聞」을 발행하고 신문 발행주동자로 체포되어 3년의 옥고를 치뤘다.

1910년에는 단편 「모란봉」등 5편을 발표하고 1913년에는 「滿江紅」, 「영산홍」을, 1919년 「紅淚池」를 발표했다.

이후 소설 창작을 소홀히 한 채 천도교 일에 전념하면서, 1927년에 新幹會 창립에 관여하고 순회강연을 하다 1928년 함흥에서 被檢되기도 했고 1929년 광주학생사건으로 검거되었다. 같은 해 어린이 잡지 「새벗」을 창간하고 「조선물산장려회보」를 만들기도 하면서 계속해서 애국계몽운동을 펴나갔으며, 천도교 쪽의 일에도 지속적인 활동을 하였다. 1932년부터 1934년까지는 전국 주요도시를 돌며 순회강연을 하였는데 웅변술이 뛰어나서 '비유의 웅변가'로 불리웠다.[24]

그러나 1937년 천도교령이 되고 나서는 적극적인 친일 행각에 나서서

---

23) 이동초편, 年譜, 凰山集, 東洋書籍公社, 1982.
24) 윤일수, 위의 논문 12면에서 재인용, 이동초 제보, "'진리의 운동가'라 불리는 안창호와 '선동의 운동가'라 불리는 여운영과 함께 당대 3대 웅변가라 불리웠다."

지금까지의 애국계몽운동을 一轉시켰다. 1937년 8월 6일, 학무국 사회교육과는 중일전쟁 발발에 따른 시국계몽을 위해서 8개반 22명으로 된 전선 순회 시국강연반을 조직했는데, 이종린은 제 7반으로 8월 6 ~17일에 걸쳐 전남북 일대를 巡講하였다. 그해 9월 6일 출발한 제 2차 학무국 파견 시국강연반은 13개반 59명으로 편성되었다. 이종린은 고일청, 김명준, 이의적, 탁창하와 함께 평북순강반으로 참가하였다.

이후 1938년 10월 20일, 국민종신총동원조선연맹 안에 비상시 국민생활개선위원회가 설치되었는데, 이종린은 제2부(의례·사회풍조) 위원으로 참가하였다. 이 국민정신총동원연맹은 1940년 10월 16일 국민총력조선연맹으로 재출발했다. 이것은 그 해 8월 고노에 내각이 국책으로 천명한 이른바 동아신질서방침 및 그 구체화 방책인 소위 신체제운동과 관련해서, 그 실행기관으로 탄생한 일본의 大政翼贊會에 대응하는 조직이었다. 조선은 정치적 권리 능력은 없고 국민적 협력만 요구되는 처지였기 때문에 '대정익찬회 조선지부'가 아니라 '국민총력조선연맹'으로 했던 것인데 총동원연맹의 기구를 더욱 확충 강화한 조직 형태였다. 여기에 이종린은 평의원으로 참가하였다.

1941년 8월 25일, 부민관에서는 三千里社 사장 金東煥의 발기 창도로 임전대책협의회가 소집되었다. 물자·노무 공출의 철저화, 국민 최저생활의 실천 등 戰時奉公의 義勇化를 목적으로 했던 이 단체는 같은 해 9월 4일 부민관에서 임전대책연설회를 열었고, 同 7일 채권가두유격대를 편성하여 부내 요소에서 1원짜리 꼬마채권(국채)을 팔았다. 이종린은 이 때 임전대책협의회 위원으로 참가했으며, 임전대책연설회 연사로 "30년 전의 회고"를 연설했고, 채권가두유격대 黃金町班(을지로반)의 일원으로 을지로 초입 일본생명보험회사 앞에서 행인에게 채권을 판매하였다.

그후 임전대책협의회는 비슷한 목적으로 소집(1941.8.24)된 윤치호 계열의 홍아보국단 준비위원회와 통합하여 조선임전보국단을 결성하였다.

(10.22) 이것은 사설 전시협력단체 중 제 1급으로 강력했던 것의 하나인
데 아래가 그 강령이다.

> 1. 아등은 황국신민으로서 황도정신을 선양하고 사상통일을 기한다.
> 1. 아등은 국가 우선의 정신에 基해서 국채의 소화, 저축의 여행, 물자
>   의 공출, 생산의 확충에 매진하기를 기한다.(외 3개 항목 생략)

이종린은 이 단체의 상무이사 18명 중의 한 사람이었다. 1943년 11월
6일, 전선종교단체협의회는 학병독려를 위해서 조선종교단체 전시보국회
를 결성했다. 이들은 불교 1명, 천도교·구세군·감리교·장로교·천주
교 각 2명인 11명의 대표위원을 선출했는데, 이종린, 정광조와 함께 천도
교측 대표위원이 되었다. 이 보국회는 11월 16·17일에 걸쳐 7개반 14명
으로 된 독려 연설반을 전선 도청소재지에 파견했는데, 이종린은 해주를
담당하였다. 그는 또한 매일신보사 주최의 학병격려대연설회(1943.11.7.부
민관)에서 "부형과 학생들에세 고함"을 강연하였다.25) 이 강연 내용은
매일신보 1943.11.19일자에 게재되어 있다. 그의 창씨명은 瑞原鍾麟이
다.26) 해방 후 제헌의원을 지냈는데, 6.25때 납북당했다가 돌아와 죽었다.
그의 작품은 「천도교회월보」에 발표한 5편의 단편소설 「모란봉」
(1910), 「海棠花下夢天翁」(1910), 「可憐紅」(1910), 「感秋風別情友」(未完
1910), 「一聲天鶴」(1912) 등과 한문소설 「滿江紅」(1914. 5), 한글본 「映山
紅」(1914.9)이 있으며, 국문장편 소설 「紅淚池」(1917, 匯東書館)가 있다.
이외 「沙村夢」이 1917년 회동서관에서 발행되었다 하나 확인할 수 없었
다. 同名소설이 '匿名子'라는 이름으로 매일신보(1916.1.1~2.2.)에 연재되

---

25) 이상 李鍾麟의 친일 행적은 임종국, 실록 친일파(반민족문제연구소 엮음, 돌
   베개, 1991, 291~2면)의 내용을 정리한 것이다.
26) 실천문학사편, 친일논설선집(1987, 293~9면)에 강연내용이 재수록되어 있다.
   창씨명은 420면 참조.

었는데 같은 작품인지는 알 수 없다.

이종린은 소설 외에도 「문장체법」(1913), 「蒙學二千字」(1914), 「蒙學必習」(117), 「精神修養」(1917) 등의 저서를 남겼고 이외 漢詩 200여수를 남겼다. 이외에 발간 년대를 알 수 없는 「正刪五倫行實」[27] 도 있다.

그는 1910~1917까지 작품을 창작했는데 이 시기는 애국계몽가로 사회활동을 활발히 하던 시기였다. 1908년 천도교에 입교한 후에는 꾸준히 종교활동도 병행하는데 5편의 단편은 이즈음 창작된 소설로 천도교의 포교를 위한 目的小說적 특성을 지닌다. 그래서 이 소설들은 오늘날까지도 천도교의 포교를 위해 다시 轉載되고 있다.[28] 창작 시기별로 작자의 종교 열정이 심화되어가는 양상이 직접적으로 표출되는데, 이점은 작자가 문학작품을 그 자체로서보다 계몽의 수단으로서 중시하고 있음을 보여준다.

소설에 대한 효용론적 인식에서 우의소설 「영산홍」이 창작된 것이다. 주제를 종교 대신 憂國으로 바꾸고, 주제의 특성 상 표면적인 주제 대신 이면에 또 하나의 의미의 층위를 숨기는 우의적 수법을 취했던 것이다.

그러나 이후 1917년에 씌여진 「紅淚池」는 포교소설도 우의소설도 아니며, 남녀문제를 다룬 公案類小說이다. '구주 법난셔 파리 경성의 법국 화족 파은 후작의 딸'이 두 남편을 죽인 살인 누명을 쓰고 고초를 겪다가 무죄가 입증되는 과정을 내용으로 하고 있다.

구체적으로 재판과정이 제시되고 무죄를 입증하기 위해 여러 가지 방법이 시도되는 등, 사실적인 묘사가 이루어지고 있다. 서양식 예법이 상세히 묘사되며, 자세한 심리묘사를 하고, 지리적 배경으로 프랑스 '빠리' 와 '살이사' 즉 스위스가 등장하고 있다. 이런 특징으로 미루어 중국어 譯을 다시 重譯한 번역본으로 짐작된다.

---

27) 안춘근, 韓國出版文化史大要, 청림출판, 1987, 375면
28) 새인간

그의 작품들은 포교소설, 우의소설, 번역소설로 나누어볼 수 있는데 우의소설인 「영산홍」은 5편의 단편 포교소설들과 연결선상에 놓인다고 할 수 있다. 그러나 「紅淚池」는 신소설에서 인기리에 다루어지던 소재인 애정과 公案, 혹은 탐정류를 합쳐놓은 소설을 번역한 것으로 다분히 흥미와 상업성을 의식한 작품이다. 이종린이 야심을 가지고 적극적인 창작 활동을 하던 때는 1910년에서 1914년까지인 셈인데 「영산홍」은 그 결정체인 셈이다.

「영산홍」은 갈래 규정에 대한 논란이 일고 있는 작품이다. 林明德이 한문학을 분류하면서 희곡으로 취급하였고, 최근에도 권택무, 권순종, 윤일수 등이 같은 주장을 하였다.29) 그중 권순종, 윤일수 등은 소상한 논의를 통해 희곡임을 입증하려 하였다. 소설이라고 보는 입장도 만만치 않아서 신기형이 소설로 규정한 이래 이규호가 처음으로 구체적인 작품론을 하면서 소설이라 주장했고, 조동일이 이 논의를 계승했다.30)

단편적인 의견제시를 넘어서 소상한 논의를 편 희곡 쪽의 권순종, 윤일수의 주장과, 소설 쪽에 선 이규호의 주장을 대비하며 논의를 전개시키기로 한다.

이 작품의 갈래 문제가 혼전을 거듭하고 있는 것은 본질적인 문제보다 형식적이고 말단적인 문제를 중시한데 기인하는 것으로 보인다. 이규호는 출판 당시의 광고문에 '新式漢鮮文朝鮮小說'이라 되어 있는 점을 소설이라는 근거로 들고, '看官'이라는 용어의 사용, 삽입시, 화자 표시 등은 소설로서 가지는 희곡적 성격일 따름이라고 했다.

---

29) 林明德主編, 韓國漢文小說全集 9권, 中國文化大學出版部, 1969.
　　권택무, 조선민간극, 예니, 1989.
　　권순종, 전통극과 근대극의 접맥양상연구, 계명대 박사논문, 1989.
30) 신기형, 한국소설발달사, 장문사, 1960.
　　이규호, 개화기 한문소설 「滿江紅」 연구, 雨田辛鎬烈先生古稀紀念論叢, 창작과 비평사, 1983.
　　조동일, 한국문학통사 4권 제3판, 지식산업사, 1994, 359면.

 권순종은 이규호가 희곡적 성격을 보여준다고 제시한 점들을 희곡의 특성이라고 보았으며, 그중 '看官'이라는 용어를 중시하였다. 그리고 작품에 나오는 수많은 장면변화는 맨무대 방식으로 해결하였을 것이라 하였다.[31] 윤일수는 권순종의 논의를 그대로 받아들이면서 대화, 방백, 막·장의 구분 등을 추가 증거로 제시하였다.[32]

 그러나 추가로 제시한 증거들은 恣意性이 강하다. 예를 들어 작자가 21편으로 나누고 있는 것은 막·장의 구분으로 일관성이 없으므로, 몇 편을 묶어 하나의 장으로 보아야 한다고 하였다. 그러나 이것은 소설을 희곡으로 갈래 변이를 할 때 그렇게 할 수 있겠다는 말이지, 그 자체가 희곡이라는 근거는 결코 될 수 없다.

 다음 지문이라고 제시한 것도 여타 구소설에 일반화되어 있는 동일한 서술방식이며, 단지 話者의 구분이 있다는 점에서 차이가 날 뿐이다.

부인 : (시읊는 소리를 듣고 오래 생각한 끝에 기분이 상해서 말하길) 어
        린 것이 그게 무슨 말버릇이야 …
녹란 : 이렇고 이렇습니다.
부인 : (한구적 들을 때마다 한번씩 칭찬하더니 손으로 녹란의 등을 두드
        리며 말하길) 너는 양반집 종답구나
녹란 : (일어서서 한참 주저하니)
만강홍 : (누워 있는 모친의 옆에 앉았다가 일어서 있는 녹란에게 눈짓을
        주며 말하길) 마님께서 몹시 피곤하신 모양이구나 < ( )는 윤일
        수가 원문에 없는데 편의상 친 것임>[33]

 구소설의 경우를 보자.

---

31) 권순종, 전통극과 근대극의 접맥양상연구, 계명대 박사논문, 1989.
32) 윤일수, 「滿江紅」연구, 영남대 석사논문, 1991, 36~7면.
33) 「滿江紅」 10~1면을 윤일수의 번역(앞의 논문 34~5면)으로 재인용.

> 사공들이(위로ᄒ야)여보안심ᄒ시오 <…> 만일삿도아옵시면무죄
> 한우리등이중죄를당홀지라(신신당부ᄒ연우에물ᄭ에나려노니)리싱원
> 이(이러나셔ᄉ공의손을잡고ᄒᄂ말이)죽게된이인싱을션공업시살녀주
> 옵시니은혜빅골난망이로소이다 <…> (무슈히하례ᄒ니)져ᄉ공거동보
> 소(손을잡고ᄒᄂ말)이남아하쳐불상봉이라후일다시봅시다ᄒ고(도라가
> 거눌)혈룡이(홀일업셔모리파고은신ᄒ야히지기를고더홀적에비곱파지
> 진ᄒ며거의죽게되엿더니)뜻박게엇더ᄒᄉ롭이(모리를파헷치며)이러나
> 소이러나소 (옥단춘전)34)

_____은 화자이며, ( ) 안은 윤일수가 지문이라고 간주한 부분과 동
일한 기능을 하는 부분이다. 그리고 나머지는 대화부분이다. 위 예문은
구소설 「옥단춘전」에서 무작위로 뽑아본 것인데, 일반적인 구소설 서술
방식을 보여준다. 두 예문에서 나타난 바와 같이 「영산홍」이나 「옥단춘
전」이나 화자를 분리해낸 것 외에 다른 차이는 없다. 화자분리는 구소설
의 변개과정에서 나타난 보편적 현상으로 신소설이나 신작 구소설에서
널리 시행되었던 서술방식이다.35)

문제의 초점은 서술방식의 형식적인 특징에 놓여 있는 것이 아니다.
갈래 구분의 근거는 작자의 서술태도에 놓여야 마땅하다. 소설과 희곡은
자아와 세계의 대결이 나타난다는 점에서 동일하다. 그러나 소설은 작품
외적 자아가 개입하여 전개되는데, 희곡은 작품외적 자아의 개입 없이
이루어진다. 작품 내적 자아에 의해 생생하게 대상화될 수 있는 것만 작
품내적 세계로 설정되고, 작품외적 자아에 힘입어 유지되는 작품내적 세
계는 있을 수 없다. 그러나 희곡은 서사와는 달리 오직 자아와 세계의
대결 그 자체에서만 전개되므로 인물, 작중시간, 작중 장소의 설정에 제

---

34) 1916, 박문서관본. 활자본고전소설전집 4권(아세아문화사, 1976, 483~4면)에
    영인되어 있다.
35) 본 논문에서 논의하게 될 「이화몽」, 「금옥연」, 「부용헌」 등 다른 신작 구소설
    에서도 화자가 분리된다.

약이 따르고, 현재형을 요구하며 완전한 特定轉換表現이다.[36]

그런데 지금까지 전개된 갈래 논쟁은 본질적인 점보다 지엽적인 사실들을 중시하면서 이루어졌고, 동일한 사실을 놓고 편의에 따라 다른 관점을 취했다는데 문제가 있다. 갈래 구분의 기본적인 준거가 작가의 서술태도에 있다는 점을 중시하고서 새롭게 작품을 파악하는 방법이 논쟁에 말려들지 않으면서, 올바른 갈래 규정을 하는 태도일 것이다.

작품 외적 자아의 개입 여부를 따지기 위해, 구체적으로 작품을 살펴본다.

> <u>한강의 한낫가련녀즈</u>가잇스니 그부친은 일즉이 이죠셔리로 말줄
> ᄒ고 돈줄쓰고 능변능화ᄒ야 일시의풍유남아로 남북촌의 한즈리을
> 부여쥬던 김오위장이더라 세상의 무졍한것은 세월이라 장부의 두상
> 에빅발이 편벽되이 이르고 풍유장중의 쳥츈이 편벽되이 졀버셔 일
> 조에 홍진즈믹의 번화세계를 ᄒ직ᄒ고 졍약입녹스의로 한강상별장
> 의 나와누어셔 스스로일홈ᄒ야 갈아더 창강죠슈라ᄒ더라 (1면, 밑줄
> – 필자)

'한강의 한낫가련한 여자'는 작중인물의 시점이 아닌 서술자의 시점이다. 이하 모두 구소설의 전통적인 가계 서술방식으로 3인칭 전지적 시점이다. 이 시점에서 김오위장이 젊었을 때부터 백발이 된 때까지의 긴 세월 동안의 일이 몇 줄에 걸쳐 요약 서술된다. 과거에서 현재까지의 상황이 서술자에 의해 제시되는 것이다.

> 녹난이가 지삼권고ᄒ야 산의나려비의오르니 눌은 임의 황혼이요
> 전역죠슈는 번듸쳐 물결머리를 두리키고 동천의 둥두렷시 소스올으
> 는 달박휘는 임의의 오고가는 힝인이 쑥 쓴쳣는더 비가겨우 언덕에

---

36) 조동일, 自我와 世界의 小說的 對決에 관한 試論, 한국소설의 이론, 지식산업사, 1977, 78~104면.

써는지 몃수우쎠가 못되야 져 언덕우에서 소리소리 치며 비를디이
라ᄒ니 만강노화십리오리 련긔가 쌀니여서 스롬은 보이지아니ᄒ나
그쇼리는 미우 긴급한모양이더라
　　녹 그즉경을 드러 졀귀 한슈를지으니　　　　(19면)

　　이상의 묘사는 서술자가 3인칭 시점으로 사건과 상황을 이야기하는
것이다. 여기서 묘사되는 세계는 작품 내적 자아에 의해 대상화될 수 있
는 것이 아니다. 녹난의 시가도 영산홍의 시각도 아닌 서술자, 즉 작자의
시점으로 구축되는 세계인 것이다. 대화가 아닌 부분의 서술은 모두 3인
칭 서술자 시점이다.

　　져언덕우에 비디이라난 소리는 더욱더욱급ᄒ고 비아리흐르난 조
슈는 졈졈쩌러지고 <u>비안의겨집아희는</u> 비질ᄒ라고 조조히구니 사공
은 가지도 오지도 못ᄒ야 사웃쎠를 멈츄고 쥬저ᄒ다　(20면, 밑줄
필자)

　　녹난을 사공의 입장에서 '비안의 겨집아희'라고 지칭하고 있다. 이것
은 서술자가 필요에 따라 3인칭 시점 내에서 중심 축을 이리저리 옮기고
있음을 보여준다. 대화가 아닌 부분에서 3인칭 서술자의 시점으로 작품
내적 세계가 유지되는 것이다. 요컨대 이 작품은 작품 외적 자아가 견고
하게 개입하고 있으며, 단지 대화의 비중이 높아서 희곡적인 요소가 강
화되고 있을 뿐이다.
　　희곡과 소설의 본질적인 차이점에 입각해 작품을 따져본 결과, 작품외
적 자아가 개입된 소설로서의 특성이 자명하게 드러났다. 기존 논의에서
제시한 근거들은 부수적인 요소로서, 소설에 가미된 희곡적인 특성을 말
해주고 있을 뿐임이 명확해졌다.

3.2.2. 작품 표면의 사건 전개

작품의 분석을 위해 먼저 내용을 살펴본다. 내용은 상·하권으로 나뉘어 있다.

　　권상

　주인공이 배타고 용산강 어귀를 지나다가 지난 고초를 '형제 자매들'에게 들려주기 시작한다.

　'한강의 가련한 여자' 暎山紅의 부친은 일찌기 이조서리를 지낸 김오위장으로 나이 들어 한강 별장에서 스스로 창강조수(釣叟)라 이르며 살고 있었다. 김오위장과 늙고 쇠약한 그의 부인에게는 才色을 겸비한 딸 暎山紅이 유일한 낙이었다.

　화창한 봄날 暎山紅이 시비 녹난과 시를 지으며 뱃놀이를 하는데 한 선비가 귤을 배 안으로 던져 넣는 희롱을 한다. 녹난은 귤을 먹어버리자고 하지만 홍은 녹난의 비웃음을 받으면서도 회침 속에 고이 간직한다. 집에 돌아온 홍은 모친의 임종을 맞았다.

　중추절에 광릉에 있는 모친의 묘소에 성묘를 하러 가는데 전일 귤 던지던 선비가 뒤따라 왔다. 광릉진두에서 배를 갈아타고 묘소에 도착하여 묘소 앞에서 통곡 속에 성묘를 하였다. 돌아오는 뱃길에 긴급하게 부르는 소리에 배를 때니 바로 그 총각이 올라탔다. 총각은 녹난과 수작하다가 자신의 소종래와 함께 전에 귤을 던지던 그 사람임을 실토한다. 그는 부모와 세 형을 잃고 삼호강변에 행랑어멈과 함께 살면서 용산강상 함벽정 아래에서 글을 배우는 '리스남'이었다.

　홍이 배에 시달려 쓰러지자 사남이 청심환을 건네주어 소생케 하였다. 홍이 한 꿈을 꾸었는데 삭발위승하고 금강산에 들어가서 동해로 배를 저어 가다가 청의홍선 동자를 만나 약을 얻었다. 동자는 10년 후면 만날 것이라며 사라졌는데 과연 풍랑이 일어 그 약을 먹고 깨어났다.

이때 홀연 일진광풍이 일어 배가 휩쓸리니 승선한 사람들이 다 정신이 없는 터에 홍과 녹난은 쓰러져 정신을 잃고 말았다. 배가 돛이 부러진 채로 한곳에 떠밀려 온 후, 사공이 쓰러진 두 사람을 보고 사방팔방으로 약을 구하다가 사남에게 '만병통치상비환'을 얻어 두 사람을 살리었다. 홍은 깨어나 사정을 듣고 사남에게 고맙다는 전갈을 보냈다. 그러나 낯선 곳에 떠밀려온 배가 부서져 움직일 수 없으므로 살아갈 걱정이 태산이었다.

권하

배가 물 가운데서 움직이지 못하여 사람들이 배에서 내리는데, 녹난과 홍은 제대로 움직이지 못하는지라 사공이 차례로 두 사람을 업고 내려 왔다. 홍이 사공에게 업히는 것을 거들어준 사남이 사공과 부딪쳐 사남이 물에 빠지고 말았다. 녹난은 사남을 놀리다가 홍이 나무라자 홍도 같이 놀린다.

사람들은 배와 밤을 주으러 가고 홍과 녹난은 쪼그리고 앉아 졸다 꿈을 꾼다. 홍의 꿈엔 모친과 녹난과 함께 절에 가서 불공을 드린 후 모친이 사라졌다. 두 사람은 모친을 찾으러 배를 잡아 타고 못 가운데 있는 석가산으로 가니 탑이 하나 있어 그 앞에 어은도라 써 있고 또 '슘위일톄불이 인도환싱ᄒᆞ야 이따에셔만ᄂᆞ리라' 하였다. 이때 한 소년이 나타나 두 사람의 손을 잡고 배에 오르려 해 손을 뿌리치다가 꿈을 깨었다. 녹난의 꿈에는 두 사람이 금수에게 쫓기는데 마님이 나타나 이 섬은 어은도고 그 짐승은 이곳 사람이라며 두 사람의 장부 될 사람이 이곳에 있으니 투기 말고 모시라고 해서 보니 바로 사남이었다.

산에 갔던 사공이 내려와 산 위에 어은사가 있고 향 피운 흔적이 있으니 올라가자 하였다. 교군들이 엉성하게 들것을 만들어 홍에게 올라타라고 하자 홍이 감회가 새로워져 녹난을 부탁하고 물속에 뛰어들어 자결하고자 하였다. 녹난은 祖父 때부터 홍의 집의 충복이었는데, 녹난의 모친이 홍이 출생한지 사흘만에 녹난만 낳고 곧 죽었으므로 홍의 모친이 녹난을 홍과 자매처럼 키웠던 것이다.

교군들이 자결하려는 홍을 만류하여 산으로 갔다. 오호해상의 어언사에 도착한 후 추위를 이기려고 불을 피웠더니 갑자기 도둑떼들이 들이닥쳤다. 그러나 도둑의 우두머리는 바로 홍의 부친 김오위장의 십년 전 친구라 하였다. 곤전별감을 지냈으나 억울하게 죄를 뒤집어쓰고 고향을 떠났다고 하며 홍의 일행을 자기 집으로 안내하였다. 도중에 장별감의 부하들을 만났는데 술에 취해 횡성수설하므로 분노한 장별감이 몇을 내려쳤다. 부하중 한사람인 이존위가 대항하고 다른 사람들도 합세하여 모반을 일으켜서 오히려 장별감을 묶어 매달았다. 이존위는 홍의 일행을 묶고, 홀아비인 장삼랑(張三郎)과 미혼인 김이동(金二童)에게 각각 홍과 녹난을 차지하게 하였다. 이사남은 그의 풍류를 사랑하여 아우로 삼아 자기 집에 거하게 하였다.

어느 날 사남은 주인이 준치잡이 간 사이에 집을 둘러보다가 정자에 가두어 놓은 두 여인과 젖먹이를 발견하였다. 부인은 강화군수의 딸로 친정에 왔다가 전등사로 피서를 갔다 오다가 해적을 만나 이곳에 끌려 왔다 하였다. 이존위가 돌아온 뒤 이일을 들어 그를 설득하니 곧 부하 도둑들을 모이게 하여 그 동안 쌓은 재물을 나눠주고 구습을 고치고 좋은 일을 하자 하였다. 이존위는 사남을 혼인시키고자 하였는데, 존위 부인이 이전에 만난 홍과 녹난의 소식을 말하였다. 두 사람은 모친상을 핑계대고 삼년 동안 정조를 지키고 있었는데, 남편들이 바다에 나가 돌아오지 않자 가족들이 두 사람을 팔려고 하였으므로, 죽으려 하다가 마침 존위 부인을 만류를 듣고 어언사의 중이 되었다. 사남이 존위의 도움으로 두 사람을 찾아 영산홍과 어언사의 삼위일체 부처 앞에서 혼례를 올렸다. 사남이 십년간이나 고락을 함께 한 녹난의 가련한 신세를 말하니, 홍이 주선하여 녹난도 함께 사남을 모시게 되었다. 꿈이 현실이 된 것이다. 세 사람은 장별감의 묘소를 찾아 고혼을 위로하고, 드디어 같이 갔던 일행을 찾아 배를 타고 한양으로 돌아왔다.

이 작품은 남녀이합을 다루고 있는 애정소설을 표방하고 있다. 영산홍과 사남의 이합과정을 다루면서 한편으로는 사남을 두고 홍과 그의 시비 녹난이 서로 투기를 하거나, 연민을 느끼는 관계를 형성하는 삼각관계의 틀도 함께 유지하여 처첩갈등의 양상도 보이고 있다.

두 사람은 중매자 없이 직접 만나서 결혼을 하기까지 남녀 모두 수난을 당한다. 결혼 전의 시련은 결혼을 하기 위한 通過儀禮적 측면이 강하므로 결혼시련 내지 혼사장애의 主旨도 아울러 지니는 셈이 된다.

그러나 여자 쪽의 수난이 더욱 험난하고 극복하기 어려운 것으로 설정되어 있다. 배가 표류하고 난 이후 이존위에게 붙잡혔을 때, 사남은 그의 집에서 거처하면서 특별한 고난을 당하지는 않으나, 홍과 녹난은 각각 홀아비와 미혼남과 부부관계를 이루어야 되는 감당하기 어려운 고난을 당한다. 두 사람은 母親喪을 구실로 부부로서의 결합을 지연시킴으로써 눈앞의 위기는 모면하게 되나, 두 남자가 배를 타러 갔다가 죽은 이후 남자 쪽 친족으로부터 몸이 팔리게 되는 상황에 봉착하게 된다. 결국 두 사람은 죽음을 택하려다가 머리를 깎고 어은사로 가서 중이 되는 지경에 처하기까지 한다. 이 작품은 남녀 이합형 중에서도 여성 수난형 쪽에 기울고 있는 전개양상을 보인다.

애정소설 중 혼사장애 주지를 갖추고 있으며, 혼사장애의 양상으로는 남녀이합도 포괄되며, 장애가 여성 쪽에 집중된다는 면에서 남녀이합형, 여성 수난형의 전개양상을 보인다고 할 수 있다. 이와 같이 기본 설정에 있어 구소설의 연장선상에서 그 관습을 따름으로써 독자로 하여금 보편적인 구소설의 형식으로 파악하도록 한다.

또 한편으로 꿈의 중요성도 구소설의 관습을 이은 면모라고 할 수 있다. 영산홍과 녹난의 꿈은 앞날을 그대로 예측하고 있으며, 꿈을 중심으로 보면 현실은 꿈이 실현되는 공간으로서의 역할을 한다.

주인공의 운명이 태몽을 통해서 암시되고, 주인공의 인생은 태몽을 현실화하는 과정으로서 전개되는 구소설의 꿈의 기능이 이 작품에서 나타나고 있는 셈이다. 특히 남녀의 결연, 혹은 적대자와의 대결이 태몽을 통

해서 암시 또는 예견되면, 현실은 꿈을 그대로 실현하는 공간으로서의
역할을 하는 것이다. 「유충렬전」의 태몽은 지상에서 적대자 정한담과의
대결을 벌일 것을 암시한다.

> 일일은 부인이 흔꿈을 어드미 텬샹으로 오운이 영농흔 중에 일위
> 션관이 청룡을 타고 나려와 부인끠 읍ᄒ고 안즈며 왈 소즈는 텬샹
> 즈미원 대쟝셩 츠지흔 ᄒ위 션관이옵더니 익셩이 무지흔고로 상뎨
> 끠 알외고 익셩을 츄즉ᄒ여 다른 방외로 귀양을 보닛습더니 익셩이
> 글노 모함ᄒ여 빅옥루 잔치에 익셩과 대젼흔고로 샹뎨끠 득죄ᄒ여
> 인간으로 너치시미 갈바를 아지 못ᄒ옵더니 남악산 실령이 부인끠
> 로 지시ᄒ시미 왓스오니 부인은 어엽비 녀기스 거두시옵쇼셔 ᄒ며
> 타고 온 청룡을 오운 중으로 방숑ᄒ며 왈 일후의 풍운 중에 다시
> 츠즈리라 ᄒ고 부인 품으로 다라들거눌 놀라 끼다르니 남가일몽(南
> 柯一夢)이라[37] (띄어쓰기 - 필자)

유충렬은 지상에서 翼星의 후신인 정한담과 대결하여 승리한 후 복락
을 누리다가 태몽대로 승천하게 된다. 태몽이 중요한 기능을 하며, 지상
에서의 삶을 예견하는 것은 구소설의 보편적인 문학적 관습이었다. 물론
여기서의 태몽은 이원론적 세계관에 입각하여 천상과 지상을 매개하는
기능을 아울러 담당하는 역할을 하고 있다.

「영산홍」의 꿈은 구소설의 꿈이 가진 역할 중 앞날을 예견하는 역할
이 강화되어 있다. 이원론적 세계관에서 표면적으로 탈피하고 있으면서
꿈의 기능이 구소설에서보다 강조되어 있다. 여기서의 꿈은 앞날을 구체
적으로 암시하고 있고, 그것도 여러 사람의 꿈을 통해서 복합적으로 앞
날을 예견하기 때문에 꿈의 비중이 강화된다.

홍과 녹난, 그리고 사남이 장애를 극복하고 결합하게 될 것이라는 암

---

37) 劉忠烈傳, 덕흥서림, 1913, 4~5면.(인천대 민족문화연구소 편, 구활자본 고소설
   전집 11권, 282~3면.)

시는 녹난과 홍의 꿈을 통해서 거듭해서 이루어진다. 특히 홍은 두 번이나 꿈을 꾸게 되는데 그 꿈은 구체적으로 현실화된다.

> 니가 어디를 가는지 거처업시 가다가 속리산의셔 삭발위승ᄒ고 금강산으로 향ᄒ여 갈야ᄒ나 맛참니 눈에막히여 쩌나지못ᄒ고 그이듬히 봄의야 금ㅁㅁ 강산을드러가셔 (…) 다시동희로 나려가셔 일엽편쥬를 잡어타고 창망ᄒ속으로 홀리져어가노라니 옥젹디ᄒ소리 두 소래가 졈졈갓가이오며 부상가으로 나라오난 편쥬가 니비를향ᄒ여 오더니 비를 멈츄고 쳥의홍션 묘년동ᄌ가 길게날을 읍ᄒ야 가로디 (…) 그디의 가련ᄒ 흔낫녀ᄌ로셔 ᄒ물며 이바다는 원리로풍낭이 비상ᄒ야 열리면 아홉은 고기비에 장ᄉᄒ나니 그디는 부지럽슨 싱각을말고 급히비를도리켜 ᄌ연ᄒ쳔명을슌이홈이 가ᄒ도다ᄒ며 약ᄒ 봉을니여 비스룸으로ᄒ여금 니게젼ᄒ여 가로디 됴곰잇다 풍낭이 이러날거시니 그쩌에 이약을 시험ᄒ면 혼미ᄒ졍신을 능히발월케ᄒ고 곤뢰ᄒ 신체를 능히 근강케ᄒ리로다ᄒ고 곳비를 져어가랴ᄒ거늘 니가싱면남ᄌ의게 약을바드니 (…) 사례ᄒ고 어디머물러잇ᄂᆞᆫ곳을 무르니 그동자ー 디답ᄒ야갈아디 나의사ᄂᆞᆫ곳은 일즉이 알비이아니라 이후로 십년이지나면 다시만나뵈일듯ᄒ다ᄒ고 표연히 오던길로 나라가ᄂᆞᆫ듯이가더라   (33~4면)

실제로 홍은 멀미로 쓰러졌다가 사남이 주는 청심환을 먹고 소생하였다. 사남은 청의동자의 현신이었다. 꿈 속 청의동자의 예언대로 홍과 사남은 십년 후에 모든 고난을 극복하고 결연하게 된다. 홍이나 녹난의 꿈은 이와 같이 눈앞에서의 일을 선험적으로 예시하여, 현실에서 똑같이 재현된다. 구소설에서 꿈 속의 예견이 모호하고 암시적임에 비해, 여기서는 구체적이며 꿈을 깬 직후 꿈속에서의 일이 재현된다. 마치 현실은 꿈의 영험함을 입증해 보이는 공간인 것 처럼 꿈의 역할이 증대되어 있다.
　이원론을 거세한 차원에서의 꿈의 기능 강화는 구소설의 꿈의 기능을 긍정적으로 확대 계승한 것이다. 이것은 독자로 하여금 구소설적 기대에 부응하는 한편으로는 구소설적 차원을 벗어나 있다는 의혹을 가지게 한다.

표면적으로 이 작품을 이해하고 읽어내려 갈 때 가장 흥미를 끄는 부분은 홍과 녹난이 사남을 놓고 갈등을 하는 부분이다. 갈등은 언쟁의 양상으로 나타난다. 두 사람이 모두 미혼이고, 또 奴主관계이기 때문에 그런 식의 갈등은 의외의 경우라고 할 수 있다. 비슷한 경우 구소설에서는 상전을 모시는데 공로가 많은 시비가 결국은 공로에 대한 보상의 차원에서 별 문제없이 상전과 같은 남편을 섬기는 것으로 전개되기 때문이다.38) 이 부분은 구소설의 처첩갈등 양상에 대응되는 부분이나 두 사람 모두 혼인 전이라는 점에서 구소설의 그것을 뛰어넘는 흥미로운 모습을 보여준다.

홍과 녹난이 꿈을 통해 한 남편을 섬길 것이라는 암시를 받자, 상전인 홍이 발끈한다. 더구나 녹난의 꿈에는 홍의 모친이 꿈에 나타나서 "너의 무리의 장부될사룸이 여긔잇스니 너의들은 조금도 근심치말고 장부의지도ᄒᆞᄂᆞᆫ디로 홀지어다" 하며 그 장부로 사남을 지목하기까지 하였다. 또한 "너의어미가 너의두어린것의신세를 져ᄒᆞᆫ스룸의게 맛기엿스니 너의들은 서로투긔치말고 셔로사랑ᄒᆞ야 ᄒᆞᆫ마음ᄒᆞᆫ뜻으로 져장부를 잘셤길지어다" (72면)라는 부탁까지 하였다. 홍은 녹난의 이러한 꿈이야기를 들으며 분심을 참지 못한다.

> 셔로투긔치말고 일심으로 셤기라ᄒᆞᄂᆞᆫ말이 말끗마다 조혼삼빅근털퇴로 나의일신을다듬어어ᄂᆞᆫ듯 마음속으로 감안히 ᄭᅮ지녀갈아더 져년은 우리집더더로 ᄂᆞ려오던종년이라 엇지날로더부러억긔를견쥬워 ᄒᆞᆫ남편을 셤기리오 그싱각을ᄒᆞ니ᄶᅡ 가삼에ᄂᆞᆫ 두방망이가 후닥닥눈에셔ᄂᆞᆫ 쌍심지가 불근이러나며 젼신이울너울넝 져러트시 분ᄒᆞᆫ것을

---

38) 시비가 상전과 같은 남편을 섬기게 되는 관계설정은 애정소설의 경우 상당히 보편화되어 있다. 「소양정」도 그런 사례이다.

> 엇지춤울슈가잇나 당장칼이잇스면 곳겨년의 혀줄기를쓴허노코 여긔
> 방치가앗스면 곳겨년의 디구리를 바듸져노케스나다시도리쳐싱각ᄒ
> 니 이는곳의를 비지도안코포닥이 짓는심이오 싀집도안이가고 싱강
> 쓰ᄒ는일이로다   (73~4면)

홍은 녹난의 꿈이야기를 듣고 분해서 '가삼에는 두방망이가 후닥닥눈
에서는 쌍심지가 불근이러나며 견신이울너울넝'하고 '당장칼이잇스면
곳겨년의 혀줄기를쓴허노코 여긔방치가앗스면 곳겨년의 디구리를 바듸
져노'고 싶을 지경이 된다. 물론 홍이 상전이기 때문에 같은 남편을 섬
기기 못하겠다는 싱전으로서의 자존심 탓이기도 하지만, 사남에 대한 홍
의 심정을 살펴보면 단지 奴主간이 동등해지기 때문에 생기는 분노가 아
닌 것이다.

> 니가져남자의몸에 십분이나 졍의뿌리와 익의꼿을 심엇는디 (중략)
> 비록우리부모의명령이읍고 쏘사사로 미진언약은 읍스나 암만ᄒ야도
> 져남자는 단졍코 나의흔스롬에 장부인디 (73면)

이미 홍은 사남에게 연정을 품고 있다. 그것은 사남이 귤을 던지며 희
롱하던 그 순간부터였다. 녹난의 놀림을 당하면서까지 그 귤을 고이 간
직하던 홍으로서는 부모의 명령이 떨어지기도 전에 이미 '암만ᄒ야도 져
남자는 단졍코 나의흔스롬에 장부'로 작정하고 있었던 것이다. 따라서
홍의 녹난에 대한 분노는 奴主간의 문제를 넘어서는 '투긔'인 것이다.

혼전의 규중 처자의 몸으로 투기와 분심이 이 지경에 이른 것은 이 작
품이 창작되던 시기의 자유연애의 풍조와도 관련해서 흥미를 돋구는 사
건이라 아니할 수 없다. 물론 부모의 개입없이 만나는 혼전 남녀의 애정
문제를 다루고 있는 구소설도 많다.[39] 그러나 혼전의 처자가 상대를 두

---

39) 기생과의 사랑을 다룬 작품은 제외하고라도 「趙雄傳」, 「權龍仙傳」, 「白鶴扇

고 투기심을 유발하는 예는 흔치 않다. 처와 첩 사이에서 일어나는 갈등을 처첩관계를 이루기도 전에 이미 보여주고 있는 셈이다. 홍의 이와 같은 적극적인 성격은 구소설의 여성형을 넘어서고 있는 인물 설정이라 할 수 있다.

사건의 진행 과정을 살펴보면 시간의 경과를 다루는 방식이 前代 구소설의 방식에서 크게 벗어나 있는 것을 알 수 있다. 구소설에서는 대부분 주인공의 일생을 모두 다루는데 여기서는 한 사건만을 다루고 있다. 그것도 십 년이 걸리는 사건을 다루면서 처음 사건이 발생한 날의 경과를 집중적으로 그리고 있다. 총 116면 중에서 하루 동안의 일의 서술이 88면이나 차지한다.[40] 서술상의 시간 경과과정은 구소설보다는 오히려 근대소설에 접근하는 양상을 보이고 있다.

이와 같이 작품은 기본적인 전개방식은 구소설을 따르고 있지만, 구체적인 사건 설정 면에서는 구소설의 관습을 뛰어넘는 면모를 보이고 있다. 꿈의 기능 확대가 그렇고, 애정관계의 양상과, 사건 서술상의 시간의 경과방식이 그러하다. 소재는 구소설과 맥락이 닿고 있으나, 소재를 다루는 방식은 구소설의 관습을 넘어서고 있는 셈이다.

서술방식에서도 전대 구소설의 연장선상에서 상당히 벗어나 있음을 알수 있다. 등장인물들이 七言絶句, 詞, 歌[41] 등 23편이나 되는 많은 삽입시를 짓는데, 삽입시가 이처럼 많이 등장한다는 것도 구소설에서 쉽게 찾아볼 수 없는 사례이다. 김시습의 「金鰲新話」 이후로는 삽입시의 비중이 그리 크지 않았던 작품이 대부분이었다. 시를 짓는 인물도 상하 구분이 없어서, 시비인 녹난은 물론 뱃사공까지 시를 짓고 있다.

傳」, 「尹知敬傳」 등 많은 구소설이 부모 개입 없이 이루어지는 혼전 남녀의 애정을 다루고 있다.

40) 다음 절의 서술 참조.

41) 이규호, 개화기 漢文小說 「滿江紅」연구, 雨田辛鎬烈先生古稀紀念論叢, 1983, 435면 참조.

문체는 구어체가 상당히 반영되어 있어서 구소설의 문체를 벗어나는 경우도 보인다.

　　손님 이그비곱허 이그치워 이그어지러워ᄒ면서 그물에쑤여나는고
기가치 농석에버셔느는신와가치업더지며 잡빠지며 다투어나려오고
다만가련가증ᄒ두녀즈는 쓸로파고박은듯이 꼼작달삭못ᄒ는모양
　　사남은 이거동을보고 비머리에 우두컨이안져셔 입맛을쩍쩍다시면
셔 공중을 바라보고 티산이 덜컥덜컥 쓰지도록 흔심만 ……
　　사공 벌건다리로 쳘버덕쳘버덕 살디갓치드러와서 활장갓치 구부
등셔셔사남을불너 등에업피라흔다   (57면)

대부분은 구소설의 문체가 고수되지만 지문에서도 위와 같이 구어체에 접근한 문장이 간혹 등장한다. 대화 부분에서는 더욱 두드러진다.

　　(녹)암무려나 볼쎠는 보더리도 말홀쎠는 아쥬ᄒ야허지 여보자근아
씨 나치부치모로는 산아희 겨집아희가 빅쥬에 셔로안꼬 엉크러진것
이 참 심상헌일인걸 셔로 믹믹히 츄파를홀이며 감안히 은근헌 졍을
보니는것이 참 등한헌일인걸 자근아씨의 입이광우리가치 크더리도
무삼발명이며 너가자근아씨의비꼽에 유리를부치고 보앗는더
　　(홍)이그머니 져년이 져게무삼 긔소리야 셩사롬이 졍말밋치겟네
긔가막혀말을 고만두어야지 야야 졔발덕분에 조도리좀닷치여라 져
사롬덜이 혹듯고보면무슨모냥이냐 (62면)

몸종이 상전에게 하는 말에서는 정중함이라고는 없고, 신분이 동등한 사람끼리나 주고받을 수 있는 우롱에 가까운 태도가 나타난다. 홍의 말에도 상층 신분의 등장인물의 대화로는 어울리지 않는 저속하기까지 한 市井語도 쓰이고 있다. 이러한 문체적 특성은 근대소설적의 언문일치적인 성향마저 보인다.

이상 논의에서 살펴본 바와 같이 기본적인 틀은 구소설의 형식을 빌

리고 있으나 여러 가지 면에서 구소설을 넘어서고 있는 양상을 보여주어
보편적인 구소설로서만 파악하지 못하게 하는 장치로서의 기능을 하고
있다. 이러한 장치는 우의적인 수법과의 관련을 살피는 다음 장에서 그
의미를 파악해보기로 한다.

3.2.3. 작품이면에 구현된 주제

우의소설임을 암시하는 중요장치는 命名法과 표면구조의 파탄이라 하
였다. 이 작품은 이 두가지 면에서 우의소설의 특징을 충실히 반영하고
있다. 이 작품의 등장인물은 映山紅(滿江紅), 녹난, 李四男, 김오위장, 映
山紅의 모친, 이존위, 장별감, 사공 등이다. 이중 일반적인 고유명사로 명
명된 인물은 이사남과 녹난 정도이다. 映山紅도 고유명사이긴 하나 명명
의 보편적 방식에서 벗어나 있다고 보아야 한다. 그리고 나머지는 친족
관계나 직책이 이름 대신 사용되고 있다.

'映山紅'은 한글본의 주인공이자 제목이고 '滿江紅'은 한문본의 주인
공이자 제목이다. '映山紅', '滿江紅'은 식물명이기도 하지만[42] 漢字의
의미를 따져 보면, 각각 '산을 비추는 붉은 빛(여자)', '강에 가득한 붉
은 빛(여자)'의 뜻을 지닌다. 강이나 산, 江山이 다 조국강산을 나타내는
말로 사용될 수 있는 것이고, 비추어서 어리든지 가득 차서 붉어지든지
모두 붉은 빛이 가득하다는 말이므로 결국은 같은 의미라 할 수 있다.
국문본에서 제목과 등장인물의 명명을 달리 했지만 한문본의 의미 범주
에서 벗어나지 않고 있다. 또 '滿江紅'은 한문학의 한 갈래인 詞의 한
종류를 가르키는 명칭이기도 하므로, 이 작품 전체의 구조적 특성을 염
두에 두고, 字意와 작품의 통일성의 합치를 기대했을 수도 있다.

---

42) 滿江紅은 논과 연못의 물위에 떠서 자라는 상록의 다년초, 물개구리밥으로
　　혹한에도 죽지 않고 겨울철이 되면 그 붉은 빛이 더욱 짙어진다.　映山紅은
　　봄에 산을 붉게 물들이는 꽃이다.

다음 映山紅의 시비인 綠蘭은 푸른 난초란 뜻으로 映山紅의 '紅'과 대비되는 '綠'字를 통해 두 사람의 대조적인 역할이 암시된다. 映山紅, 혹은 滿江紅처럼 녹난 또한 여성 이미지와 연관되는데, 두 인물은 각각 상층여성과 하층 여성을 나타낸다. 江山에 가득한 붉은 빛은 滿開해 있는 영향력 있는 상층을, '綠'은 생기있고 가능성 있는 하층을 나타내며 서로 대비된다.

두 사람은 동시에 꿈을 꾸는데 녹난의 꿈에 映山紅의 죽은 모친이 나타나서 두 사람이 동시에 한 남자를 모실 것이라는 것을 알려준다. 녹난의 꿈 얘기를 듣고 映山紅은

> 져년은 우리집디디로 니려오던종년이라 엇지날로더부러억기를견쥬워 흔남편을 섬기리오 그싱각을흐니짜 가삼에는 두방망이가 후닥닥눈에셔는 쌍심지가 불근 이러나며 젼신이울녕울년 져러트시 분흔 것을 엇지춤을슈가잇나 당장칼이잇스면 곳져년의 혀줄기를 씬허노코 여긔방치가잇스면 곳져년의 디구리를 바듸져노케스나 (…) 분긔를 꿀걱꿀걱참쇼춤아서 강잉흐야 갈아디 지금너의꿈이야기 직거리는것은 진실로기꿈이라 기사 쑴을풀어무삼 (73 － 4면)

하느냐고 몰아부친다. 그러나 녹난은 의연하게 응수한다.

> 소녀의쑴이 기쑴이란말숨은 용혹무괴이지오만은 마님이 기사 쑴에 뵈이시다니 별닐아니오 소녀가 일즉이 불가의 말숨을드르닌가 평싱에 죄를 만히지은사롬은 죽어서 반다시짐싱이된다더니 이졔우리마님은 아마 기가되신게여 그러치아니흐면 사롬이엇지 기사 꿈에 보이리오. (74면)

상층은 하층의 야유를 기득권에 대한 도전이라고 판단하여, 발끈하며 체통을 잃고 하층을 비하하는 것으로 기득권을 옹호하려 한다. 이때 녹

난은 그 비하를 받아들이는 듯한 태도로 능란하게 상층의 뒤통수를 친다. 가득 찬다는 것은 곧 이지러지고 사그라든다는 것을 의미한다. 江山에 滿開한 붉은 빛은 곧 시들어질 것이며 푸르고 싱싱한 가능성으로 대체될 것이라는 암시이다. 어리석은 상층과 발랄한 하층의 대비가 선명하게 이루어진다.

李四男은 映山紅과 녹난의 상대역인 인물이다. '四男'의 '四'는 '모든 것'을 가르키는 말로 쓰였다. 四時는 春夏秋冬 모든 계절을 지칭하며, 四面, 四方은 모든 방위를 四苦는 生老病死, 모든 인간의 고통을 가르키며, 四海는 사방의 바다, 곧 천하를 가르킨다. 四民은 士農工商, 모든 人民을 가르킨다. 四男도 모든 남자, 즉 백성을 가르키는 말로 쓰인다. 혹은 '이 사람'의 音借로서 이땅의 甲男乙女, 張三李四로 주로 남성을 나타내는 것으로 볼 수도 있는데 이렇게 보아도 의미는 같다.

이존위가 장별감에게 반기를 들고 전권을 장악했을 때, 홍과 녹난은 다른 남자들 손에 넘어가게 되었다. 이때 四男은 무력한 존재일 뿐이다. 당시로서는 파격적으로 귤을 던지면서 애정을 표현하고, 배가 표류하는 동안 갖은 고생을 함께 하면서 연인이자 동지로서의 긴밀한 연대감을 느꼈지만, 상대여인의 운명이 풍전등화 같이 되었을 때는 속수무책으로 무력하다.

여자들의 삶의 주관 능력을 박탈당하는 상황은 창작 당시의 나라의 운명이 처한 상황과 상통한다. 외압에 모든 운명을 맡길 수 밖에 없는 외부로부터의 폭력, 그리고 그 폭력에 대응하지 못하는 무기력한 남자는 1910년대 합방의 상황을 재현한다.

그러나 四男, 이땅의 남자들이 계속 무기력한 존재로만 남아있는 것은 아니다. 이존위가 집을 비운 사이 정자에 가두어 놓은 두 부인을 구출하는 그의 능력은 결국 그가 암담한 상황을 주동적으로 헤쳐나갈 존재라는 낙관적 기대를 걸 수 있게 한다. 四男은 이땅을 일제에 넘겨준 무력한 남자들이면서 그럼에도 아직 희망을 걸 수 있는 주체인 것이다.

李尊位의 尊位는 首長을 지칭하는 말로 한 동네나 한 面의 어른을 지칭하기도 하지만 존귀한 지위나 天子의 지위를 지칭하기도 한다.43) 李尊位는 도둑떼의 首長으로서 침략자, 약탈자, 압제자를 상징한다. 李尊位는 도둑떼들의 우두머리, 장별감의 부하 중 한 사람이었다가 다른 부하들과 연대해서 모반을 일으켜 우두머리가 된다. 이존위와 장별감의 대립은 도둑떼 내부에서 일어난 패권 다툼이다.

장별감은 기득권층이고 映山紅 일행과 동질감을 많이 느끼는 인물이다. 映山紅의 부친 김오위장과 '십년젼친구'로서 '곤젼별감으로 한참 당년에야 문밧긔 무삼바람이 부는줄' 몰라서 '까닭업시 하늘아리에 용납지못홀 죄명을 쓰고 가련헌쳐자와 허다흔 가산을 일조에 슬푼비와흐르는물가에 던져보닌후' '고향산천을 하직흔지 어언건 십년광음'(88면)이나 되어 고향을 그리는 인물이다. 김오위장의 친구이자 고향을 그린다는 점에서는 처지가 같으나 도둑의 괴수가 되어 홍에게 힘을 행사할 수도 있는 인물이라는 점에서는 처지가 다르다.

이런 장별감이 이존위의 모반으로 도리어 잡혀 죽고 이존위가 전권을 장악하여 홍의 일행의 운명을 좌우하게 된다. 그런데 장별감이 이존위와 함께 모반하는 부하들에게 '너의무리는 다슴놈의식기 야만의종자라 슴놈의심장은 본더이갓흔나 (…) 너의갓은야만인종은 일즉살녀두면 다른 사롬까지 물듸릴가 두렵도다'고 호통을 친다. 李尊位편에 서는 무리들은 '슴놈' '야만의종자'인데 이것은 섬나라 일본을 지칭하는 말로 보인다. 오래전부터 우리는 일본인을 섬나라 야만인으로 내려보는 우월감을 지녀왔다.

그렇다면 이존위는 한일합방을 강행하여 한민족의 운명을 거머쥐었던

---

43) 辭源, 商務印書館, 1987, 475면. "尊貴崇高的地位. 易大有 : '象曰 大有柔得尊位' 也指帝位"

일본의 首長이며, 장별감은 일본과 경쟁적으로 이권 쟁탈전을 벌이며 권력을 존속·확장시키려 했던 청나라로 볼수 있다. 淸은 우리와 가까운 나라였으나 청일전쟁에서 패하여 한반도에서 완전히 축출당하였다. 두사람 모두 고유명사가 아닌 관직명으로 지칭하여 구체적인 인격체로서보다 집단을 나타내려는 작자의 의도가 부각되는 것도 이렇게 볼 수 있는 근거라 할 수 있다.

映山紅의 부친 김오위장은 '일즉이 이죠셔리로 말줄쓰고 돈줄쓰고 능변능화ᄒ야 일시의풍유남아로 남북촌의한ᄌ리을 부여쥬던' 인물이다. 그러다가 늙어서는 홍진의 세계를 하직하고 '한강상별장의 나와누어서 스스로 일홈ᄒ야갈ᄋ디 창강죠슈'라 하고 지내고 있다. 그는 젊어서는 風流郎으로 늙어서는 滄江釣叟로서 자신의 인생만 한가로이 즐길 뿐 다른 사람과의 관계에서 긴요한 인물이 되지 못한다.

이것은 그가 이름으로 불리지 않고 관직명으로 불리며, 그 관직명이 조선조 오위의 우두머리 벼슬인 오위장이란 것과 견주어 볼 때 아이러니칼하다. 오위장은 수도 중앙의 방위를 담당하는 종2품으로 임오군란 뒤 1882년에 없어진 직위이다. 그러나 그의 한가한 생활은 그 직책과 무관하여 보인다. 그는 홍의 일행이 처하는 고난과도 무관하며 그 해결에도 도움을 주는 바가 전혀 없다.

그는 관직에도 가장의 직분에도 충실치 못한 무능한 인물인데, 이름이나 친족관계의 명칭으로 불리지 않고 관직명으로 불리는 것은 작자가 의미하는 바가 따로 있기 때문이다. 직책을 소홀히 하여 나라를 일본에 넘겨준 최상의 집권층을 나타내려 한 것이 그것이다. 조선의 최고위층, 폭을 좁히면 고종을 지목하기 위해 설정된 인물인 것이다.

고종은 재위기간 동안 대원군과 명성황후의 틈에서 확고한 권력 행사를 하지 못하다가 마침내는 한반도에서 우위를 장악한 일본에 의해 을사조약이 체결되는 것을 막지 못하고, 드디어 1907년에는 일본에 의해 강제 퇴위되었다. 그 뒤 太皇帝가 되었으나 실권을 잃은 虛位였을 따름이다. 고종은 나라와 왕실을 지키지 못한 비운의 왕이었다. 김오위장의 행적은 고종의 생애와 그대로 대응된다.

여기에 映山紅의 모친의 행적까지 살펴보면 그 대응이 더욱 구체화된다. 홍의 모친은 소종래가 제시되지 않고 '모친'으로만 명명되고, 홍을 염려하다 숨을 거둔다.

> '후— 별노그리 앏푼더는 업사오나 긔운이 쇠진ㅎ고 정신이혼미ㅎ야 한울이덥쳐 나리누르는듯ㅎ며 사지ㄱ느른ㅎ고 젼신이쳔근갓치 무거워서 쌍이쏘다져 나려ㄱ는듯 만ㄱ지텬ㄱ지 싱각이 임의말리장공의 조각구름스라지듯 (…) 지금것 발닥발닥 른이지안니한 이목슘은 다름아니라 쳣직는 영감의 얼골을 뵈옵지못함이요 둘직는 져우리 영산홍이로다 져것을 두고참아갈슈웁소그려 에그웃지허나 져것의 나이싁집갈나인데
> 한번길게후— ㅎ며 말소리ㄱ 홀연이 끈치더니 슬푸다 오십년 고혼혼니 광능진두 쳥산일부토 (12면)

모친은 특별한 병이 없이 숨을 거두는 것이다. 물론 앞서의 서술에서 '오날은 어졔보다 닉일은 오날보다 날날이 파리ㅎ니 이와 갓치 쥬러가다간 널노 더부러 셔로 이별할날이 몃칠못남앗도다'는 암시가 있긴 하나 쇠약해지는 원인도 없고 쇠약해진다 하여 병없이 숨을 거두는 것은 납득하기 어려운 일이다.

구소설에서는 이런 경우 '우연득병하여홀연죽'는 것으로 처리된다. 그러나 작자는 이런 관습을 포기하고, 得病하지 않고 갑자기 죽는 것으로 처리한다. 이후 홍과 녹난이 광릉진상(廣陵津頭)에 있는 산소에 갔다 오는 길에 가진 고난을 당하는데, 성묘는 규중 여자가 밖에 나갈 명분이 되고, 고난을 당하는 계기가 되는 것으로 사건 전개의 중요한 동기가 된다.

‘그리압푼더 없이 죽는’ 모친의 죽음은 을미사변으로 시해된 명성왕후의 죽음을 나타내는 것으로 보인다. 청일전쟁에서 승리한 일본이 조선을 지배하기 위한 계획을 진행시키던 중 명성왕후를 정점으로 한 친러세력에 의해 방해를 받게 되자 일본 정부의 묵인 아래 이노우에 前任공사가 미우라 신임 공사를 전면에 내세워 1895년 10월 8일 새벽에 무참하게 왕비를 살해하였다. 그리고 고종을 강제로 협박하여 왕비를 폐서인시키게 하였다.44)

왕비가 시해되는 과정에서 고종도 핍박을 당하여 왕비의 시해를 막으려는 어떤 노력도 할 수 없었고, 이후 신변에 불안을 느껴 俄館播遷을 단행하게 된다. 왕비의 죽음에 고종은 전혀 무력한 존재였던 것이다. 무력한 고종을 나타내는 김오위장과 돌연한 죽음을 맞는 홍의 모친이 명성황후를 나타내는 우의적 설정은 서로 면밀히 호응되고 있다. 무력한 김오위장의 작품 내적 역할은 거의 무시되어도 좋을 정도로 미미한데 모친은 의문의 죽음을 맞은 뒤에도 꿈을 통해 일정한 역할을 하는 것으로 설정되어 고종과 명성황후의 위상과도 연장선상에 놓인다.

이상 등장인물들의 명명방식에서 우의소설의 면모를 구비하고 있음을 살펴보았고, 각 등장인물을 통해 조선 말기의 시대상을 우의적으로 표출하려 하고 있음을 아울러 확인할 수 있었다. 거명 방식을 통한 우의적 방식의 표출은 우의문학의 전통에서 살펴본 바, 우의하고 있는 이면의 사물을 나타내기 위해 사물의 특성을 나타내는 명칭을 사용한 가전 문학에서 선행된 바 있다. 명명방식을 통한 우의적 의미의 표출은 가전의 오랜 전통을 이은 수법이라고 할 수 있다.

등장인물의 명명 방식을 통해 裏面의 의미를 포착하는 것은 우의소설의 면모를 감지하는데 용이한 객관적인 방식이다. 그런데 소설은 등장인

---

44) 강창일, 三浦梧樓 公使와 閔妃弑害事件, 李玫源, 閔妃弑害의 背景과 構圖, 최문형 外, 明成皇后 弑害事件, 民音社, 1992.

물이 만드는 사건을 통해 진행되므로 사건전개에서도 우의성이 함축되어야 우의소설이 된다.

우의소설의 사건은 그 輕重이야 어떻든 의미의 파탄을 전제로 한다. 파탄이 없으면 독자가 표면으로만 이해해도 완벽한 의미망이 짜여지게 되므로, 이면에 숨겨진 작자의 의도가 徒勞가 된다. 따라서 의미의 파탄을 통해 독자가 표면으로만 이해하지 못하게 방해한다. 예컨데 「사씨남정기」는 숙종과 장희빈의 관계를 암시적으로 문제삼았다 해도 유연수, 사씨, 교씨가 벌이는 삼각관계가 완벽하게 사건을 이끌어나가며 표면적 파탄이 생기지 않으므로 우의소설이 될 수 없는 것이다.

「映山紅」에서 독자를 이면으로 인도하는 표면에서의 파탄이나 구멍은 몇가지 점에서 나타난다.

첫째는 李四男의 소종래이다. 이사남의 가계는 자신이 직접 녹난에게 털어놓는 형식으로 나타난다.

> 니집은 정말 슴호강변 쥴버드나무느러진다리건너 셔편쪽 다섯지 더문이지요 본은 완산이요 일홈은 스남이요 나이는 꼭열여섯쌀인디 우리어마니 아번이끠옵셔 일즉이 다바리시고 나의우으로 셰분형님도 추례로다 이별ᄒ고 지금 다만 한눗힝낭어멈과 의지ᄒ엿노라 슯흐다 하날을 우러러보고 쌍을 구버보니 처량ᄒ리 나보다 더할리가 다시뉘잇슬손가. (23~4면)

四男 자신이 직접 四顧無親의 고단한 신세임을 말했으나 선조의 내력을 드러내 말하지 않았다. 단지 완산 이씨라는 것만 밝히고 누구의 후손인지, 선조의 지위는 무엇이었는지 말하지 않았다.

이와 같이 早失父母한 인물이 설정된 「申遺腹傳」「蘇大成傳」등 다른 구소설에서는 주인공이 四顧無親하기 때문에 고난을 당하게 되는데, 이후 영달하는 과정에서는 명문거족의 후손임이 드러나 도움을 입게 되는 것이 보통이다.

그러나 이사남은 사고무친하고 또 위로 세 형님이 죽기까지 했는데 이것은 주인공의 가계배경치고 전례가 드문 경우이다. 이사남의 고난은 고단한 처지가 직접적인 동기가 되지 않고 고난의 극복에도 가계배경이 도움이 되지 못하며 이후의 사건 전개와 무관하다.

그렇다면 이사남의 가계는 어떤 의미를 갖는가. 그것은 前代와의 단절을 의미한다고 할 수 있다. 전혀 先祖代의 도움을 받을 수 없는 처지, 심지어 형제의 도움도 기대할 수 없는 고아로서 혼자서 세상을 헤쳐야만 하는 절박한 처지를 말해주는 것으로, 창작 당대의 이 민족의 처지를 반영하는 것으로 보인다. 선조가 있으나 온전한 국권을 물려주지 못하는 몰락한 상태에 있으므로 후손은 선조가 없는 양 고독한 처지에서 고난을 감당해야 된다. 부모가 있어도 부失하였으므로 없는 것과 같아서 '하날을 우러러보고 쌍을구버보니 외롭고 쳐량ᄒ리 나보다 더할리가 다시뉘잇슬손가'라고 한탄해야 하는 지경이 된 것이다. 이사남이 왕실과 같은 완산 이씨라는 점도 이것을 입증해 준다. 구소설에서 주인공의 본관을 밝히는 것은 흔한 일이 아니다.

선조와 단절된 이사남의 한미한 처지는 선조로부터 몰락한 나라를 넘겨받은 민족의 처지를 반영하는 한편, 前章의 논의처럼 암담한 상황을 헤쳐나가는데 기대를 걸 수밖에 없는 이땅의 이름없는 백성을 나타낸다. 이 사남의 가계가 명료하게 제시되지 않은 것은 선조의 도움없이 고난을 헤쳐야 하는 민족의 처지이기도 하지만 한편으로 한미한 신분, 내세울 것 없는 선조를 가진 백성의 처지를 나타내기도 한다.

두 번째, 관습과 어긋나게 사건전개가 더디다는 점이다. 구소설은 자연적인 시간과 서술상의 시간의 전개단계가 동일하며, 자연적인 시간이 서술상의 시간에서는 응축되어 나타난다는 특징도 갖는다.

여기서는 序頭 서술상의 시간과 末尾가 같은 시간대에 놓이는 首尾相

應하는 구성을 취하고 있다. 주인공이 지난 일을 회상하는 형식으로 자연적 시간 질서와 어긋나고 있으나 이런 서술의 역전은 서두에서 한번 일어날 뿐이다. 문제는 자연적 시간이 서술상의 시간전개에서 관습과는 다르게 확대되거나 단축되는 등 편의에 따라 조절된다는 점이다.

전술했듯이 작품은 총 116面인데 홍과 녹난이 묘소에 참배하러 갔다 사남을 만나고 오는 길에 풍랑을 만나서 배가 낯선 곳으로 밀려갔다가 어은사에 이르게 되고, 장별감 이하 도적을 만나고, 이존위가 또 모반을 일으켜 장별감을 죽여서 세사 람이 고난에 처하기까지의 과정이 만 하루 동안에 일어난 일로서, 그 동안의 일이 13면에서 100면까지 88면에 걸쳐 서술되고 있다. 그 이후 10년 동안의 일은 100~116면까지 서술되는데 또 그 중에서도 하루 동안의 일이 100~114면까지 14면에 걸쳐 서술된다. 그러니까 이틀 동안의 일이 102면에 서술되고 나머지 15면에 10년 동안의 일이 서술되는 셈이다.

평생의 일이 단축 서술되는 것은 구소설에 흔히 나타나지만 자연적인 시간을 이처럼 확대하여 서술한 경우는 없다. 서술상의 시간처리가 이와 같이 현저하게 확대 부연되는 것은 여타 구소설과 다른 어떤 것을 작자가 의도하고 있음을 보여준다. 하루는 길고 10년은 짧으며 하루 동안에는 무수히 많은 일이 일어나고 10년 동안의 일은 단조롭고 그간의 고난도 그 하루에 일어난 일의 결과로 빚어지는 것이다.

등장인물이 창작 당대를 대표하는 우의적인 인물인 점과 연관시켜 보면 긴 하루는 합방되기 이전을 나타내고, 짧은 10년은 합방된 이후를 나타내는 것으로 볼 수 있다. 1914년 이 작품이 창작되었을 때는 합방된지 4년이 되었을 때이고 정치적 상황은 해방의 가능성을 점칠 수 없던 때였다. 10년은 딱히 산술적인 햇수를 나타낸다기보다 긴 세월을 나타내는 보통명사로서의 단위이다. 나라를 잃은 암울한 세월은 生氣가 퇴색된 단조로운 세월이므로, 10년도 하루같이 똑같은 고통이 반복되는 지리한 세월일 따름이다. 또한 창작당대의 불투명한 정치상황으로 보아 긴 세월 日政 치하에서 살아야 하겠지만, 짧은 10년으로 끝나라고 日政의 종식을 염원하는 것이다.

또한 합방되기 이전의 多事多難한 인생은 긴 하루로 회고한다. 이것은 현재에서 과거를 회상하는 수법과도 연장선상에 있다. 고통의 세월은 짧아지도록 고대하고 자유스러웠던 세월은 길어지는 것으로 염원하는 것이다. 10년 중에서도 고난을 서술하는 부분이 3면에 다 서술되고 나머지 14면은 고난의 해결 부분의 서술인 것에서도 알 수 있다.

세 번째, 사건 전개가 추상적이라는 점이다.

일반적으로 우의소설에서는 표면의 사건과 이면의 사건이, 표면의 인물과 이면의 인물이 정확하게 대응되기는 어렵다. 이면의 인물을 표면에는 다른 인물인 것처럼 제시해야 되기 때문이다. 이면과 표면이 정확히 대응된다면 우의소설일 수가 없고 단선적인 리얼리즘 소설이 되기 때문이다. 따라서 사건이나 인물이 어느 정도 추상적으로 설정되는데, 이 작품에서는 등장하는 인물과 진행되는 사건이 다분히 추상적이어서 우의소설임을 감지할 수 있는 장치가 되고 있다.

88면에 걸쳐 서술되는 하루 동안의 많은 사건은 현실적인 사건으로 이해하기 곤란하다. 성묘하고 오는 길에 배에 전일 귤을 던지던 이사남이 올라타는 것, 그 배가 표류하여 어은도에 도착하고 또 녹난과 映山紅이 꾼 꿈에 어언사가 나타나고, 곧 꿈이 그대로 현실화되는 것, 장별감 무리의 습격을 받는데, 곧 장별감이 부하인 이존위에게 제거되는 점 등등이 모두 인과관계가 분명치 않은 사건들이다.

이사남이 배에 올라타게 되는 이유나 과정도 분명히 제시되지 않는다. 홍의 일행과 합류하게 된 동기가 분명치 않은 그가 두 번씩이나 청심환으로 홍과 녹난을 살리는 구원자 같은 역할을 하는데 이것은 결말 부분에서 이존위의 집에 갇힌 두 부인을 살려내는 것과 상응하는 행동이다.

이런 행동들은 그가 희망을 상징하는 인물임을 보여준다. 이사남은 민족의 암울한 처지를 타개할 수 있는 희망적인 존재로서의 의미가 중시되기 때문에 구체적인 그의 행적에서 현실성이 거세되는 것이다.

일행이 어은도에 도착하여 몸을 녹이기 위해 불을 피웠는데 불빛을 보고 장별감 이하 도둑떼들이 들이닥친다. 장별감이 홍을 알아보아 일행은 위험에서 벗어나나 곧 이존위가 모반하여 장별감을 죽여버리자 일행은 위험한 상황이 된다. 그런데 이존위가 모반하는 명분이 문제이다.

장별감 부하들과 함께 일행을 자신의 집으로 안내하는데 그때서야 한 떼의 다른 부하들이 나타난다. 그런데 그들은 모두 술을 먹다가 임무를 소홀히 하여 불빛을 보고도 제때에 이르지 못한 사람들이다. '횡설슈셜다 슐을취ᄒ야 망세간지갑자'일 지경이 되었다. 이에 분개한 장별감이 '한놈을 차셔걱굴틔리고 또 한사롬을 호리치'자 이존위가 항의하는 것이다. '까닭읍ᄂ일에스롬쩌리기를 기식기 가치ᄒ며 조고만흔일에 스롬죽이기를 닭에식기갓치ᄒ니 이갓흔 도젹놈은 일즉졔어ᄒ지 아니ᄒ면 우리 슘중에 범을길너 후환을 슴으리라'(96면)며 장별감을 제거한다.

부하들에 대한 장별감의 엄격한 태도는 기강을 바로 세우려는 공정한 행동이 될 수도 있어서 이존위가 모반을 하기 위한 구실로는 미약하다. 더구나 이존위가 제시하는 모반의 근거는 이존위의 주장으로만 제시될 뿐이어서 사실 그러한지도 의문이다. 서술자 또한 장별감의 죽음에 동정적인데 이를 보아서도 이존위의 주장이 공허한 것을 알 수 있다.

> 이구셕에 발길질 저구석에서 몽둥이가 우박쏘다지듯 슯흐다 장별감은 잔뜩 결박ᄒ야 놉고놉흔 버들가지에 동금헌이 쇠여다럿더라 (96면, 밑줄 - 필자)

이존위의 모반은 그 명분이 희박하다. 말하자면 이존위는 모반을 위한 모반을 했던 셈이다. 모반의 필연적인 근거를 제시하지 못하고, 이후의 서술에서도 모반에 관한 어떤 언급도 하지 않아 의도적으로 필연성을 거세함으로써 이존위라는 인물이 부상되는 과정의 인과관계의 틀을 허술하게 엮어서 이면을 암시하는 구멍을 나타냈다.

네 번째, 지리적 배경의 의미가 중층적이다. 映山紅의 집은 용산강 어귀로 관악산과 종남산이 보이는 곳이며, 이사남의 집은 삼호강변이다. 두 사람은 광릉의 모친 묘소에 성묘하고 오는 길에 만나 한 배를 타고 오다가 광풍에 배가 표류하여 어은도에 도착하여 마침내 인연을 이루고, 한강에서 배를 타고 집으로 돌아오는 것이다.

이와 같이 사건이 전개되는 동안 공간적 이동은 경성-한양-어은도-한강-경성 순으로 진행된다. 어은도는 가상적인 공간이지만 경성과 한양은 사실적인 공간인데 이곳도 구체화되면 사실적인 공간과 가상적인 공간으로 나뉜다. 이사남이 사는 곳은 삼호강변이라 해서 한강의 일부를 지칭한 듯 하지만 그렇게 불렸던 지역은 없다. 이사남이 공부하였다는 '함벽정'도 없다.

희망을 상징하는 이사남에게서 사실성을 배제하기 위한 배려인 듯 하다. 홍의 모친이 묻혀 있다는 광릉(廣陵)도 가상의 공간이다. 여기서는 광릉이 '광릉은 지라의유명한 강일홈이니 그강물은 가을팔월을 당ᄒ면 파도가 산갓치 이러나셔 턴하의장관을 일음으로 팔월광농도라 ᄒ는니라'(20면) 하여 중국의 江名과 같다고 하였으나 세조와 그의 비가 묻힌 광릉(光陵)을 빌려온 듯하다. 그러나 광릉은 한강변에 있는 곳이 아니다. 왕릉의 이름만 빌려옴으로써 우의성을 암시하려 한 듯 하다.

映山紅과 관련된 지명은 사실적이다. 映山紅의 집은 멀리 관악산이 보이고 가까이 종남산이 보이는 용산강 어귀이다. 종남산은 보통 남산으로 불리우며 木覓山, 終南山, 仁慶山, 列慶山, 마뫼 등으로 불리우며, 조선조에 한양이 도읍으로 정해졌을 때 國祀堂이 있던 곳으로 풍수지리설 상으로 案山 겸 朱雀에 해당되는 중요한 산으로 보았던 곳으로서 宗社와 國

權의 상징적인 의미를 담는 곳이다.[45] 남산은 원래 한강의 砂洲였던 곳으로 1904년 京義線의 기점이 있고 한강 수운의 발달로 공업 및 군사요지가 되었던 곳이다.

종남산 가까이 용산에 사는 映山紅과 녹난이 집을 떠나 어은도에서 고난을 겪다가 귀가하는 것은 국권의 회복을 의미한다고 볼 수 있다. 그래서 映山紅의 거처로 사실적인 공간이 제시되는 것이다.

다음 어은도의 의미를 따져 보자. 어은도는 대단한 의미를 지닌다. 주요인물들이 10년이나 어은도에서 시간을 보내고 또 풍랑을 만나 표류하는 과정도 결과적으로 어은도로 귀착되기 때문이다. 어은도는 강화도 주변의 어떤 섬이라고 추측은 가능하나 단지 작품 내적 필요에 의해 가상적으로 만들어 낸 공간일 뿐이다.

이규호는 이섬을 「홍길동전」의 율도국과 같은 理想鄕[46]으로 보고 있다. 그러나 그렇게 볼 수 없는 근거가 여러 가지 있다. 이 섬이 모두에게 定着하고 安住해야 되는 곳으로 인식되지 않고 벗어나야 할 곳, 빠져나가야 할 곳으로 인식되기 때문이다. 사남은 '번화헌옛싱각과 호탕풍경을 다겹쳐셔 무릅밋헤늣코 이존위의 산장속에이셔셔 낫이면나무시밧에 물주기 곳나무에 북도드기'를 하면서 '밤이면 칼을 어르만지며 스사로 마음을 가다듬아 지리헌세월을 보니며' 돌아갈 날을 꿈꾼다. 四顧無親인 그가 간절하게 귀향을 원하는 것은 이존위가 改過遷善하여 부하들마저 도적떼에서 善人으로 바꾸어 놓아 '고리굴과 범의구멍이 긔린봉황의턴디'가 되어도 여전하다. 그래서 고향을 생각하는 시를 읊고 이를 듣고 감동한 이존위가 아직 수절을 지키고 있는 映山紅과 녹난을 찾아내 혼인을 이루어주고 돌려보내는 것이다.

映山紅과 녹난에게도 어은도는 고난과 荊棘의 땅으로 벗어나야 할 공

---

45) 정신문화연구원, 민족문화대백과사전 5권, 1992, 411면, 「南山」條.
46) 이규호, 위의 논문.

간이 된다. 장별감을 처치한 이존위에 의해 각각 張三郎과 金二童의 여자가 되었다가 가진 꾀를 써서 정조를 지켜 왔는데 두 남자가 죽은 후 몸이 팔리게 되었다. 그래서 연못에 빠져 죽으려다가 우연히 만난 이존위 부인의 충고를 듣고 머리를 깎고 어은사로 들어가 중이 되어 수절하였다. 모친의 현몽을 통해 사남과의 인연을 암시 받은 두 여자에게 모두 정조가 위협당하고 또 다시 賣身의 위험에 처하게 되고 이 때문에 자결하고자 하는 최악의 상황이 반복되어 일어나는 땅이다. 어은도가 이상향이려면 도둑떼들이 改心하고 난 이후의 어은도가 이들에게 계속 살고 싶은 낙원이어야 한다. 그러나 세 사람은 이존위의 배려로 혼인을 하자마자 어은도를 떠나는 것이다. 그래서 이 가상적인 공간 어은도는 이상향일 수 없으며 벗어나야 할 곳일 따름이다.

전술했듯이 장별감이 이존위와 함께 모반하는 부하들을 '슴놈' '야만의종자'로 비하하는데, 이것은 섬나라 일본과 일본인을 지칭하는 말로 쓰인 것이다. 즉 어은도는 일본과 관련된 벗어나야 할 공간인 것이다.

그래서 세 사람은 이곳을 빠져나갈 계책을 마련하기 위해 부심하는데, 홍과 녹난이 고통을 감수하는 소극적인 태도를 보이는데 비해, 사남은 '칼을어르만지며 스사로 마음을 가다듬'으며 귀향을 꿈꾼다. 이존위에게 가두어둔 두 부인을 풀어줄 것을 노래로 우회하여 표현하여 감동시킨 후 '참아먹지못홀남의지물을먹으며 참아ᄒᆞ지못헐남의부녀을쎄앗스니 이갓 혼인물은 차랄히 싱겨나지아니흠만 못ᄒ도다'고 신랄하게 비난하여 회개하도록 한다. 그래서 이사남은 희망을 상징하는 인물이라 할 수 있다.

이처럼 어은도는 벗어나야 할 암울한 땅으로 인식되며 경성은 돌아가야 할 곳으로 훼손된지 않은 곳, '이화난 구름갓치 푸여오르고 힝화난 눈갓치나러ᄂᆞ리고 슈양버들 연기갓치 둘닌' 고향으로 인식된다.

이상과 같이 정리해 본 우의적인 의미의 중층적 구조를 명료하게 정리해 보면 다음과 같다.

　표면에서는 사남과 映山紅의 이합 사건을 전개하면서, 이면에서는 구한말의 상황과 합방 후의 일제 치하, 앞으로 해방될 미래를 연속적으로 보여준다. 명성황후가 살해당한 후 무력한 고종의 휘하에서 舊韓末은 극도로 혼란스럽고 위험한 상황이 계속되었다. 그 혼란스러운 상황은 세 사람이 탄 배가 갑작스러운 풍랑을 만나 밤새 헤매고 표류하며 파선해가는 모습으로 나타난다. 위태한 상황은 어은도에 도착하여 종결되는 것 같으나, 그것은 다른 열강들을 물리치고 일본, 이존위에 의해 장악되어 합방으로 귀결되는 암울한 종말로 이어졌다.

　이 땅의 남자는 자신들이 보호해야 할 여자들이 팔려서 죽음의 길로 들어서는 것을 무력하게 바라보아야 했다. 그러나 속박된 채로 시간적, 공간적으로 일제 치하를 상징하는 어은도를 벗어날 생각에 부심한다. 일제의 만행은 지속되어 부녀자들은 이 땅의 이름없는 백성들을 이유 없이 잡아가두는 해적질, 분탕질로 고통당한다. 이사남은 이존위를 설득시키는 방법으로 암울한 땅, 암울한 시대를 벗어나려 한다. 이존위의 개심은 곧 ‘한뎅이슴가운디 싱겨나서 사룜죽이기로 능사를슴으며 남의지물을쎄아서’ 먹는 일을 일삼는 모든 어은도 사람들의 개심으로 이어져서 일행은 해방되게 되는 것이다. 그래서 암울한 땅 어은도에서 벗어나 귀향하여 일제 치하의 時空을 벗어난다.

　「映山紅」은 현재적 상황을 우의적으로 표출하는데 머물지 않고 매래 지향적인 전망을 제시한다는데 의의가 있다. 어은도로 상징되는 日政이 계속되지 않고 종말을 고할 것이며 또 어은도라는 제 3의 공간설정으로 ‘한양산턴’은 짓밟히지 않고 원형으로 보존되므로 역사적으로 正統性, 傳統性이 보장될 것이라는 탁월한 역사적인 지평을 열어준다.

　그러나 속박으로부터 벗어나는 방법이 문제된다. 쟁취하여 얻어내는 해방이나 독립이 아니며 일제를 설득한 결과로 돌려받는 권리이다. 창작 당시 무단정치를 감행하며 식민사관의 조작 등을 통해 조선의 완전한 노예화를 획책하던 일본의 본성을 제대로 파악하지 못하고 환상적인 기대를 갖고 있었던 것이다. 이점은 일본이 자진해서 조선통치권을 포기한 것이 아니고 패전으로 말미암아 어쩔 수 없이 조선을 포기해야 했던 역사적 사실로도 충분히 입증된다.

다음 우의를 표출하는 수사법 상의 문제를 살펴본다. 대부분의 등장인물들이 23수나 되는 많은 한시를 읊는다. 시가의 내용은 대부분 話者의 내면심리를 표현하는 것이거나 극중 분위기나 풍광를 내용으로 하는 것으로 대부분 서사적 전개를 담당하고 있지 않다. 그러므로 빈번하게 시가를 삽입하여 긴밀한 사건전개를 방해하고 독자에게 사건에 몰입하지 못하게 함으로써 작품의 우의적인 성격을 암시하는 셈이다.

그러나 사건의 우의성을 이와 같이 추상적인 방식에 의존한다는 것은 우의적인 수법 면에서 작품의 형상화가 미흡하다는 점을 드러내는 측면이기도 하다. 이점은 문제의 해결에 시가가 거듭해서 긴요한 역할을 하고 있는 데서도 확인된다. 이존위가 개심하고, 또 개심한 뒤에 다시 사남을 돌려보낼 결심을 하게 되는 원인은 모두 이사남이 읊는 한시를 듣고 감동했기 때문이다. 시가가 문제의 해결에 관여하여 서사적 진행에 관여하기도 한다는 것은 그만큼 사건을 풀어서 짤 수 있는 역량이 부족하다는 점을 말해주는 것이다. 초창기 소설 「금오신화」에 다량의 한시가 등장하는 것과 같은 맥락이다.

작자가 의욕적으로 나타내려는 의미의 중층구조를 유연하게 형상화하기가 그만큼 어렵다고 할 수도 있고, 또는 작자 개인의 역량이 부족했다고 할 수도 있겠다. 그래서 우의소설은 근대소설의 주류에서 밀려났을 것이다.

우의소설로서 이 작품이 갖는 또 다른 의의는 작자가 밝혀진 유일한 작품으로 과연 독립가사와 같은 지하문학은 아닐지라도 우국충정에서 시대를 염려하고 개탄하여 이면구조로 표출하는 소설이 있었을까, 또는

여타 우의소설의 분석이 牽强附會가 아닌가 하는 의구심을 해소시켜 준
다는 것이다.

　작자 이종린은 천도교와 관련된 종교운동과 순수계몽운동의 양방향에
서 애국계몽운동을 하였던 인물이나, 1940년대에는 임전대책 강연을 하
는 등으로 曲筆阿世하는 오점을 남겼다. 올바른 역사인식을 가지지 못한
후기의 변절 행위는 이미 이 작품 속에 그 가능성을 담고 있었다고 보아
도 좋다. 우국충정의 의도 밑에는 일제에 대한 그릇된 인식에서 비롯된
허황한 기대가 있었던 것이다. 오래지 않아 일본이 스스로 잘못을 바로
잡으리라는 헛된 기대를 걸었다가, 10년이 세 번씩이나 지나도 여전히
철석같은 압제자로서 군림하며 압박의 사슬을 더욱 조여 오므로, 그 기
대 마저 간직하지 못하고 일제의 편에 서는 초라한 민족지도자의 모습으
로 전락하고 만 것이다. 自力으로 국권을 회복하려는 민족 自尊 쪽으로
방향을 잡지 못했던 그릇된 역사의식 속에 이미 내재된 결과였던 것이
다.

3.3. 「山村美女」

3.3.1. 資料 考察

　「산촌미녀」는 「여항소설」이란 표제 아래 「일본산천풍속기」, 「장벽지화
」, 「경성백인백색」 등과 함께 묶여 있는 소설로 이종주가 주석을 달고
해제 논문을 써서 단행본으로 발간함으로써47) 처음으로 알려진 필사본
구소설이다. 서강대본이 유일본이나, 1907년에 엮어진 「韓文雜錄」에 「경
성백인백색」 12회 중 7회분이 실려 있다.48) 「여항소설」은 전체 151면이

---

47) 이종주, 여항소설, 국문학총서 5, 시인사, 1984.
48) 설성경, 閭巷小說도 新聞小說이다, 고전문학연구 발표문, 94.4.9.

나 현대어본을 倂記했으므로 원본만 따지면 75면으로 되어 있는 셈이다. 이중 「산촌미녀」는 약 삼분의 일, 23면 정도이다.

「여항소설」은 필사자가 바로 창작하여 만든 소설집은 아니며, 필사자와 작가가 동일하지도 않은 것으로 보인다. 여기 수록된 네편을 필사하는 과정에서 생긴 오류가 이점을 말해준다. 필사자는 「일본산천풍속기」의 '제사 천맥보은'편의 말미에 「산촌미녀」의 일부를 옮겨 쓰고 있다.[49] '제사 천맥보은'편은 서술자가 일본의 과학적인 영농방법과 애국심을 들어 '대한' 백성의 애국심과 각성을 촉구하는 내용으로 되어 있다. 그리고 이 부분의 서술이 의미상 종결되는데, 「산촌미녀」의 일부분이 끼어들어 있다.

> 잇쩌의각포구상디고들이츄츄로소무릉의별장이　변화ᄒ야가미쩌쩌로　겨을을타셔드러와본즉과연신션지경이요쏘은사람의몸의위싱이가장맛당혼지라.　극히탐ᄒ고극히질겨셔혼니드러와셔노더니,　혼날은소봉과중걸의풍파가나는거슬본즉,　그근본이션연쳐즈의게말믜암아일러난비라.　극히눈을쥬목ᄒ야살핀즉,　션연쳐즈는과연고금에드문인물이요, 세상의귀혼보비라. 사롬마다탐심이나셔 친근ᄒ고자근ᄉᄒ고ᄒ지안는지업더라. (60면, 밑줄 – 필자)

그런데 이 부분은 「일본산천풍속기」와는 연관이 전혀 없는 내용이어서 단지 필사자의 착오로 인한 誤記인 것을 알 수 있다. 즉 필사자는 단순히 작품을 옮겨 작품집으로 꾸며 놓았을 뿐인 것이다.

그런데 동일한 부분에서 「산촌미녀」와 字句상의 차이가 나타나고 있다. 위 밑줄친 부분을 차례로 비교해 보면, 위 '겨을을'이 「산촌미녀」에서는 '겨으을'로, 두번째 밑줄 부분은 '극히탐ᄒ고극히질겨셔와노니'로 되어 '혼니'가 빠지고 '드러와셔노더니'가 '질겨셔와노니'로 되어 있다.

---

49) 이종주, 위의 책, 30~2면의 6행을 60면에 그대로 옮겨 쓰고 있다.

또 마지막 구절은 '친근ᄒ고자근ᄉᄒ는지업더라.'로 되어 의미가 서로 다르다. 이로 미루어 볼 때, 현존하는 판본은 필사자가 동일 부분의 착오가 이미 나타난 다른 필사본을 저본으로 하여 단지 필사만 하였을 가능성이 있다. 즉 동일한 작품집이 당대에 여러 본 존재하였을 가능성이 있고, 그중 한 책을 베꼈을 가능성이 있다는 것이다. 그렇다면 당대에 이 작품집이 이미 널리 읽히고 있었다는 말이 된다.

설성경은 「경성백인백색」이 漢城新報에 연재된 소설임을 밝히고, 「일본산천풍속기」도 신문연재물일 가능성이 있다고 하였다. 설설경에 따르면 「韓文雜錄」에 수록된 1898년 창작된 신소설 「엿장수」와 함께 「경성백인백색」은 吐笑子의 작품이다.50)

「여항소설」도 신문연재물만으로 이루어졌거나 신문연재물과 일반창작물의 복합일 수밖에 없다고 하였는데, 「산촌미녀」나 「장벽지화」는 신문연재물로서의 형식적인 특성을 거의 갖추고 있지 않으므로 後者일 가능성이 높다. 설성경의 새로운 연구는 「여항소설」이 창작 현장에서 필사된 것이 아니며, 여러 작품을 필사하여 작품집으로 꾸며놓았을 뿐이라는 것을 입증해주었다. 신문연재물을 모은 寫本文集 「韓文雜錄」의 사례를 통하여 당시에 「여항소설」과 같은 작품집이 널리 존재했을 가능성이 있음을 짐작할 수 있고, 위에서 논의한 필사과정에서 생긴 오류는 이것을 뒷받침한다고 할 수 있다.

「여항소설」에 수록된 다른 작품에 나타나는 용어로 이 작품집이 이룩된 시기를 짐작해 볼 수 있다. 네 작품 중 「경성백인백색」에는 특히 창작시기를 짐작케 하는 당대 용어가 많이 등장한다. '걸객흉중'편에는 '혜민원'이라는 단어가 나온다. 혜민원은 구한국 때 貧民 救恤에 관한 사무를 맡았던 관청으로 1901년에 설치되어 1904년에 폐지되었다.51) '학

---

50) 설성경, 위 발표문.
51) 이홍직 편, 새국사사전, 백만사, 1975, 1517~8면, 「惠民院」條

도흥중' 편에는 '경부철도도 실상별노이가업데'라는 말이 나온다. 경부
철도는 1901년 8월에 起工하여 1904년 12월 27일 개통하여 1905년 1월 1
일부터 영업을 개시하였다.52) 경부선이 영업을 개시한 이후의 상황을 그
리고 있으므로 적어도 이 작품은 1905년 이후에 창작된 셈이 된다. 기타
'협회꾼'이나 '중등협잡군'에도 당대의 용어들이 등장하여 창작 시기를
짐작할 수 있게 한다. 「경성백인백색」은 적어도 1905년 이후에 창작되었
고, 「여항소설」도 적어도 1905년 이후에 필사되었음을 알 수 있다. 「병정
신세」는 군대해산(1907.8)이 일어나기 전의 초라한 병정의 모습을 담고
있어서 창작 하한 연대는 더 내려 잡을 수 있다.53)

「일본산천풍속기」도 開明한 일본의 발달한 문물제도를 일일이 들어
말하며, 우리도 그 제도를 수용하여 근대화의 길로 나서야 한다고 여행
기의 형식을 빌어 말하고 있다. 그러나 일본을 배워야 한다는 논지가 친
일적인 입장에서 비롯된 것이 아님은 명백하다. 국가와 국민의 이용후생
및 일체감 형성을 위한 방법적 차원에서 또는 일본을 극복하기 위한 수
단으로서54) 일본을 배워야 한다는 점을 강조한다. 창작 연대는 '경무청'
이나 '대한제국' 등의 용어와 나라를 염려하는 태도로 보아 늦어도 합방
이전의 것으로 보인다.55)

「장벽지화」는 벽장 속에 감추어둔 돈을 첩이 갖고 도망하였다는 내용
이다. 부인이 죽어 젊은 첩을 얻은 양반이 돈으로 첩을 잡아둘 수 있다
고 생각하여 갖가지 수단으로 돈을 모았으나, 이를 염탐한 첩은 양반을
꼬여내어 돈 둔 곳을 알아내서 가지고 도망하여 버렸다. 돈이 있으면 젊
은 첩이 영원히 곁에 있으리라고 생각했으나, 오히려 돈이 있었기에 첩

---

52) 이흥직 편, 위의 책, 60면, 「경부선」條.
53) 이종주도 위의 책(160면)에서 같은 점을 지적하고 있다. 창작 하한 연대를
    1910년대로 보면서, 각편이 모두 시사적인 문제를 가진 비판양식을 취하는
    점을 중시했다.
54) 이종주, 위의 책, 147~8면.
55) 이종주, 위의 책, 149~50면.

이 달아나 버렸다. 돈이 두 사람 사이를 연결해 준 끈이 된 것이 아니라, 단절하는 벽을 쌓은 것이다. 물질문명의 부정적 세태를 비판한 작품이다. 이 작품은 창작시기를 구체적으로 가늠할 상황이나 용어가 등장하지 않는다. 조선 후기의 경제적인 변화에 따른 심리적 대응을 보여주는 작품이라 할 수 있다.

이종주는 「산촌미녀」가 초기 개화기 시대의 사회상황을 작품구조로 형상화하여 작가가 새로운 인식 하에 소설의 형태를 변모시킴으로써 구조와 주제 면에서 영웅소설을 수용, 극복하고 있어서 신소설과 고전소설 사이의 자생적인 발전이 있음을 입증해주는 소설56)이라고 하였다. 이어서 창작시기는 상업자본주의를 강조하는 주제와 실학 사상의 相同性으로 보아 19세기말로 추측된다고 하였다.

이렇게 보면 이 작품집에 수록된 네 편의 작품 중 「장벽지화」와 함께 「산촌미녀」는 구체적으로 창작시기를 알려주는 정황이 드러나지 않는 셈이다. 「경성백인백색」이나 「일본산천풍속기」는 신문연재물로서 어느 정도 시사성을 띄는 문제를 다루고 있어서 창작시기가 짐작된다. 그러나 구소설의 형식을 취하고 있는 다른 두 작품의 경우, 구소설이 당대를 다루지 않고 전시대를 다루는 의고성을 특징으로 한다57)는 점을 상기해보면, 창작시기의 상한선은 설정할 수 있어도 하한선은 쉽게 단정할 수 없다. 창작 시기 문제는 작품론을 통하여 다시 논의해야 할 문제이다.

「산촌미녀」는 조동일의 한국문학통사 4권에서도 논의되었다. 이종주가 영웅소설의 구조를 취하면서 상업자본주의와 개화의지를 주제로 한다고 했을 때는 표면적인 측면을 중시했을 때 기대되는 분석의 결과이다. 조동일은 이 작품의 이면적인 면을 중시해서 논의했다. 국권을 잃게 되는 과정을 우의적인 수법으로 다루고 국권회복을 염원한 작품으로 혼사장

---

56) 이종주, 위의 책, 135~45면.
57) 이은숙, 활자본 신작 구소설에서의 애정소설 연구, 한국학대학원 석사논문, 1986, 14~5면.

애의 이면에는 무대설정과 인물대립이 민족의 수난과 투쟁을 알려주는 예사롭지 않은 뜻을 지니고 있다고 했다. 항일가사처럼 소설에서도 항일문학이 이루어졌다고 추측할 수 있는데 이 작품이 바로 그런 경우라고 하였다.[58]

본고는 바로 조동일의 이러한 시각에서 문제의식이 촉발되어 이루어졌다. 이제 구체적인 작품론을 통하여 이면에서 표출하려 한 작품의 주제의식에 접근하여 한다.

이 작품은 필사시기로 보아 활자화가 가능한 시기였다. 「경성백인백색」이 신문연재물이고 「일본산천풍속기」는 신문연재물일 가능성이 있는 작품이므로 이미 활자화된 작품이라 할 수 있다. 그러나 「산촌미녀」는 활자화되지 않았다. 그러나 前述한 바와 같이 당대에 필사본으로 널리 읽혔다고 볼 수 있다면, 가사 수용층의 항일의도가 필사본 항일가사로 충족되고 있었던 것과 마찬가지로, 소설에서는 항일에 대한 요구가 이와 같은 형태로 충족되고 있었음을 보여준다고 할 수 있다.

3.3.2. 작품 표면의 사건 전개

논의의 편의를 위해 줄거리를 먼저 살피고자 한다.

조정이 미약하여 난리가 일어나 백성이 도탄에 빠지자 명문 출신의 사병현은 세상이 한두사람의 힘으로는 바로 잡을 수 없음을 깨닫고, 봉래산 소무릉에 은거하여 부부가 치산에 힘써 안락한 생활을 누리게 되었다. 소무릉은 들어오면 평평한 곳이나 들어가기 전은 산세 험악하여 인적이 이르지 않는 곳이다. 이웃 주씨 집안과 함께 요순 세상을 이룬 이들은 봉래산에 기도하여 얻은 아들 주중걸과 딸 사선연을 얻었는데 둘 다 재질이 비범하여 자연스럽게 약혼이 성립

---

58) 조동일, 한국문학통사 4권 제 3판, 지식산업사, 1994, 346~7면.

되었다. 소무릉 동구 밖은 큰 강이 흐르고 강 아래 포구가 있는데, 난리가 안정된 후 人彣, 공업, 상업이 발달하여 번화해지고, 위생이 개명하는 등 이용후생이 이루어지니 고인이 뜻하지 못하던 바였다.

그중 가장 번화한 강촌인 대하촌에 사는 토소봉이란 부유한 상고는 인근 포구와 통상에 힘써서 일촌에서의 권세가 대단하였다. 인근 파덕 포구의 우불청은 대하촌의 번성을 시기하여 서로 함험이 깊었다. 소봉이 각 부상대고들을 청하여 강상 구경을 하다가 우연히 소무릉을 보고 산천경개의 수려함에 탄복하여 별장을 짓고자 하여 허락하니 소봉을 필두로 각 부상대고들이 차례로 들어와 별장을 지었다. 이후로 소무릉은 외부와 접촉이 많아져 순후지풍이 날로 없어져 갔다.

토소봉은 사선연에 반하여 온갖 물건으로 사병현등 부녀를 유혹하다가 주중걸을 제거하려던 차에 선연처자가 병이 들어 위중한 지경에 처하게 되었다. 두 사람이 같이 문병을 왔다가 결투를 벌렸으나 중걸은 소봉의 하인들에게 무참하게 맞고 목숨만 부지하여 돌아가서 봉래산 깊은 곳으로 옮겨 치산하게 되었다.

파덕 포구 주인 또한 선연처자를 보고 반하여 소봉과 은근히 대결할 생각을 하였다. 사병현의 부인 왕씨는 소봉이 방자히 구는데도 남편이 소봉에게 이끌리는 것을 보고 민망히 여겨 죽으려다가, 파덕 주인이란 상고와 매사를 의논하게 된다. 소봉은 사세가 불리함을 느꼈으나 파덕주인의 힘과 권세에 어찌하지 못하다가 자객을 구하여 왕부인을 살해한다. 그러나 왕부인 살해 사실이 주위에 알려지면서 소봉은 오히려 소무릉에서 권세를 잃었다.

선연처자는 파덕주인의 도움을 받으면서 그를 신뢰하나 차차 사치해진다. 초조해진 소봉은 사병현과 친하면서 선연을 위협하기도 하고, 전일보다 더 많은 완호지물로 달래기도 하니 선연은 그 손아귀에 놀아난다.

봉래산 신무릉에 자리잡은 중걸은 농업으로 재산을 이루고, 포구를 개척하니 사람들이 모여들어 대도회가 되었다. 중걸이 이주하여 오는 사람들에게 살 대책을 마련해주고 인심을 크게 얻었다.

소봉이 소문을 듣고 중걸을 죽이지 않은 것을 후회하나, 힘과 권

세가 당하지 못할 줄을 알았다. 선연처자가 모친 생각에 설치하고자
하여 소봉과 상합치 못한고로 소봉은 선연처자를 더욱 뜻대로 하고
자 병든 사병현을 독살하였다. 사병현이 죽고 소봉은 선연처자를 마
음대로 하고자 하나, 부상대고들의 시비가 두렵고, 한편 겁박이 심
하면 선연처자 도망가버릴까 염려하여 조심하였다.

　천하의 거부가 된 중걸은 소무릉의 사정을 탐지하여 소년 정사를
훈련시키고, 병기를 구하여 소봉을 물리칠 계책을 마련한다. 중걸이
별장주들을 설득하니 소봉을 칠 무렵 별장을 비우는고로, 중걸은 무
수한 군병으로 소봉을 들이치고 겁박의 위기에 처한 선연을 구하여
천생연분을 이룬다.

이 작품은 표면적으로 남녀이합형의 영웅소설의 골격을 가진다. 남녀
주인공 주중걸과 사선연의 삶의 궤적이 영웅의 일생에 일치하며, 적대자
의 가해 행위로 두 남녀가 헤어졌다가 적대자를 제거하고 재결합하는 남
녀이합의 구조도 아울러 갖추고 있다.

① 사선연의 부친 사병현이 난세에 경사를 하직하고 은거한다.
② 祈子精誠에 의한 주중걸과 사선연의 신이하게 탄생한다.
③ 두 사람이 비범한 자질을 가졌다.
④ 토소봉에 의한 주중걸의 축출과 고난을 당하고, 그로 인해 사선연
　이 고난과 위기를 맞는다.
⑤ 주중걸의 능력을 획득한다.
⑥ 주중걸의 능력 발휘로 토소봉을 제압한다.
⑦ 두 사람이 결합하여 행복한 삶을 누린다.

이와 같이 기본적인 구조는 전체적으로 영웅소설과 일치하는 면모를
보이나, 세계관, 인물형, 사건의 설정 등에 있어서는 구소설의 전개 방식
을 상당 부분 벗어나 있다는 것을 내용 개관을 통해 알 수 있다.

　사병현과 왕씨부인, 사선연, 주중걸, 토소봉, 파덕주인은 작품을 이끌

어가는 주요인물들이다. 사선연 일가를 중심으로 주중걸과 토소봉이 힘의 역학관계를 통하여 사건을 엮어 나가는데, 이 삼각관계에서 파덕주인은 변수로 작용한다. 사선연 일가는 갈등의 원인을 제공하며 그 중심에 놓여 있으나 갈등을 해결하는 능력을 발휘하지 못하고, 갈등의 결과로 희생되거나 위기에 빠져서 헤어나오지 못하고 갈등을 증폭시킬 따름이다.

주중걸과 토소봉이 적대자로 맞서게 되는 원인은 사선연과 결합하기 위해서이다. 사선연과 혼약이 이루어진 주중걸보다 더욱 강력한 능력을 가진 토소봉이 등장하여 주중걸을 몰아낸다. 여기서 토소봉이 갖는 힘은 정치적인 힘이 아니고, 경제력에서 나오는 물리적인 힘으로 현실적인 능력이 된다. 토소봉이 경제력을 가지게 되는 배경도 대단히 현실적인 과정을 통해서이다.

소봉이어려서붓터총명ᄒ고민첩ᄒ더니, 급기 장성ᄒ후에, 치산과싱리의뜻슬두어, ᄉ방의장ᄉᄒ기로일슴을식, 하송논호퍼림과, 파ᄉ파덕등포구에부상더고로더부러셔로통상ᄒ야, 직물이ᄉ방의유힝ᄒ고, 차인을원근에보너셔시셰를살피고이익을그물질ᄒ니, 거연이각포구의더고들과비견ᄒ야뒤지지안터라. (16면)

그는 부모로부터 재력을 물려받은 것이 아니라, 포구에서 장사로 성공하여 스스로 부를 축적한 인물인 것이다. 적대자의 힘의 배경이 이와 같이 사실적인 면모를 보이는 것에 상응하여, 적대자와 대결해야 하는 주중걸 역시 현실적인 방식으로 힘을 축적하여 적대자와의 대결을 도모한다. 토소봉이 쌓아올린 현실적인 힘의 위력 앞에 무참하게 굴복하고 쫓겨난 주중걸 또한 새로운 땅에서 無에서부터 힘을 기른다.

봉너산중에싀로긱지을졍ᄒ고, 터을긔쳑ᄒ여젼토을긔간ᄒ고, 가ᄉ

을건축ᄒ여농ᄉ을광작ᄒ고, (…) 분심을먹음고쥬야로치산을힘쓰니,
가산이날노진췌ᄒ야, 부요ᄒ야지고, (…) 신무릉의긔지가명낭ᄒ고,
웅장ᄒ고토옥ᄒ기ᄂᆫ소부릉에셔 몃비가더ᄒ더라. (38면)

농업으로 힘을 길러 '소무릉보다 몇 배가 더하'도록 신무릉을 개척하
고, '선척'의 '왕래'도 개척하니 '이사하여 모여드는 자 무수하여 불수
년간에 성시와 같아서 대도회가' 되었다. 주중걸은 농업과 해운을 발전
시키는데만 머물지 않고 인심을 얻기 위해

중걸이오ᄂᆫᄉ람을가틱도지어쥬며, 젼토도기간ᄒ여쥬고, 상업을원
ᄒᄂᆫᄌᄂᆫᄌ본도쥬어셔, 상고을권ᄒ며, 공장을원ᄒᄂᆫᄌᄂᆫ긔계도쥬어
셔, 지쥬을다ᄒ게ᄒ니, 가가호호이부요ᄒ여지지안ᄂᆫ직업ᄂᆫ지라. (41
면)

'맹가의 천시와 지리와 인화를 겸하여 얻'게 되었다. 이와 같이 대결
관계에 있는 두 사람 모두 현실적인 토대 위에서 자력으로 힘을 쌓은 인
물들이다. 토소봉을 치기 위해서도 주도면밀하게 사정을 미리 살피고, 소
무릉에 별장을 갖고 있는 부상대고들을 설득하여 협조하게 하고 일거에
토소봉을 처치하는 능력을 발휘한다. 대결의 양상이 이와 같이 경제적인
힘과 민심의 역학관계에 의하여 벌어지고 있다.
　이와 같이 이원론적인 세계관을 탈피하여 위기의 극복과정에서 구출
자의 도움 없이 자력으로 능력을 키우고 적대자를 제압함으로써, 명실공
히 일원론적 세계관의 실현 양상을 보인다. 또한 능력의 내용과 그 신장
과정에 있어서 근대적이고 사실적인 성향을 보이고 있다.
　토소봉이 주중걸을 축출하고 사씨 일가를 회유하고 핍박하는 과정도
대단히 사실적이며, 왕부인과 사병현을 죽이는 것도 현실적인 동기를 가
진다. 토소봉은 사선연을 차지하기 위해서 주중걸을 축출했으나, 왕부인

이 토소봉과 대결관계를 이루며 더욱 강력한 파덕주인의 힘을 빌어 의지하자, 자객을 보내 왕부인을 살해한다.

토소봉에게 치음부터 호의적이었던 사병현은 중걸이 소봉에 의해 쫓겨난 뒤에도 '소봉의 은혜를 특별히 감사히 여기고 소봉의 아첨에 혹하여 중걸의 일은 잊어버리고, 날로 소봉과 친밀히 사귀어 정이 두터워져가'(31면)기까지 하므로 왕씨 부인이 '크게 근심하여 그 가장 병현의 혹함을 분하여 깨닫도록 하여도 듣지 않은지라' 죽으려고까지 하였던 것이다. 이처럼 사병현이 일방적으로 토소봉의 편을 들었음에도 불구하고 병이 들자 소봉은 그를 죽일 결심을 한다.

> "병현은아모리잇쩌것교분이변치안니ᄒᆞᆫ듯ᄒᆞ나, 죵시남즈이라. 나죵에졀졔ᄒᆞ기가어려울거시요. 션연쳐주는아모리불합ᄒᆞᆫ듯ᄒᆞ여도, 죵시여지라. 한번만회심ᄒᆞ면, 졀졔하기가어렵지안니ᄒᆞ리니. 이번의병훤의병든거슬인ᄒᆞ야, 다시일어나지못ᄒᆞ게ᄒᆞ엿스며, 그후로ᄂᆞ니마음더로ᄒᆞ기가쉬우리라" (42면)

소봉은 인정보다 이해관계에 따라 냉혹하게 인간관계를 꾸려가므로, 가까운 사이를 유지한 사람이라 할지라도 잇속을 따져 언제라도 무엇이라도 할 수 있는 인물이다. 이해관계에 따라 인간관계를 맺어 이용하고 살해하는 모습은 근대적인 성격을 보인다. 구소설에서는 이와 같이 구체적으로 이해관계에 따라 인간관계를 이용하는 악인의 모습이 선명하게 드러나는 예는 드물다.

토소봉의 詭計에 휘말리는 선연의 모습도 구소설의 보편적인 인물형은 아니다.

> 쥬사야탁으로양칙을궁구ᄒᆞᆯ식,   긔묘ᄒᆞᆫ완호지물을만니가져뵈이고,너게잘ᄒᆞ면줄듯보일듯시ᄒᆞ며, 기구의위엄을굉장이베푸러셔,   내말을

잘듯지안니ㅎ면장찻큰화가박두할듯시뵈이니,　션연쳐지아모리현쳘ㅎ
여도, 죵시규즁녀지라. 엇지속지안니ㅎ며, 엇지두려워ㅎ지안니ㅎ리요.
미양그간계의싸져셔휘둘리고지너니,　지닌후에는씨닷고휘회ㅎ나,　쏘
다시당ㅎ는쳐음에쏘속는지라.　(38면)

이 대목에서는 두가지 의문이 제기된다. 혼전의 규중 처자가 어떻게
자신에게 마음을 두고 있는 남자와 이와 같은 접촉을 자유로이 할 수 있
는가 하는 작품 내용에 대한 의문이고, 또 하나는 구소설 여주인공의 현
숙하고 총명한 인물형을 벗어나 있다는 점이다. 구소설에서는 이와 같이
자신과 약혼한 남자의 적대자의 꼬임에 빠질 기회를 갖는 경우도 흔치
않고, 더구나 그 결과로 어려운 지경에 처하는 경우는 발견하기 쉽지 않
다. 어쨌든 토소봉의 간계의 구체적인 내용은 결국 상대방이 빠져들 수
밖에 없는 간교하고 사실적인 양상으로 전개된다. 간계가 대단해서 사선
연으로서는 빠져드는 것이 오히려 작품의 사실성을 더하는 것이 된다.
사선연의 인물형이 일상성을 보인다는 점에서는 설득력 있는 전개인 셈
이다.

　토소봉을 중심으로 해서 나타나는 인물들의 행위는 이와 같이 구소설
의 일반적인 양상을 벗어나 사실적인 성향을 보이고 있다. 특히 토소봉
은 적극적이고 구체적인 대응방식으로 근대적인 인물유형에 접근해 있
다.

　서술방식에서도 구소설의 전형을 벗어나 있다. 도입부분을 보면 가계
서술에서 출생담으로 이어지는 구소설의 형식을 벗어나 있다.

　　일치일란은고금에밧구지못ㅎ는일이라.　승평셰계의임군셤기고빅셩
다스리기을일숨든사룸이라도,　간신이됴졍의가득ㅎ고현인군즈가쵸야
에뭇치는셔름당ㅎ야는,　공명을하직ㅎ고강호에물너가셔쎠를기다리고
학문을닥는일은바르고착ㅎ사룸의졀녜로ㅎ는일이라.　ᄉ부가훈사룸이
잇스니, 셩은사씨요, 명은병현이라. 셰셰로국가에훈노가만코, 빅셩에

게덕틱이홀너, 일국에하히갓치명명자자ㅎ더니, 세운이 비식ㅎ야죠정
이미약ㅎ야일노줏츠란니가 이러나민, 빅셩이도탄에드러셔구학에메여
눈지졀반이요, 사면으로유리기걸ㅎ눈지졀반이라. 한두스룸으로눈바
루잡눈힘이업거날스병현이이에경수를하직ㅎ고강호로나려갓다가난니
을맛눈쩌에, 심산궁곡으로드러가니 ··· (10면)

주인공 선대조의 대단한 위치를 밝히는 데서 시작하는 구소설의 관습
성을 탈피하고, 조정이 미약하여 난리가 일어나 백성들이 도탄에 들어
죽거나 유리개걸하게 되었다는 사회상황의 제시로부터 시작한다. 이런
상황을 한두 사람의 힘으로 바로 잡을 수 없다는 사회인식은 곧 부친의
정계 퇴진 명분이 되는데, 나이가 들어 퇴조하거나 '번화세상에뜻이업
서' 물러나는 전대 구소설의 그것과는 그 성격을 달리 한다.

구조에 있어서는 구소설 중 영웅소설의 모습을 띄고 있다고 하나, 이
와 같이 등장인물의 성격이나 고난, 극복의 양식, 사건의 서술방식 등 여
러 가지 면모에서 구소설의 관습을 벗어나는 전개양상을 보이고 있다.
그 방향은 거의 사실적인 성향을 띄는 근대적인 면모를 갖추는 것으로
나타났다.

그러한 이유 때문에 「산촌미녀」는 구소설의 변혁을 보여준 새로운 작
품으로 평가된다.[59] 작가가 구소설에 대한 긍정적인 인식을 가지면서도

---

59) 이종주(위의 책, 135~146)는 1대와 2대의 인물이 모두 전대 작품보다 현실적
   이지만, 2대가 더욱 구체적인 실천력과 행동력을 가진 인물로서 특히 상업과
   공업을 진흥시켜, 결핍과 해소를 근본적이고 적극적으로 이루고 있다고 하였
   다. 또한 적극적이고 진취적인 노력에 의한 힘의 획득을 긍정적으로 평가하
   는 주제의식이 '포구'와 '무릉'의 공간배치에 형상화된다고 하였다.
   1대의 삶의 유형을 2대에서 계승·승화시키는 전진적인 모습을 보여주며, 따
   라서 결핍의 해소가 개방적 모형을 갖는 열린 구조를 취하고 있어서 비판적
   개화의지를 갖고 있는 주제의식과 일치한다고 보았다.
   이러한 분석을 토대로 신소설과 고전소설 사이의 자생적인 발전이 있었으며,
   그 변형이 사상적인 외부적인 충격을 수용할 만한 그릇을 확보하고 있다고
   하였다. 이종주의 이러한 논의는 표면에서의 논의의 결과인데, 본고와 분석의

창작 당대의 현실인식을 반영하려 하였기 때문이다. 창작당대의 현실을 작품에 담아 형상化하려는 의지를 이와 같이 표면에서도 읽을 수 있다. 그러나 여기서 논의한 그 사실성이 표면에서 제시하고 있는 의미기능에 그칠 따름인지는 숙고를 요한다.

3.3.3. 작품 이면에 구현된 주제

　일단 구소설의 관습을 탈피했다고 보이는 부분을 주목함으로써 논의를 시작해보자. 전술했듯이 이 작품은 도입부분부터 관습을 벗어나 있다. 위에서 인용한 작품의 도입부분은 강력한 문제의식을 던져주어 처음부터 단순한 영웅소설이 아님을 암시한다. 조정이 미약하여 난리가 일어나 백성들이 도탄에 들어 죽거나 유리개걸하게 되었는데, 이런 상황을 한두 사람의 힘으로 바로 잡을 수 없다는 것이 작가의 사회진단이며 현실파악이다. 이 작품은 작가의 강력한 사회의식과 더불어 시작하고 있는 것이다. 작중의 현실은 곧 작가 자신이 처해 있는 작품 외적 현실이다.

　이종주의 선행연구를 받아들여 이 작품의 창작 시기를 19세기 말로 본다면 작중 현실은 바로 작가가 살고 있는 현실에 다름 아니다. 조선 후기 정치의 부패, 탐관오리의 행패, 세금의 과중 등으로 고통을 당하던 농민들이 1894년 동학혁명을 일으켰고, 일본을 포함한 外勢의 개입으로 이미 國運이 기울기 작하여 '한두사람으로는 바로잡을' 수 없는 지경에 이르렀다.

　그래서 사병현은 심산궁곡으로 들어가 힘들여 치산하게 되는데 그곳이 바로 신선이 머문다는 봉래산 중에서도 승지인 소무릉이었다. 그러나 '세상의 외각지'라는 이곳은 '문만 열면 또한 요지가 될 곳'으로 변화한

시각은 달라도 결국 구소설의 변혁을 보여주는 새로운 작품으로 평가하는 논의의 결과는 일치된다.

'강촌이 총총히' 있는 대강수가 흐르는 곳이었다. 결국 사병현이 숨어든 곳은 세상의 외각지로 세상과 절연된 곳이 아니라, 세상과 필연적으로 긴밀한 연락이 될 곳이었다. 세상과 단절된 곳으로 설정되었으나 결국은 세상과 가장 긴밀한 곳, 결국은 그 세상의 加害에 직접적으로 노출된 곳이었던 셈이다.

이상과 같이 작품의 표면만으로 이해가 어려운 곳은 전장에서 밝힌 '구멍'이라 할 수 있다. 서두에서 구소설의 전형성 탈피와 더불어 보여주는 현실의식과, 서사적인 허점으로 지적될 수 있는 소무릉의 위치 설정 등은 작품의 또 다른 이면이 있음을 암시한다.

이런 구멍은 더 있다. 개명한 강촌 중에서도 제일 번화한 땅 대하촌에 사는 호화로운 부상대고 토소봉은 사선연을 한번 보고 혼이 빠져 '천사만려의 일심정력을 모아 선연 처자 취할 방책을 궁구'하게 되고 이것이 바로 계기가 되어 주중걸과 사선연에게 위기가 닥치고 헤어지게 된다. 그러나 혼인하게 된 남녀 사이에 끼어들어 파탄을 일으킨 장본인인 토소봉이 미혼인지 기혼인지에 대해서는 언급이 없다. 토소봉이 정식 혼인을 하자고 했는지, 첩으로 삼자고 했는지, 또 사선연은 주중걸과의 혼약 때문에 토소봉을 거부했는지, 아니 토소봉을 거부했는지조차 구체적으로 서술되어 있지 않다. '소봉은 점점 방자하여 선연 처자를 저의 처첩으로 아는지라' 오히려 '왕부인이 분심을 이기지 못하여 사약을 만들어 가지고 선연처자와 함께 먹'으려 할 정도인데도 당사자인 사선연은 상황에 소극적으로 대응한다.

사선연은 구체적 인물을 우의적으로 나타낸다기보다 일제에 짓밟힌 조국강산이나 백성을 나타낸다고 할 수 있다. 그래서 왕부인이 사선연와 같이 자결하려고까지 하며 적극적으로 지키려고 하는 것이다. 사선연의 행동이 항상 소극적으로 나타나며, 前章에서 논의한 것처럼 구소설의 보편적인 인물형을 벗어나는 것도 바로 이 때문이라 할 수 있다.

또 왕부인이 토소봉을 견제하기 위하여 의도적으로 가까이 하게 되는 파덕 주인 또한 사선연에게 '용심이 불과 같이 일어나' '사씨가와 더불어 친밀'히 지내게 되어, 사선연을 두고 토소봉과 경쟁자가 되는데 파덕주인의 신상에 관한 언급이 없다. 더구나 토소봉이 사선연을 차지하려면 경쟁관계에 있는 파덕주인을 제거해야 되는데, 의외로 파덕주인이 아닌 왕부인을 암살한다. 따라서 왕씨부인이 죽어도 토소봉은 사선연을 차지하지 못하며 오히려 강력히 파덕주인의 견제를 당할 뿐이다.

이런 점들은 표면에 드러난 남녀이합의 구조에 의문을 품게 한다. 작자가 독자에게 단지 남녀이합 소설로만 읽어내리지 못하도록 방해하고 있음을 알 수 있다. 표면구조에 나타난 이러한 구멍들은 이면구조와 연결되는 통로인데 이 통로를 타고 이면구조를 포착해 보자.

이 작품의 도입부분을 살피면서 백성이 도탄에 빠지고 나라가 한두 사람의 힘으로는 바로잡을 수 없게 기울은 작중현실이 바로 작가가 처한 당대의 현실과 상응된다고 하였다. 작품 내적 상황이 창작 당대의 상황과 같은 것은 이뿐이 아니다. 사병현이 은거한 소무릉은 開港前 '태고풍속'이 지속되고 '인적이 이르지 않는' 斥邪衛政의 조선 땅이다. 그래서 소무릉은 '아직까지는 비록 궁벽하나 문만 열면 요지'가 될 땅으로서 번화한 강촌 가까이로 설정되었던 것이다. 번화한 강촌의 부상대고들이 앞다투어 소무릉에 별장을 짓는 것은 일본과 서구 열강들이 조선과 문호를 트고 교역하면서 利權에 눈독들이던 바로 그 모습이다.

소무릉이 심산궁곡이면서도 부상대고들의 출입으로 '심산 중 신선의 생애같은 것이 변하여 속인의 생애가 되여가'는 모습은 조선이 열강의 간섭으로 피폐해져 가는 양상과 같으니, 번화한 포구 옆에 소무릉이 설정된 의문이 풀린다. 작자는 소무릉과 포구들의 관계를 통하여 당시 조선이 당하던 열강의 간섭과 억압을 보이고자 했던 것이다. 조선이 문닫고 있으면 '전일태고 순후지풍'이 보존되고 '종용한 도인의 기상'으로 심산궁곡인 양 외세와 동떨어져 살 것 같았지만, 결국 조선은 열강제국들의 이웃으로 언제든지 침략할 수 있는 땅에 불과했던 것이다.

이 작품이 갖는 이러한 이중성은 토소봉이 사선연에게 품는 黑心과 책략을 서술하는 데서는 더욱 구체적으로 나타난다. 토소봉이 사는 대하촌은 다른 포구보다 가장 소무릉에 가까운 곳이고, 토소봉은 선연처자를 보고 '오매불망' 잊지 못해 '죽음으로써 이 보배를 취하리라'고 맹세한다. 조선 말 교역을 튼 열강 중에 조선과 제일 가까운 나라는 일본이었고 여러 열강 중 가장 집요하게 조선을 倂呑하려던 나라도 일본이었다. 토소봉은 바로 일본을 나타낸다.

토소봉이 지속적으로 벌이는 일은 일본이 조선을 침략하고 노골적으로 야욕을 드러내고 드디어 합방해버리는 과정을 그대로 재현한다. 일본의 세력이 너무 커지자 당황한 조선은 이를 견제하기 위해 러시아를 가까이 하였는데 그 주동인물은 명성황후였다. 토소봉이 '점점 방자하여 선연 처자를 저의 처첩'으로 아는 고로 분심을 이기지 못한 왕부인이 '파덕주인의 의향을 살펴본 즉 소봉의 소위를 미워하는 모양이라 파덕주인에게 교분을 부탁하고 충심을 호소하'였다.

러시아와 조선이 더욱 가까워지면서 전날 친일내각이 이룩했던 新制度의 파괴에 착수하여 이전의 민비집권을 복구할 움직임을 꾀하자, 일본은 친러세력을 큰 장애로 여겼다. 이노우에 공사를 소환하고 무인 출신의 미우라공사를 임명하고, 그를 앞세워 일본인 자객들로 하여금 경복궁에 들어가 명성황후를 살해하게 하였다.60)

---

60) 이 정변은 국제 간에도 많은 물의를 일으켜 미우라 및 그들 일당은 소환되어 히로시마 재판소에서 재판을 받았으나, 증거불충분으로 전원 석방되었다. 토소봉이 왕부인을 살해한 것이 알려져 오히려 소무릉에서 권세를 잃고 후회막급으로 지낸 사건과 상통한다. 일본이 국제 여론에 밀려 미우라 일당을 재판에 회부한 것과 토소봉이 근심하며 후회한 것과 구체적으로 일치한다. 이홍직 편, 위의 책, 955면, <乙未事變」條 참조.

> 파덕쥬인은큰포구에유명흔부상디고라.　친구도만코부익도만흐며,
> 권도와권셰가셰력이잇는사람이라.　소봉의졔힘으로는셔당치못할지라.
> 분심을셜치ᄒ랴ᄒ야계칙이업거날, 심즁에헤아리되,
> 　"왕부인을업셔여스면분심도셜치가될거시요, 션연쳐즈도놋치지안니
> ᄒ리라" ᄒ샤,
> 　셰상의유명흔즈긱을구ᄒ야,　쳔금의즁상을쥬고왕부인을감안히살히
> ᄒ라ᄒ엿더니,　흔날은밤의즈긱이칼을품고부인쳐소의드러가셔목슘을
> 졔ᄒ고, ⋯　(34면)

토소봉 또한 세력있는 파덕주인을 제지하지 못하고 '유명한 자객을 구하여' 부인 처소에 들어가 부인을 살해하게 하였다. 그러나 토소봉의 이런 행각은 부상대고들에게 곧 알려지고 만다. 마침 그밤에 파덕주인의 별장에서 모든 상인들이 모여 노는데 토소봉이 급히 돌아가려다가 성공적으로 일을 마쳤음을 알리려던 자객과 함께 발각되고 말았던 것이다.

> 그잇흔날왕부인이폭스흔소문이드러난즉,　그밤에슈상긱이소봉에별
> 장에드러간거슬발명할길이업는지라.　좌우에시비가분등ᄒ되, 소봉이
> 우즈가이라　이럼으로써소무릉에셔, 권셰을일코쳬면이상ᄒ야, 근심으
> 로지니며후회막급일너라.　(34면)

그래서 오히려 '권셰을일코쳬면이상ᄒ야' 아니함만 못하게 되어버렸다. 이로써 토소봉이 경쟁자를 놓아두고 왕부인을 제거한 이유가 드러났다. 작자는 1895년의 을미사변을 재현하고자 했던 것이다. 그러나 을미사변을 일으켜도 조선은 일본의 수중에 들어오지 않았다. 불리한 정세를 만회하려고 조선 침략의 가장 큰 걸림돌이던 명성황후를 살해하는 만행을 저질렀지만 국제적 비난을 말할 것도 없고 조선 안에서도 모든 계층이 일본을 비난하고 반대하는 분위기가 최고조에 이르렀다.61) 민심을 자

---

61) 윤대원, 한국근대사, 풀빛, 1993, 250면.

140 신작 구소설 연구

극하여 곳곳에서 의병이 일어났고 신변에 위협을 느낀 고종이 俄館播遷
을 단행함으로써 조선은 러시아의 보호국과 같은 지위로 떨어지고 말았
다. 토소봉이 왕부인을 죽인 사실이 알려지자 오히려 소무릉에서 권세를
잃었다.

 '의지가 없어 지향을 못하는' 선연처자는 파덕주인에게 '마음을 붙이
고 대소사를 의논하며' '왕부인의 뜻을 계적하여 정성을 파덕주인에게
그치지 아니하'였다. 파덕주인은 토소봉이 왕부인을 살해한 덕분에 사선
연의 마음을 얻어 주도권을 잡았다. 파덕주인은 물론 러시아를 나타낸다.

 을미사변으로 오히려 유리해진 나라는 러시아였다. 친러파가 중심이
되어 俄館播遷을 단행한 후, 친일파는 무너지고 친러파가 세력을 잡았다.
러시아는 먼저 조선 정부에 군사·재정 고문등을 파견하여 내정 간섭을
강화하는 한편 갖가지 이권을 차지하였다. 함경북도의 경원·종성 금광의
채굴권(1896), 두만강·압록강 유역과 울릉도의 삼림채벌권(1896), 인천 월
미도와 부산 절영도 저탄소 설치권(1896, 1897), 동해안의 고래잡이를 위
한 포경권(1896)을 이때 획득하였다. 이에 자극을 받은 구미열강도 권리
의 평등을 요구하여 미국은 1895년 이후 광산 개발권을 비롯하여 철도·
전기·전차·수도 등 많은 이권을 독차지하였다. 영국은 평안 남도 은산
금광을, 독일은 강원도의 금성 당현 금광을 프랑스는 평안북도 창성금광
과 평양 무연탄 광산의 채굴권 등을 강탈하였다.[62]

> 화셜, 션연쳐지왕부인의상변을당ᄒ고, 가사가착난ᄒ디, 의지가업셔지
> 향을 못ᄒᄂ즁, 파덕쥬인니민셔을 감격하게디졉ᄒ즉그럼으로써마음을붓
> 치고대소사을의논ᄒ야지니며, 각포구디고들이모다두호ᄒ야, 부죠ᄒᄂ게
> 만흔니, 살님의규모가젼일의셔크게변ᄒ야, 사치와번화ᄂ늘러가고, 실상
> 규모ᄂ업셔가더라. (36면)

---

62) 윤대원, 위의 책, 254~6면.

을미사변이 국제간에 물의를 일으키고, 일본에 대한 비난의 소리를 높였던 구미열강들이 러시아에 편승해 여러 이권들을 받아낸 덕분에 조선의 형세는 '실상규모논업셔가'고 말았다. 정치적으로 무력해진 일본 또한 경제적인 침탈 쪽에 눈을 돌려 각종 利權을 차지했다.

> 빈긱은빈삭히너왕ᄒ고, 소문과소견은젼일의보지못ᄒ고듯지못ᄒ든거시 날마다시로워지니, 평일에죠밥과, 칡남물을먹든님과, 칡포벼와보병목님 든몸이졔젼규모을직희지못ᄒ고, 날마다휘황ᄒ물건이왕너ᄒ며, 감언리설 이츌립ᄒ니, 젼일의유한종졍ᄒ든슈힝을직희기어려운지라. (36면)

실제 우리 나라의 농민들은 외국 수입품을 맛본 후에 이것들을 사들이느라고 가계가 어려워져서 민심이 동요될 지경이었던 것이다. 1896년 일본은 당시 전국의 258개 외국 商館 가운데 무려 210개를 차지하여 국내 상권을 장악하고 이를 바탕으로 대외무역에서도 독점적 지위를 차지하였다. 특히 불평등 조약을 배경으로 성립된 식민지적 무역구조인 '미면교찬 體制'는 조선 민중의 일방적 희생을 강요하였다. 일본을 비롯한 자본주의 열강의 값싼 상품이 물밀듯 밀려 들어와 아직 대다수 전문적 수공업 단계에 머물고 있던 조선의 산업을 파멸로 몰고 갔다. 농민들도 이젠 쌀을 팔아 외국의 면제품을 사입어야 하였다.[63]

일본의 無賴輩나 浪人 출신의 상인들은 농민들이 綿製品·솥·남비·농구·석유·염료·소금 등 각종 수입품을 사들이기 위하여 쌀을 팔 수 밖에 없는 사정을 교묘히 이용하여 약탈무역을 하였다. 또한 고리대금을 통하여 농민들로부터 이중의 이득을 취하는 상행위도 서슴지 않고 감행하였다.[64] 어업에 있어서도 동해로는 동래·울산으로부터 서해로는 대동강 하류와 의주에까지 일본의 어선이 이르러 경상도와 전라도의 연안에서만

---

[63] 윤대원, 위의 책, 260면.
[64] 이기백, 韓國史新論 개정판, 일조각, 1982, 336면.

도 일본의 국적을 가진 어로 선박이 1천 척이었으며 이에 승선한 어업자의 수는 25,000 명에 이르렀다고 한다.[65]

그리고 결국은 러일전쟁을 일으켜 승리한 뒤 드디어 한일합방을 단행하였다. 토소봉은 '오히려 선연처자 놓을 수 없는지라' 각종 회유와 협박을 가하였다.

> 미양그간계의빠져셔휘둘리고지나니, 득과소리ᄂᆞᆫ죠금도업고, 토지와 원림까지라도, 소유물은쎄앗기ᄂᆞᆫ게만ᄒᆞ니, 가세날노퓌ᄒᆞ고죠라지되, 쎠로곤ᄒᆞ야난쳐ᄒᆞᆫ지경을형용ᄒᆞ야, 말할슈업더라 (38면)

일본은 선 채굴강행 후 특허권요구의 방식으로 1900년 직권광산 채굴권을 획득하였으며, 1898년에는 미국이 따냈던 경인철도 부설권을 매도받은 위에 경부철도 부설권도 획득하였다. 일본의 철도 이권 획득은 철도를 통한 군사적·경제적 침략을 강행해 갈 수 있게 되었음을 의미한다. 이밖에도 산림채굴권, 어업권 등을 침탈함으로써 조선경제를 깊숙이 부식해나갔던 것이다.[66] 일본은 '토지와 원림'을 빼앗는데 그치지 않고 드디어 1910년 한일합방을 단행하였다.

> 선연처지원한이골슈에드러가셔, 죵시상합지못ᄒᆞᆫ고로, 소봉이쏘분하게여기고빅계묘칙을시험할신, 사씨가의가계가탕퓌하니원임과전토ᄂᆞᆫ모다소봉의게되고, 의식을다시소봉의게밧은즉, 셔로ᄭᅳᆫ을길도업고, 셔로친밀할길도웁ᄂᆞᆫ지라. (42면)

드디어 '원림과 전토'를 모두 차지한 토소봉으로부터 '의식을다시소봉의게밧'아 쓰니 '셔로ᄭᅳᆫ을길도업고, 셔로친밀할길도웁ᄂᆞᆫ' 관계가 되었

---

65) 신복룡, 東學思想과 甲午農民革命, 평민사, 1985, 71면.
66) 박양신, 일본제국주의의 팽창과 조선침략의 성격, 역사비평 3호, 역사문제연구소, 1988 겨울, 100~1면.

다. 한일합방으로 말미암아 일본과 끊을 수 없는 관계가 되었던 것이다.

그러나 일본은 여기서 그치지 않았다. 합방을 한 이후에 太皇帝의 칭호를 받고 무력해진 고종을 1919년 1월 21일 독살하기에 이르렀다. 조선왕을 그대로 남겨두는 것이 화근이라고 여겼던 것이다. 토소봉 또한 '병이 들어 위석'한 사병현이 '종시 남자이라 나중에 절제하기가 어려울 것'이라 생각하여 독살하고 만다.

이상 남녀이합을 다룬 영웅소설을 표방한 「산촌미녀」는 세밀한 부분까지 당대현실을 재현하고 있음을 살펴보았다. 고종 독살까지의 사건을 다루고 있으므로 1919년 이후에 창작된 작품이라 할 수 있는데, 물론 이 시기는 일본에 대한 비방이 엄금된 시기였다. 그러한 때 사건을 이토록 치밀하게 다루려면 우회하는 수밖에 없었을 터이고 우회의 방식은 단편적인 풍자만을 가지고는 감당하기 어려웠을 터이므로 우의적 방식 외에는 다른 방식을 찾기 어려웠을 것이다.

지금까지 우의적 방식으로 감추어진 이면구조를 재구하면서 주중걸은 다루지 않았다. 그는 토소봉에 의해 축출되었다가 힘을 길러 권토중래하여 토소봉을 처치하고 사선연과의 宿緣을 이루는 인물이다. 다른 인물과 사건들이 면밀하게 당대 현실의 우의적 재현임에 비추어, 주중걸 또한 실제 인물들의 재현으로 볼 수 있다. 그가 소무릉에서 안주하지 못하고 쫓겨가 새롭고 낯선 땅 봉래산 신무릉으로 들어가는 공간의 이동 양상은 일본에 의해 쫓긴 독립지사가 만주로 가는 것과 같다. 신무릉은 소무릉과 동떨어져 있어 소무릉에서 이루어 놓은 삶의 터전을 포기해야만 한다. 그러면서도 이동하지 않을 수 없는 사정은 독립지사가 내 나라를 포기하고 만주로 이주할 수 밖에 없는 사정과 상통한다. 그러나 그 이동은 영원한 것이 아니고 원래의 내 터전을 회복하기 위한 전략일 따름이다. 만주는 조선을 회복하기 위한 거점일 따름이다.

주중걸은 소봉에게 당하여 만신창이가 된 채 '소봉의 능멸을 받을 길이 없어' '봉래산 깊은 곳으로 들어가 명의를 만나서 약을 먹은 즉 병세'가 쾌차하고 치산에 힘써 신무릉을 '불수년간에 성시와 같은 대도회'를 만들고 '천하의 갑부가 되'어 힘과 권세가 소봉을 능가할 정도로 성장하였다. 그러나 현실에서는 이러한 쾌거가 이루어지지 않았다. 토소봉이 주중걸에 비해 생동감 있는 인물로 그려지고 있는 이유도 여기에 있을 것이다. 토소봉의 행위는 일제에 의해 저질러진 현실적인 행위들이고, 실제적인 일들이어서 실감나게 그려나갈 수 있었겠지만, 주중걸이 再起하는 부분은 소설적 기대일 따름이고 현실화되지 못했기 때문에 비현실적인 전개 양상을 보인다고 할 수 있다.

사건의 전개 양상에서 가장 비현실적인 부분은 주중걸이 재기하는 부분 중 만신창이가 된 몸이 낫는 과정이다.

> 중걸이일장품파을격그미, 긔스근싱ᄒ야목슘은겨우부지ᄒ엿스나, 젼ㄴ신의중상을만히당ᄒ야, 팔도부러지고다리도어겨졋스며, 면목도싱흔이만히되고, 류혈의낭즈ᄒ야, 보기의비참ᄒ더라
> 소봉이중걸은쳐셔죽을지경의일으미, 심즁에헤아리되,
> "병신되기ᄂ면치못ᄒ리니, 장부의직칙ᄒ기ᄂ틀일터이니, (…)" (30면)

이와같이 '병신되기ᄂ면치못ᄒ리니, 장부의직칙ᄒ기ᄂ틀일'정도로 '죽지는 안니ᄒ엿스나, 사지와빅쳬가병신되야, 싱불여시'가 되어 현실적으로 재생이 불가능한 상태인데도, 신무릉으로 옮겨서 건강을 회복한다. 이때 건강의 회복은 자력으로 이루어지지 못하고 '명의'의 도움으로 이루어진다.

> "명의을만나셔약을먹은즉, 병셰만쾌츠할쓴안니라, 기질이젼일의셔 더욱건장ᄒ지라" (38면)

명의를 만나 치료를 하고 전일보다 몸이 더욱 건강해졌다. 명의를 만나 병을 고치는 이 대목은 명실상부하게 前代 영웅소설을 재현한다.

주중걸의 행적은 영웅의 일생과 일치한다. 창작 당대의 재현인 사선연의 고난과 위기가 영웅소설의 남주인공에 의해 해결되나, 이것은 영웅소설이 가지는 소설적 기대에 부응한 것일 뿐, 작품외적 현실의 해결은 아니다. 고난의 해결은 남녀이합형 영웅소설의 표면구조에 충실한 단계인 동시에 작품외적 현실의 타개를 염원하는 소설적 방식이라 할 수 있다. 현실적 고난의 해결에 대한 갈망이 소설적 기대로 대체되어 해결되고 있는 셈이다. 또 그속에는 현실도 그렇게 해결될 것이라는 낙관이 담겨 있는 것이다.

「영산홍」과 비교할 때, 이 작품이 돋보이는 부분은 바로 이 고난의 해결 방식이다. 「영산홍」에서는 사남과 영산홍의 수난은 수난을 가한 장본인인 가해자가 개심하여 수난을 가하기를 포기함으로써 가능하였다. 사남은 가해자인 이존위에 맞설 힘을 길러서 그에게 대적·승리함으로써 고난을 해결한 것이 아니고, 가해자를 설득하여 수난으로부터 벗어난 것이다. 가해자가 시혜를 베풀어야만이 가능했던 것이다. 해결을 가해자에게 의존하고 있어서, 해결은 결국 가해자의 의지에 따른 것인 셈이다.

「영산홍」이 이와 같이 소극적인 방식으로 고난을 해결했던 것에 비해, 「산촌미녀」의 주중걸은 외부의 도움 없이 낯선 곳에서 힘을 길러 가해자와 직접 대결하여 승리하는 적극적인 해결 방식을 보이고 있다. 주중걸이 힘을 기르는 과정은 전술했듯이 농업과 해운을 통한 경제적인 힘이 우선된다. 경제적인 힘을 토대로 民心을 얻고 '병장긔계을만히작만ᄒ고, 소년정ᄉ을뽑아셔군법을가라'쳐(44면) 물리적인 힘을 기른다. 억압적인 현실에 대한 대결 방식이 능동적이고 적극적인 의지로 표출되고 있다.

前章에서 「영산홍」의 해결방식이 바로 작가의 왜곡된 현실인식에 기인한다고 했는데, 그렇다면 「산촌미녀」의 적극적이고 능동적인 해결의지야말로 작가의 명확한 현실인식의 결과인 셈이다. 일본이 스스로 자각하여 개선하거나, 일본을 설득하여 식민통치를 종식시킬 수 있다는 입장이 종국은 친일로 돌아섰다는 것을 살펴볼 때, 우리가 스스로 힘을 길러 자력으로 대적·극복해야 한다는 적극적인 對日의식이야말로 일제를 바라보는 올바른 역사인식이었다고 할 수 있다. 「산촌미녀」는 올바른 역사인식의 표출결과라는 점에서 평가받을만한 작품이라 할 수 있을 것이다.

3.4. 「魂」

3.4.1. 資料 考察

「魂」은 1919년에 탈고되어 1920년 7월 5일에 初版을 냈다가 모두 압수되고, 1924년 10월 26일 再版이 나왔다. 본고에서도 再版을 臺本으로 하였다. 製本과 활자는 신소설보다 근대소설에 가깝다. 표지에 가득 차게 '魂'字를 붓글씨로 크게 쓰고, 그 밑에 作者와 發刊 年度를 밝혔는데, 동시대의 신소설이 내용을 암시하는 울긋불긋한 그림으로 표지를 장식한 것과 크게 대조된다. 오히려 간단한 도안을 곁들여 제목을 크게 쓰든지, 다른 밑그림 없이 제목만 썼던 근대소설의 표지와 비슷하다. 활자 또한 굵어서 큰 활자를 사용하던 신소설과 달리, 같은 시기에 나온 근대소설과 동일하다.

작품 서두에는 '長篇小說'이라 써있고 총 225면으로 되어 있다. 6페이지 분량 정도로 장 번호가 매겨져 총 35장으로 구성되어 있으므로 연재분을 모은 것 같은 추측이 든다. 한자어를 한자로 표기한 것은 한자를 쓰지 않은 신소설이나 구소설과도, 한자는 괄호 안에 넣은 근대소설과도 다르다.

본문 중에 검열로 삭제된 곳이 아홉 군데나 되는데, 짧게는 한두줄에서 길게는 한두 페이지에 이르고 있어 줄거리 연결이 어려운 부분도 있다. 일제 하의 상황을 그리면서 대부분 비유나 상징으로 처리했지만, 그럼에도 항일적 성격을 아주 감출 수는 없었던 탓으로 보인다. 초판은 모두 압수되었는데, 재판에서 부분 삭제만 당하고 출판된 경로는 앞으로 보조 자료를 통하여 밝혀내야 할 것이다. 초판에서 개작 요구를 받고 재판에서 개작하여 출간할 수 있었는지, 초판을 모두 압수당했는데 부분 삭제만 하고서도 재판이 출판 가능했는지는 앞으로 밝혀내야 할 것이다.

「혼」의 작자는 鄭馬夫로 되어 있는데, '馬夫'는 筆名이고 本名은 然圭이다. 단편 소설집 「理想村」이 있으며, 1925년 이전에 출간된 「過激派運動과 反過激派運動」이라는 저서가 있다.67) 하동호는 「魂」의 초간은 1920.7.5일로 되어 있으나 押收되어 警務局倉庫에서 썩었으며, 내용은 기미운동을 잊지 못하여 우리나라의 과거를 회고하고 현재를 말한 다음 미래를 예언했다가 無期 追放 당한 一大諷刺小說이라 했다. 계속해서 「理想村」의 초간은 1921년 5월 1일로 全地球를 이상적으로 건설하여 마음속의 자유·평등·사랑을 향유하자는 革命書인데 모두 재판을 한성도서가 인수해서 발행했다고 했다.68) 「理想村」은 혁명적인 내용을 다룬 단편소설집임을 알 수 있다. 初版은 회동서관에서 1921년 5월 1일 75면으로 발행되었으나, 再版이 漢城圖書에서 1924년 10월 26일에 발행되면서 98면으로 불어났다.69) 그러나 현재로서는 작품을 구할 길이 없다.

鄭然圭의 책을 출간한 한성도서는 1933년 창립 15주년을 기념하기 위해 「學燈」이란 月刊誌를 간행했는데, 2호 부록으로 '學燈讀者 謝恩特賣

---

67) 河東鎬, 한국근대문학의 서지연구(깊은샘, 1981. 91~2면)에서 정마부의 본명이 鄭然圭임을 밝혀 놓았으며, 나머지 두 저서도 밝히고 있다. 이외에도 金三雄, 禁書 -禁書의 思想史(백산서당, 1987, 62면)과 안춘근, 韓國出版文化史大要(청림출판, 1987)에서도 鄭馬夫와 鄭然圭가 동일인임을 알 수 있다.
68) 하동호, 위의 책, 91면.
69) 하동호, 위의 책, 22면.

圖書目錄'을 냈다. 그속에 정연규의 「이상촌」과 「혼」의 제목이 보이는 것으로 보아, 두 삭품이 꽤 오랫동안 읽혔음을 알 수 있다.[70] 그러나 「혼」은 1940년 7월 22일에 치안을 이유로 다시 금서로 회수된다.[71]

「혼」은 하동호의 해설로 보아 당시에도 우의소설로서 알려져 있었던 것 같다. 작자 鄭然圭는 「혼」을 보거나 「이상촌」등 다른 저서의 소개를 통해 볼 때, 문필활동을 통하여 민족운동을 펼친 인물로 보인다. 정연규의 책을 독점 출간한 한성도서도 출판을 통하여 민족운동을 펼친 출판사로 알려져 있다. 당시는 일부 서점을 병행한 출판사까지도 포함해서 당시 인텔리층이 별로 정열을 쏟아넣을 만한 곳이 없어 출판사업에 손을 뻗쳤으며, 기업 이전에 하나의 愛國愛族한다는 민족적인 선비의 장사로서 출판사를 했는데 그 전형적인 것이 漢城圖書라 할 수 있다.[72]

漢城圖書주식회사는 1920년 5월 1일 張道斌이 중심이 되어 창설한 출판사로 주로 서북지역의 젊은 인사들이 주류가 되어 자본금 30만원의 주식체로 출발했다. 김윤식과 양기탁을 고문으로 추대하고 일간신문의 발행을 의도하였으나 허가가 나지 않자 도서출판과 잡지발행으로 목적을 바꾸었다. 월간언론잡지 「서울」을 발행하며, 1921년부터는 鄭然圭의 「이상촌」을 비롯하여 「조선대지도」와 「짠딱크」 등 번역전기물을 내놓기 시작하였다.[73]

이상의 자료를 통해 짐작할 수 있는 것은 정연규가 한성도서와 밀접한 관련을 맺고 있는 인물이 아닐까 하는 점이다. 소략한 자료를 통해 알 수 있는 정연규의 성향과 한성도서의 그것은 유사한데다, 그의 책을 독점해서 출판했기 때문이다.

---

70) 하동호, 위의 책, 94면.
71) 金三雄, 禁書 -禁書의 思想史, 백산서당, 1987, 62면.
72) 崔埈, 한국의 출판연구, 중앙대 논문집 9, 1964, 459~61면.
73) 崔埈, 한국의 출판연구 -1910년으로부터 1923년까지, 서울대학교 신문연구소 학보 1, 1964, 16면.

「혼」은 본격적인 작품론이 없는 상태다. 단지 조동일이 한국문학통사에서 근대문학사에서 '부당하게 잊혀진 문제작'으로 중시해서 다룬 것이 유일한 연구 성과이다. 자유를 잃고 기생이 되어 살아가는 주인공의 처지가 그 자체로서 의미를 가지는데 그치지 않고 민족의 수난을 나타내도록 설정된 우의소설로 주목하였다.74) 본고는 이 논지를 수용하고 논의의 실마리로 삼는다. 그러나 이 논의는 문학사를 기술하면서 소략하게 논의하는데 그쳤을 따름이므로 본격적인 연구는 이제부터라 할 수 있다.

3.4.2. 작품표면의 사건 전개

이 작품 역시 널리 알려지지 않은 생소한 작품이므로 줄거리를 살펴보도록 한다.

南山 國師堂에서 손님 술상에 앉아 소리를 하던 일대 名妓 月花가 남쪽을 향해 한숨짓다 黑雲에 쌓인 천지를 바라보며 운다. 이를 말리던 櫻花마저 같이 울다가 술취한 손님이 월화를 탐하는 손길을 형 牧丹이가 제지한다. 桃花는 남자손님과 얼크러져 잠이 들었다. 도화는 스물여섯 살, 모란은 열아홉 살, 월화는 열여덟, 앵화는 열살 이들 네 명은 모두 친자매간이다. 노파에게 아양떠는 큰 형 桃花를 제외한 세 자매 牡丹, 月花, 櫻花는 아침부터 노파에게 매를 맞아가며 밥상을 차린다.

도화는 가난한 부모가 동냥을 하며 어렵게 기른 딸이다. 그러나 열여덟에 李矮奸 노파에게 금반지를 받고 꼬임에 넘어갔다. 마침 順兒(桃花의 本名)의 할머니가 죽었으나 鄭王建(순아의 父親)부부는 오막살이 집 한채 외에 가진 것이 없어 장례비를 마련할 수 없었다. 이를 안 노파가 장례비를 주므로 감격한 부부는 이후로 노파의 집안 일을 열심히 보아주었다. 차차 이왜간의 '흉하고도악독한무엇'을

---

74) 조동일, 한국문학통사 5권 제 3판, 지식산업사, 1994, 98~9면.

알게 된 부부가 집에 드나들지 않자, 이왜간은 좋아하며 따라나서는 순이를 수양딸로 데려갔다. 그러더니 결국은 王建에게 빚을 준 應惡을 부추겨 집을 빼앗게 하였다. 오갈 데 없는 왕건은 노파가 눈독을 들이던 딸들과 같이 노파의 집으로 들어갈 수밖에 없었다.

왕건의 아들 己成이가 동네 애들과 어울려 동냥질하는 가짜 장님 윤판수를 골려 주었다. 거리에 나타난 현병 브조원이 나타나자 동네 사람들은 모두 굽신거리며 '입쁜 갈보가 셋' 있다는 노파의 집으로 안내한다. 집을 빼앗긴 충격에 왕건은 기절하고 順伊모친은 실성하고 만다. 보조원의 술상에 불려나간 順伊가 손목을 잡혀 소리를 지르는데 己成이 쫓아 들어와 보조원과 노파를 두들겨 패주고 순이를 구한다. 이 사건으로 己成은 여동생 얌전이, 간난이, 옥이와 이별하고 고향을 떠났다. 이른 아침에 강물에는 시체가 떴는데 멀쩡한 두 눈으로 판수질을 한 가책으로 몸을 던진 윤판수였다. 이왜간 집에서는 왕건부부가 시체로 발견되었다.

왕건 부부가 죽자 거처를 서울로 옮긴 노파는 순이 네 자매 모두를 기생으로 나서게 하고 가진 학대를 하였다. 이렇게 8년의 세월이 흘렀다. 아침을 먹고난 모란은 노파에게 간청해 동생 월화·앵화를 데리고 8년만에 첫 외출에 나섰다. 길을 나선 이들은 서로를 妓名으로 부르는 대신 본명을 부르기로 한다. 전차도 타보고 동물원에 가서는 갇혀 있는 호랑이를 보면서 '우리를 求해보자'는 自覺에 이르게 된다. 늦어서야 돌아온 세 자매는 노파에게 죽도록 얻어맞는다. 얻어맞는 동생들을 보고 마음을 고쳐먹은 도화의 배웅을 받으며 모란은 上海로, 월화·앵화는 오빠 己成이를 찾으러 고향으로 떠난다.

아침에 이를 안 노파가 도화를 때리며 닥달하다 일본 순사에게 혼나고 돌아오는데, 이를 계기로 불쌍한 네 자매의 사연이 신문에 실리게 되었다. 노파는 이미 세 자매을 찾는 수색계를 종로경찰서에 제출하였다. 신문을 본 동네 사람들이 비난하자 노파는 기가 죽었다. 이때 이들을 염려하는 청년이 있었으니.

간난이·얌전이는 고향에 돌아왔으나 己成이가 때려줬던 보조원에게 잡혀 다시 노파의 집으로 끌려가고 말았다. 청년은 법률학교를 마치고 회사원이 되었으나 '자유로운 몸이 되고 理想的 世界를 現

出식히'려는 뜻이 있었다. 上海로 달아난 간난이는 소식이 없고 반도의 겨울은 깊어간다.

이 작품은 李矮奸이라는 노파에 의해 부모가 죽고, 형제들이 흩어지고, 딸들은 기생이 되는 등 한 가족이 파멸되는 과정과, 남은 가족이 고난을 극복하기 위해 애쓰는 모습을 다루고 있다. 가족수난사를 소재로 한 작품인 셈이다.

1919년 탈고되고, 1920년에 출간된 '근대문학의 시험작'[75]으로 앞서 다룬 세 편의 구소설과는 다른 소설사적 맥락에 놓여 있는 작품이다.

가족수난사를 다루고 있으나 가족수난의 사건전개를 앞세워 이면에 설정한 다른 의미를 드러내려는 의도가 작품 전체에 끊임없이 나타나고 있다. 독자로 하여금 편안하게 표면의 사건과 의미를 쫓아갈 여유를 주지 않는다.

前章에서 거론했듯이 이 작품은 한눈에 일제를 비방하다 삭제되었음을 알 수 있는 부분이 아홉 군데나 된다. 삭제 부분은 앞뒤 문맥으로 보아 대부분 민족을 고무하는 내용이었던 것 같고, 일부는 일제를 비판한 내용이었던 것으로 보인다.

맨 처음 삭제당한 부분은 한줄인데, 겨울에도 '靑綠節개를 變치안코' '嚴冬雪寒을 誹謗' 하는 '松栢常綠樹가 봄날짯듯한철이되면 酷毒한추위苦生을말하는듯 누런입히하낙식둘식눈물갓치쩌러진다'(32면)고 한 다음 줄이다. 삭제된 다음 부분이 李矮奸의 꼬임에 넘어간 順伊가 등장하는 것으로 보아 변절을 비난하거나 節槪를 칭송하는 내용이었음직 하다.

다음 삭제 부분은 49~50面에 걸쳐 있는 한면 정도인데 아이들이 가짜 장님 윤판수를 쫓는 장면에 있다. 쫓기는 윤판수는 슬퍼하고 쫓는 아이들은 즐거워하는 인생살이는 우습고 슬픈 것이라 한 다음 부분이 8행이

---

75) 조동일, 한국문학통사 5권 제3판, 지식산업사, 1994, 96~99면.

나 삭제되어 있는데, 삭제된 다음 문장이 '이天地는우름으로날이가고恨心으로달이가고달이온다'인 것으로 보아 民族의 암담한 현실을 개탄한 내용이 삭제된 것 같다. 제일 많이 삭제된 곳은 166~7면인데 2面이 대부분 삭제되었다. 月花 자매가 동물원 구경을 다니는 부분인데 구경 중에 內的 自覺에 이르는 과정의 內面心理가 삭제된 부분이다. 우선 이 삭제 부분이 표면에 나와 있는 사건이나 의미만으로 작품을 파악하지 못하게 한다.

또 조금만 정밀하게 읽어내려도 작자의 이면에 감춘 의도를 노출하고 싶어하는 태도를 곧 눈치채게 된다. 실제로 작자는 문면에 목소리를 드러내어 작품을 표면으로만 읽지 못하도록 직접 경고하고 있기도 하다.

> 그럿타. 참世上은表裏가 잇다. 內心으로는자바먹고 씨버먹고습지마는 表面으로는조와하고 웃는얼골을보인다. 獄中에잇서몸이갓치 한발世上에내올수업는사람도 마음으로는世界를闊步한다. 世上에는道德이라法律이라잇서世上人生을拘束하니 詩人은詩를지어裏面에隱懃한쯔슬숨키고 小說家는小說을지어 깁고깁흔쯔슬裏面에감추어 하고습흔말을다한다. 人生은表面요 人生은裏面이로다. 世上에法律이라道德이라 잇슬째까지는 인생에는 안팍기잇슬거시다. 人生의裏面을몰느면 人生이아니요 人生의生命을몰느는거시라. 人生은 裏面이라. 한句의詩一片의小說이라도決코 無心이볼거시아니로다. 글속에는깁히뭇친 무슨뜻이잇스리라 그참뜻을몰느면 그글은헷일것고 그글은소경이다. (22~3면, 밑줄 ―필자)

'小說家는小說을지어 깁고깁흔쯔슬裏面에감추어 하고습흔말을다' 하므로 '글속에는깁히뭇친 무슨뜻이잇스리라 그참뜻을몰느면 그글은헷일것고 그글은소경' 일 것이라고, 작자는 독자에게 직접적으로 이 작품을 표면으로만 읽으면 글은 헛것이 되고 말며, 독자는 소경이 될 것이라고 경고한다. 이와 같이 직접 문면에서 서술자가 이면에 숨은 뜻이 있다고 하는데, 독자가 표면으로만 읽어내릴 수가 없다.

뿐만 아니라 서술자는 빈번하게 문면에 나타나서 이면의 의도를 암시
하기 위한 개입을 꾸준히 하고 있다.

> 슬푸다. 半島山水가아모리조흐나 무엇하리 慶尙南道小白山 山줄기
> 全羅北道接境에 저 山川 저 山間에 핏골노쌈골노살나살나하든 王建
> 이. 父子孫孫代를傳해三千餘年歷史를지고 祖上을더럽필가 祖上을辱
> 먹일가 겻房사리 머슴사리해가면서도 틈을타서집을짓고 잠을안자고
> 흙을익이든 저 王建이는그 山川그집에서죽어나간다. 불상타. (72면)

李矮奸 노파에게 집을 빼앗기고 분노의 서슬에 죽어버린 왕건의 죽음
을 애도하는 부분이다. 서술자는 직접 개입해 왕건의 죽음의 의미를 식
민치하에서 살다 죽은 평범한 백성의 죽음으로 한정시키지 못하게 '三千
餘年歷史를지고 祖上을더럽필가 祖上을辱먹일가' 살다 죽은 한민족을
대표하는 백성으로 의미를 확대한다.

다음은 헌병 보조원의 우스꽝스러운 위세를 통해 당대 시대 분위기를
묘사하는 부분이다. 객관적인 묘사에 그치지 않고 작가의 목소리가 걸러
지지 않은 채로 그대로 노출되고 있다.

> 補助員나리말만드러도 울든애가 「엄마」하고긋치고 몸이가려워도
> 꼼작도못한다. 洞內로써 補助員나리가 行次하시니 집집사람들은다나
> 와 「나림오셔겝쇼」 「나리님 그새안령하십닛가」 굽실굽실하며 모도와서
> 쑥뒤를짜라간다. 補助員나리는人事하는소리를드럿는지 마랏는지 억개를흔
> 들고궁둥이짓을하며 쑤벅쑤벅입분갈보잇다는집으로 차자가신다. <u>입쑨갈보
> 란소리에 이나리님이속으로조와서 억개춤을추고십지마는官職에게시는
> 官吏나리라 차마그럴수야잇나</u> (53면)

밑줄 부분은 보조원을 바라보는 작가의 못마땅한 시각이 그대로 드러
난 부분이다. 작가는 못마땅하다 못해 빈정거리고 있다. 이처럼 작가의

목소리를 문면에 그대로 노출하는 수법은 판소리에서 익히 보아왔던 것
이다. 실제로 이 작품은 판소리의 여러 가지 방식을 그대로 계승하고 있
기도 하다.

소리를 한다.
헤-헤이헤- 南山은 半島-으
首府에놉히솟고-요 새벽말근달-은
半島잠든農夫-오이 얼골-를…… (1면)

이 작품은 기생 月花의 소리로부터 시작한다. 이어 술꾼들이 춤을 추
며 노는 장면에 이어

좃타아. 누가興이안나며 누가소리안하고 춤안추리 이小說作家도
춤추고 소리한다. (…) 이 小說作家가 타령을 한다.
(…)
좃타. 이 小說作家가타령을한다.
「一面은 靑色이오 靑紅黃藍赤의五色은目前에가득하고 白雲은봉실
봉실 靑山속으로피여나고 팔팔나는 아람다운나비들은 곱고곱은날개
들을半空에비치면서 이꼿저꼿 꼿흐로만노는구나. 저나비도죽는가 저
나비에도戀心이잇는가. 쑤리업스면엇지하나 꼿치업스면엇지하나……
… (2면)

작가는 노골적으로 문면에 드러나 '타령'을 하며 직접 개입하고 있다.
이러한 서술 태도는 끝까지 지속되는데, 마치 唱者가 개입하는 판소리의
사설과 흡사하다. 讀者는 唱者를 곳곳에서 만나면서 唱者가 부르는 판소
리 사설을 듣고 있다는 느낌을 갖게 된다.
이 작품은 서두에서부터 '소리'로 시작하면서 끝날 때까지 군데군데
소리에 해당하는 律文體 문장이 삽입되어 있다. 율문체 문장은 열번 나

오는데 보통 2~3면의 분량이고, 길면 8~9면에 이른다. 율문체는 대개 民謠調로 진행되며 어떤 때는 대화가 끼어드는 4·4調의 율문 형식이 되기도 한다.

율문체 문장의 내용은 한결같이 비장이 고조되는 부분이다. 서두에서 월화가 소리를 하는 부분과 '小說作者가타령을' 하는 부분을 제외하면 모두 地文 중에 律文이 삽입된다. 첫번째로 율문체가 시행되는 곳은 李矮奸노파의 농간으로 식구들이 살던 집에서 쫓겨나는데, 이를 모르고 밖에서 놀던 己成이 옛집에 찾아와 당황하는 부분이다.

> 해는 어이없이西山을 넘고 / 울든새는 집을차저 / 山을물을 너머가고 낫에놀든 / 동모들은 제집으로 도라간다 / 문득나는 「어머니」生覺에 / 집을차저 도라간다 / 한발두발 거름거러 / 父母 차자집을오니 / 집은비여식커먹고 / 「얌전아」불느나소리업고 / 「어머니 어머니」어머니를찻는 / 그소리는집에울여 잉잉하고 / (…) / 「己成아 네代에내怨讐를 /갑하달나 하섯지오 / 할머니 안니저요 / (…) /이집이짱에 / 할머니 다니시든자죽은 / 아직도나맛서요 / 이집은 우리집이고 이짱은 우리짱이에요 / (…) / 쏘한번 「어머니」 하나 /불느는어머니는 소리도업고 / 「뉘냐」하는 패毒한 / 소리가 어대서난다 (55~63면)

밖에서 가짜 판수 노릇을 하며 동냥을 하는 윤판수를 골려주며 놀다가 늦게서야 옛집에 돌아온 己成은 집과 함께 남아 있는 옛 기억과, 패독한 새주인이 들어선 싸늘한 집의 몰골과 마주칠 뿐이다. 식구들이 집에서 쫓겨난 것도 슬픈데 이를 모르고 옛집에 돌아온 己成의 모습에서 비장은 극도로 高調되고 율문체의 서술은 독자를 비장한 작중 현실에 몰입시킨다. 己成의 가족이 李矮奸노파의 책략으로 채무자들에게 쫓겨나는 상황은 독자를 분노케 하지만 己成이 사태를 확인하는 상황은 슬픔이 있을 뿐이다. 己成이가 떠난 '어머니'를 부르고 죽은 할머니에게 '이집은 우리집'이고 '이짱은 우리짱'이라고 絶叫하는 장면에서 독자는 작중인물을 동정하고 자신을 일체화시킨다.

또 율문의 서정성과 '할머니 안니저요 / 할머니 안니저요 / 이집이 우리집이에요 / 할머니 안니저요' 등의 반복으로 이루는 情緖의 高調化는 독자의 몰입을 촉진시킨다.

율문을 사용하고 있는 다른 부분의 내용은 王建이 妻子를 데리고 쫓겨 나가는 장면, 李矮奸의 집에서 달아나는 姉妹들이 이별하는 장면, 고향에 돌아온 간난이와 얌전이가 부모가 묻힌 땅을 바라보는 장면 등이다. 모두 한결같이 悲壯한 장면들이다. 4·4調, 7·5調의 이런 율문을 통해서 悲壯에 몰입함으로써 긴장이 이루어진다.

> 가는時間어이업시 / 한時두時째가된다 / 멀이들인바람소리 / 휘—휘— / 형님손을놋차하나 / 쎠만녹고속만탄다 / °°°°°°°° / °°°°°°°° / 이짱밥고이눈물아 / 南大門아잘잇거라 / 엇지하면조웃컨나 / °°°°°°°° (186~7면)

극도의 비장 속에서도 '°°°°°'으로 표시되는 작자의 저항의식이 내재되고, 그럼에도 독자의 몰입은 늦추어지지 않는다. 이렇게 율문으로 지속되는 긴장은 작가가 개입하는 해학적 해설에 이르면 이완의 단계에 이른다.

己成이에게 두들겨 맞고 실신하였던 補助員이 깨어나서 도망간 己成이를 쫓았으나 물속으로 뛰어든 己成이를 잡지 못하고 식식대는 모습이다.

> 아무리차자도잇서야지 이놈이고리나서 쏙죽겟지마는 할수잇나. 이놈이 고리나서 제머리를쥐여뜻지 쥐여뜻드면 깨진머리가 더압흐기만 하지 己成이는 벌서山속으로가섯다. 이놈 여기서펄펄쒸면밀해 누가다

라나면서 날자바라하고 자부라고가마니 잇는놈이 어대잇나. (…)
　어른을어른으로아나 남의 功을 功으로 아나 그런대저子息을낫코그
래도 사내子息낫다고 그걸쩍벌이고 누워서 미역국을 쓰려주면쑤벅쑤벅
바다먹엇슬가 누가애를써도 하루밤헷애를쓰고亡한애를썻다. 子息그것
참亡햇다 아이고너도 콩나물갱죽쓰려먹고 쓰레기갱죽쓰려天地山川四神
한테 코가달트록節을하고 손이달트록비러야하겟다. 子息못쓰겟다 누가
낫는지몰르겟다마는엣다 그년 거기가 몹시도 털털도한가부다 (102~103
면)

　도망가는 己成이를 동네 사람을 동원하여 추적하는 긴박한 장면에 이
어지는 보조원에 대한 作者의 능청맞은 희롱은 독자를 안도하게 하면서
숨막히는 긴장에서 풀어놓는다. 긴장을 풀면서 작자의 입심 좋은 多辯을
즐기게도 한다. 보조원을 戱化하는 작자의 능청은 점점 심해지는데 심지
어는 '누가낫는지몰르겟다마는엣다 그년 거기가 몹시도털털도한가부다'
라는 지독한 辱說까지 서슴지 않는다. 보조원을 놀리는 작가의 입심을
시원해 하다가 욕설에 이르면 한바탕 웃지 않을 수 없다. 이것은 판소리
에서 '작중현실에 몰입함으로써 청중이 가지는 긴장된 정서'가 골계적
인 구절이나 대목에서 해소되는 것과 같은 원리다.
　작자의 조롱은 여기서 그치지 않는다.

　「官職에잇서이것하나　족고만줘색기하나못자부면죽지사러」하드니.
아마이子息은 죽을걸 官職에잇는官吏께서도 한입에두말하나 아마오
늘저녁에죽을걸 쏘來日아참에는 난데업는初喪치겟다. 男子의一言이
重千金이라니 아마도죽을테야 그래도活潑한官職에잇는 官吏라달나
오늘밤中으로 죽으랴고아마집으로가서泰然히 큰칼노제배를열十字로
쑥찌르랴고 그래집으로도라가지 … (104~105면)

지독한 야유요, 악담이다. 보조원이 日人 밑에서 우리 동포를 못살게

구는 일에 앞장서고 있고, 그 보조원이 떠받드는 日人들이 흔히 명예를 위해서 割腹을 한다는 사실을 떠올리면 단순한 야유가 아니라 諷刺라는 것을 확인하게 된다. 日本人에 붙어 아부하고 있지만 결코 일본인일 수 없는 보조원에 대한 모멸 섞인 諷刺인 것이다.

판소리에서 풍자는 어떤 대상의 非理, 결함, 약점을 폭로하는 웃음으로서 대상과 서술자 사이에 대상과 청중 사이에 비판적 거리를 형성한다. 비판적이므로 풍자적 표현이 청중을 작중인물이 처한 상황에 일치시키는 일은 거의 없다. 따라서 풍자는 해학보다 더 확실하고 급격하게 극적 환상으로의 몰입을 차단한다.76)

이 작품에서도 해학과 풍자로 독자의 작중 몰입을 차단하고 긴장을 이완시키고 있다. 이런 식의 긴장·이완은 작품 곳곳에서 보인다. 늦게서야 잠들어 곤하게 아침잠을 자는 월화 자매를 깨우는 이왜간의 고함 소리에 이어 작자의 걸죽한 입담이 시작된다.

> 이망할늘그니 어대서일즉이러나면 좃타소리는드러서 아무러튼지 일즉만 이러나면 존줄알고 이대추씨갓치살쩐늘근이 엇저녁子正이너머 새로세時에잔 兒孩들을 저는 엇저녁아홉時에자서 卽今이야 부스시이러나며 아침부터염病을 부린다. (7면)

日常的인 口語體로 이루어지는 辱說과 조롱은 독자로 하여금 李矮奸 노파가 高調시켜 놓는 긴장된 분위기에서 잠시 눈을 돌리게 한다.

다음은 王建이 모친상을 당하여 서러워하고 난감해 하는 모습이다.

> (…) 밥은비러먹글지언정 쩌는兩班이라 너무허술하게 갓다무들수 업서 명색葬事라고 葬事는해야될터인데 돈한푼手中에가진것업고 철

---

76) 김흥규, 판소리의 敍事的 構造, 조동일, 김흥규 편, 판소리의 이해, 창작과 비평사, 1978, 122면.

> 난子息하나업고 마는子息에먹고살기도멀한대 葬事를 엇지하나 (···) 죽어서도무지막지常놈처름 갓다쓰러무들生覺하니 눈이아득하고氣가 맥힌다 철업는子息들은 배곱흐다 밥달나울고 그래도쌔는잇서兩班이라 지내간일을 生覺하고 불갓흔 孝道心이이러난다. (···) 합죽한입이 양쪽으로기들며 쑥드러간눈에서 눈물이써러지며 손으로코를씨스며 썰덕하든生覺을하니 (···) 體모도무엇도다몰느고 어린애처름소리질너 억머구리처름운다. (20~21면)

王建은 결국 생전에 효도는 못했지만 그래도'쌔는 잇서 兩班이라' 장사라도 잘 지낼 생각으로 李矮奸노파의 돈을 얻어 쓰게 되었는데, 이것이 빌미가 되어 집안은 풍지박산이 되어버렸던 것이다. 작자는 집안을 파멸시킨 그 양반정신을 풍자하고 있는 것이다. 불쌍하게 죽은 母親도 '합죽한 입이 兩쪽으로기들며 손으로코를씨스며 썰덕하든' 모습으로 남아 있는데 연민을 느끼기보다 차라리 우스꽝스럽다. 이런 서술방식은 돈이 없어 母親喪을 치를 걱정을 하는 왕건에게 독자로 하여금 거리감을 갖게 한다.

긴장-이완式 구성 방식은 아니나 판소리식 문체는 작자가 즐겨 사용하고 있다.

> 月花야 月花는 一代名妓로다 불느는목소리는 아르량아르량玉굴이는소리가 나고 어엽쁜얼골은 牧丹花花瓣갓다 (···) 호리호리하고도 씰녹한고허리 쏙내논는흰고발 동구스름하고도갤쏨하고 손목은잡앗스면 녹큰하고몰큰하고 밤토리갓흔머리통은 반작반작光彩가나는구나그려 (3~4면)

4·4調를 기본으로 이어지는 인물묘사나 己成이가 뛰노는 장면을 그린 '두활개를 썩벌이고 이리뛰고저리뛰고 바로뛰고 모로뛰고 天地間을 自由롭게 쏫헤노는나비인가山에노흔말인가' 등은 판소리에서 쉽게 마주

치는 장면이다.

律文으로 조성되는 긴장의 高潮와 해학, 풍자 등 골계로 조성되는 긴장의 이완은 앞에서 살핀 바이다. 그런데 여기서 동시에 판소리에서 보이는 場面化의 경향을 보여준다. 己成이 옛집을 찾아드는 장변, 왕건이 식솔을 데리고 쫓겨나는 장면, 李矮奸의 집에서 빠져나온 姉妹들이 이별하는 장면 등은 律文으로 장황하게 묘사되어 장면화된다. 己成이 옛집에 찾아와 발길을 돌리는 장면은 9面에 걸쳐 율문으로 서술된다. 집에 돌아와 '어머니'를 부르고 '얌전이'를 부르고 죽은 것 같이 고요한 정적에 할머니의 유언을 떠올리며 탄식한다. 할머니가 하시던 말씀을 일일이 되뇌이며 '이집은 우리집'이라 항변한다. 그러나 결국 패독한 새주인에게 쫓겨 눈물을 흘리며 돌아 나온다.

悲壯의 고조는 場面化77)를 한 원인으로 볼 수 있다. 月花 자매가 만주로 고향으로 향하며 이별하는 장면은 184面에서 192面까지 중간에 간략한 해설을 끼우면서 9面에 걸쳐서 律文으로 서술된다. 떠나는 사람의 입장에서 읊고 서술자의 시점에서 읊고, 떠나는 사람은 남는 사람 桃花에게 남대문에서 차례로 인사한다. 그러다 보니 슬픔은 더욱 격해지고 울음 속에서 노래가 끝이 난다. 비장을 지속적으로 고조시키는 방법이다.

판소리에서는 부분만을 歌唱하는 기회가 많았으므로 장면마다 극적인 전개가 필요하였다. 이런 특성은 律文이 상황묘사 뿐만 아니라 줄거리 전개에도 한 몫을 하고 있는 점에서 확인된다.

판소리와 비교해볼 때는 장면화 경향으로 이해할 수 있는 이 부분은 우의소설의 특성과 관련시켜 볼 때는 작가가 이면의 의미를 노출하기 위한 수단으로 사용하고 있다고 보여진다. 표면의 사건을 구체적이고 사실

---

77) 조동일(「興夫傳」의 兩面性, 이상택, 성현경 편, 한국고전소설연구, 새문사, 1983, 535~8면)은 '부분의 독자성'을 논하면서 그 일환으로 '장면화'를 논하였고, 김흥규(위의 글, 116~7면)는 '부분이나 상황의 독자적인 美와 쾌감을 추구하는 지향'을 장면화라 하였다.

적인 방식으로 전개하면서 속도감을 더하면 독자는 표면의 사건에 끌려서 작품을 이해하게 된다. 그러나 사건을 정체시키면서 동시에 비장의 분위기를 고조시킨다. 작자는 여기에 멈추지 않고 반드시 서술자 개입을 통하여 이면의 의미를 노출시키고자 한다.

> 王建이는 人事精神을 몰느고 氣絶을해써러젓다.

> (···) 王建이가죽는것은 오른 理治오 氣絶해 쌍에업드러지는것은 一生을 男兒로낫다 썻썻한일이다. 「집잘징기고妻子잘데리고」王建이는죽어야맛당하다 사내라나서 父母의 靑綠절개를박구지안코 子息의 生命을保全케하고社會에出身할만큼 뒤를보아주어야한다. 이두 職分을行하지못할時에그 王建이는죽어야한다. 「집잘징기고妻子잘데리고」 이말이 千古의名談이다 아아 집잘징기고妻子잘데리고.
> 憤하다. 집쌕긴王建이쌍에氣絶해써러진몸에 가을바람만분다. (···) 입에서비린내나는 피덩어리를吐하고 귀는먹었는지 어린얌전이가 「아버지」해도 눈만둥그럿코 말도못하고참혹하다 그사람의生氣그사람의勇氣는다죽고업서젓다. (70~71면)

왕건이 집을 뺏기고 식솔을 데리고 쫓겨나는 장면의 묘사인데 밑줄 부분은 서술자 개입으로 볼 수 있다. 사건의 진행을 더디게 하면서 서술자 개입의 기회로 활용하고 있는 것을 알 수 있다. 비장은 독자의 몰입을 유도하지만, 이 경우는 서술자 개입을 통하여 표면보다 이면을 집중하게 하는데 사실상 표면도 이면과 다름없는 비장한 상황이므로, 독자는 이중의 적개감을 갖게 된다.

장면화 방식은 또 한편으로는 이면의 감추어둔 사건이나 의미와 대응시키기 위한 방식으로 이해될 수 있다. 표면의 사건이 복잡 다양하고 구체적인 양상으로 전개되면 이면에서 설정하고 있는 사건이나 의미와의 대응이 어려워진다는 문제점이 있다. 그렇게 되면 이면에서 설정하는 사건의 의미가 쉽게 문면으로 떠올라서 우의소설의 이점을 상당부분 포기해야 되는 문제가 생기는 것이다. 이 문제는 앞서 「원생몽유록」을 살펴보면서 확인한 바 있다. 따라서 표면의 사건을 복잡하고 구체적으로 전개시키지 않으려는 의도가 장면화 방식으로 나타났다고 이해할 수 있는 것이다.

이와 같이 여러 가지 방식으로 서술자 개입이 두드러져서 표면으로만 이해하지 못하게 방해하고 있다. 서술자 개입을 통하여는 이면의 의미를 암시하거나, 이면의 의미 설정을 깨우치는 역할을 하고 있다. 따라서 독자로서는 표면의 이해에 그치고 말 수가 없게 되어 있는 것이다. 그런 면에서 앞서 다룬 세 작품과 비교해 보면, 이면을 노출하기 위한 직접적인 시도가 가장 많이 이루어지고 있는 작품이라 할 수 있다.

그러나 이와 같이 두드러진 서술자 개입 방식을 통한 이면의 암시는 작품의 교술성을 강조하는 결과를 낳을 수 있다. 이면의 의도가 목적적이고 교훈적일 때 그런 특성은 더욱 현저해질 것이다. 이면의 교훈적 의도나 사실을 전달하려는 의도가 강력해질 때, 표면의 문학적 장치가 그 자체로서의 의미를 갖지 못하고 수단으로만 기능하게 되어 교술적인 의도 하에서만 작품이 파악될 것이다.

3.4.3. 작품 이면에 구현된 주제

일제 치하를 살아가는 불행한 한 가족의 수난사를 풀어나가고 있는 이 작품은 표면에 드러난 것처럼 단순히 한 가족의 이야기에 그치지 않는다는 점에서 문제가 된다. 이 작품이 한 가족의 수난사만을 그리지 않고 있는 것은 전술한 바와 같이 아홉 군데에 이르는 삭제 부분을 통해 우선 알 수 있다.

다음 작품에서 드러나는 表面의 주제와 裏面의 주제를 연결시켜 주는 고리로는 등장인물들의 명명방식을 들 수 있다. 등장인물의 命名에서는 인물들의 성격 이외에 이들이 表象하는 이면의 세계를 집약적으로 표출한다.

李矮奸은 王建의 가족을 파멸로 밀어 넣는 장본인이다. 파멸시키는 과정은 집요하고도 계획적이어서, 곤경에 처해 있는 사람이 알고도 벗어나기 어려울 정도이다. 회유와 핍박을 아우르는 간교한 술책은 日本이 조선을 병합하던 경로와 같다. 일단 왕건의 큰딸 순애를 금반지로 꼬여내여 수양딸을 삼아 데려가고, 순애의 입을 통해 집안 사정을 소상히 알아낸 후에 왕건의 집에 빚을 준 應惡이란 인물을 뒷 조종하여 빚으로 집을 빼앗는다. 이런 간교함은 이름 끝자 '奸'에 집약된다. 王建 가족을 고난으로 몰아넣는 加害者의 이름 '矮奸' 중 '矮'는 倭政治下에서 '倭'를 대신하여 쓰이고 있음은 自明하다. 李矮奸은 이름 그대로 간교한 일본을 상징하는 인물로서 王建 一家를 핍박하는 인물인 동시에 민족을 핍박하는 상징적인 인물이다.

李矮奸에게 당하는 '王建'은 누구인가. 王建은 高麗를 創業한 太祖이다. 그 '王建'과 同名을 사용함으로써 이 민족을 대표한다. 그러나 그가 이성계가 아닌 '王建'이라는 이름으로 舊秩序를 대표하고, 이 나라 甲男乙女의 이름이 아닌 지배자의 이름으로 지배층을 대표한다. 日帝에 나라를 넘겨준 조선의 지배층이다. 지독하게 가난한 처지에서도 '그래도 쎠는잇서兩班이라' 죽은 母親을 '너무허술하게 갓다무들수업서 명색 葬死라고葬死'를 치르기 위해 李矮奸이 단진 미끼 二十圓을 '두손을모와절을하고 절을쏘하고千萬번도더'하고 받아쓴 덕으로 家庭을 풍지박산을 내고 만다. 內實없이 名目만 고집하는 朝鮮 양반층의 허세가 일가를 파멸시키고 나라를 파멸시켰다. 그런데 왕건의 성씨는 鄭이다.[78] '鄭'은

---

78) 鄭王建이지만 거론될 때는 李矮奸과 달리 이름만 거론된다. 성씨는 應惡에게서 불리울 때 한번 거론될 뿐이다.(36면) 그외에는 모두 王建으로 그것도 한 자표기로 쓰인다. 작자가 성씨보다 '王建'이라는 이름에 더 의미를 두고 있

작자 鄭然圭의 성씨이다. 작자가 자신을 자책하는 마음을 이렇게 나타낸 것으로 보인다.

己成이는 王建의 아들이다. 王建이 李矮奸에게 철저히 파멸되었기 때문에 己成은 아무런 旣得權도 가지지 못하고, 오히려 王建이 무력한 틈에 더욱 강한 敵對者가 되어버린 李矮奸과의 대결만 짐 지워져 있을 뿐이다. 己成은 폐허가 된 아무 것도 없는 곳에서 힘겨운 對決을 통하여 자기 스스로 모든 것을 이루는 '己成'을 하지 않으면 안된다. 즉 己成은 나라를 내준 무력한 舊世代가 지워준 짐을 지고 오늘을 고민해야 하는 新世代를 대표하는 인물인 것이다.

順伊, 玉이, 얌전이, 간난이는 당대의 이름없는 백성들이다. 이름 자체도 甲男乙女, 張三李四의 그것이고, 당한 처지 또한 그러하다. 무력한 지배층이 일제에게 지배권을 넘겨준 피지배자들이다. 이들은 얼결에 바뀐 운명에 도화, 월화, 앵화, 모란으로 살아가지만 8년이란 세월을 통하여 自我를 찾으려는 自覺에 이른다. 물론 이중에는 한 때 판단을 잘못하여 賣國的인 행동을 한 사람도 있지만 그 도화도 결국 내 가족, 내 민족이다.

이러한 命名방식은 중심인물이 아닌 경우에도 해당된다. 李矮奸에게 使嗾를 받고 왕건의 집을 차지한 인물은 '應惡'이다. '악을 따른다'는 뜻이다.

이렇게 의미 있는 명명 방식으로 작자가 던져준 고리를 붙잡아 보면 一家의 몰락과 再起의 몸짓이 바로 우리 민족의 이야기임을 알 수 있다. 작가 또한 前章에서 논의했듯이 서술자 개입을 통하여 문면에 직접 나타나서 이 작품은 표면으로만 읽어서는 안된다고 독자에게 강변하고 있기도 하다.

기 때문으로 보인다.

獄中에잇서몸이갓치 한발世上에내올수업는사람도 마음으로는世界
를闊步한다. 世上에는道德이라法律이라잇서世上人生을拘束하니 詩人
은詩를지어裏面에隱懃한쓰슬숨키고
　<u>小說家는小說을지어 깁고깁흔쓰슬裏面에감추어 하고습흔말을다한
다.</u> (…) 世上에法律이라道德이라 잇슬째까지는 인생에는 안팍기잇
슬거시다. 人生의裏面을몰느면 人生이아니요 人生의生命을몰느는거
시라. 人生은 裏面이라. 한句의詩一片의小說이라도決코 無心이볼거
시아니로다. <u>글속에는깁히뭇친 무슨뜻이잇스리라 그참뜻을몰느면 그
글은헷일것고 그글은소경이라.</u> (22~3면, 밑줄 －필자)

　세상의 법률과 도덕 때문에 몸이 자유롭지 못해서 할말을 다 못하고
뜻을 이면에 감추는 소설을 쓰니까 무심히 보지 말고 그 속뜻을 헤아리
라고 독자에게 직접 요구하고 있다. 작자의 직접적인 요청을 받고 의미
있는 탐색을 하다보면 곧 몰락한 일가를 통하여 말하고자 하는 저층의
의미구조가 있고, 그것이 민족의 수난상임을 알 수 있다. 단편적인 묘사
에서는 직접 이면이 露出되기도 한다.

　　(…) 忽然히거문구름이하늘을덥고 朝鮮半島天地를 싼다. 처음에
는 먼山이 보이지아니하더니 찻차天地가아득해두른다. (…) 黑雲은
그江水를먹고 그鐵橋를빼섯다. 天地는漠漠하다. 天地는黑雲이다. (3면)

　이天地는우름으로날이가고恨心으로 달이가고 달이온다.　(50면)

　식커먼밤이이天地에가득하고萬物을누르고 아모것도보이지안케한다.
一尺압헤사람이잇는지草木이잇는지 父母가잇는지子息이잇는지 돌이잇
는지방아가잇는지 이캉캄한밤은 四面을싸고 우리의눈을가리고우리의活
動을거두어 우리의손우리의발우리의耳目우리의口鼻로하야곰容納지못하게
누르고 쓰지못하게막는다.　(128면)

암담한 植民地적 상황이 黑雲으로 덮힌 땅이고 울음으로 지새는 땅으로 묘사되고 있다. 뭣보다도 첫 장면의 공간적 배경으로 南山國師堂이 등장하는 것을 주목하지 않을 수 없다. 國師堂은 태조 이성계가 서울에 도읍을 정하고 北岳神祠와 함께 木覓神祠를 서울의 수호신으로 제사지낼 때, 남산 위에 세운 곳이다.79) 즉 조선의 수도 서울의 수호신을 제사지내는 곳이다. 그런데 조선의 혼이 담긴 신령스러운 이곳에서 노파에 의해 강제로 기생이 된 자매가 술을 마시고 타령을 하고 있다. 상징적인 공간에서의 사건을 통해 민족이 일제에 의해 짓밟히고 있음을 보여준다고 할 수 있다. 1925년에는 일제가 여기에다 朝鮮神宮을 설치하면서 이곳을 인왕산 서쪽으로 옮긴 것을 살펴볼 때, 이곳이 갖는 상징적인 의미는 비중이 큰 것임을 확실히 알 수 있다.

첫 장면의 공간적 배경이 갖는 상징적 의미를 통하여 일본에 짓밟히는 민족의 수난을 다루려는 저층의 의도를 알 수 있는데, 이어서 전개되는 식민지가 되는 과정도 실제 역사적 과정과 흡사한 양상을 보인다.

李矮奸이 순애를 금반지로 꼬여내는 과정은 친일파를 앞세워 접근했던 일제의 침략방식과 같은 수법이다. 일본은 조선 내에 친일파를 부식시켜 완전한 식민지화로의 여론을 조성함으로써 병합의 합법화를 꾀하고자 하여 일진회를 창안하였다. 1907년 고종을 퇴위시키고 신협약을 강제할 때도 내각에서는 송병준, 이완용과 같은 친일파가, 내각 외에서는 일본인 우치다가 조종하는 수백 명의 일진회의 압력이 작용하였다.80)

이왜간이 왕건에게 빚을 주고 이것을 빌미로 두 집안을 합치자고 제의할 때, 이미 금반지로 꼬여낸 순애는 좋아하며 노파에게 합세하여 거든다.

---

79) 이홍직 편, 위의 책, 162면, 「國師堂」條.
80) 박양신, 일본제국주의의 팽창과 조선침략의 성격, 역사비평 계간 3호 겨울호, 역사문제연구소, 1988, 103면.

順애는「할머니 저이들을수영쌀노해요」
「그래좃치 나하고갓치잇고」
「내 조와요 내 조와요. 어머니그랍시다 우리할머니집으로갑시다
아이구 이집은적기도해 할머니우리는가요 언재가나卽今곳갑시다」
(26면)

노파의 제의에 절망하는 부모 앞에서 순애는 먼저 노파를 따라간다. 노파는 순애를 통해 집안 사정을 소상히 알아내 결국은 알아낸 노파는 결국 應惡이라는 인물을 앞세워 집을 뺏고 만다. 노파의 유혹에 넘어간 순애가 결국 파멸할 것이라는 예고는 친일파에 대한 예고와 마찬가지이다.

順애는오날붓터 自由로운十八歲女子의 香氣는저거지고 그몸은반지에팔여죽거간다. 반작하는 죽은鑛物의光彩는찻차順애 生氣로운눈의 光彩를죽이고順애의마음을죽이고 몸의아람다운빗흘죽이고 將次는順애 全身을 白骨로말여 쎄쎄말여죽일것이라. (33면)

살던 집을 빼앗기고 노파의 집으로 가는 것은 다름아닌 한일합방의 표현이다. 집안을 건사하지 못하고 식구를 보전하지 못하는 왕건, 이 나라를 일본에 넘겨준 조선의 지배층은 그 책임을 져야 한다. 작자가 왕건에게 연민의 시선을 보내면서도 한편으로 냉정한 비판을 가하는 것은 이런 이유에서이다. 작가는 왕건이 죽어야 한다고 냉엄하게 심판한다.

王建이가죽는것은 오른 理治오 氣絶해 쌍에업드러지는것은 一生을 男兒로낫다 썻썻한일이다. 「집잘징기고妻子잘데리고」王建이는죽어야맛당하다 사내라나서 父母의 靑綠절개를박구지안코 子息의生命을保全케하고社會에出身할만큼 뒤를보아주어야한다. 이두 職分을行하지못할時에그 王建이는죽어야한다.   (71면)

집과 妻子를 보전하지 못한 왕건이는 죽어야 하고 그것만이 떳떳한 길이라는 것이다. 나라를 보전하지 못한 지배층은 사라져야만 한다. 왕건의 죽음은 고종의 죽음과도 상통한다. 실제로 나라를 보존하지 못하고 외세에 넘겨준 고종은 독살을 당했다. 외세 앞에서 무력했지만 왕건은 죽음으로 사죄했다.

왕건 일가가 몰락하는 것이 한일합방의 표현이라는 것은 己成이의 절규에서도 나타난다.

> 「己成아 큰일해라」하섯지요
> <u>「己成아 네代에내怨讐를</u>
> <u>갑하달나 하섯지오」</u>
> 할머니 안니저요
> 이집이 우리집이에요
> 할머니 안니저요
> 이집질째
> 할머니는 뒤서고
> 아버지는 돌을싸코
> 나는 흙을이겻서요
> 　(…)
> 이집은 우리집이고
> 이땅은 우리땅이에요」　(55~63면, 밑줄 — 필자)

4·4체의 가사조·율문으로 비장을 장면화하고 있음은 앞에서 논한 바 있다. 그러나 밑줄친 부분은 작품의 내용과도 어긋나는 것이다. 할머니의 죽음은 自然死이므로 己成이에게 원수를 갚아달라고 할 까닭이 없는데 마치 이왜간 때문에 죽은 것 처럼 되어 있다. 이 부분은 일제의 가해를 말하려는 이면의 의도를 지나치게 의식한 작가의 실수이거나, 이런 실수

를 통해서라도 이면을 확실하게 노출하고 싶은 고의라고 볼 수밖에 없다.

어린 기성이의 입을 통해 집에 대한 애착을 표출하고 '이집은 우리집이고 이쌍은 우리쌍'이라고 부르짖게 하는 것은 '이집'을 '우리나라'로 의미를 확대하려는 작가의 의도가 표출된 것이다. 집을 뺏긴 것의 의미를 제대로 파악하는 기성의 인식은 앞날을 헤쳐 나갈 것이라는 낙관과 연결되어 있다. 그는 漠漠하고 어두운 땅에서 살지라도 어둠에 순응하여 운명으로 받아들이지는 않는다.

월화 또한 노파에게 두들겨 맞는 앵화를 보며 이런 억압은 오래 가지 않는다는 신념을 다진다.

하물며사람이야엇지壓迫에滿足하고拘束에견디리. (…) 이老婆야 우리를노와라 拘束의魔手를버려라. 한거름한발자죽을내마음대로못하고너의 拘束을밧고 말한마디를우리마음대로못하고우리입은써근입이 된다. (…) 우리를노와우리입을테이게하고우리손을쓰게하여라 이天地間에무슨 動物이든지 各各自己마음대로 호랭이는산에서울고 멧조랙이는하늘에서소리하고 나비는꽃해서춤을추고 맑은알을까고쫑이는 사람의손에서노라   自己란自己를發現하고自己의職責을다한다   (…) <u>拘束은一時的이요爆發彈이다. 到底히사람을 拘束하고 사람을抑制로 사람을服從시킬수는업다.</u> 世界英雄奈巴崙도 强制로抑制로사람을拘束 치못하고 사람을拘束하랴다 오히려사람의束縛을當하고 이世上의最後의날을보냇다. 이世上사람은이世上사람을엇지할수도업고사람을 强制로 束縛할수업다. 束縛한다하면그束縛은一時的이요 爆發彈이다…
…. (137~8면, 밑줄 ―필자)

'拘束은一時的'이며 '到底히사람을 拘束하고 사람을抑制로사람을服從 시킬수는업다'는 것이어서 식민지적 상황이 오래 가지 않을 것이라는 역사적 비젼을 표출한다. 따라서 월화 자매 또한 어둠을 거부하려는 단호

한 결심을 하게 되어 '우리는우리를救하고 또우리들을救하자'라고 외치
게 되고 노파의 폭력에 적극 대항한다. 이미 '사람의生命사람의靈魂의節
개는 그애들몸에가득하고 그애들은죽어도變치안는'(143면) 애들이 되어
있기 때문이다.

　이들은 현실 앞에 굴복하지 않을 뿐 아니라, 과거 회복에 그치지 않는
원대한 꿈을 가지고 있기도 하다.

> 「요 언니들왜이래 저말이나 보세요 舊皇帝타시든말이래요」
> 「누가타든말 너한번타보리」
> 「아이고 조족고만말 나는인제큰말을타고 한번큰일을할걸요」 (161
> 면)

　동물원에 구경간 앵화와 모란이 주고받는 말이다. 그들은 구황제의 말
보다 더 큰 말을 타고 더 큰 일을 할 꿈을 갖고 있다. 모란은 상해로 월
화와 앵화는 고향으로 돌아가는 것으로부터 꿈의 실현을 위한 노력이 시
작된다. 이들의 의지는 國恥를 감수하고 방치하며 바라보았던 南大門 앞
에서 이별하며 忿怒로 폭발한다.

> 너는이天地半島땅物件이아니고돌이아니고十餘年歷史의네가아니냐
> 萬若네가이땅의물을먹고이땅의힘을바더 네가자라고 네가네前身을알
> 고 네가네主人을알고 너에功든사람을알것 갓흐면 네가비록木石이라
> 도 (…) 무슨소리라도 할거시다. 아아이南大門네이木石아 네이父母
> 를몰느고 네祖上을몰느는놈아 (…) 네이놈네兩便손발을다잘느고 날
> 마다數百名몰느는사람이꽉꽉발바도 아무한마디업시이놈네節개를팔
> 고잇는네이南大門놈아 네너는 네祖上을아라라　(193面)

　조상의 찬란한 유산이 植民治下에서 '十餘年歷史' 동안 서 있도록 방
치한 후손의 부끄러움이자 일제의 억압 앞에 저항하지 못하는 무력한 자

신에 대한 叱責이다. 세 사람이 눈물의 이별을 했으나 월화와 앵화는 고향으로 돌아갔다가 다시 악독한 노파의 손에 잡히고 만다. 일제에 저항하다 실패하는 항일운동가의 모습이라고 할 수 있다. 반면에 上海로 간 모란은 소식이 없다. 조국을 위해 무언가를 도모하겠지만 눈앞에 그 성과를 내밀지 못한다.

　이들 모두의 自責과 覺醒은 '半島의찾는사람' '異常한靑年' 己成을 통하여 앞날에 대한 희망으로 구체화된다. 그 희망은 외로운 고독감과 절망감 속에서 좌절하지 않고 끊임없이 투쟁해야만 이루어지는 것이다.

> 하루잇틀날을싸니屈辱의歷史는길을너머가고
> 數百年내려오든나라의精神은漸漸漂白해간다
> 이짱을발고 이살을먹고 이世上에저사람도나서
> 華麗하고自由로운이짱을밥지못하고 남의눈치의밥을먹어가는 이世上저사람들을
> 누구하나救하려하지안코 누구하나붓드러주지안는다 (202면)

　'屈辱의歷史'를 엮어가면서 '누구하나붓드러주지안는' 암담한 상황에서 억압을 가해 오는 세계와의 처절한 대결을 벌려야 한다. 청년 기성은 '이世上의 束縛을벗고自由로운몸이되고理想的世界를現出식히'려는 目的을 가지고 있는 이땅의 신세대이지만 과중한 현실의 무게 앞에 좌절하기도 한다.

> 이世上은俗世요 黑雲은온天地에가득하다. 한사절단하고실타하는妓生房에도出入하게되고 못먹는酒席에도 이靑年이親舊에쓸여來往하게 되엿다.
> 　한발두발그順朴하고玉갓고쏫다운 그使命을지고온그靑年은墮落의俗世에싸지게되고 半島의겨울날은漸漸깁허간다. (223면)

이러한 갈등을 통하여 청년은 결국 '새로세時나되엿는대' '南山 쪽대기'로 올라가 결단을 내리게 된다.

그 靑年은고개를숙여티리고 눈에쓰거운눈물을흘이며 무슨 生覺을
하고홀노섯다
아! 天下는막막하고 ·········이世上은 ········ (224면)

'온천지에가득'한 '黑雲'을 헤쳐야 하는 일은 낙관적인 일이 아니다. 하지만 결국 잘못된 세상과 대결하기로 '쓰거운눈물'로 결단을 내리고 비극적 투지를 다지게 되는 것이다. 결국 作品 裏面에서는 암담한 현실 속에서도 희망을 걸만한 민족의 저력이 있음을 보여주며, 그 희망이 실현되는 것으로 민족 수난이 귀결될 것이라는 조심스런 기대를 하고 있는 것이다.

「압록강」은 구소설적 기대로 암울한 현실을 타개했다. 결정적인 해결은 이원론적 설정에 입각한 구소설적 기대에 의거하고 있어서 창작 당대의 현실과의 거리는 그만큼 멀어지게 마련이었다. 「영산홍」은 일제가 개심할 것이라는 기대를 관철하는 것으로 문제를 해결하고 있다. 「산촌미녀」는 스스로 힘을 길러 자력으로 적대자를 제거하고 문제를 해결하는 현실극복의지를 보이고 있다. 문제를 해결하기 위한 의지를 키우는 과정도 대단히 현실적이어서 경제적인 힘을 기르고 이 힘을 이용하여 물리적인 힘도 획득하며 민심도 획득한다. 현실에 대한 능동적인 대처와 극복이 돋보인 사례라고 할 수 있다.

세 작품은 모두 작품 속에서 고난이 극복되고 있다는 공통점을 지닌다. 그러나 현실은 그렇게 만만치가 않았었다. 실제로 이들 작품군이 창작되고 난 이후에도 조선은 2~30년간 일제의 억압하에 있었던 것이 역사적 현실이었다. 작품으로 현실의 극복을 염원하려 했던 것이 아니었다면, 이들 작품의 역사적 인식은 허망한 것에 틀림없다.

「혼」은 그런 의미에서 네 편의 우의소설 중 탁월한 역사인식을 보이는 작품으로 인정할 수 있다. 현실을 쉽게 극복할 수 있으리라는 환상도 갖지 않고, 그렇다고 해서 현실의 높은 장벽 앞에서 굴복하고 좌절하지도 않는다. 현실을 있는 그대로 수용하고, 암울한 현실과 투쟁하려는 힘을 기르고, 비극적 투지를 간직하며 내일을 기대하는 것이다. 결말을 쉽게 제시하지 않는 현실을 직시하는 눈은 평가할만한 역사인식이라 아니할 수 없다.

「혼」은 판소리적 수법을 적절하게 사용한 점에서도 주목되었다. 판소리 주제의 특징은 표면 주제와 이면 주제가 어긋나는 양면성에 있다. 표면적 주제는 관념적 因果論이지만, 이면적 주제는 現實的 合理主義로 兩面은 서로 어긋난다. 표면에서 엄숙하게 力說하는 관념적 인과론은 座上客으로 모신 양반을 위한 겉치레이고 실상은 이면적 주제를 통하여 이를 부정하는 이중성을 갖는다.

「魂」에서도 전술한 바대로 주제의 이중성을 갖는다. 표면은 가족의 수난이고 이면에서는 민족의 수난이다. 판소리와 다른 점은 이면적 주제에 의해 표면적 주제가 부정되지 않는 점이다. 판소리의 양면주제가 양립할 수 없는 특성을 가진 반면 「魂」에서는 가족의수난은 민족의수난으로 확대될 수 있는 同質性을 가졌기 때문이다.

판소리에서 표면적 주제를 통하여 자칫 조잡하다고 등을 돌릴 수 있는 양반까지 관객으로 끌어들이고 후견인으로까지 만들었듯이, 「혼」은 표면에 가족의 수난사임을 내세워 일제의 검열을 피했고 그럼에도 감출 수 없는 부분을 삭제당한 채 출간됐다. 판소리의 오랜 전통인 寓意적인 수법을 이은 셈이다.

「혼」의 寓意的인 수법이 판소리와 관련하여 논의되는 이유는 우리 소설사적 전개에서 주제의 이중성이 현저한 예로 알려져 있기 때문이다. 이 작품은 서술방식과 아울로 주제 구현방식에서도 판소리식 특성을 수용하고 있는 셈이다.

현대소설이 어떻게 판소리를 수용하고 있는가는 거듭 논의되고 있고 그 중에서도 채만식의 작품에서는 두드러지는 판소리식 기법이 지적되었다. 그의 소설이 '일제 지배하의 사회를 통렬히 비판하는 유격전의 훌륭한 방법을 강구'하고 있음을 볼 때 판소리식 기법은 일제하의 억압에 대결하는 훌륭한 방식으로 지속되었다고 할 수 있다. 채만식의 소설은 「혼」과 같은 시도를 거쳐 이루어질 수 있었을 것이다.

일본의 탄압이 실효를 거두던 1905년 이후는 일본에 대한 노골적인 비난이 不容된 시기였다. 이럴 때 일본의 침략사를 제재로 삼았으면서 그것을 우의적인 방식으로 다루고 있음은 우의를 활용하던 문학사적 전통에 비추어서도 새로운 의의를 가진다. 이들 작품이 창작된 이후에도, 그 이전에도 이처럼 일제의 침략사를 구체적으로 문제삼은 작품은 거의 없었다. 이와 같은 주제를 다룰 수 있었던 것은 우의적 수법을 택하였기에 가능하였다고 보여진다.

「압록강」은 계모와 전실자식의 갈등을 다룬 가정소설을 표방하면서, 「산촌미녀」는 표면적으로는 남녀이합형 영웅소설을 표방하면서, 「映山紅」은 남녀이합형 애정소설을 표방하면서, 「혼」은 가족의 수난사를 표방하면서, 이면적으로는 일제 침략의 구체적 사실을 다룬다. 그래서 진실을 말하고 깨우쳐서 독자의 행동을 유발시키는 데까지 이른다. 진실에 대한 인식과 아울러 분노, 자각 등등이 의도하던 효과이다.

그러나 일제침략이라는 현실적으로 계약된 소재를 다루기 위해 택했던 우의적인 수법은 어쩔 수 없이 딜레마를 수반한다. 우의적 수법을 택했기에 당대사를 현실인식을 가지고 다룰 수 있었지만, 우의의 맞은 편에 놓인 리얼리즘을 포기하게 만들었다.

근대문학은 여러 갈래 중 소설이, 그중에서도 리얼리즘 소설이 주류를 이루었다. 근대소설의 주류를 차지했던 리얼리즘의 저편에 놓인 우의소설군은 한 支流로써 필연적으로 고갈될 수밖에 없었다. 그러나 우의적 수법을 활용해 뛰어난 현실인식을 표출한 소설들은 구소설의 자생적 변모를 통하여 「魂」등으로 이어지고 있었으며, 기존의 소설사에서 찾지 못한 한 흐름을 형성하고 있었던 것이다.

4. 文學史的 位置

4.1. 寓意文學 傳統과의 관련

우의문학의 전통은 삼국시대의 우언인 「龜兎之說」이나 「花王戒」로 거슬러 올라갈 수 있다.[1] 청자에게 뜻을 효과적으로 전달하기 위한 의도보다는 청자에게 화자의 뜻을 직설법으로 전할 수 없어서 간접적으로 뜻을 전하기 위해서 우의적 수법을 사용했던 정황은 본고 대상 작품군의 경우와 같다. 유사한 상황에서 같은 수사적 기법을 활용했다는 점에서 우의소설은 우언의 오랜 전통을 이었다고 할 수 있다.

그러나 한편으로 두 편의 우언은 모두 그것 자체로 완성되는 표면 구조를 갖는다는 점에서 우의소설과는 차이를 갖는다. 「구토지설」은 김춘추나 고구려 왕으로 이해하지 않아도 그 자체로 한편의 寓話로서 의미를 갖는다. 따라서 다른 정황에서는 또 다른 의미를 가질 수도 있다. 조선조에 판소리계우화소설 「토끼전」에 수용되어 의미가 확대·변용된 것은 이 점을 입증한다.

---

1) 이하 우의문학 전통의 구체적 전개 과정은 2장 참조.

「花王戒」도 마찬가지이다. 정직한 자와 간사한 자 사이에서 방황하는 왕의 모습은 그것 자체로 일반적인 왕의 갈등을 나타내는 것이다. 新文王과의 관련은 우언이 設話된 정황 속에서 가능한 해석일 따름이다. 이것은 林悌 혹은 南聖重의 「花史」[2], 李頤淳의 「花王傳」, 金壽恒의 「花王傳」 등 한문본과 국문본 「百花國傳」, 「百花國再說中興錄」 등 조선조에 거듭해서 花王의 나라를 소재로 삼는 작품이 나타나 정치의 득실[3]을 논의했던 데서도 알 수 있다.

두편의 우언은 그 우언이 사용된 작품 외적인 상황과의 관련에 따라 해석되고 있지만, 또 다른 정황에서는 다른 의미로 확대·변용될 수 있는 가능성을 가진다. 이점은 표면으로는 파탄이 생겨서, 표면 자체로 완성되지 않고 이면의 다른 의미 구조와 일대 일의 대응관계 속에서만 완성된 의미를 갖는 우의소설과 구별된다.

이들 우언의 특징으로는 의인법을 사용하고 있다는 점을 들 수 있다. 의인법은 이면의 뜻을 전하려는 수사적 기교라고 할 수도 있지만, 한편으로는 이면의 뜻을 이해하는 것을 방해하는 장치로서 그 자체로서 의미의 완성을 가져오는 수단이라고도 할 수 있다. 따라서 일반적으로 우화가 갖는 인간성의 교훈과 같은 의미로서만 파악하게 할 수 있다는 것이다. 그러나 우의와 의인이 결합되는 수사 방식은 이후 오랜 동안 지속된다.

다음 단계에서는 곧 가전으로 이어진다. 사물을 의인한 가전에서의 의인법은 사물을 나타내기 위한 수단으로서의 의미가 강화되었다. 따라서 인간사를 나타내려는 의도는 뒷전으로 밀리게 되고, 사물에 대한 관심이

---

2) 南聖重설은 김광순, 花史의 작자 재고(어문학 14, 1966)에서 주장하였고, 林悌설은 문선규(화사에 대하여(花史外, 통문관, 1961)와 소재영(白湖 林悌 연구, 민족문화연구 8집, 고대 민족문화연구소, 1974), 정학성(花史論, 한국한문학연구 9집, 한국한문학연구회, 1981~2) 등이 주장하였다.
3) 조동일, 한국문학통사 3권 3판, 지식산업사, 1994, 469~71면.

부각되어 있다. 초기 가전에서는 작가와의 관련하에서 살필 때 부분적인 우의성을 인정할 수 있지만, 世人을 戒世하려는 우의성이 구조화되어 있지는 않다.

그러나 심성을 의인한 가전에 이르면, 의인법의 의미가 달라진다. 여기서는 심성이 의인화되어 갈등을 통해 주제를 표출하면서 우의구조를 이루고 있다. 유학의 정신수양법을 보다 효과적으로 전달하기 위해서 우의구조를 취하고 있는 것이다.

사물가전과 심성가전은 命名 방식으로 의인된 사물을 알 수 있다. 命名法을 통하여 이면의 등장인물을 드러내려 하는 방식이 가전에서 이미 사용되고 있는 것이다. 그러나 가전에서의 명명법은 이면을 직접적으로 노출하는 직설법을 취하고 있어서 쉽게 이면의 의미를 포착할 수 있게 한다. 예를 들어 누룩을 일컫는 말 '麴醇'이 쓰여서 술을 의인화하고 있고, 종이를 일컫는 말 '楮生'은 곧 종이를 나타내고 있고, 돈의 모양을 나타내는 '孔方'은 돈을 나타내고 있다. 즉 의인법은 행동으로서 나타나고 있고, 명명 방식에서는 의인화되었다기보다 이면의 사물의 명칭이나 특성이 그대로 제시되고 있는 셈이다.

심성의인의 경우는 더욱 분명하게 이면의 심성이 그대로 명칭으로 제시된다. 김우옹의 「天君傳」에 등장하는 敬, 義, 懈, 傲 등, 등장인물은 모두 字意 그대로의 心性을 나타낸다. 창작의도가 神明舍圖의 내용을 설득력 있게 전하려는 데에 있었으므로, 명명방식을 통하여 우의하고 있는 내용을 확실하게 해야 할 필요가 있었기 때문이다. 사물가전에서의 명명 방식도 이와 같은 의도로 설명할 수 있다. 작자로서는 의인된 사물의 내용을 감추어서 이면의 뜻을 전하기보다, 사물에의 관심을 나타내고자 했으므로, 사물의 내용을 확실히 해두는 것이 필요했던 셈이다.

가전은 대체로 대상을 직접적으로 노출하기 어려운 상황에서 지어졌다고 보기 어렵다. 의인법을 사용하고 故事를 동원해서 사물에의 관심을 문학적으로 상승·세련시키거나,4) 대상을 희화화하여 홍미를 돋구는 데 오히려 그 목적이 있었으므로,5) 명명방식으로 독자가 주제에 도달하려는 데 장애를 일으킬 필요가 없었던 것이다. 따라서 명명법에서는 이면의 사물이 그대로 제시된다.

항일 우의소설에서는 창작 외적인 여건이 惡化되어 筆禍가 우려되는 극한 상황이었으므로, 이면의 인물의 성격을 나타내되 직설적으로 나타내지 못하고, 우회적으로 나타내는 우의적인 명명방식이 필요했다. 이면의 의미를 명명법을 통해 표출하는 방식은 가전의 전통을 이었다고 할 수 있지만, 창작 여건상 이면을 우회해서 상징적으로 제시한 방법에는 차이가 있다. 이면의 의미를 우회적으로 함축하는 명명법은 이들 작품군에서 처음으로 나타난 방식이다.

다음 단계의 우의문학으로서는 몽유록이 주목된다. 몽유록은 우선 의인법을 취하고 있지 않아서, 가전과는 다른 우의적 방식이 기대된다. 그러나 개별적으로 작품을 살펴본 결과, 우의적 수법은 갈래의 특성이라기보다는 개별적인 작품의 선택의 결과로 보인다.

우의적 구조를 취하고 있는 작품은 「원생몽유록」이 대표적이다. 이 작품은 등장인물의 명명이 구체적인 고유명사로 이루어지지 않고, '第一座者', '第二座者' 등으로 되어 있어서 명명법에 있어서는 우의적 방식을 기대할 수 없다. 그러나 여섯 신하와 임금이 각각 사육신과 단종과 대응되는 인물임은 쉽게 알 수 있다. 또한 이 작품은 역사적 사실과 역사적 실제 인물들과 대응시키지 않으면 작품의 이해가 불가능하다. 명료하게 우의구조를 취하고 있으나, 이면의 사건이나 인물이 표면에 거의 浮上되어 노출되어 있는 것이나 다름이 없다.

세조찬탈의 문제는 조선조에 더구나 이 작품의 창작시기에는 드러내

---

4) 조동일, 假傳體의 장르 규정, 한국문학의 갈래 이론, 집문당, 1992, 145면.
5) 조선 후기의 假傳은 이와 같은 경향이 두드러졌다. 조동일, 위의 책 148면 참조.

놓고 다루기 어려운 소재였음에 틀림없다. 창작 여건 면에서는 항일 우의소설과 흡사하다고 볼 수 있다. 그래서 우의구조를 취했으리라 보인다. 그러나 우의구조가 너무 허술하여 우의구조로서의 이점을 거의 누리지 못하고 있는 셈이다. 그것은 작자가 금기시되어 있는 소재를 다루면서 금기를 의식한 최소한의 형식만 갖추고 실제로는 노골적으로 비난을 하고자 하는 의도가 있었기 때문이었을 것이다.

이외에도 「안빙몽유록」 등 일부에서 우의적 성향이 나타나고 있지만, 우의구조로 보기는 미흡하였다. 몽유록은 꿈을 빌어 현실비판과 작가의 문제의식을 나타내므로 우의적 수법을 택할 가능성은 인정할 수 있다. 그 가능성이 실현된 명백한 작품이 「元生夢遊錄」인 셈이나, 의인법을 넘어서 우의구조를 취하고 있는 점 외에, 우의구조로서 이룩할 수 있는 문학적 성과는 미미한 셈이다. 그러나 명료하게 이면의 의미구조를 갖고 있다는 점에서는 심성의인 가전과 함께 수법상 이들 작품군의 선행문학으로서 주목된다.

다음 단계의 우의문학으로는 동물 우화소설을 거론할 수 있다. 우화소설은 우화가 보편적인 인간형을 통한 교훈을 우의적으로 표출하고 있는 반면, 특정 시기의 사회적 상황과 인물 유형을 반영하는 우의구조를 형성하고 있다.

爭年型 우화소설은 조선후기에 새롭게 부상한 평민 경제부민층의 浮上을 문제삼고 있는 소설이다. 표면으로는 동물들이 연회를 열고 쟁년담을 하는 지혜 겨루기의 양상을 보인다. 그러나 이면의 의미를 따지면 연회는 경제부민층이 배타적인 세력 결집을 하기 위한 장치이며, 쟁년의 행위도 새로운 세력층 내에서의 위계 질서을 정하는 모습이다. 신흥 부유층과 두꺼비라는 몰락 양반과의 힘겨루기 양상이 爭年 행위로 나타난 것이다.

訟事型 우화소설은 연회의 참석자와 불참자 사이에서 벌어지는 송사

를 다루고 있다. 두꺼비가 초대도 받지 못했다는 것은 신흥부민의 위치가 공고해졌다는 것을 반영하며, 송사에 敗訴하기까지 하는 것은 무력해진 몰락양반의 위상을 보여준다.

「서동지전」 유형에서는 몰락 양반을 나타내는 다람쥐는 연회에 초대받지 못하고서 연회 배설자인 서대주에게 구걸을 올 정도로 초라해진 존재이다. 서대주는 막대한 재물을 허비하고 송사에서 이기게 된다. 천자의 교지를 받고서도 상황에 따라 능란하게 대처해야 위상을 유지할 수 있는 신흥부민의 불안한 위치를 말해준다고 할 수 있다. 後者에 속하는 한문본 「서대주전」에서는 불법적인 폭력으로 지위를 유지하는 신흥부민층의 모습이 나타난다. 쟁년형과 송사형 우화소설에서는 조선 후기사회가 화폐경제의 논리에 의해 움직이는 역사적 추이를 반영하고 있는 것이다. 그러나 조선조 후기의 이러한 세태는 풍속화적 차원에서 그려질 따름이다.

판소리계 소설 「장끼전」과 「토끼전」은 당대 사회의 우의적 표출에 그치지 않고, 적극적인 고난 해결의지를 보이는 데까지 이른다. 「장끼전」은 유랑민의 삶을 그리는데, 장끼가 중층적인 수탈구조에 희생되는 유랑민이라면, 까투리는 이를 극복하는 유랑민이다.

「토끼전」의 토끼는 하층빈민으로서 현실에 굴복하고 좌절하는 인물이기도 하지만, 결국은 현실의 장벽을 넘는 내재적 힘을 갖춘 인물이다. 「장끼전」에서 두 인물로 나뉘어 나타났던 피지배층의 이중적인 면모가 여기서는 합치된 것이다. 토끼는 위기를 벗어나면서도 가해자를 비난·응징하기까지 한다.

두 편의 판소리계 소설은 우화소설이 거둘 수 있는 최대한의 성과를 거둔 것으로 평가된다. 그러나 우의소설로서는 나름의 한계를 가지고 있다. 동물을 등장인물로 설정했기 때문에, 등장인물의 이면의 성격을 파악하는데 장애가 된다. 동물 자체의 성격에 우의되는 실제 인물의 성격이 가려지기 때문이다. 따라서 독자는 우화처럼 단지 도덕적 교훈을 주는데 그치는 것으로 오인할 염려가 있다. 실제로 이런 염려는 우화소설의 중층적인 의미를 밝히는데 많은 논란이 필요했던 것으로 현실화되었다.6)

역으로 이러한 사실은 표면에 나타난 교훈적인 의미망으로도 작품이 나름대로 완성된다는 의미도 된다. 우의소설로서의 의도가 그만큼 불투명한 셈이다. 전대의 우의문학에서 이면을 드러내는 방식으로 명명법을 활용했던 전통도 잇고 있지 않으므로, 우의적 의도가 더욱 더 선명하게 드러나지 않는 셈이다.

판소리계 소설이 우화소설로서는 상당한 성과를 거두었지만, 그것이 우화를 기반으로 하고 있는 것은 한편으로 인간생활을 다양하게 표출할 수 없다는 반증도 된다. 동물의 성격에 등장인물의 성격이 제한을 받기 때문에 복잡 다양한 인간생활을 표출하는데는 한계가 있는 것이다. 이점은 우화로서 인간생활을 표출하는 모든 우화문학의 한계이기도 하다. 그러나 역으로 우화를 표방했기에 우의구조를 통해 당대의 사회 경제적 변모 과정 속의 인간생활의 모습을 선명하게 포착할 수 있었다고도 할 수 있다.

당대의 사회적 분위기는 李鈺(1760년경~1810)이 「柳光億傳」에서 신분제도와 관료제도의 근간을 이루는 과거제도에 대한 비판적인 시각을 노골적으로 표출7)할 수 있었던 데서 알 수 있는 바와 같이, 판소리계 우화

---

6) 70년대 이전에는 우화소설을 단순히 心性에 대한 교훈으로 해석했었던 것이 연구의 주된 경향이었다. 70년대 이후에 사회상과의 관련이 논의되다가 80년대에 그 구체적인 대비가 이루어졌고, 정흥모, 민찬, 정출헌 등의 연구자에 의해서 요호층이라는 특정 사회계층과의 관련 속에서 다루어졌다. 정출헌, 조선후기 우화소설의 사회적 성격(고려대 박사논문, 1992) 참조.

7) 柳光億은 과거 답안지를 만들어 파는 인물이다. 과거 합격자는 모두 유광억에게 돈을 주고 科詩를 샀던 사람들인데 얼마를 주고 샀느냐에 따라 합격자의 등수가 결정되었다. 물질문명이 지배하는 세태를 반영하면서 아울러 조선시대 신분제도의 기반이라 할 수 있는 과거제도의 문제점을 고발한 작품이어서 이런 작품이 당대에 읽힐 수 있었다는 것은 당대가 언론의 자유가 심각하게 제

소설이 나온 시기는 항일 우의소설이 나왔던 시기와 같은 경직된 분위기와는 비교할 수 없을 만큼 온건했다고 할 수 있다. 따라서 판소리게 우화소설은 문학 외적인 압력 때문에 어쩔 수 없이 우의적 수법을 택했다기보다는 주제를 보다 효과적으로 전달하면서, 새로운 미의식을 창출하려 했던 의도 때문에 우의구조를 택했다고 할 수 있다.

수법 면에서 항일소설과의 연관을 살펴보았을 때, 항일소설이 일단 의인의 수법을 탈피하고 직접적으로 인간생활을 표출하고 있다는 점에서는 발전적인 의의를 가진다고 할 수 있다. 이점은 오히려 우화소설보다 몽유록과 직접 연관되는 부분이다. 몽유록은 의인법을 벗어나고 있으나 우의구조를 취하고 있는 작품이 흔치 않고, 또 꿈이라는 장치를 빌어 현실 생활을 표출하는 또 다른 우회 방식을 취하고 있다. 이에 비해 항일 우의소설은 꿈이라는 장치나 의인의 수법을 빌지 않고 직접 현실 생활을 표출하고 있어서 우의적 방식을 통한 현실과의 정면 대결이 그만큼 치열하게 이루어진 셈이다.

우화소설이 다수의 작품으로 그 역량을 축적하면서 서로 영향을 주고받는 가운데 판소리계 소설 「토끼전」이라는 발전적인 성과를 내어놓았던 데 비해서, 항일 우의소설은 몇 편 안되는 데다가 「압록강」이나 「산촌미녀」는 필사본으로만 존재하여 서로 영향을 주고받기에는 많은 제약이 있었을 것으로 보인다. 항일 우의소설은 작가 개인의 결단에 의한 문학적인 대응방식의 결과인 셈이다. 그러나 공시적으로는 서로 영향력을 끼치기 어려웠을 상황이라 할지라도 위와 같은 우의문학 내부의 통시적인 주고받기는 쉽게 인정할 수 있다.

그렇게 볼 때, 항일 우의문학이야말로 고대 우언과 가전, 몽유록을 이어 발전적인 성과를 보인 우화소설을 잇는 맥락에 서있다고 할 수 있다. 의사 표명이 자유롭지 못한 상황에서 선택한 문학적인 대응방식이 우의

약되던 분위기가 아니었음을 말해준다고 할 수 있다.

적 수법이라는 점에서 고대 우언과 관련되고, 명명법을 통해 우의적 수법 밑의 의미 층위를 노출시키는 방식은 가전의 수법을 잇고, 작품의 구조로서 우의적 수법을 취하는 것은 심성의인 가전과 몽유록의 전통을 계승하고 있는 셈이다. 우화소설을 통하여는 당대의 사회현실을 직접 우의 구조 속에서 다루는 수법을 잇고 있다. 「혼」이 판소리적 수법을 활용하는 것은 판소리가 이면주제와 표면주제의 이중성을 통해 당대의 문제에 신축성 있게 대응했던 방식을 잇고 있다고 할 수 있다. 더구나 전대 우의문학의 가장 발전적인 성과가 우화소설이었고, 그 중에서도 판소리계 우화소설 「토끼전」이었으므로, 「혼」은 전대 우의문학의 성과를 가장 많이 계승한 작품이라 할 수 있다.

그러면 동시대의 우의문학과의 주고받기는 어떠했었는가. 개화기에 나온 몽유록과 토론문과의 관계를 살펴보자. 개화기의 몽유록 중에서는 申采浩의 「꿈하늘」이 우의구조를 취하고 있는 작품이다.

「꿈하늘」은 구체적인 사건과 등장인물이 이면의 사건과 인물을 우의적으로 표출하는 우의구조를 취하고 있다. 등장인물의 성향은 허구적 인물과 역사적 인물로 나눌 수 있다. 허구적인 인물로는 '한놈'을 중심한 일곱 '놈'이 등장하는데 각각 민족의 여러가지 전형적인 면모를 갖는 인물을 우의하고 있다. 예컨대 주인공 '한놈'은 작자 자신의 분신이자 평범한 한민족의 전형이고, '한놈' 집단은 반일 독립단체를 나타내며, 중간에 적진으로 빠져 나가는 '셋놈'은 친일파, 변절자를 나타낸다. 이와 같이 일제 하에서 억압 받는 이 민족 개개인이 취한 다양한 현실 대응방식을 일곱'놈' 무리를 통하여 우의적으로 표출한다. 물론 이들이 겪는 사건도 이면에서는 일제와 관련한 식민지적 상황과 연관되어 있다.

역사적인 인물과 그와 관련된 사건은 우의구조와 독립되어서 문면 그대로의 의미를 나타낸다. 허구적 인물을 중심으로는 우의적 수법을 취하고 있고, 역사적인 인물을 중심으로는 사실적인 수법을 택하고 있는 이중성을 보인다. 사실적인 수법은 역사적 인물 즉 과거의 인물과 결부되어 있고, 우의적인 수법으로는 허구적인 인물을 통하여 현재와 미래를 전망하고 있다. 우의적인 수법을 통한 勸勉의 방식으로 긍정적인 민족의 미래상을 제시하고자 했던 것이다. 부분적으로만 우의적인 수법을 사용했던 것도 의도적인 창작의 결과였던 셈이다. 「꿈하늘」이야말로 우의구조를 활용하여 성공적으로 문학적인 성과를 거둔 사례라 할 것이다.

그러나 이 작품은 1916년에 망명지 중국에서 창작되어 유고의 형태로 있다가 해방 후에 전집에 수록되었으므로, 창작 당대에는 널리 읽히기 어려운 여건에 처해 있었다. 따라서 항일 우의소설들과 서로 영향을 주고받았을 가능성은 없다. 직설법으로는 다룰 수 없는 당대 사회현실과 작가의 현실인식이 문학사적인 전통에 기대어 우의적인 수법을 빌어 나타났을 뿐이다. 「꿈하늘」의 발전적인 성과가 이후에 신채호 자신이 쓴 「용과 용의 대격전」[8] 이외에 우의적인 수법을 사용한 다른 몽유록으로 이어지지 못했고, 무엇보다 몽유록이라는 갈래가 근대문학에서 더 이상 지속되지 못한 중세적인 갈래라는 점에서 갈래 선택의 한계마저 안고 있는 셈이다.

그러나 공시적으로 서로 영향력을 주고받지는 못했을지언정 비슷한 창작여건에서 같은 문학적 수법으로 현실을 표출하려 했다는 점은 주목되는 부분이다. 직설법으로 항일의지를 표출할 수 없는 상황에서 우의적 수법이라는 동일한 방식을 택함으로써 항일의지를 굽히지 않았다. 항일의식을 표출하기 위한 방식으로서 우의적 방식이 주목할만한 의의를 갖는다는 것을 보여주는 사례라 할 것이다. 1910년대에 적극적인 항일의지

---

8) 구체적인 분석이 필요하겠으나, '미리'와 '드래곤'으로 동서양의 세력층을 나타내고 '上帝'나 '耶蘇基督'으로 제거되어야 할 식민압제의 우두머리와 종교 일체를 지칭하면서, 부분적으로는 우의적인 의미망을 이루고 있다. 송재소, 민족과 민중 -「꿈하늘」「龍과 龍의 大激戰」에 나타난 丹齋思想의 變貌 (丹齋 申采浩와 民族史觀, 丹齋 申采浩 先生 紀念事業會, 1980) 참조.

를 표출하기 위한 방식으로 선택한 방법 중 이보다 더 나은 戰術은 발견하기가 쉽지 않았던 셈이다. 이 시기에 나온 다른 문학 작품에서 이와 같은 항일의지를 담은 작품을 만나기가 쉽지 않은 것도 이 때문이라 할 수 있다.

같은 시기에 나온 토론문과 비교해보기로 한다. 토론문은 시사 토론문과 동물우화토론문으로 나눌 수 있었는데 구체적으로 작품을 살펴본 결과, 대부분 대화를 통해 직설적으로 주의주장을 펼치고 있을 따름이어서 우의구조를 갖춘 작품을 찾기는 힘들었다. 시사토론문은 「申進士問答記」의 경우는 친일적인 개화론을 펼치기까지 하였고, 「자유종」이나 「天中佳節」 등은 등장인물의 대화가 곧 작가의 주의주장인 셈이어서 우의적 수법과는 무관하였다. 소외계층의 토론문 중에는 「車夫誤解」, 「소경과 안즘방이 문답」 등은 풍자적 수사법은 사용되나 우의와는 거리가 있다. 「病人懇親會錄」 또한 친일적인 입장에서 정상인들을 비판하기까지 하는 내용인데 비판은 직설법에 의존하고 있다.

동일 유형의 작품 중에서 가장 주목되는 작품은 양반과 상놈이 만나 나누는 이야기로 이루어진 「絕纓新話」이다. 세상 살아갈 계책을 꾸미는 데는 상놈이 한수 위라서 양반은 상놈의 충고를 받아들여야만 하는데 알고 보면 그 충고라는 것도 허무맹랑해서 양반을 업신여기고 망신시키자는 계책이다. 상놈의 계책대로라면 결국 상놈과 양반의 지위는 역전되고 말 것이다. 체면과 권위를 다 버리고 살기 위해 허우적거리다 망신당하고, 망신당하는 것조차 깨닫지 못하는 초라해진 양반의 모습과, 달라진 시국에 분별하고 생동감 있게 대처하는 상놈의 모습을 통하여 달라진 세상모습을 그리고 있다.

그러나 두 등장인물이 저층에 다른 인물유형을 설정하고 있지 않고, 상놈이 세상을 보는 입장도 상징적이고 풍자적이기는 하나 우의적 수법과는 거리가 있다. 달라진 세상, 달라져야 할 세상을 제시하고 있으나,

1909년에 발표된 작품에서 비판의 대상 시기를 10년 이상 위로 올려잡고 있어서, 정작 창작 당대의 현실은 직접적인 비판대상에서 제외되어 있다.9) 1907년의 광무신문지법 이후의 출판법에서 문제삼고 있는 것은 반일의 문제이지, 다른 조선조 말엽의 시대비판이 출판탄압을 받을 소재는 아닌 셈이다. 따라서 우의적인 수법으로 출판탄압에 대처할 필요를 느끼지는 못했을 것이다.

동물우화토론문은 세 편 모두 동물을 등장시켜 인간사를 비판하고 있을 뿐 그 비판이 직설법으로 이루어지고 있다. 「금수회의록」이 일제에 의해 압수되는 출판탄압을 당했으나 우화의 형식을 빌어 노골적으로 현실비판을 감행하려 했기 때문일 것이다. 따라서 이 작품은 항일의지를 표명하고 있다는 점에서 주목된다. 그러나 직설적인 항일태도는 압수라는 출판탄압을 자청하여 작품이 독자에게 전달되기 어려웠을 것이므로 작자의 창작의도는 제대로 관철되지 못한 셈이다.

요컨대 개화기의 토론문에서는 우의구조를 취하고 있는 작품을 발견할 수 없다. 이들 작품군과 동시대의 우의문학으로서는 신채호의 「꿈하늘」이 유일한 셈인데, 항일을 주제로 택하고 있다는 점에서 이들 작품군과 같다. 동시대에 우의구조를 택한 문학은 모두 항일을 주제로 하고 있는 것이다. 동시대에 우의 구조로 표출하는데 가장 의미있는 주제가 항일이었고, 거꾸로 禁忌가 된 항일이라는 강력한 주제를 표출하기에는 우의구조가 효과적이었음을 입증하는 것이다.

그러나 「꿈하늘」은 몽유록이기 때문에 후대로 그 성과가 이어지기에는 갈래적 한계가 있었다. 또한 중국에서 창작되어 당대에 출간되지 못하고 원고의 형태로 보관되고 있었으므로 그만큼 영향력이 절감되어 당대에는 그 가치를 발휘하지 못했다고 할 수 있다. 따라서 우의문학으로

---

9) 명성왕후가 총애하던 무당 진령군과 수련이 등장하는 것을 보면 여기서 비판의 대상으로 삼고 있는 시기는 적어도 명성황후가 시해당하던 1895년 이전이라 할 수 있다.

서는 유일하게 항일우의소설이 전대 우의문학의 맥을 이어 당대적 가치
를 발휘하고 있었다고 할 수 있다.

항일의지를 구현한 작품으로 「금수회의록」이 주목되므로 불합리한 시
대현실에 맞서는 또 다른 대응방식으로 그 의미를 인정해야 한다. 그러
나 압수라는 출판 탄압을 초래하는 정공법이 현명한 전술이 아니었음을
알 수 있다.

이들 소설군은 우의라는 중세문학의 오랜 수법을 이용해서 일제의 침
략에 항거하는 근대 민족주의사상을 나타내려고 하였다. 중세문학의 수
법과 근대문학의 주제의식을 함께 표출하는 것은 이행기문학에 보편적
으로 나타나는 특성이다. 그러나 후대에는 우의문학의 의의가 감소되는
경향이 뚜렷하다. 다음 시대 소설은 당대의 현실을 직접 반영하는 사실
주의 쪽으로 나아갔기 때문이다. 당대의 문제를 다루는 데는 우의적 기
법이 현명한 선택이었을지라도, 후대의 문학사에서 방기되는 한계를 가
졌음을 부인할 수는 없는 일이다.

그러나 근대적인 각성이 부족해서 구시대의 관습을 이었다고 할 수
없으며, 일제의 억압으로 창작의 자유를 갖지 못한 상황에서 일제에 대
항하는 효과적인 방법을 우의의 이중구조에서 찾고자 한 의도적인 실험
의 결과로 구시대의 관습을 이어 항일민족문학을 발전시켰다고 할 수 있
다. 바로 여기에 이들 우의문학의 의의가 있는 것이다.

4.2. 다른 新作 舊小說과의 비교

본고에서 취급한 작품 네편 중 세편은 신작구소설이고, 나머지 한편
「혼」은 근대소설 형성기의 시험작이다. 모두 구소설과 근대소설의 사이
에 걸쳐 있는 작품들인 셈이다. 최근 신·구소설 접점 지역의 작품들 중

주로 신작 구소설을 대상으로 하여 논의가 활발해지고 있다.

「한국문학통사」에서 이 시기의 구소설을 '신작 구소설'이라 명명하고 문학사적인 의미를 밝히려는 시도를 한 이후, 졸고에서 이 논의를 계승하여 이에 해당하는 작품군을 설정하고 본격적인 논의를 폈다. 이후 권순긍과 장효현이 신작 구소설의 존재를 재차 입증하고, 새로운 자료를 보태기도 하면서 논의를 진전시켰다. 김종철도 「미인도」가 신작 구소설임을 밝혔다. 필자 또한 이 분야에 대한 지속적인 탐색의 결과로 최근에 신작 구소설 「이화몽」을 발굴했으며,[10] 기왕에 신소설로 논의되었던 「昭陽亭」이 신작 구소설이며, 개작본으로 「逢仙樓」가 있음을 밝힌 바 있다.[11]

필사본 신작으로는 이종주가 「여항소설」을[12] 임성래가 「虎蟾傳」[13]을 각각 발굴하였다.

이상 논의된 작품을 포함하여 지금까지 신작 구소설로 논의된 작품은 다음과 같다. 우선 필자가 선정한 「荊山白玉」, 「鸞鳳奇合」, 「雙美奇鳳」, 「芙蓉想思曲」, 「彩鳳感別曲」, 「青年悔心曲」[14] 등 6편이 있다. 권순긍이 선정한 작품은 필자 선정작품을 포함하여 19편으로 「高麗姜侍中傳」, 「姜太公實記」, 「朴文秀傳」, 「洪將軍傳」, 「韓氏報應錄」, 「南江月」, 「申遺腹傳」, 「雙頭將軍傳」, 「李麟傳」, 「六孝子傳」, 「三仙記」, 「鄭進士傳」, 「三快亭」, 「朴天男傳」 등이다. 장효현이 제시한 자료는 필사본 「鄭氏福善錄」, 「蓬萊神仙錄」, 「春夢」과 활자본 「鄭木蘭傳」 등과[15] 목활자본 「角干先生實記

---

10) 이은숙, 신작 구소설 「이화몽」의 창작방식, 한국학대학원 논문집 8집, 1993.

11) 이은숙, 신작 구소설 「소양정」·「소양뎡긔」·「봉선루」에 나타난 신·구소설의 관련양상, 고전문학연구 8집, 고전문학연구회, 1993.

12) 이종주 교주, 「여항소설」, 시인사, 1984.

13) 임성래, 「虎蟾傳」에 대하여, 한국고소설연구회 편, 한국고소설의 조명, 아세아문화사, 1990.

14) 이은숙, 활자본 신작 구소설에서의 애정소설 연구 (한국학대학원 석사논문, 1986)에서는 「춘향전」의 개작인 「藥山東臺」를 합해 7편을 논의하였다.

15) 장효현, 애국계몽기 창작 고전소설의 한 양상―신자료의 소개를 중심으로, 정

」[16] 등이다.

　여기에 본고에서 논하는 「映山紅」, 「鴨綠江」 등이 포함된다. 이외에도 활자본 애정소설로 「芙蓉軒」과 「金玉緣」이 추가되어야 한다. 「부용헌」과 「금옥연」은 기존연구에서 논의된 바 없는 작품으로 필자가 이 논문에서 처음 거론하는 새로운 작품들이다.

　이상을 합하면 모두 34편이다. 유형별로 나누어 보면 애정소설이 졸고에서 다룬 6편 외에 「美人圖」, 「昭陽亭」, 「梨花夢」, 「芙蓉軒」, 「金玉緣」 등 11편이고, 영웅소설이 「南江月」, 「申遺腹傳」, 「雙頭將軍傳」, 「李麟傳」, 「鄭氏福善錄」, 「蓬萊神仙錄」, 「鄭木蘭傳」, 「朴天南傳」 등 8편이고, 역사소설이 「高麗姜侍中傳」, 「姜太公實記」, 「朴文秀傳」, 「洪將軍傳」, 「韓氏報應錄」, 「角干先生實記」 등 6편, 세태소설 4편, 우의소설이 3편, 동물우화소설이 「虎蟾傳」, 「春夢」 등 2편이다.

　대강 분류해 본 것이지만 위의 분류를 따르면 신작 구소설에는 애정소설이 압도적으로 많다. 우의소설 3편 중에서도 소재로 보아서는 애정소설에 해당되는 것이 두 편이므로 애정소설이 가장 큰 비중을 차지하고 있는 것을 알 수 있다.

　우의소설과 애정소설의 차이는 시대배경과 관련한 독자의 참여 정도에 있다고 할 수 있다. 우의소설은 창작 당대를 우의적으로 문제삼았기 때문에 사회상황과 밀접하게 관련되어 있고, 애정소설은 보편적인 애정을 다루면서 대체로 창작 당대와는 거리를 두고 있다. 우의소설은 작품 외적 상황의 영향을 받아 표면에 주제를 표출하기가 어려워 우의적인 수법을 써서 독자로 하여금 이면의 뜻에 도달하기 위한 적극적인 노력을 요구하지만, 애정소설은 표면에 주제를 제시할 수 있어서 독자는 쉽게 작자의 창작의도에 도달할 수가 있으므로 독자의 노력을 요구하지 않는

　신문화연구, 41호, 한국정신문화연구원, 1990.
16) 장효현, 조선후기 소설사 문제, 한국고소설연구회, 1992.1.8. 발표문.

다. 두 소설 유형은 각각 창작의도를 표면화시킬 수 없어 독자의 참여를 적극적으로 유도하는 경우와, 창작의도를 표면화하여 독자의 참여를 제한하는 경우라고 할 수 있다.

신작 구소설 중 가장 비중 있는 세 유형, 애정소설, 영웅소설, 역사소설을 중심으로 논의는 진행한다. 역사소설은 역사적 인물을 다루면서, 당대의 문제를 염두에 두고 있을 가능성이 높아 보이므로 먼저 다룬다.

역사소설은 신작 구소설 중 중요작품으로 논의되고 있는 「고려강시중전」[17]을 중심으로 그 경향을 살펴본다. 이 작품은 여러 가지 측면에서 신작임이 확인되는데, 첫째 창작 당대의 용어가 사용된다는 점이다. "세계에 어디던지 기명못흔 빅셩을 복죵케ᄒᄂ 방법은 신긔묘칙이 아니면 불가타"(15면) "맛치 지금죠션시티로 말ᄒ면 사니총독에 어진 덕화을 구가홈과 흡ᄉᄒ더라"(16면) 등등의 문장에서 살펴볼 수 있다.

둘째는 현실적이고 구체적인 상황묘사가 나타난다는 점이다. 강감찬의 부친 궁진이 중양절에 성묘하는 사람들을 보면서 자손이 없는 자신의 신세를 한탄한다.

> "ᄌ손이 업ᄂ곳은 다만초동목슈의 유희장이 될쑨이라 날갓흔ᄉ롬은
> 흔번세상을 이별ᄒ면 져난총과 갓흘지니 엇지슬푸지 아니ᄒ리오"

전대의 구소설에서 '슬하에 한점 혈육이 없음을 슬허하야 매양 근심이러니' 정도로 처리되는 관습을 넘어서서 자식없는 처량함을 아무도 찾지 않는 무덤에 자신의 신세를 실어 나타내고 있어서 현실감을 더해준다.

이외에도 강감찬이 사령에게 호랑이가 자주 출몰하는 삼각산에 가서 도승을 데려오라고 명령을 하자 대단히 꺼리는 부분이 나오는데, 그 처는

---

17) 朝鮮書館에서 1913년 출판되었으며, 인천대 민족문화연구소에서 출간한 舊 活字本 古小說全集 1권에 영인되어 있다.

> "두발노쌍을구르며 길을막고굴ㅇ뎌 슘각산은호랑에구혈이라 판관에
> 흔쟝비지를밋고 스뎌에가고즈ㅎ늣가 원님은빅셩에원님이오 호랑에 원
> 님은 안닌즉 츠라리 사령구실을 뇌비리고 타읍으로 솔가도쥬 ㅎ즈" (7
> 면)

고 말린다. 사령처의 입을 빌어 현실적으로 항변하게 함으로써, 강감찬이
무리한 명령을 내리고 있음을 나타내고 있는 것이다.

「고려강시중전」은 고려 시대의 명장 강감찬을 등장시키고 있는 작품
이다. 강감찬은 영웅소설에서와 같이 祈子精誠의 결과 출생하였으며 외
모는 흉하나 대단한 능력을 가진 인물이다. 강감찬의 능력은 크게 세 번
발휘되는데 두번은 국내에서 善治하는 과정에서 발휘되고, 한번은 외적
거란이 침입했을 때 이를 물리치는 데서 발휘된다. 두 번의 능력 발휘는
설화적 기대에 의존하는데, 실제로 강감찬 전승 설화를 토대로 한 것이
다. 세 번째의 능력은 거란군을 물리치는 과정에서 발휘된다.

이 작품은 크게 출생-능력발휘①-능력발휘②-능력발휘③-행복한
결말 등 다섯 항목으로 나눌 수 있다. 능력 발휘①②는 실제 강감찬의
전승설화를 차용하여 구성되는데, 설화를 차용하는 신작구소설의 보편적
인 창작방식을 따르고 있는 셈이다. 역사적인 인물을 다루면서 널리 전
승되는 설화를 차용하는 것은 설득력 있는 설정이다. 세 번째 거란을 물
리치는 장수로서의 능력 발휘③는 역사적 사실에 기초한 설정이다. 역사
적 사실과 전승설화에 의존하여 구성된 작품이므로 허구의 운신폭은 그
만큼 좁아지고 있는 셈인데, 작자의 의식이 최대한 발휘되고 있는 부분
을 중심으로 살펴보자.

강감찬 전승설화는 67편이 한국구비문학대계에 수록되어 있다. 이 설
화를 대강 분류 해보면 다섯개의 삽화가 주종을 이루고 있음을 알 수 있
다. 강감찬이 여우와 교접하여 태어난 아들이라는 출생담과 네가지의 능

력발휘담 즉, 신랑이 된 여우(구렁이, 악귀) 물리치기, 벼락칼 부러뜨리기, 호랑이 처치하기, 개구리 소리 잠재우기 등의 이야기이다. 이외에도 개미나 모기를 없애거나,[18] 염라대왕을 만나 사건을 해결하는 것[19] 등 다양한 능력발휘 삽화가 있지만, 이상 다섯 가지가 강감찬 전승설화의 주요 삽화들이다.

이 다섯 가지 삽화 중에서 「고려강시중전」은 호랑이 처치담과 개구리 소리 잠재우기 등 능력 발휘 삽화 두개를 차용하고 있다. 그러나 강감찬 전승 설화의 주종은 여우의 아들이라는 출생담과, 신랑이 된 여우를 물리치는 것이다. 전자는 67편 중 17편 에, 후자는 14편 이상에 포함되어 있고, 벼락 물리친 이인 유형은 11편 이상에 포함되어 있다. 작자는 강감찬 전승의 가장 보편적인 삽화는 버려두고 있는 셈이다.

제외된 삽화 중 인간과 異物과의 교접담은 이인으로서의 능력이나 신이함을 강조하는 내용으로서 설화적인 맥락을 떠나서는 현실적인 공감을 얻기 힘들다. 그러나 설화에서의 신이한 출생담은 이후 강감찬이 능력을 갖게 되는 근거가 되게 된다. 여우의 아들로 태어났기에 신랑으로 변한 여우도 물리칠 수 있었고, 호랑이나 개구리도 처리할 수 있었고 벼락도 물리칠 수 있었다. 호랑이를 처치하고 개구리를 잠재우는 것은 성인이 된 뒤의 사건이다. 여우의 자식이기에 초라한 외모를 가졌는데 거기다 마마를 불러 얼굴까지 얽게 하여[20] 주위의 질시를 당해야 했던 강감찬은 혼인 전에 신랑이 된 여우를 물리쳐서 능력을 인정받음으로써, 주위의 인식을 바꾸었다. 그래서 혼인도 하고 벼슬도 하면서 또 다른 능

---

18) 한국구비문학대계 2-1 강감찬과 개미 910면, 2-1 강감찬과 모기부적 575면, 2-3 강감찬과 부적 196면, 4-3 강감찬의 異蹟 192면 등등.
19) 구비대계 3-2 염라대왕을 찾아온 강감찬 731면, 5-6 유기장수의 한을 풀어준 강감찬 69면 등.
20) 구비대계 2-5 강감찬의 신통술 375면, 2-5 강감찬의 탄생과 그 부모의 정성 485면, 8-6 강감찬 장군 895면, 8-8 강감찬과 마마손님 526면 등. 소설 속에서는 이 삽화가 없다.

력을 발휘했다.

각편을 읽어보면 이와 같이 능력의 근거와 발휘의 과정이 조리있게 맞물려 있음을 알 수 있다. 작자는 능력을 획득하는 과정이 설화적 맥락 속에서 가능한 비현실적인 것으로 소설 속에서는 어울리지 않는 설정이라고 보았던 것 같다. 그러나 비슷한 사례로 「崔孤雲傳」에는 금돼지의 아들이라는 전승설화가 그대로 수용되어 있는 것을 볼 때, 이것은 개화기에 나타난 작가의 리얼리티에 대한 인식 차이에서 기인하는 것이라고 볼 수 있다. 벼락칼을 부러뜨린 이야기도 이러한 인식에서 누락된 것 같다. 벼락을 물리치는 능력이야말로 강감찬의 인간 이상의 가장 신이한 능력이다. 다섯 편의 삽화 중 이인으로서의 신이한 능력이 부각되는 삽화는 모두 제외하고 있는 셈이다.

그러나 작가의 현실성에 대한 인식은 설화가 확보한 논리를 오히려 잃고 말았다. 강감찬은 여우의 아들이기에 키가 작고 털이 있는 흉한 외모를 가졌는데 얼굴만은 잘생겨 그것마저 마마손님을 불러 얽게 하여 온전히 추악한 외모를 갖게 된다. 소설 속에서는 '키가난쟝이갓고 긔샹이 츄비ᄒ야 그누츄흔 모양은 일일히 형용ᄒ여 말ᄒ올슈'(3면) 없을 정도이나, 왜 그러한 기형적인 외모를 가졌는지 해명되지 않는다.

능력을 획득하는 과정도 설득력이 없다. 혼자서 '평싱에 쳐음 보는 셔칙이라도 ᄒ번눈에지나면 문득연송ᄒ야 일싱을 잇지아니ᄒ며 텬문디리와 병법과 슐셔를 무불통지ᄒ야'(3~4면) 그래서 '경텬위디 ᄒ는지죠와 호풍환우ᄒ는 슐법이며 심지어 초목금슈라도 감히 감찬에 명녕을 어긔는지 업'(4면)을 정도가 된다. 혼자서 온갖 능력을 갑자기 획득하는 것이다. 강감찬이 문곡성의 화신으로 죽어서 다시 문곡성으로 돌아간다는 이원론적 설정을 하고 있는데, 이러한 능력의 획득은 이원론적 배경으로 설명될 수밖에 없다. 주인공의 이러한 능력획득은 이원론 중에서도 초기소설의 이원론적 구성에 해당된다고 볼 수 있다. 천부적인 능력이라고 볼 수 있기 때문이다. 전술한 바와 같은 현실적이고 구체적인 상황묘사와는 어긋나는 불균형한 구성인 셈이다.

이상 설화를 취사하는 과정에서 오히려 구비설화에서 구축했던 설득력이 감소하는 모습을 보이고 있고, 강감찬의 주된 특성을 보여주는 삽화는 제외함으로써, 이인으로서의 신이한 능력을 중시했던 설화적 공감대에서 탈피하고 있다. 설화적 공감대를 벗어나 현실적인 맥락을 강조하며 당대의 의미를 강조하고자 했던 작가의 의도는 오히려 빗나가서 친일적인 성향을 노출하는 데까지 이르고 있다.

登科한 강감찬이 한양의 호랑이를 쫓아내고 능력을 인정받아 경주로 갔다. 경주는 옛 신라의 도성으로서 새 나라에 복종치 않았기 때문에 유능한 강감찬이 파견된 것이다. 백성들은 새로 온 부윤을 시험해 볼 양으로 개구리 소리를 없애달라고 청했다. 이때 감찬은 "세계에 어디던지 기명못한 빅셩을 복죵케ᄒᄂ 방법은 신긔묘칙이 아니면 불가타"라고 하며 개구리 한마리를 잡아다 머리에 '용두젼ᄌ'(12~3면)를 써서 해결한다.

그런데 감찬이 개구리 소리를 잠재워 백성들을 감복시키는 것이 "맛치 지금죠션시더로 말ᄒ면 사니총독에 어진 덕화을 구가홈과 흡스ᄒ더라"(12면)고 하여 적극적인 친일 성향을 보인다. '긔명못한 빅셩'으로 민족을 폄하하며, 감찬의 설화적인 治績을 '사니총독에 어진 덕화'에 비유하는 친일적인 태도는 작품의 당대적 의미를 추구했던 작자의 의식이 빗나가고 있음을 단적으로 보여준다. 따라서 다음과 같은 작자의 역사인식도 부정적으로 인식된다.

"변방에 쟝졸이 희타ᄒ며 조정신ᄒᄂ 고식지게로 일을 삼고 인민은 허문만 숭샹ᄒ야 나라박게 쏘나라이 잇ᄂ줄을 아지못하더라 슬푸다 한진 셔퇴ᄒ고 고진감리ᄂ 텬디지 샹경이오 고금지통의라 외국병난이 쟝찻 이러나미 소쟝지변은 먼져싱기ᄂ도다" (13~14면)

결국 설화의 取捨나 수용 양상에서 현실성과 당대적 의미를 중시하다
가 부정적인 결과를 낳고 있는 셈이다. 그러면 이 작품을 통하여 추구하
고자 했던 의도는 무엇인가. 이 작품에서 비중을 두고 있는 부분은 설화
적 맥락보다 역사적 맥락이다. 서술의 비중도 설화 차용 부분이 2회에
불과한 반면, 거란과의 싸움을 다룬 역사적 사실을 다룬 부분은 총 10회
중 6회나 된다. 이인으로서의 강감찬의 행적보다는 장군으로서의 현실적
인 행적에 관심이 있다. 그 관심은 밀고 밀리는 전선의 전투과정을 구체
적으로 그리는 것으로 나타난다. 전쟁은 한번의 전투로 판가름나는 것이
아니다. 한번의 전투에서 완전히 승리하는 것은 설화적인 기대이다. 실제
로 전쟁 영웅의 업적은 밀고 밀리는 전투의 구체적인 양상 속에서 흥미
롭게 표출된다. 독자의 이러한 기대는 「소대성전」 이하 군담소설에서 충
족된 바 있다.

이 작품은 전대의 군담소설에서 보여준 전쟁의 구체적인 묘사를 통해
흥미거리를 엮어내는 방식을 잇고 있는 것이다. 설화를 차용하는 과정에
서 異人으로서의 행적보다는 정치인의 능력을 부각시키는데 필요한 행
적만을 차용한 이유와 맞물리는 서술인 셈이다. 설화적인 기대를 넘어선
소설적인 흥미를 부각시키는 것이 작품의 의도이다.

그러나 이러한 의도가 前述했듯이 설화나 역사의 인식 차원을 넘어서
는 또 다른 지평을 제시하는데까지 나아가지 못한다.

거란 遼는 宋과 대립하면서 송과 친교하는 고려의 존재에 위협을 느
끼고 3차에 걸친 고려 침입을 단행하였다. 1차 때는 소손녕을 앞세워 침
입하였으나, 서희의 외교로 오히려 여진 소유의 강동 6주를 고려의 영토
로 묵인하고 철수하였다. 2차 침입에서는 성종이 친히 침입하여, 고려는
개성까지 짓밟히는 수모를 당하였다. 많은 신하가 항복을 권고하였으나,
강감찬이 이를 반대하고 하공진을 적진에 보내어 설득하여 물러가게 하
였다. 고려가 이후에도 조공하지 않자 다시 소배압을 앞세워 3차 침입을

감행하였다. 의주에서 강감찬에게 격파당하고 개성을 향하다가, 부원수 강민첨에게 곳곳에서 패하고 퇴각하다가 다시 강감찬에게 귀주에서 섬멸당하였다.

소설에서는 2차와 3차 침입을 다루고 그중에서도 강감찬이 주도적 역할을 한 3차 침입을 주로 다루고 있는데 대부분 구체적인 사실들이 역사적 사실과 부합된다. 2차 침입에서의 강감찬의 역할도 그대로 나타난다. 2차 침입 후 강감찬의 벼슬 '서경유수, 내사시랑평장사' 등이 똑같이 나타난다. 3차 침입 당시 그의 벼슬 '도통사'도 실제 벼슬이다. 귀주대첩을 거둔 강감찬이 개선하자 왕이 '즉시 동가ᄒᆞ여 친이 영파역에셔 영졉ᄒᆞ'(39면)고 '금화팔지로써 감찬에 머리에 꼬지시며'(39면) 환영한 것도 史實이다.[21] 전승의 대가로 받은 긴 이름의 벼슬도 똑같다. 작자는 역사적 상식에 의거하여 소설을 쓴 것이 아니고, 사료를 참조하여 쓴 것이다.

그런데 3차 침입의 거란 장수가 소배압이 아니라 소손녕으로 되어 있다. 또 소설에서는 소손녕이 일차 패하고 군사를 각기 흩어지게 하여 '경셩'(29면)으로 집결하게 하는데, 實戰에서는 '개성'인 것이다. 소소한 事實들까지 역사적인 史實과 부합하고 있는데, 중요한 적장의 이름과 중요 戰場이 명확히 다른 이름으로 대체되고 있다.

역사적인 사실을 소상하게 소설로 재현하는 것은 작자의 입지가 좁아진다는 것을 의미한다. 따라서 독자로 하여금 의도적인 착오로서 역사적인 사실로서만 인식하는 것을 방해하고 당대적인 문제로 인식하게 하려는 의도를 나타낸 것으로 보인다. 소배압이 아닌 소손녕으로 '개성'이 아닌 '경셩'으로, 역사적인 史實에만 몰입하는 독자의 의식을 차단하고

---

21) 국사대사전, 동아문화사, 1974, 24면, 「강감찬」條. '이 싸움에서 감찬은 많은 포로와 전리품을 거두어 개선하니 왕은 친히 迎派驛까지 나와 환영하고 金花八枝를 머리에 꽂아주었고, 檢校太尉 門下侍郎 同內史 門下平章事 天水縣開國男 食邑三百戶에 봉해지고…' 강감찬이 받은 벼슬도 소설 속에 똑같이 나타난다.

당대의 문제로 인식하게 하려 했던 것이다.

그러나 역사적 사실을 당대의 문제로 전환하여 현실인식을 불어넣고 자 했던 의도는 소손녕과 강감찬의 싸움을 '문곡성'과 '탐낭셩'(44면)의 싸움으로 대체함으로써 이원론적인 구소설적 질서로 전환된다. 文曲星과 貪狼星은 함께 九星 가운데 속하는 별이다. '탐낭셩이 망명ㅎ야 북방 걸 안지에 타락ㅎ여 소손영이 화싱흠이 쟝찻세계에 디경징이 싱겨셔 인싱 의 곤란이 극도에 일을지라'(44면)며 상제가 염려하다가, '문곡으로 동방 고려국에 젹하ㅎㅅ 노심초ㅅㅎ ㅎ여 탐낭에 유독을 방어케ㅎ'였던 것이 다.

따라서 문곡성의 화신인 강감찬이 소손녕을 물리치는 것은 天理를 구 현하는 일로서 초월계를 업고 있는 셈이니 승리는 당연하다. 이와 같이 이원론적 구소설의 일반적인 설정을 따른 것은 구소설로서의 형식을 갖 추는 일을 중요하게 여기고 있는 작자의 의식을 보여준다. 설화에서는 강감찬이 문곡성의 화신임이 거론되지 않는 것으로 보아22), 소설적인 구 성을 위한 부연임을 알 수 있다.

작자는 설화를 채택하면서도 설화적 공감대보다 소설적이고 현실적인 맥락을 중시하고, 역사적 사실을 수용하면서도 단순한 역사의 재현을 벗 어나 의도적인 착오로서 당대적인 문제로 독자의 관심을 유도하는 듯 하 지만, 결국 구소설의 틀로 독자의 기호에 영합하는 것을 중시했던 것으 로 보인다. 설화적인 설득력을 방기하면서, 현실적인 묘사를 하고, 한편 으로 극단적인 이원론적 구성을 취하고 있는 서술상의 불균형도 흥미를 중시한 태도에서 가능한 설정이다. 이점은 강감찬의 누추한 외모가 '상 계끠읍셔 (…) 턴하후셰에 연극지료를 지어 완샹케 ㅎ심이라'(45면)고 하여, 소설적 흥미를 위한 것이었다는 我田引水격인 해석을 곁들이는 것

---

22) 구비문학대계에 수록된 67편의 강감찬 설화 중 문곡성과의 관련이 언급된 각 편은 없다.

에서도 입증된다.

이 작품은 독자가 관심을 가진 인물을 구소설의 틀 안에서 다룸으로써 흥미를 끌기 위한 의도 이상의 다른 의미는 갖지 못한다. 역사적인 인물을 단지 흥미의 차원으로만 격하시켜 다루려 했던 소극적인 작자의 태도가 극대화되어 친일적인 면모로까지 나타나고 있다고 하겠다. 역사적인 인물을 다루면서 창작 당대의 문제를 아우르는 역사소설의 기대치와는 거리가 있는 작품이다. 기타 역사소설도 허구적인 설정에 따라 흥미로운 사건을 보태자니 사실에서 멀어졌음은 물론이고, 소설은 모두 망국 후에 일제의 출판 검열을 받으면서 출판되었으므로 애국적인 주제를 대폭 약화시켜야만 되었다.[23] 영웅소설 또한 조선조의 영웅소설의 세계관보다 진전된 현실인식을 보여주지 못했다. 前시기의 작품이면서 이 시기에 활자본으로 간행될 때 현저히 반일의식이 약화된 「六美堂記」, 「신계후전」 같은 작품을 통하여 이 시기의 역사물이 갖는 작품외적인 구조적인 제약[24] 을 다시 한번 확인 할 수 있다.

「신유복전」을 중심으로 영웅소설의 특성을 살펴본다. 이 작품은 기존 연구에서 '못마땅한 사위형'이나, '국외원정 군담소설'[25]로 분류되어 논의되었다. 작품의 전반부를 중시할 때는 전자로, 후반부를 중시할 때는 후자로 분류된다. 국외원정 군담소설군 자체의 성립이 19세기 말이나 20세기 초 쯤으로 추정되고 있고,[26] 이 작품이 추구하는 일상성과 초월성의 이중성은 20세기의 창작일 가능성을 시사한다.

신유복은 못마땅한 사위의 위치를 과거에 급제하여 벼슬을 함으로써 탈피하고, 이후 못마땅한 사위로서의 박대를 탈피하는 것과는 관계없이

---

23) 조동일, 한국문학통사 4, 제3판, 지식산업사, 1994, 354면.
24) 장효현, 근대 전환기 고전소설 수용의 역사성, 홍일식 외, 근대 전환기의 언어와 문학, 고려대 민족문화연구소, 1991, 115~6면.
25) 이영신, 국외원정 군담소설 연구, 한국학대학원 석사논문, 1982.
26) 이영신, 위의 논문, 80면.

해외원정을 하여 적을 물리치는 쾌거를 이룩한다. 과거 급제 후, 평소 자신을 구박하던 처가 식구들에 대한 나름대로의 응징을 끝낸 후 국외원정에 나서기 때문에, 못마땅한 사위형의 구조와는 별개로 국외원정이 이루어지고 있는 셈이다. 국외원정 부분은 못마땅한 사위형의 구조에 부연되어 있는 설정인 셈이다.

전반부에서는 신유복과 경패의 경제적 시련과 처가식구에 의한 수모가 상세히 묘사되어 있다. 신유복이 당하는 수모는 급제 후, 수모를 받았던 두 동서를 매로 쳐서 응징하기까지 하는 등의 시원한 보복으로 이어진다. 이러한 양상은 '급제하여 처가족 놀래주기'와 '두 동서 하인 만들기'로 부를 수 있는 민담을 수용·개작한 결과로 볼 수 있다. 그렇게 하여 갈등 자체는 흥미로워졌으나, 운명적 개인적 성격이 부각되었다.27) 민담을 수용하는 것은 신작 구소설의 가장 보편적인 창작 방식이다. 후반부에서는 사실적인 설정보다 초월성을 중시하여 전쟁이 도술전의 양상으로 전개된다.

전·후반부에서 각각 사실적인 설정과 초월적인 설정이 이중적으로 나타나는 것은 일상적 체험을 통해 고난을 인식하려는 독자와 상상적 체험을 통해 심리적 보상을 얻으려는 독자 모두의 요구를 수용하여 양쪽의 관심을 동시에 얻으려고 했던 결과로 보여진다. 구조적 기능이 중요치 않은 후반부를 설정하여 성향이 다른 독자의 요구를 모두 끌어들이고자 한 것은 신작 구소설의 상업적인 의도가 잘 나타나고 있는 면이다.

후반부에 신유복이 明을 구하기 위해 출전하는 것이 중화주의라는 봉건적 미몽에 사로잡혀 당시의 민중들에게 올바른 민족주의나 민족 주체의식을 제시하지 못하고 근대적 민족주의로 발전하지 못했다고 보는 것28)은 일정한 한계를 노출한다. 전대의 영웅소설이나 군담소설은 대부

---

27) 김홍균, '못마땅한 사위'형 소설의 형성과 변모양상, 정신문화연구 겨울, 한국정신문화연구원, 1985, 158면.
28) 권순긍, 1910년대 활자본 고소설 연구, 성균관대박사논문, 1990, 75~81면.

분 중국을 배경으로 하며, 한족을 침입하는 이민족에 대한 응징을 그리고 있다. 여기서의 중국 중심의 사고는 중세보편주의의 발현일 따름이며, 민족주체의식이나 민족주의가 결여되어 있다고 폄하될 대상은 아니다. 더구나 국외원정 군담소설은 중국 무대의 소설들과는 달리, 한민족으로서의 긍지를 우리 민족의 긍지로 대체하고 있고, 중국보다 오랑캐가 강하고 오랑캐보다는 우리 민족이 강하다는 힘의 함수관계를 보여주고 있다.29) 신유복이 중원에 들어가 서번과 가달을 물리치고 명왕조를 지켜주는 것은 중세보편주의의 중심이 조선의 힘으로 지켜진다는 우월성을 내세우려는 설정으로 이해해야 한다.

초월성에 대한 요구를 가진 독자의 복고적인 성향을 반영하는 후반부는 경제적인 고난의 현실적인 모습과 처가족 내의 흥미로운 갈등이 사회적 성격을 띄지 못하고 운명적·개인적 편향성을 보이고 있는 전반부와 상응하는 설정인 셈이다. 이 작품은 전반부에서 보여주는 일상적 생활에 대한 관심과 핍진한 묘사가 그 성과이지만, 창작 당대의 현실인식과 문제의식을 반영하는 데까지는 이르지 못하고 있다.

신작 구소설을 창작하였던 작가들은 작품의 시대 배경이 前代인 만큼 전대와 어울리는 구성을 하여야 한다는 창작태도를 갖고 있었다. 「鸞鳳奇合」의 저자 김교제는 다음과 같이 작자 후기에서 신작 구소설을 창작하는 자세를 밝히고 있다.

> 무릇 일부의다쳐(一夫多妻)(곳 유쳐췹쳐)는 가정의 큰 방히며 풍속의 큰방히며 위싱의 큰 방히로셔 그영향이 문명의 큰 방히가되나 그러나 권질의 좌우부인은 그사셰도 그러홀쑨더러 그쩌시졀은 곳 죠션죠엽인고로 고려의 유풍이 오히려 남아잇셔 강쳐향쳐(京妻鄕妻)며 이부인 삼부인의 폐습을 밋쳐 기혁지못흔 연고* 가히 용**흔것이오 지어 쪄자는 그사실을 직필로 긔록ᄒᆞᆫ **에 그사실을 감히

---

29) 이영신, 국외원정 군담소설 연구, 한국학대학원 석사논문, 1982, 52~4면.

곳치지못ᄒ노니 독자졔군은 그쎠 풍각을 기탄ᄒ실지라도 *자를 칙
지 안이ᄒ실줄 싱각ᄒ나이다 (** 부분은 판독이 불가능한 부분임)30)

시대배경이 前代이므로 그 당시의 사고방식과 풍습을 중시하여 소설
을 지었으니, 독자는 작품의 등장인물이 1910년대에 비난받을 일을 했더
라도 오히려 개연성 있는 설정으로 받아들여야 한다는 것이다. 시대배경
에 맞는 구성과 서술을 하는 것이 핍진한 것이라는 논리이다.

그러나 작자는 전대를 다루면서도 당대의 문제를 포괄할 수 있어야
창작의 당대적 의의를 지닐 수 있다는 데까지는 이르지 못하고 있다. 시
대적 고증에 맞는 작품에 그치면 단지 독자의 복고적인 성향에 부합하는
흥미 위주의 작품이 되고 만다. 작자의 적극적인 현실인식의 결과로 의
고적인 작품의 당대적 의의가 성립된다.

이런 관점에서 애정소설군을 살펴보자. 애정소설은 신작 구소설 중 가
장 주목을 받아온 작품군인데, 의고성만을 중시한 작품과 당대성도 중시
한 작품으로 나누어 볼 수 있다. 의고성을 중시한 작품은 「荊山白玉」,
「鸞鳳奇合」, 「雙美奇逢」 등이고, 「芙蓉想思曲」, 「彩鳳感別曲」, 「靑年悔心
曲」 등은 창작 당대 지향의 작품들이며, 중간 계열에 속하는 작품은 의
고적이나 조선중기 이후를 배경으로 한 「美人圖」, 「昭陽亭」, 「金玉緣」,
「梨花夢」, 「芙蓉軒」 등이다.

물론 대부분의 작품들은 신작 구소설의 여러 특성을 지닌다. 신소설적
기법이 활용되고, 지리적 배경이 국내이고, 여성의 역할이 증대되고, 구
체적이고 사실적인 묘사가 증대되며, 현실생활에 관한 관심이 확대되는
것 등이 그것이다. 그러나 작품의 당대적 의미를 중시한 작품이 우의소
설과의 관계에서는 문제가 된다. 당대 지향적인 성향을 보이는 세 작품
중 「부용상사곡」은 자유결혼관을 제시했다는 점에서는 근대적 의미를

---

30) 김교제, 란봉기합, 동양서원, 1913, 129~130면, 작자 後記 부분.

지니나, 이러한 진보성도 부용의 신분상승 욕구를 충족시켜 주기 위해 인위적으로 조작된 것에 불과하고 따라서 남성 주인공도 독자적인 개성을 갖지 못한 유형적인 인물의 범주를 넘어서지 못하고 있다.[31] 갈등을 극복하는 과정에서도 주인공의 적극적 의지가 개입되지 못한 채 비현실적인 우연에 의존하고, 유교적 명분인 烈이 인간의 존엄성보다 앞선다는 설정을 하여 인간해방을 중시한 「춘향전」보다 후퇴하고 있어서 적극적인 현실인식을 가진 작품으로 평가하기 어렵다.

따라서 당대 지향의 작품 중에서도 「청년회심곡」과 「채봉감별곡」을 중심에 놓고 논의하기로 한다. 「청년회심곡」의 남주인공 진성은 두 명의 여자 사이에서 방황하는데, 한 쪽은 정신적인 사랑을 중시하고, 다른 한 쪽은 육욕을 중시한다. 진성은 경패의 육욕에 침혹되나, 그 육욕의 뒤에 숨은 탐욕을 간파하지 못해서, 가진 돈을 모두 털리고 만다. 정신보다 애욕을 긍정하고, 애정보다 물질을 중시하는 애정관의 변모와 함께 애정의 다양한 면모를 보여준다. 유형지에서의 생활에서는 양반의 권위가 종보다 더 아래로 실추된 모습을 구체적으로 묘사한다. 애정관의 변모와 사회적 신분의 동요를 통해 유교윤리가 위협받는 변화된 사회를 문제삼는다. 가치관의 변모에 따른 갈등을 문제삼으나, 해결은 소극적이다. 진성이 육욕을 택하는 것도 본인의 적극적인 의지라기보다 돈을 노리고 정략적으로 접근하는 기생 경패의 유혹 때문이다. 그 대가로 유배를 당하게 되나, 자신의 행동에 대한 책임 있는 모습은 발견되지 않으며, 유배지에서도 사태를 단지 수긍하며 절망하는 모습을 보일 따름으로 적극적인 현실타개 의지는 보이지 않는다. 解配가 되는 것도 진성의 노력의 결과가 아니라, 단지 誣告한 당사자가 역모에 연루된 덕분이다.

'음풍' 대신 '부부지연'을 바랐던 농월의 태도도 소극적이기는 마찬

---

31) 박일룡, 조선후기 애정소설의 서술시각과 서사세계, 서울대 박사논문, 1988, 50면.

가지다. 경패에게 기우는 진성을 바로잡으려는 노력을 하지 않으며, 추자
도로 정배당한 진성을 위한 노력 또한 하지 못한다. 농월은 송도유수라
는 직극적인 애정의 장애자를 피해 자결하려 하였다가 감악산에 피신하
므로써, 진성과 같은 고난을 당한다. 그러나 애정의 장애에 대한 대응이
자결이라는 수동적인 행위로 나타나고 있으며, 남주인공의 고난의 해결
에 어떤 역할도 하지 못한다. 말하자면 갈등의 국면에서는 반봉건성으로
야기되는 문제를 제시하였으나, 해결은 전근대적으로 하고 있는 셈이다.
  20세기는 신분갈등이 사라진 사회이다. 따라서 기생이라는 신분으로
인해 야기되는 갈등은 현실적인 공감대를 확보하기보다, 독자의 복고적
인 기호에 편승한 통속적 흥미거리에 머물 가능성이 크다. 「청년회심곡」
은 애정의 다양한 면모를 보여준다는 면에서는 현실적인 접근이 어느 정
도 가능했으나, 20세기 초반이 안고 있는 현실적인 갈등에 접근하기에는
많은 거리가 있었다고 할 수밖에 없다.
  「채봉감별곡」은 애정, 신분, 효, 물질 등으로 인한 다양한 갈등을 내포
하고 있다. 효와 애정의 대립을 대립이 아닌 화해의 관계로 변화시키며
주체적인 삶을 살아가는 채봉이라는 근대적인 인물형을 설정하여 타락
한 봉건사회에서 야기되는 갈등을 문제삼는다. 허판서에게 벼슬을 사는
댓가로 자신의 딸 채봉을 바치기로 한 김진사는 채봉이 애정을 이루는데
있어 강력한 장애자가 된다. 명예를 사기 위해 당사자의 의도는 무시하
고 딸의 인생을 저당잡히는 부친의 행위는 가부장제의 모순과 황폐해진
정신사회를 반영하며, 賣官賣職되는 부패한 관료사회를 보여준다. 이에
채봉은 부친을 따라 나섰다가 중간에 몸을 빼내 기생이 되어, 약속을 지
키지 못해 옥에 갇힌 부친을 구할 돈을 마련해준다. 효와 애정의 문제를
슬기롭게 해결한 채봉은 다시 기생이라는 신분을 이용하여 필성을 만나
는 계기를 스스로 만든다. 채봉을 기적에서 빼낼 돈을 마련하지 못한 필
성은 채봉이 서기가 되어 관가로 들어가자, 신분을 격하시켜 이방이 되

면서까지 관가로 들어가 채봉과의 애정을 이루려고 필사적으로 노력한다. 여기까지 남녀 주인공의 고난은 봉건사회의 모순과 가난이라는 현실문제 때문에 야기된 것이다. 이 모순을 극복하기 위해서 두 사람은 적극적으로 대응했던 셈이다. 두 사람의 이런 노력은 어느 정도 성과를 거두어 두 사람이 영영 이별하게 되는 극한적인 상황은 일단 면하게 되었다.

그러나 채봉이 상황과 대결하고 이를 헤쳐가는 능동적인 행동을 하는 것은 평양감사 이보국이라는 시혜자를 만나기까지로 국한된다. 실제로 妓籍에서 몸을 빼내준 인물도, 필성과 결합을 가능케 하는 인물도, 채봉의 부모를 구출하는 인물도 이보국이다. 지금까지 제기된 모든 문제를 한꺼번에 해결하는 인물이 이보국인데 그는 바로 평양감사라는 봉건관료제도권 내의 인물이다. 여기 이르면 봉건사회의 모순과 경제적인 현실문제를 부각시킨 저자의 의도는 모호해지고 만다.

그럼에도 불구하고 이 작품은 갈등의 현실성과 남녀주인공들의 적극적인 현실타개 노력이 성과로 주목된다. 현실에 순응하지 않고, 봉건적인 모순에 굴복하지 않고, 현실을 개척해가는 의지적인 인물이 근대소설에서 기대되었던 인물형이라 할 때, 근대소설에 한걸음 다가선 구소설이라 할 수 있다. 그래서 1910년대 창작 당시의 현실생활을 반영하는데도 어느 정도 이르고 있다. 그러나 창작 당대의 정치적인 문제까지 다루려고 하는 의지는 거의 읽어낼 수 없다.

앞서 인용한 김교제의 말과 같이 대부분의 신작 구소설의 작가들은 시대 배경을 前代로 잡아 어쩔 수 없이 전대의 의식과 사고를 반영하는 것으로 작품의 의미를 한정시키고 있는 것이 대부분이다. 「채봉감별곡」은 신작 구소설 중 뚜렷한 성과임에도 1910년대의 불안한 정치상황과 이로 인한 갈등까지 포괄하지는 못한다. 전대를 배경으로 애정문제를 다루는 형식으로서 이 시대 문제의식을 반영하는 데는 한계가 있을 수 밖에 없다.

이외의 다른 애정소설들은 주로 구소설의 독자를 겨냥한 흥미 위주의
소설을 만드는데 더 열중한 것으로 보인다. 창작 방식 면에서는 구소설
을 넘어서려는 의지를 보이나 진전된 문제의식은 보이지 못하는 것이 일
반적인 경향이다.

4.3. 동시대의 抗日文學과의 비교

다른 문학갈래와 비교해 볼 때, 근대소설은 뚜렷한 항일의지가 드러나
지 않은 편이다. 개화기 가사나 개화기 역사소설에서 보여준 현실과 문
학과의 결합의지가 근대소설에서는 두드러지지 않았다. 애국 한시나 의
병가사와 독립가사를 위시하여 적극적인 항일의지를 담은 가사가 성행
할 때도 소설은 대체로 이에 무관한 흐름을 형성하고 있었다.

신소설이 일반적으로 독자들의 흥미에 영합하려 한 의도가 강했고, 또
동시대에 많이 읽혔던 구소설들도 새로운 현실인식을 담아서 독자의 각
성을 의도하기보다, 독자들의 복고풍 지향에 편승하는 상업적인 의도를
가지고 출판된 것들이 대부분이었으므로 항일의식을 작품 내에서 기대
하기는 어려웠다.

이들 작품군이 창작된 무렵의 항일문학은 서사인 소설보다 교술문학
을 중심으로 활발히 창작되었다. 산문 교술문학 중 몽유록과 토론문이
현실비판과 일제에 대항하려는 의도를 잘 나타냈다. 해당 작품으로 「꿈
하늘」과 「夢見諸葛亮」, 「夢拜金太祖」와 安國善의 「禽獸會議錄」을 들 수
있다. 대부분의 토론문이 사회비판은 강해도 항일의도는 불투명했다는
것을 볼 때, 토론문보다 몽유록이 항일의 의도를 적극적으로 표출해 왔
음을 알 수 있다. 「꿈하늘」을 제외한 세 작품은 우의구조는 아닐지라도
항일의 의도는 충분히 표현하고 있는 작품들이다. 「금수회의록」이 몽유

록을 겸하고 있는 점을 살펴볼 때, 몽유록이 전통적으로 주의·주장을 펴는데 쓰여온 오랜 전통을 이어 항일의 의도를 담기 위한 갈래로서 더 유리하다는 인식이 이루어졌음을 알 수 있다.

「몽견제갈량」은 제갈량을 등장시켜 일본을 경계해야 한다는 의도를 역설한다. 「몽배금태조」의 작가 朴殷植은 나라를 잃고도 살아있는 無恥生이라 칭하면서 꿈속에 금태조를 만나 민족을 염려하는 작자의 고민과 그 해결방식을 나타내 보이고자 한다. 후자는 창작시기가 1911년 합방 이후이지만 만주에서 창작되었으므로 항일의 의도를 적극적으로 표출할 수 있었다.

이들 몽유록에서 항일의식을 표출하고 있는 방식은 논설로 나타내면 더 적절할 수 있는 내용을 굳이 몽유록을 통하여 직설적으로 나타내고 있으므로 오히려 설득력은 떨어지는 셈이다. 「금수회의록」도 동물들의 입을 통해 사회비판을 감행하는데 특히 게의 입을 통해서는

> 나는 게올시다. (…) 우리 게의 족속을 ᄀ르쳐 무장공ᄌ라 ᄒ엿스니 대단히 무례혼 말이로다 그러 우리는 창ᄌ가 업고 스름들은 충자가 잇소 (…) 신문에 그러케 나물ᄒ고 사회에서 그러케 시비ᄒ고 빅셩이 그러케 원망ᄒ고 외국 사름이 그러케 욕들을 ᄒ여도 모로ᄂ 톄ᄒ니 이거시 창ᄌ 잇ᄂ 사름들이오 그 정부에 올흔 ᄆᄋ 먹고 벼슬ᄒᄂ 사름 누가 잇소 혼 사름이라도 잇거든 잇다고 ᄒ시오 만판 경륜이 님군 속일 싱각 빅셩 잡어 먹을 싱각 나라 파러 먹을 싱각밧게 아모 싱각 업소 이ᄀᆺ치 썩고 더럽고 쏭만 드러서 구린내가 물큰물큰 나ᄂ 창ᄌ는 우리의 업ᄂ 거시 도로혀 낫소 (31~32면)

창자가 없는 게보다 인간이 못하다고 주장하면서 그 근거로서 벼슬아치들의 잘못된 행적을 차례로 나열하고 있다. 관리들의 행적이야말로 당시 사회를 잴 수 있는 척도이다. 그런데 그 관리들이 늘 '님군 속일 싱각 빅셩 잡어먹을 싱각 나라 파러 먹을 싱각'만 하고 있으니 나라 꼴이

엉망이다. 관리가 임금을 속이고, 백성을 잡고, 나라를 파는 것은 바로 나라가 패망을 향해 치닫고 있는 모습이다. 임금과 백성과 나라를 등진 매국노들의 행각을 직설적으로 비난하며, 대 사회비판을 감행하고 있는 셈이다. '게'의 입을 빌었기 때문에 현실에 대한 강도 높은 비판이 직설적으로 표출되고 있다. 이러한 직설적인 주장이 문학적인 미의식을 겸비한 현실대응방식이 될 수는 없다. 그러나 적극적인 항일의지야말로 당대 우리 문학이 취했어야 할 마땅한 대현실 태도라고 볼 때는 의미있는 성과이다. 그것이 형식미를 겸비한 후대문학의 정신으로 이어져 다듬어졌어야만 의미있는 시도가 되었을 것이다.

그런 측면에서 볼 때는 「꿈하늘」이 항일 몽유록 중 가장 문학적인 성취도가 높은 작품으로 주목될 수 있다. 우선 항일의 주제가 논설문처럼 제시되어 있지 않고 '한놈'의 행적을 통해서 우의적으로 표출되면서도 강도에 있어 위의 작품들보다 약하지 않다는 점이 평가될 수 있다. 한놈의 고난에 찬 행적을 서사적인 구성으로 나타내면서 민족이 가야할 방향을 암시한다. 2장에서 우의구조를 분석한 것과 같이 상징이 많고 의미하는 바가 중층적이어서, 독자가 쉽게 접근하지 못하는 문제는 있다. 그러나 사실적 층위와 우의적 층위가 복합되어 작가의 미래적 전망을 드러내는 구조적인 면모는 항일 몽유록이 이룬 높은 성과이다.

한문학과 교술 갈래가 문학사에서 밀려난 1920년대 이후에는 전반적으로 항일의도를 前面에 부각시키는 작품들은 찾기가 힘들었다. 1920년대 근대소설도 대체로 순수문학의 범주에서 안주하려는 경향이 지배적이었고, 계급주의 문학도 촛점을 일제 통치로 인한 폐해에 맞추기보다, 오히려 일제를 배제한 사회적인 문제를 중시하는데 치중하였으므로 처음부터 문제의식이 빗나간 셈이어서 항일의지와의 관련은 희박하였다. 개화기 역사소설을 이었다고 할 수 있는 근대 역사소설도 창의력 고갈을 해결하면서, 일제와의 정면대결을 피하는 수단으로 역사적인 소재를 선택하였던 것이므로, 오히려 민족의 주체성을 부정[32]하기까지 하였다.

근대소설에서 항일의식을 적극적으로 표출하고 있는 작품을 찾는 것은 용이한 일이 아니다. 그런 가운데서도 근대소설 실험기의 작품 가운데 洪思容의 「봉화가 켜질때에」와 「귀향」, 崔曙海의 「해돋이」와 다음 단계의 廉想涉의 「만세전」 등은 주목된다.

홍사용은 시인으로서 몇 편의 소설을 썼다. 그런데 그 중에서도 「봉화가 켜질 때에」[33]는 항일소설로 주목된다. 짜임새나 수법 면에서는 근대소설이 이룩한 성과를 다 수용하고 있지는 못하지만, 의식면에서는 근대소설들이 택했던 안일한 타협 노선을 거부하였던 흔적이 뚜렷하다.

이 작품은 주인공의 죽음이 일제에 대한 민족의 항쟁과 깊은 관련이 있다고 다채롭게 암시하고 있으며, 내면의식 위주의 서정적 소설이면서 사회개조의 의지를 나타낸 항일문학으로서 다른 작품에서는 찾기 어려운 적극성을 띄고 있다고 평가받고 있다.[34]

> 최귀영은 백정의 딸이다. 엄마는 양반네에게 불려가 종이 되었고, 백정인 아버지는 이유없이 양반에게 불려가 몰매를 맞았다. 이후 부녀는 조용히 고향 동래를 떠나 부산으로 가서 아버지는 고기장사를 하면서 다시 새어머니를 맞았고, 귀영은 학교에 다녔다. 귀영이는 기미년 만세운동 때 가담하였다가 일년반을 감옥살이를 하고, 출옥해서는 감옥에서 만난 김씨와 사랑을 하고 혼인을 하였으나 집안내력을 안 남편에게 버림받았다. 부산으로 돌아와 난봉군이 된 귀영은 병이 생겼으나 마음을 가다듬어 상해로 가서 烈士團 일을 하였다. 그러다가 폐병이 깊어져 다시 고국으로 돌아왔다. 주치의인 전씨와 몰래 부부가 되었으나, 전씨는 귀영의 돈을 염두에 두었을 뿐이므로 귀영은 그를 믿지 않았다. 동지를 물색하던 중 취정이라는 기생을

---

32) 조동일, 한국문학통사 5, 제 3판, 지식산업사, 1994, 320면.
33) 홍사용, 「봉화가 켜질 때」, 『개벽』, 1925.7. 14~33면.
34) 조동일, 위의 책, 115~6면.

만나서 열사단 비밀수첩을 넘겨주고 가족들이 보는 앞에 눈을 감는
다. 이후 귀영의 아버지는 영성산에 올라가 봉화를 놓는다.

그러나 내용개관에서 알 수 있는 바와 같이 주인공이 당하는 고난이
일제의 압박으로 비롯되는 것이 아니라 모순된 봉건적 신분제도에서 비
롯되고 있다. 어머니가 종으로 끌려가고, 아버지가 매를 맡고, 귀영 자신
은 남편에게 이유없이 버림받는 것, 이 모든 것이 귀영이 백정의 자식이
기 때문이다.

귀영이 신분으로 인한 고난을 넘어설 수 있었던 것은 사회와 역사에
대한 인식이 이루어지고 의열단에서 독립운동을 하게 되면서부터이다.
그러나 이러한 인식의 과정이 모호하게 처리되어 항일의식을 나타내려
했는지 분별도 쉽지 않다. 열사단의 일원으로서의 활동도 모호하게 처리
되고 죽음의 과정도 모호하고 詩的으로 처리되어 있어서, 죽음이 일제의
압박과 어떤 관련이 있다고 보기 어렵다.

그러나 다음 인용문을 보면 작자가 항일의지를 문면에까지 강하게 노
출하고 있음을 알 수 있다.

> 평디에는, 일본식 서양풍의 짠나라사람의 집들이 왼부산(釜山)을
> 버리여 잇다.
> 조선사람들의 집은 모다 녯날부터 교통과 살기가 불편한 산꼭댁
> 이에로만, 점점 쏫기여올러와서, 가팔은 언덕비탈에다 게짝지집들을
> 제비집모양으로 매달어노앗다.
> 어느때이라든가, 조선을 처음으로 오는 어느 서양사람이, 밤에 련
> 락선(聯絡船)을 타고오다가, 절영도(絶影島)밧게서 부산(釜山)을 건너
> 다보고, 넘어도 쯧밧게 놀라며 「조선에도 저러케 굉장히 큰 여러층
> 집이 잇구나」하고 무한히 감탄하엿다. 실상은 그것이, 여러층의 큰
> 집이안이라, 수천호의 불켜노은 산비탈 오막쌀이를 잘못보고 놀란것
> 이엇다 ……… 귀영이는 그러한 생각을 하며, 쯧업시쓴우슴을 우섯

다. (15면)

　상해에서 병이 깊어 귀국한 귀영이 취정이와 영성산을 거닐다 봄이
갔음을 애석해 하면서 산 아래를 내려다보는 소설의 첫 장면이다. 두 사
람은 가버린 봄을 한탄하면서 일본인에게 평지를 빼앗기고 점점 밀려나
산꼭대기에다 게딱지집을 짓고 사는 모습을 내려다본다. 언덕비탈에다
층층이 자리잡은 게딱지집을 외국인이 높은 빌딩으로 이해한 아이러니
는 비참함을 한층 더한다.

　영성산에서 내려다 본 부산은 일본인에게 밀려서 비참하게 움츠린 조
선 백성의 모습을 잘 보여준다. 지나간 봄을 안타까워하면서 일제의 식
민통치로 압박받는 조선의 모습을 적나라하게 보여주는 첫 장면은 소설
의 항일의도를 집약하고 있다고 할 수 있다.

　그러나 작자의 이러한 의도는 전술했던 것처럼 작품에 일관되게 나타
나지 않는다. 귀영이 죽은 후 최백정은 날마다 귀영에게 편지를 쓰며 봉
화를 놓는데, 봉화를 놓는 원인이 단지 신분제도가 잘못된 사회를 개조
해야 한다는 의지의 표출인지 아니면 이것이 반일적인 의식으로까지 확
대되는 것인지 불투명하다. 종결부분을 보자.

　　밤마다 영성산봉오리에서는 이상한불빗이 번적어린다. (…) 그런
데, 모든사람이 짓거리고 잇는판에, 매양 가슴이 서늘하게 놀라는것
이 잇나니, 그것은 별안간에 말괄량이 취정이가 어듸서뛰여나와, 소
리를 놉히처 불으지즘이다.
　　「불질러 버려라 불질러버려라 모든것을 불질러 버려라」하고 불으
짓는다. (…)
　　약한자의 불으지즘, 설어운이의 목놋는울음! 평안치안은곳에는,
봉화(烽火)를 든다. 고요하든 바다는, 물결처 불으짓는다. 오랫동안
길고길게, 논개울산들채로 쑤겨저 소리업시 흘으든물은, 큰바다를이
루워, 바람이 일때에, 바위에 부듸칠때에, 소리처큰설음을 불으짓는

다.
　그 소리를 온짜의 사람과귀신이, 다―알어듯기전에는, 이봉오리는
저봉오리 놉흔곳마다, 서로 응하야 성히붓는 마음의 불꽃은, 기리기
리번적어리여 써지지안이하리라.
　그것은, 곳곳마다 난리를보도하는 봉화(烽火)가, 켜질째에. (33면)

　취정이의 행위는 반일의식과의 연결선상에서 이해할 수 있으나, 최백
정의 의식은 반일의식까지 연결시키기 어렵다. 봉화를 하는 행위 또한
다분히 詩的으로 묘사되고 있어서 항일의지를 담은 내용으로 쉽게 이해
되기 어려운 측면이 있다.

　이와 같이 이 작품은 항일의지의 표출이 일관되고 조직적으로 이루어
지고 있지는 못하다. 그러나 당시의 상황으로 보아 여기까지 요구하기는
무리한 일이다. 만일 그랬으면 이 작품은 발표되지 못했을 것이다. 명쾌
한 리얼리즘의 수법으로는 항일 소설을 이루기가 그만큼 어려웠던 셈이
다.

　1928년에 발표된 「귀향」[35)]에 이르면 항일의식의 표출이 더욱 난감한
작업이 되고 있음을 뚜렷이 알 수 있다.

　韓敬烈은 고향을 떠난지 일곱 해 만에 돌아오는 길이다. 조상의
유산이 없어지고 난 후에, 시집 가 있는 누이에게 겨우 남은 텃밭을
맡기며, 노모와 집안을 부탁하고, 고향을 떠나 모군꾼, 전차 운전수,
석탄광부 등을 하면서 애써 일하였으나 먹고 살기가 힘들었다. 또
간 곳마다 주모자, 선동자라는 指目을 받고 쫓겨나서 일자리도 구하
지 못하게 되어 빈손으로 고향으로 돌아왔다.
　갖은 고생 끝에 돌아온 고향은 늙은 노모와 누이의 가족이 지키
고 있었으나, 궁벽한 살림살이기는 매한가지였다. 생활터전인 집을
통채로 경렬에게 내어줄 것에 불안해진 매형은 술먹고 돌아와 주정

---

35) 『불교』 53호, 1928. 11.

을 하며 누이와 싸움을 했다. 고향도 더 이상 안락하게 몸붙일 곳이
아니있다. 경렬은 다시 고향을 떠날 생각을 하였다.

경렬의 집안이 몰락하게 되는 원인이 식민통치의 착취에 있을 것으로
추측되나 구체적인 원인은 전혀 언급되지 않고 있다. 풍족했던 집안 재
산이 다 없어졌기에 주인공 한경렬의 고난이 시작되었고, 매형은 오랫만
에 집에 돌아온 처남을 반기기도 전에 처자식 먹여 살릴 걱정에 인간성
마저 황폐해진 모습을 드러냈다. 그래서 주인공이 안주하지 못하고 다시
떠나야만 하게 되는데, 그 모든 고난의 원인이 불투명하게 처리되어 있
다. 이점은 창작 기법의 미숙함이라고도 할 수 있겠지만, 한편으로 드러
내놓고 식민지 백성의 빈궁의 원인을 진단할 수 없는 작품 외적인 상황
때문이라고도 할 수 있을 것이다.

그러나 말 배우는 어린아이의 옹알이를 '倭말'이라고 하는 누이와[36],
처음으로 상면하는 조카에게 '왜떡' 하나 사다주지 못한다는 비애의 표
현이 문면에 나타난 뜻 이상의 의미를 지니고 있음을 안다면, 작품 내에
서도 모든 고난의 원인을 드러내놓고 말하지 못하는 식민지 작가의 고민
때문임을 이해할 수 있게 된다. 고향이 다시 돌아올 수 없을 만큼 황폐
해진 원인은 일상에까지 침투한 식민통치에 있음을 나타내는 것이다.

소설의 서두에서 고향에 정착하지 못하고 살길을 찾아 이리저리 헤매

---

36) 조동일(한국문학통사 5, 제 3판, 지식산업사, 1994, 116면)은 어린아이와 누
   이가 '왜말'로 대화한다 하여 식민지하에서 살아남으려는 백성이 의도적으
   로 자식에게 '왜말'을 가르치는 것으로 이해했으나 잘못이다. 단지 두살박
   이 아이의 옹알이를 알아들을 수 없는 말이라 하여 '왜말'이라 했을 뿐이
   다. 이 부분의 원문을 인용한다.
   "「왜 아가가, 아직 말을못해요」
   「응 아직 「엄마 젓좀」하는 소리밧게는, 모다 못알아들을 倭말쁜이야, 그래
   아가가 왜말을 하면, 나도 왜말만하지」
   못알아들을 倭말이라는말이, 퍽 웃으엇다. 어머니도 웃으시며
   「그래도 그놈이 엇더케도 영악한지―」" (67면)

는 여읜 '겨레'의 모습을 만났을 때, 작품을 통해 표출하려한 작가의 의
도를 읽을 수 있다.

> 情들은 故土에서도 살수가업서서 낫설은 짠나라 西北間島로 流離
> 해가는이들과, 한편에는, 間島에서도 살수가업서서, 변변치는못한살
> 림이나마 다―털어발이고, 故園을 다시차저돌아오는이들이, 停車場
> 待合室안과밧게 여러百名이엿다. (…) 넉들이푸념대신에 눈물이 압
> 흘서며, 울음도 하욤업서 그칠줄이업거든, 여읜얼골에 헐개느진입술
> 이, 아모말업는 그가운데에도, 저절로 네나내나 모다한겨레의 청승
> 스러운 하소연을, 서로서로 느긋이 주고밧고한다.
> 「間島도, 인저는도모지 살수가업서요」하는말을, 間島서 못살고온
> 다는이가 할쌔에
> 「우리가 어듸를간들 별수가잇겟소마는, 그래도 그곳이 여긔보담은
> 점 살기가 낫다고하기에」함은 여긔에서는 살수가 업서서 가는이의
> 말이다. (58면)

고향에서 살 수 없어 고향을 등지고 간도로 향하는 사람들과 먼저 고
향을 떠나 간도로 갔으나 그곳에서도 뿌리 내리지 못하고 다시 고향으로
돌아오는 사람들이 비켜 가는 청량리 대합실의 모습이 당시 식민지 백성
의 참담한 생활상을 그대로 보여준다. 이런 모습을 첫 장면으로 삼아서
작가는 뚜렷한 현실인식을 드러내면서 작품의 의도를 진단하게 한다.

이런 현실에 대한 주인공 경열의 태도도 굴복하는 자세가 아니고 적
극적으로 맞서는 모습을 보여주어 미래에 대한 나름의 전망까지 하고 있
다. 그러나 현실 진단의 내용이 추상적이어서 설득력이 없다. 전술했듯이
작가가 주인공이 겪는 고난의 원인을 짚어주지 못하고, 주인공의 미래에
대한 전망의 내용도 불투명한 것은 결과적으로 소설이 되기에는 결격 사
유가 더 많아 수필처럼 보이게도 했지만, 내면의식 위주의 서정적 소설
로서 사회개조의 의지를 나타낸 항일문학[37]이게 했던 것이다.

다음 崔曙海의 「해돋이」38)를 보자. 홍사용의 소설이 근대문학 형성기의 시험작으로서의 미숙성을 드러낸 반면, 최서해의 「해돋이」는 작가가 투쟁적 사실주의를 구현하는 많은 단편소설로 문명을 얻고 있는 가운데 씌어진 틀잡힌 근대소설이다.

그의 작품은 대부분 빈궁을 소재로 하고 있다. 가난을 바라보는 당대 작가의 시각은 대체로 세 가지이다. 가난을 삶의 한 보편성으로 보려는 시각과, 식민지의 상황과 결부된 병리의 조건으로 보는 입장, 계급 이념의 기준에서 해석하려는 입장 등인데 서해의 가난은 세 번째와 밀접히 연결되어 있다.39) 주인공은 빈곤이 사회구조의 문제라고 인식하고 비판과 투쟁을 감행한다. 그러나 「해돋이」는 세 번째 입장에서 두 번째 입장으로까지 인식이 확대되는 상황을 보여준다. 먼저 작품을 살펴보자.

> 일찍 과부가 된 金召史는 딸 운경을 시집보내고, 아들 만수는 소학교를 마친 후 글방에서 통감을 배우게 하고 일찍 장가를 들였다. 유학을 못간 만수는 새로운 학문을 배우지 못한 것과 애정없는 아내와 사는 것을 번민하다가 재래의 불합리한 인습에 반항하기로 결심하고 이혼을 하였다. 인류를 위해 살려는 그의 사상은 마침내 삼일만세에 가담하게 하였다. 함흥 감옥에서 일년을 보내고 출옥하였으나 계속해서 경찰의 감시를 받았고 직업을 구하기도 어려워서 솔가하여 간도로 떠났다.
> 김소사는 중국인의 밭을 빌어 농사를 짓고 만수는 ×××단에 가입하여 독립운동에 몰두하였다. 김소사는 아들을 설득하여 다시 결혼을 하게 하였으나 만수는 계속 ××× 일을 하였다. 만수는 딸 몽주가 세살 난 해에 돌아와 이웃 소학교에서 교편을 잡았다.
> 변성명까지 하였으나 밀고자가 있어 만수는 드디어 경찰에 잡히고 칠년을 언도받고 서대문 감옥에서 복역하게 되었다. 김소사는 며

---

37) 조동일, 위의 책, 116면.
38) 『신민』, 1926. 3.
39) 이재선, 한국현대소설사, 홍성사, 1980, 228면.

느리와 손녀를 데리고 기한에 허덕이며 살았는데, 며느리마저 애를 두고 다른 사내를 따라 집을 나가버렸다. 김소사는 어린 손녀를 데리고 노자를 구걸하여 고향으로 되돌아 왔다. 딸 운경에게 얹혀 있는 김소사는 사위 보기도 미안하고 한심한 자기 처지에 서럽기가 그지없었다. 딸 내외는 빈궁한 가운데 환갑날 미역국을 끓여주고, 만수의 친구 창룡은 떡국을 끓여 왔다. 만수의 친구 경석도 위로차 같이 왔다. 경석은 만수가 떠날 때 감옥에 있었다. 서울 유학 중에 만세를 부르고 감옥에 갔다가 그 동안 출옥한 것이었다. 출옥하여 그는 ××주의자가 되었다. '감옥에 가면 공부하고 나오면 또 주의 선전한다'는 것이 그의 지론이었다. 경석이는 만수 어머니의 가긍할 형상을 보고 전조선의 역경을 헤쳐 나가겠다고 부르짖었다. 서산에 넘어가는 해를 보고 '조선의 해돋이여'를 외치는 그의 눈에는 얼음 세계를 녹일 듯한 눈물이 흘렀다.[40]

내용 개관을 통하여 알 수 있는 바와 같이 이 작품은 빈곤을 넘어서는 대 항일 투쟁을 보여주고 있다. 이 작품은 이미 발표 당시에도 항일의 의도를 나타내는 중요 단어들이 삭제된 채로 출간되었다. 그러나 오히려 이 정도의 삭제만 당하고 어떻게 발표될 수 있었는지가 의문일 정도로 '×××'의 활약을 비롯한 대 항일 투쟁의 움직임이 현실적으로 그려지고 있다. 홍사용이 막연하게 처리했던 항일 태도에 비해볼 때, 훨씬 직접적이고 구체적으로 항일운동이 그려지고 있다.

주인공 만수의 행적은 曙海의 그것과 흡사하다. 독립군이 된 아버지 덕분에 어머니 밑에서 보통학교만 졸업하고 한학을 공부하면서 서울로 유학 가서 신학문을 배우지 못하는 것을 고통스러워 하다가 간도로 갔다. 간도로 가기 전 애정이 없는 처와 이혼을 하고, 간도에서 두 번째 처를 맞으나 곧 죽고, 세 번째 처를 맞아 딸을 낳았다. 이후 중국인들의 학

---

40) 곽근 편, 최서해전집, 문학과 지성사, 1987. 192~223에 수록됨. 이하 인용면수는 이책의 면수임.

대를 받으면서 빈곤하게 살다가 마적 토벌대로 독립군으로 활약하기도 하였다. 귀국해서 문학 수업을 하던 중, 이 작품이 씌여지기 2년 전, 1924년에 그의 처는 홀시어머니와 딸을 버리고 집을 나갔다.[41]

이러한 그의 체험이 그대로 반영되어, ×××에서의 만수의 생활과 심리적 변화의 궤적은 절절한 현실로 그대로 재현된다. ×××의 일원으로서의 만수의 활약상은 영웅의 그것도 아니고, 막연하고 추상적인 모습도 아니다. 구체적인 한 인간의 고뇌와 갈등이 선명하게 드러난다.

> 살같은 광음은 만수가 집 떠난지 벌써 두 해나 되었다. 그는 집 떠나던 해 여름과 초가을은 ××에서 ○○ 매수에 진력하다가 그 해 겨울에는 다시 간도로 나와서 A란 곳에서 △△병과 크게 싸웠다. 총을 끌고 적군을 향하여 기어 나갈 때나 쾅하는 소리를 처음 들을 때 그의 가슴은 두근두근하고 몸은 부들부들 떨렸다. 그는 그때마다,
> "응! 내가 왜 이리두 ‥한구 ……‥. ‥가라. ‥를 위하여 ·으라!"
> 이렇게 스스로 ‥하면서 자기의 ‥‥한 생각을 누가 알지나 않나? 해서 곁에 ‥들을 슬그머니 보았다. 긴장한 얼굴에 ‥‥가 ‥한 다른 사람의 낯을 보면 자기가 ·하여 보이는 것이 부끄럽고 동시에 '나도'하는 용기가 났다. ‥과 점점 가까와지고 주위는 지휘하는 ·빛을 따라 예민하고 ‥‥‥게 움직였다. 이때 만수의 가슴은 천사만념이 폭류같이 얼클어졌다. (207~8, ‥‥ 부분은 삭제당한 부분임 :필자)

항일투사는 영웅이 아니다. 보통 인간이 인식의 전환에 의하여 투사가 되어갈 뿐이다. 여기서는 평범한 인간으로서 처음 ×××에 투신하여 적군과 싸울 때의 긴장과 두려움이 적나라하게 나타난다.

---

41) 오원규, 최서해연구, 충북대 교육대학원 석사논문, 1988, 8~10면 참조.곽근 편, 최서해전집, 문학과 지성사, 1987. 440면 참조.

"모두 공상이다. 그것은 방안에 가만히 앉아서 생각할 꿈이요 공상이다. 나는 지금 ‥에 나섰다. 천애 타국에서 이름없이 ·는다 하여도 역시 ‥나. 인류와 어머니를 위한 ‥이다. 이름이란 하상 무엇이냐 ……! 하고 홀로 ‥을 쥐고 부르짖을 때면 온 ‥의 ·가 ‥올라서 ‥을 지고 ···에라도 뛰어들듯이 ‥이 났다. 이러다가 ‥과 어울려서 양방에서 ·는 ‥소리 ·소리가 산악을 울리고 뿌―연 ‥냄새 속에 빗발같이 내리는 ‥이 눈속에 마른 나뭇잎을 휘두들겨 떨어뜨릴 때면 모두 정신이 탕양하고 어릿어릿하여 죽는지 사는지 내몸이 있는지 없는지도 의식치 못하고 오직 ·만 쾅쾅 쏜다. 그러다가도 으아하는 소리와 같이 뛰게 되면 산인지 물인지 구렁인지 나무등걸인지 가리지 못하고 허둥지둥 달린다. 이렇게 몇 십리나 뛰었는지도 모르게 쫓겨 다니다가 조용한데서 흩어졌던 ‥이 보이게 되면 비로소 서로 살아온 것을 치하하고 보이지 않는 사람은 죽은 줄로만 알았다. 이렇게 ·마저 ·는 사람도 있거니와 뛰다가 길을 잃고 눈구렁에 빠져서 얼어 죽고 굶어 죽는 사람도 불소하였다. 그네들 시체는 못 찾았다. 누가 애써서 찾으려고도 하지 않았다. A촌 싸움 후로 ××의 세력은 점점 꺾였다. ×××은 하는 수 없이 뒷기약을 두고 각각 흩어져서 서백리아 등지로도 가고 산골에서 사냥도 하고 어린 애들 천자도 가르쳤다. (208~9면, … 부분은 검열로 삭제당한 곳임)

이와 같이 간도에서의 ×××의 활약을 구체적으로 그린 소설은 이 작품 외에 없다. 일제 하의 사회상을 고발하는 정도로 항일태도를 나타내려 했을 따름이고, 구체적으로 항일전선의 최전방에서 싸우는 독립군의 갈등과 활약을 이 정도로 선명하게 그리고 있는 작품은 하나도 없다. 동료의 시체도 수습하지 못하고 쫓기면서 싸워야 되는 극한적인 전투 상황과, 독립군의 세가 위축되는 과정을 현장감 있게 전해준다. 참혹한 현장을 이와 같이 절절하고도 차분하게 그려내는 것은 실제 작가의 체험과 현실인식의 결과이다.

만수에게는 빈궁한 삶을 꾸리면서 자식만을 바라고 사는 어머니·김소사가 있다. 김소사는 이들이 구해내야 할 조선 백성이자 독립운동의 장애자다. 만수는 김소사의 舊時代的 사고 덕분에 신학문을 배우지 못하고 애정없는 아내와 결혼을 해야 했으며, 항일 투쟁을 하면서, 다시 또 혼인을 해야 했고 딸을 낳았다.

> "나도 갈테다. 어데든지 갈테다. 나는 이제 너를 보내고는 못 살겠다. 어데를 가든지 나는 나로 벌어 먹을 테니 네 낯만 보여 다오·…… . 네 낯만 보면 굶어도 살 것 같다."
> 김소사의 말에 만수는 묵묵하였다. 아! 어머니는 또 내 일에 방해를 놓으시나? 하고 생각할 때 칼이라도 있으면 그 앞에서 어머니를 찌르고 자기까지 죽고 싶었다. (202면)

김소사에게 만수는 생의 의미이고 보람이다. 기를 쓰고 간도에 따라오는 것은 만수를 떠나서는 생의 의미를 발견할 수 없기 때문이다. 만수도 이런 김소사를 결국은 끌어안을 수밖에 없다.

> "어머니는 나를 얼마나 기다리시나? 자칫하면 어느때 어디서 이몸이 죽는 줄도 모르게 죽겠으니……어머니는 손을 꼽고 기다리시다가 한 해 두 해 ……세해 ……. 이리하여 소식이 없으면 그냥 통곡하시다가 피를 토하고 눈을 못 감으시고 돌아가실 것이다. (…) 아 − 어찌하여 이몸이 이때에 났누? 아 − 어머니?"
> 그는 이렇게 번민하였다. 그러나 그는 그 때문에 ··하거나 뛰려고 하지 않았다. (208면)

만수가 잡히고 난 다음에 김소사가 부모 없는 자식을 데리고 고향에 돌아와 빈궁한 삶을 사는 것은 만수가 장애로 여겼던 그 염려가 현실화되는데 불과하다. 김소사의 궁핍한 삶은 곤궁한 식민지 상황 하에서 저항운동을 해야만 함으로써 대가로 치러야 되는 구조적이고 악순환적인 가난이기도 하다. 김소사는 항일운동의 장애자인 동시에 항일운동이 목표를 두고 구해내야 할 대상이다. 만수의 친구 경석이 김소사를 보고 다시 투쟁의욕이 솟는 것은 바로 그 때문이다.

경석은 만수가 활동할 때는 감옥에 있고, 만수가 갇혀 있을 때는 활약하는 인물이다. 두 인물을 통해 항일운동이 일회적이고, 단선적이고, 단기적인 것이 아니라, 지속적이고 복선적이고, 장기적으로 끈질기게 벌어지고 있음을 보여준다. 만수의 투옥으로 인해 민족의 앞날이 절망적인 것은 아니다. 경석이는 만수와 달리 '××주의자'이지만, 만수에게 "내 아우야! 너는 선도자다."라고 하여, 두 사람의 길이 같다는 것을 확인한다. 경석은 또 다른 만수인 셈이다.

김소사와 같은 이 나라 백성은 모두 항일운동의 장애자이지만, 결국 항일운동의 지원자이기도 하다. 결국 김소사도 아들을 ×××에 보냈지 않은가.

> ×××의 세력은 컸다. 이역의 눈비에 신음하고 살아오던 농민들은 한푼두푼 모은 돈을 ×××에 바치고 의복까지, 형과 아우와 아들까지 바쳤다. 백성의 소리는 컸다. 그 무슨 소리였던 것은 여기 쓸 수 없다.
> 만수가 ×××에 들어서 서백리아와 서간도 골짜기로 돌아다닐 때 김소사의 가슴은 몹시 쓰렸다. (207면)

> 눈물을 삼키며 혈육을 ×××에 보내는 그 정경은 작가가 구체적으로 밝히지 못하고 있다. 혈육과 재산을 다 바치며 ×××을 지원하는 백성들의 염원을 작자는 일제의 출판탄압 때문에 다 쓰고 있지 못한 것이다.
> 경석은 이런 백성·김소사의 가긍한 정상을 보면서 비장한 투지를 불살린다.

> "아! 뛰어나가자! 저소리를 어찌 앉아서 들으랴? 이꼴을 어찌 보
> 랴? 아! 가련한 생명아! 나도 너희와 같은 자리에 섰다. 만수도, 어
> 머니도, 몽주도 …… 상진도 아니 전조선이 그렇구나. 아! 이 역경
> 을 부수지 않으면 우리 목에 …… 않으면 우리는 영영 이속을 못
> 뛰어나리라. 뛰어 나서자!" (223면)

경석이 석양을 보면서도 해돋이를 염원하고, 얼음세계를 녹일 수 있는
눈물을 흘리는 것은 곧 민족이 나가야 할 방향을 제시하는 것이고, 투쟁
의지에 대한 긍정적 전망을 보이는 것이다. 항일소설로서 이 작품이 가
지는 강점은 이와 같이 만수와 경석과 김소사의 관계를 통해 복합적으로
제시하는 항일의지와, 구체적 항일활동에 대한 묘사이고, 삭지 않는 투쟁
의지의 제시로 이어지는 미래적 전망이다.

그러나 이 작품에는 김소사와 만수와 경석 중 김소사가 가장 생동하
게 그려지고, 다음 만수와 경석의 순으로 불투명하게 그려지고 있다는
한계가 있다. 만수의 항일활동의 결과 비참해진 김소사의 삶을 처절하고
구체적으로 묘사하는데 초점을 맞추는 것은 자칫 작품의 의도가 퇴색할
위험을 안고 있는 것이다. 경석의 출현도 필연적이기 보다 작품의 마무
리를 위해서 급조되었을 가능성이 엿보인다. 그만큼 작품 속에 용해되어
있지 못하고 유리되어 있는 것이다.

그럼에도 불구하고 항일소설이 드문 가운데 이 소설이 거둔 성과는
탁월한 것이다. 그러나 이와 같은 正攻法의 항일 소설은 이후 서해 자신
을 비롯한 어느 누구에 의해서도 다시는 쓰여지지 못하였다.

홍사용식 항일 소설은 당대의 상황에서 리얼리즘 수법으로 항일 소설
을 쓰는 어려움을 보여주었다. 최서해의 「해돋이」는 작가의 체험을 바탕
으로 하여 독립운동과 독립군의 전투현황을 탁월한 현장성을 가지고 묘
사하였으며, 미래적 전망까지를 제시함으로써, 뚝심있게 현실에 대응하

는 모습을 보여주었다.

염상섭의 「만세전」은 이와는 다른 방식의 항일소설을 이룩했다. 「만세전」은 투쟁이나 흥분과는 거리를 두면서 객관적으로 당대 상황을 조망하고 있다.

「만세전」은 1922년 「墓地」라는 제목으로 『新生活』誌에 연재되었으나 완성되지 못했고, 1924년에 『시대일보』에 같은 제목으로 연재되어 완성되면서 기왕 발표되었던 부분도 일부 개작된다. 같은 해에 高麗公司에서 단행본으로 출간되면서 「萬歲前」으로 改題되고, 2차 개작이 이루어진다. 해방 후에 首善社에서 단행본으로 재출간되면서 다시 개작이 이루어진다. 1922년에서 1948년에 걸쳐 네번 출간되면서 제목이 한 번 바뀌고, 재출간 될 때마다 개작이 이루어진 셈이다.

이 작품이 『신생활』지에 연재될 때 3회 미완으로 끝난 이유는 총독부의 검열을 통과하지 못했기 때문이며, 게재지인 『신생활』지가 바로 폐간되었기 때문이다. 『신생활』지는 사회주의적 성격이 강하여 창간호부터 발매금지 처분을 받다가, 전문 삭제 처분을 받은 「묘지」 3회분을 싣고 나서 바로 발매정지를 당한 것이다. 이 작품이 전문 삭제 처분을 받은 이유는 물론 민족의식을 조장하거나 排日 및 검색, 식민지 통치의 有害함을 직설적으로 제시하고 있기 때문이다.[42]

2년 뒤 1924년 4월 6일부터 6월 7일까지 육당이 주관하는 『시대일보』에 사회부장으로 근무하면서 59회에 걸쳐 다시 「묘지」를 연재하였다. 그러면서 『신생활』지에서 삭제 처분을 받은 6단락을 수정하지 않고 그대로 제시하여, 손상되지 않은 작자의 투지를 그대로 보여준다. 그럼에도 불구하고 식민지적 상황하에서 자유롭게 표현되지 못했던 저항의지는 해방 후 48년 간행된 수선사本에서 강화함으로써, 작가의 창작의도를 명확하

---

42) 이재선, 일제의 검열과 「만세전」의 개작, 한국문학의 해석, 새문사, 1981, 106~9면.

게 하고 있다. 그러나 여기서는 식민통치 하에서 간행된 판본을 중심으로 작품을 살펴야 함은 물론이다.

1920년대 항일소설 중 「만세전」이 주목되는 이유는 홍사용이나 최서해의 작품이 단편 중심이었던데 비해 중편 이상의 분량으로 항일의지를 선명하게 나타냈기 때문이다. 이 작품은 일제통치 아래서 민족이 겪는 고통을 대담하고 선명하게 나타냈기에 높이 평가되며, 그점에서 비슷한 예를 찾기 어렵다. 그러나 기행문이나 보고문학처럼 실상을 정태적으로 전하는데 치중하고 자아와 세계의 대결을 긴장되게 갖추지 않았다.[43]

주인공은 사태에 정면으로 맞서고 해결하려는 의지를 보이는 인물이 아니다. 아내가 위독하다는 전보를 받고, 서울로까지 여행하는 동안 목격하고 관찰하는 많은 삽화적 장면들은 식민지 사회현실을 선명하게 부각시키고 있다. 그러나 주인공은 이런 불합리한 현실에 뛰어들어 저항하고 개선할 의지는 없다. 행동하지 않는 지식인으로서 분노만 있을 뿐 행동으로 이어지지 못하며, 정작 자신은 관찰자로서 상처받지 않고 원점으로 회귀할 뿐이다. 이런 허위의식을 주인공 자신은 누구보다 잘 알고 있으면서 스스로를 嘲笑하기까지 한다.

> 「그러나 問題는 善도안이요 惡도안인 그 어름에다가 발을 걸치고 잇는것이다. 죽거나 살거나 눈한아 쌈작어리지도안으면서 하는工夫를 내던지고 보러간다는것이 僞善이다. 더구나 여기 술 먹으랴오는 것을 무슨 큰 죄나 짓는것갓치, 망설이는것부터 큰矛盾이다. 목숨한 아이업서진다는것과, 내가 술먹는다는것과는 個別한問題다. 그러면서도 <내妻>가죽어가는데 술을 먹다니? 하는 所謂 <良心>이 머리를 들지만, 그것이 진정한 良心이안이라, <觀念>이란 惡魔가, 목을매서 쓰는것이다. (…)」[44] (20면)

---

43) 조동일, 위의 책, 137~8면.
44) 염상섭, 염상섭전집 1(민음사, 1987)에 107면까지, 1924년 高麗公司 판본이 수록되어 있다. 이하 인용문은 이 책의 면수임.

스스로를 嘲笑하면서도 곧바로 서울로 가지 않고, 이발소에 들르고, 술집 여급 정자에게 줄 목도리를 사고, 중간에 神戶에 내려 한 때 마음에 두었던 乙羅를 찾기도 한다. 아내의 죽음을 앞두고 서울로 가야 한다는 당위성과 동경에 계속 머물고 싶다는 이중성은 「만세전」의 구조로서, 소설을 장편으로 이끌어가는 근거가 된다.45)

「만세전」은 염상섭 작가 개인으로서도 단편에서 장편으로 창작 방향을 바꾸는 분기점에 해당하는 작품이다. 이전의 단편들이 이념 과잉 현상을 보였던 데 비해 이 작품에서 비로소 이념에 구체적 현실이 더해진다.

이 작품이 평가되는 가장 큰 이유는 비록 관찰자적 시점이지만 식민지적 현실이 구체적으로 묘사되고 있다는 점이다. 고발문학적 성격 때문에 항일문학이 되는 것이다. 이 작품의 가치가 3·1운동 직전의 현실을 얼마나 정확히 제시하고 있으며 현실인식 태도가 얼마나 정당한가에 의해 결정된다46)는 인식은 그런 점에서 긍정적이다.

주인공이 식민지적 현실에 부딪치는 것은 下關에 도착한 이후부터이다. 연락선 대합실에 들어서자 사복 경찰의 검문을 받고 불쾌감을 느낀다. 연락선 목욕탕에서는 무식하고 볼품없는 일본인들이 조선에 대한 경멸조의 잡담을 하고 있는 것을 듣고, 잠자던 민족의식이 깨어난다. 그들은 조선 노동자를 잡아다가 일본의 회사에 넘기고 돈을 받는 거간꾼 노릇을 하는 사람들이었는데, 자신들의 행적을 자랑스레 떠벌인다.

> 나는 여기까지듯고 깜짝놀낫다. 그可憐한朝鮮勞動者들이 속아서,
> 地上의地獄가튼 日本各地의工場으로 몸이 팔리어가는것이, 모다 이
> 런盜賊놈가튼 挾雜浮浪輩의 術中에싸저서 그러는고나하는생각을할

---

45) 김윤식, 염상섭연구, 서울대출판부, 1987, 200면.
46) 유병석, 염상섭 전반기 소설 연구, 아세아문화사, 1985, 49면.

제 나는 다시한번 그者의相파닥지를 치어다보지안을수업섯다. (…)
　「웨 南鮮地方에, 應募者가만코 北으로갈스록 적은고하니, 이南쪽
은內地人이第一만히드러가서 모든勢力을잡기째문에, 北으로쪽겨서 南
滿洲로 기어드러가거나, 南으로 玄海灘을 건너스러나 두가짓 中에
한가지밧게업는데, 누구나 그늘보다는 陽地가 조흐니까 「제미부틀
一年열두달 죽도록農事를제야 주린배를 불리긴姑捨하고 半年낙슨 강낭
이나 시레기로 浮症이나서 뒈질디경이면, 繁華한大阪, 東京으로나가
서, 홍청망청사라보겟다」는酬酌으로, 나두나두하고 請을하다십히하
야오는터인대, 그러나 北鮮地方은 人口도 적거니와, 아즉 우리內地
人의 勢力이여긔가티는 밋치지를못하얏스니까, 比較的 그놈들은 平
安히살지만, 그것도 未久에는 동냥쪽박을차고 나스게되리다. 하하
하」 (…)
　「그래 그럿케募集을해가면, 얼마나 생기나요」 (…)
　「얼마가 위요. 旅費가잇지, 日當이 쏘잇지, 게다가 한사람 募集하
는데에 一圓乃至二圓이니까－(…) 둘ㅅ 재番에는 올가을(今秋)에 八
百名이나 北海道炭鑛에보내고, 近二千圓돈이 드러왓다우」 (…)
　「그래 朝鮮農軍들이 가서, 그런工事일들 잘들하나요?」
　「잘하구 못하는것은, 내가 相關할것 무엇잇소만은, 何如間 요보는
말을잘듯고 힘드는일을잘하는데다가 賃銀이歇하니까 安東마츰이지·
……그야 처음 다려갈째에는 품싹도만코, 일은 드러누어서 쩍먹기
라고 푹살마야하긴하지만, 그래도 갈路子며, 妻子까지 다리고가게하
고,게다가 빗싸지갑하주는데에야 제아모런놈이기로 아니싸라나슬놈
이잇겟소. 한번싸라나스기만하면야, 前借가잇는데, 그야말로 독안에
든쥐(鼠)지, 일이 고되거나 품이歇하긴姑捨하고 굴머되진다기루 하는
수잇나……하하하」 (38~40면)

일본 민간인을 동원하여 조선농민들을 헐값에 일본공장에 노동자로
팔아먹는 식민지 수탈의 모습을 극명하게 보여준다. 부산거리에서는 해
가 갈수록 위축되는 조선인과 반대로 갈수록 홍청대는 일본인들에게서
분노를 느끼며, 일본인과 조선인 모친 사이의 혼혈 술집 여자 종업원에

게서는 조선인 비하의 실상을 보기도 한다. 김천으로 가는 기차에서 만난 갓장수에게서 또 한번 조선인의 자기 비하의 실상을 본다. 大田역에 기차가 정차하는 동안 헌병에게 잡혀서 공포와 추위에 떨고 있는 조선 사람의 참담한 모습을 보고 주인공은 이 땅을 공동묘지로 생각한다.

> 「이것이 生活이라는것이가? 모다 되어젓버려라!」
> 車間안으로 드러오며,
> 「무덤이다! 구뎅이가 쓸는 무덤이다!」라고 나는, 지긋지긋한듯이 입살을악물어보앗다. 帽子를벗어서 안젓든자리우에 던지고 煖爐 압흐로 가서 몸을녹이며 섯섯다. (…) 나는 한번 휙돌려다본뒤에,
> 「共同墓地다! 구뎅이가 욱울욱울하는 共同墓地다!」라고 속으로 생각하얏다.
> 「이房안부터 어불업는 共同墓地다. 共同墓地에잇스니까 共同墓地에 드러가기를 실혀하는것이다. 구뎅이가 득시글득시글하는 무덤속이다. 모두가 구뎅이다. 너두 구뎅이, 나두구뎅이다. 그속에서도 進化論的 모든 條件은 한秒동안도 걸으지안코 진행되겟지! 生存競爭이 잇고 自然淘汰가잇고 네가 잘낫느니 내가 잘낫느니하고 으르렁대일 것이다. (…) 에서 되어져라! 움도싹도업서젓버려라! 亡할대로 亡햇버려라! 사태가 나든지 亡햇버리든지 兩端間에 싯장이나고보면 그中에서 或은 조금이라도 나흔놈이 생길지도모를것이다. ……」 (83면)

그러나 여행 도중 목도하는 조선의 현실은 주인공이 발 담그고 있는 현실이 아니라, 국외자로서 밖에서 바라보는 피안일 뿐이다. 무덤 같은 현실은 투쟁하고 개조해서 끌어안아야 할 대상이 아니고, 唾罵하고 唾棄할 대상이 된다. 주인공은 현실적인 안목을 갖추며 비통한 생각에 이같이 절규하기도 하나, 끝내 아무런 행동도 하지 못한다. 그는 행동하는 인물이 아니라, 문제를 바라보고 회피하는 관찰자일 뿐이다. 이런 태도는 아내가 죽은 뒤 곧 서울을 탈출하여 동경으로 돌아가고자 하는 도피성으로 이어지는데, 이것은 결국 원점회귀를 의미한다. 이러한 도피성과 이중

성이 자아와 세계의 대결을 긴장되게 갖추게 하지 못하는 원인이 되지만, 항일의지를 담고 있으면서도 결국은 총독부의 간섭을 넘어서 지면에 발표될 수 있는 기법이 되는 것이다. 작중인물이 적극적으로 현실과 맞서는 모습을 보여주는 것보다, 식민지적 수탈 상황을 남김없이 포착하여 제시함으로써 독자를 깨우치고자 하는 것이 이 작품의 의도라고 할 수 있을 것이다.

30년대에 쓴 「삼대」에서 주인공 덕기가 민족 개량주의 노선을 추구하는 것도 따지고 보면 「만세전」의 관찰자적 자세와 상통하는 것이라고 하겠다. 이 작품에서는 덕기를 제외한 모든 인물들이 몰락하는 것으로 그려진다. 조부와 부친은 물론이요, 사회주의자도 내분과 이념적 변질 그리고 일제의 탄압 때문에 몰락하고, 투쟁적 민족주의자도 일제의 탄압 때문에 몰락하고 만다. 사회주의자였던 덕기의 친구 김병화는 결국 덕기의 영향으로 온건론자가 된다. 이런 사건들을 통하여 덕기를 제외한 모든 인물들이 소유한 가치관이나 이데올로기가 이 시대를 살아가기에는 적절한 것이 되지 못한다는 것을 말하고 있다. 긍정적 작중인물인 조덕기의 사고와 행동, 작중 사건의 의미를 통해 염상섭이 민족개량주의 노선을 지지하고 있음을 알 수 있다.47)

홍사용의 소설은 본격적인 근대소설로 보기에는 문제점을 안고 있으며, 근대소설의 시험작에 해당하는 작품들이라 할 수 있다. 그러나 前述했듯이 현실인식 면에서는 안일한 타협노선을 거부하고 적극적인 항일의도를 표출하고 있다.

최서해의 소설에 이르면 비로소 근대 단편소설의 틀을 갖추면서, 당시에 어떻게 발표가 가능했을지 의심스러울 정도로 투지에 찬 항일태도를 보이고 있다. 간도에서의 독립군의 활동의 구체적인 묘사, 독립군으로 활

---

47) 이주형, 民族主義運動과 「三代」, 김열규·신동욱 편, 염상섭연구, 새문사, 1982, 1-50~1면.

동하는 한 개인의 갈등 표출, 서로 다른 방향에서 항일운동을 펼치는 두 사람의 활동을 통한 미래적 전망의 제시 등등 항일소설로서 뚜렷한 성과를 거두었다. 그러나 최서해는 이러한 항일투지를 보여주는 다른 작품을 쓰지는 못하였다. 가난의 문제를 다루었으나 식민지의 구조적인 문제점이라고 보는 시각보다는 계급의 문제로 이해하려는 시각이 지배적이었다. 1930년에 씌어진 서해의 유일한 장편 「호외시대」에서 단편의 투지를 잇지 못하고 실패하고 마는 것은 정면돌파식으로 사회상의 총체적인 움직임을 보여주기가 어렵다는 반증일 수 있겠다.

당대의 작품외적 상황으로 보아 주인공이 적극적으로 참여하는 정면돌파식 항일 장편소설의 출현을 기대하기는 어려웠던 것 같다. 염상섭의 「만세전」은 식민지적 상황을 현실감 있게 제시하는 것으로 항일의도를 나타내려 하였다. 주인공은 이러한 식민지적 수탈상황과, 식민지 백성으로서 위축되어 살아가는 조선인의 생활상을 보고, 현실적인 안목은 갖추지만, 이것을 해결하고 개선하려는 행동으로까지 연결시키지는 못한다. 그래서 이 작품이 항일적 소재를 다루고 있음에도 불구하고, 장편으로 이어질 수 있었으며, 출판탄압을 넘어 지면에 발표될 수 있었던 것이다. 그러나 작가의 이러한 태도는 결국 「삼대」에서 보이는 민족개량주의의 불투명한 노선으로 이어지고 말았던 것이다.

이렇게 보면 20년대 항일소설은 같은 노선이 지속적으로 이어지지 못한 것으로 보인다. 이와 같이 양적으로도 본격적인 항일소설이 희박한 편인데다가, 20년대의 항일소설이 이후 문학사에서 큰 흐름으로 이어지지 못했다면, 오히려 전반적으로 항일우의소설이 보여준 치열한 문제의식과 그로 인한 성과에는 미치지 못하고 있는 셈이다.

20년대의 항일소설은 우선 양적으로 위축되어 있다. 그리고 우의적 수법을 택하고 있는 항일 소설도 발견되지 않는다. 10년대에 우의소설군이 보여준 현실대응방식을 잇고 있지는 못한 것이다. 우의소설군이 전체적인 문단의 흐름과는 관련 없이 작가 개인의 선택의 결과로 창작되었고, 양적으로도 비중이 크지 않아서 후대에 영향을 주기는 어려웠을 것이다. 그러나 20년대는 근대소설이 확립되고, 전문작가의 다양한 문학적 현실 대응방식이 모색된 시기였음을 감안해 볼 때, 우의소설에 비해 항일문학의 비중은 零星한 편이라 할 수 있다. 순수문학과 계급문학의 목소리 아래로 가장 본질적이고 절박한 문학의 과제가 묻혀버리고 만 셈이다.

30년대의 항일문학은 玄鎭健, 姜敬愛, 蔡萬植 등을 중심으로 항일문학이 이루어진다. 현진건의 「적도」는 통속적인 연애소설인 것처럼 보이는 작품구조로 일제의 지배 체제를 거부하고 해방을 지향하는 민족적 사명감을 갖게 하는 사회의식을 깊이 있게 제시했다. 부정적 세력의 횡포를 조장하는 일제의 지배체제는 마땅히 항거해야 할 대상임을 밝히고, 맹목적 항거, 또는 소극적 항거를 넘어서 적극적 항거의 길에 들어서서 민족의 해방을 쟁취할 것을 촉구한다.[48]

강경애의 「인간문제」는 처참한 식민지 현실을 제시하는데 그치지 않고, 이에 맞서 투쟁하는 적극적인 인간형을 제시한다. 방적공장의 노동현장을 통해 착취당하는 식민지 노동자의 참담한 모습을 제시하고, 그런 과정을 겪으면서 의식이 각성되고 힘을 모아 투쟁하는 의지를 보여준다. 일제의 억압에 대한 투쟁을 그만큼 강렬하게 그릴 수 있었던 것은 대상이 일제임을 명시하지 않고, 단지 노동현장에서 일어나는 노사의 계급문제임을 표방했기 때문이다.

그러나 현진건이나 강경애 식의 직설법적인 장면묘사는 더 이상 지속되지 못한다. 채만식은 반어와 풍자로 정공법이 아닌 우회전술로서 대응한다. 1937년과 38년에 각각 발표된 「탁류」와 「천하태평춘」이 그 대표적 작품이다. 「탁류」는 사건소설로서의 흥미를 표면에다 갖추고, 판소리의

---

48) 조동일, 「적도」의 작품구조와 사회의식, 우리문학과의 만남, 홍성사, 1978, 397~8면.

수법으로 독자에게 표면적인 사건에만 빠지지 못하게 하면서 군산의 미두장으로 대표되는 식민지 수탈 양상에 눈 돌리게 했다. 「천하태평춘」은 지주이고 고리대금업자인 친일 보수세력, 윤직원의 반민족적인 가족 이기주의의 행태를 풍자와 반어를 통해 야유하고 있다. 판소리, 탈춤, 꼭두각시놀음 등의 전통적인 풍자적 방식을 동원하여 일제의 검열을 피하면서 풍자의 효과를 높였다. 판소리의 풍자적 효과는 식민지 상황의 모순을 구조적으로 드러내는데 탁월한 효과를 거두면서, 정말 망해야 할 그릇된 인물을 역설적으로 비판하고 있다. 항일소설은 채만식에 이르러 높은 봉우리를 이루게 되었다고 할 수 있다.

5. 결 론

　지금까지 항일우의 신작 구소설 4편을 발굴하여 고찰해보고 창작 기법이 갖는 의미와 항일이라는 주제가 갖는 의미를 따져 보았다. 창작 기법이 갖는 의미를 따지기 위해서 三國史記의 「龜兎之說」에서부터 시작하여 동물우화소설에 이르기까지 우의수법의 변천 양상을 通時的으로 고찰하고, 동시대의 몽유록과 토론문을 고찰하여 共時的으로 우의 수법이 갖는 의미를 따져 보았다. 구체적으로 이들 작품군을 분석한데 이어서 우의문학의 전통과 어떻게 접맥되어 있는지를 살피고, 同時代의 新作 舊小說 속에서 우의소설이 갖는 의의를 점검하고, 1920년대 항일소설과의 비교를 통하여 항일 우의소설이 갖는 주제의 의미를 중심으로 살펴보았다.

　신작 구소설은 신문학기에 창작된 구소설로서 연구가 축적되지 않아서 아직 대상 작품군의 윤곽도 뚜렷하게 밝혀지지 않았다. 그러나 점차 관심이 증대되고 있다. 본고는 동일한 수법과 동일한 주제를 가진 신작 구소설을 대상으로 삼는다. 창작 시기로 보면 신작 구소설, 수법으로 보면 우의소설, 주제로 보면 항일소설이 되는 「映山紅」, 「鴨綠江」, 「山村美女」, 「魂」 등 네 편의 소설이다.

이들 작품군은 고대 寓言과 假傳, 夢遊錄을 이어 발전적인 성과를 보인 寓話小說을 잇는 맥락에 서있다고 할 수 있다. 우의적 방식은 삼국사기의 「龜兎之說」과 설총의 「花王戒」 등의 寓言에서 자유롭게 뜻을 표명하지 못할 때 이면에 뜻을 숨겨 전하던 전통을 이은 것이다. 명명법을 통해 우의적 수법 밑의 의미 층위를 노출시키는 방식은 사물가전과 심성가전의 수법을 잇고, 작품의 구조로서 우의적 수법을 취하는 것은 심성의인가전과 몽유록의 전통을 계승하고 있는 셈이다. 「원생몽유록」에는 특정한 상황을 이면에 감추는 우의구조가 갖추어져 있다. 우화소설을 통하여는 당대의 사회현실을 직접 우의구조 속에서 다루는 수법을 잇고 있다.

조선 후기에 나타난 우화소설들은 신흥 경제부민층을 중심으로 한 당대의 향촌사회의 변동과 갈등을 우의적으로 표출하고 있다. 판소리계 우화소설 「장끼전」의 장끼와 까투리는 모두 유랑민의 형상이다. 유랑민의 비참한 삶을 만화경식으로 제시하는 것에 머물지 않고, 현실극복의지를 보여줌으로써 미래적 전망을 제시한다.

「토끼전」의 토끼는 장애를 줄기차게 극복하는 내재적 힘을 가지고 있다. 현실은 암울하지만 도피하지 않고 헤쳐나갈 수 있는 의지를 자생적으로 터득하고 발휘한다. 현실에 대한 패배와 극복을 동시에 이루어내는 토끼의 대 현실인식과 극복의지는 우화소설의 頂点이 되고 있다.

우화소설은 독자가 단지 의인법의 틀 속에서 우화처럼 도덕적인 교훈을 주는 형식으로만 이해할 염려가 있다는 문제점이 있다. 이면을 암시하는 의도적인 구멍이 선명하지 못하여 표면으로도 무리 없이 읽힐 수 있었던 셈이다. 이면의 이해에 도달하게 된 것은 많은 논란을 통하여 가능했다. 가려진 주제에 도달하는 데에 많은 노력이 필요했던 것은 이면으로 통하는 통로가 불확실하다는 것을 말하는 것이다. 표면으로 이해하는 것을 작자가 꺼리지 않았던 데 그 이유가 있을 수도 있다. 우의소설로서의 의도는 그만큼 불투명한 셈이다.

표면과 이면을 나누는 우의구조의 설정은 항일우의소설에 이르면 명료한 모습을 띠게 된다. 우화소설이 의인법이라는 장치를 필요로 했던데 비해, 항일우의소설은 인간을 등장시키면서 현실생활을 구체적으로 우의하고 있다. 우화소설의 한계를 극복하면서, 심성의인가전과 몽유록에서 일부 나타난 우의구조의 성과와 함께 우화소설의 성과를 이은 셈이다. 출판 탄압의 정치적인 상황은 이를 가속화시켰다고 할 수 있을 것이다. 문학 외적으로 가장 절박한 정치상황에서 생성되었기 때문이다.

개화기 몽유록과 토론문 중에는 신채호의 「꿈하늘」이 우의구조를 갖는다. 허구적인 인물과 역사적인 인물이 등장하는데, 사실적인 수법은 주로 과거의 인물과 관련되어 있고, 우의적인 수법은 현재와 미래와 관련되어 있다. 한놈을 비롯한 허구적 인물이 많은 갈등과 좌절을 극복해 나가는 과정을 우의적으로 제시하는 것은 현재와 미래를 위한 鼓舞와 勸勉을 위해서이다. 우의적 수법과 사실적 수법을 종횡으로 엮으면서 특히 우의적 방식을 통하여 긍정적인 미래상을 제시함으로써 주의·주장의 전달을 넘어서는 문학적인 성과를 거두고 있다.

그러나 항일우의소설과 「꿈하늘」이 서로 영향을 주고 받았을 가능성은 거의 없다. 「꿈하늘」은 한일합병 후 중국으로 망명한 신채호가 1916년 북경에서 창작하였으므로, 1910년대에 국내의 작가들에게 읽혔을 가능성이 없고, 국내에서 널리 읽히지 못한 항일우의 소설들을 신채호가 탐독하였을 리 없기 때문이다. 두 작품군의 수법의 공통성은 전대의 문학적 전통과, 또 당대의 정치적 상황과 관련하여 해명할 수밖에 없다.

결과적으로 보아 우의적 수법을 수용하면서 독자를 설득하고, 행동으로까지 나가게 하려는 우의의 본래적 의도에는 항일우의소설이 더욱 충실했다고 할 수 있다. 항일소설은 국내에서 고투하며 많은 독자를 만났기 때문이다. 활자화될 수 없었던 항일소설들은 필사본의 형태로 유포되어 항일가사와 같이 고무적인 역할을 하였을 것으로 보인다. 가사가 중세적 갈래로서 문학사적인 의미가 다하는 곳에서 마지막 빛을 발하였다면, 항일소설은 근대문학의 주도권을 잡는 소설갈래를 선택하고 있었기 때문에 후대와의 관련 속에서 커다란 문학사적 몫을 담당하였던 셈이다. 한편으로 우의수법은 교술 갈래에서보다 서사갈래 쪽에서 더 많이 활용되었고, 발전되어 왔기 때문에 개화기에 그 성과가 집적되어 항일우의소설이 나타난 것으로 보인다.

우의적 수법은 서사문학 중에서도 특히 우화소설에서는 상당한 성과를 거둔 것으로 이해된다. 우화소설이 갖는 나름의 한계는 항일우의소설에서 상당부분 극복되었다. 의인법을 넘어 인간이 등장하고 있다거나, 이면을 암시하는 표면적장치의 견고함 같은 것이 그것이다. 그러나 한편으로 항일우의소설은 우화소설만한 독자를 확보하지 못했고, 우화소설만큼 큰 반향을 불러일으키는 소설군을 형성하지 못했다는 한계를 갖는다. 우의소설은 다음 단계의 문학사의 흐름에서 주된 흐름을 형성하지 못한다.

「압록강」은 가정소설 중 계모와 전실자식의 갈등을 다룬 계모형 소설과 주인공의 해외 원정이 이루어지는 국외원정 군담소설의 보편적인 유형을 표방하고 있다. 표면적으로는 전통적인 두 유형을 표방하고 있으나 두 유형구조에서 공식적으로 반복되었던 전개 양상을 넘어서는 방식을 통하여 이면의 구조를 드러내주고 있다. 주인공 남매의 수난을 통하여 민족의 수난을 나타내며, 또한 수난에 처해 대처하는 다양한 항일 방식을 두 인물을 통하여 보여주고 있다. 그러나 영웅소설의 구조를 빌어오고, 천상의 구출자가 등장하는 등 이원론의 잔재가 남아 있어서 현실과 완벽하게 대응되지 않는 부분도 있다. 수난의 양상은 민족의 그것과 대응되나, 극복의 양상은 소설 내적 기대에 머물 뿐이다. 그만큼 현실과의 거리가 벌어진 셈이다.

「영산홍」은 우선 命名방식에서 우의적인 의도를 읽어낼 수 있다. 전개

과정에서도 면밀하게 독자의 기대를 거스르는 방법으로 우의구조를 이룩하고 있다. 표면에서는 남녀의 離合사건을 다루나,. 이면에서는 구한말의 상황과 합방 후의 일제 치하, 앞으로 해방될 미래를 연속적으로 보여준다. 민족이 수난을 당하는 '어은도'라는 공간을 따로 설정한 것은 조선이 짓밟히지 않고 보존되어 역사적인 정통성과 전통성이 보장될 것이라는 역사적인 전망의 구체화이다. 그러나 속박에서 벗어나는 방법이 문제이다. 투쟁하여 쟁취하는 해방이 아니고, 가해자를 설득하여 개심하게 하여 자유를 얻고 있는 것이다. 이런 고난의 해결 방식은 작가의 사상적 궤적과 관계가 있다. 천도교와 관련된 애국계몽운동을 하던 작가가 말기에는 적극적인 친일파로 돌아섰다. 일제에 대한 헛된 기대로 사태를 해결하려 했던 올바르지 못한 역사인식이 이 작품에 이미 담겨 있었던 것으로 볼 수 있는 것이다.

「산촌미녀」는 남녀이합소설을 표방하고 있지만, 사건전개 과정에 나타나는 여러 구멍들로 보아 창작 당대의 현실을 구조적으로 우의하고 있음을 알 수 있다. 서구열강의 이권 다툼장이 되어버린 조선의 현실과, 일본에게 핍박당하다 못해 왕비까지 시해당하는 사건, 이후 러시아에게 의지하려는 조선의 무력한 정치행태, 이어지는 고종의 독살 사건 등이 우의구조로 포착된다. 이처럼 당대현실을 세밀한 부분까지 구체적으로 재현해내는 것은 우의적인 방식이 아니면 불가능했을 것이다. 일본을 상징하는 인물 토소봉에게 만신창이가 되어 쫓겨나는 남주인공, 주중걸이 再起하여 그를 능가할 정도의 힘과 권세를 갖추고, 토소봉에게 핍박당하는 여주인공, 선연처자를 구해낸다. 주중걸이 스스로 힘을 자력으로 적대자를 처치한다는 점은 올바른 역사인식의 결과로 보여 주목된다.

세 편의 작품은 모두 결말 부분에서 고난을 극복·해결한다는 공통점을 가진다. 그러나 「혼」에서는 고난이 이와 같이 명쾌하게 극복되지 않는다.

「魂」은 작중인물의 命名방식에서 전형적인 우의소설의 면모를 보인다. 한 가족의 수난사를 표방하고 있지만, 단순히 한 가족의 문제가 아니라, 일제에 의한 민족의 수난사를 다루고 있다. 일제를 표상하는 李矮奸이라는 인물에 의해 온 가족이 유린당하고 있으나, 살아남은 가족들이 상황을 극복하려는 의지를 키우고 있다. 막내 '간난이'는 상해로 달아났고, 남동생 '己成'이는 늠름한 청년이 되어 돌아왔다. 간난이, 특히 기성이는 국권회복의 희망을 암시하는 인물이다. 이 작품은 이 나라의 미래를 구체적으로 보여주지는 않는다. 단지 희망만을 암시할 뿐이다. 그 희망은 외부에서 도움을 기대하거나 가해자의 改過遷善을 기대하자는 것이 아니고, 자각에 의해서 스스로 기른 힘으로 현실과 맞서려는 비극적 투지이다. 그래서 기대의 실체가 허망하지 않다. 한 가족이 철저히 파멸했지만 자각의 힘에 의한 희망마저 파괴할 수는 없었다.

「혼」에서 고난의 극복이 명쾌하게 이루어지지 않는다는 것은 현실의 장벽이 그만큼 높다는 것을 인정하는 사실적인 역사인식이다. 구소설의 틀을 지니고 있는 작품들은 작품 내적 기대로 현실의 극복을 대신했지만, 「혼」은 현실을 현실로 인정하는 냉정한 사실주의적 태도를 견지하여 근대문학의 범주에 남는다. 그래서 「혼」이 민족문학으로서의 의의를 가진 항일우의소설의 정점이 될 수 있는 것이다.

신·구소설이 얽히는 접점지역에서 구소설의 틀로서 사상사적 무게를 감당하면서 민족이 나아가야 할 방향을 제시하려 했던 노력은 문학 작품이 갖는 정신사적인 의미에서 중요한 작업이라 아니 할 수 없다. 이점은 당대의 다른 신작 구소설군과 20년대의 항일소설과의 비교를 통해 살펴보았다.

지금까지 밝혀진 신작 구소설은 대략 34편 정도이다. 이중 애정소설이 11편, 영웅소설이 8편, 역사소설이 6편 기타 9편이다. 역사소설은 「고려강시중전」을 중심으로 살펴보았다. 설화와 역사적 사실을 수용하고 있지만, 설화적인 설득력을 얻지 못하고 있으며, 역사적 사실을 수용하면서도 한편으로 이원론적인 구성 방식을 취하고 있는데, 이것은 모두 구소설의 틀 안에서 흥미를 가장 중시했기 때문이다. 역사적인 인물을 단지 흥미 중심으로만 다루려 했던 작가의 태도는 친일적 성향으로 흐르기까지 한다. 역사적 영웅을 다루면서 창작 당대의 문제까지 아우르려는 태도와는 거리가 있는 창작자세이다.

영웅소설 중 「신유복전」은 주인공이 못마땅한 사위로서의 고난을 극복하는 전반부와 해외원정을 통해 활약하는 후반부로 나누어 살필 수 있다. 전반부는 경제적인 고난의 현실적인 모습과 처가족 내의 흥미로운 갈등이 사회적 성격을 띄지 못하고 운명적·개인적 편향성을 보이고 있으며, 후반부는 초월성에 대한 요구를 가진 독자의 복고적인 성향을 충족시키려는 의도가 강해서 성향이 다른 두 독자를 동시에 만족시키려는 상업적인 의도가 잘 나타난다. 결과적으로 창작 당대의 현실인식과 문제의식을 반영하는데 이르지는 못하고 있다.

애정소설은 창작 당대 지향성이 강한 작품을 중심으로 살펴보았다. 「청년회심곡」은 애정의 다양한 면모를 보여주고 갈등의 국면에서는 반봉건성으로 야기되는 문제를 제시하고 있으나, 해결에서는 전근대적인 방식에 의존하고 있다는 한계를 보여 주고 있어서 창작 당대가 안고 있는 현실적인 갈등에 접근하기에는 거리가 있다고 할 수 있다.

「채봉감별곡」은 애정, 신분, 효, 물질 등으로 인한 다양한 갈등을 내포하고 있다. 봉건사회의 모순에 의한 갈등이 현실적으로 이루어지고 남녀 주인공이 적극적인 현실타개 노력을 보이는 점에서 주목된다. 현실을 개척하는 의지적인 인물형을 창출하고 있는 것은 중요한 성과라 하겠으나, 창작 당대의 불안한 사회정치 상황까지 포괄하는 데까지는 이르지 못한다. 전대를 배경으로 애정문제를 다루면서 이 시대 문제의식을 반영하는 데는 한계가 있을 수밖에 없었다.

이외의 다른 애정소설들은 주로 구소설의 독자를 겨냥한 흥미 위주의 소설을 만드는 데 더 열중한 것으로 보인다. 창작 방식 면에서는 구소설을 넘어서려는 의지를 보이나 진전된 문제의식은 보이지 못하는 것이 일반적인 경향이다.

다른 신작 구소설과 항일 우의소설군을 비교해 보았을 때, 몇 가지 성과가 두드러진다. 우선 구소설의 틀 속에서 창작 방식의 변모를 꾀하면서 진전된 문제의식으로 창작 당대의 문제를 포괄하고 미래적 전망까지 제시하려 했다는 점이다. 전통성을 고수하면서, 당대에 가장 큰 삶의 장애로 떠올랐던 국가의 존망문제와 그 속에서 이루어지는 개인의 삶을 다루려는 노력이 이 같은 結晶으로 나타난 셈이다. 항일 우의소설군이 가진 많은 한계에도 불구하고, 민족이 처한 가장 큰 장애를 회피하지 않고 우의라는 수법으로 포괄하며 부딪치려 했다는 점은 1910년대 다른 소설이 취하지 못했던 적극적인 현실 대응방식으로서 평가해야 할 부분이다.

1910년대의 신소설이나 근대소설이 근대문학의 이름으로 현실을 외면하고 있을 때, 문단에서 높은 이름을 추구하려고 하지는 않았지만, 조용히 전통수용의 자세로 민족적인 문학대응방식을 모색했던 것은 새롭게 되새겨지는 소중한 작업이다. 항일의 성향을 띄는 소설은 1920년대에 가서야 나타나는 것을 볼 때, 항일 우의소설은 1910년대의 민족문학의 공백을 메워주는 것으로도 의미있는 성과인 것이다.

근대문학으로 항일의지를 강하게 보이는 소설은 1920년대 가서야 발견된다. 홍사용의 소설들과 최서해의 「해돋이」와 염상섭의 「만세전」 등이 그것이다. 홍사용의 소설은 사회개조의 의지를 보이는 항일소설이나, 현실진단의 내용이 추상적이고, 항일의지가 일관되고 선명하게 표출되지 못하며, 내면의식 위주의 서정적인 수법으로 진행되고 있다. 또한 이 작품들은 본격적인 근대소설이라고 하기에는 결격사유가 있는 작품이어서 최서해의 「해돋이」에 가서야 근대 단편소설로서 항일소설이 완성되는 셈이다.

「해돋이」는 빈곤을 넘어서는 대 항일투쟁을 보여주는 적극적인 항일소설이다. 간도에서의 독립군의 활약을 구체적이고 현장감 있게 그리고 있으며, 항일의 최전방에서 싸우는 투사의 갈등과 고뇌를 보여주어 주인공을 독립영웅으로 미화하려는 차원을 벗어나 근대적인 인물형을 창출하고 있다. 주인공의 항일운동에 지속적인 장애가 되는 모친과 함께 삼각구도로 펼쳐 보이는 복합적인 항일의 움직임과 함께, 삭지 않는 투쟁의지를 보여주어 긍정적인 미래적 전망을 제시하는 것은 이 소설의 성과인 셈이다

그러나 「해돋이」식 正攻法의 항일소설은 당대 정치적 상황에서 쉽게 씌어질 수 없었다. 더구나 이런 방식의 장편은 불가능했다. 염상섭의 「만세전」은 이와는 다른 항일 방식을 보여준다. 잡지에 연재하면서 전문삭제 처분을 받을 정도로 항일 의도를 강하게 노출하고 있지만, 작품 내적으로는 주인공이 적극적으로 식민지 현실에 대응하는 것이 아니라, 파노라마식으로 수탈 당하고 억압받는 현실을 제시하는데 머무른다. 이런 관찰자적 태도는 「삼대」에서 보이는 민족개량주의의 불투명한 노선으로 이어지고 말았다고 할 수 있다.

20년대의 항일소설은 우선 양적으로 위축되어 있다. 그리고 우의적 수법을 택하고 있는 항일소설도 발견되지 않는다. 10년대에 우의소설군이 보여준 현실대응방식을 잇고 있지는 못한 것이다. 우의소설군이 전체적인 문단의 흐름과는 관련 없이 작가 개인의 선택의 결과로 창작되었고, 양적으로도 비중이 크지 않아서 후대에 영향을 주기는 어려웠을 것이다. 그러나 20년대는 근대소설이 확립되고, 전문작가의 다양한 문학적 현실대응방식이 모색된 시기였음을 감안해 볼 때, 우의소설에 비해 항일문학의 비중은 寥星한 편이라 할 수 있다. 순수문학과 계급문학의 목소리 아래로 가장 본질적이고 절박한 문학의 과제가 묻혀버리고 만 셈이다.

30년대의 항일문학은 현진건, 강경애, 채만식 등을 중심으로 이루어진다. 현진건의 「적도」는 통속적인 연애소설인 것처럼 보이는 작품구조로 일제의 지배 체제를 거부하고 해방을 지향하는 민족적 사명감을 갖게 하는 사회의식을 깊이 있게 제시했다. 부정적 세력의 횡포를 조징하는 일제의 지배체제는 마땅히 항거해야 할 대상임을 밝히고, 맹목적 항거, 또는 소극적 항거를 넘어서 적극적 항거의 길에 들어서서 민족의 해방을 쟁취할 것을 촉구한다.

강경애의 「인간문제」는 처참한 식민지 현실을 제시하는데 그치지 않고, 이에 맞서 투쟁하는 적극적인 인간형을 제시한다. 방적공장의 노동현장을 통해 착취당하는 식민지 노동자의 참담한 모습을 제시하고, 그런 과정을 겪으면서 의식이 각성되고 힘을 모아 투쟁하는 의지를 보여준다. 일제의 억압에 대한 투쟁을 그만큼 강렬하게 그릴 수 있었던 것은 대상이 일제임을 명시하지 않고, 단지 노동현장에서 일어나는 노사의 계급문제임을 표방했기 때문이다.

그러나 현진건이나 강경애 식의 직설법적인 장면묘사는 더 이상 지속되지 못한다. 채만식은 반어와 풍자로 정공법이 아닌 우회전술로서 대응한다. 1937년과 38년에 각각 발표된 「탁류」와 「천하태평춘」이 그 대표적 작품이다. 「탁류」는 사건소설로서의 홍미를 표면에다 갖추고, 판소리의 수법으로 독자에게 표면적인 사건에만 빠지지 못하게 하면서 군산의 미두장으로 대표되는 식민지 수탈 양상에 눈돌리게 했다. 「천하태평춘」은 지주이고 고리대금업자인 친일 보수세력, 윤직원의 반민족적인 가족 이기주의의 행태를 풍자와 반어를 통해 야유하고 있다. 판소리, 탈춤, 꼭두각시놀음 등의 전통적인 풍자적 방식을 동원하여 일제의 검열을 피하면서 풍자의 효과를 높였다. 판소리의 풍자적 효과는 식민지 상황의 모순을 구조적으로 드러내는데 탁월한 효과를 거두면서, 정말 망해야 할 그릇된 인물을 역설적으로 비판하고 있다.

    항일소설은 이와 같이 다양한 방식을 시험하다가 채만식의 방식으로
그 정점을 이룬다고 할 수 있다. 채만식의 방식이 이루어지기까지 시험
한 그간의 소설적 대응에서 항일 우의소설은 1910년대를 담당하며, 후대
에 영향을 끼치고 있는 셈이다. 항일 우의소설은 구소설의 연속선상에
있기 때문에 필연적으로 전통의 기반에 서 있다. 우의소설은 현실에 직
접 대응하는 방식이 아니고 우회적으로 대응하는 문학적 현실대응방식
이다. 그 중 「혼」은 판소리의 수법을 동원한 서술까지 하고 있다. 채만식
의 소설은 직접적이든 간접적이든 이러한 성과의 바탕 위에 서 있는 것
이다.

    항일우의 신작 구소설은 중세문학의 오랜 수법을 계승 발전시켜 우의
구조로써 일제에 항거하는 근대민족주의 사상을 나타내려 한 작품군이
다. 중세문학의 수법과 근대문학의 주제의식을 함께 지니는 것은 이행기
문학의 보편적인 모습이다. 그러나 이들 작품군은 근대적인 각성이 부족
해서 구시대의 관습을 이었다고 할 수 없으며, 일제의 억압으로 창작의
자유가 없는 상황에서 일제에 항거하는 효과적인 방식을 모색한 결과로
우의의 이중구조를 채택한 것이다.

    우의의 표면에서는 구소설의 관습을 이어 흥미로운 사건을 설정하여
흥미본위의 읽을거리를 찾는 독자의 관심을 끌고, 표면의 납득할 수 없
는 파탄이나 이면의 의미를 함축하는 명명법으로 독자를 작품 속으로 끌
어들여 작품을 면밀히 읽게 해서 이면에 숨긴 항일의 주제에 도달하게
했다. 소설이 유기적인 구성으로 현실생활을 사실적으로 반영해야 한다
는 관점에 서면 이들 작품군은 실패작이랄 수 있다. 그러나 작품의 완성
도보다 시대상황과 대결을 위해 독자에 끼치는 영향력이 중요하다는 입
장에 서면 우의를 사용한 항일소설의 창작이 적절한 대응책이었다고 평
가할 수 있다.

    신·구소설의 전환기에 소설은 다른 문학갈래보다 주제의식에서는 뒤

떨어져 항일문학의 대열에 참여하지 못하고 오히려 친일의 길에 들어서
는 불행한 변모를 보였다는 종래의 견해를 시정하는 데 이들 작품이 소
중한 구실을 한다. 구소설에서 신소설로의 전환은 단선적으로 이루어지
지 않았다. 신작 구소설이 적지 않고, 그 가운데 항일우의소설도 있어서
이인직을 중심으로 한 친일적인 신소설과 대립적인 위치에 선다.

그러나 항일 우의 신작 구소설이 소설 창작의 새로운 방향을 제시했
던 것은 아니다. 근대소설은 구소설의 설정을 빌리지 않고, 우의를 사용
하는 간접적인 전개방식을 버리고 현실을 직접 반영하는 쪽으로 나아갔
다. 근대 민족문학의 구체적인 모습이 항일의 과정에서 이루어져야 했다
면, 그 구체적인 대응양식인 항일 우의소설이야말로 근대문학의 소중한
모색과정이 아닐 수 없다. 그것은 구소설이 근대소설로 전환하는 과정을
보여주기도 하면서, 우리 근대문학의 성립기에 감당해야 했던 민족문학
으로서의 문제를 일면 진지하게 접근한 대응양식이라는 점에서도 의미
있는 것이다.

민족문학을 정립하기 위해서는 흥미본위의 읽을거리를 찾는 독자를
상대로 심각한 민족적 대응양식을 모색하고, 억압에 순응하는 모습을 보
이면서 일제와 싸우기 위해서 항일 우의 신작 구소설을 만들어냈던 슬기
를 이어 받아야 했다. 채만식은 그러한 슬기를 이어받아 거듭 재평가되
는 문제작을 남겼다. 당대 현실을 직접 반영하는 데 그쳐야 하는 근대소
설의 규범이 작자와 독자의 토론을 활성화하는데 방해가 되어 새로운 수
법의 소설을 창안하고자 하는 오늘날의 작가들에게도 항일우의 신작 구
소설의 선례가 유용한 지침이 될 수 있다.

본고에서는 대상 작품들이 널리 알려지지 않았거나, 알려진 작품이라
해도 기존 연구가 파악하지 못했던 작품의 이면을 탐색했기 때문에 기존
의 문학사에서 중시하지 못했던 한 흐름을 밝혀낼 수 있었다. 따라서 앞
으로도 같은 유형의 작품이 발견될 가능성은 얼마든지 있다. 이러한 작

품들을 찾아내 정당한 문학사적 위치를 매기는 것이 남은 과제라 할 수
있다.

참고문헌

1. 資料

홍사용, 「봉화가 켜질 때」, 『開闢』, 1925.7.
곽근 편, 최서해전집, 문학과 지성사, 1987.
金敎濟, 「鸞鳳奇合」, 東洋書院, 1913.
金昌龍, 韓國假傳文學選, 정음사, 1985.
丹齋申采浩全集刊行委員會, 丹齋申采浩全集 下卷, 1975.
東國大韓國學硏究所 編, 活字本古典小說全集 3, 아세아문화사, 1976.
李鍾麟, 「滿江紅」, 匯東書館, 1914.
홍사용, 「귀향」, 『불교』 53호, 1928. 11.
辭源, 商務印書館, 1987.
송재소·강명관 편, 신채호소설선 꿈하늘, 동광출판사, 1990.
新小說全集 3,4,16권, 계명문화사, 1987.
『新人間』, 신인간사, 1992. 11~ 1993. 1.
실천문학사편, 친일논설선집, 실천문학사, 1987.
안국선, 금슈회의록, 경성서적조합, 1908.
「압록강」, 韓國精神文化硏究院本
염상섭, 염상섭전집 1, 민음사, 1987.
劉元杓, 夢見諸葛亮, 광학서포, 1908.
李東初 編, 鳳山集, 東洋書籍公社, 1982.
李萬烈 編, 朴殷植, 近代思想家選集 4, 한길사, 1980.

이종주 교주, 「여항소설」, 국문학총서 5, 시인사, 1984.
李弘稙 편, 새韓國史辭典, 백만사, 1975.
인천대 민족문화연구소편, 舊活字本 古小說全集 11권, 12권, 32권, 동서문화원,
　　　　1984.
임동권 편, 한국의 민담, 서문당, 1972.
林明德主編, 韓國漢文小說全集 9권, 中國文化大學出版部, 1969.
鄭馬夫, 「魂」, 漢城圖書(株), 1924.
韓國精神文化研究院, 韓國口碑文學大系 2-1, 2-3, 2-5, 3-2, 4-3, 5-6, 8-
　　　　6, 8-8.
韓國精神文化研究院, 韓國民族文化大百科事典, 1992.
韓國學文獻研究所 編, 新小說·飜案小說 2, 아세아문화사, 1978.

2. 研究 著書

金台俊, 증보조선소설사, 朴熙秉 校注, 한길사, 1992.
金光淳, 天君小說研究, 형설출판사, 1980.
　　　　, 韓國擬人小說研究, 새문사, 1987.
김교봉·설성경, 근대전환기소설연구, 국학자료원, 1991.
金起東, 韓國古典小說研究, 교학사, 1981.
김병민, 신채호문학연구, 료녕민족출판사, 1988.
金三雄, 禁書 -禁書의 思想史, 백산서당, 1987.
金列圭 외 3인, 古典文學을 찾아서, 문학과 지성사, 1976.
金列圭, 신동욱 편, 염상섭연구, 새문사, 1982.
金鎭世 編, 韓國古典小說作品論, 집문당, 1990.
김윤식, 염상섭연구, 서울대출판부, 1987.
金昌龍, 韓國假傳文學의 研究, 개문사, 1985.
단재신채호 기념사업회, 단재신채호와 민족사관, 형설출판사, 1986.
민병수 外 2人, 開化期의 憂國文學, 신구문고 10, 1974.
손진태, 韓國民族說話의 研究, 태학사, 1981.
宋敏鎬, 開化期 小說의 史的 研究, 일지사, 1975.
申基亨, 韓國小說發達史, 장문사, 1960.

신복룡, 東學思想과 甲午農民革命, 평민사, 1985.

안병렬, 韓國假傳硏究, 이우출판사, 1986.

安春根, 韓國出版文化史大要, 청림출판, 1987.

유병석, 염상섭 전반기 소설 연구, 아세아문화사, 1985.

柳鍾國, 夢遊錄小說硏究, 아세아문화사, 1987.

윤대원, 한국근대사, 풀빛, 1993.

윤명구, 開化期 小說의 理解, 인하대 출판부, 1986.

이상섭, 문학비평용어사전, 민음사, 1976.

이기백, 韓國史新論 개정판, 일조각, 1982.

李在銑, 韓國文學의 解釋, 새문사, 1981.

______, 韓國現代小說史, 홍성사, 1980.

李廷卓, 韓國諷刺文學硏究, 이우출판사, 1979.

______, 韓國寓話文學硏究, 이우출판사, 1982.

이종주 교주, 여항소설, 국문학총서 5, 시인사, 1984.

임종국, 실록 친일파, 반민족문제연구소 엮음, 돌베개, 1991.

임형택, 최원식편, 한국근대문학사론, 한길사, 1982.

전광용 외, 한국현대소설사연구, 민음사, 1984.

정한숙, 現代韓國作家論, 고대출판부, 1976.

趙東一, 한국소설의 이론, 지식산업사, 1977.

______, 우리문학과의 만남, 홍성사, 1978.

______, 김흥규 편, 판소리의 이해, 창작과 비평사, 1978.

______, 한국문학의 갈래이론, 집문당, 1992.

______, 한국문학통사 1~5, 제 3판, 지식산업사, 1994.

車溶柱, 夢遊錄系 構造의 分析的 硏究, 창학사, 1981.

최문형 外, 明成皇后 弑害事件, 民音社, 1992.

河東鎬, 한국근대문학의 書誌연구, 깊은샘, 1981.

한국어문학회, 高麗時代의 言語와 文學, 형설출판사. 1975.

홍일식 외, 근대 전환기의 언어와 문학, 고려대 민족문화연구소, 1991.

황원구, 東洋文化史略, 연세대출판부, 1980.

차봉희 편저, 독자반응비평, 고려원, 1993.

M.H.Abrams, 문학비평용어사전, 崔翔圭 譯, 대방출판사, 1985.

박덕은 편역, 소설의 이해, 새문사, 1984.

Damian Grant(김종윤 역), 리얼리즘, 서울대출판부, 1987.

Artheur Pollard(송낙헌 역), 풍자, 서울대출판부, 1979.

D. C. Muecke(문상득 역), 아이러니, 서울대출판부, 1980.

陳蒲淸, 中國 古代 寓言史, 駱駝出版社, 1984.

Alex pleminger ed, *Princeton Encyclopedia of Poetry and Poetics*, princeton univ. press, 1974.

Graham.Hough, *An Essay on Criticism*, Pan Korea Book Corporation Seoul, Korea. 1983.

Morton W. Bloomfield ed, *Allegory, Myth, and Symbol*, Harvard University Press : Massachusetts, 1981.

3. 硏究 論文

강동엽, 「龍門夢遊錄」에 대하여, 한국문학연구 14, 동국대, 1992.

강진옥, 「신계후전」의 예비적 검토, 이화어문논집 9, 1987.

권순종, 전통극과 근대극의 접맥양상연구, 계명대 박사논문, 1989.

김숙희, 夢遊錄小說의 構造硏究, 경남어문 3, 경남어문학회, 1981.

김재환, 動物寓話小說의 性格攷 ─ 조선조 후기작품을 중심으로─, 동아대 석사논문, 1981.

______, 韓國 動物寓話小說의 硏究, 동아대 박사논문, 1988.

金鍾澈, 「美人圖」 연구, 인문논총, 아주대 인문과학연구소, 1991.

______, 「수궁가」와 「적벽가」의 민중정서와 미학, 조선후기의 사회와 사상, 서울대 한국문화연구소, 1991.11.8. 학술토론회 발표문.

______, 조선후기와 애국계몽기의 소설관 ─ 소설의 지위를 중심으로─, 인문학보 5, 강릉대, 1988.

김주현, 개화기 토론체양식 연구, 현대문학연구 1, 서울대현대문학연구회, 1987.

김중하, 개화기 토론체소설연구, 관악어문연구 3, 1978.

金昌龍, 「토별가」 寓喩의 공식, 한성대 논문집 14, 1990.

김홍균, '못마땅한 사위'형 소설의 형성과 변모양상, 정신문화연구 겨울, 한국정신문화연구원, 1985.

민 찬, 「두껍전」 계통 우화소설의 현실인식과 그 지향, 고전문학연구 6집, 고전문학연구회, 1991.

박양신, 일본제국주의의 팽창과 조선침략의 성격, 역사비평 3호, 역사문제연구소, 1988 겨울.

박일룡, 조선후기 애정소설의 서술시각과 서사세세, 서울대 박사논문, 1988.

______, 조선후기 애정소설의 개화기적 변모양상, 국어국문학 103, 국어국문학회, 1990.

서대석, 夢遊錄의 장르적 성격과 문학사적 의의, 한국학논집 3, 계명대출판부, 1975.

설성경, 閭巷小說도 新聞小說이다, 고전문학연구회 발표문, 1994.4.9.

소재영, 白湖 林悌 연구, 민족문화연구 8집, 고려대 민족문화연구소, 1974.

소인호, 「두껍전」 이본군의 양상과 사회적 의미, 고려대 석사논문, 1991.

신경숙, 訟事型 寓話小說-「서대주전」, 「서동지전」을 중심으로, 어문론집 30, 고려대, 1991.

신재홍, 夢遊錄의 類型的 構造 考察, 서울대 석사논문, 1986.

안병렬, 韓國假傳文學硏究, 고려대 박사논문, 1986.

안병설, 寓言의 문학적 수용에 대하여, 논문집 12, 국민대, 1979.

______, 先秦 寓言의 특질, 어문학 3, 국민대, 1984.

______, 中國 寓言 전기의 원류, 중국학논총 1집, 국민대 중국문제연구소,

오원규, 崔曙海연구, 충북대 교육대학원 석사논문, 1988.

柳鍾國, 寓言의 樣式, 國語文學 26, 전북대 국어국문학회, 1986.

윤명구, 「夢見諸葛亮」攷, 우리문화 5, 별책, 1975.

尹日受, 「滿江紅」연구, 영남대 석사논문, 1991.

윤주필, 寓言의 전통과 조선전기 夢遊記, 민족문화 16집, 민족문화추진회, 1993.

윤해옥, 조선후기 동물우화소설의 구조적 고찰, 연세어문학 14·15合集, 연세대, 1982.

이규호, 개화기 한문소설 「滿江紅」연구, 雨田辛鎬烈先生古稀紀念論叢, 창작과비평사, 1983.

이명재, 丹齋小說攷, 淵民李家源博士六秩頌壽紀念論叢, 범학도서, 1977.

이상구, 寓話小說의 敍述構造와 社會意識-爭年및 송사형 우화소설을 중심으로, 고려대 석사논문, 1984.

이상원, 개화기동물우화소설고, 국어국문학 18·19합집, 부산대국문과, 1982.

이석래, 「장끼전」 연구, 성심어문론집 9집, 성심여대국문과, 1986.

이영신, 國外遠征 軍談小說 연구, 한국학대학원 석사논문, 1982.

李銀淑, 活字本 新作舊小說에서의 愛情小說 연구, 한국학대학원 석사논문, 1987.

______, 新小說 「馬上淚」의 口碑文學 活用方式, 한국학대학원 논문집 6집, 1991.

______, 新作舊小說 「소양정」·「소양뎡긔」·「봉선루」에 나타난 신·구소설의 관련양상, 고전문학연구 8집, 고전문학연구회, 1993.

______, 新作舊小說 「梨花夢」의 창작방식, 한국학대학원 논문집 8집, 1993.

이종묵, 「浮休子談論」과 寓言의 양식적 특성, 고전문학연구 5, 한국고전문학연구회, 1990.

이주영, 夢遊錄의 양식적 특성에 대한 연구, 서울대 석사논문, 1988.

인권환, 「토끼전」의 서민의식과 풍자성, 어문논집 14,15合, 고대, 1972.

임성래, 「호섭전」에 대하여, 한국고소설연구회 편, 한국고소설의 조명, 아세아문화사, 1990.

장효현, 애국계몽기 창작 고전소설의 한 양상—신자료의 소개를 중심으로, 정신문화연구, 41호, 한국정신문화연구원, 1990.

______, 17세기 몽유록의 역사적 성격, 호서대 논문집 10, 호서대, 1991.

______, 조선후기 소설사 문제, 한국고소설연구회, 1992.1.8. 발표문.

全瑩大, 「大觀齋夢遊錄」, 김진세선생회갑기념논문집, 1990.10.

정인한, 爭年說話 및 그 소설적 변용 연구, 한국학논집 10, 계명대 한국한연구소, 1983.

정출헌, 「장끼전」에 나타난 조선후기 유랑민의 삶과 그 형상, 고전문학연구 6집, 고전문학연구회, 1991, 247면.

______, 조선후기 우화소설의 사회적 성격, 고려대 박사논문, 1992.

______, 조선후기 향촌사회의 변동과 우화소설—우화소설에 삽입된 爭年모티프를 중심으로, 민족문학사연구 창간호, 민족문화연구소, 1991.

鄭學城, 夢遊錄의 역사의식과 유형적 특질, 관악어문연구 2, 서울대 국문과, 1977.

______, 몽유담의 우의적 전통과 개화기 몽유록, 관악어문연구 3, 서울대, 1978.

______, 우화소설 「鼠獄記」의 소설사적 가치, 장덕순선생 화갑기념집, 한국고전산문연구, 동화문화사, 1981.

______, 「花史」論, 한국한문학연구 9집, 한국한문학연구회, 1981.

250　신작 구소설 연구

정홍모, 송사형 우화소설의 인물형상과 조선후기 향촌사회의 변모, 고전문학연
　　　구 5, 한국고전문학연구회, 1990
조남현, 개화기 소설양식의 변이현상, 개화기문학의 재인식, 근대문학연구 1,
　　　지학사, 1987.
曺壽鶴, 傳文學 연구, 계명대 박사논문, 1986.
車溶柱, 개화기 즉후의 몽유록계 소설연구, 청주여사대 학회지, 1980.
＿＿＿,「金山寺夢遊錄」, 金鎭世先生回甲紀念論文集, 1990.10.
崔勝範,「安憑夢遊錄」에 대하여, 국어문학 24집, 전북대 국어국문학회, 1984.
＿＿＿, 풍자소설「서대주전」의 근원설화 다람소지, 문학사상 28, 문학사상사,
　　　1975.1.
崔　埈, 한국의 출판연구－1910년으로부터 1923년까지, 서울대학교 신문연구소
　　　학보 1, 1964.
＿＿＿, 한국의 출판연구, 중앙대 논문집 9, 1964.
홍　욱,「장끼전」연구, 문맥 5, 경북대, 1977.
황재군, 조선후기 擬人體 설화소설의 근대적 지향－「장끼전」과「서동지전」을
　　　중심으로－, 근대문학의 형성과정, 문학과 지성사, 1983.
黃浿江,「元生夢遊錄」, 金鎭世先生回甲紀念論文集, 집문당, 1990.

제 2 부

활자본 신작 구소설 중 애정소설 연구

1. 서 론

문학작품은 그 나름대로의 구조를 가지면서 독립적으로 존재하지만, 문학사의 전후 문맥과 동떨어져 존재하지는 않는다. 문학작품은 지속과 변화를 아울러 내포한 전대 문학의 계승으로서 존재하기 때문이다. 그러므로 문학작품의 올바른 이해나 해석은 지속과 변화를 고려하여야만 가능하다. 문학연구는 문학사적인 맥락에서 이루어져야만 하는 것이다. 본고는 본고가 대상으로 하는 문학작품군의 문학사적인 위치를 파악하는 것을 귀착점으로 삼는다. 문학사적인 위치의 파악은 문학작품의 이해에 도달한 자리에서 가능한 것이며 문학작품의 이해도 문학사적인 조명 하에서 가능한 것이기 때문이다.

본고가 대상으로 하는 「형산백옥(荊山白玉)」, 「난봉기합(鸞鳳奇合)」, 「쌍미기봉(雙美奇鳳)」, 「약산동대(藥山東臺)」, 「부용상사곡(芙蓉相思曲)」, 「채봉감별곡(彩鳳感別曲)」, 「청년회심곡(靑年回心曲)」 등 일곱 편은 1910년대에 창작된 애정소설군으로 신작 구소설이다. 이들 작품이 나왔던 1900-1910년대는 신소설, 구소설, 그리고 근대소설까지 공존한 문학사의 교체기였다. 신소설과 공존한 구소설을 명확히 구분하기 위해 신소설과 대응되는 개념으로 '구소설'이라 하고 신소설과 같은 시기에 새로이 창작되었다는 점에서 전대의 구소설과 구분되므로 '신작 구소설'이라 부르기로 한다.

신작 구소설은 신소설과 같은 시기에 나왔기 때문에 구소설 연구자는 신소설로 취급하고, 신소설과 같은 시기에 나왔어도 신소설이 아닌 구소설이기 때문에 신소설 연구자는 구소설로 보아, 양쪽에서 모두 중시하지 않았다. 신작 구소설은 관심 밖으로 밀려나서 구소설이 신소설과 같은 시기에도 창작이 계속되고 있다는 사실마저 묻혀 버릴 지경이었다. 구소설 창작이 끝난 다음 신소설이 나오기까지는 상당한 시간적 공백이 있는[1] 것으로 보는 것이 지금까지의 연구 경향이었다. 다만 한국문학통사 4권에서는 비로소 신작 구소설이 이 시기에도 창작되고 있었음을 구체적으로 언급했다.[2]

따라서 신작 구소설에 관한 연구는 대단히 영성하며 때로 연구성과가 있더라도 창작시기를 올려 잡음으로써 문학사적인 해석을 달리하고 있으므로, 이에 대한 올바른 해명이 필요하다. 본고의 대상작 중 「채봉감별곡」이 그 좋은 예다. 「채봉감별곡」이나 「청년회심곡」을 19세기 말의 작품으로 취급함으로써, 구소설의 창작이 종말을 고한 다음 신소설이 시작되었다고 하는 견해가 제시되기도 했다.[3] 이것은 결국 신·구소설이 시간상 많은 공백을 가진 전혀 이질적인 것이라는 통념을 뒷받침하여 급기

---

1) 김태준의 조선소설사에서 시작되어 김기동, 소재영까지 이어지는 보편적인 견해이다.
2) 조동일은 한국문학통사 4권(지식산업사, 1986)에서 구소설이 이 당시에 창작되었음을 밝히고, 신작 구소설일 가능성이 있는 작품을 몇 편 들고 있다.
3) 소재영은 「채봉감별곡」과 「청년회심곡」이, 최원식과 박정춘은 「채봉감별곡」, 「청년회심곡」, 「부용상사곡」이 19세기 말의 작품이라는 견해를 정확히 제시하였는데, 이외에도 이 작품들을 19세기의 작품으로 보는 견해는 보편화되어 있다.

야 전통단절론까지 나오게 하였으며 국문학 연구에 있어 고전문학과 현대문학 연구를 양분하게 하는 원인을 제공하기도 했다.

그러나 실상은 신소설 출현 이전에 구소설이 끝나 버린 것이 아니라, 신소설과 병행해서 창작되고 서로 영향을 주고받기도 하였으므로, 신·구소설의 구분이 모호한 작품까지도 다수 발견된다. 이는 신·구소설이 전혀 이질적이 아니라는 것을 말해준다 하겠는데 신작 구소설이 신소설과 동시에 창작된 사실과 관련이 있다.

본고에서는 1900−1910년대까지도 구소설이 창작되고 있었다는 사실을 구체적으로 입증하고 신소설과 구소설의 얽힘을 밝혀서, 단선으로 파악되는 문학사의 문제점을 해결하고자 한다. 이를 통하여 구소설에서 신소설로의 진행은 이분법이 적용될 수 있을 정도로 선명한 변모과정을 보인 것이 아니라, 신·구소설의 혼재 현상을 드러내며 교체했던 소설사의 실상을 밝혀 볼 것이다. 관심 밖에 매몰되어 있던 신작 구소설을 조명함으로서 소설사에서 갖는 의미를 규명하는 이 작업은 결국 문학작품의 연구가 문학사적 관점에서 진행되어야 한다는 문학일반이론과 맞물린다.

신작 구소설이라 추정되는 작품은 72편 정도로 추정된다. 이 작품들을 모두 다루는 것은 심도 있는 논의를 어렵게 하고 작품의 소개에만 그치게 할 우려가 있다. 그러므로 신·구소설에 공통적으로 나타나는 유형인 애정 소설에 논의를 한정시키기로 하여 소설사의 연계 양상을 살펴보기로 한다. 이를 위하여 신작 구소설이 나오게 된 배경을 살피는 기초적인 작업을 할 것이고 소설의 가장 중요한 요소인 주제와 기법을 구소설과의 연관 아래 고찰하고 신소설과 비교하는 방식을 취하기로 한다.

2. 활자본 신작 구소설의 성격

2.1. 구소설 창작이 계속된 이유

구소설은 조선조 말엽으로 접어들면서 창작이 침체되었다가 갑오경장을 계기로 신소설로 발달하게 되었다는[4] 것이 널리 유포되어 있는 보편적인 견해였다.

정규복은 구소설의 전개를 6기로 분류하여 놓았는데, 그중 제6기인 조선 말기(순조 이후)를 구소설의 결실기로 보았다. 6기의 대표작품으로 「채봉감별곡」과 판소리가 소설화된 「배비장전」로 보고, 그 이후의 구소설에 대해서는 언급이 없다.[5] 소재영은 가정소설, 영웅소설, 낙선재소설, 판소리계소설을 시대의 진행과 맞게 논한 다음, 마지막 쇠퇴기의 국문소설을 마무리 짓는 끝물 작품들이라 하였다. 그리고 구소설의 말기 작품들이 신소설과 이어지는 곳에는 상당한 시간적 공백이 보인다고 하여 구소설이 막을 내린 뒤에 신소설이 발생하고 있음을 말하고 있다. 덧붙여 언급한 구소설과 신소설이 혼재하고 있다는 견해[6]는 구소설이 신소설의 특징을 갖추면서 이행하고 있다는 의미이지, 구소설이 구소설의 특징을 고수하면서 지속되고 있다는 뜻은 아니다.

이상의 견해를 그대로 받아들인다면 구소설은 갑오경장 이전에 침체기에 접어들고, 이인직의 「혈의 누」가 나온 1906년까지 소설사적인 공백기를 가진다는 말이 된다. 이러한 견해는 결과적으로 신·구소설 양분론을 자연스럽게 받아들이게 했고 신·구소설의 이질적인 면만을 부각시

---

4) 김기동, 국문학개론, 태학사, 1981, 191면
5) 정규복, 고소설의 역사적 전개. 한국 고소설연구, 이우출판사, 1983, 31면
6) 소재영, 고소설통론, 이우출판사, 1983, 31면

켜 문학사의 전통단절론까지 대두시켰다. 그러나 신소설과 같은 시기에 구소설이 창작되었을 것이라는 추정은 전부터 있었다.[7] 그러다가 최근 조동일이 한국문학통사 4권에서 신·구소설이 동시에 창작되고 있었음을 구체적으로 언급하였다.[8]

구소설이 갑오경장 이전에 이와 같은 침체현상을 보이는 이유로 김기동은 국내외의 불안[9], 주왕산은 외래문화의 세례[10] 등을 들고 있다. 이것은 바로 19C 말의 정치, 사회, 문화적 상황의 변동을 말하는 것이다. 그로나 국내외의 불안이나 외래문화의 세례 등은 구소설 침체의 원인으로는 타당성이 없다, 서구문학의 수입은 신소설, 근대소설로 이르는 소설사의 전개에 동인으로 작용하긴 했지만 외래문화의 세례가 갑오경장을 즈음하여 구소설을 침체시켰으리라는 견해는 구소설 유통상황으로 보아 적어도 1900년대 변화현상에서만 파악될 뿐 구소설의 수용층에게까지 속속들이 작용하지 못한 것으로 볼 수 있다. 이의 직접적인 증거는 다음 장에서 자세히 밝히겠지만, 우선 1910년대까지 발행 유포된 구소설의 보급상황을 들 수 있다. 1910년대까지 그렇게 폭넓은 수용층을 유지하고 있던 구소설이 갑오경장을 전후해 외래문화의 세례로 침체될 까닭이 없는 것이다.

---

7) 이능우, 이야기책(古代小說) 舊活版本 調査目錄, 고소설연구, 이우출판사, 1975, 269-270면
   "…은 더러의 舊活版本 「古代小說」들 중에는 (그 결구며 문투가 정히 「고대소설」에 부합된 한이더라도) 그 판매의 붐을 탄 당시기의 제작물이었을 것이 있을지도 모르겠다 하는 餘地가 있는 일이나… 말하자면 '倭政때의 李朝小說'도 있는 것이 아닌가 하는 심한 의혹이 있는 것이다."
8) 조동일, 한국문학통사 4(지식산업사, 1986. 335-342면)에서 신작 구소설일 가능성이 있는 작품으로 「형산백옥」, 「박천남전」(朴天男傳), 「청루지열녀」(靑樓之烈女), 「음양삼태성」(陰陽三台星), 「부용상사곡」, 「채봉감별곡」, 「청년회심곡」, 「약산동대」, 「고려강사중전」 등을 들고 있다.
9) 김기동, 위의 책, 181면
10) 주왕산, 조선고대소설사, 정음사, 1950, 309면

따라서 갑오경장을 계기로 한 구소설의 침체설은 1910년대에도 구소설이 지속적으로 읽히고 창작된 사실을 소홀히 취급하고, 구소설과 다른 모습을 띠고 나타난 신소설의 등장에 중점을 두어온 때문이며, 외래문화와 주변정세가 구소설 수용층에게 끼친 영향을 확대 해석한 때문으로 풀이할 수 있다. 19세기 말의 정치, 사회, 문화적인 상황은 결국 신소설이 나오게 한 동인이 되기는 했지만, 구소설을 단번에 위축시키지는 계기가 되지는 못하였다. 이후 구소설은 신소설과 병존하다가 근대소설이 등장하고 난 뒤로 그 기세가 현격하게 감하게 된다.

다음으로 구소설의 지속적인 창작을 추정 가능하게 하는 몇 가지 사실들을 구체적으로 살펴보겠다.

1900－1910년대는 소설의 세 가지 형태인 필사본, 방각본, 활자본이 공존하고 있었다, 구소설이 필사본에서 방각본으로 넘어가고 활자본으로 발전했다고 볼 때, 이 시기는 이와 같은 통시적인 이행 현상이 공시적으로 존재하고 있었던 때라고 할 수 있다. 필사는 전래하던 소설 유통의 가장 보편적인 수단이었다. 필사본은 세책가를 통해 독자 대중과 밀착되었다. 세책가는 사대부 및 부유한 집 부녀자들을 일차적인 고객으로 해서 서울에서 1890년대까지 크게 번창하여 새로운 작품을 계속 보탰던 것으로 보인다.[11] 세책가에서 화로나 냄비 따위를 보증품으로 받고 책을 빌려 주었다는[12] 사실은 여성독자의 확대를 짐작케 한다. 이렇게 확보된 독자를 기반 삼아서 필사는 방각본이 나오고서도 계속 되었다. 심생우사의 「봉내신선록」도 1904년대에 창작 필사되었거니와 「조충위전(趙忠衛傳)」, 「유덕전(柳德傳)」, 「어득강전」 등도 그 내용으로 보아 이 시기에 나온 필사본 창작 구소설임을 추정해 볼 수 있다.[13] 규방가사의 경우, 1910년 이후에도 세가 꺾이긴 했지만 꾸준히 창작 전승되다가 6.25 이후 소

---

11) 조동일, 한국문학통사 4권, 지식산업사, 1986, 331면
12) 이서구, 책방세시기, 신동아 40, 1986.5.
13) 조동일, 한국문학통사 4권, 지식산업사, 1986, 331면

멸의 단계에 이르렀음에[14) 미루어 볼 때, 여성이 독자의 큰 비중을 차지했던 소설에 있어서도 필사가 행해졌으리라 쉽게 추정해 볼 수 있다.

　구소설은 방각본의 활발한 유통과 때를 같이 한 1850년대 이후 1910년대까지 본격적으로 전파되었다. 방각본은 독자층이 형성됨에 따라 종래의 필사본으로는 늘어난 독자를 감당할 수 없는 데다 상인층의 영리가 결합되어 번성했었다.[15) 완판 방각본을 간행한 서포 5개 중에서 4개 서포의 주간행 년대가 1910년대로 되어 있어 1910년대에도 방각본이 성행했음을 알겠다, 처음에는 이미 독자가 확보되어 있는 서당의 교과서류를 주로 찍어낸 방각본들을 글방마다 드나드는 책 거간을 통하여 구득(構得) 하였다. 그러다, 조선중기 이후에는 향촌에 나타난 장시(場市)에서 장날마다 으레 책 행상들이 개시(開市)를 하여 판매하였다.[16) 장날에 방각본들이 판매되는 곳에서는 구소설도 주요상품으로 전시되게 된다. 1890년대의 서울 중심가의 큰 서점은 한글로 씌어진 값싼 장서를 밖에 내놓는다는 것은 수치로 생각하여[17) 한문전적들을 주로 취급하여 자연 한글로 된 구소설들은 장터로 밀려나게 되었던 때문이기도 하지만, 일반 대중의 스스럼없는 소설 선호 경향도 한 몫을 했음에 틀림없다.

　보부상에 의한 구소설의 보급과 판매도 독자의 확충을 부채질하였다. 보부상은 취급하지 않는 품목이 없었고 전국에 이들의 발길이 닿지 않는 곳이 없었다. 방각본 인쇄의 중심지인 안성, 전주가 산물의 집산지였고 상업거래의 요충이었음을 감안한다면 이들 보부상들의 활동에 의한 구소설 독자층의 확대는 쉽게 짐작할 수 있을 것이다.[18) 필사본과 방각본 형태로 확보된 독자층은 신활자가 나와 출판형태에 큰 변화가 일어난 뒤

---

14) 권영철, 규방가사연구, 이우출판사, 1980, 23면, 34면
15) 유탁일, 완판방각소설연구, 한국고소설연구, 이우출판사, 1983, 280면
16) 이서구, 책방세시기, 신동아 40, 1968.5
17) 모리스·꾸랑, 한국의 서지와 문화, 박상규역, 신구문화사, 1976, 18면
18) 김중하, 개화소설의 문학사회학적 연구, 경북대 박사논문, 1985, 34면

에도 계속 신활자로 구소설을 찍어내게 만드는 지지기반이 된다. 오히려
활자본이 나온 뒤에 독자층은 더 넓어졌던 것으로 보인다.

> 옛소설의 유행은 그 세가 한학보다 오히려 커서 80여 종이 발행
> 되다. 이 구소설은 옛 형태대로 간행함도 있고 제복을 변경한 것도
> 있으니 「춘향전」은 「獄中花」라 하고, 「심청전」은 「江上蓮」이라 하
> 다. 하여튼지 문학에 대한 관념은 칠팔년 전보다 진보되어 점차 소
> 설을 애독하는 품이 성하였나니 이로 말미암아 신소설의 유행도 크
> 게 열리다.[19]

안확 같은 이는 이와 같이 신소설 유행의 배경에 구소설의 성세가 있
음을 말하였다.

당시로서는 신활자였던 鉛活字가 처음 도입된 것은 1883년 博文局의
설치와 더불어서였다. 박문국은 같은 해 10월 1일자로 한성순보를 간행
하였다.[20] 이어서 최초로 설치된 민간 인쇄사인 廣印社에서 현전하는 姜
瑋의 「古懽堂集」을 비롯한 서적이 간행되었고[21] 1896년 독립신문, 1898
년 황성신문, 대한매일신보가 간행되었다,

광무, 융희 년간에는 우리 민간출판사 및 인쇄소가 다수 설립되어 다
량의 서적이 출판되었는데, 주로 역술(譯述), 편저(編著)로 출간된 역사서
나 전기류로서 개화기 젊은이들의 산지식 개발에 중요한 구실을 했던 것
이다.[22]

1904년 대한일보에 「灌頂醍胡錄」이 연재되기 시작한 이후로 1906년
「斬魔劍」을 비롯하여 이른바 신문연재소설들이 나오기 시작하였다. 1905

---

19) 안확, 조선문학사, 최원식 역, 을유문화사, 1984, 202면
20) 조기준, 개화기의 서적상들, 중앙30, 1970.9, 374면
21) 조기준, 개화기의 서적상들, 중앙30, 1970.9, 181면
22) 박상균, 개화기의 책거간고, 한국문학연구2집, 동국대 한국학연구소, 1977,
    122면

년 대한매일신보의 「소경과 안즘방이 문답」과 1906년 만세보에 이인직의 「혈의 누」가 연재되고 1907년에는 단행본으로 출판되었다.

신소설 「혈의 누」의 단행본을 필두로 해서 신소설과 구소설들이 다투어 간행되기 시작하였다. 구소설로써 간행시기를 확인할 수 있는 최초의 작품은 1908년 「강감찬전」이니 신소설과 구소설은 완전히 같은 시기에 나왔던 것이다.

신소설은 대부분 작자가 밝혀져 있어 소설에 대한 인식이 개선되었음을 보여주고 있다. 이것은 신소설에 부기된 변설을 통해서도 확인되는 바로서 소설에 대한 나름대로의 식견을 가지고 있는 작가로서 이름을 밝히는 것은 당연한 일이었을 터이다,

> 記者가 소설을 저술함이 이미 십여재(十餘載)의 광음이라…… 한갖 결심하기를 아무쪼록 힘과 정신을 일층 더하여 악한 자를 징계하고 착한 자를 찬양하며…… 혹자의 말을 들은 즉 본 기자의 저술한 바 소설이 취지는 없지 아니하나 매양 허탄(虛誕) 무거(無據)하고 후분(後分)을 다 말하지 아니하는 두 가지 결점이 있다 하나 이는 결코 생각지 못한 언론이라 하노니……23)

자신의 문학관을 피력할 정도의 의식을 가지고 있었던 신소설 작가들은 구소설의 출판인 내지 작가들에게도 영향을 미쳐 창작을 고무하였으리라 본다. 물론 이것은 1909년에 발표된 일제의 출판법에서 출판물은 허가를 받아 발행하게 하고 판권란을 두어 발행일자, 발행자를 명시하게 한데24) 더 큰 이유가 있다 하겠으나 동시대의 작가로서 신소설 작가의 영향을 무시할 수 없는 것이다. 더구나 신소설 작가인 김교제가 본고에서 다루는 「난봉기합」을, 이해조가 구소설 「홍장군전」을 내놓아 신·구

---

23) 이해조, 탄금대, 한국신소설전집 5권, 을유문화사, 1968, 268면
24) 조동일, 위의 책, 330면

소설의 작가의 확연한 분리가 어려움을 상기할 때, 이런 영향은 추정 가능한 것이다.

이렇게 구소설들이 다량 유통되게 된 배경으로 김중하는 일제의 출판 정책을 들고 있다. 1902년 한일합방으로 지금까지 발간되던 민족주의적 경향을 지닌 회지까지도 폐간을 당해 이미 설비된 인쇄시설이 남아돌게 하였는데, 이의 타개책이 일반 단행본 출판으로 이어졌으며 이는 곧 구소설의 인쇄출판을 촉구하였으므로 엄청나게 많은 구소설의 발간을 보게 되었다.[25]

이로써 구소설 성행의 내적, 외적 동인을 살펴본 셈이 된다. 필사에서 방각으로 이르는 동안에 구소설 독자의 확충이 있어왔고 세책가와 장시, 보부상을 통하여 보급되는 유통구조는 독자층의 저변을 넓혔다. 특히 세책가를 통해 여성독자가 확보된 것을 알 수 있었는데 다수의 여성독자가 구소설의 지속적인 독자층을 형성했음을 상정해 볼 수 있다. 이러한 내적 동인이 있은 반면, 바로 위에서 지적한 일제의 출판법에 의해 남아돌던 인쇄설비는 외적 동인으로 지적될 수 있을 것이다.

이러한 원인 등으로 1900년대에도 널리 보급되어 읽힌 활자본 구소설은 신소설과 동시에 유통되었다, 구소설과 신소설이 혼재해 있었던만큼 독자층의 혼재는 당연한 현상이라 생각된다. 구소설을 읽는 독자가 신소설을 읽기도 했을 것이며 신소설을 읽는 독자가 구소설을 읽기도 했을 것이다. 이것은 출판사의 상황도 마찬가지다. 신소설을 출판한 곳에서 구소설을 출판하기도 하여 신·구소설의 출판사가 분리되어 있었던 것은 아니다.

신소설 267종, 구소설 296종으로[26] 신·구소설은 비슷한 분량으로 출판되었지만 거듭 찍어낸 판수로 보아 구소설이 훨씬 웃도는 추세를 보여

---

25) 김중하, 개화소설의 문학사회학적 연구, 경북대학원 박사논문, 1985, 29면
26) 구소설이 296종이라는 통계의 근거는 다음 장에서 제시할 것이다.

준다. 활자본 구소설은 방각본의 4배 이상 출판되었는데 「춘향전」의 경우, 제목을 달리해서 출간되고 있는 것까지 97회 정도 출간되었을 정도이니, 이는 구소설 독자층의 기반이 넓은 것을 다시 한번 확인시켜주며, 구소설의 출간이 출판업자들에게 수지가 맞는 영업이었음을 알 수 있게 한다.

이상의 논의로써 구소설의 폭넓은 독자층과 구소설의 세에 편승한 출판사의 영리추구와 신소설 창작에 자극되어 구소설도 창작, 출판되었음을 알 수 있다. 그러므로 구소설에서 신소설로 진행되는 동안 공백기를 가진 적도 없고 구소설이 신소설로 곧바로 경사되는 현상을 보이지도 않았다, 구소설은 구소설대로 창작되었으며 구소설과 신소설의 구분이 모호한 작품들이 아울러 나오는 그야말로 혼재 현상을 보이고 있었던 것이다, 따라서 1900-1910년대는 출판매체의 공존현상 뿐 아니라 신·구소설 창작이 공존한 양상을 보여주는 신·구 근대소설이 공존한 문학사상의 과도기이자 격동기라 할 수 있다.

2.2. 신작 구소설의 자료와 애정소설

1907년에 이인직의 「혈의 누」가 광학서포에서 간행됨으로써 소설이 단행본으로 처음 활자화되었다, 구소설은 이보다 한해 늦은 1908년에 「강감찬전」이 광동서국에서 처음 간행되었고, 이후 계속해서 1911년 「춘향전」, 1912년 「옥루몽」을 비롯한 수많은 구소설이 활자화되었다, 이러한 추세에 편승하여 이 시대에 비로소 창작된 구소설도 필사를 거치지 않고 곧바로 출간되었다.

구소설의 활자화는 해방 이후까지 계속 되었으며 이렇게 하여 구활자본27)으로 출판된 구소설을 우쾌제는 249종으로 집계했다.28) 그러나 이

---

27) 이능우는 1900년대 구소설 활자본에 대해 구활판본(舊活版本), 우쾌제는 구활

집계에서 누락된 작품 47종을 포함하면 300종 가까이로 추산할 수 있다. 구활자본 고소설 목록에 관한 조사는 이능우의 '고대소설 구활판본 조사목록'29), 김기동의 '고전소설의 서지학적 고찰'30)이 있었고 이 두편과 기타 자료31)를 포함하여 우쾌제가 249편의 목록을 작성하였다. 누락된 40여종은 우쾌제가 사용한 자료를 검토하여 빠져있는 자료를 찾았고, 이춘기, 고운기가 작성한 '고전소설목록'32)을 참조하였으며, 나머지는 필자가 실제로 확인하여 보충하였다. 중복의 혼란을 피하기 위해 우쾌제 249종에서 누락된 작품명만을 부록으로 수록하기로 하며, 본고에서는 이를 토대로 활자본 구소설의 전반적인 상황을 파악하기로 한다.

1900-1910년대는 구소설, 신소설, 근대소설이 병행되었던 시기이다. 통상적으로 1917년 「무정」을 근대소설의 시발로 잡고 있고 1910년대 후기에 이르러서야 근대소설이라고 할 수 있는 작품이 나오고 있으므로 이 시기에 주종을 이루었던 것은 신소설과 구소설이라 할 수 있다. 실제로 신·구소설은 비슷한 분량으로 출판되었던 것이다.33)

'신소설'이란 용어는 1860년 이후 일본에서 발간한 잡지의 이름과

자본이라는 용어를 쓰고 있는데 이것은 오늘날 활자에 비해 구활자라는 의미이다. 당시로서는 1883년에 새로 도입된 연활자(鉛活字)는 목활자(木活字)나 동활자(銅活字)에 비해 신활자였으나, 1883년 이후 활자는 자체(字體) 외에 큰 변화를 겪지 않고 오늘날에 이르고 있으므로 신·구를 붙여 발생하는 혼란을 피하기 위해, 본고에서는 그냥 '활자본'이라는 용어를 쓰기로 한다.

28) 우쾌제, 구활자본 고소설의 출판 및 연구현황 검토, 고전소설연구의 방향, 새문사, 1985.

29) 이능우, 숙명여대논문집 8집, 1968.

30) 김기동, 국어국문학 51호, 국어국문학회, 1971.

31) 서울대 동아문화연구소편 국어국문학사전 부록 '한국고전소설목록',
    조동일, 고전소설자료수집상황, 고전문학연구회 발표요지, 1983
    국립중앙도서관, 전시자료목록 1975, 4-6월

32) 이춘기, 고운기, 고전소설목록, 한국문학연구방법론, 오세영외 공저, 민족문화사, 1983

33) 하동호, 개화기 소설의 서지적 정리 및 조사(동양학7집, 1977)에서는 1907-1926년까지 신소설 단행본 267종을 제시하고 있다.

1898년 중국에서 양계초에 의해 발간된 잡지명이 장르명으로 굳었다고
하나[34], 분명한 것은 구소설에 대해 새로운 소설이라는 의미로 쓰이고
있다는 점이다. 따라서 '고대소설', '이조소설', '고전소설', '구소설' '고소
설' 등 사용되고 있는 다양한 명칭 중에서, 본고에서는 신소설과 대응되
는 '구소설'을 사용하기로 한다. 왜냐하면 본고에서는 신소설과 구소설의
좀더 명확한 구분이 필요하기 때문이다.

그러나 명칭처럼 신·구소설이 명확하게 구분되는 것은 아니다. 실제
로 어떤 작품은 고소설목록에도 신소설목록에도 다 포함되어 있기도 하
며[35] 논의 상의 혼란도 발견된다. 우쾌제도 위의 논문에서 「강릉추월」, 「
강상루」 등 몇몇 작품은 추후 연구에 의해 신·구소설의 경계가 밝혀질
것으로 기대하고 있다.[36] 이것은 신·구소설을 구분하는 기준이 모호하
다는 것을 말해 주며, 또한 신·구소설의 경계가 분명하지 않다는 것을
말해주는 것이기도 하다. 단지 출판 연대만을 기준 삼아서, 1900년대에
나온 작품이면 무조건 신소설이라는 선입견이 작용한 탓에 생긴 결과이
기도 하다.

그러므로 신작 구소설을 동시대의 신소설과 구분할 수 있는 근거의
설정이 필요하다.

첫째로 살펴야 할 것은 작품의 시대 배경이다. 당대를 무대로 한 작품
은 신소설이고 전대를 부대로 한 작품은 구소설로 볼 수 있다. 이것은
조선시대에 나온 것만 구소설일 수는 없다는 말이 된다. 작품 성립 연대

---

34) 이재선, 신소설 발생의 요인과 그 명칭 성립과정, 어문학22집, 한국어문학회,
   1970
35) 본고에서 다루게 되는 「난봉기합」이나 「부용상사곡」은 김윤식이 자료를 정리
   한 한국 현대문학연표(1). 한국학보 40에 수록되어 있고 하동호의 '개화기 소
   설연구-서지 중심으로 본 개화기 소설'(단국대 석사논문, 1972)에는 신소설
   류에 우쾌제분과 중복되는 작품으로 「강감찬전」, 「추풍감별곡」, 「완월루」,
   「봉황대」, 「금낭이산」, 「부용의 상사곡」, 「채봉감별곡」, 「금강취유」, 「강릉추
   월」, 「강상루」, 「명사십리」 등이 포함되어 있다.
36) 우쾌제, 앞의 논문, 122면

가 기준이 아니고 작품의 시대 배경이 기준이 된다. 이해조의 「빈상설」 은 구소설의 유형을 받아들여 시대 배경을 당대로 바꾸었으니 구소설일 수 없다.

둘째, 문체가 판별의 기준이 된다. 당대의 작가가 구소설에 익숙한 많은 독자들을 상대로 소설을 쓰면서 구소설의 문장을 쓰는 것은 당연한 것이다. 문체의 변별은 기존 연구에 의거하기로 한다. 신·구소설의 문체 차이는 이재선, 박종철, 정주동, 김상태 등이 연구하였는데[37] 모두 신소설과 구소설에 나타난 문체의 공통점을 추출하는 방식을 취하고 있다. 여기서는 이러한 연구의 결과를 가지고 신·구소설을 가리는 근거로 삼는다. 위의 문체 연구에서는 구소설이 비개성적인 표현을 주도하는 문어체인 반면, 신소설은 작가의 독창적인 표현을 보여주는 구어체이며, 구소설이 대화와 지문이 구분되지 않은 반면, 신소설은 구분되어 있은 뿐 아니라 대화로써 인물의 성격을 부각시키려 하고, 신소설은 새로운 어휘를 수용하고 있다는 점을 공통적으로 지적하고 있다.

셋째로 문제삼을 것은 주제이다. 구소설과는 다른 신소설의 주제로 백철은 개화와 자주독립, 신교육의 역설, 인습의 비판과 새 도덕, 미신타파와 현실폭로 등을 들었다.[38] 이것을 신소설의 표면적 주제라 한다 해도[39] 구소설과의 변별적 요소임에는 틀림없다. 구소설에서는 천상질서를 추구한 작품이 많았으나 신소설에서는 천상계가 사라지고 초월적 원리의 대변자로 개화국인이 나타나 개화를 추구한 것은 세계관의 변화가 일

---

37) 이재선, 신소설의 서술구조론 시고 - 이조소설과의 대비적 시점에서, 진단학보 33, 1972

　개화기 서사문학의 두 유형, 국어국문학 68, 69 합병호, 1975.

　정주동, 표현론, 고대소설론, 형설출판사, 1981.

　김상태, 근대적문체의 성립, 한국문학연구입문, 지식산업사, 1982

　박종철, 개화기 소설의 언어와 문체, 개화기문학론, 형설출판사, 1979

38) 백 철, 신문학사조사, 신구문화사, 1980

39) 조동일, 신소설의 문학사적 성격, 서울대 문리대 한국문화연구소, 1973, 142면

으킨 주제의 변화로 지적될 수 있다.

　이상 제시한 세 항목을 통합해서 하나의 기준을 제시하자면 擬古性과 當代性이라고 할 수 있다. 구소설은 의고적이고 신소설은 당대적이다. 시대배경, 문체, 주제 등이 의고적이어야만 구소설일 수가 있는 것이다. 신소설 작가인 김교제가 지은 「난봉기합」의 말미에 첨부된 저자의 변설을 살펴보면,

　　　일부다쳐(一夫多妻)는 가정의 큰 방히며 풍속의 큰 방히며… 그 영향이 문명의 큰 방히가 되나 그 쩌 시졀은 곳 죠션 초엽 인고로 …… 이부인 삼부인의 폐습을 밋쳐 기혁지 못한고로…… 그 사실을 감히 곳치지 못하노니 독자제군은 그 쩌 풍각을 기탄ㅎ실 지라도 저자를 칙지 안이 하실줄 싱ㅎㄴ이다.

라고 하였으니 구소설을 창작할 때 작자가 이미 의고성을 염두에 두었음을 말해준다.

　당시에 창작되었어도 활자본으로는 출간되지 않은 구소설도 있다. 1904년 ‘심생우사’가 지었다는 「봉내신선녹」 같은 작품은 활자화되지 않았다.40) 1906년에 필사된 「오옥기담(五玉奇談)」은 다섯 편의 단편이 실려 있는 단편집으로 활자화되지 않았다.41) 이러한 작품은 필사기가 첨부되어 창작된 시기를 알 수 있지만, 대부분의 구소설이 그렇듯이 창작시기를 정확히 알 수는 없으므로 필사본을 대상으로 하기 어렵다.

　필사본을 제외하는 또 하나의 원인은 시대상황과 관련된다. 1900년대는 필사의 시대에서 출판문화시대로 이행하던 시기였다. 구소설이 다량 활자화되어 필사본이나 목판본을 활자본으로 흡수하였고, 신소설은 신문연재를 거쳐 단행본으로 출간되는 출판문화시대에 돌입하여 있었다. 따

---

40) 김동욱본
41) 고려대 중앙도서관본으로 소재영 교수가 고소설통론(이우출판사, 1983)에서 처음 해제를 붙여 소개하였다.

라서 신작 구소설이 활자본으로 출간된다는 것이 보다 많은 독자를 확보하는 한편, 새 시대 문화에 편승하여 구소설이 회상의 문학이 아닌 대중 속에 살아있는 당대의 문학이 되게 하는 데 기여하는 문학사적 의의를 가진다고 보기 때문이다. 문화적인 활동이나 정신적인 결정이 대외적으로 표시되지 않으면 그 성과를 알 수 없으므로, 신작 구소설의 출간은 한층 의의를 더하는 것이다.

본고에서는 신작 구소설 중에서도 1900-1910년대에 출간된 소설만을 다루기로 하였다. 이때는 주지하다시피 신소설과 구소설이 병행 출판되다가 1917년 「무정」이 나오고 1920년대는 근대소설사가 전개되면서 그 추세에 밀려 실제로 구소설은 그 몫을 다하게 된다. 그러므로 1920년대 이후 초간된 구소설은 다루지 않는다.

이제 구소설 중 신작 구소설을 가려내야 할 차례다. 당시의 구소설은 세 가지로 나누어 살필 수 있다.

첫째: 필사본과 목판본으로 전해 오던 소설을 그대로 간행한 것으로 우쾌재 249종 중 거의 절반이 이에 해당한다.

둘째: 기존 구소설을 개작하여 출간한 일련의 작품군으로 판별이 용이하지 않다. 「소학사전」에서 파생한 일련의 작품군을 예로 들 수 있다.

셋째: 이 시대에 이르러 비로소 창작되어 목판본이나 필사본을 거치지 않고 바로 출간된 신작 구소설 군으로 본고에서는 이에 주목하고자 한다.

신작여부를 가려내는 작업은 먼저 필사본과 목판본의 존재 여부를 문제 삼았다. 목판본은 1910년대까지 찍혀져 나왔지만 새로 판각된 것은 거의 없어서, 이미 있는 판목만을 이용하였고, 또 목판본으로 출간되는 소설은 이미 대중에게 널리 퍼져 상업성을 확보한 것이므로, 목판본으로 출간된 소설은 신작이 아니라 단정할 수 있다. 또 필사는 목판본 이전부터 전하던 가장 오핸 유포형태이므로, 필사본 소설은 1900년 이후에 필사되었다는 확실한 필사기가 있는 것을 제외하고는 전대의 것으로 보는 것이 마땅하다. 그러나 또 하나 고려되어야 할 것은 필사본이 남아있는 소설 중 신작으로 볼 수 있는 작품과 이미 작품 외적 근거로 신작이라고 판별된 작품의 작품 내적 근거를 확보하는 일이다. 이것은 작품을 구체적으로 논의하게 되는 3장과 4장에서 살피기로 한다.

이렇게 하여 296편중 목판이나 필사본이 있는 120편을 제외했다. 다음으로 1920년 이후 초간된 77편을 제외하고 제목만 바꿔 출간한 개제작 14편도 제외했다. 이렇게 하여 남은 작품은 72편이다. 도표로 나타내면,

활자본 구소설 총수	296
필사본, 목반본 현전	132
1919년 이후의 작품	77
개제 혹은 개작품	15
남은 작품	72

이상과 같다.

남은 작품 모두를 본고에서 다 다루려는 것은 아니다. 그 중에서 애정소설만을 대상으로 한다. 구소설의 주된 유형은 영웅소설, 애정소설, 대하장편소설이었다. 이 시기에 이르면 대하장편은 사라지고 애정소설과 영웅소설이 남고 역사소설이 등장한다. 역사소설의 등장은 역사적으로 위기에 처한 상황에서는 필연적인 현상이었다. 이것은 신소설의 경우와 다를 바 없다. 그러다 1920년 이후가 되면 애정소설과 역사소설이 남아 애정소설만이 지속적인 유형으로 남게 된다. 따라서 애정소설의 고찰은 소설사적 계보를 파악하기에 유리하다. 또한 72면 모두를 다룬다는 것은 양이 너무 방대하여 심도있는 논의를 하지 못할 가능성이 크므로 효과적인 논의를 위해서 신작 구소설의 전반적인 파악이 가장 유리한 애정소설만으로 논의를 국한하기로 한다.

　이렇게 하여 최종적으로 본고의 대상작으로 남게 된 애정소설은 「형산백옥」, 「난봉기합」, 「쌍미기봉」, 「약산동대」, 「부용상사곡」, 「채봉감별곡」, 「청년회심곡」 등 7편이다. 각 작품의 서지사항을 살피기로 한다.

　「형산백옥(荊山白玉)」은 신구서림에서 1915, 1923년, 회동서관에서 1916년에 발행되어 널리 읽혔음을 알 수 있다. 본고에서는 1915년 신구서림본을 대본으로 한다.

　「난봉기합(鸞鳳奇合)」은 1913년 동양서원에서 발행된 것 뿐으로 147면이다.

　「쌍미기봉(雙美奇鳳)」은 1916년 회동(匯東)서관에서 발행되었고 96면이다.

　「약산동대(藥山東臺)」는 1913, 광동서국(光東書局), 1915, 1921, 박문(博文)서관에서 발행되었고 본고는 1913년 광동서국 발행 171면을 대상으로 한다.

　「부용상사곡(芙蓉相思曲)」은 1913년 신구(新舊)서림에서 발행되었고 89면이다.

　「채봉감별곡(彩鳳感別曲)」은 본고의 대상작 중 유일하게 서울대 도서관본 필사본이 있다. 1914, 박문서관, 1913, 1916, 1917, 1918, 1920년 신구서림, 1925 동양서원, 1925, 1926 경성서적조합에서, 1952년 세창서관에서 「채봉감별곡」 혹은 「추풍감별곡」이란 제명으로 발행되었다. 본고는 1914년 박문서관본(73면)을 대상으로 한다.

　「청년회심곡(靑年回心曲)」은 1914, 1918, 1926년에 신구서림에서, 1914 성문당(誠文堂)서점, 1914년 대동서원, 1925년 덕흥서림, 1926 경성서적조합에서 발행되었고, 1926년 세창서관에서 1914 박문서관본과 같은 판본으로 찍어낸 것도 있다. 본고에서는 1914년 박문서관본 64면을 대상으로 한다.

　「쌍미기봉」, 「부용상사곡」은 아세아문화사가 영인한 활자본고전소설전집 3권에, 「형산백옥」, 「청년회심곡」, 「채봉감별곡」은 10권에 수록되어 있고 「약산동대」는 인천대학 민족문화연구소가 편한 구활자본 고소설전집 8권에 수록되어 있다.

활자본 구소설에 관한 연구 상황은 우쾌제의 상기 논문에서 살핀 바와 같이 부진한 편인데, 신작 구소설에 이르면 더욱 한미할 뿐 아니라 구소설의 개작과 신작을 가리는 작업은 한 번도 시도된 바 없었다. 본고에서 다루는 7작품 중에서 「채봉감별곡」, 「부용상사곡」, 「청년회심곡」에 관한 연구는 다수 발견되나, 「형산백옥」, 「약산동대」, 「쌍미기봉」은 본격적인 연구가 없고 김기동이 한국고전소설연구에서 해제하였을 뿐이다. 「난봉기합」은 신소설 목록에만 올라 있어 연구나 해제가 없는 것은 물론, 단편적이 언급조차 발견되지 않는다.

「채봉감별곡」, 「부용상사곡」, 「청년회심곡」에 관한 연구로서는 김기동의 '가사의 소설화시론'42), 최원식의 '가사의 소설화 경향과 봉건주의의 해체'43), 박정춘의 '가사가 삽입된 소설의 연구—부용상사곡, 청년회심곡, 채봉감별곡의 비교와 연구'44) 등이 있는데 세 작품을 모두 다루고 있다. 세 논문 모두 가사가 소설화되었는지, 가사를 원용하여 소설을 완성시켰는지에 관심을 모으고 있고, 작품의 창작시기를 한결같이 조선조 말기로 보고 있다. 따라서 신·구문학의 공존기 문학으로서 가지는 의의에는 주목하지 못했다.

그러므로 여기서 세 작품이 1910년대에 창작되었다는 사실을 밝혀야 할 것이다. 세 작품 중 「채봉감별곡」은 기존 연구에서 가장 많이 다루어진 작품이다. 김태준은 채봉감별곡이 「玉嬌鸞百年長恨」의 번안작이라 하였고45), 주왕산이 고대소설 쇠잔기에 나타난 청대소설의 모방 경향46)을

---

42) 김기동, 동국대논문집 3·4 합집, 1967
43) 최원식, 민족문학의 논리, 창작과 비평사, 1982
44) 박정춘, 숙대 석사논문, 1983
45) 김태준, 조선소설사, 학예사, 1939

지적하였는데 이후 비교 문학적 관점에서 이 작품을 연구한 김기동의 '「채봉감별곡」의 비교 문학적 고찰'47) 이상익의 '「채봉감별곡」과 「옥교란백련장한」'48) 등의 논문이 나왔다. 단편적으로 「채봉감별곡」을 언급한 연구로는 이상택 '고전소설의 사회와 인간'49), 김일렬 '조선조 소설에 나타난 孝와 애정의 대립-「숙영낭자전」을 중심으로'50)에서 소설사의 통시적 고찰의 일환으로 다루었다. 「채봉감별곡」만을 대상으로 한 연구에는 박귀춘의 '채봉감별곡 연구'51)가 있다.

이들 연구에서 공통적으로 지적할 수 있는 것은 모두 창작시기를 조선조 말기로 보고 있다는 점이다. 이것은 「청년회심곡」과 「부용상사곡」을 다룬 연구의 경우도 마찬가지다. 본고가 신소설과 병존한 신작 구소설을 대상으로 하였기에 창작시기에 관한 점은 자세히 따지고 넘어가야 할 줄 안다. 김기동은 위의 논문에서 「채봉감별곡」이 순조와 고종조 사이에 나온 작품이라고 구체적인 창작시기를 설정한 다음 몇 가지 사실을 들어 이를 입증하고 있다. 이조 말엽설을 입증하기 위해 「채봉감별곡」이 위정자의 부패상과 횡포성을 표현하였고, 현실생활에서 취재하였으며 傳奇性이 없고 우리 나라를 배경으로 하고 남녀간의 진실한 애정문제를 사실적으로 표현하였다는 점들을 들고나서 비교적 언문일치에 접근한 문장과 별로 다를 바 없는 문장법을 썼다는 점을 들었다. 그러나 이러한 점이 이 작품이 신소설기에 나오지 않았다는 반증이 될 수 없으며, 특히 문체의 문제에서는 오히려 신소설과 공존기의 문학임을 입증하는 단서가 된다 하겠다.

「채봉감별곡」은 서울대도서관본 필사본이 있어 조선조 말기설을 더욱

---

46) 주왕산, 조선고대소설사, 정음사, 1950, 308면
47) 김기동, 한국고소설연구, 정규복외 공편, 이우출판사, 1983
48) 이상익, 한·중소설의 비교문학적 연구, 삼영사, 1983
49) 이상택, 한국소설의 연구, 중앙 출판인쇄주식회사, 1981
50) 김일렬, 조선조소설의 구조와 의의, 형설출판사, 1984
51) 박귀춘, 동국대석사논문, 1984

유력하게 하였는데, 이것은 활자본과의 대조를 통하여 활자본이 선행본임을 밝힐 수 있다. 김기동의 연구에서는 세창서관 1952년판 「추풍감별곡」과 필사본을 비교하여 필사본이 선행함을 밝혔으나, 세창서관본은 후대에 나온 것으로 1914년 신구서점본이나 필사본에 윤색이 가해진 것이다. 오히려 본고에서 대상으로 삼은 1914년 신구서점본이 필사본과 동일하므로, 신구서점본과 비교하여 선후를 밝히는 것이 타당할 것이다.

문체의 변화는 몇몇 작품에 있어 신작 구소설임을 입증해 주는 결정적인 증거가 된다. 필사본이 있어서 신작인가를 의심스럽게 했던 「채봉감별곡」의 경우는 면밀하게 살펴볼 필요가 있다. 우선 필사본과 활자본의 대조를 통하여 문헌적인 고증에서 활자본이 선행함을 알 수가 있다.

활자본과 필사본은 내용이 꼭 같은데, 轉寫의 과정에서 착오를 일으킨 부분들이 발견된다.

> 누가 이럿케 쥬황다홍을 물드려놧노 (치봉이가 일오디) 아 세월도 쉽구나 인생 백년이 (잠간이라 금년도) 벌셔 요됴삼월 다 지너고 삭풍이 소슬ᄒ니 여름이 다 지나고 (츄구월이 되건마는) 소식조츠 망연ᄒ오구려(456면)

(   )에 들은 부분들은 활자본에는 있고 필사본에는 누락된 부분이다. 보는 바와 같이 (   )속 문장이 빠지면 온전한 문장이 이루어지지 않는다. 이것은 활자본 대본을 놓고 필사하는 과정에서 필사자의 착오로 빠뜨린 것으로 볼 수밖에 없다.

삽입가사인 「추풍감별곡」도 활자본은 192행인데 필사본은 191행이다.

> 인연업셔 못보ᄂᆞ지 유뎡ᄒᆞ야 그리지
> (인연이 업셧스면 유뎡인들 어이ᄒᆞ며)
> 유정홈이 업셧스면 그리긴들 어이할가

필사본에 빠진 부분은 ( ) 속의 부분인데 이 역시 누락되면 문맥이 자연스럽지 못한 구절이다. 이처럼 필사자의 부주의로 인한 착오에서 확실히 필사본이 활자본을 전사하였음을 알 수 있다. 「青樓義女傳」이 잡지 연재 후 필사되었다는 사실로 봐서 필사본이 활자본보다 늦게 나온 예가 「채봉감별곡」의 경우만이 아님을 알 수 있으므로, 활자본이 선행된 사실을 납득할 수 있다.

「부용상사곡」과 「청년회심곡」을 다룬 경우를 보자.

이능우는 '이야기책 구활판본 조사목록'에서 '倭政때의 李朝小說'이 있을 것이라고[52] 의혹을 표시하고 나서 '新文學期 乃至는 日帝初期에 創作된 古代小說들을 이 目錄에서 가려내야 한다'[53]고 말미에 덧붙였다. 그리고 「채봉감별곡」과 「부용상사곡」은 신문학기 작품으로 보아 구소설의 논의에서 제외하였다.[54]

「부용상사곡」을 신문학기의 작품으로 보는 이능우의 견해는 신소설투의 문체에서 확인되며, 「청년회심곡」, 「채봉감별곡」과 아울러 소설 내 가사 삽입의 측면에서 확인된다. 신문학기에 널리 퍼진 가사, 잡가를 소설 내에 수용하여 가사, 잡가의 수용자와 소설의 수용자를 모두어서 상업성을 띤 구소설 출간의 의의를 더했다.

갈래 혼입 양상은 1910년대 상황과 견주어서 논의될 수 있는데, 이점은 바로 「부용상사곡」이 「청년회심곡」과 아울러 1910년대에 창작되었다는 근거가 될 것이다.

이상 세 작품이 1910년대에 창작된 작품 외적 근거로서 제시하고, 3, 4장의 논의에서는 작품 내적 근거를 밝힐 예정이다.

---

52) 이능우, 고소설연구, 이우출판사, 1972, 270면
53) 이능우, 위의 글, 306면
54) 이능우, 이조소설에서 여성의 발견, 위의 책, 181면

3. 애정추구의 의미

3.1. 애정소설의 전통

애정소설이란 용어는 염정소설, 정염소설, 연애소설, 연정소설 등과 섞여 쓰이고 있다. 김태준, 조윤제, 정주동, 소재영 등은 艶情小說을 사용하였고 주왕산은 情艶小說을, 김준영은 연정소설을, 우리 어문학회는 연애소설을, 김기동, 정형용, 조동일은 애정소설을 사용하였는데, 용어를 사용하는데 있어 크게 의미의 차이가 나타나지는 않는다. 신소설과 근대소설에는 '애정소설'을 주로 쓰고 있으므로, 본고에서는 문학사적인 연관을 고려하여 '애정소설'을 사용하기로 한다.

애정소설에 관한 기존 연구에 나타난 견해들을 살펴보면 남녀의 연정을 제재로 한 소설[55], 애정문제를 표현하고 애정관계의 비중을 중시한 것[56], 남녀간의 연애나 애정생활을 표현한 작품[57], 애정의 문제를 긴요하게 다룬 것[58], 애정이 하나의 주제를 이룬 것[59], 주로 남녀의 사랑과 그 생활을 묘사한 작품[60]이라고 하였다. 본고에서도 일단 위의 견해들을 받아들여 애정문제를 중점적으로 다룬 작품을 애정소설로 다루고, 이미 애정소설이라고 분류했던 작품들은 모두 취급하기로 한다.

상고시대에도 남녀의 애정은 인간의 생사에 관련될 정도로 중대한 문제였음을 전래하는 설화를 통하여 확인할 수 있다. 선덕여왕을 사모하여

---

55) 김준영, 한국고전문학사, 형설출판사, 1982, 326면
56) 소재영, 위의 책, 244면
57) 김기동, 한구고전소설연구, 교학연구사, 1983, 149면
58) 조동일, 한국문학통사3, 지식산업사, 1984, 503면
59) 한국문학편찬위원회편, 한국문학개설, 형설출판사, 1980, 249면
60) 조윤제, 한국문학사, 탐구당, 1979, 313면

죽어간 志鬼설화, 애첩을 사모하다 죽어간 崔抗이 혼백으로 애첩을 만난 후 다시 살아나 해로하는 首揷石枏설화, 죽은 혼백과 최치원이 정을 통하는 雙女墳화 등에서 남녀의 애정은 사후에라도 실현되었고, 調信설화에서는 꿈속에서라도 애정이 실현되었을 정도로 남녀의 애정은 긍정하여 추구하여야 할 대상으로 나타나 있다. 고구려 유리왕의 「황조가」에서는 한나라로 돌아가 버린 치희를 생각하며 신세를 한탄하는 모습을 읊어 애정을 잃은 허망함을 보여주고, 신라의 향가 「署童謠」에서는 노래를 통하여 애정을 정략적으로 성취하고 있다. 백제의 「정읍사」는 길떠난 남편의 무사한 귀향을 비는 아내의 애정을 노래하고 있다. 삼국시대의 가요에 나타난 애정은 꿈속에서나 사후에서나 성취될 수 있는 것으로 애정성취의 차원을 현실로 끌어내려 이루려는 강한 의지가 나타난다. 고려가요인 「만전춘별사」, 「쌍화점」, 「가시리」 등에 이르면 애정은 정열적으로 추구하는 대상이 된다. 조선시대에 '男女相烈之辭'라 하여 문헌에 올리기조차 꺼려할 정도로 남녀의 애정은 농도 짙고 적나라한 양상으로 나타난다. 이것은 그 시대의 자유로운 남녀 관계에서 유래하는 것으로 보인다.

애정을 문제삼는 양상은 시대에 따라 변하였는데 이것은 그 시대 사회질서와 관련된다. 비교적 자유로이 애정을 추구할 수 있었던 고려시대의 문학작품에 나타난 노골적인 애정욕구와 유교적 질곡에 묶여 남녀간의 교제가 엄격히 금지되어 있던 조선시대의 문학작품에 나타난 애정은 사뭇 다르기 때문이다. 조선시대의 애정소설은 당시의 성윤리에 억압된 남녀에게 보상의 기능을 했음이 분명하지만, 시대의 제약은 어쩔 수 없이 작품 내에도 가해져서 애정의 양상은 유교윤리에 정면으로 위배되지는 못하였던 것이다.

구소설의 효시라 일컬어지는 「금오신화」에서 조선조 애정소설은 시작되었다. 「금오신화」를 위시한 초기의 한문소설 몇 편은 애정을 중시하여 다루는 단편적인 내용의 애정소설군이다. 「금오신화」 중 「이생규장전」과

「최척전」, 「주생전」 등이 초기 애정소설군에 해당하는 한문소설군이다. 이들 작품은 金時習, 趙緯韓, 權韠 등으로 모두 작자가 밝혀져 있는데, 「최척전」이나 「주생전」은 男女離合과 삼각관계를 실감나게 그려 놓아 널리 읽힌 작품들이다.

초기 한문소설의 단계를 지나 영웅소설, 특히 여성을 주인공으로 한 영웅소설군에서 애정은 중요한 문제로 부각된다. 祈子 정성을 들여 晚得의 주인공이 출생하고, 자라서 天定배필을 만나 佳緣을 맺은 다음, 나라를 위하여 무공을 세우고, 가족들과 행복을 누리는 영웅의 일대기에 애정담은 대부분 끼어 있게 된다. 「조웅전」이 그렇고, 「유충렬전」이 그렇다.

남녀이합을 다루는 영웅소설에서는 남녀 주인공이 대등한 위치로서 다 같이 고난을 당하는데, 「이대봉전」, 「황운전」 등이 그러한 예로서 이합에 따르는 안타까움이 긴장을 조성한다. 여성을 주인공으로 한 영웅소설 중 「숙향전」은 미천하게 된 숙향과 고귀한 신분의 이선과의 사랑을 그리고 있다. 「백학선전」은 남녀이합과 혼사장애를 통하여 남녀주인공의 애정을 다루는, 남녀주인공의 위치가 대등한 영웅소설이다. 이들 작품에서도 남녀의 결합이 인간의 본질적인 욕구인 애정으로 형상화된다.

대장편으로 늘어난 가문소설은 일대기, 이대기 혹은 삼대기까지의 여러 세대를 다루거나, 여러 가문을 다루었는데 수많은 등장인물의 얽히고 섥힌 관계를 통하여 남녀관계의 여러 양상과 문제점을 부각시키고 있다. 이대기, 삼대기로 나가는 가문소설은 자식들의 혼인이 이루어지는 과정에서 복잡한 사건이 전개되고, 여러 가문이 등장하는 가문소설은 각 가문끼리 서로 혼인을 통하여 얽혀 있는 관계를 다루는 것이 일반적인 현상이다. 「쌍천기봉」, 「현씨양웅쌍린기」, 「보은기우록」 등 대부분의 가문소설이 남녀관계를 중점적으로 다룬다. 영웅소설과 가문소설의 공통점은 이원론적 가치관에 다라 기존질서를 옹호하려는 태도를 보이는 것으로 천상과 지상이 갈라져 있어 천상에서의 필연이 지상에서는 우연의 방식으로 실현되어 나가는 과정을 통하여 이원론이 구현된다는 것이다.

애정소설의 변천과정 중 세 번째 단계에 해당하는 것은 신분차이를 보여 정상적으로 혼인하기 어려운 남녀가 애정을 고수하여 마침내 결합하는 것을 내용으로 하는 작품군이다. 주로 기생과 사족신분의 남주인공을 등장인물로 한 이들 작품군은 신분차이에서 오는 갈등의 해결과정이 애정의 성취로 이어지고 있다. 신분차이에서 오는 갈등은 신분이 사회적 제약인지라 사회현실의 문제와 맞물려 들어간다. 「춘향전」, 「옥단춘전」이 이러한 내용을 가지는 대표적인 작품들인데 한문소설로서는 「洞仙記」, 「柳綠傳」 등을 들 수가 있다. 현실의 문제와 애정갈등이 맞물리는 이들 작품군은 이원론적 세계관에서 벗어나 모든 문제가 지상에서 발생, 해결된다. 여주인공을 기생으로 설정한 것은 조선시대에 자유로이 남성과 교제할 수 있었던 여성은 기생으로 한정되어 있었기 때문이기도 하지만, 신분의 차이를 넘어서서 이루어지는 사랑의 가치를 강조하는 방편으로도 해석될 수 있다.

이상으로 애정이 작품에서 중시되어 오는 과정의 고찰을 통하여 애정소설의 통시적 전개를 살폈다. 애정소설이라 할 수는 없어도 애정이 큰 비중을 차지하는 두 번째 단계의 영웅소설, 가문소설 등은 세 번째 단계인 기녀 주인공의 애정소설군과 시기상 공존하기도 했겠지만, 영웅소설은 일찍부터 나타나 지속되어 온 형태이고 가문소설은 귀족적 영웅소설의 이원론적 세계관을 계승하였으므로, 이들 소설군은 두 번째 단계에 놓일 수 있다. 이러한 애정소설의 사적 전개를 염두에 두면서 작품을 고찰할까 한다.

3.2. 「형산백옥」, 「난봉기합」, 「쌍미기봉」

「형산백옥」은 작자가 밝혀져 있지 않으며 남주인공 계선이 세 여인과 결연하는 과정을 결구해 놓은 12회장체 소설이다. 줄거리를 요약하면 다음과 같다.

대명 홍무년간에 절강 소홍부의 장침은 육십이 넘도록 자식이 없었다. 산천에 기자정성을 들여 자식을 얻어 이름을 '계선'이라 하였다. 장침의 친구 유가가 보고 삼십 전에 고초를 당하나 이후 복록을 누리리라 하였다. 계선이 십삼 세에 부모를 잃고 이웃 주노인에게 보살핌을 받았으나, 삼년 후 주노인도 죽어 결식하게 되었다. 서쪽으로 가라는 하늘의 말에 따라 영은사로 가서 중이 되었다. 영은사에서 5년을 보낸 후, 천태산에서 지상선이 되려고 9년 동안 수도하였다. 악주땅의 왕호경은 형악묘를 중수하고 딸 초옥을 낳았는데, 얼굴이 흉하고 벙어리였다. 초옥이 성장하여 혼인하려 했으나, 추한 용모 때문에 두 번이나 거절당하고, 두 번째 혼담에서는 천자의 근친을 속였다 하여 왕호경이 파직당했다. 왕호경은 형악묘 도사의 말을 듣고 천태산에서 내려온 계선을 만나 집으로 데려왔다. 계선이 글씨를 써서 팔았는데, 도어사 연자정의 딸이 그 글씨를 구하였다. 계선과 초옥이 혼인을 하니 초옥이 허물을 벗고 미모를 회복했으나, 여전히 벙어리였다. 계선이 조상신위를 모시러 가다가 몽중 지시를 받고 익사한 사람을 구했는데, 계선은 그가 글씨를 구한 연규수임을 알지 못했다. 계선은 과거에 응시하였다 낙방하지만, 상왕의 덕분에 등과하여 절강안찰사를 제수받았다. 상왕의 딸 요화공주를 제2부인으로 맞았다. 초옥은 천태산 도사의 제자가 주는 연단을 먹고 일년 만에 입이 열렸다. 주노인의 아들 주철이 주선하여 연소저와 세 번째로 혼인하였다. 두 번째로 초옥의 중매를 거절한 장씨를 계선이 정계에 추천하였다. 왕호경의 부인 이씨가 마음을 고쳐 뒤늦게 아들을 생산하였다. 계선은 삼부인에게서 생자생녀하고 89세에 세상을 떠나 신선이 되었다.

「형산백옥」은 본고에서 다루는 다른 어느 작품보다도 구소설적인 성격을 가장 많이 지니고 있다. 배경이 중국이고 등장인물이 모두 사족신분의 남녀이며 일부다처제가 실현된다는 점 등이 그러하다.

지리적, 시대적 배경이 중국으로 설정된 것과 우리나라로 설정된 것으로 구소설을 나누어 보면, 중국배경이 압도적으로 많은데, 소설의 창작시기가 근대에 가까워질수록 우리 나라 배경의 작품이 늘어나고 있다. 중국을 배경으로 한 작품 중에는 사명배호사상(事明排胡思想)에 기인하여[61] 宋代와 明代를 배경으로 한 것이 특히 많은데, 「형산백옥」은 명대를 배경으로 하고 있다. 구소설이 중국을 배경으로 하는 이유는 여러 가지가 있겠지만 중국문화에 대한 동경을 큰 이유로 들 수 있겠으며, 조선 후기에 우리나라 배경 작품이 늘어난 것은 민족의식의 성장과 관련시켜 해석할 수 있다. 중국을 배경으로 하는 작품은 대부분 사족을 주인공으로 하는데, 귀족적 영웅소설이 대부분 중국을 배경으로 하고 사족을 주인공으로 삼고 있다. 또 이들 사족신분의 남주인공들은 예외 없이 여러 처첩을 얻는데, 「형산백옥」의 계선도 마찬가지로 사족으로서 세 여인과 혼인하였다. 사실상 계선의 일생은 영웅소설에 나타나는 '영웅의 일생'과 일치하고 있다. 영웅의 일생과 계선의 일생을 견주어서 살펴보기로 한다.

---

61) 정주동, 고대소설론, 형설출판사, 1981, 173면

영웅의 일생[1]	계선의 일생
가) 고귀한 혈통을 지니고 태어났다.	가) 장량의 47대손으로 부친은 은사(隱士)이다.
나) 비정상적으로 잉태되거나 출생했다.	나) 부친의 나이 60에 기자정성으로 태어났다.
다) 범인과는 다른 탁월한 능력을 타고 났다.	다)총명하여 십삼세에 '물리달통'한다.
라) 어려서 기아가 되어 죽을 고비에서 벗어났다.	라) 십삼세에 부모를 잃는다.
마) 구출 - 양육자를 만나 죽을 고비에서 벗어났다.	마) 이웃 주노인이 보살핀다.
바) 자라서 다시 위기에 부딪친다.	바) 주노인이 죽어 유리걸식하다 9년 동안 입산하여 고행한다.
사) 위기를 투쟁으로 극복하여 승리자가 되었다.	사) 국가를 위하여 탐관오리를 징치하고 전쟁에 출전하여 공을 세운다.

　(가)가 고귀한 혈통이기는 하나 은사로 몰락한 집안출신이며, 중요하게 취급되어야 할 (사)항목이 '무과장원으로 여러 번 출전하여 공이 만코'와 같이 한 줄로 처리되어 있기는 하지만. 계선의 일생은 '영웅의 일생' 항목에 맞게 전개되고 있다. 영웅의 일생을 다루는 영웅소설이 그렇듯이 이 작품에서도 이원론적 세계관이 구현되고 있다. 계선은 부모를 모두 잃고 나서부터 적극적인 천상계의 개입에 의해 움직이게 된다.

　　　공중의서 은은이 소리잇셔 셔를 향하야 가라 ᄒᆞᆫ 듯 ᄒᆞ거늘 (540면)[62]

하는 하늘의 소리를 따라 영은사에 가서 오랫동안 수도생활을 한 후, 한 진인에게 다시 앞날을 계시받게 되는데,

---

62) 이하 아세아문화사가 간행한 영인본의 면수를 말하며, 읽는 데 편의를 위해 필자가 임의로 띄어쓰기를 하기로 한다.

> 그딕 경스에 가면 왕가의 인연을 믹지되 질병년치를 뭇지 말고
> 조강위를 졍ᄒ면 닉슈투강지인을 건져닉여 쳥춘을 가이ᄒ며 ᄉ람의
> 지우를 닙으믹 기 쳥을 물이치지 말ᄂ 삼부인을 두어 즈숀이 번셩
> ᄒ며 위주인신하리니 (554면)

계선이 세 여인과 결연하게 되는 것이 천정(天定)임을 보여준다. 천상
계가 따로 설정되고 천상계에 근거를 둔 초경험적 요소의 개입이 계속되
는 이원론적 소설의 면모를 보여주는 것이다. 천상계는 세 여인과의 혼
인에 깊이 개입하게 되어 계선과 세 여인의 결연은 '천정'이 가장 중요
한 계기가 되고 있다. 따라서 애정성취욕구는 천정이라는 명분에 가려져
주인공은 천정을 쫓는 천상질서의 구현자로서의 면모만 부각되며, 애정
관은 영웅소설의 주인공에게서 흔히 볼 수 있는 소극적인 것일 따름이
다. 세 여인과의 결연 과정을 통해서 이를 살펴보자.

첫 번째 부인이 되는 초옥의 부친은 형악묘 도사에게서,

> 이제는 익운이 다 지닉고 혼신 닐을 거시니 명일 그딕의 백년 서
> 랑될 사롬을 맛ᄂ리라 (565면)

라는 전언을 듣는다. 계선과 초옥이 맺어지는데 천상이 철저히 간섭하고
있어 이들은 이 질서에 따라서 대면도 하지 못하고 혼인하게 된다. 초옥
의 추모를 알고 난 계선이 혼인에 응하는 것은 다만 초옥부친의 후은에
보답하기 위한 '의기'와 '천정'에 따르려는 것일 뿐 애정은 아니다. 계선
이 의기와 천정에 순종하려는 자세는 '이갓치 괴괴한 병인을 만ᄂ 무엇
세 쓰리오…… 차라리 탈신ᄒ야 지긔를 펴리라'는 생각을 누르게 된다.
이러한 계선의 자세는 혼인한 뒤, 비록 허물을 벗어 미인은 되었으나,
'쇼져의 셩음을 듯지 못ᄒ니 즈못 무미ᄒ야 지닉'게 된다. 이것은 추옥과
계선의 관계가 천정에 순종하는 것일 뿐, 애정이 개재된 관계가 아님을

보여준다.

둘째 부인으로 맞게 되는 남강공주는 계선의 문장을 보고 상왕이 자신의 사위로 삼기로 작정한 결과, 계선의 사양에도 불구하고 계선과 혼인하게 된다. 초옥은 이미 잉태하였으나, 말을 못하는 고로 계선은 흠탄하다가 공주와 혼인하여 세 사람은 '무흔쾌락'하게 지낸다.

세 번째로 혼인하게 되는 연소저의 경우를 보자.

두 사람의 교류는 계선이 글씨를 써서 시동으로 하여금 팔아오라고 한데서 연유한다. 연소저가 이 글을 사서 보관하나 서로 대면은 하지 않은 채였다. 그러다 집안이 몰락하여 신세를 한탄하다 강물에 투신한 연소저를 계선이 구해내어 서로 만나게 된다. 이후 주공자가 他門에 출가하지 않는 연소저의 뜻을 전하고 계선에게 시를 건네었다. 이때 계선이 '졀힝을 감동치 아니리오마'는 연어사의 '녀아를 취실ᄒ면 시비잇슬 듯ᄒ고로 자겨'하겠다 한 것을 보아, 계선과 연소저 또한 애정관계가 아님을 알 수 있다.

세 사람이 모두 애정으로 결연하는 것은 아니지만, 혼인에는 모두 장애가 따르고 있다. 초옥의 경우에는 초옥이 추모라는 것, 공주의 경우는 계선이 이미 기혼이라는 사실을 들어 거절하고 있으며, 연소저는 연소저의 선친이 죄인임이 문제가 된다. 이러한 혼사장애는 一回的이며, 여주인공에게만 해당되어 계선의 고행과는 관련이 없고, 애정갈등을 유발하지 않는다는 특징을 지닌다. 결과적으로 이원론적 가치관에 따라 천상질서를 옹호하고 있으므로 애정소설사의 둘째 단계인 영웅소설의 애정추구 양상과 흡사함을 알 수 있다. 이로써 「형산백옥」은 비록 1900면대에 나온 작품이지만 바로 전대의 구소설을 잇는 것이 아니라, 보다 전대의 영웅소설 계열을 잇고 있는 작품이라 하겠다.

다음 김교제가 지은 「난봉기합」에서는 무대가 국내로 바뀌어져 있다. 신소설 작가로 알려진 김교제가 지었기 때문에, 「난봉기합」은 신소설로 취급되어 이전의 연구에서는 대상으로 하지 않았다. 작품의 줄거리는 아래와 같다.

> 조선 세종 연간에 경상도 안동의 권극(權克)은 博學多聞하나 가난한 처사로 오십이 다되어 아들 '질'을 얻었다. 마을의 長者 이진사가 자신의 아들 석룡을 가르쳐 줄 것을 청하여 권극 일가는 이진사와 같이 살게 되었다. 권처사와 이진사는 두 사람의 자녀, 권질과 채봉이 혼인할 것을 정하였다. 권처사와 이진사가 차례로 세상을 떴다. 안동부사의 아들 하천년이 채봉과 혼인하고자 하였다. 채봉이 거절하자 권질 모자를 죽이려 하므로, 채봉이 이 둘을 피신케 하였다. 채봉이 삼년상을 마치자 다시 천년이 혼인하고자 하므로, 남장을 하고 달아났다. 권질은 채봉이 보낸 돈이 떨어지자, 전 승지인 묘경의 집에 가서 종이 되었다. 묘경의 딸 채란이 권질의 학문을 알고 경사로 가서 과거를 볼 수 있게 주선하여 주었다. 남복으로 변장하고 온 채봉을 만난 채란이 권질의 모친을 만나게 해 주었다. 권질은 과거 후 한림학사가 되고, 채란의 오빠는 승지에 올랐다. 도승지가 권질과 채란이 혼인할 것을 임금께 고하니, 채봉과 채란을 좌우부인을 삼도록 허락하였다. 권질은 안동으로 가서 노복이 되어 있는 석룡을 속량하고, 천년을 불러 경계하였다. 예안으로 가서 삼인이 상봉하고 혼인하였다. 권질이 경상도 일대를 감찰하고 경사로 가서 다시 여진을 파하니 성상의 총애가 깊었다. 권질은 이부상서에 올라 두 부인과 더불어 生子生女하고 和樂하게 살았다.

권질이 채봉, 채란과 혼인하기까지 당하는 고난은 권질이 몰락한 가문 출신으로 가난하고 무력한 서생에 불과하기 때문이다. 부사의 아들로 권력을 등에 업은 장애자가 나타나자 무력하기만 한 권질은 채봉의 도움으로 약혼자인 채봉을 혼자 남겨놓고 밤중에 집을 떠나야 했으며, 채봉이 준 돈이 떨어지자 종이 되어 어머니를 봉양하여야만 하였다. 채봉이 겪는 혼사장애로 인한 고난은 권질이 무력하고 가난하므로 더욱 가중되고 있다.

  두 사람이 헤어지고 만나는 과정에서 애정문제가 부각되어 있지는 않다. 단지 채봉이 권질의 글 읽는 소리를 창 밖에서 듣는 것으로 사모의 마음을 읽을 수는 있으나, 文面에는 채봉의 향학열 때문인 것으로 처리되어 있을 뿐이다. 그런데도 채봉은 천년의 집요한 욕망을 피하여 필사적인 노력을 해야만 하였다. 이것은 채봉이 혼사장애로 인해 감수하게 되는 고난이다. 그러나 권질이 집을 떠나 종으로 전락하기까지 하는 어려움은 따지고 보면 채봉과의 관계에서 유래하기는 했을 망정 혼인을 위한 고난은 아니다. 단지 채봉이 마련해준 돈이 다하자, 할 수 없이 택한 호구지책일 뿐이다. 이렇게 혼사장애에 부딪친 여주인공의 고행이 큰 비중을 차지하는 것은 혼사에 임한 남성의 영웅성을 확인하려던 관심이 결합의 의례인 동시에 분리의 의례이기도 한 혼사 자체의 속성에로 이행되는 징조[63]로 해석할 수 있으며, 이러는 과정에서 여성의 영웅성과 남성의 왜소성이 대조적인 모습으로 나타난다. 채봉에게 혼사를 이루려는 욕구는 절대적이다. '션친이 권쳐사로 더부러 혼인을 면약하시고 권쳐사 림종시에 첩을 명호스 며느리 례로써 뵈게 호셨기' 때문에 채봉으로서는 '권공자가 비록 죽엇셔도 첩은 곳 권씨의 집 스람일'수밖에 없다. 여기서 혼사의 성립은 조선조 윤리덕목의 확인에 가름할 수 있는 것이다. 더구나 혼사를 가로막는 하천년은 '셩졍이 간악하고 심디 흉험ᄒ야 어려서붓터 못된일을 만히 ᄒ더니…… 남의 부녀를 겁칙ᄒ고 진물을 노략ᄒ'는 천하의 악인이다. 따라서 혼사장애를 극복하는 과정은 조선조 윤리를 고수하려는 선(善)과 이를 무너뜨리려는 악(惡)과의 대결이기도 하다. 이로써 혼사의 성취동기는 더욱 타당성을 부여받게 되어 결국 혼사의 성취는 선의 승리가 되는 것이다.

  권질과 채란의 애정장애 요소는 노복의 위치에 있는 권질의 신분이다.

---

63) 이상택, 위의 글, 310면

따라서 권질이 등과하자 이 문제는 곧 해결되고, 두 사람은 혼인하게 된다. 그러나 권질에 대한 채란의 입장은 '그딕의 큰 지죠를 사랑ᄒ고 리소져의 급흔 정경을 불상히 력'이기 때문일 뿐이므로 채란은 시혜자에 불과하다. 결국 애정은 나타나지 않는다.

이상으로 보면 「난봉기합」은 사족신분의 여주인공과 몰락한 사족출신의 남주인공이 혼인을 이루기까지 당하는 고난을 내용으로 하고 있다고 할 수 있다. 「형산백옥」과 비교하여 볼 때, 배경이 국내로 바뀌어 있고 일원론적 세계관을 구현하고 있다는 차이가 나타난다. 이에 따라 남주인공 권질의 무력함이 장애의 간접적인 원인이 되어 혼사장애로 인한 갈등을 현실감 있게 하여 준다. 권질이 무력하게 나타나 있는 반면, 채봉은 혼사장애로 인해 가장 큰 고난을 맞닥뜨린 인물이면서도 이를 슬기롭게 대처해 나가고 있고, 채란 또한 노복 신분의 권질을 과거에 급제하게 해 주는 시혜자로써 나타나 있다. 여성의 적극적인 행동이 두드러져 있는 반면 남성은 왜소하고 무력하기만 하다. 이상택은 혼사장애 주지가 구소설에서 전개되는 양상을 살펴 기본형, 발전형, 복합형 구조로 나누었는데 여주인공의 고행담이 많은 비중을 차지하고 있는 것은 발전형에 해당된다고 하였다[64].

「난봉기합」은 김교제로 작가가 밝혀져 있는 소설인데, 김교제는 신소설 작가로 널리 알려져 있다. 김교제는 「모란화」, 「치악산」 하권, 「비행선」, 「현미경」, 「지장보살」 등의 신소설을 지었다. 동양서원의 전속 작가로서 홍미본위의 소설을 계속 지어야 할 입장이었는데,[65] 신소설로만 독자의 기호를 다 맞출 수 없다고 생각하였는지, 구소설을 아울러 지었다. 그가 지은 신소설은 대부분 독자의 관심을 끌기 위해, 극단적인 사건과 상황을 연출하였는데, 사건의 전개가 긴장을 갖추고 있지 못해, 독자의

---

64) 이상택, 낙선재본소설연구, 한국소설의 연구, 중앙출판인쇄주식회사, 1981, 310면
65) 조동일, 한국문학통사 4, 지식산업사, 1980, 304면

관심을 끌기에는 역부족이라고 할 수 있다. 이런 난점을 의식하고서, 당시 성행한 구소설의 세를 십분 이용해 「난봉기합」같은 구소설을 지었다고 보여진다. 그러나 개화사상을 받아들여 일부일처제도가 마땅하다고 생각하는 작가로서 일부다처를 내용으로 하는 구소설을 짓는 것이 격에 맞지 않는다고 생각한 것 같다. 앞서 인용한 작가의 변설에서 소설의 속성 때문에 조선 초엽이 배경인지라 어쩔 수 없었다고 하여, 변명 겸 소설에 대한 견해를 밝히고 있다.

이와 같이 「난봉기합」은 혼사장애의 극복과정과 일부다처의 시행을 구소설과 같은 양상으로 다루었다. 그러나 무대를 국내로 바꾸고, 일원론적 세계관을 구현하고 있으며, 빈곤하고 무력한 남주인공을 설정한 점 등은 현실적 일상에 대한 작가의 관심이 반영된 결과라 할 수 있겠다.

「쌍미기봉」을 다룰 차례다. 우선 줄거리를 소개한다.

명나라 가정(嘉正) 연간에 징청(曾靑)은 도어사 소정책과 불화하여 벼슬을 사양하고 가홍에서 죽었다. 징청의 딸 운아는 이웃에서 불이 나자 외가 엽공(葉公)의 집에 거처하게 되었다. 엽공의 옆집에는 타개한 병부상서의 아들 황개(黃介)가 살고 있었는데 오한보의 딸과 정혼한 사이였다. 樓上에서 눈이 마주친 운아와 황개는 서로 흠모하게 되었는데, 운아가 먼저 시비를 통해 시를 전한다. 황개는 친구 구양영과 같이 과거에 응시했지만 낙방하였다. 운아의 외가는 소정책의 모함으로 풍지박산이 되고, 운아 모녀는 징청의 친구였던 오한림댁으로 의탁하러 떠났다. 타계한 오한림의 딸 녹균은 바로 황개와 정혼한 녹균이었다. 이를 뒤늦게 안 황개는 오부인댁 옆집, 전 공부상서 주겸(周謙)의 집에 서기로 들어가게 되었다. 사정을 알게 된 녹균이 운아와 함께 황개를 모시기로 약속하였다. 주상서댁과 운아의 모친은 주공자와 운아의 혼인을 결정하였다. 시비 애월과 운아는 이를 피해 달아나고 황개는 운아를 찾아 떠나나, 때마침 주상서댁에 강도가 들어 황개는 살인범으로 몰리게 되었다. 집을 나선 애월과 운아는 강물에 투신했는데, 청허스님에게 구출되어 백매암에 거처하게 되었다. 살인범으로 잡힌 황개는 전날 자신이 구해준 왕모형의 도움으로 구출되었다. 녹균은 주공자의 사주로 채관에게 취택당하는 처지가 되었다. 황개는 등과하여 고향으로 가다가, 녹균을 태운 배를 만나서 녹균을 구출하고 결연하였다. 주상서는 竄謫되었다. 모두 재회하여 운아는 황개와 성례하고, 애월은 후실로 삼았다. 소정책이 무고죄로 원찬되어, 운아의 외숙 엽씨도 돌아왔다.

황개를 중심으로 한 운아와 녹균의 애정담인데, 두 여주인공의 설정을 통해 대조적인 애정관을 보여주고 있다. 이중 운아와 황개의 관계가 주목할만 하다.

황개와 운아는 애정으로 가슴조리며 몸겨눕기까지 하다가 황개는 운아를 가까이에서 보기 위한 일념으로 스스로 신분을 낮춰서 서기가 되고 운아는 부모가 따로 정해준 혼사를 피하기 위해 야밤도주까지 감행한다. 이처럼 애정은 꼭 이루어야 할 가장 소중한 것이라는 신념이 감추어지지 않고 드러나 있다. 생판 모르는 두 남녀가 우연히 만났는데, 여자인 운아의 행동은 대담하기 짝이 없다. 그러나 규중여자의 문밖 출입마저 자유롭지 못한 당시로서는 두 사람의 교제는 부자유할 수밖에 없다. 애정으로 인한 갈등은 심각해지기 마련이다. 두 사람의 애정갈등은 남녀간의 교제가 금지되어 있던 당시 윤리와의 갈등이었다. 이것은 절대적인 제약이었으므로 시를 전한 운아가 '중 업슴을 한다가 남의게 아일가 두려야 뉘웃칠' 정도가 된다. 시를 받아 본 황개 역시 '어리석은 정이 늘로 루를 바라며 소져의 영향을 보지 못흐고 정을 통홀곳이 업셔 다만 생명이 위틱할 지경'에 이를 정도로 사모의 정이 극진하나 괴로워 할 뿐으로 '그 얼골을 보지 못하고 전일 집수건 주든 곳에 어리석게 죽을지라도 마음에 깃거우리라' 생각한다. 두 사람 사이를 규제하는 장벽은 절대적인 것이므로 애정은 희망도 없고, 두 사람은 괴로워하며 가슴조릴 뿐이다. 그런데다가 운아의 외가가 몰락하여 운아가 외가를 떠나게 되었으므로, 두 사람은 인사도 없이 헤어지는 지경에 처한다. 그러자 유교적 질곡인 성윤리 규범 앞에서 무력했던 황개가 스스로 서기가 되어 운아를 좇음으로써 질곡에 묶이게 했던 사족신분을 포기한다. 이들의 애정 앞에 가로놓인 윤리규범이란 장애는 신분의 차이보다 뛰어넘기 어려운 벽이었던 것이다. 그러나 황개가 사족을 포기하고 서기가 되어도 문제는 해결되지 않는다. '두어말로 슬픈 정을 피게 되면 비록 일신이 표박하야 욕을 당홀지라도 영화로 알지나 그러하나 세상에 밋지못홀 것은 사름의 마음이라.…… 먼져 뜻을 져바리게 되면 이몸은 가 화ᄒ고 혼이 스라질' 것이라는 서한을 운아에게 보낸다. 이것을 본 운아는 '근심ᄒ는 창ᄌ가 끗는 듯ᄒ야 마음과 정신이 혼혼침침야 인ᄒ야 병이 십분 중' 해지고 만다. 그토록 연연하면서 안타까운 현실상황으로 괴로워만 하다가, 필경에는 운아의 모친이 다른 곳으로 혼사를 정하자, 운아는 더 참지 못하고, 죽음을 가장한 채 달아나고 만다. 윤리규범에 억압당하다가 애정의 파국을 의미하는 또 하나의 윤리적 압박이 가해지자, 이제는 저항하는 것이다. 부모가 정해준 혼사는 여자가 당연히 따라야 될 절대윤리였고, 이를 거부하는 것은 바로 '불효'였다. 이중의 억압에 드디어 운아가 저항하고, 이것이 결과적으로 황개와의 애정을 성취시키는 것이 되었으므로 결국 이들 사이의 애정은 윤리규범을 넘어선 셈이었다. 이것은 효가 애정과 대등한 위치에 놓이지 못함을 나타낸다 하겠다.

반면에 황개와 녹균의 만남은 정상적인 만남이다. 비록 먼 데로 출가시키기를 꺼려하는 녹균 모친의 반대로 혼사가 거론되지는 않고 있으나, 녹균은 한 번 정혼하였으므로 타문에 출가하기를 거부하고 있었다. 운아가 윤리를 거부한 결과로 애정을 이루는 것과는 반대로 녹균은 열(烈)이라는 유교윤리를 고집하여 황개와 혼인에 이르게 된다. 여기서 간과할 수 없는 사실은 열을 고수하는 녹균과 황개의 관계가 애정관계가 아니라는 점이다. 이것은 당시 결혼제도에 합법적인 모든 남녀의 경우에 그러하다. 앞서 살핀 「형산백옥」의 계선과 초옥, 공주의 관계가 그러하였고 「난봉기합」의 권질과 채봉, 채란의 경우가 모두 그러하였다. 이로 볼진대 합법적인 관계에서 절절한 애정의 표현은 적절치 못하다고 보았던 것 같다. 이것은 부부간에 지켜야 할 도리나 남녀 사이에 지켜야 할 규범들에 애정이 매몰된 결과이다. 다음에 다룰 네 작품과의 비교에서 이것은 확연해진다. 네 작품은 모두 신분이 다른 사족과 천기(賤妓)와의 사랑을 다루고 있어서 윤리에 압박당하지 않으므로 애정의 표현이 훨씬 자유스럽다.

「형산백옥」, 「난봉기합」, 「쌍미기봉」은 주인공이 사족신분으로 남녀가 동등한 신분이다. 「형산백옥」은 이원론적 세계관을 구현하는지라 남녀의 결연에서 가장 중시된 것은 '천정'이었다. 계선이 외모가 추악한 왕부인을 맞게 되는 것도 천정에 의해서이며, 그는 이미 '삼부인을 두어 자손이 번성'할 인물로 하늘이 내정한 인물인 만큼 천정에 따라 차례로 세 부인을 맞이하게 된다. 무대배경 또한 중국으로 하는 구소설의 전례를 따르고 있다.

「난봉기합」은 무대가 국내로 바뀌고 일원론적 세계관을 구현한 작품이다. 남녀가 맺어지는데는 일원론적 소설로서 천정이 아니라 부모가 정해준 혼약이 중요한 계기가 된다. 이것은 「쌍미기봉」에 이르러서야 중국을 무대로 삼기는 했어도 자유롭게 만난 남녀의 사랑을 그리는 것으로 발전하고 있다. 일원론적 소설로 일부이처가 시행되는데 두 여주인공 중 운아와 황개의 결연은 순전히 본인들의 의지에 의해 이루어지며, 녹균과 황개와의 결연에서는 부모가 정해준 혼약이 이루어진다.

따라서 세 작품은 애정소설의 발전단계 중 두 번째 단계인 영웅소설, 가문소설 계열을 잇고 있으나, 세 작품 내에서도 애정관의 차이로 보아 「형산백옥」→「난봉기합」→「쌍미기봉」의 순으로 발전되고 있다고 할 수 있다. 결연의 계기가 천정→부모의 혼약→당사자들의 의지로 바뀌어 전근대적인 요소에서 근대적인 요소로 발전하고 있는 것이다. 결연과정에서 볼 때, 「형산백옥」은 남성위주로 진행되고, 「난봉기합」은 남성은 왜소하고 무력한 존재이지만, 여성은 적극적이고 발랄하게 장애를 극복하고 있다. 그러나 「쌍미기봉」에서는 남녀 모두가 애정의 성취에 적극적이며 필사적이다. 이들은 최악의 경우, 윤리나 신분마저 절대적인 장애로 여기지 않고 이를 뛰어넘고 있다. 따라서 등장인물의 행위로 볼 때도 남성(형산백옥)→여성(난봉기합)→남·여성(쌍미기봉)의 순으로 중심이 옮겨져 있어 전근대에서 근대로 이르는 인물의 행위 변화를 보여주는데, 그 중 「쌍미기봉」이 가장 이상적인 애정 성취과정을 보여 준다 하겠다. 이로써 이들 작품이 비록 영웅소설, 가문소설 계열을 잇고 있으나 「형산백옥」, 「난봉기합」, 「쌍미기봉」의 순으로 구소설의 관습을 계승하기 보다 극복하는 측면이 커져가고 있음을 알 수 있다.

3.3. 「약산동대」, 「부용상사곡」, 「채봉감별곡」, 「청년회심곡」

「약산동대」이하 세 작품은 여주인공의 신분이 기생이어서, 사족신분의 남주인공과 신분의 차이를 보이는 점이 동일하다. 이들 남녀는 애정을 성취하기까지 신분으로 인한 갈등을 겪게 된다.
　먼저 「약산동대」를 보기로 한다. 줄거리는 다음과 같다.

　　　충청도 회덕에 전 이조판서 송성회(宋星會)는 나이 사십에 경필을 얻었다. 십오세가 된 경필이 견문을 넓히러 세상을 돌아 다녔다. 약산동대에 이르러 기생 빙옥을 보고 흠모하게 되었다. 숙소의 주인 노파에게 부탁하여 빙옥을 만났다. 부실은 싫다는 빙옥과 결혼을 약속하고 삼년을 지냈다. 빙옥이 신적을 요구하자, 수정을 주고 헤어져 회덕으로 돌아갔다. 영변부사가 새로 부임하여 빙옥을 잡아다가 수청을 요구하고, 이를 거절하는 빙옥을 하옥시켰다. 경필이 암행어

사가 되어 내려왔다. 영변부사 생일날 어사출도를 하여 감사를 봉고
파직하였다. 빙옥의 절개는 나라에 알려져 정렬부인이 되고, 두 사
람은 성혼하였다. 경필은 예조판서가 되었다.

이 작품은 「춘향전」과 흡사하여 「춘향전」의 개작이라고 할 수 있다. 「
춘향전」은 남원을 배경으로 하는데, 여기서는 영변의 약산이다. 영변의
약산은 '영변가'라는 잡가로도 널리 알려졌으며, 김소월의 '진달래꽃'에
도 등장한다. '약산은 사방이 높고 험하고 바위들이 깎은 듯이 서 있어
하늘이 만든 성이라고 일컬으며 땅이 또한 기름지어 뽕나무와 삼을 심기
에 알맞은 곳으로 關西八景의 하나로 꼽히는 명승지이다. 깎아 세운 듯
한 낭떠러지, 발붙일 곳이 없는 돌벼랑 위에 천년을 헤아리는 늙은 소나
무가 서 있고 그 사이 사이를 수놓듯이 진달래가 피었다 지고 가을에는
滿山에 단풍이 붉게 타는'66) 곳인데, 이곳을 배경으로 하여 '영변가'도
김소월의 「진달래꽃」도 나왔다. 소설 「약산동대」가 이곳을 배경으로 삼
은 데는 영변이 이러한 절경임이 첫째 이유가 되었을 것이다. 남원을 배
경으로 한 「춘향전」이 활자본으로 97회나 발행될 정도로 성행하였으므
로 무대를 영변으로 바꾸어서 이북지역의 독자를 끌어들이고, 잡가인 「
영변가」가 널리 불리웠든만큼 잡가의 수용층까지 끌어들이려는 작자의
의도가 무대를 영변으로 바꾸게 한 중요한 이유였을 것이다.

「춘향전」의 활자본이 97회나 발간되는 등 상업적으로 성공하자 이를
모방한 작품이 나오는 것은 당연한 일이었다. 더구나 「약산동대」의 서지
사항에는 저작자 겸 발행자가 이종정(李鍾楨)으로 되어 있는데 이를 그
대로 믿는다면,67) 이종정이 「약산동대」를 발행한 광동서국을 운영한 서

---

66) 평안북도지. 평안북도지 편찬위원회, 1973, 589면
67) 이 당시 책 뒷장에 붙은 서지사항은 신소설은 믿을만 하나, 구소설은 전부터
전해 오는 작품에도 저자, 편자라고 하여 책 발행에 관계된 인물임직한 이름
을 아무나 썼다. 따라서 구소설 서지사항은 그대로 믿기 어렵다.

적상이었던 만큼[68], 상업적 영리추구의 면에서 「약산동대」를 창작했으리라는 추론은 충분히 타당성이 있다. 상술했던 바와 같이 「약산동대」는 「춘향전」과 무대가 다르고 남녀주인공의 만남과 결연의 과정이 다르다. 경필과 빙옥은 중매자를 사이에 두고 서로 마음을 통하는데 漢詩를 주고받는다. 춘향은 퇴기의 딸로서 기생이면서 기생이 아니었으므로, 기생 춘향과 기생 아닌 춘향의 갈등은 신분적 제약과 인간적 해방 사이의 갈등이다.[69] 이에 비해 빙옥은 기생이라는 신분에서 경필을 만난다. 그러나 기생신분에서 탈피하려는 욕구는 '심규에서 공로할지언뎡 부실되기는 원치아니'할 정도로 강력하다. 이러한 욕구가 경필과 혼전의 운우지락(雲雨之樂)을 거부하게 만들며 영변 부사의 수청명령 또한 불복하게 한다.

빙옥의 갈등 또한 신분적 제약과 인간적 해방 사이의 갈등이라는 점에 있어서는 춘향의 경우와 동일하다 하겠다. 춘향이 성참판의 딸이고 퇴기의 딸이라는 반량반천(半良半賤)의 신분으로 기생이라 할 수도 없고 그렇다고 양반이라 할 수도 없는 중간적 신분이었던 것에 반해, 전적으로 기생인 빙옥의 반기생지향 욕구는 보다 분명하게 드러난다. 말하자면 「약산동대」에서는 춘향전보다 정면으로 신분갈등을 문제삼고 있는 것이다. 「춘향전」에서는 이면적 주제로 처리되었던 인간적 해방의 주장이 「약산동대」에서는 애정, 정절의 표면적 주제와 동일하게 표출되어 있는 셈이다. 이것은 「약산동대」가 잡가의 삽입이 두드러져 있는 점, 4·4체의 운문체란 점과 함께 흥미본위의 소설을 지향하는 증좌로 풀이된다.

「춘향전」을 개작하여 「춘향전」이 누리는 인기에 편승하고 「춘향전」에서 설명이 아니라 갈등으로 구현되어 있는 이면적 주제를 표면에 부상시켜서 독자의 즉흥적인 관심을 끌 수 있겠기 때문이다. 따라서 표면적 주제와 이면적주제의 대립을 보이고 있는 「춘향전」에 비해 「약산동대」는

---

68) 박상균, 개화기 '冊居間'考, 한국학연구 2집, 동국대 한국한연구소, 1977, 121면
69) 조동일, 춘향전 주제의 새로운 고찰, 우리문학과의 만남, 홍성사, 1978, 193면

단일하게 주제를 표면화시킴으로써, 「춘향전」이 이룩한 '시대적인 포괄성'[70]을 포기한 것은 「약산동대」가 출현한 시기가 인간적 해방을 이룩하기에 용이한 시대로서 「춘향전」처럼 굳이 신분갈등으로 나타나는 인간해방의 주장을 이면적 주제로 처리할 필요가 없었기 때문일 것이다. 이 점은 「춘향전」에 비해 「약산동대」가 뒤늦게 나왔음을 나타내는 작품 내적 근거이기도 하다.

「부용상사곡」은 역시 기생 부용과 사족신분의 유성과의 애정담이다.

영문 이방 추엽황(秋葉黃)의 딸 부용은 평양에 있는 기생으로 자색이 뛰어나고 시를 잘 짓는 청루 중의 '천고숙녀(千古淑女)'였다. 경성의 전 이조판서의 아들 김유성은 '조선의 결혼풍속에 불만을 품고 귀천을 물론 ᄒᆞ압고 쇼ᄌ의 눈으로 규수의 선악을 본 연후에야 가약을 정ᄒᆞ러'고 집을 나섰다. 평양에 이르러 부용의 거문고 소리를 듣고 주점의 노파를 통하여 시를 전했다. 두 사람은 백년가약을 맺었다. 유성이 부친과 약속한 보름이 다되어 서울로 올라갔다. 평양에는 이도중이라는 감사가 새로 부임하였다. 유성은 부용을 탐내다 뜻을 못 이룬 평양 감영의 통인 최만홍의 무리에 쫓겨 위태로웠으나 백호의 출현으로 살아났다. 뜻을 못 이룬 만홍이 평양감사의 대동강 주석에 부용을 참석케 하자 감사가 부용과 더불어 인연을 맺고자 하므로 부용은 강물에 투신하였으나 고기잡이 어부에게 구출되었다. 감사는 주색으로 정사를 소홀히 했음이 드러나 유성의 친구인 암행어사에게 파직당한다. 유성은 부용이 죽었다는 소식을 전해 듣고 실의에 빠졌다. 부용은 '상ᄉ곡'(相思曲)을 써서 유성에게 보냈다. 유성은 등과하여 성천부사를 제수받았다. 유성이 답시를 보내고 모친과 함께 길을 떠나 부용을 만났다. 두 사람은 성천에서 다자다녀(多子多女)하고 부귀를 누렸다.

---

70) 조동일, 위의 책, 230면

'조선의 결혼풍속에 불만을 품'은 유성이 직접 고른 부용은 조선의 결혼풍속으로는 혼인하기 어려운 기생의 신분이었다. 게다가 이들의 애정에 장애자로 등장하는 사람이 평양감사라는 점은 「약산동대」와 비슷하다. 그러나 이들의 애정을 직접 방해하는 것은 부용의 신분보다는 부용을 탐내던 통인, 최만홍의 질투이다. 평소 부용을 흠모하던 최만홍은 자신의 요청을 거절하고 유성과 인연을 맺은 것을 알고 분함을 이기지 못한다. 그는 歸京하는 유성의 뒤를 쫓아 죽이려고까지 하며, 감사에게 부용을 주석에게 부르도록 부추긴다. 이 작품은 춘향전, 「약산동대」와는 달리 신분갈등에 역점이 주어져 있지는 않다. '첩의 몸이 관부(官府)에 미엿스옴이 직힌 뜻을 핍박홀쟈 만홀지나 모란봉이 문허지고 대동강이 마를지라도 첩의 마음은 변기(變改)치 아니ㅎ오리리니'하는 부용의 일편단심과 유성에게 쏟는 애정과 절개를 중시하고 있다. 남·녀 주인공의 신분이 다르고 장애자로서 감사가 등장하는 「약산동대」와 비슷하지만 신분갈등이나 인간성 해방의 측면을 추구하고 있지 않다. 이것은 두 사람이 다시 만나 살게 되었을 때 '용낭이 승지를 권하야 정실을 취하라하니' 유성이 '이에 리판서의 스회'가 되는데 부용이 부실의 자리에 만족할 뿐 신분의 상승을 기대하지 않은 점으로도 알 수 있다.

부용은 기생이므로 고난을 겪게 된다. 즉 기생이라는 신분의 설정은 신분갈 등을 유발하는 원인이라기보다, 신분이라는 장애요소에도 불구하고 애정은 추구되어야 할 대상임을 강조하기 위한 수단이라 할 수 있다. 이점은 부용을 흠모하던 최만홍에 의해 고난이 야기되고 있고 작품 내 환상적인 분위기가 애정의 가치를 강조하는 데서도 확인된다. 부용이 仙界에 들어가 여러 열녀와 미인들을 만나는 장면은 환상적 분위기를 이룬다. 이 장면은 작품의 줄거리에 큰 영향을 끼치지 않으면서, 여인들을 칭송하는 시와 더불어 장황하게 묘사되어 있는데, 이와 함께 가사 부용상사곡의 삽입은 작품의 분위기를 이끌어 나간다. 즉 「부용상사곡」은 신분

갈등이나 인간적 해방을 강조하는 사회적 측면보다도 애정을 더욱 중요
시하고 있는 작품인 것이다. 장애자로 등장한 감사가 모두 욕정을 일삼
는 악인이라는 점은 「약산동대」와 같다. 장애자가 악인이므로 장애자에
대항하여 애정을 고수하는 것은 곧 선을 추구하는 것이므로, 애정추구는
한층 더 타당성을 획득하여 독자의 공감을 얻는다.

「채봉감별곡」에서는 애정갈등이 한층 더 복잡해진다. 애정의 장애요소
가 절대가치가 아니며, 채봉의 기생 신분은 채봉 스스로 다른 갈등을 해
결하기 위한 방편으로 선택했기 때문이다.

평양성중에 저녁나절 서창을 의지하여 낙엽을 보는 사람은 채봉
이었다. 단풍 구경을 하다가 담장 안을 엿보는 소년을 발견하고, 황
급히 초당 안으로 들어갔다. 소년 장필성은 채봉이 두고 간 수건에
다 시를 적어 전했다. 채봉 역시 답시를 전했다. 필성 측에서 매파
를 통해 청혼하므로, 채봉의 모친 이부인은 필성을 만나서, 서울간
채봉의 부친이 내려오면 성례할 것이라 하였다. 서울에서 김진사는
허판서에게 과천 현감자리를 만냥에 얻어 5천냥의 어음을 쓰고, 채
봉을 허판서에게 바치기로 하고 내려왔다. 평양에 온 김진사가 가산
을 정리하여, 부인과 채봉을 데리고 서울로 길을 떠났다. 중도에서
채봉은 몸을 빼내 도망하고, 두 내외는 화적떼를 만나 재산을 모두
잃었다. 허판서는 불같이 노하여 김진사를 옥에 가두었다. 평양으로
돌아온 이부인이 채봉에게 사정을 말하자, 채봉은 기생이 되어 부친
을 구할 돈을 마련하였다. 기생 송이가 된 채봉이 전일 필성과 주고
받던 시를 알아내는 사람에게 헌신하겠다 하였다. 필성과 상봉하여,
채봉이 지난 사정을 말하고 같이 지내게 되었다. 새로 평양 감사로
내려온 이보국이 송이의 인물됨과 사정을 알고, 기적에서 빼내 서기
로 채용하였다. 이를 안 필성이 이방이 되어 관가로 들어오지만 서
로 만날 수는 없었다. 채봉이 이런 슬픈 심사를 '추풍감별곡'(秋風感
別曲)을 지어 읊으니 감사가 이를 듣고 채봉과 필성을 만나게 해주

었다. 감사가 김진사를 구하려고 형조의 보장을 띄웠다. 허판서의 부정이 드러나 처벌되었다. 채봉이 부모와 상봉하고 필성과 혼인하였다.

채봉에게 애정의 장애요소로 등장한 것은 효(孝)이고, 직접적인 장애자는 부친이므로 갈등은 복잡해진다. 채봉을 부실로 삼겠다는 허판서는 매관매직을 일삼는 악인이지만, 중간에서 채봉에게 별실되기를 강요하는 인물은 부친이므로, 채봉은 난감한 지경에 빠진다. 장애자가 악인인 경우, 애정 추구는 설득력을 얻을 수 있지만, 채봉이 맞딱뜨린 상대는 부친이므로 애정을 택할 경우 채봉의 행위는 설득력을 얻기 어렵다. 그러나 채봉은 장필성과 혼약을 맺어 놓은 상태였다. 더구나 채봉은 부친의 분별력을 신임할 수 없었다. '우리부모가 일조의 날로 하야금 신의를 비반하고 천첩의 몸이 되게 흐랴 하니…… 그러나 부모는 부귀에 눈이 어두워…… 그러하거니와' 현명한 채봉으로서는 신의를 배반하는 부모를 쫓을 수는 없었으므로 효와 애정 중 애정을 선택하고 만다. 채봉의 이러한 선택의 결과로 채봉의 부친 김진사는 옥에 갇힌다. 그러나 채봉은 부친을 구할 돈, 오천냥을 마련하기 위해 스스로 기생이 되고 만다.

결과적으로 채봉은 효와 애정을 동시에 해결해 나가고 있다. 이것은 대립적 갈등관계에 놓인 효·애정의 두 축을 대립이 아닌 화해의 관계로 변화시키는 애정갈등양상의 변화를 의미한다. 동시에 눈앞에 닥친 운명에 순응하여 지배당하는 구소설의 여인상에서 탈피하는 등장인물의 유형변화를 의미한다. 채봉은 혼란된 사회질서와 화석화된 기존 윤리규범 속에서 자신의 존재를 각성하고 자신의 삶을 주체적으로 형성해 나가는[71], 근대적인 새로운 여성이다.[72] 그러나 채봉이 기생이 된 것은 미봉

---

71) 이동길, 역사적인 존재로서의 여성의 삶―「채봉감별곡」을 중심으로―, 여성문제연구11집, 효성여대 한국여성문제연구소, 1982, 255면
72) 김기동, 「채봉감별곡」의 비교문학적 고찰, 한국고소설연구, 이우출판사, 1983,

책일 뿐 애정의 성취는 아니다. 이번에는 채봉의 신분이 애정에 장애가 되는 것이다.

이러한 갈등은 김진사의 관직욕구에 기인하며, 더 근원적인 이유는 그러한 관직욕구를 사극하는 허판서 같은 인물이 대표하는 사회적 병폐이다. 평양감사로 부임한 이보국에 의해 채봉은 기적에서 벗어나 관가의 서기가 됨으로 신분갈등은 해결된다. 그러나 이것은 또 다시 두 사람을 헤어지게 만드는 계기가 된다. 하나의 갈등을 해결하는 것은 도 다른 갈등을 유발하여 갈등과 갈등은 맞물리고 있다. 이러한 갈등연쇄 구조의 오히려 근대소설과 가깝다고 할 수 있다. 갈등양상과 등장인물에서 보여 주는 근대적인 모습은 신작 구소설이 곧바로 근대소설과 닿아 있음을 나타내 주는 일면이다.

채봉이 필성과 만날 수 없는 슬픈 심사를 「추풍감별곡」에 담아 읊자 이를 들은 감사가 두 사람을 만나게 해 줌으로써 비로소 이들은 길고 긴 애정항로의 고난을 마치고 결합하게 된다. 여기서는 사회의 또 다른 일각에는 이처럼 부패되지 않은 진정한 목민관도 있음을 보여준다. 채봉이 당한 수난은 가정적인 것이면서 사회적인 것으로 사회의 부조리와 폐습이 애정갈등과 밀접하게 연관되어 갈등이 점점 심해지다가 결국 신선한 사회의 일면 때문에 구제되는 대조적인 모습을 보여준다. 이로써 애정갈등이 단지 두 사람의 문제나 한 가정의 문제로 그치지 않고 사회적 상황과 밀접하게 관련되어 있음을 보여준다. 이것은 역으로 애정갈등이 사회적 상황과 밀접히 관련됨으로써 한 개인의 힘에 의해 해결되지 못할 정도로 심각해졌으므로, 갈등은 보다 심각하게 되고 중층의 구조를 보여주게 되었다고도 할 수 있을 것이다.

「청년회심곡」에서는 한 인물이 성질이 다른 두 가지의 애정 사이에서

531면

방황하는 것을 보게된다.

　　조선 인조조에 전 나주목사 김라주는 아들 진성에게 송도의 이희철에게 빌려준 십만 냥을 찾아오고, 경과를 치르고 오라 일렀다. 진성이 송도에 이르러 기생 농월이 시를 읊조리는 것을 보게 되었다. 주점의 노파를 통하여 시를 전하여 두 사람은 서로 만나게 되어 뜻이 통하였으나 농월이 운우의 정만은 거절하였다. 의주에 돌아온 희철이 돈을 갚았다. 희철이 진성을 위하여 벌인 잔치에서 경패라는 기생이 접근하였다. 경패가 진성을 속여 십만 냥을 받아 자취를 감췄다. 진성은 경패를 찾았다가 불한당에게 매만 맞고 돌아온다. 농월이 진성을 데려다가 간호한 후, 은자를 마련하여 홍주로 돌려보냈다. 진성은 집으로 오던 길에 과거에 급제하였다. 송도 유수 이춘화가 농월을 탐내어 부르자, 농월은 감악산으로 도망하였다. 진성이 이를 알고 이춘화를 탄핵하는 상소를 올렸다. 이춘화도 전일 진성의 행적을 들어 상소하여, 오히려 진성이 추자도로 정배당하였다. 추자도에서 진성이 슬픈 마음에 '청년회심곡'을 지었다. 이춘화가 김자점의 역모에 말려들어 진성은 5년 뒤에야 죄가 사해져 홍문관 교리를 재수 받아 돌아왔다. 이를 안 농월이 경성으로 찾아와 상봉하여 함께 살았다.

　진성은 일단 농월에게 마음을 정하였지만 농월이 '하간의 음풍을 뮈이녁이'므로 진성은 '그 지죠를 긔특히 녁이나 풍정이 너무 담연함을 의식하'였다. 급기야 진성은 경패의 아릿다운 교태와 형용치 못할 감언리설에 침혹당하고 만다.

　원래 진성이 송도에 온 이유는 '세상구경을 하기 위해서' 혹은 '견문을 넓히려'는 추상적이고 관념적인 동기에 의해서가 아니고, 빌려준 돈을 받으려는 구체적이고 현실적인 문제를 해결하기 위해서다. 이로써 그가 관념 지향적인 인물이라기보다 현실 지향적인 인물에 가깝다고 할 수 있는데, 이것은 그대로 그의 애정관에도 나타난다. 풍정이 담연한 농월이 추구하는 정신적인 사랑과 아릿다운 경패의 육체적인 사랑 사이에서 경패에게 기울게 되는 것이다. 기생이면서 '청고한 지조'를 지키려 하며, 사대부 여인을 모방하려는 농월과는 대조적으로 '다년 청루에 한숙한 수단이라 진성으로 하여금 가위 신혼이 표탕하며 골절이 바아지게 하니 진성이 경낭을 사랑하는 정이 가위 여산약해'일 수 밖에 없었던 것이다. 여기서 우리는 조선조 여인의 지침이었던 현숙한 부덕과 청고한 지조라는 절대가치가 위협받고 있음을 본다.

그러나 경패에게는 '진성의 풍채 준일함을 마암에 흠모함을 마지 아니한 반면 진성의 돈을 노리는 의도가 있어' 돈을 손에 넣자마자 종적을 감추고 만다. 경패가 진성에게 갖는 감정은 돈이 게재된 불순한 것으로 이것은 세태의 변화를 보여 준다고 할 수 있다. 진성이 농월에게 돌아옴으로써 청고한 지조를 내세우는 정신적인 사랑의 승리로 귀결되지만, 경패가 육욕 외에 원했던 치부(致富)에의 욕망 때문에 경패와의 사랑이 파국에 이른 점과, 진성이 자진해서 경패를 멀리 하고 농월에게 돌아가지 않은 점은 진성이 육욕적인 애정을 스스로 포기한 것이 아님을 보여준다. 따라서 조선조 여인이 절대 신봉했던 '청고한 지조'가 남녀관계에 있어 절대적으로 고수해야 할 것인가를 자문하게 만든다. 이점은 조선조 애정소설이 보여줬던 '烈'로 대치할 수 있는 애정의 단일한 양상에서 진보하였다고 볼 수 있다. 애정소설이 일반적으로 남성보다 여성에게 집중적으로 고난이 가해지는 양상을 보였는데, 「청년회심곡」에서는 남성에게 더욱 극심한 고난이 가해져 추자도의 모진 유배생활을 5년이나 감수하는 지경에 이른다. 진성이 유배지의 고초와 풍상을 담아 읊은 가사, '청년회심곡'은 처음의 작가의 변설처럼 '색계상에 침혹하야 그 본심을 직히지 못하는 자를 경계'하는 결과를 낳을 수도 있겠지만, 한편 한때의 침혹에 대해 시련이 너무 가혹하다는 호소로서 역설적으로 육욕에 대한 긍정을 표현했을 수도 있다. 왜냐하면 농월이나 경패는 모두 기생이므로 어느 한쪽만 색계상의 여자일 수는 없기 때문이다. 더구나 진성이 유배가게 되는 것은 약자가 화를 입는 사회적 부조리 때문이지 '색계상의 침혹'되었던 원인은 아니기 때문이다.

또 이 가사에서는 유형지에서 양반의 권위를 지키기는커녕 '비부에게 절하고 종에게 존대'까지 할 정도로 철저하게 전락해 버린 양반의 모습을 보여준다. 이것은 바로 권위를 지향하고 유교적 관념을 쫓는 양반의 봉건사회가 무너져 내리는 모습이다. 이러한 사회적 변화에 대응하여 '청고한 지조'를 쫓는 관념적, 정신적 사랑보다 질탕한 풍정을 쫓는 애정관의 변화는 사회변화의 심화를 말해준다 하겠다.

이상 살펴본 「약산동대」, 「부용상사곡」, 「채봉감별곡」, 「청년회심곡」 네 작품들은 모두 여주인공이 기녀이고 남주인공이 사족이라는 공통점을 가진다. 신분의 차이를 딛고 결연하는 과정을 내용으로 하고 있으므로 애정소설의 변천과정에서 세 번째 단계인 「춘향전」, 「옥단춘전」 계열과 연계되고 있다고 할 수 있다.

네 작품의 공통 특징으로 모두 서북지방을 지리적 배경으로 하고 있음을 들 수 있다. 영변, 평양, 송도 등을 배경으로 삼고 있는데, 서북지방은 주지하다시피 봉건 지배층으로부터 소외된 지역이었지만, 서북지방의 새로운 기풍이 구시대의 모순을 극복하는데 적극적인 구실을 할 수 있다는 것을 인식한 증거라고 할 수 있다.[73] 또한 경기도와 전라도를 중심으로 발달한 소설이 활자본의 유통과 관련하여 그 범위가 급속히 팽창되어 서북지역까지 소설향유권을 확장했음을 의미한다.

네 작품은 각 작품론에서 상술한 바와 같이, 각기 특성을 지니면서 춘향전 계열에서 진전 내지 변화한 모습을 보여준다. 네 작품 모두 기녀, 사족신분의 남성, 그리고 이들을 핍박하는 관료를 중심으로 하여 내용을 진전시키고 있다. 이것은 춘향전과 흡사하지만 세 인물의 갈등양상에서

---

73) 조동일, 한국문학통사 4, 지식산업사, 1986, 341면

차이를 보이면서 구시대 질서가 무너져 내리는 사회적 동향과 애정의 문제가 밀접히 연결되어 있음을 보다 극명하게 보여준다.

「약산동대」는 「춘향전」에서 이면적 주제인 인간적 해방의 주장이 표면화되어 있고, 「부용상사곡」에서는 신분차이에서 오는 갈등을 애정갈등에 포괄함으로서 「춘향전」류가 세태소설로써 가지는 의의에서 한발 물러서지만, 환상적인 분위기로 애정에만 초점을 맞추어 독자의 흥미를 사로잡고 있다. 「약산동대」는 「춘향전」을 개작하였음에도 주제를 구현하는 수법 면에서 퇴보를 보였다 할 수 있고, 「부용상사곡」은 사회적 상황과의 연결을 애정문제로만 한정시킴으로써 문제의식의 면에서 후퇴를 가져왔다. 이것은 구활자본 소설의 발간이 흥미 유발에 기인한 독자층이 확보에 목적이 있었기 때문이다.

그러나 「채봉감별곡」과 「청년회심곡」은 여러 가지로 문제성을 띤 작품이다. 「채봉감별곡」의 근대적인 인물 설정과, 사회변화와 맞물리는 중첩적인 갈등구조는 「춘향전」류에서 진일보하여 근대소설과 연결되는 소지를 모인다. 「청년회심곡」은 구소설이 구현하던, 열(烈)로 대표되며 선(善)과 동일시 되는 획일적인 애정의 성격을 넘어서서 다양한 애정을 묘사하고 있다. 이러한 애정관의 변화는 사회의 변화, 부조리 등과 관련되어 문제의 심각성을 더한다.

네 편의 애정소설은 「약산동대」, 「부용상사곡」, 「채봉감별곡」, 「청년회심곡」의 순으로 「춘향전」 계열을 계승하여 진전시킨 폭이 커가고 있다 하겠다. 이 네 편을 전장에서 다룬 「형산백옥」, 「난봉기합」, 「쌍미기봉」과 비교하여 볼 때, 동일한 신분의 남녀를 등장인물로 하였을 때보다 사회적인 갈등을 문제삼고 있는 진폭이 커져서, 세태소설의 면모 또한 보여주고 있다고 할 수 있다. 신분의 차이에도 불구하고 이룩되는 자유로운 애정의 성취는 동시대의 신소설에 나타나는 자유연애 풍토와 상통한다. 또한 이들이 일부일처를 이루고 있는 점은 남녀의 신분차이를 넘어서 평등사회를 지향하고 있음을 보여준다.

본장에서 논의한 네 편의 작품은 모두 작품 내에 다른 갈래가 삽입되어 있다는 점도 「형산백옥」 등과 구분되는데, 이점은 장을 달리 하여 상론하겠다.

3.4. 신소설과의 비교

신소설에서 나타나는 애정욕구는 대부분 효와의 대립 상황에서 진행되거나 혼사 장애의 극복과정에서 이루어지고 있다. 효와 애정의 대립이 뚜렷하게 나타나는 작품으로는 최찬식의 「안의 성(雁의 聲)」, 「해안(海岸)」, 金宇鎭의 「유화우(柳花雨)」, 鮮于一의 「두견성(杜鵑聲)」 등을 들 수 있다. 이들 작품의 구조는 효가 비판되고 애정이 긍정된다는 점에서 공통적이나, 모두 혼사 후의 장애를 다루고 있으므로 「금강문(金剛門)」, 「원앙도(鴛鴦圖)」 등의 작품군과 구별된다.

혼사 후의 장애를 다루고 잇는 작품들은 가족간의 문제, 특히 고부간의 갈등을 중심으로 하고, 이 갈등이 해소되면 자연히 애정을 되찾게 된다는 내용으로 되어 있다. 본고에서 취급하는 일곱 편의 작품이 모두 혼사 전의 장애와 애정갈등을 다루고 있으므로, 신소설 중 혼사 전의 장애를 다루고 있는 작품군을 택해 비교하되, 남녀 주인공의 이합과 애정을 중심으로 전개되는 「추월색」, 「화세계」, 「설중송」 등을 주요 비교 대상으로 삼으면서 필요한 경우 다른 작품에 나타난 애정갈등 양상까지 참고하기로 한다.

남녀관계를 문제 삼은 신소설이 기본적으로 내걸은 명제는 자유 연애와 자유 결혼이다. 이는 평등사회를 지향하는 당시로선 시대적 배경에 어울리는 당연한 추세였다. 신작 구소설의 남녀 주인공이 자의적으로 만나 결연했으므로 시련을 감내해야 했지만, 신소설에서는 자의적인 만남이 갈등을 유발하는 요소로서는 강력하지 못하다. 자의적인 만남이 갈등을 유발할 때는 구세대의 가치관과 대립되어 나타난다. 이것은 결국 효와 애정의 갈등으로 귀착되는데, 신작 구소설 중「채봉감별곡」과 비교될 수 있다.「채봉감별곡」의 채봉은 부친이 옥에 갇혀 죽게 되었다는 것을 알고도, 부실이 될 생각을 하기보다 부친을 구할 돈을 마련하는 다른 방법을 강구할 정도로 애정을 수호하는데 슬기로우며 과감했다. 채봉에게 애정수호의 일념은 바뀔 수 없는 확고한 것이었다. 이에 비해 신소설의 주인공들이 내세우는 명분은 인정, 의리, 정리 등으로 애정 자체, 본능적 욕구 자체를 이탈하고 있기 때문에 효와 애정의 대립에 관한 근본적인 면에서는 구소설의 전통을 발전적으로 계승하지 못하고 그대로 답습하거나 오히려 후퇴한 모습을 보여주고 있다.[74] 여성이 내세우는 불경이부(不更二夫)는 구소설에서 전래되어 온 것이다.

구소설에서는 남녀의 신분차이가 유발하는 갈등을 다룬 소설이 애정소설의 한 부류를 형성하였고, 신분 차이에도 불구하고 성취되는 사랑은 평등사회를 지향하는 의지의 확인이기도 하였다. 신소설에서는 시대배경이 사민평등(四民平等)이 역설되던 당대를 다루고 있다. 그러나 신소설에서는 귀족적 영웅소설의 귀족적 성격이 그대로 계승되어 있으므로, 남녀 주인공은 행복을 성취하는 이상적인 인물이며 재능, 덕성, 지모에서 완벽한 조건을 갖추고 있다.[75]「추월색」의 정임, 영창,「화세계」의 수정이, 그리고「치악산」의 이씨,「빈상설」의 이씨,「봉선화」의 박씨 등이 그렇다. 구소설의 등장인물이 영웅형에서 탈피하여 격변하는 역사적 현실의 어느 측면을 날카롭게 집약하고 있음에 비해, 신소설은 여전히 귀족적인 관념을 고집함으로써 등장인물은 평면적이며 고정관념에 따라 이루어진다.[76] 따라서 구소설을 잇는 신작 구소설은 아래로부터의 변화와 반감이

---

74) 김일렬, 조선조 소설에 나타난 효와 애정의 대립, 조선조 소설의 구조와 의미, 형설출판사, 1984, 292면.
75) 조동일, 신소설의 문학사적 성격, 한국문화연구소, 1973, 88면

내적 갈등을 이루는 필연적인 조건이 되는 반면, 신소설은 주위 환경이 내적 갈등의 조건이 되지 못한다. 신작 구소설에서는 신소설이 사회의 다면적인 모습과 맞물리는 애정갈등을 다루었던 것에 비해, 그 사회가 주인공에게 타고난 고난을 겪게 했을 망정 주인공의 문제가 아니고 혐오해야 할 세계의 모습일 뿐으로[77], 사회적 상황은 주인공의 내적 갈등과 유리되어 있다. 즉 귀족적인 주인공은 고난의 상황을 내적 갈등으로 수용하지 못하고 상황을 통과할 뿐이며, 민중에 대한 우월성을 가짐으로써 결과적으로 신작 구소설이 지향했던 평등사회를 거부한다. 신소설의 이러한 성향은 애정으로 인한 번민과 갈등의 밀도를 약화시킴으로써 「쌍미기봉」, 「채봉감별곡」, 「청년회심곡」에서 보이는 애정 갈등의 심도와 다양성을 확보하지 못한다.

신작 구소설은 의고적인 소설이지만, 당대를 배경을 한 신소설보다 진정한 애정의 가치를 추구하는데 오히려 적극적인 면모를 보여준다. 이 점에서 신소설은 신작 구소설의 성과에 미치지 못한다. 근대소설이 나온 이후인 1920년에 출간된 「설중송」은 한 남자와 두 여자의 삼각관계를 다루고 있는 소설로 신소설의 잔재에 해당한다. 세 남녀는 모두 재색을 겸비한 나무랄 데 없는 인물로서 신소설의 전형적인 인물유형이다. 해외유학까지 갔다온 부잣집 딸이 다른 여자와 약혼 중에 있는 남자를 사랑하여 여러 가지 권모술수를 쓰다가 결국 양심의 가책에 병들어 죽고 약혼한 주인공 남녀는 행복한 결혼에 이른다는 줄거리로서, 신소설로서는 드물게 애정의 문제를 정면으로 다루고 있다. 그러나 애정 갈등으로 인한 심리묘사나 내면 갈등이 결여되어 있어, 줄거리 전개 위주의 통속소설로 흐르고 있다. 여주인공의 오빠와 그의 애인이 등장하면서 남녀 주인공들의 관계가 얽혀 사건은 복잡하게 진행되지만, 한 인물에 초점을 맞춰보

---

76) 조동일, 위의 책, 92면
77) 조동일, 위의 책, 91면

면 갈등 구조는 단순하다. 등장인물과 거리를 두지 못한 작자의 눈은 사건을 신파조로 이끌어 나가 1950년대에 등장했던 김내성의 「청춘극장」계열의 사건벌이기식 통속소설의 전례가 되고 있다.

결국 애정을 문제삼는 양상은, 신작 구소설이 근대소설과 이어지고 있는 반면 신소설은 「설중송」 같은 작품을 다리 삼아 통속소설로 이어지고 있다 하겠다. 이것은 신작 구소설이 비록 다수의 구소설 독자에 의지하여 상업성을 노리고 나왔을 지라도 결과적으로 획득하고 있는 문학사적인 意味綱인 것이다.

4. 기법의 변화

4.1. 서술방식

서술방식에서 신소설에 이르러 나타나는 가장 두드러진 변화는 서술의 역전이 있다는 점이다. 서술의 역전은 서두에서부터 나타나므로 서두에서 시간적 배경, 장소, 등장인물을 밝히는 구소설의 전형을 벗어나 있기 마련이다. 신작 구소설에 나타난 서술방식은 어떠한지, 도입부분부터 살펴서 다각도로 검토해보기로 한다. 본고에서 다루는 7편중 5편은 구소설의 도입부분과 차이가 없다. 그러나 「부용상사곡」과 「채봉감별곡」의 도입부는 구소설의 틀을 벗어나 오히려 신소설에 가깝다.

어제밤 부든 바람 금성(金聲)이 완연하다. 모란봉 치운 바람 단풍 락엽(丹風落葉)을 훗날려서 평양성중으로 드러가니 수정업시는 락엽을 믹업시 보고 안즌 사람은 평양성외 김진사(平壤城外金進士)집 처녀 채봉(彩鳳)이라 (채봉감별곡 : 455면)

서두에 주인공의 주변환경을 먼저 묘사함으로써 구소설 전개방식을 전적으로 벗어나서 표현마저 신소설에 접근한 양상을 보이고 있다. 서두의 이러한 변화는 「부용상사곡」에서도 마찬가지이다.

> 차홉다 죠선의 승디강산 의론하면 평양이 뎨일이라 쟝셩일면 용용슈와 대야동두 뎜뎜산은 고려문쟝 김황원의 절창이라 릉라도 연긔속에 홍엽은 분운하고 모란봉 느진비에 황화은 난만한대 대동문 안 한 모릉이 쇼됴링락한 흔적은 집후원 별당붉은 란간우희 일위 미인이 운빈은 삼사하고 쩌무든 의샹에 얼골에 지분을 더하지 아니하고 초연히 흔손으로 턱을 괴오고 시름업시 안자시니 팔즈춘산은 결셰 화공이 아미산을 그려닌 듯……월궁항아 옥경에 오름이라 문득한 차환이 홍군취삼으로 향다 일종을 쌍슈로 밧들고 그 미인 압희 나아와 공손히 드림여 왈 낭즈는 이를 마시쇼서 하니 그 미인이 밧아 압희노코 마시지 아니하니 옥슈로 일장치젼을 펼치고 두어줄 글을 쓰니 지면에 풍운이 니러나며 룡사비등하니 대뎌 이 미인은 그 누구인고 평양부중의 유명한 기싱 부용이니 영문 추엽황의 쑬이라(부용상사곡 : 3∼5면)

일단 부용이 등장하는 배경을 묘사하고 부용의 행색을 나타내고, 다음으로 부용의 모습을 구소설의 표현방법에 따라 차례로 서술하고 있어서 부용의 심사를 스스로 말하게 하며 학식과 재능을 말하여 주는 글을 쓰게 한다. 이렇게 하여 독자에게 '대뎌 이 미인은 누구인고' 하는 의문을 일게 한 뒤에야 부용의 내력을 설명하고 있다. 구소설의 전형을 벗어나는 한편, 카메라의 초점을 밖으로부터 점차 안으로 이동하여 독자의 관심을 초점에 따라 이동시킴으로써 독자를 작품에 사로잡는 방식이다. 이것은 구소설에 비해 매우 진전된 서술양상이다.

이러한 변화는 구소설에서 상투적으로 쓰이던 문구의 감소현상과 관련된다. 김상태는 구소설과 신소설의 문체 상의 차이를 여덟 가지로 요약했는데, 그중 신소설에서는 구소설에 나타나는 상투어의 소멸과 지문과 대화를 구별하여 서술하는 것을 들고 있다.[78] 구소설에서 흔히 쓰이던 도입어 ― 화설, 각설, 차설이나 막연한 시공(時空)을 나타내는 시간부사 ― 하로난, 일일은, 장면전환을 나타내는 화두사(話頭詞) ― 각설, 차설 등은 「채봉감별곡」을 제외한 여섯 편에서는 모두 나타난다. 지문과 대화의 구별 또한 「채봉감별곡」에서 일부 나타난다.

> (채봉) 내가 어멈에게 청할말이 잇스니 심을 좀 쓰랴나
> (취향모) 무슴 청이시오
> (채봉) 붓그러 말이 아니ᄂ오내마는……(492면)

「채봉감별곡」은 이상에서 살핀 바와 같이, 일곱 작품 중 서술방법상 구소설을 벗어나 신소설에 가장 가까운 모습을 보인다. 고대소설의 작자는 이야기의 전달자이므로 지문과 대화의 구분이 필요치 않았으나, 신소설의 작자는 대화에서 인물의 성격을 부각시키려 하였고, 읽는 소설로서 시각적 언어기능을 전제로 하였으므로, 지문과 대화의 구분이 필요하였을 것이다.[79] 구소설은 이야기된 시간에 비해서 이야기 시간이 극히 짧은 것이 특징으로서 서술된 행동의 지속은 거의 주인공의 한평생인데 비해서 외형적인 페이지는 그렇게 많은 것이 없다.[80] 구소설은 인생의 3단계인 탄생, 청년시대, 행복한 말년을 다 서술하고 있는 것이다.

신작구소설에서는 탄생, 행복한 말년 부분의 탈락현상이 나타난다. 특히 탄생부분은 「형산백옥」과 「약산동대」에서만 나타날 뿐 나머지 다섯

---

78) 김상태, 근대적문체의 성립, 한국문학연구입문, 지식산업사, 1982, 555-557면
79) 박종철, 개화기소설의 언어와 문체, 개화기문학론, 형설출판사 1979, 267-268면
80) 이재선, 신소설의 서술구조론시고 ―이조소설과의 대비적관점에서―, 진단학보 33호, 1972, 125면

편에는 탈락되어 있고, 특히 「채봉감별곡」은 행복한 말년 부분까지 탈락되어 있다. 신소설에서 나타나는 탄생 부분의 대체적 탈락과 행복한 말년 부분의 부분적 탈락현상과 흡사하다.

　가장 많은 서술형식의 변화가 나타난 「채봉감별곡」은 일곱작품 중 유일하게 서술어에서도 '~더라' 등의 구소설투를 탈피하는 현상을 보이고 있다.

> 리부인이 싯침이을 쎅고 말을 뭇는다. (모)아가 어디를 갓다가 이럿케 늦게 오느냐 치봉은……밋쳐 대답을 못흐고 취향이가 대답을 한다. (취)달이 하도 밝기에 후원에서 놀다가 인제야 옵니다……리부인이 이거동을 보고 로긔를 띄워 치쳐 뭇는다. (밑줄 – 필자)

　이러한 서술상의 변화는 표면적으로 드러난 현상인데, 김상태는 그 변화가 세계관의 차이에 기인한다고 하였다. 구소설, 신소설 내지 근대소설은 세계관의 차이에서 서술방법의 변화가 일어난다는 것이다. 「채봉감별곡」에서는 서술어미가 서사 과거시제를 탈피하는 변화가 일어나고 있다. 그러나 이러한 변화가 작품전체에 같은 양상으로 나타나지 않고 부분적으로 나타나는 등 일관성이 결여되어 있으므로, 사실주의 정신의 표출로서의 사실주의 기법이 나타난 것이라 하기는 어렵다. 오히려 사실주의 정신이라는 저변에 기인한 변화라기보다, 동시대의 문학인 신소설에 표면적으로 영향을 받은 결과라고 할 수 있고, 자생적 변화라고 할 수 없다.

　소설에서 우연과 필연의 문제를 따져보는 것은 우리 소설사의 변천을 살피는 한 통로가 된다. 우연과 필연의 관계는 우리 소설사의 전개양상과 견주어 살펴볼 때, 단순한 서술기법의 변화에 머물지 않고 소설이 근거하고 있는 세계관의 변화와 밀접한 관련을 가지고 있다.

　작자는 소설 속에서 작중인물의 행위를 통하여 사건을 진행시켜 나간

다. 작중인물의 행위는 우연과 필연이라는 상반된 원리에 의해 지배받게
되며[81] 우연과 필연은 인물의 행위로 이어지는 사건을 통하여 드러난다.
사건 자체는 우연성과 필연성을 내재하고 있지 않다. 단지 사건전개에
대한 사전 설명이 없어 독자가 이해할 수 없으면 우연적인 구조로 파악
되고, 사건질서가 이미 설명된 논리에 따라 전개되면 필연적인 구조로
파악될 뿐 사건자체의 속성은 아니라고 할 수 있다. 그러므로 우연과 필
연은 소설의 문맥을 통하여 파악된다.

이원론적 세계관을 구현하는 소설에서는 우연과 필연이 중첩되는 양
상을 보인다. 지상계의 경험적인 사고방식에서 보면 우연인 것이 천상계
의 원리를 깨달은 입장에서 볼 때는 우연이 아니고 필연이 된다. 사건이
소설 구조 속에 필연적으로 결구되어 있어야 설득력을 가지게 된다. 천
상계의 일은 작중 인물에게 알려져 있기도 하고, 그렇지 않기도 하다. 「
숙향전」에서 '다만 하늘게 득죄하야 인간의 귀향왓시니 젼생죄를 이싱의
와 다 갑흔 후에야 죠흔 시절을 볼'[82] 숙향의 운명을 독자는 알고 있지
만, 숙향 자신은 전혀 모르고서 사건을 당하게 된다. 다섯 살에 부모를
잃고 헤맬 때, 까치의 인도로 장승상을 만나는 것이나, 시비의 모략으로
장승상댁을 쫓겨나서는 용녀와 선녀에게 구출을 받는 일련의 사건들이
지상의 숙향에게는 우연이지만 천상계의 예정을 알고 있는 독자로서는
이해 가능한 필연적인 구조로 파악된다. 우연은 예기치 않았던 반전을
가능하게 하고, 필연은 드러나지 않던 진실의 발견을 가능하게 하기 때

---

81) 이봉채, 현대소설의 구조론에 관한 연구, 중대 박사논문, 1983, 150면, "인물
　의 행위는 동기의 실천진행과 결과의 양태로 범위 규정할 수 있는데, 그리고
　그것이 바로 사건이라고 할 수 있는데, 행위에 참가하는 다른 종목으로는 첫
　째로 다른 인물의 행위와, 둘째로 배경적 사물이라고 할 수 있다. 이 때에 행
　위과정마다에 주어지는 여러 단계적인 동기들과 작은 단위, 큰 단위마다에
　발생하는 행위결과에 대한 원인을 해명하여야 행위의 질서가 밝혀질 수 있게
　된다. 그런데 여기서 어떤 사태들은 확연히 필연성을 제공하는 것도 있으나
　어떤 것은 필연성을 제공하고 있지 않은 것이다.
82) 정신문화연구원본

문에 우연이 곧 필연이라고 하는 설정은 긴장감과 설득력을 확보하기 위해서 반드시 요청되는 것이다.[83] 경험적 차원의 우연이 큰 경험적 차원에서 필연이 됨으로써 이러한 소설은 '운명론적 구조'를 가지게 된다. 우연이 필연일수 있게 하는 천상계가 사라진 일원론적 소설에서는 우연이 우연으로만 문제되며 우연과 필연이 모두 경험적 차원에서 제시된다. 천상계의 예정이나 질서의 구현장소로서 지상의 의미보다 지상에서의 인간생활 자체에 초점을 맞추는 일원론적 소설은 천상계라는 주재자 없이 우연을 필연으로 바꾸는 행위의 질서를 이룩해야 한다. 필연적인 사건의 발단이나 전개가 우연의 힘을 빌려서만 가능해진다 해도[84] 사건을 필연적으로 만드는 조건들이 필요하다.

신작구소설은 「형산백옥」을 제외한 여섯 편이 모두 일원론적 세계관을 구현한다. 「형산백옥」은 철저히 운명론적 구조 하에서 전개되며 천상의 예정을 독자도 주인공도 모두 알고 있다. 따라서 지상의 우연은 그것이 바로 천상의 의지라는 필연으로 이해되지만, 운명 앞에서 고뇌하고 고통 당하는 인간의 모습이 아닌 천상질서의 수행자만을 보게 되어 소설의 흥미는 감소한다. 나머지 여섯 편의 일원론적 소설은 이원론적 구소설에서 나타났던 지상의 우연에 비하면 우연성에의 의존이 현저하게 감소하였고, 때로 우연을 필연으로 바꾸려는 장치가 나타나고 있다. 예컨대 「쌍미기봉」에서 살인범으로 압송되는 남주인공을 구하는 구출자가, 전일 남주인공에 의해 구출받은 바가 있었는데, 이는 애정갈등과는 전혀 무관한 사건으로서 필연성을 획득하려는 장치의 설정이라 할 수 있다. 이는 초월적 존재를 거세하고서 현실적인 차원으로 끌어내려진 인간존재에 대한 자각으로 풀이된다. 이원론적 소설에서는 천상이 인간의 운명을 보장하였지만, 일원론적 소설에서는 운명을 보장받지 못하는 인간에게 그

---

83) 조동일, 영웅소설작품구조의 시대적 성격, 한국소설의 이론, 지식산업사, 1977, 335면
84) 조연현, 소설에 있어서의 우연성의 문제, 동대 논문집 1, 1964, 163면

렇게 많은 우연이 시혜될 수 없다고 여겨서 인간적, 현실적 차원에서 인물의 행위를 전개시켜야 했던 것이다.

이러한 양상이 「약산동대」를 비롯하여 기녀와 사족의 사랑을 내용으로 한 「부용상사곡」, 「채봉감별곡」, 「청년회심곡」 등의 작품군에서는 사회적 현상과 애정갈등이 맞물리면서 우연 대신 개인의 의지로 고난과 위기를 극복하며, 그렇지 못한 경우에는 좌절하며 고통당하는 인간의 고뇌가 나타난다. 이것은 「청년회심곡」과 「채봉감별곡」에서 두드러진다. 「청년회심곡」의 진성은 이춘화를 탄핵하는 상소를 올리나 도리어 세력 있는 이춘화의 상소가 받아들여져 진성이 유배길에 오르게 된다. 현실적이고 물질 지향적인 방향으로 전환한 가치관의 변동과 함께 악인이지만 세력 있는 쪽이 득세하는 사회적 현상에 부딪치는 주인공을 우연한 사건으로 구제하기에는 사회적 제약이 너무 심하다. 「채봉감별곡」의 채봉도 마찬가지 경우에 처한다. 사회적 혼란기에서 부침을 겪는 채봉을 고난에서 구하는 우연은 없다. 그저 상황을 타개하기 위해 채봉 자신이 판단하고 결정할 뿐이다. 우연한 사건으로 채봉이 구제 받기에는 사회적 장애의 폭이 너무 두텁다.

천상계의 지원을 받지 못한 채 지상에서 당하는 고난은 사회적 제약 때문에도 더욱 심각해진다. 암담한 상황에서 좌절의 고통과 애련의 심사를 담아 풀어내는 장편가사는 주인공을 구출할 수 있는 구출자를 감동시켜, 구출자 스스로 주인공을 구제하려는 마음이 생기도록 만든다. 영웅이 아닌 주인공은 고난을 극복할 힘이 없으므로, 사태의 타개는 구출자에게 의존할 수밖에 없다. 구출자의 출연은 이론원적 구소설에서는 천상의 예정이라는 명분으로 필연으로 여겨졌으나, 여기서 구출자의 등장은 우연인 채로 남을 수밖에 없다. 따라서 장편가사가 구출자를 심리적으로 감동시킴으로써 주인공을 구출하려는 의사를 스스로 일게 하여, 의외의 구출자를 필연적인 구출자로 바꿈으로써 우연을 필연으로 대체시킨다. 따라서 장편시가는 천상계가 제거된 이후 경험적인 차원에서 우연을 필연으로 바꾸는 장치로서의 의미를 갖는다. 이것은 동시에 천상에서 보장해 주던 인간의 운명을 인간 스스로 직접 책임져야 된다는 것을 인식하는 증좌로서 영웅소설의 운명론적 구조를 탈피하고 있는 한 방식이기도 하다. 이러한 현상은 1910년대 신작구소설에 집중적으로 나타난 현상으로서, 당시의 신소설이 무절제하게 우연을 남발했던 것과 좋은 대조를 보인다.

신작 구소설은 우연이 감소할 뿐 아니라 지상에서 우연을 필연으로 대체시키려는 시도가 나타나고 있으며, 이러한 시도로서 두드러진 것은 시가 삽입이다. 애정갈등이 사회적 상황과 일치되어 진행될수록 주인공이 우연적인 사건으로 위기에서 구출 받지 못하고 고난에 시달리며, 자신의 운명을 스스로 책임져야 하는 현실적 고뇌를 하는 인간형은 근대소설의 근대적 인물형과 상통하므로, 근대소설과 이어지는 맥을 확인할 수 있다.

4.2 삽입 시가

신작 구소설 중 애정소설의 특징 중의 하나는 시가의 삽입이 두드러진다는 점이다. 애정소설 일곱 작품 중 여섯 작품에는 시가가 삽입되어 있다. 「쌍미기봉」, 「형산백옥」에는 한시가, 「채봉감별곡」, 「부용상사곡」, 「청년회심곡」에는 한시와 장편가사가, 「약산동대」에는 한시와 잡가가 삽입되어 있다.

한시의 삽입은 「금오신화」에서 비롯하고 구소설에서도 흔히 발견되지만, 가사와 잡가가 작품의 많은 분량을 차지하면서 삽입된 경우는 드물었다. 1910년대에 이르러서 시가 삽입의 비중이 커진 작품이 다수 등장하므로, 시가의 작품 내적인 구실과 아울러 시가 삽입의 의미를 따져보

는 것이 작품의 이해와 아울러 문학사적인 의미 해석을 위해서도 중요하
리라 본다.

한시는 구소설 내에 오래 전부터 삽입되어 왔었다. 그러다가 신작 구
소설에 이르러서 한시와 더불어 가사, 잡가의 삽입이 두드러지는 양상을
보인다. 소설 속에 삽입된 시가가 작품 내에서 맡고 있는 몫이 커졌다는
말이 된다. 또한 한시의 분량을 늘이는 것보다도 다른 갈래의 시가인 가
사와 잡가가 많은 분량 삽입된다는 것은 한시가 맡은 작품 내적 의미와
가사나 잡가가 맡은 의미가 다르다는 뜻이다. 가사, 잡가가 새로이 쓰이
면서도 한시가 여전히 쓰이는 것은 한시의 작품 내적 의미가 긍정적으로
받아들여지고 있다는 뜻이기도 하다.

그렇다면 시가 삽입의 의미를 따져보기 위하여 구소설에서부터 지속
되어 온 한시의 작품 내 쓰임을 먼저 살피는 것이 순서일 것이다.

1. 한시의 삽입

한시의 삽입은 초기소설인 「금오신화」와 「元生夢遊錄」, 「周生傳」, 「琴
生異聞錄」, 「達川夢遊錄」, 「皮生冥夢錄」, 「壽城宮夢遊錄」, 「相思洞記」과
같은 한문소설을 위시하여, 「구운몽」, 「조웅전」 등, 국문소설에도 등장한
다. 한시를 삽입한 한문소설은 초기의 것일수록 삽입시의 참여가 적극적
인 반면에, 후기의 현실 비평적인 풍자소설에서는 감퇴되고 있다.[85] 조
선시대에는 한시를 짓는 것이 선비의 교양이었고, 자기의 심정이나 자연
을 한시로써 표현하는 것이 일반화되어 있었다. 따라서 사족이 주인공으
로 등장하는 소설 속에서 한시의 등장은 자연스러운 일이다. 민병수는

---

85) 민병수, 한문소설의 삽입시에 대하여, 장덕순선생회갑기념 한국고전산문연
　　구, 동화문화사, 1981, 469면

한문소설에서 이야기를 운반하는 것은 산문이지만 사건의 내용을 지배하는 것은 시라 하여 삽입시의 기능으로 세 가지를 들고 있다. 첫째, 만남이 있기에 앞서 사건의 야기를 예시적으로 告知하고 있고, 둘째, 만남의 단계에서 의사전달의 통로가 되고 있으며, 셋째, 작품 최후의 大尾를 장식하는 것이 그것이다. 이중 첫 번째, 두 번째의 기능은 국문소설에서도 중요한 역할을 하고 있다. 남녀가 자유롭게 만났을 때, 한시를 통한 의사전달은 결연의 계기가 된다. 「이생규장전」의 이생과 최랑, 「구운몽」의 양소유, 진채봉, 「조웅전」의 조웅과 옥녀 등이 연시로 화답하고 결연에 이른다.

구소설의 문장은 주지하다시피 상투구가 많고 언문의 불일치 현상을 보이고 있다. 언문이 불일치하므로 말로써 직접 전달할 수 있는 내용도 소설문장으로 되면서 기존문장의 전례에 맞추기 위한 굴절을 겪는다. 이 과정에서 시가 함축할 수 있는 내밀한 심리는 약화되거나 현실감이 감소되는 것은 당연하다. 거기다가 시는 내밀한 심리를 담는 틀로써는 확고했으므로, 서술문장으로 풀어 의미를 약화시키기보다는 그대로 삽입하는 쪽이 분위기 전달에 효과적이었던 것이다. 후대에 나온 국문본 「수성궁몽유록」에서는 한시가 담당하는 심리묘사의 기능이 확실해진다. 운영을 그리워하며 김진사가 시를 읊는데, 이를 구소설의 문장으로 서술한다면, 이것은 김진사가 가지는 복잡하고 안타까운 심리를 보편적이고 상투적인 애정의 차원으로 단순화시킬 뿐이다. 등장인물이 직접 짓는 한시도 일인칭 독백의 형태로서 감정을 직접 제시하는 역할을 한다. 서술문장에서는 인물의 심리가 직접 그려지지 못하고, 작가의 시점을 통한 외부의 모습만 그려질 뿐인데, 한시에서는 감정이 1인칭시점으로 구체적이고 치밀하게 드러난다. 곧 구체적인 심리묘사가 한시를 통해 가능할 수 있었다는 말이 된다. 한시는 3인칭 전지적 시점에서 1인칭으로 시점을 바꾸면서 심리묘사를 담당하고 있는 것이다.

한시는 「용궁부연록」, 「취유부벽정기」에서처럼 신분확인이나 재능과시를 위해 쓰이기도 한다. 당시 사족들은 다 한시를 지었고 이것은 일반평민과 구분되었기 때문에 한시를 짓는 품격에서 신분이 확인되었고 능력을 발휘하는 기회가 되었으므로, 소설에서 이러한 한시의 역할은 타당성 있게 받아들여진다.

이제는 구소설의 한시와 비교하여 신작 구소설의 한시 역할을 살펴볼 차례이다. 한시만이 삽입된 「쌍미기봉」과 「형산백옥」의 경우를 먼저보자.

여기에는 총 열한 수의 한시가 등장하는데 운아와 황개의 결연과정에서 세 수, 황개와 운아가 서로를 그리워하며 지은 두 수와, 운아와의 애정을 이루기 위해 서기로 전락한 황개가 재능을 드러내는 시 세 수와, 운아가 부채에 적어놓아 주공자와 혼담이 오고가게 하는 재능과시의 시 한 수와, 녹균과 운아가 시짓기 놀이에서 짓는 두 수로 되어 있다. 이것은 마지막 운아와 녹균의 시를 제외하면 구소설의 경우와 별로 다르지 않다. 이들의 시짓기 놀이는 한시가 사대부의 고급한 오락으로도 이용되고 있음을 보여준다. 「형산백옥」은 남주인공 계선과 세 번째로 혼인하게 되는 연소저가 지은 시로서, 이 시가 계선과 결연에 이르게 하는 역할을 한다.

나머지 네 작품 중에서는 「부용상사곡」에 한시의 삽입이 가장 많고, 다음으로 「청년회심곡」, 「채봉감별곡」, 「약산동대」의 순서이다.

「부용상사곡」에서는 총 7편의 시가 나오는데 시의 쓰임새는 다양하다. 다른 사람에게 전달을 의도하지 않는 감상을 표현한 시들과, 애정을 고백하여 결연의 계기가 되는 시, 화답을 통해 애정을 공고히 하는 시, 부용이 선계에서 만난 미인과 열녀를 칭송하는 선인 대가의 인용시와 멀리 떨어진 님에게 애정을 확인하고 되살리는 시 등으로, 이중에서 유성이 부용에게 애정을 전한 시와, 부용이 진성에게 전한 상사곡은 사건전개에

서 중요한 구실을 하고 있다. 애정소설의 일반적인 구조가 결연 — 이별
— 고난 — 재회라면, 결연과 재회를 가능하게 하는 문제 해결의 기능으
로써 한시가 쓰이고 있음을 알 수 있다. 소설문장이 감당하지 못하는 내
면심리를 담은 한시가 문제해결의 관건으로 쓰이고 있는 좋은 예이다.

　유성이 매파를 통해 한시를 전달함으로써 이를 본 부용이 생각하기를
'이글 뜻이 조곰도 방탕한 의시 업고 지죄 탁월ᄒ야 내 평싱에 보던바
쳐음이오……한번 서로 봄이 무방ᄒ리라' 하여 만나게 되는데 한시가 결
연과정에서 결정적인 구실을 하고 있음을 보여주고 있다. 결말부분에서
부용은 자신이 죽은 줄로 알고 있던 유성에게 「상사곡」을 써서 이별하고
간절히 생각하는 마음과 천리에 사람을 기다리게 하는 것에 대한 원망,
유약한 여자에게 含憤蓄怨하게 하지 말고 강을 건너와 옛정을 이루자고
하는 뜻을 전한다. 여기서 「상사시」가 그대로 인용되고 있다.

　원래 「부용상사곡」은 운초(雲楚) 김부용당(金芙蓉堂)이라는 실존인물
을 모델로 하여 이루어진 것이다. 운초는 성천에서 태어난 名妓로서 시
문이 뛰어났는데 虛名에는 뜻이 없어 산천을 유람한 후 문을 굳게 닫고
여생을 보내려 하였다. 다행히 그를 이해하는 김이양(金履陽, 1755 —
1845)을 만나 그의 소실이 되어, 시를 읊고 노래하며 살았다. 운초는 조
선 여류시인에게서 볼 수 있는 연약한 병적 애상이 적고, 여장부다운 시
정을 읊었다.86) 1932년 김호신(金鎬信)이 운초의 시 150여수를 편한 「부
용집」이 전한다. 운초가 태어나 성장한 성천은 소설 속에서 성천부사가
된 유성과 부용이 재회하여 정착하는 곳으로 되어 있다.

　부용집 소재 시와 소설속의 시를 비교해보면, 「장단구 상사곡」이라는
시만이 일치하고 있는데, 이는 안서 김억이 「충시」라는 제목으로 국역한
바 있다.87) 김호신이 편한 부용집에는 「秋水 金芙蓉女史相思詩」라 되어

---

86) 이석호, 한국명저대전집, 역대여류한시선, 대양서적, 1975, 15면
87) 김안서역, '금잔듸', 한국시사자료집성 15, 태학사, 1983, 565-568면

있는데, 김호신도 '成川君三德面大洞里 一寒村吳氏門中에 秘藏'[88] 되어 있는 것을 시집으로 내놓은 것이므로, 원제는 알 수가 없다. 부용집 소재 다른 시들과 견주어 볼 때, 제목은 김호신이 시 내용을 참조하여 붙인 듯 하다.

층시는 부용이 시도한 '일자지십팔자(一字至十八字)'의 시체로서 중국에도 없는 독자적인 것이다.[89] 따라서 이것은 기존 시형을 벗어난 것으로 붓을 들고 써내려가는 동안에 격렬해지고 절실해지는 상사(相思)가 시형에마저 잘 나타나고 있는 것으로 볼 수 있다. 이 시를 받고서 유성은, 부용이 죽지 않고 살아서 아직도 자신을 사랑하고 있음을 알고, 자신도 역시 18행 층시로 답서를 전한 후, 두 사람은 드디어 재회하게 된다. 유성의 답시는 「부용집」에 실려있지 않은 것으로 보아, 소설 작자의 창작이라 하겠는데, 생각이 전개되는 방식이 같아서 형식이나 내용도 부용의 시와 짝을 이룬다. 이렇게 주고받은 시는 애정으로 인한 고난을 끝맺게 하고 문제를 해결에 이르게 한다.

사건진행에 직접적으로 관계하지 못하는 시가 작품에서 맡고 있는 구실은 서술문장이 감당하지 못하는 내면심리를 담음으로써 구소설이 가지는 문장의 한계를 극복하여 주면서, 작품의 분위기를 고조시키는 구실을 하고 있는 것으로 보인다. 유성은 부용과 만나 뜻이 화합하여 '모란봉이 길이 푸르럿고 대동강슈ㅣ 끈허지지 아님과 갓' 이 애정이 불변할 것을 약조한 다음, 한수 시를 읊는다.

월정단원화정교흔디   둘은 정히 둥글고 꽃은 아릿다온디
月正團圓花正嬌
상봉흡시가련쇼ㅣ라   서로 만남에 넉넉히 이 어엿뿐 밤이로다.

---

88) 김호신편, 부용집. 1932, 서 (序)
89) 이규호, 층시의 형성과 변모과정, 한국시가의 재조명, 형설출판사, 1984,
   496면

相逢洽是可憐宵
산고해활심심약은　　　산이 높고 바다이 넓은 깁고 깁흔 언약은
山高海濶深深約
츠세츠싱에 응불쇼 l 로다. 이 세상과 이싱에 응당 살아지지 아니리로다
此世此生　　應不銷

　말로 애정을 맹세하던 유성이 이로 충분치 못하다고 여겨 시로써 애
정을 맹세하고 있다. 부용이 서로 화답하여 '꼿다온 인연을 덩하엿으니
련슷을 부러 아니' 한다는 뜻을 전하여 분위기는 무르익는다.

　또한 유성이 평양에서 두루 구경을 하다가 시를 읊는 장면에서는 서
정성이 강하게 부각되어 서정양식인 시의 기능이 소설문장으로서는 전
달할 수 없는 분위기의 표현에 있음을 나타내준다.

　선계에 들어가 진문공의 첩을 통하여 부용이 듣게 되는 선인 대가들
의 미인, 열녀에 대한 찬탄시는, 미인과 열녀가 그 정도로 추앙받을만 했
다는 점의 강조와 아울러, 환상적인 선계의 분위기 조성에 한몫을 하고
있다. 이점은 분위기를 고조시키는 소설 속의 시의 기능을 확인시켜 준
다. 앞서 언급했듯이 선계의 등장은 부용의 갈등이나 고난과 무관한 것
은 아니지만, 선계를 제거시켜도 작품의 골격에 흠이 되지 않는다고 할
수 있다. 그런데 이 장면에 등장하는, 당시 애정의 요건이라 볼 수 있는
미모와 절개에 대한 찬양을 내용으로 한 15수의 시는, 부용의 애정행로
를 암시하고, 애정이 추구할만한 가치가 있다는 신념을 보여주면서 작품
의 전체적 분위기에 관여한다. 즉 부용이 애정을 고집하는 분위기를 조
성하며, 죽음을 걸고 유성과의 애정을 고수하려는 처절함을 환상적인 분
위기로 치환시키는 기능을 한다.

　「청년회심곡」과 「채봉감별곡」에 삽입된 한시를 보자.

　「청년회심곡」에서는 선인(先人)의 시가 인용되지는 않았고, 모두 주인
공들이 직접 지어 읊는데, 이 시들은 농월이 진성과 결연할 분위기를 고

조시키고 있다.

독의사창자슈지하니   홀로 사창을 의지하야 수노키를 더듸 하니
백화총리젼황리를   일백꼿 쩔기 속에 누른 꾀꼬리 우는도다
무단암결동품원하니   무단히 가만히 동품의 원망을 매즈니
믈어명침유소사 ㅣ로다   말이 업시 바늘을 머무르고 생각하는 배 잇도다

라고 읊는 소리를 들은 진성으로 하여금 '귀를 높나이며 신혼이 표창'하
게 하고 '더욱 심신을 진정치 못하게' 하더니

로상슈가백면랑이   길우헤 뉘집 흰낫 사나희가
청금대대영슈양고   푸른 옷과 큰 씌로 드리온 버들에 빗최엿노
유정불사당중연하야   유정함이 집가온대 제비와 갓지 못하야
사략죽렴사도장을   잠간 구슬발을 갈기고 빗겨 담을 지내는도다

라는 시로 '정신이 산란하게' 한다. 그리하여 집으로 돌아온 진성은 노파
를 통해 두 시를 적어 보내 결연의 계기로 삼고 있다.

「채봉감별곡」에서는 결연과 재회를 가능하게 하는 역할을 한시가 담
당하고 있다.

후원에 놀러 나간 채봉이 떨어뜨리고 간 수건에 강필성이 시를 적어
주자 이에 채봉이 시로써 답하여 결연이 이루어지는데, 나중에 헤어져
있던 두 사람이 채봉의 그 시를 징표로 하여 만나게 된다. 같은 시가 결
연과 이별에 다같이 관여하고 있는 것이다. 결연과정에서 시가 등장하는
것은 다른 작품과 같다. 그러나 만날 때 주고 받던 시를 이용하여 재회
하는 것은 시가 작품 내에서 맡고 있는 구실이 표면적으로 부각된 경우
로서, 한시의 기능이 확대되었다고 할 수 있다.

이러한 예는 구비문학에서도 발견된다.90) 남녀주인공이 어릴 때 주고
받은 시로써 훗날 재회하게 되는데 진행과정이 「채봉감별곡」과 흡사하

다. 집안이 몰락하여 고아로 떠돌다가 기생이 된 여주인공이 전날 남주인공과 같이 지은 시를 내걸고 짝을 맞추는 사람에게 몸을 허하겠다 하여 남주인공과 다시 만나게 된다. 이것은 전날 자신이 지은 시를 징표로 하여 재회하게 되는 화소가 소설이 아닌 설화에까지 보편화되어 있다는 추론을 가능하게 한다. 한시가 맡은 작품내 구실이 증대되는 것이 비단 소설에서만이 아님을 보여준다고 하겠다.

「약산동대」에서는 결연과정에서만 시가 등장하는데 시가 결연의 계기로 쓰이지는 않고 있다. 빙옥을 보고 흠모하는 마음을 품게 된 경필이 노파를 통하여 빙옥과 가약을 맺고 싶다는 뜻을 전하자 자리가 마련된다. 이 자리에서 빙옥과 경필은 시로써 화답함으로써 마음을 표현한다. 이 경우에도 역시 내면심리를 담은 시가 분위기를 고조시키고 있다고 하겠다.

이상으로 구소설과 신작 구소설에서의 한시의 쓰임을 살펴보았다.

신작 구소설에서도 구소설의 경우와 마찬가지로 3인칭시점을 1인칭으로 바꾸는 시점변화를 일으키면서 심리묘사를 담당하고, 결연의 계기가 되며, 몰락한 남주인공의 신분을 드러내는 구실을 하고 있었다. 신작 구소설에는 구소설에 비해 한시 삽입의 절대량이 증가하였고 결연과정과 아울러 재회과정에서도 한시가 등장하여 한시가 사건전개에 개입하는 기능이 커졌다고 할 수 있겠다. 또한 애정에 대한 신념을 보여주어 애정추구의 가지를 강조한다. 이것은 결과적으로 한시가 주제의 구현에 기여하게 되는 것을 의미한다. 신작 구소설에서는 한시의 삽입이 가져오는 이점을 충분히 배려하여 한시의 기능을 구소설보다 다양하게 사용하고 있다고 하겠다.

「쌍미기봉」, 「형산백옥」은 한시만이 삽입되어 있었지만 「약산동대」외

---

90) '서룡과 일주', 한국구비문학대계4-3 충남 아산, 한국정신문화연구원, 1982, 419면

세 작품은 가사, 잡가가 같이 삽입되어 있으므로 여러 갈래의 복합적 삽입의 의미를 밝혀볼 차례이다.

2. 가사, 잡가의 삽입

구소설에서는 상술한 바와 같이 한시만 삽입되어 있었는데, 신작 구소설에서는 다른 시가의 삽입이 두드러지고 있다. 다른 시가가 삽입된 작품 내적인 이유와 외적인 이유를 아울러 살피기로 한다.

먼저 작품 외적인 이유를 보면, 1910년대는 2장에서 서술하였다시피 신소설과 구소설의 출판이 병행된 것과 아울러 가사와 잡가의 성행이 두드러진 시기였다. 근대문학으로의 이행단계라 할 수 있는 이 시기에는 전과 같은 방식의 가사 창작이 계속 되었을 뿐 아니라 시대 변화에 대처하는 새로운 작품도 적지 않아서[91] 동학가사, 불교가사, 천주교가사 등이 다수 창작되었고, 애국심을 고취하는 가사가 창작되었다. 한편으로 규방가사도 지속적으로 지어지고 퍼져 나갔다. 이러한 가사의 창작경향과 더불어 전대에 이루어진 가사도 널리 퍼져 읽혔다. 가사가 널리 퍼져 읽히는데는 잡가의 성세가 한몫 거들었다고 보아진다. 1910년대에 나온 잡가집은 확인된 것만 해도 12권이나 된다. 여기에 실린 잡가는 총 116종으로 이중에는 잡가와 잡가 아닌 것도 실려 있는데, 이중 가사가 26종이 실려 있다. 잡가의 성행으로 발간된 잡가집 속에 가사가 묻혀 들어감으로써 전국적으로 확산되었던 잡가의 수용층에게 가사도 보급되었다.[92] 여기서 다루고 있는 작품 속에 삽입된 가사 중「추풍감별곡」과「상사별곡」도 잡가집에 수록되어 있는데, 12권의 잡가집 중「추풍감별곡」은 11

---

91) 조동일, 한국문학통사 4권, 지식산업사, 1986, 89면
92) 최성수, 잡가의 장르성향과 그 수용양상, 성균관대학교대학원 석사논문, 1983, 95면

권속에 「상사별곡」은 9권속에 수록되어 있다.

같은 잡가집 속에 수록된 가사와 잡가가 수용층에게 동일한 갈래로 인식되었을 것이다. 실제로 잡가집 속에는 가사인지 잡가인지 구분이 용이치 않은 작품이 수록되어 있다. 가사의 입장에서 보면 변형된 가사라 볼 수 있고, 잡가에서 보면 가사 형식에 가까운 잡가라 할 수 있는 작품에는 본고에서 다루는 「부용상사곡」속에 삽입되어 있는 「상사별곡」도 해당된다[93] 따라서 소설 속에 잡가가 삽입된 것이나 가사가 삽입된 것이 독자의 입장에서는 동일한 차원에서 받아들여졌으리라고 추측된다.

잡가집 속에 수록되지 않은 삽입가사는 「청년회심곡」의 「만언사」인데 3천5백여귀나 되어, 가창되는 것으로 잡가집 속에 포함되기는 어려웠을 것이라 추측되며 단지 읽히기만 했을 것으로 보아진다. 그러나 7종의 이본이 전하며 이중에서 서민층이 필사한 것으로 보이는 이본도 있다. 「만언사」와 함께 실려 있는 작품은 규방가사가 주류를 이루고 있어서 여자가 필사한 것도 많은 것 같고, 일본에서 발견된 이본이 2종이나 되어 이 작품이 항간에 많이 나돌고 있었다는 것을 알 수 있으므로 서민층 독자가 많았던 것으로 추측된다.[94] 가람문고본의 필사자 해설을 통해서는 궁녀들이 두루 읽었다는 것을 알 수 있다.[95]

1910년대는 상기한 바와 같이 가사와 잡가가 성행하여 널리 퍼진 시기였고 구소설 활자본이 다량 나왔던 시기인데 가사, 잡가, 구소설은 모두 서민층으로 파고들었던 갈래이다. 구소설이 신소설 못지 않게 보급되던 시기에 창작되면서 당시에 유행하던 갈래인 가사와 잡가를 소설 내에 삽입하여, 가사, 잡가의 수용자와 소설의 수용자를 아우르는 결과를 낳은

---

93) 노미원, 1910년대 유행한 잡가의 한 고찰, 한국정신문화연구원대학원
    석사논문, 1985, 95면
94) 최상은, 유배가사의 작품구조와 현실인식, 한국정신문화연구원대학원, 1983,
    30면
95) 최상은, 같은 논문, 30면

것으로 보인다. 이것은 구소설이 활자본으로 간행되면서 같은 시기에 나온 신소설의 문체를 본받아 신소설에 익숙한 독자들을 구소설의 독자로 끌어들이고자 한 것과 비슷한 양상이다.

이제 작품 내에서 가사와 잡가가 갖는 역할과 의미를 살펴볼 차례이다.

「부용상사곡」의 삽입가사인 「상사별곡」은 일반 시정 남녀의 사랑을 절실하게 읊은 가사 중 가장 널리 불려진 것으로[96] 12가사의 한 수이며 여러 이본이 9권의 잡가집에 수록되어 있다. 「상사별곡」이 많은 사람에 의해 불리웠음을 입증하는 『국악대전집』 「상사별곡」 해설에,

> 전날 기생이 살림을 들어가게 되면 하루 저녁 스승과 친지를 초대하여 석별의 잔치를 마련했던 것인데 그 자리에선 으례이 주인인 기생이 맞이한 손을 위해 상사별곡을 부르는 것이 또 관습이던 것이다. …… 마지막 가다듬어 부르는 상사별곡의 노래가 제대로 풀리지 못하고 눈물을 삼키느라 몇 번이고 끊기고 그예 온장을 다 부르지 못하는 것이 이 노래였다.[97]

라 하여 특히 기생들 사이에서 기생을 그만 두게 될 때 불렀던 노래임을 알 수 있다. 이 작품에서도 유성이 떠난 부용이 「상사별곡」을 짓고 나서 '지분을 전폐하고 문을 구지 닷고' 들어앉는데, 세간 습속과 유사함을 보여준다. 한편으로 애정의 절실함을 노래하여 기생을 그만두고서 유성과의 애정을 이루어야겠다는 의지의 표현임과 아울러, 애정이 추구할만한 소중한 것이어서 애정은 반드시 이루어져야 한다는 필연성을 함께 내포한 것이라고 볼 수 있다.

「상사별곡」은 6종의 이본이 있는데 이중 50행 본이 가장 원형에 가깝

---

96) 정재호, 상사별곡, 한국 가사문학론, 집문당, 1982, 87면
97) 정재호, 위의 논문, 96면

다고 생각되므로[98) 「남훈태평가」에 있는 50행본 「상사별곡」과 소설 속의 「상사별곡」을 비교하여 보기로 한다. 남훈태평가 소재 「상사별곡」은 50행인데 비해 「부용상사곡」 속의 「상사별곡」은 60행으로 10행이 늘어났을 뿐만 아니라, 상당 구절이 바뀌어 있어 소설을 위하여 재편성했음을 알 수 있다. 내용은 이별의 서러움과 사랑의 괴로움을 주로 읊었으며, 줄거리 없이 감정표현 위주로 되어 있다. 전체적인 내용은 두 편이 같은데 부용상사곡에는 이별에 대한 원망이 늘어나 있으며, '공방미인 독상사(空房美人 獨相思)'를 다른 여자들과 비교하는 대목이 첨가되고, 남훈태평가 속에 있는 임에 대한 원망이 삭제되어 있다. 이것은 유성과 이별한 후 선계에서 미인, 열녀들을 만나는 꿈을 꾼 후 '김공자로 더브러 분명한 전싱 숙연이'라고 생각하는 부용으로서는 임을 원망할 계제가 아니기 때문이다.

이로 보아 「상사별곡」은 부용의 유성에 대한 애정의 절실함을 나타내어 애정성취의 필연성을 보여주고 있다고 할 수 있다.

「청년회심곡」에는 정조 때 안조원이 지은 유배가사 「만언사」를 삽입하였는데, 국립도서관본과 비교하여 보면 「만언사」 427행, 「청년회심곡」 424행으로 3행이 적고, 「만언사」의 답사는 149행이고 소설 속의 답사는 125행이나 내용의 차이는 없다. 그러나 소설로 삽입할 때, 특정한 고유명사나 소설과 맞지 않는 내용은 고치거나 삭제했다. 또 「만언사」와 「만언사」의 답사는 모두 안조원의 작인데 비해, 소설 속에서는 답사는 주인이 지은 것으로 되어 있어 작자가 분리되어 있다.

「만언사」는 주관적 감정에 치우쳐 있으나 「만언사 답서」로 하여금 작자 자신의 말을 제 삼자를 등장시켜 대신하게 함으로써, 자신을 비판하고 전통적 윤리관과 유자적 체면을 유지할 것을 강조한 것이다.[99) 그런

---

98) 정재호, 위의 논문, 103면
99) 최상은, 위의 논문, 86면

데 이 「만언사」와 「만언사 답서」는 소설 속에 삽입되어, '아무리 생각하여도 살 길이 망연'한 세상에서 '한번 죽어 만사를 잊고저' 하는 절박한 상황에 빠졌다가 그 곳 주인에게 구제되는 문제해결의 역할을 하게 된다. 진성이 「청년회심곡」을 읊은 이후로 주인의 대접이 극진하여지고 '동중사람들이 이 소문을 듣고 불상히 녁이여 다토와 의식을 공급하'게 되어 유배지 생활의 고초는 해결된다. 그러나 이것이 애정문제의 해결에까지 이르지는 못하고 있다.

「만언사」 자체는 사대부 지향적인 의식을 가지고 있으면서도 서민 민요의 해학적인 표현을 빌어, 일면 스스로를 위로하고 일면 현실을 비판한 작품이다.[100] 이것이 소설 속에 도입되어 작품에서 나타내고자 하는 바를 집약적으로 보여주는데, 소설 속 가사의 역할로 중시할 수 있는 또 하나의 측면이다.

작품 도입부에 진성이 빌려준 돈을 받기 위해서 송도로 가게 되고, 또 의주상인에게 십만냥을 빌려주고 이자를 받는 것은 당시 무너져 가는 사대부의 권위를 의식하고 실리를 추구하는 현실인식의 반영이라 할 수 있다. 진성이 추자도로 유배되는 원인은 농월을 농락한 리춘화를 탄핵하려다가 리춘화의 권세에 몰리게 된 때문인데, 이것은 현실의 부조리를 드러낸 것이라 할 수 있다. 가사 「청년회심곡」은 뚜렷한 현실인식으로 현실의 부조리를 '포학탐욕이 례의 렴치 되었스며 /푼전승홉으로 효뎨충신 삼아세라'고 비판하기까지 하며, 동시에 임에 대한 상사를 읊고 있어서 이 가사를 삽입하여 소설이 추구하고자 하는 바를 나타내고 있는 것이다.

「채봉감별곡」에서는 가사가 애정의 간절함을 나타내는 동시에 문제를 해결하는 역할을 함께 하고 있다. '샹스가 싱각되고 싱각이 노뤼되고 노뤼 글이 되며 붓끗을 따라ᄂ오니 붓디가 쉴시업시 쓴' 「추풍감별곡」이

---

100) 최상은, 위의논문 86면

감사를 감동시켜 필성과 만나게 되는 계기가 되고 있다. 192행이나 되는 장편가사로서 「추풍감별곡」은 채봉이 임에 대한 사랑의 간절함을 노래하고 있어서 분위기 고조의 역할도 함께 하고 있다.

이것은 「소약난직금도」[101]에서 여주인공 소약난이 남편이 변방에 나가 있는지 오래된 고로 이런 소회를 담은 시를 비단에 수놓아 천자께 바침으로써 남편을 돌아오게 만드는 것과 상통한다. 소약난은 남편을 돌아오게 하려는 의도로써 시를 지어 수놓았지만 「채봉감별곡」의 경우는 다만 상사를 못이겨 읊은 가사가 결과적으로 필성과의 재회를 가능하게 만든다. 의도는 어찌됐든 두 작품 모두 삽입 시가가 문제해결의 기능을 하고 있다. 이것은 「부용상사곡」에는 「장단구 상사곡」이라는 층시가 「청년회심곡」에서는 「회심곡」이라는 가사가 문제 해결의 기능을 하고 있다.

네 작품 모두의 공통점으로는 천상계의 거세를 들 수 있다. 이들 작품군에서 가장 크게 제기되는 문제는 이별의 문제이다. 구소설에서 이러한 문제의 해결에 천상계가 관여했는데 이제 천상계가 거세됨으로써 지상에서 해결해야 될 과제를 스스로 안게 되고 만다.

이러한 상황에서 시가의 원용이 두드러지게 되지 않았나 점검해 볼 필요가 있다. 이들 작품군에서 시가가 문제의 해결에 크게 기여하므로, 시가의 작품내 기능이 천상계의 대체에까지 이르지는 못하더라도, 천상계 거세 후 문제를 지상으로 해결해 보려는 시도의 하나로 보아도 무방할 것이다. 한편으로 이것은 한시에서와 같이 시점의 변화를 일으키는 것으로 중시된다. 구소설에서 1인칭시점으로 내면심리를 묘사할 때는 '……이 생각하되', '……이 헤아리기를' 하는 식의 표현으로 3인칭 전지시점이 고수되는 형식을 취했다. 이런 식의 표현도 후대에 오면서 늘어난 것으로 보이는데, 구소설에서는 시점변화를 일으키면서 내면심리묘사를 한시가 담당했던 것이 신작 구소설에서는 가사로서 더욱 확대된다고

---

101) 구활자본고소설전집 26, 인천대민족문화연구소, 1984.

하겠다. 삽입된 가사가 장편이므로 그만큼 1인칭 시점묘사의 비중이 커졌다고 할 수 있는데, 이것은 근대소설의 1인칭 시점의 심리묘사와 사적인 연관관계에 놓인다고 볼 수 있다. 순간적인 심리묘사에 적합치 않아서 장편가사가 도입되었을 것인바, 서술문장, 한시, 가사 등으로 소설 내에서 문장의 충위가 분절되던 것이 근대소설에 이르러 서술문장의 단일한 충위로 합쳐진 것이다. 이러한 전환에는 신소설이라는 중간단계가 놓이는데 이는 다음 장에서 상론할 예정이다.

「약산동대」의 잡가는 위와 다르다고 보아진다. 여기서 잡가는 총13편이 나온다.[102] 첫 번째 잡가가 나오는 장면에서는 경필이 암행어사가 되어 평안도로 내려오는 길목에서 농부들이 「농부가」와 「자진농부가」를 부른다. 두 번째는 영변부사 생일잔치에서 광대들이 부르는 것으로 1910년에 잡가집에 모두 실려 있어 그 시절에 유행했음을 짐작케 하는데 모두 열편이다. 마지막으로 빙옥이 매를 맞으며 부르는 「십자타령」이 있다. 「십자타령」만 제외하고 나머지 잡가에서는 당시의 잡가집에 수록된 것과 비교하여 볼 때 첨삭이 발견되지 않는다. 부르는 노래들이 작품의 내용과 직접 관련이 없으므로 굳이 첨삭할 필요성이 없어진 때문이라 할 수 있다. 소설 속의 십장가는 '일편빙심(一片氷心)', '일단빙심(一端氷心)' 등 빙옥의 이름에서 따와 성어(成語)한 것을 볼 때 소설을 위하여 새로 지었음을 알 수 있다.

다음 첨삭 없이 삽입된 잡가로서 광대들의 노래는 「몽유가」, 「강호별곡」, 「단가」 2편, 「사시풍경가」, 「안빈낙도가」, 「초한가」, 「영산가」, 「짝타령」 등으로서 일관된 성격을 발견할 수 없다. 다만 잔치를 흥성스럽게 하기 위해 시정의 노래로 웃고 즐기려고 부른 노래일 뿐이라서, 배경을 보다 리얼하게 묘사하기 위한 것으로 볼 수밖에 없다. 광대들의 유희를

---

102) 13편의 잡가는 노미원의 분류에 따르면 가사 다섯편, 민요가 한편 끼어 있으나 광대가 대부분인 창자들에 의해 모두 노래로 불리어지고 있으므로 모두 잡가로 처리한다.

요란하게 함으로써 부사의 실정이 뚜렷해지고, 이것은 경필이 어사로 내려오다 만난 농부들의 「농부가」와 대조되어 보다 선명히 드러난다. '국가에서 익민ᄒᆞ샤 권농률음 방방곡곡 ᄂᆞ리시니 슯흐도다 농민들아 아모리 무지한들 네놈 이해 고ᄉᆞ하고 성은 보답 모를소냐'라 하여 성은에 보답하기 위해 권농하는 내용인데, 이러한 때 부사는 광대를 불러 놀기만 하면 되겠느냐는 뜻이 내포되어 있다.

「약산동대」의 잡가는 「춘향전」의 삽입가요와 대비해 볼 필요가 있다. 「약산동대」의 결연 이후는 줄거리가 「춘향전」과 흡사하고 「춘향전」도 마찬가지로 가요가 많이 삽입되어 있으며 그중에는 「약산동대」와 중복되는 것도 있다. 김동욱은 「춘향전」을 중심한 판소리 삽입가요의 본질을 다음과 같이 규정하였다. 첫째, 본 사설과 독립해서 그 자체로서 독자적으로 이미 고정되어 있는 고정성을 가지며 둘째, 대개는 민속적 가요로서 이루어지고 셋째, 그 자체가 확장되고 요약되고 환의되어 잔존하는 것은 그대로 남고, 창자(唱者)를 통하여 본 사설 속에 융합되는 수도 있으며 넷째, 그 맡은 바 구실에 의하여 단순 서술과, 다음에 나올 프롯의 예고와, 이미 이루어진 사건의 결과로 정립할 수 있다는 것이다.[103] 약산동대의 삽입 잡가는 고정성을 가지는 잡가 자체가 민속적 가요이고 단순 서술이라는 점에서 판소리 삽입가요와 상통한다. 「약산동대」에는 「춘향전」과 흡사하게 진행되는 후반부에서 잡가가 나오고 있다. 따라서 읽는 시가가 아니고 부르는 시가인 잡가의 삽입은 판소리 소설의 시가 삽입기법과 작품내 기능이 같다고 볼 수 있다. 이로써 잡가 삽입의 또 다른 이유는 판소리의 수용층을 끌어들이기 위한 방편이었다고 볼 수 있다.

「약산동대」에는 1910년대 발행 12권의 잡가집 중 11권에 실려 있을 정도로 유행한 잡가 「영변가」의 분위기가 내재되어 있다. 「영변가」는 소설과 같은 제목인 「약산동대」로도 불렸는데 『신구유행잡가』와 『고금잡

---

103) 김동욱, 판소리 삽입 가요를 위한 서론, 서울대 논문집 7집, 1958.

가편』외 두 권의 잡가집에는 「약산동대」로 되어 있다. 영변가가 유행하였을 당시 영변을 배경으로 한 소설 「약산동대」는 잡가의 유행을 소설이 십분 활용하고 있는 것이라 할 수 있다. 약산은 명산으로 알려져 있어 대륙의 훈기가 이곳에 서려 있다고 믿었을 만큼 세인들이 경외감을 품고 있는 산이기도 하다.104) 이러한 약산동대를 읊은 「영변가」는 약산을 구경하며 임에게 자기를 데려가 달라고 하는 내용으로 소설 「약산동대」와 상통하는 면이 있다. 「영변가」가 직접 삽입되어 있지는 않지만, 작품의 분위기와 배경에 관여한 보이지 않는 손으로 기능하고 있는 것이다. 여기서 「약산동대」와 잡가의 밀착을 다시 한번 확인할 수 있다.

앞에서 미뤄왔던 가사 삽입의 또 다른 문제를 살펴볼 차례이다. 그것은 가사를 소설화한 결과로 여기서 다루는 소설들이 나왔느냐의 문제이다. 김기동은 선행가사를 플롯에 삽입하여 소설화하였다고 보았고,105) 최원식 역시 같은 관점으로 '장르의 복합'이라 하여 선행가사의 설화적 문맥을 소설화하였다고 보았다.106) 박정춘은 이야기에다가 가사를 넣어서 완결된 하나의 소설을 만들었다 하여 가사가 소설화되었다는 견해와는 달리, 단지 삽입되었을 뿐이라고 하였다.107)

이러한 문제를 다루어야 하는 이유는 삽입가사가 작품을 위해서 새로 창작된 것이 아니고 항간에 널리 유포되었던 것을 작품 속에 삽입하였기에 때문에, 가사라는 교술 갈래를 서사화하려는 결과로서 소설이 나왔던가 아니면 소설로 창작하는 과정에서 가사가 끼어 들었던가 하는 창작의

---

104) 약산동대에 조각된 '대륙군상목', 한국구비문학대계 2-6 강원도 횡성군, 한국정신문화연구원 1984, 148면,. 일본 헌병이 일본의 후지산을 무시하였다 하여 약산동대의 조각을 파내버리자 곧 죽고 말았다는 내용이다. 약산이 명산임을 알려주는 설화이다.

105) 김기동, 가사의 소설화 시론, 동국대 논문집 3, 4합집, 1967.

106) 최원식, 가사의 소설화경향과 봉건주의의 해체, 민족문학의 논리, 창작과 비평사 1982.

107) 박정춘, 가사가 삽입된 소설의 연구, 숙대석사논문, 1984, 52면

도를 가려내고자 하는데 있다. 이것은 소설 속 가사의 기능과 연결해서 살펴야만 올바로 해명될 수 있다.

앞서 가사 삽입의 의미는 순간적인 심리묘사가 아닌 지속적인 심리묘사를 담당하며 이로써 1인칭 시점의 확대를 가져왔고, 천상계 거세 후 지상에서의 문제를 해결해야 하는 세계관의 변화와 맞물려 있음을 말했다. 그런데 문제는 주인공의 심리와 항간의 가사가 일치하는데 있다. 가사의 내용을 보면 서사성보다 서정성이 중시되고 있는데, 이것은 같은 가사로써 얼마든지 다른 내용의 소설을 창작할 수 있다는 가능성을 입증해주는 것이라 할 수 있다. 「청년회심곡」의 경우는 삽입가사의 내용이 소설의 전반부의 문제의 핵심을 이루는 애정보다 유배생활의 고초에 더 기울고 있어 가사의 소설화라는 명제에 부합되려면 차라리 전반부에 애정문제를 다룰 것이 아니고 유배를 가게 된 동기를 다루는 쪽이 더 적절할 것이다. 또한 소설의 내용과 맞추기 위해 가사의 특정 사실 등을 수정했다는 점으로 볼 때도, 가사의 소설화가 아니라 위에서 지적한 작품 내적 기능을 위해 적당한 가사를 삽입했다고 보는 편이 더욱 타당할 것이다.

그렇다면 「영변가」와 「약산동대」의 관계는 어떠한가. 「영변가」의 소설화인가. 그러나 「영변가」 자체 내에 소설을 꾸며낼만한 서사성은 없다. 그렇다면 「영변가」가 주는 분위기를 차용하여 잡가 수용층에게 「영변가」의 분위기를 느끼게 해 줌으로써 관심을 소설에 잡아두려는 의도로 파악할 수밖에 없다. 더구나 「영변가」는 고립되어 삽입되어 있지 않고 이면에서 「영변가」와의 관련성을 느끼게 해 주는 정황적인 증거밖에는 없으므로 「영변가」의 소설화라는 가설은 입증이 어려운 것이다.

모든 문학작품은 실제로든 잠재적으로든 여러 장르를 포함하고 있으며 모든 장르는 다음 장르의 예견 또는 조건이라는 다극적 장르의 개념으로[108] 존재한다. 문학이 지니는 이러한 갈래의 비배타성, 공존성은 신작 구소설의 경우에도 통용된다 하겠다.

이상으로 소설 내에 삽입된 한시와 가사, 잡가의 의미를 각각 고찰하여 보았다. 그러나 정작 작품에서는 두 갈래 이상이 같이 삽입되어 있으므로 이의 의미가 규명되어야 할 것이다. 우선 갈래의 특징을 살펴보면 한시는 사족이 전용하여 향유한 갈래로서 봉건주의에 철저하다고 할 수 있다. 가사는 전기 가사가 주자주의에 제약되어 봉건지배층 사대부의 향유물이었다면, 후기 가사는 일상적 경험의 세계로 확대되어 전기 가사의 주자주의에서 일탈하여[109] 수용층을 확대하는 변모를 보였다. 그런데 여기서 다루고 있는 작품들의 삽입 가사는 사대부의 가사라기보다 평민의 가사로 보는 것이 더 타당하다. 「상사별곡」과 「추풍감별곡」이 서민이 향유했던 잡가집 속에 들어 있음은 앞서 밝힌 바 있지만, 「만언사」 또한 사대부 독자에게보다 서민층에서 더 많은 독자를 확보했으므로[110] 세 편 모두 서민을 수용층으로 가져 조선 후기 가사의 특성을 나타낸다 하겠다.

그러면 여전히 사대부의 전용이었던 한시와 서민 가사의 공존은 무엇을 의미하겠는가. 역시 작품내 기능과 관련시켜 따져보자. 한시가 삽입되는 부분은 주로 결연과정에서였다. 흔히 애정의 장애요소로 등장하던 효, 충에 비해 저속한 것으로 평가되던 애정이 비속한 것이 아니라는 것을 암시하거나, 비속의 차원에 떨어지는 것을 방지하는 역할을 한시가 담당하고 있어서 사대부 취향의 독자를 끌어들이는 것이 한시 삽입의 의의로 지적될 수 있다. 그러므로 가사, 잡가의 서민지향 독자와 한시의 사대부 취향 독자를 모두고 있는 점이 갈래 공존이 가지는 의의의 하나라고 할 수 있을 것이다.

---

108) Marino, Toward a Definition of Literary Genres, Theory of Literary Genre,ed. Joseph.p.Strelka, 48~49면. 김준오 하기논문에서 재인용
109) 최원식, 같은 논문, 9면
110) 최상은, 같은논문, 163~166면

이렇게 두 가지 갈래가 삽입됨으로써 사대부 지향과 서민지향의 공존을 보여주는 것은 소설이 나왔던 시대적 상황과 밀접하다. 이러한 논의는 앞서 했던 갈래의 혼합현상에 대한 논의로 되돌아간다. 여러 갈래의 혼합은 전통에 저항적인 시기에 고양되는 현상으로, 당시의 시대상황이 문학에서는 갈래의 혼입으로 나타나기도 했다는 것이다.

이런 시도는 한시가 담당했던 주인공의 신분확인 내지 재능과시, 내면 심리묘사, 분위기 고조, 결연의 계기라는 작품내적 의미를 가사삽입에서는 분위기 고조, 애정의 필연성확보, 내면묘사, 작품의 의도 집약, 지상에서의 문제해결의 의미로 확대 내지 개변을 하는 결과로 나타난다. 이중에서도 한시가 1인칭 시점에서 내면심리를 나타내는 서술형식의 발판이 되고 있는 점은 시가 삽입의 중요한 의의 중의 하나일 것이다. 그러나 신작 구소설의 이러한 시도가 후대로 그대로 이어지지 못했다는 것은 신작 구소설의 한계중의 하나이다.

4.3 신소설과의 비교

구소설과 신소설과의 구분에서 가장 현격하게 드러나는 것은 서술형식의 차이이다. 전장에서 신작 구소설에 나타난 도입부분, 상투어의 쓰임, 지문과 대화의 구분, 서술된 시간 등을 살폈다. 신소설에서는 도입부분이 예외 없이 서술의 역전현상에 부합하여, 시간적 배경, 장소, 등장인물 순으로 이루어지는 구소설의 나열형식에서 벗어나 있다. 또한 구소설에서 흔히 쓰이던 상투어가 소멸되어 있으며, 지문과 대화의 구분이 되어 있고 주인공의 일생 전체를 서술하는 구소설에 비해, 탄생과 행복한 말년 부분의 탈락현상을 보인다. 신작 구소설은 일부의 작품에서 신소설에 가까운 서술의 변화가 일어나고 있었다. 「형산백옥」과 「약산동대」는 구소설투를 가장 많이 고수하고 있었고, 구소설의 서술방식에서 탈피하려는 흔적을 가장 많이 보이는 작품은 「채봉감별곡」이었다. 「채봉감별곡」에서 가장 많은 변화가 일어났지만 이 변화가 세계관의 변화에 기인한 표출이 아니고 동시대 소설인 신소설에서 차용하였음은 이미 밝혔다.

신작 구소설에 이르러 우연은 현실적이 차원에서 필연으로 번화시켜야 할 필요성이 있는 것으로 인식되었다. 신소설에서 우연과 필연은 어떻게 관련되어 있는지 살펴본다. 「추월색」을 대상으로 구체적인 논의를 진행시키기로 한다.

「추월색」은 신소설에서 일어난 커다란 변화라고 지적되는 서술의 역전이 시행되고 있다. 공원에서 우연히 만난 남녀가 친근하게 수작하다가 남자가 여자를 칼로 찌르고 달아나고, 또 우연히 이를 목격한 남자가 여자를 구하기 위해 달려온다. 달려 온 남자는 여자를 구하기 위해 여자의 몸에 박힌 칼을 뽑아 들었는데 마침 순찰하던 순경에 의해 살해범으로 몰린다. 이런 숨막히는 순간이 끝나면 곧바로 여주인공의 탄생내력부터 시작하는 구소설식 서술순서를 밟게 된다. 첫 장면은 독자의 호기심을 자극하여 작품에 관심을 잡아두려는 의도로서 서술순서를 역전시키면서 먼저 제시되는 것이다.

그런데 문제는 이들 세 남녀가 모두 작품의 중심 인물들이며, 이들이 한밤중에 동경에 있는 공원에서 우연히 만나게 된다는 것이다. 더구나 여자(정임)를 구하러 온 남자는 10년만에 만난 여자의 약혼자(영창)로서 영국에서 동경까지 온 것이었다. 우연치고 대단한 우연이다. 이러한 우연은 작품이 다 끝나도록 필연으로 바뀌지 않는다. 우연한 사건은 여기서 끝나지 않는다. 10년만에 만나서 우여곡절 끝에 결혼을 하게 된 두 사람은 만주 봉천으로 신혼여행을 가게 되었는데, 화적떼에게 붙잡혔다가 화적 두목과 친근하게 지내는 영창의 부모를 만나게 되었다는 것이다. 그러나 이런 우연한 사건들에 대비한 어떤 복선도 없다. 따라서 우연은 우연인 채로 남을 뿐이다. 이원론적 소설에서는 이러한 우연은 모두 하늘의 예정이었으므로 지상에서만 우연일 뿐 천상의 일까지 알면 필연으로 납득되는 일이었다. 신소설은 여기서 천상계만 거세했을 뿐, 지상의 우연은 그대로 시행하여 그야말로 대책 없는 우연이 되고 만다.

그렇다면 왜 신소설에서는 이와 같은 무책임한 우연이 거듭되는가.

첫째로 독자들이 신소설에 거는 기대를 들 수 잇다. 구소설의 안티로서 '新小說'이란 명칭을 표방한 입장으로 새로운 것, 신기한 것의 추구는 당연한 것이었으므로, 독자는 새로운 흥미를 요구하게 되었다. 우연은 독자의 예측을 불허한다. 새로운 흥미에 대한 독자의 요구에 부응하려는 조급함은 앞서고 새로운 흥미를 제공하기는 쉽지 않았으므로, 우선 용이한 방법이 우연한 사건의 설정이었다. 신소설 작가의 안이한 태도가 대책없는 우연의 설정을 초래했다. 이것이 신기한 것을 추구하는 상업적 문학의 실태였다.

작품 내적인 이유로는 신소설의 인물설정을 원인으로 들 수 있다. 신소설의 주인공은 고난을 타개할 힘과 의지를 지니지 못한 인물들이다. 고난을 극복하기 위해서는 외부의 도움이 있어야 하는데, 이들은 천상계의 도움을 받지 못하는 수동적인 일상인일 뿐이다. 따라서 외부의 도움은 합리적인 사고에서는 기대할 수 없는 지극히 비합리적이고 우연한 것이[111] 된다.

신소설의 이러한 우연의 남발은 결국 자신의 운명을 스스로 책임지지 못하는 인물을 옹위하였으므로, 현실을 살아가는 인간의 고뇌와는 거리를 갖게 되었다. 이점에서 신소설은 신작 구소설을 앞서지 못한다.

신작구소설에서는 집중적으로 나타나는 삽입시가가 신소설에서는 나타나지 않는다. 소설이지만 신소설은 시가를 삽입하여 서술의 층위를 나누지 않는다. 신작 구소설에서는 시가의 삽입으로 서술 층위를 달리하고 있는데 비해, 신소설에서는 단일한 층위의 서술 문장으로 풀어져 있다.

---

111) 조동일, 신소설의 문학사적 성격, 서울문리대 한국문화연구소, 1973, 93면

그렇다면 삽입 시가가 담당했던 몫을 신소설의 문장이 다 감당하고 있는지, 또는 삽입 시가의 작품 내적 구실이 신소설의 문장으로서는 감당하기 어려워 배제되어 버리고 말았는지의 고찰이 필요하다.

신작 구소설에서 삽입 시가의 중요한 구실은 심리묘사를 담당하는 것이었다. 전지적 시점에서 진행되는 구소설이 시가 삽입 부분에서는 일인칭 시점으로 변화가 일어난다. 신소설은 구소설과 마찬가지로 전지적 작가 주관적 시점에 기울어져 있다. 그러면 삽입가사의 한 대목과 신소설에서 심리묘사를 하고 있는 구절을 찾아 비교해 보기로 한다.

「채봉감별곡」에서 채봉이 필성과 헤어져 서로 보지 못하고 사모의 심사를 읊은 가사 「채봉감별곡」의 일절을 인용한다

<blockquote>

님여히고썩은간장 　　하마ㅎ면슨치런만
사춘에질기든일 　　예런가꿈이런가
세우ㅅ창요젹ㅎ데 　　흡흡ㅎ긴혼졍은
야월삼경ㅅ어시에 　　빅년ㅅ쟈굿은언약
단봉이놉고놉고 　　픠수가깁고깁허
문어진줄몰낫스니 　　끈쳐질줄알앗스랴　　　(506면)

</blockquote>

「추월색」에서 정임이 영창을 이별하고 영창의 생각을 한시도 잊지 못하는 마음은 아래와 같이 표현된다.

<blockquote>

……문밖에서 자취소리만 나도 아마 영창이가 오나보다, 아침에 까치만 짖어도 아마 영창이가 오나보다 하여 하루에도 몇번씩 문밖을 내다 보더니, 하루는 안마당에서 바삭바삭하는 소리에 창문을 열고 보니, 사람은 아무도 없고 회리바람이 뺑뺑 돌다가 그치는데 일기가 어찌 화창한지 희고 흰 면회담에 아지랑이가 아물아물 하며 멀리 들리는 버들피리 소리가 사람의 회포를 은근히 돋우는지라 (20면)

</blockquote>

「채봉감별곡」에서 일인칭으로 서술되는 내밀한 심리묘사는 신소설에서 단일하게 작가 전지적 시점으로 묘사되면서 신작 구소설에서 삽입가사로 확보했던 치밀성을 잃고 만다. 작중 인물의 내면을 넘나드는 작가 전지적 시점이 누릴 수 있는 이점으로 인물의 내면과 대상을 교차하여 묘사하지만, 삽입 가사가 나타냈던 내밀한 심층 심리에 비해 표피적인 것에 불과하다.

가사를 삽입했던 작품은 동시에 한시를 삽입하고 있어서, 한시와 가사를 동시에 삽입하여 사대부 지향의 독자와 서민 지향의 독자를 모으는 역할을 하고 있음을 밝혔었다. 이것이 신소설에서는 서술문장 하나로 단일화되면서 독자 성향의 단일화를 의도한다. 즉, 서술 층위가 단일화되어 있다는 것은 독자 성향의 다층적인 면을 의식하지 않고 있는 결과로 볼 수 있다는 것이다. 신소설이 개화지향 일변도로서 반개화를 표방한 소설이 없다는 점, 등장인물이 영웅소설의 귀족적 성격을 그대로 계승하고 있으며, 평민 지향형의 인물이 없다는 특성은 독자 성향의 단일화를 의도하고 있다고 볼 수도 있을 것이다. 이것은 바로 신소설의 계몽적인 성격을 말해주는 것이기도 하다.

5. 결 론

필사본에서 방각본으로 소설형태가 변모하여 오는 동안 구소설 독자가 확충되었고, 세책가와 장시를 통하여 보급되는 구소설 유통경로로 말미암아 독자층의 저변이 넓어지게 되었다. 이렇게 확대된 구소설의 독자는 신소설이 나오고 나서도 활자본으로 구소설이 계속하여 발간되게 하는 지지기반이 되었다. 여기다 일제의 출판법에 의한 출판의 제약 때문에 인쇄설비가 남아 돌아가 구소설의 인쇄출판을 촉구하였다. 이러한 배경 속에서 독자층의 요구와 출판사의 상업성에 기인하여 많은 구소설이 출간되었다.

이러한 구소설의 성행과 신소설의 창작에 고무되어 구소설은 계속 창작되었다. 이렇게 하여 창작된 구소설은 필사나 방각의 형태를 거치지 않고 바로 활자화되어 새 시대의 출판문화에 편승하였다. 본고에서 다루는 활자본 신작 구소설은 바로 이러한 소설을 말한다.

활자본으로 발행된 구소설 296종 중 신작 구소설은 72편 정도로 추정되는데 이 중에서 애정추구를 주제로 삼은 작품은 「형산백옥」, 「난봉기합」, 「쌍미기봉」, 「약산동대」, 「부용상사곡」, 「채봉감별곡」, 「청년회심곡」 등 일곱 편으로 추정된다. 구소설의 주된 유형은 영웅소설, 애정소설, 대하장편소설이었는데, 이 중에서 애정소설만이 신소설과 근대소설로 계속되는 유형이므로 소설사적 계보를 파악하기에 유리하여 연구대상으로 삼았다.

애정소설은 멀리 김시습의 「금오신화」와 조위한의 「최척전」 등의 한문소설로 까지 거슬러 올라간다. 초기 애정소설의 다음 단계에서는 영웅소설, 여성을 주인공으로 한 영웅소설, 가문소설로 진행되어 이원론적 세계관에 입각하여 남녀관계를 문제삼고 있다. 다음 기녀를 주인공으로 한 「춘향전」, 「옥단춘전」류에 이르러서는 본격적으로 애정을 문제삼아 남녀의 신분차이로 나타나는 사회적 부조리와 애정갈등이 맞물려 나타난다.

신작 구소설의 애정소설은 크게 두 부류로 나눌 수 있는데 「형산백옥」, 「난봉기합」, 「쌍미기봉」 등이 그 한 부류이고 「약산동대」, 「부용상사곡」, 「채봉감별곡」, 「청년회심곡」 등이 두 번째 부류이다. 이들은 각각 애정소설의 두 번째 단계와 세 번째 단계에 밀접한 접맥을 보이는데 불과 몇 년 사이에 나온 동시대의 신작 구소설이라 해도 소설사적 맥을 달리 하고 있음을 보여주어 통시적인 소설사의 혼재 양상을 드러낸다. 이것은 애정소설만의 특징이 아니라 신작 구소설 전반에 해당된다고 본다. 당시에 발행된 구소설이 바로 전대에 유행하던 구소설만이 발행된 것이 아니라, 모든 종류의 구소설들이 한꺼번에 쏟아져 나왔기 때문이다.

　첫 번째 부류에 속하는 「형산백옥」은 중국을 무대로 귀족적 인물을 등장시켜 일부다처의 관계를 다루고 있다. 주인공의 일생이 영웅의 일생에 의해 전개되며 천상계가 설정되어 지상의 질서를 주관하고 있는 이원론적 소설로서 단순한 혼사장애를 거친 여주인공과의 혼인담만이 그려져서 구소설을 계승한 측면이 두드러진다.

　「난봉기합」은 무대가 국내로 바뀌고 빈부와 부귀에 따른 갈등이 현실감 있게 나타났으나, 혼사장애의 극복을 통한 남녀 주인공의 결연은 구소설과 다를 바 없다. 「쌍미기봉」은 사족신분의 남녀가 부모의 승인을 얻지 못하고 사랑하다가, 결국은 많은 장애를 극복하고 애정을 성취하는 과정을 그리고 있다. 일원론적 세계관 아래 나타나는 남녀 주인공의 절절한 심리갈등의 묘사는 구소설에서 진일보한 것이다. 비록 일부이처가 시행되고 있으나, 이것은 합법적인 만남과 공인받지 못하는 만남을, 남주인공을 중심으로 대비시키기 위한 장치로서 오히려 자유로운 애정에 대한 욕구가 강하게 긍정되어 있다.

　나머지 네 작품은 사족과 기녀라는 신분의 차이를 보이는 남녀가 겪는 애정갈등을 보여 주는데, 근저에는 사회적 배경이 크게 작용하여 심각한 갈등이 현실적인 모습으로 나타나고 있다. 애정을 장애하는 요소를 절대악과 동일시 할 수 없는 경우, 갈등은 복잡해지고 하나의 갈등이 풀리면서 다른 갈등이 유발되는 갈등의 중층 구조가 형성되고 있었는데, 「청년회심곡」과 「채봉감별곡」이 바로 그런 경우이다. 이점은 「춘향전」류의 작품들과 맥을 같이 하면서도 훨씬 발전된 모습이다. 사회적 상황과 애정갈등이 밀접하게 연결된 이들 소설에서는 갈등을 유발하는 요소가 복합성을 띄고 있으며 「청년회심곡」은 사회의 변화와 가치관의 변화가

애정갈등의 큰 변수로 작용하고 있다. 남녀의 애정을 긍정하는 애정소설
에서 추구하는 애정은 절대선과 동일시되거나 기필코 이루어져야 하는
것으로서 애정의 성질은 획일적이다. 그러나 비로소 「청년회심곡」에 이
르러서 성질이 다른 애정 사이에서 방황하는 주인공의 모습을 보게 된
다. 이것은 신소설에서도 발견하기 어려우며 오히려 근대소설과 가까운
모습으로 볼 수 있다. 애정소설은 사회적 상황과 밀접하게 연관된 소설
일수록 갈등양상이 복잡해지며, 근대적인 면모를 가진 소설로 나타난다.

  신소설에서 나타난 애정갈등은 신작 구소설과 상통하는 바가 많다. 신
소설은 자유 연애를 표방하고 있는지라 자유롭게 애정을 추구할 상황이
설정되어 있지만 애정추구 양상에는 큰 변화가 없다. 「추월색」 등에서
나타나고 있는 효보다 우위에 놓이는 애정의 가치는 이미 구소설에서 추
구되고 있었던 바다. 오히려 애정으로 인한 번민과 갈등은 신작 구소설
에서 더욱 밀도있게 그려지고 있다.

  신작 구소설에서 자의적인 결연을 이루었던 남녀가 그들의 애정성취
를 위해서 더욱 수많은 고통을 이겨내야 했던 것에 비해, 신소설은 자유
연애를 표면에 내세우므로 오히려 자의적 결연이 고난을 유발하는 요인
으로서의 가능성을 잃어버린다. 또한 구소설에서 애정갈등의 큰 원인이
되었던 신분의 차이도 신소설에서는 해소되어 있다. 또 시대배경이 당대
인지라 유교적 질곡에 억압되어 있지도 않다. 그러나 신소설에서 애정갈
등을 유발하는 주된 원인은 효이며, 애정의 추구는 혼사장애의 극복과정
에서 나타나고 있다. 후기의 신소설인 「설중송」은 남녀 주인공들의 관계
가 얽혀 있어 애정갈등 구조가 복잡한 듯이 보이지만, 초점을 한 인물에
맞춰보면 갈등구조가 단순할 뿐 아니라 애정갈등으로 인한 심리묘사나
내면갈등이 결여되어 줄거리 전개의 통속소설에 빠지고 만다. 따라서
1920년대의 근대소설에 연결되기 보다 오히려 김내성의 「청춘극장」 계
열의 통속소설과 연결되고 있다. 신소설의 애정갈등양상은 신작 구소설

의 범주를 벗어나지 못하고 있으므로 자유연애와 자유결혼은 한갓 구호에 그칠 뿐 새로운 애정갈등의 국면으로 접어들지 못했다.

신작 구소설에 나타나는 서술방식의 변화는 신소설이 세계관의 변화를 저류로 하는 반면, 신작 구소설은 동시대 소설인 신소설에서 차용한 결과라고 볼 수 있다.

신소설에서의 우연은 대책없는 무책임한 우연성으로 우연을 필연으로 바꾸려는 행위질서가 이루어지고 있지 못하다는 점에 있어서는 신작 구소설에 못 미치고 있다고 하겠다. 신소설에 거는 독자의 신기성(新奇性)에의 기대를 충족시키려는 조급함과, 신기한 사실의 나열이 독자를 사로잡으리라는 작자의 안이한 예측이 오히려 구성상의 미숙을 자한 것으로 보인다. 또한 무력한 등장인물의 보조를 위해서도 우연은 필요하였다.

전통적 가치관이 부정되는 시기에 나타나는 갈래 혼입의 양상은 작품 내에 사대부 지향과 서민지향의 공존을 보여준다. 또 이것은 천상계가 거세되고 감당해야 했던 우연과 필연의 문제와 연결되어 있어 장편시가의 삽입이 주인공의 구출을 가능하게 함으로써 구출단계에서 흔히 나타나는 우연을 필연으로 대체시켜 주고 있었다. 시가의 삽입은 내밀한 심리묘사를 담당하고 있었는데, 신소설에 이르러 서술문장으로 풀어져 있지만, 전지적 시점으로 처리되어 신작 구소설에서 시가가 담당하던 내면묘사의 치밀성을 확보하지는 못하고 있다. 이것은 근대소설에 이르러서야 1인칭 시점으로 내면심리를 묘사하는 서술형식으로 완결을 보게 된다.

애정소설을 통하여 살펴본 신작 구소설은 통시적 소설사의 전개가 짧은 기간동안 공시적으로 혼재하면서 신소설과의 각축을 통해 근대소설이 발아할 통로를 열어주고 있는 것으로 문학사에서 그 몫을 하고 있다고 하겠다.

여러 가지 제약으로 여기서는 애정소설에 국한하여 신작 구소설을 살펴보았다. 신작 구소설 중 커다란 비중을 차지하는 역사소설과 영웅소설을 연구하는 것은 시급히 해결해야 할 과제로 남는다. 역사소설은 신소설에 서도 한 줄기를 이루고 있지만, 영웅소설은 신작 구소설을 끝으로 더 이 상 나타나지 않는다. 영웅소설의 유형은 나타나지 않는다 해도 신소설이 영웅소설의 구조를 차용했다는 것은 이미 기존연구에서 밝혀진 바다. 신 작 구소설 중 본고에서 다루지 않은 역사소설과 영웅소설을 연구함으로써 신작 구소설의 총체적인 모습이 밝혀질 것은 물론 신소설과 근대소설이 구소설에 빚지고 있는 부분을 보다 명확하게 밝혀 줄 것이다.

「부 록」 우쾌제 249편에 누락된 활자본 구소설 47편 목록
 1. 江上奇遇, 동양서원 (1912)
 2. 江上蓮, 光東서원 (1912, 1913), 신구서림 (1914, 1919, 1920, 1922)
 3. 고소설(上), 同文서림 (1916)
 4. 鼓의 聲, 大昌서원 (1911)
 5. 苦盡甘來, 太學서관 (1916)
 6. 禽獸奇夢
 7. 金玉緣, 東美書市 (1914, 1916, 1917)
 8. 金牛太子傳
 9. 斷腸錄, 唯一서관, 漢城서림 (1916), 靑松堂서점 (1917)
 10. 燈下美人
 11. 白龍傳
 12. 逢仙樓, 東洋大學堂 (1923)
 13. 死六臣傳, 신구서림 (1915)
 14. 三士記, 匯東서관 (1915)
 15. 三星記, 天一書房 (1918)
 16. 雙蓮夢, 翰南서림 (1922, 1926)
 17. 西山大師와 泗溟堂, 張道斌 (1926), 德興서림 (1928)
 18. 西太后傳, 덕홍서림 (1928)

19. 石花龍傳

20. 소강절전, 平壤光文冊肆 (1917)

21. 蘇夫人傳(소씨전)

22. 沈香樓記

23. 顔丞相傳

24. 五虎大將記

25. 五花傳

26. 玉蘭奇緣

27. 玉壺奇緣, 보급서포, 동양서원, 광학서포 (1912)

28. 庚默彌傳

29. 劉皇后傳

30. 尹河鄭三門聚錄

31. 李道令傳

32. 李白慶傳

33. 梨花夢, 新舊서림 (1914, 1923)

34. 인둑겁전, 三光서림 (1927)

35. 林巨正傳, 태화서관 (1931)

36. 張雲水傳

37. 張長白傳

38. 絶代佳人, 大昌서원 (1918), 보급서관 (1918)

39. 程烈士傳

40. 朝鮮遊覽錄, 광학서포 (1917)

41. 採蓮傳

42. 天君本紀, 翰林서림 (1917)

43. 天君演義, 翰林서림 (1917)

44. 靑樓奇緣

45. 八將七傳

46. 捕盜大將 張志桓과 義盜 一支梅記, 大成서림(1929)

47. 花香傳

參考文獻

1. 자 료

김교제, 난봉기합(鸞鳳奇合), 동양서원, 1913

김호신편, 부용집, 1932

심생우사, 봉내신선녹, 김동욱본.

동국대 한국학연구소편, 활자본고전소설전집 3권, 10권 아세아문화사, 1976

숙향전, 정신문화연구원본.

이해조, 탄금대, 한국신소설전집5권, 을유문화사, 1968

인천대학민족문화연구원소편, 구활자본고소설전집 8권, 26권, 1984

2. 연구저서

권영철, 규방가사연구, 이우출판사, 1980

김기동, 국문학개론, 태학사, 1981

김기동, 한국고전소설연구, 교학연구사, 1983

김일렬, 조선조 소설의 구조와 의미, 형설출판사, 1984

김준영, 한국고전문학사, 형설출판사, 1982

김태준, 조선소설사, 학예사, 1939

백 철, 신문학사조사, 신구문화사, 1980

소재영, 고소설통론, 이우출판사, 1983

안춘근, 출판사회학, 통문관, 1969

안 확, 조선문화사, 최원식역, 을유문화사, 1984

정주동, 고대소설론, 형설출판사, 1981

조동일, 문학연구방법론, 지식산업사, 1980

조동일, 신소설의 문학사적 성격, 서울문리대한국문화연구소, 1973

조동일, 우리 문학과의 만남, 홍성사, 1978

조동일, 한국문학통사 3,4, 지식산업사, 1984

조동일, 한국소설의 이론, 지식산업사, 1977

조윤제, 한국문학사, 탐구당, 1979

주왕산, 조선고대소설사, 정음사, 1950

이능우, 고소설연구, 이우출판사, 1975

이상익, 한·중 소설의 비교문학적 연구, 삼영사, 1983

이상택, 한국소설의 탐구, 중앙출판인쇄주식회사, 1981

이석호, 한국명저대전집, 역대여류한시선, 대양서적, 1975

최원식, 민족문학의 논리, 창작과 비평사, 1982

평안북도지 편찬위원회편, 평안복도지, 1973

한국문학편찬위원회편, 한국문학개설, 형설출판사, 1980

한국정신문화연구원, 한국구비문학대계 충남아산, 1982

한국정신문화연구원, 한국구비문학대계, 강원도횡성, 1984

노드롭·프라이, 비평의 해부, 임철규역, 한길사, 1982

모리스·꾸랑, 한국의 서지와 문화, 박상규역, 신구문화사, 1976

3. 연구논문

김기동, '가사의 소설화 시론', 동국대논문집 3·4합집, 1967

김기동, '고전소설의 서지학적 고찰', 국어국문학51호, 국어국문학회, 1971

김기동, 「채봉감별곡」의 비교문학적 고찰', 한국고소설연구, 이우출판사, 1983

김동욱, '판소리 삽입 가요를 위한 시론', 서울대논문집 7집, 1958

김상태, '근대적 문체의 성립', 한국문학연구입문, 지식산업사, 1982

김윤식, 한국현대문학연표(1), 한국학보(2)

김준오, '장르의식의 해체', 해방40년 민족 지성의 회고와 전망, 김병익, 김주연
        편, 문학과 지성사, 1985

김중하, 개화소설의 문학사회학적 연구, 경북대 박사논문, 1985

국립중앙도서관, 전시자료목록, 1975.4-6월.

노미원, 1910년대 유행한 잡가의 한 고찰, 정신문화연구원대학원석사논문, 1985

민병수, ‘한국소설의 삽입시에 대하여’ 장덕순선생화갑기념 한국고전산문연구,
　　　　동화문화사, 1981

박귀춘, 「채봉감별곡」연구, 동국내교육대학원 식사논문, 1984

박상균, ‘개화기의 책거간고’, 한국학연구2집, 1977

박정춘, 가사가 삽입된 소설의 연구−「부용상사곡」, 「청년회심곡」, 「채봉감별
　　　　곡」의 비교와 연구, 숙대 석사논문, 1983

박종철, ‘개화기 소설의 언어와 문체’, 개화기 문학론, 형설출판사, 1979

우쾌제, ‘구활자본 고소설의 출판 및 연구현황 검토’, 고전소설연구의 방향, 새
　　　　문사, 1985

유탁일, ‘완판방각소설연구’, 한국고소설연구, 이우출판사, 1983

이규호, ‘층시의 형성과 변모과정’, 한국시가의 재조명, 형설출판사, 1984

이동길, ‘역사적인 존재로서의 여성의 삶−「채봉감별곡」을 중심으로’, 여성문제
　　　　연구11집, 효성여대한국여성문제연구소, 1982

이봉채, 현대소설의 구조론에 관한 연구, 중앙대 박사논문, 1983

이서구, ‘책방 세시기’, 신동아 40, 1986.5

이재선, ‘개화기 서사문학의 두 유형’, 국어국문학68, 69 합병호, 1975

이재선, ‘신소설 발생의 요인과 그 명칭 성립과정’ 어문학 22집, 한국어문학회,
　　　　1970

이재선, ‘신소설의 서술 구조론 시고 − 이조소설과의 대비적 관점에서’, 진단
　　　　학보33, 1972

이춘기, 고운기, 고전소설목록, 오세영외 공저, 한국문학방법론, 민족문화사,
　　　　1983

정규복, ‘고소설의 역사적 전개’, 한국고소설연구, 이우출판사, 1981

정재호, ‘상사별곡고’, 한국가사문학론, 집문당, 1982

조연현, ‘소설에 있어서의 우연성의 문제’, 동대논문집 1, 1964

하동호, 개화기 소설연구 − 서지중심으로 본 개화기 소설, 단국대석사논문,
　　　　1972

하동호, ‘개화기 소설의 서지적 정리 및 조사’ 동양학 7집, 1977

최상은, 유배가사의 작품구조와 현실인식, 정신문화연구원대학원 석사논문, 1983
최성수, 잡가의 장르성향과 그 수용양상, 성균관대 석사논문, 1983

신작 구소설 「梨花夢」의 창작 방식

1. 서론

　신문학기에 창작된 구소설을 新作 舊小說이라 명명하고 이에 해당하는 작품군을 설정하여 문학적인 의미망을 밝히려는 작업이 있어 왔다.[1] 그러나 아직 논의가 축적되지 못하여 신작의 근거가 확실한 작품군의 설정이 의문시된다고 할 수 있으며, '신작 구소설'이라는 용어의 필요성 또한 의문이 제기된다고 할 수 있다. 필자는 신작 구소설로 「昭陽亭」과 「逢仙樓」의 존재를 밝힌 데 이어[2], 본고에서는 신작 구소설의 작품군을 밝혀내기 위한 지속적인 작업의 일환으로 또 하나의 新作 舊小說을 발굴

---

1) 조동일, 한국문학통사 4, 지식산업사, 1986.
　　졸고, 新作 舊小說에서의 愛情小說 연구, 한국학대학원 석사논문, 1986.
　　권순긍, 1910년대 활자본 고소설 연구, 성균관대 박사논문, 1990.
　　장효현, 애국계몽기 창작 고전소설의 한 양상, 정신문화연구 41호, 한국정신문화연구원, 1990.
　　김종철, 美人圖 연구, 인문논총, 아주대 인문과학연구소, 1991.
　　장효현, 조선후기 소설사 문제, 한국고소설연구회 연구발표, 1992.1.8.
2) 졸고, 신작 구소설 「昭陽亭」과 「逢仙樓」 연구, 한국고전문학연구회 冬季연구발표, 1993. 2. 5.

하여, 신작 구소설群을 설정하고 문학사적 의미를 정당하게 부여하기 위한 작업에 기여하고자 한다. 그러기 위해 여기서는 그 창작 방식을 집중적으로 살피기로 한다.

신작 구소설의 연구는 신문학기의 소설사가 단선적으로 전개되지 않았던 실상을 밝히는데, 그 의의가 있다. 신문학기에 출간된 그 많은 구소설들이 인쇄매체만 달리 해서 전대 구소설을 복제하기만 했던 것은 아니다. 그 안에는 신작도 있어서 나름대로 구소설의 변모를 지향하고자 하는 노력이 있었다.

물론 '新作 舊小說'이란 용어는 유형 개념과는 관계없이 단지 창작 시기만을 중시하여 사용된 용어이므로 포함되는 작품군의 성격은 다양하다. 前代 구소설과 동질성이 강한 작품도 있고, 창작 시기의 특성상 이질적인 작품도 있다. 그러나 동질성보다 이질성에 문학사적 비중이 놓인다.

拙稿에서는 두 부류의 작품을 아울러 다루면서 서술기법 면에서 시가의 삽입, 서술의 역전, 문체의 변화 등으로 전대 구소설과 다른 점이 나타난다고 논하였다. 그러나 문체나 서술의 변화는 신작 구소설의 식별 근거일 수 있지만, 삽입시가는 근거가 될 수 없고, 또 이것들은 모두 작품의 형식적인 측면에 불과하다는 점에서 한계를 보여준다. 주제나 주제를 구현하는 서술 태도 등을 문제 삼을 수도 있지만, 그것은 작품군의 특성을 보여주는 귀납적인 결과는 될지언정 신작의 식별 근거가 될 수는 없다.

따라서 본고에서는 신작 구소설로 추정되는 「梨花夢」에 나타나는 창작 방식을 살피고자 한다. 창작 당시는 신소설과 혼재하며 경쟁하던 시기였으므로 구소설사의 말기에 이에 대응하는 어떤 노력이 구소설 내부에서 이루어졌는지 창작방식을 중심으로 살피기로 한다. 서술기법을 포괄하는 창작 방식의 고찰은 장차 신작 구소설의 일반적인 창작원리를 구명하는데 까지 나아갈 수 있을 것이다. 본고는 신작 구소설의 창작원리를 究明하려는 시론의 성격을 띤다고 할 수 있다.

「梨花夢」은 기존 연구에서 한번도 논의되지 않았고, 한국민족문화대백과사전에서 최운식이 신소설로 분류하여 줄거리 소개만 간략하게 한 적이 있을 뿐이다.[3] 그러나 이 작품은 문체나 시대적 배경에서 나타나는 擬古性으로 보아 신소설이 아니라 구소설이므로, 창작시기 별로 작품을 구분하여 신문학기에 창작된 작품을 일반적으로 신소설로 분류하는 관행은 시정되어야 할 것이다.

「梨花夢」은 기존 연구에서 논의되지 않은 작품이므로, 본고는 신작 구소설의 발굴이라는 의미 외에도 1910년대 연구 대상 작품을 확장하여 그 결과로 1910년대 문학사의 실상을 밝히는데 한 걸음 더 다가서고자 한다. 논의는 먼저 신작 구소설이라는 근거를 밝히고, 다른 갈래나 작품의 수용이 드러나는 창작 방식의 특성이 주목되므로 문헌설화, 구소설 「춘향전」, 구비설화와의 관련 양상을 밝히는 순서로 진행된다.

2. 新作 舊小說이라는 근거

「梨花夢」은 1914년 新舊書林에서 출간되었고, 123面으로 되어 있으며, 著作 兼 發行者는 뒷장 書志란에 池松旭이라 되어 있다. 그러나 실제 저자가 池松旭인지는 再考를 요한다. 池松旭은 新舊書林의 주인으로 신구서림에서 발행한 다른 작품 「부용상사곡」, 「夢決楚漢訟」, 「女子忠孝錄」, 「獄中佳人」 외에 구소설 「배비장전」 등의 작자로 되어 있으므로, 실제 저자일 가능성은 희박하다.

「이화몽」은 구체적으로 명시하지는 않았으나, 창작당대가 아닌 조선조

---

3) 한국민족문화대백과사전 8권, 정신문화연구원, 1990, 369면.

중기로 추정되는 前代를 시대배경으로 삼고 있고, 문체도 의고적인 구소설이다. 이 작품이 1900년대에 창작된 신작이라는 근거는 우선 형식적인 면에서부터 따지는 것이 당연하다. 그래야 추정에 그치지 않는 확실한 근거를 확보할 수 있고, 이어 신작 구소설의 창작 방식을 따지기 위한 선행 작업으로서 의미가 있다. 「梨花夢」은 일단 제목이 구소설과는 달라 신작인지 의심할 단서를 보여준다. 또 서두에서부터 서사적 전개가 아닌 장면제시를 하고 있고, 서술의 역전이 나타나는 등 신작의 근거라 할 수 있는 특성들이 제시된다.

> 쾡쿵 쳐르르
> 라팔은 쏘— 호적은 늬나누 늬나누
> 가진취타 힝락셩은 년풍을 자랑ᄒ고 권마셩젼도홀졔 신연ᄉ령거 동보라 통영갓 큰깃 꼿고 픠영한삼 달앗는데 갓치창옷입고 류목곤장 방울다라 일산압헤 갈나셔셔 불량흔 눈방울을 이리져리좌우로 굴이면셔
> 에라이놈나지마라
> ᄒ는소리 평양부즁이 뒤집힌다 이쩍 평양남녀로소 홀것업시 좌우로 갈나셔셔 구경ᄒ는데 구경군틈으로 좃ᄎ 십구셰가량된 총각아히 ᄒ나히 의복은 남누ᄒ고 형용은 초최흔디 다 쩌러진초혜을 들믜ᄒ야신고 압흔다리를 질질쩔며 셔셔구경타가 ᄒ는말이　(1면)

　요란한 악기 소리를 필두로 평양감사가 새로 도임하는 장면을 제시한 후, 점차 초점을 '십구세 가량된 총각아히'로 좁혀 고정시킨다. 이로써 서두에서 주인공의 가계를 제시하는 통상적인 구소설의 관습을 벗어나고 있다.

　독자의 호기심을 자극할 만한 놀랄만한 장면의 설정은 당시 신소설 작자들이 애용하는 수법이기도 하다. 「혈의 누」는 청일 전쟁으로 아수라장이 된 가운데 한 부인이 잃어버린 딸을 찾아 헤매는 데서, 「추월색」은

동경의 한 공원에서 한 처녀가 괴청년의 기습을 받는 데서, 「馬上淚」는 임오군란의 혼란스러운 상황으로부터 시작된다. 충격적인 장면을 제시하여 독자의 호기심을 자극하고 관심을 묶어 두려는 수법이 신소설에서 애용되었던 것이다. 물론 이러한 서두 방식은 구소설의 통상적인 가계서술 방식을 탈피하고자 하는 시도에 더해진 것이었다.

이러한 수법이 신소설에서 먼저 나타나서 구소설에서 받아들였든지, 혹은 구소설 내부의 변화의 결과로 나타났든지 간에 신문학기에 시도된 수법임에는 분명하기 때문에 신작 구소설임을 밝혀주는 근거라고 할 수 있다.

다음에는 이화의 집으로 따라간 총각이 소종래를 스스로 털어놓음으로써, 평양에 오기까지의 과정 및 출생, 성장 과정이 밝혀진다. 신소설에서 시도되던 서술의 역전이 일어난 것이다. 이 과정에서 한편으로 대화가 중시되는 변화를 보여주는데, 이 또한 신소설과 상통하는 변화다. 다음 인용문을 보자.

> 가인이 이거동을보고 압흐로 다가서며
> 도령임 어디스러요
> 총각이 어율혼 디답으로
> 셔울 슴니다
> 「가인」 무슴스로 여기를 오셧쇼
> 「총각」 외슘촌을 짜라왓쇼
> 「가인」 외슘촌이 누구시요
> 「총각」 지금 이리로 도임ᄒ신니가 외슉이요
> 「가인」 그러면 나와 함께 갑시다
> 「총각」 어디를 함께가자고 ᄒ시요
> 「가인」 닉집으로 갓치갑시다
> 「총각」 못가깃쇼 지금외슉게 드러가 뵈올터이닛가

「가인」 뵈와도 러일이나 뵈옵지 지금은 못뵈오리니 닉집이가셔
쉬고 명일 드러가 뵈오   (2~3면)

총각 원셩이 평양감사의 행차에 구경나오게 된 동기가 가인 이화와의 대화를 통해서 밝혀진다. 지문과 분리된 대화의 기능이 강화되어 있다. 초라한 행색의 소극적인 원셩에 비해, 세상사에 밝은 기생으로서 남녀관계에 적극적인 모습이 대화를 통해 나타난다. 사건 전개의 상당 부분을 지문이 아닌 대화가 담당하고 있고, 대화를 통해 등장인물의 성격이 부각되는 이와 같은 면모는 신소설에서 나타난 문체의 특징이기도 하다.[4]

'어디스러요', '서울슴니다', '짜라왓소', '갑시다' 등등은 구소설의 문체가 아니며 신소설의 어미 처리 방식이다. 대화자의 이름이 ( ) 속에 기입되는 것도 신소설기에 나타난 방식이다.

> 디기이부인은 원셩에게 종아리 맛고건너간 처녀라 김원셩에 말을 듯고 즈긔 일을싱각ᄒ니 전여 익미ᄒᆷ들 알고 이갓치와셔 붓그럼을 무릅쓰고 구코즈ᄒ니 만일 원셩이가 종아리를 안이치고 시속 부경 (부정의 誤字 — 필자)ᄒᆫ 쇼년갓치 못된힝위를 하야 보닛스면 이런 일을 변명홀도리 업시 쥭엇스리니 이소셜보시는 동포는 원셩에 일을 명심불망홀거시 안이리요   (116면)

구소설에서도 서술자개입이 나타나나 작품에서 전개되고 있는 사건에 대한 태도를 표명할 따름이고, 이처럼 사건의 처리에 따른 독자의 태도를 의식하는 발언을 하지는 않는다. 그런데 여기서는 사건 전개 도중에 주인공 원셩이 선행에 대한 보답을 받는 이유가 작자가 독자를 경계하기 위한 것임을 밝히고 있다. 이와 같이 서술자가 사건 설정의 목적을 도중

---

4) 박종철, 「개화기 소설의 언어와 문체」, 『개화기 문학론』, 형설출판사, 1979.
　　상태, 「근대적 문체의 성립」, 『한국문학연구입문』, 지식산업사, 1982

에 밝히는 예는 구소설에 거의 나타나지 않는다.

다음 신문학기에 주로 쓰인 용어들의 사용은 新造語는 아니지만 창작 시기를 가늠하는 근거가 될 수 있다. '총각', '처녀' 등은 구소설에서 등장인물을 지칭하는 용어로 쓰인 예가 흔치 않고, 신소설에서는 흔하게 쓰였다. '동포'란 말도 개화기에 계몽을 위해 널리 쓰였으며, 구소설의 분위기와는 어울리지 않는다. 작자가 자신의 작품을 작중에서 '소설'이라 지칭하는 것도 전례없는 일이다. 서두에서와 마찬가지로 결말에서도 일대기식 서술 방법에서 탈피하여, 주인공의 억울한 누명이 벗어지는 사건의 해결로 끝내고 있어 구소설의 통례에 벗어나 있다.

이처럼 제목, 서두의 장면 제시, 서술의 역전, 문체의 변화, 새로운 용어 등을 통해 신문학기에 창작된 신작 구소설임을 알 수 있다.

3. 「梨花夢」의 창작 과정

3.1. 문헌설화와의 관계

「梨花夢」은 문헌설화, 구비설화, 구소설 등 여러 갈래와 긴밀한 관련을 맺고 있는 작품으로 보인다. 그 중에서도 문헌설화는 가장 직접적이고도 근본적인 관련을 맺고 있다고 할 수 있다. 구체적인 문헌설화는 「盧玉溪宣府逢佳妓」로 전체적인 구성이 거의 흡사하여 설화의 소설화로 보아도 옳을 것 같다. 이 설화는 청구야담과 계서야담에 수록되어 있는데 계서야담본이 수식이 더 있고 문장의 쓰임도 명확하다. 설화의 주인공 玉溪 盧稹(1518~1578)은 실존 인물이나 설화의 내용과는 관련 없는 인물로 巷間에 구전되던 설화가 역사적 인물에 假託되었을 따름이다.[5]

---

5) 최운식, 玉丹春傳小考, 국제대 논문집 6집, 국제대 인문과학연구소, 1978, 84면.

둘 사이의 관계를 따지기 위해 내용을 살펴 본다.

김원성은 평양군수로 부임하는 외숙에게 혼수를 부탁하러 평양에 왔으나 외숙은 탐탁해 하지 않았다. 원성은 몰락 양반의 후손으로 편모가 바느질 품을 팔아 연명하는 빈곤한 처지였다. 군수의 도임 행차를 구경나왔다가 원성의 인물됨을 알아본 퇴기 이화는 황금 오백냥을 주며 10년 동안 공부에 전념케 하였다.

원성이 경성에서 공부를 하는데 앞집 홍판서의 딸이 독서성을 듣고 사모하여 담을 넘어 왔으므로 경계하여 종아리 세대를 때려 보냈다. 육년을 공부하여 과거에 응시했으나 '상가승무노인곡'이 글제로 나와 그 의미를 모르는 원성은 진사에 머물렀다. 만족한 원성이 이화를 찾아가니 공부를 계속하라고 훈계하므로 청암사에 가 다시 공부를 계속하였다.

평양군수의 사촌형 김목사가 이화를 탐내어 불러 들였으나 이화가 거역하고 관가에 들어가지 않다가 잡혀가 갇히게 되었다. 이화가 김목사의 수청 들 것을 계속 거부하므로 군수가 이화의 재산을 몰수한 후, 축출경외하여 서울로 데려가기로 하였다.

원성이 장원급제하여 이조판서의 딸과 혼인한 뒤 평안도 어사를 제수받고 내려 오다가, 처녀 다섯이 모여 태수놀음하는 것을 보았다. 어사가 초라한 행색으로 이화를 만났으나 이화의 절개는 여전하였다. 다음 날 이화의 항의에 분노한 군수가 이화를 때려 죽이라 했을 때, 원성이 어사출도하여 군수는 봉고파직하고 목사는 서울로 쫓아보내고 이화는 집으로 돌려 보냈다. 이어 다섯 처녀의 혼사를 이루어 주고, 이화를 서울로 올려 보내니 노부인과 이부인을 섬기며 지내게 되었다.

어사는 다시 경기도 장단군을 순시하다가 유숙하던 집의 처녀가 살해당해 살인범으로 몰리게 되었다. 전일 어사에게 종아리를 맞은 홍판서의 딸이 부친인 형조판서에게 사연을 말하며 누명을 벗겨 달라고 간청하였다. 홍판서가 이를 듣고 어사가 되어 탐문하여 살인범을 잡아내어 김어사의 무죄를 입증하였다. 이후 양가는 세교를 맺고 지내게 되었다. (梨花夢)

노진이 어려서 부친을 여의고 남원에서 가난하게 사는데 모친이 선천부사가 된 당숙에게 혼수 비용을 얻어오라 하였다. 노진이 宣府에 갔으나 문안에 들어가지 못하고 노상에서 방황하다가 童妓를 만났다. 막상 당숙은 냉대하였으나 동기가 집으로 데려가 극진히 대접하여 같이 밤을 보내게 되었다. 동기가 노진에게 은자를 주며 10년 안에 귀히 될 것이니 몸을 정결히 하여 만날 날을 기약하겠다며 떠나 보냈다.

노진이 돌아와 결혼을 하고 공부하여 4,5년만에 급제하였다. 관서지역의 암행어사가 되어 기녀의 집을 찾았으나 사라지고 없었다. 기생어미에게 물어 성천의 산사를 찾아가니 천길 낭떠러지 위의 산사에서 두문불출한 채 조석공궤를 받으며 불공을 드리고 있었다. 다시 만난 두 사람은 해로하게 되었다. (盧玉溪宣府逢佳妓 -이하 노진설화라 칭함-필자)

「이화몽」과 노진설화는 미천한 처지의 남주인공이 친족에게 냉대를 받고, 지감을 가진 미천한 기생에게 도움을 받아 출세를 하여 가연을 이룬다는 男女離合談이다. 둘 사이의 관련을 구체적으로 살피기 위해 내용을 도식화해 본다.

이화몽	盧玉溪宣府逢佳妓
① 모친의 권유로 평양군수인 외숙에게 자신의 혼수 비용을 얻으러 감	모친의 권유로 선천부사인 당숙에게 혼수비용을 얻으러 감
② 평양군수 냉대함	선천부사 냉대함
③ 노상에서 기생 이화를 만나 집으로가 인연을 맺고 도움을 받음	노상에서 童妓를 만나 집으로 가 인연을 맺고 도움을 받음
④ 이화가 10년 동안 공부하도록 권고하고 대책을 마련해 줌(6년만에 진사가 되어 찾아갔다 훈계를 듣고 돌아와 10년을 채움)	童妓가 10년 동안 공부할 것을 권고하고 대책을 마련해 줌
⑤ 평양군수와 김목사가 이화를 탐해 고초를 당함	
⑥ 과거에 급제하여 암행어사가 됨	과거에 급제하여 암행어사가 됨
⑦ 초라한 몰골로 옥중의 이화를 만나 절개를 확인함	山寺에서 불공을 드리는 동기를 찾아가 만남
⑧ 어사출도하여 군수를 봉고파직하고 이화를 구출함	
⑨ 부실로 삼아 해로함	부실로 삼아 해로함
⑩ 어사로 민정을 살피다가 죽을 고비에 이르렀으나 전일의 선행에 대한 보답으로 구출됨	

　①②③④⑥⑦⑨의 항목이 똑같이 나타나 소설이 노진설화를 근간으로 삼았음을 알 수 있다. ①②③⑥은 전개 과정이 완전히 동일하고, ④는 남주인공을 뒷바라지하는 기생의 열정을 강조하기 위한 삽화가 첨가된 것이다. ⑦은 남성의 영달을 바라며 기다리는 기생의 정성과 정절을 내세운 점에서는 같다. 그러나 설화는 정절을 지키기 위한 수단으로 고난을 자초하고 있을 뿐인데 비해, 소설에서는 정절을 위협하는 인물이 등장하여 기생의 고난이 밖으로부터 주어진다. 고난을 가하는 인물이 탐관오리인 군수와 목사이므로 사회적인 문제를 제기하며 갈등과 위기가 조성된다. 갈등은 소설의 기본조건이므로 설화에는 없는 ⑤⑧항목이 설정되어 갈등이 생기고 해결이 이루어지는 소설적 면모가 확립되었다.

　노진설화는 「춘향전」과 「옥단춘전」의 근원설화로 거론되곤 했다. 일찌기 김태준과 周王山이 「춘향전」의 근원설화로 제시한 이래, 이병기, 이재수 등이 이를 부정하고 김동욱 또한 직접적인 근원설화로 볼 수 없다고 본 이후로 「춘향전」의 근원설화로 거론되지는 않고 있다.6)

그러나 「옥단춘전」 연구에서는 김우항 설화와 함께 근원설화로 인식되고 있다. 박일룡은 김우항 설화보다 노진설화를 「옥단춘전」과 관련이 더욱 깊은 설화로 보고 있다.[7] 김종철은 김우항 설화가 「옥단춘전」과 가까우며 그 자체를 근원설화로 보기보다 이에 선행하는 설화가 있어 구전되다가 한편으로는 문헌설화로, 한편으로는 국문소설 「옥단춘전」으로 발전하였다고 주장하였다.[8]

김우항 설화는 청구야담에 「金丞相窮途遇義妓」라는 제목으로 수록되어 있으며, 구비설화로 오늘날까지 전해온다.[9] 특히 '평양기생의 의리'는 김우항 설화를 온전하게 구연하고 있는 각편이다. 설화의 내용은 다음과 같다.

김우항은 빈한하여 단천태수로 있는 遠族에게 딸을 혼인시킬 비용을 얻으러 갔으나 겨우 만난 태수로부터 심한 천대만 받았다. 우항이 상을 박차고 나와 고을 밖 움막에서 자는데, 그의 기개에 감동한 관아의 기생이 찾아와 자기 집으로 데리고 가서 공명에 힘쓰라며 많은 돈을 주었다. 이후 암행어사가 되어 기녀를 찾으니 우항이 암행어사인 줄을 눈치챈 기녀가 公私를 분명히 하여 태수의 일을

---

6) 김태준, 조선소설사, 조선어문학회, 1933, 195면

　　주왕산, 조선고대소설사, 정음사, 1950, 263~5면

　　이병기,백철, 국문학전사, 신구문화사, 1950, 161~3면.

　　이재수, 「춘향전」攷, 한국소설연구, 선명문화사, 1969, 381~8면.

　　김동욱, 「춘향전」 연구, 연세대출판부, 1965, 34면.

7) 박일룡, 조선후기 애정소설의 서술시각과 서사세계, 서울대 박사논문, 1988, 68~9면

8) 김종철, 「옥단춘전」, 한국고전소설작품론, 玩巖金鎭世先生回甲紀念論文集 집문당, 1990. 616면.

9) 『한국구비문학대계』 2-2, 춘천시 춘성군, 1981, 551~9, '평양기생의 의리'

　　위의 책, 2-8, 영월군편, 1986, '갑봉선생의 생애' (甲峯은 金宇杭의 호이다.-필자)

　　이외에도 최운식은 위의 논문 84면에서 1972년 경기도 연천군에서 이 설화를 채록한 사실을 밝혀 놓았다.

처리할 것을 충고하므로 우항이 이에 따랐다. 上京하여 임금에게 이 일을 고했더니 임금이 주선하여 기녀와 같이 살게 해주었다.

두 설화와 「옥단춘전」은 '신분적 질곡을 벗어나려는 기생의 적극적 의지와 생활적인 도움을 받지 않으면 안될 비참한 처지의 몰락 양반의 현실적인 필요가 결합되어 형성'되었다는 점에서는 동계로 볼 수 있다. 이점에서는 「이화몽」도 동궤에 놓인다. 그러나 김우항 설화는 「옥단춘전」과 같이 주제가 信義에 맞춰져 있어 동계로 볼 수 있지만, 노진설화는 愛情에 촛점이 맞추어져 있으므로 엄밀한 의미에서 동계로 볼 수 없다.

김우항 설화나 「옥단춘전」은 모두 주인공이 평양감사인 친구에게 냉대를 받고 기생의 도움으로 과거에 급제하여 암행어사가 된 후 친구를 응징하는 내용으로 신의를 주제로 하고 있다. 그러나 노진설화의 선천부사는 단지 노진과 義妓의 만남의 계기를 만들어주는 역할을 하며 그 이상의 의미가 주어지지 않는다. 당숙인 선천부사의 냉대는 이후 노진에게 복수를 하거나 용서를 해야 할 중요 행위로 인식되고 있지 않다. 노진과 선천부사의 信義에 촛점이 놓여 있지 않고 노진과 童妓의 애정에 촛점이 있기 때문이다. 이점에서는 「이화몽」도 동일하다. 평양군수인 외숙의 냉대가 원성과 이화의 만남의 계기일 뿐, 원성의 이후 행적과 무관하다.

따라서 비슷한 유형의 설화가 신의에 비중을 둔 김우항설화는 「옥단춘전」의 근원설화가 되었고, 애정에 비중을 둔 노진설화는 「이화몽」의 근원설화가 되었다고 할 수 있다. 두 설화가 똑같이 19세기에 집성된 「청구야담」에 수록된 것으로 보아 유포시기가 비슷하다고 할 수 있는데, 하나는 19세기에 창작되었으리라 추정되는 「옥단춘전」의 근원설화가 되고, 또 하나는 20세기 1910년대에 창작된 「이화몽」의 근원설화가 된 것은 무슨 이유인가.

전술했듯이 김우항설화는 구비설화로 오늘날까지 전해온다. 그런데 노진설화는 쉽게 접할 수 없다. 아마 작가가 당시에도 문헌설화의 형태로 접하고 소설화한 것은 아닐까. 그렇다면 구비설화로 유포되다가 소설과 접맥된 것보다는 직접적인 소설화의 의도가 더 강한 것으로 볼 수 있다. 구소설을 쓰기 위해 소재를 구하는 작가에 의해 인위적으로 緊縛되었을 수 있기 때문이다. 이것은 신작구소설의 창작방식을 보여주는 것으로 이해할 수도 있다. 창의성을 중시하기보다 설화, 구소설 등 전래되는 자료를 집적하여 작품을 쓰려는 태도가 지배적이기 때문이다. 다음 구소설 중 「춘향전」과의 관련을 통해 전통문학을 적극적으로 수용하려는 이러한 태도를 면밀히 살펴보자.

3.2. 구소설 「춘향전」과의 관계

1절의 논의처럼 「이화몽」은 노진설화를 근원설화로 하여 짜여진 소설이라 할 수 있는데, 노진설화는 뚜렷한 갈등이 없는 단편적인 사건을 짧게 서술한 형태이므로, 소설로 되면서 갈등이 이루어지고 면밀한 소설적 수식이 첨부되었다. 구성의 기본 축은 노진설화에 두면서 갈등의 축은 구소설에서, 그중에서도 「춘향전」에서 빌어온 것으로 보인다.

「춘향전」과의 관련이 드러나는 곳은 ⑤ ⑥ ⑦ ⑧ ⑨항목이다. 이중 ⑥ ⑨항목은 설화와 같다. 그러나 ⑦은 여주인공의 절개를 확인한다는 결과는 같으나, 설화에서는 주인공이 영달한 후 기생과 재회하기 위해 집에 찾아갔다가 우연찮게 절개를 확인하지만, 소설에서는 의도적으로 절개를 시험해보기 위해서 찾아가는 것으로 本末이 바뀌어 있다. 즉 ⑦항목은 설화와 결과는 같으나 전개과정은 「춘향전」에서 차용한 것이다.

이로써 보건대 두 사람이 인연을 맺고 공부를 위해 서로 헤어져 있는 부분, 즉 전반부는 설화의 확대이고, 이화가 기생이라는 신분 때문에 이화를 탐내는 관리로부터 고초를 당하고 원성이 암행어사로 와 고난을 해결하고 재회하게 되는 후반부는 「춘향전」과 더 밀접하게 관련되어 있다고 할 수 있다. 즉 춘향, 이몽룡, 변학도의 삼각구도가 이화, 원성, 평양군수의 삼각구도로 원용되어, 등장인물의 신분, 갈등의 원인, 해결방식 등이 그대로 나타나는 것이다.

「춘향전」과의 관련을 중심으로 후반의 구성을 살펴보기로 한다. 이화가 기생이라는 신분 때문에 관리에게 고난을 당하는 부분에서부터 「춘향전」과의 관련이 드러난다. 원성을 떠나 보낸 후 '방적과 치산에 부지런 이심을 쓰고 잇'는데, 군수의 외사촌 형 김목사가 이화를 탐내게 된다. 이화를 만나려다가 거절당한 김목사가 사촌인 군수에게 퇴기의 불공함을 나무라며 이화를 대령할 것을 요구한다. 이화가 '평양서 멧지안이'가는 거부란 말을 들은 군수는 사촌 김목사의 청도 들어줄 겸 재산을 노리고 이화를 불러 들인다.

말하자면 「춘향전」의 변학도가 愛慾에 物慾까지 더한 셈인데, 굳이 「춘향전」과의 관련을 떨치기 위해 애욕을 가진 이를 김목사라는 제 3의 인물로 설정하고 있다. 그러나 권력을 업은 관리가 기생을 능욕한다는 점에서는 동일하다.

이후 이화를 불러들이는 대목은 「춘향전」을 축약해 놓은 것이다. 이화를 잡으러 군로 사령들을 보냈는데 이화가 '친히손을 잡아 안으로 쩌러드리며 이러케 노홀것인ᄂ 갈쩌가드리도 닉집이 왓스니 슐이ᄂ흔잔즈시고' 가라며 가진 안주에 술상을 들이대는 통에 '긔에ᄎ도록 잘근 먹고 이러서며…… 우리가드러가셔 과연 병이즁ᄒ야 디령치못ᄒ얏다고' 변명하여 주겠다며 그냥 돌아간다. 그러나 군수가 'ᄉ령을 보니고도 혹인졍을 써셔 못잡아 올시ᄒ야 뒤밋쳐ᄉ령ᄒᄂ를 단속을 단단히ᄒ야' 보냈으므로, 뒤에 온 사령이 이화에게 '슐쥰다고 어느바식이놈이 인졍쓰긴니' 하며 가자고 재촉하므로 '피치못홀줄 짐작ᄒ고 옥향을 불너 집곤슈줄ᄒ라고 단속ᄒ고 션듯' 따라 나선다.

「춘향전」의 대부분의 이본에서도 춘향을 잡으러 간 첫번째 사령이 춘향의 간드러진 술대접과 돈닷냥에 넘어가 그냥 돌아오자, 변사또가 다시 또 사령을 보내어 잡아오게 하여 춘향이 잡혀 온다. 「이화몽」은 변학도를 군수와 김목사로 분리해 놓았을지언정 사건의 구체적인 전개과정에서도 「춘향전」을 차용하고 있는 것이다.

「이화몽」에서는 군로 사령을 보내기 전에 먼저 행수기생을 보내 이화를 부른다. 그러나 칭병하고 오지 않자 다시 사령을 보내는 것이다. 「춘향전」의 이본 중 행수기생을 먼저 보내는 이본은 이해조의 「獄中花」뿐이다.10) 「옥중화」가 「이화몽」보다 2년 먼저 간행되었으므로 저자는 「옥중화」를 보았을 것이다. 저자는 다양한 「춘향전」을 접하고 있는 것이다.

원성이 어사가 되어 폐포파립으로 이화의 집에 당도하여 대문을 흔들자, 느닷없이 옥향모가 등장하여 대문을 연다. 원성마저 의아하여 '아마 옥향이는 시집가고 혼츳잇기 젹젹ᄒ닛ᄀ 로파를 두언나보다'고 생각하는데 원성의 이러한 생각 외에 옥향모의 등장을 해명하는 다른 서술을 없다. 그 옥향모가 원성이 찾아가자 "도적은 귀도 읍는줄안이 군수에게 불안등마진거슬 티동이 쇼공지인데 무어슬 먹을꺼시잇셔 드러와"라며 문열으라고 깨우는 옥향을 핀잔 준다. 「이화몽」의 작자는 「춘향전」에서 이도령의 초라한 귀향에 춘향모가 절망하고 탄식하며 이도령을 구박하는 모습을 염두에 두고 옥향모를 등장시킨 것이다.

작자가 의도적으로 「춘향전」에 근접하려고 했던 흔적은 거듭해서 나타난다. 옥향으로부터 이화가 옥에 갖혔다는 소식을 듣고 원성이 "쥭지안이ᄒ고 사라셔 옥에갓치엿스면 지금등ᄒ야서는 아니갓치니버담 낫다"고 생각한다. 어사가 된 이도령이 변사또의 학정을 징치하고 옥에 갇힌 춘향을 구해 감격적인 상봉을 하는 「춘향전」식 장면을 연출하겠다는 의도가 잘 나타나는 부분이다.

---

10) 김동욱, 김태준, 설성경, 「춘향전」比較硏究, 삼영사, 1979, 251면.

그래서 이화가 옥에 갇히게 된 경과를 듣고서도 분노는 커녕 '어사듯고 우스면서 그러면 관계업다 죄업스면 살고 죄잇스면 인군에슘촌이라도 면치못ᄒ나니라 그러나 옥향아 옥으로 갓치ᄀ셔 아씨나 좀보즈'고 느긋하게 시비 옥향을 대동하고 옥으로 가 이화를 만난다. 이화가 원성이 과거에 낙방하였다는 말을 듣고도 '그리 된일 웃지ᄒ오 너모 상심 마시고 집이ᄀ셔 쉬시'라고 위로한다. 「춘향전」의 춘향이 남루한 몰골로 찾아온 이몽룡을 보고 박대는커녕 의복가지를 챙겨주라고 월매에게 부탁하는 것과 같다. 남주인공이 여주인공의 정절을 시험하러 어사의 신분을 속이고 옥에 찾아갔을 때, 박대하거나 절망하지 않고 반기며 염려하는 것이 똑같은 도식이다.

「춘향전」의 이본 중 「獄中花」에는 유일하게 애처로이 갖힌 춘향을 위해 과부들이 等狀하는 대목이 나온다.[11] 「이화몽」에서는 기생들이 이화의 무죄를 주장하러 의견을 모은다. '우리에 일이나 다름 업슨즉 우리가 기싱을 폐지홀 작정ᄒ고 군수에 ᄒ는 거동보와 등장갑세' 과부를 기생으로 바꾸어 「옥중화」를 차용하는 것이다.

작자는 「춘향전」의 여러 이본을 접하고 있는 듯 하다. 上述한 바와 같이 이해조의 「獄中花」에만 있는 부분을 끌어다 쓴 것을 비롯해, 완판, 경판, 신재효본 등 다양한 판본을 접하면서 특정 판본을 차용하고 있다.

이화와 원성이 상봉하는 장면은 신재효본 「男唱춘향가」와 흡사하다. 원성이 과거에 급제한 후 '리조판셔 …… 장원으로 서랑을 슴으랴고작졍ᄒ엿다가 …… 서랑을 삼엇스니 ……'(77면) 신재효본과 같이 '재상댁에 성혼'한 것이다. 그리고 어사가 되어 평양에 와 어사출도를 하여 이화를 구출한 후 자기의 정체도 밝히지 않은 채 이화를 방송하여 집으로 보낸다. 완판본을 비롯한 기타 이본이 '관의 체모로나 봉명행차의 소중함으로나 도저히 있을 수 없는 臺上相逢'[12]을 하는데 비해 신재효본은 관청

---

11) 김동욱, 김태준, 설성경, 위의 책, 471면.

에서 방송하였다가 나중 춘향의 집에서 만나게 되는데 「이화몽」의 상봉
장면이 이와 동일한 것이다.

'너무나 합리적으로 되어 있어 불쾌감까지 느낄 정도로 합리적'[13]인
신재효본을 차용하였다는 것은 민중의 집단의식의 구현체인 완판본의
발랄성보다 소설로서 확립해야 하는 합리적인 전개과정을 작자가 더 중
시했음을 보여준다. 이것은 「이화몽」이 집단의식의 구현체인 판소리가
아니고, 핍진한 사건전개를 보여줘야 하는 소설임을 인식한데서 비롯된
것으로 보인다. 따라서 「이화몽」에 완판본이 보여주는 민중의 발랄성은
거세된다. 그래서 이화가 애당초 양반의 정실부인을 탐하지 않고 부실에
만족하며, '신분상승을 통한 인간해방'이라는 「춘향전」의 주제와는 거리
를 갖게 되는 것이다.

「춘향전」과의 관련은 구성으로만 한정되지 않고 문체에서도 드러난다.
서두부분의 이화의 집안치레 서술은 춘향의 방안을 그대로 옮겨다 놓은
듯 하다.

> 문방치례 볼작시면 화류문갑 비취연상이요 만호연격과 룡지연이
> 요 산호필통에 봉황필을 꼬잣스며 문치조혼디모칙상에 사셔와 빅가
> 스를 싸아잇고 한쪽벽에 족즈흐나를 거럿는데 렬국시디 소진이가
> 형수에게 구박맛고 분흔마음 씨다라서 렬심공부흐올젹에 밤중이면
> 등불업서 리웃집벽을쑤러 등광을 쩌러다가 공부흐후 십년만에 륙국
> 인을 허리에 둘러츠고 형수게 졀을흐며 오날륙국인은 형수게셔 쥬
> 시미라 흐는거동 력력히 그렷구나 (5면)

춘향의 방중사설은 대부분의 이본에 다 있으며 방중기물도 다른 이본
과 공통된 것들이다. 화류文匣, 筆筒, 文房四友, 書冊, 족자 등은 대부분

---

12) 최진원, 「춘향전」의 合理性과 不合理性, 조동일, 김흥규 편, 판소리의 이해,
    창작과 비평사, 1978, 220면.
13) 최진원, 위의 논문, 235면.

의 이본에 등장한다. 특히 신재효본에 등장하는 기물은 거의 비슷하다. 원성이 경성으로 올라가 공부를 하는 대목의 묘사는 「춘향전」의 書冊풀이를 연상케 한다.

> 스셔는 비왓스니 스경으로 드러가즈 시젼 서젼 쥬역중에 시젼붓터 첫장을 펼쳐녹코 서문을 다본후 관저장을 젯치고 디쥬소쥬 훌터보니 모를거시바이업다 (이화몽 21면)

이어서 원성은 군자가 숙녀를 사모하는 내용의 「시경」 첫구절인 관저장을 낭독한다.

> 관관저구지하지주로다 요조숙녀여 군즈호구로다 (이화몽 21면)

「춘향전」에서 이몽룡이 춘향을 그리워 하며 애가 달어 이 구절을 읊는 것과 같이 「이화몽」의 원성도 '리화에 싱각이 나서 심스를 억제치 못ᄒ야' 바로 이 구절을 읊는다. 그러나 이몽룡이 관저장을 외우며 번민하다가 다음날 춘향의 집으로 가 인연을 맺는데 비해, 「이화몽」은 바로 이 독서성을 듣고 옆집 홍판서의 딸이 越墻을 하여 들어오는 사건으로 이어진다. 홍낭자의 월장사건은 구비설화에서 따온 것으로 「춘향전」과는 무관하다.

「이화몽」은 갈등구조와 아울러 문체마저 「춘향전」을 지향하고 있고, 노진설화를 근원설화로 하고 있으면서도, 노진설화와 「춘향전」의 접합체로 끝나지 않는 이유는 바로 이와 같은 구비설화를 다양하게 요소요소에 적절한 일화로 배치하고 있기 때문이다.

3.3. 구비설화와의 관계

구비설화는 거의 변형되지 않은 본래의 모습을 살리면서 사건 전개의 필요에 맞게 요소요소에 배치되어 있다. 가장 온전한 모습으로 삽입된 것은 한국설화유형분류 311-2 '상가승무노인곡' 유형이다. 한국구비문학대계에 이 유형의 각편이 24편이나 전해 올 정도로 오늘날까지 널리 전해져 오는 유형이다.14) 이 설화의 내용은 다음과 같다.

　　　가난한 내외가 어머니를 여읜지 얼마 안되 홀아버지의 생일을 치르게 되었다. 며느리가 머리를 잘라 생일상을 차려놓고, 상제인 아들은 노래를 부르고, 승려 꼴이 된 며느리가 춤을 추는데, 부친은 막상 아들 내외의 효성에 감격하면서도 그처럼 가난한 처지가 한심하여 울고 앉아 있었다. 마침 숙종대왕이 민정을 살피다가 이 모습을 보고 상제에게 과거를 보라고 한 뒤, 별과를 배설하여 글제를 '상가승무노인곡'이라고 내서 사연을 아는 상제만이 합격하게 하였다.

「이화몽」에서는 이 설화를 28~31면까지 4면에 걸쳐 그대로 옮겨다 놓고, 주인공 원성이 과거에 급제하지 못하고 단지 진사가 된 이유로 삼았다. 구소설의 주인공은 과거에 응시하면 예외 없이 장원급제하는 것이 관습인데, 관습에 어긋나게 진사에 머물렀으므로 구실이 필요했던 것이다. 원성이 과거에서 실패하는 것은 원성의 능력을 문제 삼기 위함이 아니다. 단지 예정된 10년 기한을 다 채우지 못한데 대한 질책을 함으로써, 10년 공부를 채우기를 기원하는 기녀 이화의 열성과 정절을 내세우기 위해 필요한 사건설정인 것이다. 따라서 10년 기한을 채우지 않은 남성을 질타할 명분만 서면된다. 그 명분으로 '상가승무노인곡' 설화를 이용하고 있는 것이다. 어느 특정인을 위해 배설된 과거에서 글제의 이면에 숨은

---

14) 한국구비문학대계 별책부록 『한국설화유형분류집』, 한국정신문화연구원, 1989, 275~6면.

사연을 알지 못하여 장원을 하지 못하는 것은 당연하다는 논리로, 사건의 작위성을 배제하고 필연성을 획득한다. 그래서 원성에게 '이번 장원 못ㅎ기는 가위 운수소관'이라고 자위할 수 있게 만든다.

　이 비슷한 설화로 한국설화유형분류 311-9 '원놀음하는 자매를 시집보낸 박문수'[15] 설화가 삽입되어 있다.

　　다섯 처녀가 송사놀음을 벌려, 적절한 상대가 있음에도 불구하고 빈한함을 이유로 혼인을 서두르지 않는 자신의 부친을 나무란다. 이 것을 본 박문수가 이 처녀들의 놀음과 똑같이 처녀의 부친과 신랑 감들의 부친들을 나무라고 혼인할 변통을 해주어 처녀들을 시집보내게 된다.

　이 설화가 변용 없이 온전하게 80~83면, 97~99면까지 삽입되어 있다. 「梨花夢」이 이화와 원성의 결연에 초점이 놓여 있는 작품이라면 이 삽화는 소설의 본줄기와 거리를 가지고 있다고 할 수 있다. 단지 주인공의 어사로서의 능력과 행적을 부각시키기 위해 끼어든 삽화라고 할 수 있다.

　다음으로 삽입된 설화는 한국설화유형분류 412-9 '유혹하는 여자 물리쳐 좋은 결과 얻기' 유형으로,[16] 여기 속하는 각편으로 '이웃집 처녀 종아리 때린 김한국'을 소설 속에 옮겨놓고 있다.

　옆집 선비의 독서성에 반한 처녀가 담을 넘어와 사모하는 마음을 하소연했으나, 선비는 냉담하게 행실을 바르게 가지라며 종아리 세대를 때려 경계하여 보냈다. 후일 처녀가 결혼해서 아들 삼형제를 두었는데 모두 높은 벼슬에 올랐다. 선비가 한 사건의 주모자로 몰려 죽을 곤경에

---

15) 위의 책, 280면
16) 위의 책, 356~7면.

처했는데, 마침 사건을 그 부인의 아들들이 맡게 되었다. 부인은 아들들에게 종아리의 상처를 내보이며, 선비의 인격을 들어 무죄로 처리할 것을 설득하여 선비는 목숨을 구하게 되었다.

소설에서는 이 삽화가 그대로 수용되는데, 후반부에서 여주인공의 아들들이 부친으로 바뀌어 있다는 점만 다르다. 그리고 부친의 남주인공에 대한 인식의 변화가 곧 위기의 타결로 이어지는 것이 아니라, 그의 누명을 벗기기 위해 진범을 잡으려고 오랫동안 고생하고 탐문하게 되는 고난과 갈등을 수반하는 적극적 의지가 개입되는 소설적 변용이 이루어졌다.

그러나 이러한 변용은 설화의 마지막 부분에 사건을 부연한 것이므로 설화의 원래의 모습을 크게 훼손시킨 것은 아니다. 이 작품에 삽입된 세 편의 설화는 큰 변개 없이 원래의 모습대로 수용된 셈이다.

세 편의 설화 중 처음 두 편은 제거되어도 소설의 내용 전개에 큰 무리가 없다. '상가승무노인곡'은 남주인공이 장원급제를 못한 이유를 해명하여 필연적인 전개를 하기 위해 끼어 들었고, 두 번째 '원놀음하는 자매를 시집보낸 박문수'는 남주인공의 어사로서의 치적을 돋보여서, 단조로운 사건 전개를 탈피하기 위해 끼어 든 설화이다.

그러나 세 번째 설화는 단순한 삽화 이상의 기능을 한다. '유혹하는 여자 물리쳐 좋은 결과 얻기'는 남녀문제에 초점을 맞췄던 소설이 본줄기에서 벗어나 남성의 행적을 쫓으면서 삽입된 설화이다. 애정담의 남성역으로서가 아니라, 어사활약담의 주인공으로 활약하는 모습을 본격적으로 그리기 위해서 설화를 수용하였으므로 설화가 빠지면 후반부 내용전개에 근본적인 차질이 생긴다. 그래서 단순 삽화의 차원을 넘어 소설적인 변용을 하였으며, 설화가 변용된 부분(117~122)에 비중을 두면서 차용하고 있는 것이다. 그러나 세 번째 설화도 이 소설이 남녀결연담에 초점이 놓여져 있는 작품이라고 볼 때는 제거되어도 무방하다. 그렇다면 이와 같이 소설의 본줄기와 밀접하지 않은 설화가 다수 끼어 든 이유는 무엇인가. 더구나 세 번째 설화의 삽입은 남녀결연담에서 벗어남으로써 소설의 초점을 흐리게 하고 전체적인 구조를 이지러지게 하기도 한다. 이렇게까지 하면서 적극적으로 설화를 삽입한 것은 무엇 때문인가.

그것이 흥미거리를 제공하기 위해서였음은 쉽게 추측할 수 있다. 여기 삽입된 설화는 모두 오늘날까지 전해 오는 설화로서 소설이 창작된 당대에는 더욱 활발하게 유포되었을 것이다. 따라서 구비설화에 대한 고조된 관심을 소설에서도 십분 활용하여 독자를 끌어들이기가 용이했을 것이다.

신문학기의 소설과 구비문학과의 관련은 졸고 '신소설 「馬上淚」의 구비문학 활용방식'에서 다룬 바 있다. 다른 신소설에서는 표면적으로는 전통을 거부했던데 비해 「馬上淚」에서는 속담, 판소리, 설화 등을 적극적으로 수용하는 전통 긍정의 자세를 보이고 있다.17) 동시대의 신작 구소설, 이해조의 「소양정」에서는 구비설화가 그대로 수용되어 사건의 필연성을 확보하는 역할을 하고 있었다.18)

신작 구소설 중 1907년에 창작된 「虎蟾傳」19)도 설화를 근간으로 해서 창작된 작품이다. 작자, 윤병사는 창작 후기를 통하여 설화를 소설화한 동기를 밝혀 놓고 있다.

> 누가 날을 올아 흐리도 읍고 너가 뉘계도 찾고즈 흐기도 실코 쏘흔 와셔 보리도 읍슨 즉 날마다 올련이 홀노 안져 흔갓 초국의 갓친 스람 갓더니 일일은 일모서령흐고 야심동천흐니 …… 향풍이 무창고 니월언 만정이라 호런 수모수슘 계익이일으러셔 시체말리

---

17) 拙稿, 新小說 「馬上淚」의 구비문학 활용방식, 한국학대학원 논문집 6집, 1991.

18) 拙稿, 신작 구소설 「昭陽亭」과 「逢仙樓」연구, 한국고전문학연구회 동계연구발표, 1993. 2. 5.

19) 임성래, 「호섬전」에 대하여, 한국고소설의 조명, 아세아문화사, 1990.
정출헌, 조선후기 우화소설의 사회적 성격, 고려대 박사논문, 1992, 24면.

> 며 고담으로 일장을 담화ᄒ다가 졔각이 훗텨지고 나홀노 안져시니
> 우연이 충을 밀쳐 야식을 슬펴보니 만뢰구젹ᄒ고 …… 잠이 읍시
> 존촉을 디ᄒ여 부졀읍신 쳔ᄉ말염 쓴이로다 이예 향회을 잇고즈 ᄒ
> 여 고담으로 들은바 호랑 둑겁이 숭힐ᄒ 거슬 디강 가감ᄒ여 긔록
> ᄒ노라 (띄어 쓰기 — 필자)20)

쓸쓸한 마음에 고담으로 들은 호랑이 두꺼비 이야기를 기록하여 소설
을 만들었다는 것이다. 「두껍전」 계열에 속하는 이 작품은 실제로 두꺼
비 나이자랑에서의 才談설화, 두꺼비의 강 건너뛰기 설화, 두꺼비의 키자
랑 설화를 주축으로 이루어졌다.21)

요컨대 구비설화의 수용은 이 시대 소설의 보편적인 성향이었던 것이
다. 그것이 신소설에서 보여주는 외래지향, 신이성 지향의 반동으로 나타
난 전통긍정의 자세였을 것이다.

4. 「梨花夢」 창작방식의 문학사적 의의

上述한 바와 같이, 「이화몽」은 노진설화를 근간으로 삼고 「춘향전」의
갈등과 문체를 받아들이면서 각종 구비설화를 수용하는 방식으로 이룩
된 작품이다. 노진설화는 김우항설화와 같은 義妓설화로서 「옥단춘전」의
근원설화로 인식되었으나, 엄밀히 따지면 信義에 비중을 두고 있는 김우
항설화와 「옥단춘전」이 동계에 놓인다. 愛情에 비중이 놓인 노진설화는
「옥단춘전」의 근원설화라 하기 어렵고, 「이화몽」과 동계에 놓이게 된다.

노진설화에 기본 축을 두면서도 작가는 의도적으로 춘향전의 갈등구
조를 받아들이고 문체까지도 차용하고 있다. 「춘향전」의 다양한 이본을

---

20) 「호셥전」, 한국정신문화연구원본
21) 정출헌, 위의 논문, 25면.

접하면서 소설적 구성에 맞게 필요한 특정 이본을 차용하기도 하는데 신
재효본, 「獄中花」 등의 차용이 뚜렷이 나타난다. 「이화몽」의 창작시기가
「춘향전」의 변모가 지속적으로 이루어지고 있었던 때임을 고려할 때,[22]
활자화된 춘향전의 변모과정이 작품내에 수용된 결과라고 볼 수도 있다.

　신재효본, 「옥중화」 등의 후대본을 차용하면서 「춘향전」의 변모에 동
참하고 있다고 할 수도 있다. 「옥중화」에만 나타나는 과부들의 等狀이
여기서는 기생들의 等狀으로 바뀌어 있다. 또 옥중에서 춘향의 꿈을 해
몽하는 판수 대신, 노파가 등장하여 이화에게 김목사의 뜻을 받아들이도
록 설득하여, 이를 거절하는 이화의 절개를 강조한다. 「춘향전」을 단순히
차용하는 것이 아니라, 「춘향전」의 이본 간에 일어나는 변모에 이 작품
으로 동참하고 있는 것이다.

　이런 면모는 이 작품이 노진설화와 「춘향전」의 접합 이상의 독자적
성격을 갖게 해준다. 그러기 위해서는 구비설화도 한 몫을 했다. 구비설
화의 활용은 구소설의 관습에서 벗어나기 위한 시도로 보이기도 한다.
「옥단춘전」은 노진설화와 흡사한 김우항 설화를 근원설화로 하면서 「춘
향전」의 영향을 받은 작품으로 알려져 있는데, 이 작품의 창작방식과
「옥단춘전」의 창작방식이 구분되는 가장 큰 차이가 바로 구비설화의 활
용이다.

　이제 이 작품이 이러한 창작방식을 활용한 원인을 따져 보기로 한다.
2장에서 신작의 근거로 제시한 신소설의 구성방식과 문체는 작자가 신소
설에 익숙하며 신소설식 창작방식을 구사할 능력이 있음을 보여준다. 그
럼에도 복고적인 구소설의 형식을 택한 작품 외적인 이유는 아무래도 독

---

22) 「춘향전」의 이본이 妓生系와 非妓生系로 양분되는 분수령은 갑오경장전후로
　　보아야 할 것 같고 (김동욱, 김태준, 설성경, 위의 책, 19면), 널리 알려진 「완
　　판 84장본 열녀 춘향수절가」도 가장 빨리 이루어진 것이 1906년본이며(유탁
　　일, 완판 방각소설의 문헌학적 연구, 학문사, 1981, 177면.), 이해조의 「獄中
　　花」는 1912년에 발표되었다. 이로 보아 신문학기에도 「춘향전」의 변모가 지
　　속되고 있음을 알 수 있다.

자의 성향에서 우선 찾아야 할 것 같다. 이 작품의 창작시기는 구소설과 신소설이 병행해서 출간되던 시기이고, 오히려 구소설이 신소설보다 다량 출간되었을 정도로 구소설의 得勢가 지속되던 때이다. 아직도 낯익은 구소설을 선호하는 수많은 독자층이 이와 같은 작품을 생성하게 한 일차적 원인일 것이다.

또 다른 이유로는 신소설식 방식을 거부하려는 작가의 의식적인 노력을 들 수 있을 것이다. 문헌설화, 구비설화, 구소설 등의 수용은 전통문학에 대한 작자의 식견과 애착을 보여 준다. 즉 작자는 新舊문학에 두루 밝은 인물이지만, 두터운 구소설 독자층에 힘입어 전통 서사문학에 대한 애착을 보여주고 있는 것이다.

그러나 작자는 전통문학의 답습에만 그치려 하지 않았다. 2장의 논의처럼 신문학기의 작품임이 입증될 만큼 구소설 내에서의 변화를 시도하고 있는 것이다. 구소설에는 수많은 관습이 존재한다. 소설의 구조가 그렇고 문체가 그렇다. 구체적으로는 서두의 가계소개 방식과 종결부분의 주인공의 말년과 죽음의 처리방식도 흡사하게 처리되는 관습을 갖는다. 이처럼 관습에 의존하는 구소설의 성향에 익숙한 독자는 이런 방식을 고대하게 된다. 그러나 구소설 내에서도 관습만이 반복된 것은 아니었다. 소설사의 점진적인 변화 과정이 이것를 보여준다.

신작 구소설에서는 바로 이러한 관습과, 관습에 대한 저항이라는 이중적 요소가 뚜렷하게 나타나기 쉬운데 바로 이 작품이 그렇다. 관습에 대한 기대는 구소설의 형식으로 충족시키면서, 신소설적인 요소와 구비설화의 수용으로 관습을 탈피하고자 한다.

구비설화는 표면적으로 긴요하게 보이지 않는 설화까지 삽화로 삽입되었을 정도로 적극적으로 활용되었다. 이런 양상은 전대의 구소설에서는 발견되지 않는다. 「이화몽」에서 나타나는 새로운 면모로서 동시대의 소설에서는 간혹 시도되었던 것이다. 신작 구소설 「소양정」에서 필연성을 확보하기 위해 구비설화가 삽입된 적이 있고, 신소설 「馬上淚」에서는 설화를 위시한 다양한 구비문학이 수용되고 있음을 밝힌 바 있다. 「호섬전」은 세편의 구비설화를 주축으로 하여 창작되었다. 요컨대 구비설화의 활용이 활성화된 것은 신문학기에 나타난 양상이 아닌가 한다. 그렇다면 거꾸로 구비설화의 적극적 활용양상이 신작임을 입증하는 근거가 될 수 있을 것이다.

다음으로 이 작품이 노진설화, 「춘향전」, 각종 구비설화 등으로 뽑아내 환원시킬 수 있을 정도로, 설화와 구소설을 다양하게 활용하여 집합하여 놓은 것 같은 창작방식을 쓰고 있는 이유는 무엇인가. 이점은 우선 여기서 활용되고 있는 각각의 구성요소에 대한 당대 독자의 선호 경향을 꼽을 수 있겠다.

「춘향전」은 上述했듯이 당대에도 이본의 변화가 활발했었고, 구활자본 중에서도 출간횟수가 가장 많은 인기 있는 작품이었다. 설화 또한 당시에 활기 있게 전파되던 갈래이다. 작자는 설화와 「춘향전」의 인기를 이용하여 흥미거리를 마련하려고 했던 것 같다. 독자의 흥미를 끌 수 있는 각각의 요소를 끌어모아 단순한 집합 이상의 의미를 창출하려 했던 것이다. 즉 구소설의 형식을 유지하면서 독자의 흥미를 끌 수 있는 새로운 요소를 전통문학 속에서 찾았던 것이다. 신소설이 흥미거리로 새로운 것, 신기한 것을 찾으려 했던 것과 전적으로 구별되는 점이다. 이와 같이 전통문학을 긍정하고 계승하려 했던 데에 이 작품의 의의가 있다.

그러나 이와 같은 창작방식으로 표출하고자 한 주제는 과연 의의 있는 것인가. 소설의 주제는 대체로 갈등의 형성과 해결과정에서 나타난다. 갈등구조는 「춘향전」에서 차용했을지언정 '신분상승을 통한 인간해방'이라는 주제를 차용하지는 않는다. 여주인공 이화의 신분상승은 의도되지 않으며, 단지 두 사람이 장애를 넘어 애정을 성취하는 데만 초점을 맞출 뿐이다. 평양군수와 김목사는 단지 탐관오리이거나 애정의 장애자일 뿐이고 이화의 인간평등에 대한 욕망의 장애자는 아니다. 이화는 애초 그런 의지를 갖고 있지 않은 것이다. 기생들의 이화 救命 활동을 통한 민중의식의 표출도 기대되나 불발로 끝날 뿐이며, 작가는 그들의 활동을 중시해서 다루고 있지도 않다.

「춘향전」은 시대정신을 강하게 표출하는 시대성을 띠나, 「이화몽」은 그렇지 않다. 「이화몽」 창작당대에 신분상승은 큰 의미가 없는 것이었다. 따라서 「춘향전」 중 갈등은 빌어 오되 문제의식이 아닌 흥미요소에 주안점을 두었던 것이다.

몰락양반과 재력 있는 기생과의 애정은 이미 「옥단춘전」에서 의도되었던 것이다. 의미를 찾으라면 그 과정이 더욱 현실성 있게 처리된다는 점을 들 수 있다. 평양군수가 김목사의 입장에 서는 이유가 이화의 재산을 몰수하기 위해서라는 의리 이전의 현실적인 계산 때문인 점이 그렇다. 또 이화로부터 황금 오백 냥을 받은 원성이 이 돈을 모친에게 내어 놓자, 그 돈을 쓰는 과정이 구체적으로 나타나는데 이런 점도 현실감을 확보하는 진행방식이라 할 수 있다.

그럼에도 이 작품이 평가할만한 문제의식을 지닌 작품이라고 주장하기는 어렵다. 구비설화의 수용에서도 마지막 설화 '유혹하는 여자 물리쳐 좋은 결과 얻기' 유형의 삽입은 남녀문제에 중점을 두고 있는 작품의 짜임새를 흔들어 놓는 결과를 낳는다. 독자들이 평소에 흥미를 보이는 요소들을 활용하여 압축적으로 흥미거리를 제공하려는 데 창작의도를 두고 있기 때문일 것이다. 그러나 구소설의 세력을 유지시키기 위해 취한 전통문학 존중의 태도는 '장자못 전설'을 수용한 강경애의 「인간문제」등 전통문학을 중시하는 후대의 소설로 이어진다고 하겠다.

5. 결 론

이로써 신작 구소설 「梨花夢」을 발굴하여, 그 창작방식과 의의를 살폈다. 주제의식 면에서 주목 받을만한 문제를 제시하고 있지는 못하나, 신구문학 모두에 대한 이해를 하고 있는데도 구소설의 형식을 취하고, 또 전통서사문학을 두루 활용하는 창작방식을 취하는 점은 주목된다. 이점은 작자의 전통문학에 대한 애착과, 구소설의 폭넓은 독자층의 기호에 부합하려는 의지의 결과로 보인다. 구소설의 관습을 계승하기도 하나, 한편으로 새로운 수법을 시도하고 있었다. 부분적으로 신소설다운 구성이나 문체가 나타나는 점과, 구비설화를 수용한 점은 구소설 내부의 변화를 꾀하는 새로운 시도로 보인다.

특히 설화의 수용은 동시대의 신작 구소설에서 나타나는 일반적인 경향과도 부합되므로, 신작 구소설의 보편적인 창작 방식이라 할 수 있을 것이다. 구소설의 폭넓은 독자층은 전대 구소설 외에도 새로운 구소설을 요구하는 수요를 창출하였고, 이에 구소설 작가는 설화를 수용하여 발빠르게 수요를 충족시키고자 하였던 것이다. 설화를 한 작품의 근간으로 수용할 때, 창의적으로 새로운 소재를 발굴해야 된다는 부담에서 놓여나므로 단시간 내에 창작이 가능하다는 이점이 있다. 그러나 문제는 소설이 단순히 설화의 확대에 지나지 않고, 사회현실과의 밀착으로 문제의식을 심화시키는 데까지 이르렀냐는 점이다. 예컨대 동물우화소설은 동물우화를 수용했으나, 소설적 변용 과정에서 조선 후기의 사회적 갈등을 훌륭하게 담아내는 소설사의 성과를 거두었다. 그러나 이 작품은 전술했듯이 그와 같은 문제의식을 지니고 있지 못하다. 오히려 독자들에게 친숙한 소재를 차용하여 압축적으로 흥미거리를 제공한다는 차원에 머물고 있다.

그러나 설화가 작품의 근간으로 수용되면서 삽화로도 다양하게 차용되고, 때로 필연성을 확보하는 방편으로까지 활용되는 것은 문제의식의 측면보다 수법 면에서 새로운 시도로 주목할 만하다. 신소설에 대응해서 구소설을 보존하려는 작가의 애정이 창의성을 발현하는 쪽보다 전통문학의 수용으로 나타난 것이다. 前代 구소실의 진보적인 문제의식을 계승하거나 진전시키지 못한 점은 작가의식의 한계로 지적되지만, 신문학기에도 전통문학 안에서 지속적인 자기 변신을 추구했던 점은 일단 의의로 인정해야 할 것이다.

參考文獻

1. 『梨花夢』, 新舊書林, 1914.

2. 『청구야담』

3. 김동욱, 김태준, 설성경, 『「춘향전」비교연구』, 삼영사, 1979

4. 정출헌, 「조선후기 우화소설의 사회적 성격」, 고려대 박사논문, 1992.

5. 拙　稿, 「활자본 신작 구소설에서의 애정소설 연구」, 한국학대학원 석사논문, 1986

6. ______, 「신소설 「馬上淚」의 구비문학 활용방식」, 『한국학대학원 논문집』 6집, 1991

7. ______, 「신작 구소설 「昭陽亭」과 「逢仙樓」연구」, 한국고전문학연구회 冬季 연구발표, 1993.2.5.

8. 최운식, 「「玉丹春傳」小考」, 국제대 「논문집」 6집, 국제대 인문과학연구소, 1978

9. 최진원, 「「춘향전」의 합리성과 불합리성」, 조동일, 김홍규 편, 『판소리의 이해』, 창작과 비평사, 1978

10. 『한국구비문학대계』 2-2, 2-6, 한국정신문화연구원,
11. 한국구비문학대계 별책부록 『한국설화유형분류집』, 한국정신문화연구원,
        1989

신작 구소설 「昭陽亭」·「소양뎡긔」·「逢仙樓」에 나타난 신·구소설의 관련양상

1. 서론

　「소양정」은 이해조의 작품이다. 이해조는 「잠상태」라는 한문소설로 작품활동을 시작했으나 그의 작품이 대부분 신소설이므로, 신소설 작가로서의 면모가 부각되고 부수적으로 판소리 개작 소설작가의 의미가 부가되어 알려져 왔다. 그러나 신소설 작가의 면모에 부합되지 않는 작품은 연구에서 소홀히 취급되어 온 것이 사실이고,1) 「소양정」도 그러한 이유로 중시되지 않았다.

　「소양정」은 일찍이 1954년에 전광용의 ‘新小說 昭陽亭攷’2)가 나온 이래 1966년 김기현의 ‘「소양정기」 연구’3)에서 ‘이조소설’로 판별한 바 있고, 이후의 이해조 연구에서 거명은 되었으나 구체적으로 다루어지지

---

1) 이용남, 이해조와 그의 작품세계 (동성사, 1986), 정원주, 이해조 소설연구 (경남대 석사논문, 1983)
2) 전광용, 新小說 「昭陽亭」攷, 국어국문학 10, 국어국문학회, 1954.
3) 김기현, 「昭陽亭記」연구, 고대문화 7, 고려대, 1966.

않다가 최원식의 '이해조문학연구'에서 '新小說의 變質' 항목 중에서 '의식적으로 고전소설로 회귀'한 작품으로 간략히 다룬 바 있다.[4] 전광용과 김기현의 연구에서는 각각 '新小說이라기보다 古代小說에의 圈內에 屬'하고, '내용과 형식이 공히 전통적인 야담류의 李朝小說'이라 하여 신소설이 아닌 구소설이라는 점을 밝히는 데 중점을 두었으나, 신문학기에 창작된 구소설로서의 의의는 중시하지 않았다.

그런데도 이 작품은 활자본 구소설을 다루는 논의에서 제외되어 왔고, 해방 뒤 현대어본이나 영인본으로 출간된 저서명이 '신소설전집'인 것에서도 알 수 있듯이, 막연히 신소설로 취급되었고,[5] 따라서 대부분의 신소설 연구에서 제외되었으며,[6] 이해조 연구에서도 제외되었다. 신구문학을 나누어 취급하는 學界의 관습도 이 작품을 논의의 死角地帶에 남겨 놓는데 기여했을 것이다. 본고에서는 바로 그러한 이유 때문에 소중하게 다루어, 이 작품의 정당한 문학사적 위치를 구명하고자 한다.

신소설이 창작되기 시작한 이후에도 폭넓은 구소설의 독자층을 바탕으로 하여 구소설이 지속적으로 창작되고 있었음은 이미 밝힌 바 있고,[7] 이후로 이것은 여러 논자가 입증하여 이미 확실해졌다고 할 수 있다.[8] '신작 구소설'이란 용어는 이처럼 신문학기에 새롭게 창작된 구소설을 지칭하기 위해 사용된 용어이다. 신작 구소설의 존재가 밝혀지지 않았거

---

4) 최원식, 이해조문학연구, 한국근대소설사론, 창작과 비평사, 1986.
5) 이용남, 위의 책에서는 간접적으로 「소양정」을 신소설의 범주에 넣고 있다.
6) 김교봉, 신소설의 서사양식과 주제의식에 관한 연구 (연대 박사논문, 1986), 신춘자, 신소설의 현실수용양상 연구 (인하대 박사논문, 1987) 등등, 신소설을 논하는 대부분의 논의에서 채택한 분석 대상에서 제외되었다.
7) 조동일, 한국문학통사 4, 지식산업사, 1986, 335~42면.
   拙稿, 활자본 신작 구소설에서의 애정소설연구, 한국학대학원 석사논문, 1986.
8) 박일룡, 조선후기 애정소설의 서술시각과 서사체계, 서울대 박사논문, 1988.
   권순긍, 1910년대 활자본 고소설 연구, 성대 박사논문, 1990.
   김종철, 「美人圖」연구, 인문연구 2집, 아주대 인문연구소, 1991.
   장효현, 조선후기 소설사 문제, 한국고소설연구회 연구발표, 1992. 1. 8.

나 그 작품들의 창작시기를 중시하지 않았을 때는 신·구소설사 사이에 단절이 있는 것처럼 인식되었는데, 신작 구소설 연구는 잘못 설정된 문학사 연구의 실상을 바로 잡는다는 의의가 있다.

신문학기에는 신·구소설의 출판량은 비슷해도 순수한 창작만을 따지면 신소설이 구소설을 능가했고, 신소설 쪽으로 문학사의 판도는 기울어 있었다. 신작 구소설은 신소설과의 경쟁이나 영향 문제로 부터 자유로울 수는 없어서, 이에 따른 작품 내적 대응이 있었으리라 추측되므로, 창작시기와 전대 구소설과 변별되는 점이 부각되는 '신작 구소설'이란 용어는 이런 점에서도 적절한 용어로 보인다. 물론 신작 구소설 중에는 전대 구소설과 거의 흡사한 구소설도 있다. 그러나 전대와 다른 새로운 면에 의미가 주어지고 관심이 가는 것은 당연하다. 「소양정」도 전대 구소설과 다른 측면에 관심이 모아질 것이다.

그동안 신작 구소설에 대한 관심이 많지 않았고 논의가 축적되지 못하여 발굴된 작품이 그리 많지 않으므로 신작 구소설에 대한 전반적인 평가를 하기는 시기상조다. 그래서 확실한 신작 구소설의 존재를 밝히는 작업이 선행되어야 하므로, 본고는 그러한 작업의 일환으로 씌어진다.

다음으로 신작 구소설이라 해도 정말 신작인지에 대해 의문이 제기되었다.9) 신작을 판별하는 기준이 문제가 되는 것이다. 기준은 형식과 내용의 양면에서 도출할 수 있는데, 형식적인 측면의 근거는 객관적인 것으로 쉽게 수긍할 수 있는 것임에 비해, 내용에서 도출되는 판별 기준은 연구성과가 축적되지 못한 현 상황에서 자의적인 측면이 강하다는 의문이 제기될 수 있는 것이다.

「昭陽亭」은 이해조가 창작한 구소설이므로 객관적인 근거가 확실한 신작 구소설이다. 우선 객관적인 근거가 확실한 작품을 대상으로 전대 구소설과 어떻게 얽혀 있고 여기서 새로 시도한 점은 무엇이며, 그 의의

---

9) 박일룡, 위의 논문.

는 무엇인지 밝혀서, 장차는 신작 구소설만의 특성을 도출하는 데까지
이르고자 한다. 이러한 논의가 축적되면 내용 면에서도 신작임을 판별하
는 기준을 제시할 수도 있을 것이다.

　이해조는 신소설을 주로 창작하면서 거듭해서 구소설에 대한 부정적
인 견해를 밝힌 바 있다. 그런 작가가 唾棄해 마지않던 구소설을 창작했
는데, 이해조 연구에서 이 점은 어떻게 평가되어야 하는가도 관심거리이
다.

　「소양정」은 신문연재본과 단행본 외에 필사본으로 고대본 「쇼양뎡긔」
와 史在東본 「쇼양졍」10)이 있고, 개작본 「逢仙樓」가 있다. 당대에도 인
기가 높았던 비중있는 작품임을 알 수 있다. 이처럼 여러 판본이 있는
신작도 흔치 않아서, 신작 구소설 중에서도 중요한 작품으로 파악된다.

　「逢仙樓」는 졸고의 부록에서 처음으로 그 존재를 밝힌 작품인데, 기존
연구에서 한번도 논의되지 않아, 「소양정」과 관련 있는 작품임이 밝혀지
지 않았다. 「소양정」에서 삽화 하나가 빠져 있고 人名, 地名이 바뀌어 있
는 작품이므로 함께 다루어 신작 구소설로서 흔치 않은 개작본의 존재를
밝히고, 두 작품에서 나타나는 창작 방법의 차이를 구명하여 「소양정」群
에서 나타나는 구소설 인식의 차이를 밝히고자 한다.

　본고는 「昭陽亭」이 전대 구소설의 관습을 어떻게 계승하면서 또 구소
설을 변모시키기 위한 어떤 시도를 하였나를 살피고, 신문학기에 나타난
개작본 「봉선루」와의 대비를 통해 당대 작가의 구소설 인식이 어떻게 다
르며, 구소설을 지속시키려는 노력이 어떤 양상으로 나타났는지 살펴보
기로 한다.

---

10) 필자가 이 논문을 학회에서 발표하고 원고를 다시 정리하는 과정에서 사재동
　본을 발견하였다. 이것은 도서목록에 「쇼양졍우산지스」로 되어 있어서 「소양
　정」의 이본임이 여태 밝혀지지 않은 것 같다.

2. 작품 개관

2.1. 서지적 검토

「소양정」은 1911.9.30부터 같은 해 12.17까지 牛山居士라는 이해조의 필명으로 매일신보에 연재되었다. 다음 해 新舊書林에서 초판이 나온 이래 1921.11.15 6판까지 발행되었다.[11] 해방 이후 1968년 을유문화사에서 한국신소설전집 5에 현대어판으로 수록하였고, 다시 1987년 啓明文化社 新小說全集 3권에 1916년 제3판을 영인 수록하였다.[12] 3판 서지 사항에 1914년에 2판이 출간되었다고 되어 있고, 또 1921년에 6판이 나온 것으로 보아 약 2년 간격으로 계속해서 출간되었음을 알 수 있는데, 이로 보아 이 작품이 꾸준한 인기를 얻었음을 짐작할 수 있다.

최초의 신소설이라는 「血의 淚」가 1906년 만세보에 연재되고 1907년 광학서포에서 간행되었는데, 이 수순을 그대로 밟아 1911년에 매일신보에 연재되고 1912년 신구서림에서 단행본으로 간행되었으므로, 출간상의 여건은 신소설과 흡사했던 셈이다. 물론 이점은 연재 당시 이해조가 「皇城新聞」과 「每日新報」의 편집부장 및 문화부 관계의 일을 했기 때문에 가능했을 것이다. 국문본 구소설치고 예외적으로 신문에 연재되었다는 사실은 이후 구소설의 연구 범주에서 제외된 원인이었을 것으로 추측된다.

이 작품은 필사본으로 고대본 「쇼양뎡긔」와 史在東 소장본 「소양정」이 남아 있다. 고대본 「쇼양뎡긔」는 신구서림本과 字句만 미미하게 차이

---

11) 이용남, 이해조연구(서울대 석사논문, 1982, 50면)에서 1921년 6판을 김민수 교수가 소장하고 있다고 하였다.
12) 본고는 계명문화사에서 영인한 제 3판을 대본으로 한다.

가 날 뿐, 거의 동일한데 고대본에는 신구서림본에 덧붙여져 아홉줄로 간략하게 구소설식 행복한 결말이 첨부되어 있는 점만이 다르다. 신소설식 결말이 어울리지 않는다고 보아 결말을 추가 서술하여 완전한 구소설로 만들었던 것인지, 아니면 필사본에서 행복한 결말 부분만 빼고 활자본을 만들었는지 의문이다. 필사기가 첨부되어 있지 않아 필사 연대와 필사 상황을 추정할 수 없어서, 활자본과의 선후관계가 문제가 된다.

이에 대해서는 김기현의 선행연구를 참조할 수 있다. 김기현은 「昭陽亭記」의 寫本 중 어느 하나를 이해조가 입수하여 字句 添削 정도로 내용을 다소 변개하고, 제목도 「昭陽亭」으로 바꾸어 매일신보에 牛山居士란 익명으로 연재했을 것이라고 추정하였다.13) 또 동일 논문을 단행본에 수록하면서 牛山居士도 이해조의 필명인지 알 수 없다14)고, 또 다른 문제를 제기하면서 필사본이 선행본임을 주장하였다.

그러나 여기서는 이 작품이 신소설이 아니라 구소설임을 밝히는데 중점을 두고 있고, 또 신문학기에도 구소설이 창작될 수 있다는 가능성을 열어 놓고 있지 않았기 때문에, 작가가 이해조라는 점에 의문을 제기했던 것으로 보인다.

牛山居士는 이해조의 호로 널리 알려져 있다. 그것은 그의 후손을 통해서도 확인된 바다.15) 이점은 매일신보의 「소양정」 연재 예고를 통해서도 입증될 수 있다. 1911. 9.29. 연재 예고에서 '본긔자가 십여년 광음을 쇼셜에 종ᄉ홀시 …… 신쇼셜 톄지롤 발명ᄒ야 임의 이삼십종의 쇼셜을 져슐ᄒᆫ바 …… 긔쟈가 연구ᄒ고 ᄯᅩ 연구ᄒ야 ……쇼양뎡이라는 쇼셜을 져슐ᄒ노니……'라고 하였다. 여기서 '본긔자'는 이해조를 자신을 지칭

---

13) 김기현, 「昭陽亭記」 연구, 고대문화 7, 고대, 1966. 332면.
14) 김기현, 「昭陽亭記」考, 한국문학론고, 일조각, 1972, 84면.
15) 李明子, 새로 밝혀낸 李海朝의 얼굴과 생애(문학사상 92, 1980.7. 60면)에서 손자 이갑주의 증언을 통해 우산거사를 비롯한 여러 雅號 외에도 다른 아호를 밝히고 있다.

하는 것이다. 전술했다시피 당시 이해조는 매일신보 편집부장이었다. 또 1911년 이전에 '이삼십종'의 신소설을 저술한 사람은 이해조밖에 없었다. 따라서 신문연재본과 신구서림본은 이해조가 지은 것이 확실하다고 할 수 있다.

문제는 이해조가 필사본을 입수하여 '자구 첨삭 정도로 내용을 다소 변개'하여 '연구ㅎ고 쏘 연구'한 자신의 창작품이라고 신문에 발표했겠느냐는 점이다. 이점은 「봉선루」와 같이 살펴보자.

「逢仙樓」는 1923년 東洋大學堂에서 간행한 작품으로 서지 사항에 '著作權 所有 兼 發行者'가 王世華로 되어 있다. 王世華는 저작자가 아니라 단지 저작권을 소유했을 뿐임을 밝히고 있는데, 실제로 신구소설 발행인이나 저작자로서 활동하던 인물은 아닌 것 같다.

「봉선루」는 앞서 말한 것처럼 「소양정」 중 남주인공이 부친이 살해당한 후 그 원수를 갚는 내용의 삽화 하나만 누락되어 있고, 나머지 줄거리는 모두 같으며, 구체적 문장표현도 반 이상이 같다. 최원식은 「소양정」을 '고전소설과 신파조 복수담의 기묘한 절충'16)이라고 했는데 '신파조 복수담'은 바로 이 부분을 말하는 것이다. 그러나 이 용어는 가치 판단이 개입된 용어로 보이므로, 여기서는 단순히 이 삽화를 요약하여 '殺父之讐 복수담'이라 부르기로 한다.

그렇게 보면 구소설의 원형에 더욱 충실한 것은 「소양정」이 아니라 「봉선루」이다. 그러나 「봉선루」는 前述한 것처럼 1923년 초간본이고 다른 先行이본이 발견되지 않았다.

더구나 이해조는 「소양정」 연재 예고에서 '이쇼셜의 진료는 긔쟈가 정신을 오리 허비ㅎ야 비로소 엇은바'라고 했다. 위와 같은 추정을 하려면 '정신을 오리 허비'하여 얻은 재료가 이미 창작된 구소설이었고, 거기다 삽화 하나만 더 보탠 것을 '구쇼셜의 허탄밍랑홈은 브리고 정대흔

---

16) 최원식, 위의 책, 139면.

문법만 취ᄒ며 신쇼셜의 천근각삭홈은 ᄇ리고 정밀혼 의취만 취ᄒ야 쇼양졍(昭陽亭)이라ᄂ 쇼셜을 져슐'했다고 독자를 기만한 셈이 된다. 이점은 필사본과의 선후관계에서도 마찬가지로 적용된다. 다른 사람이 창작한 필사본을 빌어 미미한 字句의 첨삭만 가하여, 이와 같이 애써 창작했다고 공개적으로 말할 수 있는 것인가 의문이다.

따라서 이해조가 「봉·선루」를 저본으로 하여 살부지수 복수담을 붙여 「소양정」을 만들었으리라는 추정은 쉽게 할 수 있지만, 「소양정」 이전에 출간되거나 필사된 「봉선루」가 발견되지 않는 한, 작품 외적인 근거로 이를 입증하기는 어렵다.

그렇다면 오히려 출간 시기 순으로 「소양정」 다음에 「봉선루」가 나왔을 가능성도 있다. 「쇼양뎡긔」가 「소양정」을 전사하다가 구소설식 결말을 덧붙여 보다 구소설답게 만들었다면, 「소양정」의 살부지수 복수담 같은 구소설답지 않은 요소를 빼고 보다 의고적인 「봉선루」를 만들었을 수도 있다. 물론 이러한 추정은 작품 내적으로 앞서의 추정보다 훨씬 무리한 일이다. 어쨌든 이러한 문제는 작품 내적인 요소를 면밀히 따져보아야 하므로 다음 장에서 이를 다룬다.

계속해서 필사본과 활자본의 관계를 살펴본다. 김기현은 두 이본을 면밀히 검토하고 필사본이 선행본이라는 결론을 내린 것 같지 않다.[17] 두 이본은 결말 부분 외에는 字句의 차이 외에 거의 차이가 없다. 자구 상의 미미한 차이에서 다음과 같은 상이점이 발견된다.

봉조의 부친이 채란의 부친에게 봉조를 소개하는 과정에서 착오가 나타난다. 봉조는 애초에 둘째 아들인데, 맏아들이 죽고 나서는 태산같이 의지하지만 위인이 단단치 못하여 기골이 확실하기를 기다리느라고 아직 정혼하지 못했다고 한다.

---

17) 두 판본의 가장 큰 차이는 필사본에 활자본에는 없는 구소설식 행복한 결말이 첨부된 점인데, 선후문제를 다루면서 이점은 전혀 주의하지 않았다.

> 맛ᄌ식은 금년에 나이십구셰인디 범졀이 극히 슉셩ᄒ야 로리에
> 졔아비의 근심을 들가ᄒ엿더니 소뎨의 박복홈으로 작년에 참경을보
> 고 지금 <u>져놈하나를 틱산ᄀᆞᆺ치밋ᄂᆞ디</u> 그위인이 역시단단치못홈을 민
> 양 근심ᄒ노라 (신구서림본 5면)

밑줄 부분이 고대본은 '져놈은나를틱산ᄀᆞᆺ치밋는디'로 되어 있어 의미
가 완전히 달라져 있다. 맏아들 죽고 남은 둘째 아들 봉조를 믿는다는
말이 봉조가 부친을 믿는다는 말로 바뀌어 있어, 의미가 앞뒤 문맥과 통
하지 않는다. 이것은 필사하는 과정에서 생긴 오류로 보이는데, 사재동본
도 이와 똑같이 되어 있어 현존하는 필사본을 활자본에 선행하는 판본으
로 볼 수 없는 근거가 된다고 할 수 있다.

또 정공이 오군수를 만나는 과정은 오군수가 부임지로 가다가 정공을
만나고 가기 위해 길을 돌아서 정공의 집 쪽으로 오다가, 사위를 구하러
서울로 가는 정공을 만나는 것이다.

> 오승지가 금번도목에 회양군슈를 피임ᄒ야 도임ᄎ로 니려오ᄂᆞᆫ디
> 니가 이곳에셔 샤ᄂᆞᆫ것을 일즉이알고 <u>졍도에 돌멀불계ᄒ ᄒ고</u> 심방ᄎ
> 로 드러오다가 요힝으로 즁로에셔 나와 셔로만나 (신구서림본 4면)

正道, 즉 지름길에서 벗어나 '돌멀', 돌아가는 것을 不計하고 일부러
오다가 만났다는 것인데, 고대본에는 '졍도의드믈불대ᄒ고'로 되어 있어
무슨 말인지 알 수 없다. 이것은 필사를 하면서 의미 파악을 하지 못하
고 逐字를 하다가 생긴 착오이다.

오군수를 죽인 최이방은 '이고을싱장으로 등니마다 관졍거힝을 <u>이삼
십년을</u>'(110면) 하면서 행정을 좌지우지 하며, 공금을 횡령하고 탄로날까
두려워 살인까지 한 위인이다. 이것이 고대본에는 '이삼년'으로 되어 있

다.

이상의 몇가지 사례들은 필사본보다 활자본이 더 먼저 나온 선행본이라는 것을 보여준다.

또 이번에 새로 발견한 필사본 사재동 59장본은 정신문화연구원 도서목록에 '쇼양졍우산지스'로 되어 있다. 첫장이 落張되어 있어 제목을 알 수 없는데, 마이크로 필름으로 만들 때, 원본에는 '우산거스'라 되어 있는 작자의 이름까지 합쳐 命題한 것 같다. 이것은 필사본이 저본으로 했던 판본에 우산거사라는 작자 이름이 명기되어 있었음을 알려 주는 것이다. 작자 이름이 明記되는 판본은 활자본이다. 사재동본은 활자본 「소양정」을 저본으로 한 것이다.

전술한 바와 같이 사재동본은 고대본과 같은 오류가 나타나기도 하며, 옮겨 쓰다가 착오가 일어난 다른 사례도 많이 나타난다. 중요한 착오 중의 하나는 정공이 사위를 구하러 서울에 갔다가 중도에 오군수를 만나 '반일이못되야'(4면) 돌아오는데, 여기에는 '빅일이' 못되어 돌아오는 것으로 되어 있다. 역시 앞뒤 문맥에 대한 고려 없이 축자를 하다가 일어난 착오라 할 수 있다.

사재동본은 전반부와 후반부가 필체가 달라서 필사자가 두 사람 이상인 것으로 추측된다. 전반부에서는 활자본과 미세한 자구의 차이만 발견되는데, 후반부는 내용이 대폭 축약되어 있고, 고대본에 붙어 있는 행복한 결말이 없이 활자본과 같은 결말로 되어 있다. 따라서 전반부의 치밀한 서술과 후반부의 엉성한 서술이 균형이 맞지 않고 어색하게 되어 있어서 원본으로 볼 수 없다. 그런데 후반부는 내용만 축약했을 뿐 활자본과 동일한 표현으로 서술되어 있는 것으로 보아서, 활자본과 전혀 무관한 작품이라고 할 수 없으므로, 활자본을 저본으로 놓고 두사람 이상의 필사자가 필사자의 성향에 따라 그대로 轉寫하던가, 축약한 것이라 할 수 있다.

  사재동본의 존재는 고대본과 함께 활자본을 필사하기도 했던 신문학기의 필사본의 필사 정황을 알려 주며, 신문 연재 이후 6판까지 나온 활자본과 더불어, 이 작품에 대한 당대의 높은 인기를 입증한다.

  이상 각 이본간의 차이를 정리하면, 고대본은 활자본을 전사하면서 필사자의 구소설 인식에 따라 신소설식 결말에다 구소설다운 결말을 첨가하였고, 사재동본은 두 사람 이상의 필사자가 각자의 성향에 따라 활자본을 그대로 전사하거나 축약하여 옮긴 것이다. 「봉선루」는 「소양정」에서 살부지수 복수담을 빼고 개작한 것으로 보이는데, 다음 장에서 詳論하기로 한다. 따라서 필사본보다 많은 차이를 가지고 있는 「봉선루」와 활자본 「소양정」의 대비를 통하여 신구소설 관련 양상을 주로 살피게 될 것이다

2.2. 작품의 선후 문제

  「봉선루」 역시 「소양정」과 무관하게 보아도 자체 내에 신문학기 작품이라는 여러가지 특성을 가지고 있다. 예를 들면, 대화가 중시되며, 대화자의 이름이 ( )에 기입되어 있고, '…습니다.', '…한다.', '…알겟소.' 등등의 신소설다운 어미 처리를 하고 있는 것 등이 그것이다. 조선조부터 전래되던 필사본을 그대로 옮겼을 가능성은 없다.

  「소양정」과의 선후문제를 따지기 위해 구체적으로 두 작품의 내용을 항목 별로 살펴보면 다음과 같다.

항 목	봉 선 루	소 양 정
① 출생	옥련은 명문가에서 김원경의 만득의 딸로 태어나 뛰어났다.	채란이 명문가 정세중의 만득의 딸로 태어나 뛰어났다.
② 정혼	옥련은 영덕군수의 아들인 박석영과 정혼하였다.	채란은 양화군수의 아들인 오봉조와 정혼하였다.
③ 부모	박군수 내외가 득병하여 기세하였다.	오군수가 최이방에게 살해당하고 부인도 득병하여 죽었다.
④ 위기1	옥련의 모친 정씨와 그동생 상운이 구박하다 죽이려 하였다.	左同
⑤ 가출	석영이 독약을 마신 양 하고 집을 나오자 옥련도 시비 계월과 함께 집을 나왔다.	左同
⑥ 정착	석영 부친의 지우인 장참봉의 집에 의탁하였다.	左同
⑦ 위기2	옥련을 탐낸 장참봉의 무고로 석영이 처형될 지경에 이르렀다.	左同
⑧ 보복	옥련의 요청으로 임어사가 석영을 구출하고 정참봉과 상운이 징치되고 정씨는 효유하였다. 두 사람은 혼인하였다.	左同
⑨ 능력 발휘	석영이 과거에 급제하고 계월을 소실로 맞아 화평하게 살았다.	봉조가 과거에 급제하였다.
⑩ 복수		신가의 노복이었던 너구리의 도움으로 부친의 억울한 죽음을 알고 암행어사가 되어 최이방을 잡아 징치하게 되었다. 너구리는 금단과 혼인하였다.

    내용을 순차적으로 정리해 보니 「소양정」과 「봉선루」의 차이가 선명하게 드러났다. 「소양정」에는 ⑩항목이 추가되어 있고 ③에서 ⑩항목을 추가 서술하기 위한 사건이 설정되어 있다. 「소양정」은 「봉선루」에 봉조의 부친 오군수가 최이방에게 독살당하고 봉조가 어사가 되어 부친의 원수를 갚는 삽화가 첨부되어 있다. 바로 이 삽화를 '殺父之讐 복수담'이

라 부르기로 했었다. 「봉선루」는 ⑩항목이 없으므로 시비 계월이 석영의 소실이 되는 것과 행복한 결말 부분이 들어가 있다는 점이 구성상 나타나는 차이점이다. 행복한 결말 부분은 「소양정」보다 「봉선루」가 구소설의 면모를 더 많이 갖추고 있음을 나타내준다.

그러나 「봉선루」가 「소양정」을 母本으로 하여 씌여진 異本임을 짐작할 수 있게 하는 점이 몇가지 있다. 殺父之讐 복수담을 제거하는 과정에서 몇가지 誤謬가 나타나는 것이다.

먼저 「봉선루」의 윤필세 좌수의 등장의 타당성이 문제된다. 「소양정」에서 최이방이 오군수를 독살하고 이를 감추기 위해 오군수의 장례를 열심히 치루는 모습이 거의 세페이지에 걸쳐 서술되고 있다. 그러나 「봉선루」는 박군수의 죽음이 우연 득병한 때문이므로 이부분이 간략하게 기술되고 있는데도 「소양정」의 최이방에 해당되는 윤좌수가 등장한다. 물론 여기서는 '츙즉인자훈 사람'으로 바뀌어져 있다. 군수의 살해사건은 빼고 그와 같은 장례절차는 남겨놓다 보니 장례를 적극적으로 주관하는 윤좌수가 등장하는데, 윤좌수의 적극적인 행동의 의미를 해명하지 못하고 말았다.

> 최리방이 외양으로는 졔부모상 당ᄒ니에셔 못지안이ᄒ게 울며불며 슈시를계손으로ᄒ다렴습졔구를 졔돈으로 즉만ᄒ다 경성본졔로 쌍보힝을찍여 부음을 젼ᄒ다ᄒ며 일편정신은분쥬중에젼후문권을 소멸ᄒ기로 젼주ᄒ더라 (소양정 12面)

> 원리영덕군좌슈윤필세는츙즉인자훈사람이라박군슈의참경을당ᄒ미 겨의부모상이나당ᄒ니에셔못지아니ᄒ게슬퍼ᄒ며슈시를졔손으로ᄒ다 염습졔구를졔돈으로작만ᄒ다일변경성본졔로쌍보힝을찍운다일변으로 초종지치를쥰비ᄒ고영덕군니관속들과빅셩등까지라도박군슈의그갓치 참혹히세상을바리믈슬허아니ᄒ는지업더라 (봉선루 11面)

　문제는 ——친 부분에서 서술자가 자기 비행을 감추려는 윤좌수의 과장된 태도를 몹시 못마땅하게 보는 부정적 태도를 나타내는데 비해, 뒷부분에서는 이에 상응하는 태도를 서술하지 않고 초점을 옮기어서 다른 사람들이 군수의 죽음에 대해 애석해 하는 모습을 보여줌으로써 문장의 앞뒤 문맥이 맞지 않을 뿐더러, 접속이 불가능한 문장을 연결시켜 놓아 비문법적인 문장이 되고 말았다. 이는 「소양정」을 그대로 옮기다가 생긴 오류로 보인다.

　「소양정」은 다음 구절에 '일편정신이 전후문권을 소멸ᄒ기로 젼쥬'하는 상반되는 태도를 서술하여 앞 구절과 다른 표리부동한 태도를 나타냄으로써 문맥이 수미쌍응하고 있는데, 「소양정」을 그대로 옮기던 「봉선루」는 '일변으로'와 조응하는 등장인물의 이중적인 태도를 서술하지 않아 非文이 되었을 뿐 아니라, 서술자의 등장인물에 대한 부정적인 태도가 모호해져서 독자를 혼란시키고 있다.

　또 「소양정」에서는 최이방이 오군수를 죽이기까지의 악행이 자세히 서술되어 있으므로 이를 감추기 위해 과장되게 충성된 모습으로 장례를 치르는 일련의 행위를 지속적으로 서술함이 타당하지만, 「봉선루」에서는 박승지의 죽음과 윤좌수가 무관하므로 '츙즉인자ᄒᆞᆫ' 윤좌수를 등장시켜 '염습계구를 계돈으로 작만'하는 등의 대단한 충성을 부각시킬 이유가 없는데, 「소양정」을 옮겨 「봉선루」를 쓰다 보니 윤좌수가 등장하고 만 것이다.

　그렇게 일단 정도에 넘는 충직함을 보인 신하라면 이후 은혜를 갚는 장면이 말미에 있어야 한다. 그렇게 석영의 삶에 일정한 영향을 미친 인물로 형상화되어야 윤좌수 등장의 인과관계가 종결되는 셈이다. 그런데 「소양정」의 전개를 답습하다 보니 최이방 역의 윤좌수를 등장시켰고, 「소양정」에서는 악역의 최이방이 징치되는 것으로 인과응보의 틀이 짜여지는데 반해 「봉선루」에서는 이후 등장하지 않아 박승지 장례부분의 서술에서 윤좌수 등장에 비중을 둔 듯한 태도와 균형을 잃고 말았다.

다음 근거로는 채란의 부친 정군수의 추측을 들 수 있다.

「소양정」에서 정군수가 혈혈단신이 된 봉조를 데리고 집에 돌아와 그의 글읽는 소리를 듣다가 '홀로우연탄왈 셰상ᄉ를 츄측키가 어렵도다 몽필(몽필은 오군슈의 ᄌ)이가 ᄌ쇼로 인ᄌᄒᄉ 젹악흔일이 업슬터인뎌 엇진 연고로 너외가 일시에 긱ᄉ를 ᄒᆞ엿슬고'(「소양정」 14면)라고 탄식하는 대목이 나오는데 「봉선루」에도 위의 대목이 그대로 실려 있다.

이러한 추정은 정군수가 최이방이 오군수를 죽인 사연을 모르고, 또 작품 내의 인물 중 최이방 말고 아무도 사건을 모르긴 하나, 그렇게 모르는 채로 지나가지는 않을 것이라는 작자의 의도가 이와 같은 복선으로 나타난 것이다. 그런데 「봉선루」가 「소양정」을 저본으로 써 내려가다 보니, 살부지수의 복수담이 들어갔을 때라야 의미 있는 이와 같은 구절이 그대로 전사되고 있는 것이다.

또 「소양정」에서는 오군수가 최영세에게 살해당한 사건을 두고 '텬명에향슈를 못ᄒᆞ얏'다고 한탄하며 또 부친처럼 억울하게 죽게 된 봉조의 처지를 안타까워 하고 있는데, 「봉선루」 또한 홀연 득병하여 죽은 박군수의 죽음에 「소양정」의 한탄을 그대로 옮겨 쓰고 있다. 여타 구소설에서 홀연 득병하여 죽은 죽음을 두고 '텬명에 향슈를 못ᄒᆞ얏다'고 하지는 않는다.

이상과 같이 「소양정」의 살부지수 복수담을 삭제하였을 때라야 나타날 수 있는 오류가 「봉선루」에 나타나는 점으로 미루어 「소양정」이 선행본이라고 추정할 수 있다.

이점은 「소양뎡긔」가 임의로 행복한 결말을 덧붙여 전대 구소설의 전개 방식을 그대로 따르려 한 것과 상통한다고 할 수 있다. 「소양정」은 최이방을 죽여 원수를 갚는 것이 암시만 되어 있고, 소위 행복한 결말 부분이 생략된 채로 신소설식 결말을 맺고 있다. 이 부분이 필사자로서는 미흡했던지 임의로 결말을 지어 덧붙였다.

> 오어사가불공디쳔지심슈를죽인후 …… 샹이 ……니조참판을졔슈
> ᄒ시니 …… 가화만사셩을ᄒ야졍부인이삼ᄌ일녀를싱하고금단도이ᄌ
> 이녀를나셔졈졈ᄌ라츌가를엿더라

　주인공이 원수도 확실히 처치하고 부귀공명을 누렸다는 구소설의 일반적인 결말 방식을 첨부하였는데, 여기에 필사자의 구소설 인식이 나타난다. 이 소설은 당대인에게도 엄연히 구소설로 인식된 것이다. 이것은 필사본이 남아 있다는 것 자체로도 입증된다 할 수 있다. 신소설이 필사본으로 남아 있는 예는 거의 없기 때문이다.

　「소양뎡긔」가 필사자의 인식에 따라 임의로 내용을 첨부했던 것과 같이 「봉선루」의 저자도 자신의 구소설 인식에 따라 「소양정」을 임의로 변개하거나 첨삭을 가했으리라고 볼 수 있다. 따라서 「소양정」보다 앞서는 「봉선루」의 다른 판본이 발견되어 작품 외적인 근거가 확보되지 않는 한, 「소양정」이 선행본이라고 볼 수 밖에 없다.

　「봉선루」는 활자본만 발견되므로 전문가의 창작이라 할 수 있다. 바로 활자본으로 출간할 수 있는 위치에 있는 사람의 작품으로 추정되기 때문이다. 또 다른 작품을 이 정도로 換骨脫胎할 수 있는 능력도 전문가로 추정할 수 있는 근거라고 할 수 있다.

　「봉선루」의 내용은 「소양정」에 대부분 포함된다. 따라서 「소양정」을 다룸으로써 「봉선루」를 같이 다루는 효과를 기대할 수 있고, 또 「소양정」이 작자가 확실한 작품으로 더욱 논란거리가 되므로 3장에서는 두 작품이 중첩되는 부분을 「소양정」을 중심으로 논의하기로 한다.

3. 「소양정」과 「봉선루」의 공통부분에 나타난 전대 구소설과의 관계

3.1. 구성과 세부삽화의 일치

구소설사의 후기에 창작된 작품이 전대 구소설과 어떻게 연관되는가를 살필 때는 구소설 일반과의 관련을 살피는 것보다 구소설 논의에서 자주 거론되는 한 작품과의 관련을 따지는 것이 효과적일 것이다. 구소설 일반을 거론하다 보면 필요에 따라 선별적으로 개별적인 작품을 거론하게 되거나, 구소설의 일반적인 특징을 문제 삼게 되는데, 일반적인 특징을 논의하다 보면 결국 구체적인 작품으로 논의가 환원되기 때문이다.

여기서는 「소양정」과 구성이 흡사한 「소대성전」과의 관련을 살피기로 한다. 이 작품은 영웅소설, 군담소설 등의 상위유형과 지인지감유형, 못마땅한 사위형 등의 하위 유형 논의에서 각각 전형을 보이는 작품으로서 논의되어 왔다. 따라서 「소대성전」은 구소설과의 관련을 살피는데 적절한 작품이라 할 수 있을 것이다.

두 작품의 구체적인 일치 양상을 살피기 위해 명칭을 붙여 항목화시켜 본다.

항　목	소　대　성　전	소　양　정
① 출생	동해용왕의 후신으로 명문가 재상 소량의 만득의 아들로 태어나 비범했다.	채란이 명문가 만득의 딸로 태어나 뛰어났다. (봉조는 오군수의 독자로 총명영오했다.)
② 부모 죽음	부모가 모두 죽어 걸인으로 떠돌게 되었다.	③ 봉조의 부모가 기세했다.
③ 정혼	재상 이진의 지인지감으로 그의 딸 채봉과 정혼하였다.	② 채란의 부친 정공이 청혼하여 봉조와 정혼하였다.
④ 위기1 (구박)	이진이 죽은 뒤 채봉의 모친과 이생 등이 구박하다가 자객을 시켜 죽이게 하였다.	정공이 죽자 모친 조씨와 조씨의 동생 학균이 심하게 박대하며 죽이려 하였다.
⑤ 가출	대성이 도술로 자객을 물리치고 집을 나갔다.	독약을 마신 양 하고 집을 나가자 채란도 집을 나왔다.
⑥ 정착	부친의 생전에 시주했던 청룡사에 의탁하여 수학하였다.	봉조 부친의 지우인 신가의 집에 의탁하였다.
⑦ 위기2	외적이 쳐들어와 출전하여 적진에 갇히게 되었다.	채란을 탐낸 신가의 무고로 봉조가 처형될 지경에 이르렀다.
⑧ 능력 발휘	화덕진군의 도움으로 적을 물리치고 노왕이 되었다.	⑨ 봉조가 과거에 급제하여 화평하게 살았다.
⑨ 복수	처가족을 용서하고 채봉과 혼인하였다.	⑧ 채란의 요청으로 박어사가 봉조를 구출하여 신가와 학균은 징치하고 조씨는 효유하였다. 채란과 봉조가 혼인하였다.
⑩ 죽음	부부가 함께 죽어 천상으로 복귀하였다.	

　「소양정」에 ⑩죽음 항목이 빠져 있는 것을 제외하고는 ①~⑨까지 모든 항목이 똑같이 구비되어 있다. 다만 「소대성전」에서는 대성의 부모가 죽고 난 뒤 정혼하나 「소양정」에서는 정혼한 뒤 부모가 죽으며, 또 대성이 본인의 능력을 발휘하여 처가족의 인정을 받고 결연하나 봉조는 어사의 도움으로 결연하고 이후에 능력을 발휘한다. 즉 ②와 ③항목의 순서가 바뀌어져 있는 것이다. 그러나 주인공이 부모가 죽어 정혼 후 목숨까지 위태롭게 하는 처가의 박대를 당하고, 집을 나가서 구출자를 만나 박

대하던 처가족을 징치하거나 용서할 수 있는 위치가 되어 혼인을 하기에 이르는 과정은 기본적으로 같다.

구체적인 삽화에 이르면 두 작품이 밀접한 관련을 갖고 있음이 발견된다. ②정혼 항목에서 남주인공과 여주인공이 만나는 과정을 보자. 두 작품 모두 혼인을 안한 처자로서는 차마 나서기 어려운 자리에서 억지로 혼인 상대를 대면케 하면서, 수줍어 그 자리를 피하려는 당사자에게 부친으로서의 권위와 자식의 온당한 도리를 앞세워 남녀를 동석하게 하여 대면시켜, 서로 글을 써서 주고 받게 한다. 「소대성전」에서 마련된 구시대의 관습으로서는 납득하기 어려운 구소설 내에서의 관습을 「소양정」에서 그대로 이어받고 있는 것이다.

다음 ④위기1 항목을 구체적으로 보자. 대성이 부모가 기세하였기 때문에 거지가 되어 처가의 구박을 받은 것과 같이 봉조 역시 부모가 죽었기 때문에 혈혈단신의 빈털털이 신세로 처가의 구박을 받는다. 구박의 정도는 극심하여 '비복둥이또한쳔뒤ᄒ야ᄒ로흔쎄를먹이니긔갈이ᄌ심'(「소대성전」 15)하고 '방에 나무한가지 안이쎄여주어 삼쳑빙돌이오 미일한술 밥이나마 졔쎄안이주고 한나잘은되야 한쎄를 쥬기도ᄒ고 아니쥬기도ᄒ'(「소양정」 20)는 정도이다. 이는 혼인을 주선하던 남주인공의 장인이 죽은 뒤 평소부터 못마땅해 하던 장모와 그 가족이 여주인공의 혼처를 다른 곳과 정하고자 하기 때문이다.

그러나 구체적인 다른 혼처가 나타나서가 아니라 단지 이런 사윗감은 안되겠다는 것이다. 그래서 일단 집을 나가줄 것을 권고한다. 그러나 남주인공은 '뒤인성시에셩의용렬함을보지아니시고소녀로구지졍한언약이잇ᄂ고로'(「소대성전」 16)'션로야의 림죵시부탁ᄒ심을 봉힝ᄒ올가 하옴이오니'(「소양정」 20) 집을 나가지 못하겠다고 버틴다. 구박하는 정도로는 뜻을 이루지 못하므로 아예 죽여버리려고 「소대성전」에서는 자객을 보내고, 「소양정」에서는 봉조의 처외숙 학균으로 하여금 죽이게 한다. 이처럼 妻家 구박의 이유와 정도가 흡사한 양상으로 나타난다.

죽음의 위기를 넘긴 두 사람은 집을 나가면서 착잡한 정회를 담은 글을 지어 벽상에 붙여놓고 나가는데, 여주인공이 시비를 통해 가져다 보고 사태를 짐작하게 된다.

이처럼 전체적인 구성에서부터 세부 삽화에 이르기까지 전대 소설, 그 중에서도 「소대성전」과 밀접한 관련을 맺고 그 관습을 계승하는데, 특별히 「소대성전」과 흡사하게 나타나는 이유는 당대에도 「소대성전」식 갈등구조가 흥미를 끌 수 있었음을 말해준다. 「춘향전」, 「조웅전」 다음으로 인기 있던 「소대성전」이 활자본으로도 다량 유통되었음이 이점을 입증해준다.18) 작가는 인기 있는 구소설과의 동질성을 확보하는 것이 신작 창작방식으로 유리하다고 판단했던 것 같다.

3.2. 변모 양상

두 작품을 전후반부로 나눈다면 처가를 나오기 이전과 이후 즉 ①~⑤ 항목까지와 ⑥~⑩항목까지로 구분할 수 있겠다. 전반부는 '박대'에, 후반부는 '박대'에 대한 '보복' 혹은 '성취'에 각각 서술의 초점이 놓여 있다고 볼 수 있다.

전반부가 각 항목과 세부 삽화에 이르기까지 두 작품의 일치점이 두드러지는데 비해, 후반부는 구조는 일치하지만 세부항목의 내용은 상당히 다르게 나타난다.

---

18) 김일렬, 소대성전 (한국고전소설작품론, 玩巖金鎭世先生回甲紀念論文集, 집문당, 1990, 324면)에서 판각본이 20여종, 필사본이 8종이 남아 있다고 했다. 판각본은 대부분 신문학기에 제작된 것이다.
　　우쾌제, 舊活字本 고소설의 출판 및 연구현황 검토(한국고전문학연구회편, 고전소설연구의 새로운 방향, 새문사, 1985)에서 활자본이 8회 출간되었다고 했다.

첫 번째 차이는 남녀 능력의 비중 차이이다.

전술한 바와 같이 집을 나온 대성과 봉조의 행적은 판이하다. 대성은 청룡사에서 무술을 수학한 후, 위기에 처한 나라를 구하고 노왕이 되어 이소저에게 청혼을 한다. 물론 노왕이 대성인 줄 모르는 채봉은 거절하지만, 대성을 죽이려고 할 정도로 사위삼기를 꺼려 했던 장본인인 왕씨 부인은 노왕이 대성인 줄 모르고, 이소저의 '평싱이 즐거울 번'한 혼인 상대라고 정반대의 평가를 하며 애석해 한다.

이처럼 '못마땅한 사위'에서 '마땅한 사위', 흡족한 사위로 바뀐 것은 대성이 집을 나가 갈고 닦은 능력을 발휘했기 때문이다. 본인의 능력으로 못마땅한 사위로서 받았던 수모를 ⑥⑦⑧항목을 통해 마땅한 사위로 변모함으로써 갚을 수 있었다. 처가족보다 더 우월한 위치에 선 대성이 혼인을 한 후 자신을 구박하다 못해 죽이려고까지 한 처가 식구들을 용서하여 포용한다.

이와 같이 후반부 서술의 주체는 소대성이다. 채봉은 대성이 집을 나간 뒤 모친 왕씨와 오라버니 이생들에게 부당함을 따져 '권도'를 권하는 이들에게 당당히 '불경이부'의 소신을 밝힐 따름이다. 대성이 마땅한 사위로 변모하는데 기여하는 바가 없어 서 여성은 서술의 주체에서 제외되어 있고, 완전히 남성의 행적 중심으로만 서술되고 있음을 알 수 있다.

대성이 노왕이 되어 다시 청혼할 때 비로소 서술 대상이 되는데 이때 채봉은 '생의존망을몰나형용이초췌ᄒ다가' '소생이청룡을타고하날로올나가'는 꿈을 꾸고 '반다시세상을바리미라'고 믿고 최복을 하고 있는 중이다. 채봉은 대성이 처가족에게 마땅한 사위가 되기 위해 전장에 나가 험한 전투를 하는 동안에 수절하며 상복을 입은 것이 전부인 셈이다.

그러나 「소양정」에서는 양상이 자못 달라진다. 출생부분에서 主語로 등장하는 인물부터 봉조가 아니고 채란으로서, 앞으로 전개되는 사건에서 큰 몫을 하리라고 추측된다. 이에 비해 봉조의 출생 부분은 구체적으로 드러나 있지 않고 자라는 과정만 제시된다.

④ 위기 1에서도 위기에 대처하는 방식도 서로 달라 「소대성전」에서는 자신을 죽이려는 자객과 직접 대결하여 도술로써 물리치는 적극적인 면모를 보이는 한편, 「소양정」에서는 약을 먹은체 하고 몰래 집을 빠져 나올 뿐으로, 독약을 넣어 자신을 죽이려는 사람에게 항의 한번 하지 못하는 소극적인 면모를 보인다. 「소대성전」에서는 상황에 적극적으로 대처하는 영웅으로서의 면모가 돋보이고, 이후 벌어질 사건에서 적극적이고 능동적인 역할을 할 것이 암시된다. 반면 「소양정」의 가해자에 대한 소극적인 대처방식은 역시 이후 수동적이고 소극적인 입장에서 사건을 풀어나갈 것을 암시한다 하겠다.

출생과 위기 항목에서 예감된 바와 같이 「소대성전」에서는 대성이 처가를 나설 때 채봉이 따라 나서지 않은 반면, 「소양정」에서는 채란이 시비 금단과 같이 봉조의 시체라도 찾겠다며 집을 나가는 적극적인 여성으로 묘사된다.

채란과 봉조는 봉조 부친의 지우였다는 신가의 집에 찾아든다. 그러나 원조자였던 신가는 가해자로 돌변하여 봉조를 강도로 誣告하여 갖히게 만든다. 이때 채란은 신가의 요구를 들어줄 듯 회유하여 신가로 하여금 신뢰케 한 후 몰래 빠져 나와, 관청에 출입하는 최권농을 돈으로 매수하여 신가가 관찰사에게 보낸 편지를 빼내오게 하여 물증으로 확보한 후, 승문고를 두드려 원정을 올린다. 규중에만 있던 처자의 몸으로는 하기 어려운 사태판단과 기민한 행동으로 투사를 방불케 한다.

위기에서 벗어나는데 남성주인공이 기여하는 바가 전혀 없을 뿐더러 오히려 도움을 받아야 할 상태에 놓여, 여성의 두드러진 역할이 기대되는 상황이 조성되었다. 소대성이 직접 능력을 발휘하여 마땅한 사위로 변신하는데 비해 봉조는 이 과정에서 분투하는 흔적이 전혀 없는 것이다. 나중에 박어사가 서울로 데리고 가서 과거에 급제하는 것은 채란과의 정식 혼인 이후의 일이다. 여성의 능력을 증대시키기 위해 ⑧⑨항목의 순서가 다르게 나타났다고도 할 수 있다.

두 번째로 두 사람이 정혼하는 과정에서 나타나는 지인지감의 문제를 보자. 「소대성전」에서는 남녀가 정혼하는 동기가 완전히 장인의 지인지감에 기인한다.[19] 그런데 「소양정」의 경우, 채란의 부친 김공의 지인지감이 작용하기는 했지만 남주인공 봉조가 몰락한 처지가 대성과는 사뭇 다르다 할 수 있어 정말 지인지감이 있는 인물만이 그 능력과 가능성을 알아보고 택서한 것과는 다르다 할 수 있다. 아직은 양가의 처지도 비슷했고 인물도 출중했기 때문이다.

그러나 부모가 구몰하여 영락한 신세가 되고, 택서의 장본인인 장인마저 죽고 나자, 장인의 지감을 믿지 않는 처가식구들이 구박하여 집을 나갔던 남주인공이 성취를 통해서 장인의 지인지감을 입증한다고 볼 수 있다. '지인지감' 유형에서 들고 있는 작품과 같이 진흙에 덮혀 있는 진주를 찾아내는 것과 같은 '지감'을 설정하고 있지 않은 것은 인물과 사건 설정이 보다 현실화되었기 때문이라 하겠다. 그렇게 하기 위해서 ②와 ③항목의 순서를 바꾸어 놓았다고 볼 수 있다.

즉 '지감'을 소유한 異人型의 인물을 일상인으로 대체하여 일상성이 확대되는 소설사의 변모가 일어났고 이런 변모는 근대소설로 이어졌다고 하겠다. 지감유형은 구소설의 유형이고 이런 유형 내에서 근대소설로 향한 변모가 이루어졌다면 '지감', '이인' 등의 성격이 약화되어야 할텐데, 「소양정」에서 바로 그러한 근대적 변모가 이루어졌다고 하겠다.

세 번째로 가해자의 성격 변화가 나타난 점이 주목된다. 신가는 처음

---

19) 현혜경, 知人之鑑형 고전소설연구(이대박사논문, 1990)에서 비범하고 신비스러운 감식안을 가진 특정인이 뛰어난 인물의 잠재력과 장래성에 대한 예견을 한 후, 뛰어난 인물이 잠재력을 발휘함으로써 지감이 적중되는 이야기를 내용으로 한 소설을 '지인지감형'이라 설정하고, 「소대성전」 이하 여러 작품을 들고 있다. 본고에서는 「소대성전」과의 관련을 따지고 있고, 「소양정」 또한 일정 부분 관계가 인정되므로 지감의 변모양상을 살피기로 한다.

에는 두 사람을 적극 도와주는 원조자의 역할을 하다가 가해자로 돌변한다. 남장한 채란이 여자인 줄을 알고 나서, 첩으로 삼고자 하여 봉조를 모함하여 죽이려고까지 하기 때문이다. 봉조를 강도로 誣告하여 죽음을 당하게 하고, 채란을 차지하고자 몇 번씩이나 부사에게 편지를 보내는 적극적인 악행을 한다.

「소대성전」에서는 등장인물의 성격이 고정되어 있음에 비해, 여기서는 성격이 유동적인 인물이 나타난 것이다. 선인에서 악인으로 변모하여, 인간이 살아가면서 상황에 따라 그 대응방식이 변모해가는 모습을 보여주고 있는 셈이다. 이러한 등장인물의 성격변화는 일단 현실적인 전개과정을 보이려는 시도로 파악할 수 있다.

또 지리적 배경이 국내이고, 그것도 아주 구체적으로 공간의 이동을 서술하고 있는 점도 현실성을 확보하려는 노력으로 간주된다. '조선 중고시대'에 '강원도 랑천 간척면 금계촌'에 사는 정세중이 채란을 낳고, 채란의 모친의 친정은 '경기도 장단군 고령포'이고, 채란의 정혼자 봉조의 부친은 '회양' 군수로 부임을 하였다가 죽고, 나중에 어사가 된 봉조가 '통천군 총석정'에 올라가 부친의 원수를 갚기 위해 계획을 짜는 식이다. 지리적 배경이 국내일 뿐 아니라 그 역할이 증대된 것이다. 구소설의 틀 속에서 나름대로 근대적인 변모과정을 보이려는 적극적인 시도를 했던 것으로 이해할 수 있다.

그러나 한편으로 구소설사의 전개를 통해 이루어졌던 다각적인 현실인식이 퇴보하는 모습도 아울러 나타났다. 「소대성전」 이후 못마땅한 사위형 유형으로 등장한 「낙성비룡」, 「사심보전」 등에서는 박대의 동기가 용모가 탐탁치 않고 게으르기 때문이거나, 빈궁한 사람을 사위로 삼아봐야 재산을 도둑질당하기 때문으로 나타난다. 이러한 동기가 상세하게 서술되면서 주인공에 대한 박대가 부당한 것이 아니고 상대방 나름대로의 논리에 의한 것임이 밝혀진다. 그래서 어느 한쪽이 내세우는 가치가 절

대적으로 옳다는 사고방식이 붕괴되고 있는 상황을 보여줌으로써, 독자
에게 어느 쪽도 긍정할 수 있다는 가능성을 열어준다.[20]

그러나 「소양정」에서는 사위를 못마땅하게 여기는 동기가 다분히 관
습적인 것으로 나타난다. 봉조의 부모가 죽고 나서 '무우밋동갓흔혈혈단
신으로집하나변변치' 않기 때문에 장모될 조씨가 반대하는데, 더 근본적
인 이유는 '부인이셩품이편협ㅎ야미사에오희하미' 많기 때문이다. 즉 박
대하는 쪽에 문제가 있다는 일방적인 서술태도는 작자의 문제의식이 전
대 소설에 비해 퇴보했음을 보여주며, 이후로 야기되는 모든 고난과 갈
등의 원인이 되는 박대의 동기가 단지 구소설의 관습에서 유래하고 있음
을 분명히 보여준다. 더구나 그 과정이 몇 마디 대사로 간략히 처리되므
로, 박대의 이유를 논리적으로 입증하지도 않으면서 독자에게 일방적으
로 사건의 전개과정을 수용하게 강요한다. 즉 등장인물이나 사건의 판단
에 있어서 독자를 향해 열려 있던 통로가 그만큼 차단된 셈이다.

4. 「소양정」과 「봉선루」의 대비

4.1. 살부지수 복수담 첨부의 성과와 의미

전술했듯이 두 작품의 가장 큰 차이는 살부지수 복수담의 첨삭으로
구소설의 인식 차이 또한 이곳에서 드러난다고 할 수 있다. 2장의 서술
결과대로 「소양정」에서 「봉선루」를 추출 창작했다면 「봉선루」의 저자야
말로 「소양정」의 이 삽화를 구소설답지 않은 면모로 인식했기 때문에 제
거했을 것이다. 거꾸로 이 삽화야말로 가장 이해조다운 면모를 보여주고

---

20) 김홍균, '못마땅한 사위'형 소설의 형성과 변모양상, 정신문화연구 겨울호,
    한국정신문화연구원, 1985, 162~3면.

있는 부분이라 하겠다.

이해조 자신은 '구쇼셜의 허탄밍랑홈은 브리고 정디훈 문법만 취하며 신쇼셜의 천근 각삭홈은 브리고 정밀훈 의취만 취호야' 「소양졍」을 저술한다고 했고, 그 이유는 '신쇼셜도 여러희를 날마다 디호면 지리훈싱각이 즈연 싱기리니 이는 독자졔군만 그러실뿐 안이라 져슐자도 날로 붓을 잡음이 지리훈 싱각을 금치 못호'기 때문이라 했다.21) 즉 신소설에 질린 독자와 저자 자신을 위하여 신·구소설의 강점만 취해서 쓴 것이 「소양졍」이라는 것이다. 3장의 논의에서 이 삽화를 뺀 나머지, 「봉선루」와 중첩되는 부분이 밀접하게 구소설의 관습과 연결되어 있음을 살폈다. 따라서 신소설에 물린 독자를 위해 신구소설의 강점을 취하려고 가장 애쓴 부분이 바로 이 삽화부분이라 할 수 있다.

살부지수 복수담은 「봉선루」와 중첩되는 부분의 앞뒤에 놓여 있다. 편의상 앞에 놓여 있는 전반부, 즉 최이방이 오군수를 죽이는 과정과 뒤에 놓여 있는 후반부, 즉 봉조가 원수를 갚는 부분을 나누어 고찰한다.

최이방은 조선조에 있었던 아전의 폐단을 일목요연하게 보여주는 인물이다. 해마다 한번씩 六房의 下吏들을 교질(交迭)하는 派任은 형식이고, 그때마다 유임된 아전들은 지방 관리의 작폐를 주동하는 계층으로 원망의 대상이었음은 익히 아는 바다. 따라서 새 군수가 오게 되면, 기득권 유지를 위해 애쓰는 것은 당연하다.

최이방은 오군수의 신연차 올라가서 녹용도 바쳐보고, 애를 써 보았지만 허사였다. 뿐만 아니라, 공명정대한 오군수가 오래 된 문부를 조사하여 과거의 비리를 들춰내는 통에, 최이방은 기득권만 상실하는 것이 아니고 목숨까지 위태로울 지경이 되고 만 것이다. 그래서 자신의 목숨을 부지하기 위해서는 오군수를 죽일 수 밖에 없다는 결론에 도달한다.

이후 최이방의 거사는 아주 치밀하게 전개된다. 경성에 있는 부인이

---

21) 매일신보, 1911.9.29. 소양정 연재 예고.

건강하던 오군수가 갑자기 죽었다면 의심을 할까봐 '일변 병이위즁ᄒᆞ모양으로 위조편지롤써셔 경셩으로 보힝을 씌우고 일변 죠셕진비ᄒᆞ는 관쳥빗'을 시켜 독살하게 하는 것이다. 그리고 3장에서 논의되었던 바와 같이 오군수의 장례에서 과장된 충직함을 보여 완전범죄를 노리기까지 한다.

그런데 이처럼 완벽한 각본을 짜서 오군수를 독살하는 최이방은 단지 봉조를 부모 없는 고단한 신세로 만들어 처가의 구박을 받게 하는 계기적 역할을 하는 인물일 뿐이다. 오군수가 우연득병하여 죽었거나 살해당했거나 이후 봉조의 삶에 미치는 파장은 같다는 것이다. 뒷부분 봉조가 원수를 갚는 것도 봉조가 마땅한 사위로 바뀌는 것과 관계가 없다. 이미 봉조는 원수를 갚기 이전에 마땅한 사위로서 혼사장애를 타개했기 때문이다. 앞뒤로 첨부된 살부지수 복수담은 못마땅한 사위형에 해당하는, 「봉선루」와 중첩되는 부분과는 괴리되어 있는 셈이다.

이 삽화는 잘 짜여진 탐정이야기에 대한 독자의 호기심을 유발하기 위해서 끼어든게 아닌가 싶다. 이점은 당시 신소설에서 나타나는 탐정소설적 면모와 관련이 있을 듯 하다. 이해조 자신도 같은 해 12월 이소설 연재가 끝날 무렵, '우리 나라 탐정소설의 효시'[22]라는 '정탐소설 雙玉笛'을 보급서관에서 출간한다. 출간이 12월이므로 창작시기는 「소양정」과 같은 셈이다. 작자의 관심이 탐정류 소설로 기울어져 있을 때 쓰여져, 탐정소설적 면모가 강하게 부각되었다고 볼 수 있다.

그러나 전반에서 보여주는 치밀한 구성방식은 후반에 오면 산만해진다. 우선 너구리의 등장이 그러하다. 봉조가 갇힌 후 채란이 몰래 신씨의 집을 빠져 나가고, 시비 금단이 신씨에게 쫓기게 되었을 때, 너구리가 갑자기 등장하여 금단을 구해준다. 이후 너구리가 하필 최이방 밑에서 일을 하며 오군수 죽은 사연을 알아낸 뒤, 벌이는 종횡무진한 활약상은 사

---

22) 최원식, 위의 책, 140면.

립탐정을 방불케 한다.

너구리가 최이방의 주변을 탐문하다가 총석정에 와 오어사를 만나 상황을 보고하게 되어 있었다. 그런데 봉조의 존재에 항상 불안을 느껴오던 최이방이 봉조의 거처를 수소문하여 강원도 어사가 되었음을 알고, 심복지인 김서방을 시켜 죽이게 하였다. 김서방이 너구리보다 먼저 총석정에 도착하여 어사를 죽일 기회를 엿보는 찰나에, 너구리가 나타나 오히려 김서방을 설득하여 잘못을 깨닫게 하고 오어사에게 협조하게 만드는 것이다. 너구리가 등장한 이후의 사건은 신소설식 우연에 의존하여 전개되는 것이다.

너구리가 탐정이라면 쫓기는 최이방도 이에 못지 않다. 최이방은 사람을 시켜 오어사의 행적을 소상히 파악하고 있는 것이다. 오어사와 너구리의 귓속말까지 다 알고 있는데 너구리는 한 술 더떠 최이방이 알고 있다는 것까지 알고 있다. 너구리의 대단한 수완은 이삼십년 아전을 한 최이방보다 한수가 위인 셈인데, 너구리의 그런 지략이 필연적이지 않고 황당하기만 하다.

후반부 최이방의 죄상을 밝혀내기까지의 서술 중 너구리의 행적에 9페이지를 할애하고 있다. 특히 너구리가 김서방을 회유하는 과정은 5페이지 이상 서술된다. 오어사가 복수를 하는 과정 자체가 최이방과 너구리의 지략 싸움 양상으로 전개되어 못마땅한 사위형으로 전개되던 구소설적 정서와 심하게 괴리된 셈이다. 이에 따라 오어사의 역할이 그만큼 축소되고 너구리가 부각되는데 그렇게 해야 할 이유가 없으므로, 서술의 촛점이 흔들려 서사적 균형을 깨뜨리고 작품의 전반적인 구조를 이지러 뜨리게 만드는 셈이 된다.

전반적으로 살부지수 복수담의 첨가는 후반부에 엉뚱한 인물을 부각시킨 추리극적인 전개로 서술에 파탄을 보이며, 못마땅한 사위형과는 서술의 촛점이 흔들리는 불균형한 전개 양상과 이질적 정서를 노출하여 일단 실패한 것으로 보인다.

그러나 이 삽화의 긍정적인 측면 또한 인정하지 않을 수 없다. 첫째로 주인공에게 가장 큰 시련을 안겨주는 계기가 되는 부모의 죽음이 단지 우연득병으로 처리되는 관습에 대한 도전이 나타난다는 점이다. 「소대성전」이나 「신유복전」이나 부모의 俱沒로 고난이 시작되었고 주인공의 운명이 달라졌는데, 이러한 과정이 天定에 의한 것이라는 암시가 꿈을 통해 주어짐으로써 필연성을 획득한다. 그러나 天定이라는 필연성 획득 장치를 포기한 「소양정」은 우연으로 나타나는 지상의 운명론을 버리고, 나름대로의 논리로 필연성을 획득하고자 하였다. 그것이 이 삽화의 전반에 나타나는 살부지수의 설정이다. 그리고 이 살부지수담은 전술한 바와 같이 내적인 필연성을 획득하는데 성공한다.

둘째로 인물의 층위가 다양해졌다는 점이다. 너구리 행적의 황당함은 한편으로 발랄해진 하층을 대변한다. 3장에서 논의된 바와 같이 무력한 남주인공으로서는 사건을 주체적으로 해결하지 못하므로 너구리와 같은 발랄한 하층인물이 요구되었던 것이다. 어리석은 상층인물과 발랄한 하층인물에 관한 설화가 수용된 결과라고 볼 수도 있겠다.

또 너구리에게 설득당해 결국은 너구리를 돕게 되는 김가라는 인물도 그렇다. 개인의 선악과는 관계 없이, 힘의 강약에 따라 움직일 수 밖에 없는 선량한 백성일 따름이다. 하층인물인 너구리와 김가를 등장시켜 인물 설정의 관습적인 전형성에서 탈피해서 세상에 존재하는 다양한 인물군을 작품 속에 끌어들인다. 그래서 근대적인 인물형 창출에 한발 다가선다.

한편으로 이 삽화는 구소설에다 새로운 삽화를 보태어서 창작된 신작 구소설의 창작 방식을 확실하게 보여주고 있는 점에서 주목할 만 하다. 일관된 구성에까지 이르지 못하고 단지 삽화를 집적하는 방법으로 소설을 창작하려 했던 창작태도가 나타나는 것이다.

또 결말 부분에서는 사건의 종말을 암시만 하고 끝맺는 근대소설적인 결말을 시도하여 구소설에 새로운 수법을 도입하려는 의지를 보인다. 이런 노력은 「채봉감별곡」의 서두에서 신소설적인 면모를 보인 것과 같이, 근대소설로 향한 움직임을 보여주는 부분이라고 하겠다. 물론 저자가 신소설을 주로 창작했기에 자연스럽게 구소설 창작에서도 그러한 수법을 도입했을 것으로 보이지만, 구소설 내부에서 일어난 당시의 변화와 상통하는 점이라 할 수 있다.

4.2. 현실감 확대 방식

첫째, 구소설이 자연적 시간 순서에 따라 전개되고 있음에 반해 「소양정」은 간혹 서술의 역전을 시도하고 있어 주목된다.

정군수가 늦게 얻은 딸이 십오세가 되어 경성으로 사위를 구하러 간다. '불과 반일이 못되야 도로 회환을 ᄒ야 ᄂᆡ당으로 드러오며' 도중에 오승지와 봉조를 만난 일을 부인에게 말하는 대화로 처리한다. 같은 대목을 「봉선루」는 순차적인 전개방식으로 처리하고 있다. 「봉선루」가 「소양정」의 구소설적인 면모를 발췌해서 작품을 엮었다면 의도적으로 서술의 역전 방식을 취하지 않았다고 할 수 있다. 이점은 당대 작가가 서술방식에서 신·구 수법을 분리하여 인식하고 있었음을 보여주고 있는 근거가 된다.

둘째로 출생부분 서술에서 구소설의 관습을 탈피하여 사실적인 묘사를 하려는 시도가 보인다. 구소설의 주인공은 만득의 독자이거나 독녀이고, 이들이 태어날 때에는 상서로운 일만이 일어난다. 물론 구소설의 이런 면모는 이원론적 세계관에 기인한 설정이지만, 이해조로서는 완벽하게 조화로운 상태에서 태어나는 주인공의 모습이 비현실적이라고 판단했던 것 같다. 그래서 보다 현실적이고 일상에서 접할 수 있는 주인공의 모습으로 바꾸려 한 면모가 보인다.

채란의 경우는 몇번 자식을 낳았다가 다시 실패한 뒤 얻은 자식으로 설정하고 있다. 백날 안에 자식을 잃는 일이 허다하어 오히려 태기가 있을까 염려하는 지경을 묘사하는데, 이런 상황은 기자정성을 들여 만득의 아들을 얻는 구소설과는 딴판이다. 그러나 자식을 보려 하지 않는 뜻과는 반대로 '쏘 잉티를 ᄒ야 식음을 젼폐ᄒ고 침셕에 누엇'는 고생을 하면서 '슌산ᄒ기만 너외셔로 옹망ᄒ'다가 채란을 얻는다. 부인이 죽을 때도 '네아비가 명도ㅣ 험악ᄒ야 가히누더향화롤 밧들만ᄒ ᄌ식은 모다 부지를 못ᄒ고 오직 너하ᄂ를 양육ᄒ'였다는 서러운 사연과 함께 뒷일을 부탁하기에 이른다.

결국 '만득의 독녀'라는 형식은 구소설을 답습하나 그 세부적인 내용은 구소설의 관습에 도전하는 것이다. 영아사망율이 높았던 당시로서는 이와 같은 설정이 더욱 현실적이므로, 구소설의 '허탄밍랑홈'에서 탈피하여 사실적인 묘사를 하려는 시도라고 할 수 있겠다.

이점은 봉조의 성장과정에서도 똑같이 제시된다. 구소설의 관습대로 만득의 독자로 제시하고 싶지 않은 작자의 구소설에 대한 저항의도가 봉조 형의 죽음을 설정하게 한다. 열여덟이나 된 봉조형의 죽음은 부친의 말을 통해 애절하게 묘사된다. 현실적이고 개연성 있는 서술을 위하여, 완벽한 조건의 조화로운 상황을 의도적으로 파괴하고 있는 것이다.

역시 이 부분도 「봉선루」에는 빠져 있다. 「봉선루」의 남녀 주인공은 만득의 독녀, 독남이고 형의 죽음 같은 것은 없다. 「봉선루」의 저자는 구소설에 어울리지 않는 부분은 삭제한 것이다.

세째로 필연성을 위한 장치를 마련하고 있다는 점이다.

정공과 오공의 만남도 우연히 중도에서 만나는 것이 아니다. 오공이 일부러 정공을 만나려고 길을 돌아오다가 만난 것이므로 두 사람이 만난 것은 필연이다.

소양정에서 박어사가 채란을 구하는 것도 우연이 아니라 필연이라는 것을 강조하기 위해, 박어사가 소양정에 온 이유를 구체적으로 제시한다. 박어사는 우연히 소양정에 온 것이 아니다. '우두쇼실뫼'라는 '아모라도 한번구경홀만'한 곳에 이르렀다가 울음소리를 쫓아 소양정에 이르른 것이다. '우두쇼실뫼' 즉 '한이의 묘' 설화가 지금까지 이 지역에 널리 전해오는 것을 보면,23) 당시에 외지인이 이곳을 둘러 보는 것은 자연스러운 일이라 할 수 있으므로, 채란과 박어사의 만남은 있을 법한 일로 필연성을 획득한 셈이다. 필연성을 획득하기 위하여 구비문학까지 활용하는 이와 같은 노력이 「봉선루」에 없음은 물론이다.

네째, 현실 생활을 직접적으로 표출하고 있는 점이다.

박어사가 '우두 소실뫼'에 올라 벌판을 내려다 보면서

> 우리죠션은 농산국이라 농업이 그근본인디 한곳민지가 열니지못호야 농스를 다만 박약한 인력으로만호고 편리흔 긔계늘 졔죠호야 쓸쥴을 모르는고로 뎌곳치광활흔 드을이 십분에칠팔분이나 진황흐얏스니 엇지 지스의 긔탄홀비 안이리오 … 근일 소위관쟝이 거반 시위소찬(尸位素餐)이라 농업에긔량을 엇지희망흐리오 (소양정 71면)

라고 한탄한다. 최원식은 당시 매일신보가 농업개량 캠페인을 벌이고 있었으니 이것은 총독정치의 간접적 선전으로 친일적 경향과 제휴하고 있음을 보여준다고 하였다. 작품내적 시대 배경과 어긋난 서술이기는 하나 현실생활인 농사현황을 그리고 있다.

채란의 외숙 학균의 그릇된 행실을 묘사할 때도 상업이나 공업으로 번돈에 가치를 두고 있는데, 이것은 사농공상에서 제일 밑에 있는 장인과 상인을 중시한 것으로 조선조 가치개념은 아니다.

---

23) 한국구비문학대계 2-2 강원도 춘천시, 한국정신문화연구원, 138~51, 151, 663 ~68면에 '한터 한천자 전설'(1)과 (2), '한천자 전설'이 수록되어 있다.

또 식민사관과는 관계없는 개화된 의식이 나타나기도 한다. 봉조와 혼인시키기를 꺼려하는 채란의 모친 조씨에게 동생 학균이 권하여 '지금이라도 긔복을식여 싱질녀와셩례를 식인후 멀즉이 분호를 ㅎ야 니보내셧스면 져의들이 어련히 싱활홀 방침을 ㅎ올잇가' 하며 分家시키기를 권하는데 조선조에 데릴사위를 얻어 분가시킴은 常禮가 아니다.

작품 내적 시대 배경을 '조선중고시대'로 잡고 있으면서 창작 당대의 생활과 현실인식이 반영되어 있다는 것은 일단 서술 상의 오류라 할 수 있지만, 작가와 창작년대가 밝혀져 있지 않은 경우, '육혈포', '금화 이백원', '지폐 오십원' 등등의 新造語와 함께 신작 구소설임을 밝힐 수 있는 근거가 된다.

한편으로 시대 배경이나 현실 생활이 작품 내에서 큰 의미를 갖지 않았던 구소설의 서술태도에 일종의 근대적 변모를 보여주고 있다는 점에서 주목된다. 구소설 속에서도 현실에 대한 비판적인 시각을 노출하고자 하는 작자의 노력 또한 의의를 인정할 수 있는 부분이라 하겠다.

5. 「昭陽亭」과 「逢仙樓」의 문학사적 의미

「소양정」은 작가가 분명한 신작 구소설이라는 점에서 구소설사의 말기에 중요한 의미를 갖는 작품이다. 「소양정」은 신문연재가 끝난 후 활자본으로 6판이나 출판되었다. 이외에도 필사본으로 고대본 「쇼양뎡긔」와 사재동본 「쇼양정」이 있으며, 개작본 「봉선루」가 있는, 당대에 상당한 인기를 누렸던 작품이다. 「봉선루」는 「소양정」보다 12년이나 늦게 출간되었는데 '살부지수 복수담'이 빠지면서 구투가 강화되어 있다. '살부지수 복수담'을 추출했을 경우에 일어날 수 있는 오류가 자주 나타나는 것으로 보아 「소양정」에서 「봉선루」를 추출 개작했을 가능성이 높다.

소설사는 언제나 단선적으로만 전개되지 않는다. 진보적인 소설이 나타난다고 해서 이후에 나오는 소설이 더욱 진보적이었던 것은 아니었다. 진보적인 경향을 거부하며 전통을 고수하려는 움직임은 있기 마련이다. 1,20년의 신소설사가 몇백년의 구소설사를 단번에 바꿔 놓은 것은 아니었다. 소설사는 근대 지향적인 방향으로 전개되나, 그 안에서는 치열하게 근대지향, 보수지향의 작품이 각축을 벌여 왔다. 이 두 작품은 소설사의 역행적인 흐름을 압축시켜 보여주는 의의가 있다.

살부지수 복수담의 첨삭으로 나타나는 두 작품의 차이는 삽화를 첨가하거나 제거하는 손쉬운 방법으로 신작 구소설이 창작되었음을 보여준다. 이점은 다른 신작 구소설에서도 확인되므로 필자는 다음 작업에서 이를 상론할 예정이다.

「소양정」과 「봉선루」가 중첩되는 부분은 「소대성전」과 기본 구성과 삽화에서 일치하는 측면이 많았다. 구소설과의 동질성을 확보하는 한편 「소대성전」의 인기를 이용하려 한 것으로 보인다.

영웅의 일생의 문학사적 변모 과정에서 나타났듯이 영웅의 모습은 '투쟁의 영웅에서 남녀이합의 시련을 이겨내는 애정의 영웅으로' 변모하였다. '투쟁적인 경륜을 상실한 나약해진 영웅, 영웅 아닌 영웅은 부귀를 누리면서 처첩을 거느리고 애욕을 충족'시키고자 했기 때문에 남성의 능력은 축소된다.[24] 남성의 투쟁적 영웅의 모습이 약화되면서 일상적 인물로 전환될 때, 여성의 의미가 확충되면서 혼사장애구조가 견고해진다. 따라서 혼사장애의 어려움이 강조되므로 여성의 적극적 행동이 요구되는 것이다.[25]

구소설사의 후기에 두드러지는 이러한 경향이 여기서는 한층 집중되고 강화되었다. 남성의 영웅으로서의 면모가 위축되면서 여성의 역할이

---

24) 조동일, 영웅의 일생, 그 문학사적 전개, 민중영웅 이야기, 문예출판사, 51면.
25) 이창헌, 고전소설의 혼사장애구조와 유형에 관한 연구, 국문학연구 81집, 서울대 대학원 국문학연구회, 1987, 126~7면.

증대되고, 영웅으로서 보여주었던 신이한 능력도 따라서 감소하면서 '지감' 혹은 이인 등의 신비성이 일상성으로 대체되는 방향으로 진행되었다. 일상적인 면모의 부각은 현실감을 증대시켰는데 이것은 인물성격의 유동성, 혹은 국내 배경의 기능 강화 등으로 연계되어 나타났다. 구소설의 틀 속에서 나름대로 근대적인 변모과정을 보이려는 적극적인 시도를 했던 것으로 이해할 수 있다.

그러나 한편으로 구소설사의 전개를 통해 이루어졌던 다각적인 현실인식이 퇴보하는 모습도 아울러 나타났다. 작자가 주장하는 가치를 일방적으로 수용하게 만들어 등장인물이나 사건의 판단에서 독자의 입지를 좁히는 일방적인 서술태도는 문제의식의 퇴보로 보인다. 이상의 변모양상은 전대 구소설에서 나타났거나 잠재되었던 것이라는 공통점이 있다.

살부지수 복수담의 첨삭으로 두 작품의 구소설 인식의 차이가 드러난다. 이 삽화의 전반부에서는 주인공의 운명의 전환점이 되는 부모의 구몰이 우연득병으로 처리되는 구소설의 형식적인 관습을 탈피하기 위해서 치밀하고 필연적인 전개과정을 보이지만, 너구리가 등장하여 활약하는 후반부에서는 필연성이 약화되어 탐정소설적인 면모마저 보인다.

그러나 「봉선루」에서 보여주는 남성 주인공의 무력한 면모로는 사건을 주도적으로 해결할 수 있는 능력이 결여되었다고 보아 너구리로 대표되는 하층의 활약을 내세운 점이나, 선악의 이분법으로 나누어지지 않는 김가라는 중간인물을 설정하여 인물의 층위를 다양화시킨 점은 긍정적으로 평가할 수 있겠다.

「소양정」은 「봉선루」보다 더욱 현실성을 확보하려는 시도가 다양하게 나타난다. 서술의 역전이 시도되고 행복한 결말이 생략되며, 주인공이 만득의 독자로서 가진 조화로운 상태를 파괴하여 일상인의 모습을 부각시키는 사실적인 묘사를 하며, 살부지수의 설정으로 부모 죽음에 필연성을 부여하며, 구비문학을 활용해서도 필연성을 확보하려는 의지를 보인다.

또 현실 생활에 대한 관심을 구체화함으로써 구소설의 관념적인 서술을 탈피하고자 한다.

이와 같은 현실감 확보 방식은 전대 구소설에서 나타나지 않은 것이며, 구소설사의 전개를 통하여 예측하기 어려웠던 것들이다. 「소양정」의 새로운 시도인 것이다. '구쇼설의 허튼밍랑홈은 브리고' 구소설을 혁신하고자 하는 의도로 구소설의 관습에 적극적으로 도전하고 있는 것이다. 이것은 「봉선루」의 구소설 인식을 넘어서는 근대 지향으로 신작 구소설의 고유 영역을 설정할 수 있다면, 바로 이런 면모가 해당될 것이다. 전대 구소설과의 동질성보다 이질성을 중시할 때, 이해조의 이러한 시도는 평가되어야 마땅하다. 구소설을 혁신하려는 시도가 신소설의 창작방식에서 촉발되었음은 분명하다. 동일 작가 내에서 신·구소설의 주고 받기가 나타나는 것이다.

이해조는 구소설을 매도하며 신소설을 창작하였고, 전기의 신소설 창작은 일정한 성과를 거둔 것으로 평가된다. 그러다가 합방 이후 신소설을 창작하기가 지루하다는 무책임한 변명을 하면서 1911년 「소양정」을 계기로, 그토록 타기했던 구소설로 회귀한다. 그 원인은 무엇보다 한문소설로 작품활동을 시작하게 했던 그의 전통적인 소양에 있다. 이 소양은 '그의 강점인 동시에 한계가 되'어 신소설에서 구소설로의 회귀를 기도한다. 또 애국계몽이라는 강한 정치성을 표출하기에 신소설이 적합했으나, 합방 이후 그것이 불가능해지자 다른 돌파구를 찾아야 했던 것이다. 「소양정」은 구소설로의 회귀를 위한 시험이었던 셈인데, 작품의 인기로 보아 일단 성공한 것으로 보인다. 그래서 1912년에 집중적으로 판소리 정리작업을 벌이고, 1918년에 두편의 역사소설 「홍장군전」과 「한씨보응록」을 창작하는 등으로 계속해서 고전에 대한 애착을 보여준다.

이해조 작품의 변모과정을 고찰한 연구에서는 1911년을 경계로 '상투적 구소설과 신파조 복수담을 무잡하게 혼합한 통속소설을 양산하'고

'창조력은 고갈'[26]되었다고 평가하고 있다. 「소양정」이 발표된 것도 1911년이다. 이 평가는 「소양정」을 핵심에 놓고 있다. 그러나 상투적이지 않은 구소설은 없다. 관습을 완전히 탈피한 구소설은 더 이상 구소설이 아니다. '신파조 복수담'은 여기서 '살부지수 복수담'으로 고쳐 부르며 그 문학적 공과를 면밀히 살핀 바, 부정적인 점도 있지만 필연성, 인물의 다양성 등 긍정적인 측면이 돋보였다. 구소설을 변모시키려는 의지를 '창조력의 고갈'이라 할 수는 없다.

문제는 그의 구소설 활성화 노력이 얼마만큼 실효를 거두었는가에 있다. 물론 이에 대한 답변은 부정적인 것으로 결론이 났다. 1910년대가 구소설사에서는 거의 마지막에 해당하기 때문이다. 구체적으로는 「봉선루」에 의해 제동이 걸렸다. 「봉선루」에서는 이 부분을 매우 못마땅하게 여기고 취하지 않는 보수성을 보였다. 필사본 「소양뎡긔」에서도 「소양정」의 신소설 같은 결말이 구소설 답지 않다고 보아 구소설식 결말을 첨부했다. 독자들의 신·구소설에 대한 인식이 확실해서 구소설 틀 안에서 일어나는 변화를 거부하는 것이다. 우리의 소설사가 신구의 단절로 이해되는 데는 구소설 내부의 변모에 동참하지 않으려는 당대인의 이런 노력들이 한몫을 한 것이다. 신소설은 신소설다워야 하고 구소설은 구소설다워야 하며, 서로 혼효되지 않아야 한다는 고집이 구소설이 자연스럽게 근대소설로 발전하는데 장애가 된 것이다.

그러나 전통문학을 중시하는 소중한 노력은 소설의 원천을 전통에서 찾는 근대소설의 지속적인 노력으로 이어졌다고 본다.

---

26) 최원식, 위의 책, 173면.

6. 結 論

두 작품은 우리 소설사가 단선적으로 전개되지 않았음을 극명하게 보여준다. 구소설이 다 퇴장하고 신소설이 등장한 것이 아니었다. 신소설기에도 구소설은 인기리에 창작되고 있었으며, 같은 신작 구소설 내에서도 적극적인 변모를 시도하는 작품이 있었고 이를 저지하려는 작품이 있었다. 신소설과 신작 구소설의 공존, 신작 구소설 동일 작품군 내에서의 다양한 상호작용 등은 소설사의 변혁기를 웅변하는 실상이다.

「소양정」에 나타난 구소설의 변모 노력은 구소설사의 후기에 나타난 변화를 집적한 측면도 있고, 이해조 자신만의 구소설 변모 의지가 나타난 부분도 있다. 전자는 개작본 「봉선루」에서 그대로 수용되었지만 후자는 거부되었다. 이것은 구소설에 대한 인식 차이에서 기인한다. 이해조는 구소설의 개조를 통해 구소설을 존속시키려 한 것이고, 「봉선루」의 작자는 구소설은 구소설의 틀을 유지하며 전통적인 모습으로 남아야 한다고 본 것이다. 두 작품의 이런 면모는 구소설사 말기의 모습을 압축해서 보여주며, 이후 신·구소설사가 분리 인식되게 된 한 원인으로 작용한다.

본고의 성과는 다른 신작 구소설의 연구를 통해 구체화되어야 할 것이며, 이해조의 다른 구소설에서는 어떻게 나타났는지도 검토되어야 한다. 신·구소설 접점 지역에 위치한 불명확한 작품들에 관심을 확대해서 신·구소설이 분리되는 과정을 따지는 것도 남은 과제이다.

參考文獻

이용남, 이해조와 그의 작품 세계, 동성사, 1986

전광용, 신소설 「소양정」고, 국어국문학 10, 국어국문학회, 1954

김기현, 「昭陽亭記」 연구, 고대문화 7, 고려대, 1966

최원식, 이해조문학연구, 한국근대소설사론, 창작과 비평사, 1986

조동일, 한국문학통사 4, 지식산업사, 1986

이은숙, 활자본 신작 구소설에서의 애정소설연구, 한국학대학원 석사논문 1986

박일룡, 조선후기 애정소설의 서술시각과 서사체계, 서울대 박사논문, 1988

권순긍, 1910년대 활자본 고소설 연구, 성대 박사논문, 1990

김종철, 「미인도」 연구, 인문연구 2집, 아주대 인문연구소, 1991

이명자, 새로 밝혀낸 이해조의 얼굴과 생애, 문학사상 92, 1980

현혜경, ʻ知人之鑑ʼ형 고전소설 연구, 이대 박사논문, 1990

김홍균, ʻ못마땅한 사위형ʼ 소설의 형성과 변모양상, 정신문화연구 겨울호, 한
        국정신문화연구원, 1985

이창헌, 고전소설의 혼사장애구조와 유형에 관한 연구, 국문학연구 81, 서울대
        대학원 국문학연구회, 1987

신작 구소설의 성격을 통해 본 연구 전망

1. 서 론

주지하는 바와 같이 우리학계의 연구풍토는 현대문학과 고전문학을 나누어 취급하는 것이 일반적이었다. 그 결과로 접점지역은 양쪽에서 소홀히 하여 논의의 사각지대가 되어버린 감이 있다. 접점지역의 연구는 문학사의 연속성과 근대문학의 자생적인 성립과정을 해명해내는데 긴요하다. 또한 근대문학과의 연결 고리를 통하여 고전문학이 화석화된 존재로 취급되는 데에서 탈피할 수 있다는 점에서도 의의가 있는 작업이라 할 수 있다. 신작 구소설 연구는 바로 이 접점지역의 연구이다.

신작 구소설은 신문학기에 창작된 구소설을 지칭한다. 신소설이 창작되던 시기에 창작되어서 '신작'이라 했고, 동시대의 신소설과 대립 개념을 명시하기 위해 구소설이 가진 여러 명칭 중 '구소설'을 택해 썼다.1)

---

1) 이 용어는 조동일이 한국문학통사 4권에서 사용한 이래로 필자도 사용해 왔다. 일반적으로는 '고소설'이나 '고전소설'이 널리 사용되고 있으나, 창작 당대에 '신소설'과 '구소설'이 대립개념으로 쓰였으므로, 현장감을 살리기 위해서도 이 용어를 쓰기로 한다.

신작 구소설의 이러한 문학사적 위치를 인식하고, 필자의 작업 이래로 본격적인 관심이 일기 시작하여 그 동안 상당한 진척이 있었지만, 오히려 본격적인 연구는 이제부터라 할 수 있는데, 이 논문은 본격적인 연구의 필요성을 촉발하기 위해 쓰여진다고 할 수 있다.

먼저 길지 않은 연구사를 정리하고, 신작 구소설의 대체적인 성격을 살펴본 다음, 앞으로의 연구의 방향을 진단하는 순서로 논의를 진행하기로 한다.

2. 연구사 정리

신문학기 내지 일제 초기에도 구소설이 창작되었으리라는 추측은 일찍부터 있어 왔다.[2] 그러나 이런 작품은 이조고전문학의 대상이 아니라는[3] 입장의 소극적인 연구태도를 견지해 왔었다. 고전문학 연구자들은 조선조 소설이 아니라는 입장에서 연구대상에서 제외시켰고, 신문학 연구자들은 신소설이 아니라는 태도로 역시 연구대상에서 제외해왔다. 이런 태도는 오히려 신작 구소설이 이시기에 창작된 구소설로서 가지는 의미를 탐색하는데 장애가 되어서 오랜 동안 관심 밖에 머물러 있었다. 이런 가운데 이종주는 필사본『여항소설』을 발굴했는데,[4] 이중에서 「산촌미녀」는 주목되는 신작 구소설이다.

신작 구소설이 갖는 의의를 적극적으로 평가하려는 입장에서의 연구는 1986년 조동일의 한국문학통사 4권에서 비롯된다.[5] 여기서 신문학기의 구소설을 '신작 구소설'이라 명명하고, 문학사적인 의미를 밝히려는

---

2) 김태준, 조선소설사, 학예사, 1936, 248~250면.
3) 이능우, 고소설 연구, 이우출판사, 1975. 181면, 270면, 306면.
4) 이종주 교주, 「여항소설」, 시인사, 1984.
5) 조동일, 한국문학통사 4 초판, 지식산업사, 1986, 335~342면.

시도를 한 이후, 필자가 이 논의를 계승하여 이에 해당하는 작품군을 설정하고 본격적인 논의를 폈다.

필자의 '활자본 신작 구소설에서의 애정소설 연구'는 활자본 신작 구소설을 다룬 최초의 본격적인 연구로서, 「荊山白玉」, 「鸞鳳奇合」, 「雙美奇鳳」, 「芙蓉想思曲」, 「彩鳳感別曲」, 「靑年悔心曲」 등 6편의 애정소설을[6] 발굴하여 구체적인 작품론을 통하여 문학사적인 의의를 밝히고자 하였다.

다음은 권순긍의 연구를 들 수 있다.[7] 그는 '신작 고소설'이라는 용어를 사용하면서 작품군 전반을 개관하고, 역사·군담류 소설까지 논의를 확대하였다. 필자 선정 작품을 포함하여 19편을 들었는데, 나머지는 「高麗姜侍中傳」, 「姜太公實記」, 「朴文秀傳」, 「洪將軍傳」, 「韓氏報應錄」, 「南江月」, 「申遺腹傳」, 「雙頭將軍傳」[8], 「李麟傳」, 「六孝子傳」, 「三仙記」, 「鄭進士傳」, 「三快亭」, 「朴天男傳」 등이다.

이후 점차 신작 구소설에 대한 관심이 증대되어 장효현도 신작 구소설의 존재를 재차 입증하고 새로운 자료를 보탰다. 장효현이 제시한 자료는 필사본 「鄭氏福善錄」, 「蓬萊神仙錄」, 「春夢」과 활자본 「鄭木蘭傳」 등[9]과 목활자본 「角干先生實記」[10] 등이다.

계속하여 김종철이 활자본과 필사본이 공존하는 「미인도」를[11], 임성래가 필사본 「虎蟾傳」의 존재를 각각 밝혔다.[12] 필자 또한 이 분야를 지속

---

6) 이은숙, 활자본 신작 구소설에서의 애정소설 연구, 한국학대학원 석사논문, 1987. 여기서 춘향전의 改作인 「藥山東臺」를 포함해 7편을 논의하였다.

7) 권순긍, 1910년대 활자본 고소설연구, 성균관대 박사논문, 1990.

8) 이 작품은 「곽해룡전」을 제목만 바꾼 작품이라고 김현양의 하기 논문에서 주장하였다.

9) 장효현, 애국계몽기 창작 고전소설의 한 양상 ―신자료의 소개를 중심으로, 정신문화연구 41호, 한국정신문화연구원, 1990.

10) 장효현, 조선후기 소설사 문제, 한국고소설연구회, 1992.1.8. 발표문.

11) 김종철, 「美人圖」 연구, 인문논총, 아주대 인문과학연구소, 1991.

12) 임성래, 「호섬전」에 대하여, 한국고소설연구회 편, 한국고소설의 조명, 아세아

적으로 탐색한 결과, 활자본과 필사본이 공존하는 「昭陽亭」과 활자본 「梨花夢」의 존재를 밝혔다.13) 그중 「소양정」은 이해조의 작품으로 「봉선루」라는 改作 활자본까지 있음도 아울러 논했다.

이후 필자는 계속되는 연구에서 필사본 「압록강」과 「산촌미녀」, 활자본 「영산홍」 등의 신작을 구체적으로 논의하고, 활자본 「芙蓉軒」, 「金玉緣」 등도 신작임을 밝혔다.14)

김현양은 「南江月」과 「金振玉傳」을 논의15)하면서 「김진옥전」이 혼사갈등에서 나타나는 인물간의 대립관계가 전대 영웅소설의 일반 유형을 탈피했음을 들어 신작일 가능성을 제시했다. 임형택은 朴應和가 1908년 창작했을 「興善擊惡錄」의 존재를 밝혔다.16)

첫 단계의 조동일의 논의는 우선 신작 구소설이 갖는 문학사적 의의에 관심을 갖어야 한다는 문제 제기였던 셈인데, 이런 문제제기는 후속 논문으로 받아들여진 셈이다. 이어지는 연구에서는 구체적으로 신작 구소설을 고증하고, 작품군 별로 그 성격을 밝히고, 특히 전대 구소설과의 차이에 관심을 가지고자 했다. 그런 결과로 전술한 바와 같이 많은 작품의 실체가 드러나고, 또 개별 작품, 혹은 동일 유형의 작품군이 가지는 성격을 조명하여, 신·구소설의 접점으로서의 문학사적 위상이 드러날 수 있게 되었다.

이어진 필자의 논문(1987)에서는 신작 구소설의 존재를 확실히 입증하

문화사, 1990.
13) 이은숙, 신작 구소설, 「소양정」·「소양뎡긔」·「봉선루」에 나타난 신·구소설의 관련양상, 고전문학연구 8집, 고전문학연구회, 1993.
  이은숙, 신작 구소설 「이화몽」의 창작방식, 한국학대학원 논문집 8집, 1993.
14) 이은숙, 항일 우의 신작 구소설연구, 한국학대학원 박사논문, 1994.
15) 김현양, 1910년대 활자본 군담소설의 변모 양상 - 「남강월」과 「김진옥전」을 중심으로, 연민학지 4, 연민학회, 1996.
16) 임형택, 20세기초 소설의 신구 양식의 관련양상 - 「빈상설」과 「興善擊惡錄」의 경우, 한·중문학의 전통과 근대, 동양학 30회 학술회의 발표문, 1997. 12. 15.

고, 작품군 중 중요 유형인 애정소설을 집중적으로 논하였다. 애정소설군은 두 부류로 나눌 수 있었는데, 전대 구소설과의 연속성이 두드러지는 작품군과, 차이가 두드러지는 작품군으로 나눌 수 있었다. 전자는 영웅소설, 가문소설의 계열을 이으면서 「형산백옥」, 「란봉기합」, 「쌍미기봉」의 순으로 구소설의 관습을 극복하는 측면이 강화되고 있었다. 후자는 전대소설에 비해 근대적인 면모가 두드러지는데, 애정갈등과 동시에 사회적인 갈등을 문제삼고 있는 진폭이 강화되는 모습을 보여주었다. 의고적인 면이 지배적인 작품군과 당대지향적인 성격이 드러나는 작품군으로 대별되는 셈이다. 후자는 사회적 상황과 애정갈등이 밀접하게 연결되고, 애정갈등의 심도와 다양성을 확보하고 있어, 신소설보다 근대적인 모습을 보여주기도 했다. 양자는 통시적인 소설사가 공시적으로 혼재하는 양상을 보이면서 신소설과의 각축을 통해 근대소설이 발아할 통로를 열어주는 몫을 했다는 점이 인정될 수 있겠다.

　필자가 애정소설군을 논의한데 이어서 권순긍은 확인된 신작 구소설 전반을 유형 분류하고 각각의 성격을 특정 작품 중심으로 논의하였다. 신작 역사류 소설은 역사를 봉건적 명분이 아닌 흥미의 대상으로 삼거나 역사를 자유롭게 해석하는 주관주의적인 역사인식을 보여 결과적으로 친일의 논리로 귀결되거나, 친일적 힘의 논리에 복무하게 된 것이라 하였다. 신작 군담류 소설은 민족적 주체의식이 제기되고 中華主義가 비판되기도 하나 근대적 민족주의로 발전하지 못하고 중세적 한계에 머무르고 있으며, 중화주의를 비판한 것이 도리어 일제의 식민지 지배를 합리화시켜주는 모습으로 왜곡되었다고 평가하였다.[17] 신작 애정류 소설은 애정문제의 해결과정에 봉건적 윤리의식이 개입하여 왜색 번안소설과

---

17) 김현양의 위의 논문(360~1면)에서는 이와는 다른 주장을 펴고 있다. 「남강월」에 한정시킨 논의이기는 하지만 반중화주의 논리를 제국주의로까지 해석하는 것은 비약적 상상이며, 오히려 군담소설의 중화주의에 기초한 대립구조를 파괴했다는 면에서 소설사적 의의를 찾아야 한다고 하였다.

다름없는 통속적 모습을 보여주었다고 하였다. 이와 같은 근대적 변모의 노력에도 불구하고 통속·친일화 되거나 봉건적 한계에 머무르고 말아 신작 구소설은 당대 독자로 하여금 참담한 현실을 극복하게 한 것이 아니라, 영화로운 과거의 세계를 통해 현실을 망각하게 했던 기능을 했고, 통속성으로 말미암아 사회적 역기능을 한 것으로 평가하였다.

권순긍의 연구가 신작 구소설의 부정적인 성격을 강조했다면, 이후 필자의 연구(1994)에서는 오히려 항일 민족의식을 우의적으로 제시하려 한 우의소설군을 발굴해내어 이와 대조적인 일련의 성격을 구명해냄으로써, 정신사적인 측면에서도 중시될 수 있음을 입증했다. 일제의 억압으로 창작의 자유를 갖지 못한 상황에서 일제에 대항하는 효과적인 방법을 전통적인 우의의 이중구조에서 찾아 항일민족문학을 발전시킨 문학사에 있어서의 긍정적인 기여를 평가하였다. 필사본 항일가사가 유포되던 당시 상황을 돌이켜 보면, 고전문학의 다른 갈래인 소설로서도 항일의 의도를 구현하려는 시도를 했으리라는 추측이 가능한데, 그러한 추론이 확인된 셈이다.

여기까지의 연구에서 신작 구소설이 얼마나 다양한 성격을 가지고 있었으며, 다양한 기능을 수행했는가를 알 수 있다. 그러나 신작 구소설이 나름의 근대적인 변모를 하려는 시도도 있었지만, 그 내부에서는 또한 반작용이 만만치 않았음도 보여준다.

이점은 필자의 「소양정」 연구(1993)에서 살펴볼 수 있다. 이해조는 「소양정」의 창작을 통하여 구소설의 틀 속에서 구소설을 근대적인 면모로 변화시키려 하였다. 그러나 그의 이러한 시도는 당대의 구소설작가 내지는 독자에 의하여 제동이 걸리고 만다. 이후에 출간된 「봉선루」는 「소양정」을 추출·개작하면서 「소양정」에서 시도한 근대적인 변모는 제거해버리고, 구소설의 관습에 충실한 부분만 선별적으로 수용하였던 것이다.

김현양의 연구는 신작 구소설 연구가 누적됨으로써 가능한 시각으로 보인다. 「김진옥전」은 기존의 논의에서는 허균, 김만중의 소설이 소설을 발전시킨 구소설 성숙기의 작품18)으로 보거나, 구활자본 소설이 나타난 시기의 작품으로 보아 창작 가능성도 있다고 보기도 했었다.19) 김경숙은 이 작품이 필사본과 활자본이 공존하나 활자본이 10여회 출간된 것으로 보아 수용시기가 갖는 의미를 중시해야 할 것이라고 주장했는데,20) 김현양은 작품 내적 갈등 양상으로 보아 신작이라고 한 걸음 더 나아간 주장을 폈다.

임형택이 최근에 발굴한 「興善擊惡錄」은 이씨 부인으로 인한 가정내의 갈등을 다룬 작품으로 판소리의 문체와 신소설의 문체를 차용하고 있는 신작이다. 이씨의 욕망 성취를 위한 적극적인 악행이 갈등의 중요 계기가 되고 있어, 이씨는 근대적 인간의 한 행태를 극단화시킨 전형으로서 주목되며, 구체제에 대한 비판의식이 투영되어 있는 점이 주목된다.

신작 구소설의 존재는 우리 소설사가 단선적으로 전개되지 않았던 신문학기의 실상을 웅변으로 증언한다. 얼마 되지 않은 연구 결과를 통해서도, 신소설과 공존했기에 그 다양성이 더 두드러져 보이는 신작 구소설의 존재 양상을 충분히 확인할 수 있었다. 신문학기까지 이렇게 치열하게 존재했던 구소설의 존속의지가 어떻게 그렇게 짧은 기간 동안 소멸되었는지는 관심거리이다.

신작 구소설 연구는 아직 누적된 성과가 많지 않지만, 짧은 기간 동안 상당히 많은 작품을 발굴해냈다는 의의를 우선 인정하지 않을 수 없다. 신작 구소설의 존재를 입증함으로써, 구소설의 시기가 조선조 말엽으로 끝난 것이 아니라 신문학기까지 지속되고 있음이 밝혀졌다. 신문학기에 구소설은 단순히 화석으로만 존재했던 것이 아니고, 살아 있는 모습으로 존재했던 것이다. 이 작품들이 기존 연구에서는 다루어지지 않았거나, 혹

---

18) 설성경, 고소설의 구조와 의미, 새문사, 1986.
19) 서대석, 군담소설의 구조와 배경, 이대출판부, 1985, 25면.
20) 김경숙, 「김진옥전」연구, 연세어문학 21, 연대국문과, 1988.

은 전 시대의 작품으로 논의되었었다. 새로운 작품의 연구일 경우에는 자료의 확장으로 구소설 연구의 지평을 넓히기도 했으려니와, 전대 구소설로 논의되던 작품의 연구와 아울러, 구소설이 작자나 창작연대가 불투명하여 사적인 체계를 세우기가 어렵다는 일반론을 수정하는데 기여했다고 할 수 있다.

연구가 진행되면서 활자본에서 필사본으로까지 신작의 존재를 폭넓게 밝혀낸 것은 필사본이면 당연히 전대 구소설로 취급되던 관례를 재고케 함으로써, 앞으로의 연구에 있어 시사하는 바가 크다고 할 수 있다.

3. 신작 구소설의 전반적 특성

3.1. 형식적인 특징

신작 구소설의 특성은 형식적인 측면과 내용의 측면으로 나누어 살펴보기로 한다. 형식상의 특성은 먼저 서술방식상의 변화에서 찾을 수 있다. 그중에서도 서술의 역전은 중요한 변화로 보인다. 구소설이 대부분 자연적인 시간 순에 따라 순차적으로 전개되는데 신작에서는 간혹 서술의 역전이 나타난다. 구소설은 주인공의 한평생을 서술하는데 비해, 탄생·행복한 말년 부분의 탈락 현상이 일어나기도 한다. 그래서 서술되는 시간이 짧아지는 변화가 일어나기도 하는데, 자연히 서사 위주의 서술보다 장면이나 심리를 구체적으로 묘사하는 서술로의 변화가 일어난다. 이점은 구활자본에 이르러 낭독으로 소설을 감상하던 방식이 黙讀으로 전환한 것21)과 상통하는 변화라 할 수 있다.

---

21) 김교봉, 활자본 고소설의 출현과 그 소설사적 의의, 고소설사의 제문제, 省吾 소재영교수환력기념논총, 집문당, 1993, 935면.

두번째로 문체의 변화를 들 수 있다. 구소설식의 서사과거시제를 탈피하여 신소설이나 근대소설에서 나타난 '~한다' 식의 어미 처리가 이루어지거나, 구어체가 등장하는 등의 변화가 나타난다. 그러나 이런 변화는 부분적으로 나타나는 변화로서 신소설의 영향으로 간주된다. 이점은 한편으로 구소설을 변화시키고자 하는 의도의 표출이라는 가능성도 차단할 수 없다.

세번째로 창작 당시의 새로운 용어가 등장한다는 점이다. 이 점은 두번째 항목과 더불어 擬古性을 표방한 입장에서 보면 실수일 수도 있겠다. 그러나 작품에 따라서는 실수나 창작방법의 미숙함을 넘어서는 의도적인 면도 엿보인다. 그래서 서술 체계의 불균형을 감수하고서라도 신문물을 접하는 당대 현실을 단편적으로나마 수용하려는 시도로 보이기도 한다.

네번째는 작품의 서두나 말미에 창작 배경이나 의도를 밝히는 경우이다. 이는 대부분 소설 창작에 대한 긍지에서 비롯된 것으로 볼 수 있는데, 이와 같은 창작에 대한 적극적인 태도는 신문학기의 작자의식이다. 소설창작에 대한 적극적인 작자의식으로 창작에 임했음을 보여주는 부분이다.

다섯 번째로 제목이 구소설과 달라진 경우이다. '~전', '~록' 등의 제목이 붙은 작품도 신작일 수 있으나, 그러한 명명 방식을 탈피한 작품은 신작일 가능성이 더 높다고 할 수 있다.

이상은 구소설의 틀 안에서 가능한 변화를 모색한 결과이다. 이들은 신작 구소설임을 판별하는 객관적인 근거로도 효력이 있다. 작품 외적인 측면에서 필사본과 목판본이 없는 구활자본은 일단 신작일 가능성이 높은 작품으로 볼 수 있다. 그러나 필사본이 공존하는 경우라도 필사본이 활자본을 전사한 경우도 적지 않아 신중을 요한다. 필사본 중에서의 신작은 간혹 표지가 딱지본과 같은 외양을 하고 있는 경우도 있어서 신작

의 근거가 되기도 한다. 신작을 따질 때는 중국소설의 번안이 아닌가도
유의할 필요가 있다.

3.2. 내용에서의 특징

첫째는 여성의 활약이 증대되었다는 점을 들 수 있다. 남성과 여성에
모두 비슷한 비중이 두어지는 작품들이나, 애정소설에서 여성의 적극성
이 두드러진다. 애정의 성취를 위하여 여러 장애를 극복하는 과정에서
남성은 여성의 적극적인 활약에 의해 수혜를 받는 입장에 서는 경우가
많다.

「이화몽」의 이화는 초라한 원성의 뒤를 살펴 입신양명하도록 헌신한
다. 「란봉기합」의 채봉과 채란은 혼사장애를 겪으면서 고난과 해결의 대
부분을 감당한다. 「신유복전」의 경패는 거지와 다름없는 신유복과 살기
위해 쫓겨난 뒤로, 입신양명시키기 위해 머리를 자르는 등 가진 노력을
다한다. 「소대성전」과 동일한 유형에서 논의될 수 있는 「소양정」에서도
「소대성전」의 채봉이 대성이 마땅한 사위로 변모하는데 아무런 기여도
하지 않는 것에 비해, 「소양정」의 채란은 봉조가 처가의 박대에 못 이겨
집을 나간 뒤, 봉조의 시체라도 찾겠다며 집을 나서 봉조를 구출하는 적
극적인 활약을 한다. 기타 애정소설에서도 애정을 성취하고자 했을 때
주로 여성 쪽에 고난이 가해지며, 고난의 해결 과정에서도 여성의 활약
이 크다. 「채봉감별곡」에서는 두 사람 모두 애정의 성취를 위해 노력하
지만, 채봉이 지은 가사 「추풍감별곡」을 듣고 감동한 평양감사가 애정을
성취하게 해 주고 있다.

여성의 활약의 부정적인 측면이 강조된 작품도 있다. 「홍선격악록」의
이씨는 시아주버니가 자신을 겁탈하려 한다고 모함을 하여 동생이 형을
살해하도록 만들기도 하며, 기타 가정 내의 많은 갈등이 이씨의 악행에

기인하여 발생한다.

　이점은 창작당대의 상황과도 일정한 관련을 맺는 것으로 보인다. 우리는 사대부 남성들이 맡고 있었던 나라가 몰락한 뒤에 중인들이 위력을 발휘하고, 개화에 앞장섰던 것을 기억한다. 상층 사대부에 대한 불신이 현실에서는 중인의 득세로, 작품에서는 여성의 활약으로 나타난 것이 아닌가 싶다. 남성에 대한 기대를 할 수 없는 현실적인 상황에서 여성들의 활약이 증대되는 것이 오히려 설득력을 얻었을 것으로 보인다. 그렇게 보면 신작 구소설은 당대의 상황과 관련하여 소설적 호소력을 획득하는 효과적인 전개를 하고 있는 셈이다. 물론 이점은 전대 소설 중 여성들의 활약이 강조되고 있는 여성영웅소설이나 기타의 소설과의 관련하에서 문학사 내부의 연결관계 고찰도 뒤따라야 할 것이다.

　둘째는 지리적 배경이 국내인 경우가 증가했다는 점이다. 지리적 공간도 구체적으로 명시되고 있으며, 지방인 경우가 대부분이다. 평양이 배경인 경우는 「채봉감별곡」, 「부용상사곡」, 「이화몽」 등이고, 안동이 「란봉기합」, 「부용헌」 등이며, 한양, 송도, 전남 순천, 충남 공주 일대, 무주, 강원도 낭천 등등이 기타 작품에서 배경으로 등장한다.

　상기한 바와 같이 지리적 배경으로 평양과 안동이 중시되었다. 평양을 포함한 서북지방으로 신문물을 받아들여 새로운 기풍이 조성되었던 곳이므로 신작이 가진 개방성을 보여준다고 할 수 있다. 반면에 안동은 유교적이고 봉건적인 분위기가 강한 지역이어서, 이들 작품 군이 전체적으로 가지는 이중성을 살필 수 있는 척도가 되기도 한다.

　또 등장인물은 한곳에서 지속적으로 살아가는 것이 아니고, 이동의 편차가 심한 것이 특징이기도 하다. 삶의 터전을 떠나 주변 일대로 혹은 전국적으로 이동하며 공간을 옮기기도 한다. 전국을 석권하는 등장인물의 활동적인 모습을 통해 흥미를 유발하고, 한편으로는 전국을 무대로 활용함으로써 국내 지리적 배경에 대한 긍정적인 인식이 이루어지고 있는 것을 보여준다고 할 수 있다. 이점은 현실생활에 대한 관심이 확대되는 경향과도 상통하는 면모이다.

공간적 배경은 구체적으로 명기되는데, 예컨대 「소양정」의 여주인공 채란은 '강원도 랑천 간척면 금계촌' 출신이며 그의 모친은 '경기 장단군 고령포' 출신이다. '랑천'(狼川)은 1895년 이후 '華川'군으로 되었으며,[22] 강원도 중서부에 위치하고 있다. 이 작품이 창작된 때는 1911년이므로 당대의 지명을 피해 옛 지명을 사용하여 작품의 의고성을 확보하면서, 한편으로 정밀한 지리적 배경의 설정을 통해 작품의 사실성을 확보하고자 한다.

물론 중국 배경의 작품도 존재한다. 「형산백옥」, 「쌍미기봉」, 「정씨복선록」, 「남강월」, 「정목란전」 등은 중국배경 작품이다. 중국배경인 경우 당대 지향적인 면모보다 관습 고수의 측면이 중시된 작품들이다. 전통성이 강한 작품은 창작 당대의 구소설 독자의 구소설 지향을 그대로 추종할 뿐, 변혁의 의도는 희박하다.

이에 비해 국내 배경의 작품들은 공간적 배경이 사실적이고 구체적이어서 사실성을 획득하며, 동시에 민족주의적 관점을 확보하여 나름대로 의식있는 변모를 꾀한다. 「신유복전」 같은 작품은 이런 관점이 드러난 작품으로 주목된다. 신유복은 무주에서 태어나 상주로 갔다가 입신하여 수원부사를 하며, 나중에는 중국으로 들어가 명나라를 구하는 국외원정에 나선다. 명나라를 구하려는 遠征이 중화주의라는 봉건적 미몽에 사로잡혀 올바른 민족주의나 민족 주체의식을 제시하지 못했다[23]고 하기 보다, 중세보편주의의 중심이 조선의 힘으로 지켜지는 우월성을 보이려는 설정으로 보아야 한다. 중국보다 강한 오랑캐, 오랑캐보다 강한 조선의 구도로 민족의 우월성을 확보하려 한 것이다.

---

22) 이홍직 편, 새국사사전, 백만사, 1975, 1557면.
23) 권순긍, 위의 논문, 75~81면.

그러나 중세보편주의의 그늘 아래서 민족주체성을 추구하려 했다는 모순은 남는다. 중세보편주의의 추구는 이 작품이 의고적인 작품이라는 점과 연결 파악될 수 있다. 이점은 사실적이고 현실적인 배경 설정에도 불구하고 구소설이므로 가지는 생태적 한계라고 하겠다.

비슷한 면모는 「채봉감별곡」에서도 발견된다. 이 작품은 평양을 배경으로 애정·신분·효·물질 등으로 인한 다양한 갈등을 내포하고 있으면서, 주체적인 삶을 사는 등장인물을 설정하여 타락한 봉건사회에서 야기되는 갈등을 문제삼는다. 그러나 이 모든 갈등을 해결하는 인물은 평양감사이다. 봉건관료제도권 내의 인물인 것이다. 즉 주인공의 능력 발휘나 문제의 해결은 작품의 시대적 배경인 중세적 범주 안에서 이루어질 수밖에 없었던 것이다.

결국 구소설로서 근대적 의식을 추구하는데는 일정한 한계를 가질 수밖에 없음을 인정하지 않을 수 없다. 그러나 한편으로는 구소설의 틀 안에서 보여준 이 정도의 시도 또한 인정해야 마땅할 것이다. 이러한 한계를 탈피하고 있는 작품 군이 바로 우의소설군이다. 이점은 달리 지면을 할애해서 논해야 할 것으로 보인다.

셋째, 전래 설화를 차용한 경우가 많다는 점이다. 신작 구소설이라고는 볼 수 없지만 활자본 중에는 전래설화를 그대로 옮겨 놓은 경우가 많다. 소설의 경우에는 설화를 그대로 옮겨 놓은 경우는 아니나, 부분적으로 설화를 차용하는 수법이 자주 사용되고 있다.

설화의 차용은 창작 당시의 구비문학의 활성화가 중요한 계기가 되었을 것으로 보인다. 1900~10년대에는 신문에도 재담이나 설화가 연재되고, 많은 재담집과 설화집이 출간되는 등 설화에 대한 관심이 고조되었던 시기이다. 물론 이 시기는 설화 이외에도 구비문학 전반이 활성화되었던 때라서 이러한 관심이 소설로 수용되었으리라는 것은 쉽게 짐작할 수 있다.

「고려강시중전」, 「한씨보응록」 등은 개인의 전기와 역사에 설화를 혼합하고 있다. 「호섬전」은 설화를 근간으로 창작된 작품이며, 「박천남전」은 복숭아에서 태어난 일본영웅 설화를 수용한 작품이고, 「이화몽」은 문헌설화인 노진설화를 근간으로 삼으면서 「춘향전」의 갈등과 문체를 받아들이고 '喪家僧舞老人哭' '원놀음하는 자매를 시집보낸 박문수' 등등의 구비설화를 다양하게 수용하고 있는 작품이다.24) 「소양정」도 '한천자 전설'을 차용하여 사건의 필연성을 획득하는데 이용하고 있다. 이러한 설화의 차용으로 몇 개의 삽화가 집적되는 방식의 서사적 전개 과정을 보이기도 한다. 설화의 수용은 신작 구소설의 보편적인 창작 방식이랄 수 있다.

그러나 동물우화를 수용한 동물우화소설이 조선후기의 사회적 갈등을 훌륭하게 담아내는 소설사적 성과를 거두었음을 볼 때, 신작 구소설의 설화 수용의 수준은 이에 미치지 못한다고 할 수 있다. 전통문학에 대한 애착을 가지고, 구소설의 독자들에게 친숙한 소재를 사용하여 압축적으로 흥밋거리를 제공한다는 차원에 머물 따름이다. 그러나 설화가 삽화로 차용되어 서술의 다양성을 꾀하고, 필연성을 확보하는 방편으로까지 활용되는 것은 수법 면에서 주목을 요한다.

설화 이외에 다른 갈래가 혼입되기도 하는데, 애정소설군에서는 가사가 삽입되고 있다. 「채봉감별곡」, 「청년회심곡」, 「부용상사곡」 등에는 가사가 삽입되어 애정 성취의 필연성, 문제 해결의 계기등의 서사적 기능을 담당하기까지 하고 있어 설화의 수용양상과 유사한 기능을 하고 있는 셈이다. 이들 작품들에서는 한시의 삽입도 두드러지는데, 심리묘사와 결연과 재회의 계기라는 작품 내적 기능을 담당하고 있어 구소설에 비해 그 기능이 강화되어 나타나고 있다.25)

---

24) 이은숙, 신작 구소설 「이화몽」의 창작방식, 한국학대학원논문집 8집, 1993, 168면.
25) 이은숙, 활자본 신작 구소설에서의 애정소설 연구, 한국학대학원 석사논문,

이런 모습을 부정적인 관점에서 파악할 수 있다. 요컨대 신작에서는 전대 소설에 비해 다른 갈래의 혼입이 강화되고 있는데 이것은 모방 대상이 현실이 아니라 전통문학이기 때문이다. 그런데 이것은 현실을 바르게 드러낼 수 있는 문학형식과 내용의 발견이라는 치열한 문학적 투쟁을 벗어나, 과거에 존재했던 다양한 문학양식들을 단순히 원용하여 재편집하면서, 적당히 현실의 표면에 연결시키는 안일한 퇴행주의적 타협의식의 문학적 소산이라는 것이다.26)

이는 구소설 내에서의 변신의 한계로도 지적할 수 있다. 구소설의 형식을 고집하는 한 직접적으로 당대의 현실을 모방할 수는 없는 것이다. 구소설이라면 시대배경을 전대로 올려 잡아야 하며, 구투로 씌어져야 하기 때문이다. 당대를 바로 모방하고 구어체를 비롯한 근대적 서술방식을 취한다면, 그것은 구소설이 아니므로, 신소설이나 근대소설의 범주에서 논의되어야 한다. 요컨대 구소설이라는 형식을 선택한 것 자체가 생태적 한계를 안은 것이 되므로, 구소설의 범주 속에서 변화를 모색할 수밖에 없는 것이다. 그런 한계를 감안하지 않은 비판은 구소설에게 구소설이지 말라고 요구하는 것과 같다.

그러나 이런 비판이 온당하다 하더라도, 퇴행주의적 타협의식의 수준을 넘어서서 당대 현실을 바로 반영하면서 민족주의를 구현하는 방식의 작품을 만날 수 있어 다행스럽다. 영웅소설의 틀로 애국계몽을 표출하려한 「정씨복선록」과 우의의 수법이 활용된 일련의 구소설 「압록강」, 「산촌미녀」, 「영산홍」 등이 그것이다. 1900년에서 1905년 사이에 쓰여진 「정씨복선록」이 직설법을 통해 자주개화의 민족주의를 나타낼 수 있었다면, 이후에는 구소설에 새로운 현실인식을 담아내어 민족주의를 구현하려는 사명을 다하려면 선택 가능한 방식이 직설법이 아닌 우의의 방식이 아닐

1987, 66~86면.
26) 김교봉, 위의 논문, 929면.

까 한다. 창작 당대의 정치상황 속에서 구소설의 틀로서 민족적인 대응을 하려고 했던 것이 항일우의의 양상으로 나타났던 것이다.[27] 이 작품군은 신작 구소설에게 기대할 수 있는 바의 책임을 감당하고 있어서, 신작 구소설에 가해지는 부정적인 평가를 유보할 수 있는 것이다.

4. 신작 구소설의 유형별 성격

이상 밝혀진 작품을 합하면 모두 35편이다. 유형별로 나누어 보면 애정소설이 졸고에서 다룬 6편 외에 「美人圖」, 「昭陽亭」, 「梨花夢」, 「芙蓉軒」, 「金玉緣」, 「山村美女」, 「영산홍」 등 13편이고, 영웅소설이 「南江月」, 「申遺腹傳」, 「李麟傳」, 「鄭氏福善錄」, 「蓬萊神仙錄」, 「鄭木蘭傳」, 「朴天男傳」, 「金振玉傳」 등 8편이고, 역사소설이 「高麗姜侍中傳」, 「姜太公實記」, 「朴文秀傳」, 「洪將軍傳」, 「韓氏報應錄」, 「角干先生實記」 등 6편, 「三仙記」 등 세태소설 4편, 동물우화소설이 「虎蟾傳」, 「春夢」 등 2편과 가정소설 「압록강」, 「興善擊惡錄」 등이다.

대강 분류해 본 것이지만 위의 분류에 따르면 신작 구소설에는 애정소설이 압도적으로 많다. 활자본 시대에 이르러 「춘향전」이 「조웅전」을 누르고 인기 순위가 1위가 된 것과의 연관을 추정할 수 있다. 「춘향전」은 판소리계 소설이자 애정소설이다. 영웅소설을 누르고 애정소설이 우위를 점했다는 것은 주인공의 영웅적인 행적보다 남녀의 애정, 즉 국가적·사회적·정치적인 문제보다 개인적인 문제에 더 관심을 갖게 만든 사회적 분위기와의 관련도 부인할 수 없다.

주지하다시피 1900년대와 1910년대는 정치적인 여건이 현저하게 달랐다. 1900년대는 애국적인 서적의 출판이 가능했었지만, 1907년 광무신문

---

27) 이은숙, 항일우의 신작 구소설 연구, 한국학대학원 박사논문, 1994.

지법이 발표된 이래 제약을 받기 시작하여 1910년 이후는 완전히 검열 체제하에 놓이게 되었다. 그런데 활자본은 주로 1910년대에 전성기를 이루기 때문에, 출판여건이 자유롭지 못한 상황하에서 주로 출간되어 그 성격은 제한될 수밖에 없었다. 이러한 상황에서 영웅소설이나 역사소설보다 애정소설의 창작이 보다 용이했을 것임은 분명하다. 동시대의 신소설 분야에서도 합방 이전에 많이 출간되었던 역사·전기물이 합방 후 퇴조를 보였는데, 이와 같은 배경에 구소설도 놓여 있었던 셈이다.

이점은 사대부 남성들의 행적이 제약을 받은 당대의 여건이 작품에서는 여성의 활약상을 통해 표출되었던 것과 연결선상에 놓인 것으로 보인다. 일제의 무단정치 속에서 남성들의 사회적인 활동이 위축되었던 상황과, 개인의 문제에 더 관심을 갖는 애정소설의 활성화는 동일한 축의 양면이라 할 수 있다. 민족적 현실로부터의 외면을 강요당하는 상황, 문학의 식민지적 성격이 강요당하는 열악한 상황 속에서 애정소설의 부흥은 자연스러운 추세였다. 미래적 전망을 거세당한 민족적 허탈감 속에서 달콤한 위안28)으로서의 기능을 수행했던 셈이다.

물론 그 가운데서도 우리는 특히 「채봉감별곡」이 거둔 성과는 주목해야 한다. 애정갈등을 다루는 가운데 봉건사회가 가진 모순을 동시에 문제삼고, 능동적으로 현실을 타개하려는 근대적인 인물형을 설정하고, 문체에서는 근대적 사실적 묘사문체에 근접하는 성과를 거두고 있다. 이러한 성과는 신소설과 비교했을 때 더욱 값진 것임을 알 수 있다. 구소설의 구성과 인물형을 빌어다가 통속적 인기를 노리면서 제국주의 이념을 표출하고자 했던 신소설 일반이 가지는 부정적 성과에 견줄 때, 동시대의 구소설이 던질 수 있는 신선한 질책으로 인식되기까지 한다. 따라서 이러한 시도는 신소설보다 근대소설로 연속되었을 가능성이 높다.

---

28) 최원식, 장한몽과 위안으로서의 문학, 민족문학의 논리, 창작과 비평사, 1982, 82면.

그럼에도 신작 구소설은 구소설이다. 이와 같은 당연한 명제를 다시 확인하는 이유는 신작 구소설이 구소설의 제약 속에서 씌어질 수밖에 없었다는 것을 말하기 위함이다. 구소설은 봉건사회 속에서 생성된 문학양식이다. 그 양식을 넘어설 때 그것은 신소설이 되고, 근대소설이 된다. 그 한계를 안고 있는 구소설이라는 양식을 선택하였다는 것 자체가 작자나 독자 모두가 봉건사회로의 회귀 지향적 성격을 갖고 있었음을 보여주는 것이다. 이 시기는 漢學이 새롭게 유행했던 때이기도 해서 봉건성에로의 회귀가 만연한 시기였던 셈인데, 물론 이러한 봉건지향은 강압적인 사회적 여건 속에서 가능한 모색이었다.

이런 관점에서 다시 영웅소설과 애정소설을 비교해서 살펴보기로 한다. 허구적 영웅소설은 일대기를 통한 주인공의 사회적 성취의 제시에 서술시각의 초점이 놓여진다. 반면에 애정소설은 두 남녀의 결합을 방해하는 현실적 질곡을 부각시키고 그것을 극복하려는 인간의 의지를 그림으로써 서사세계의 갈등을 부각시키는데 서술시각의 초점이 놓여지는 소설이라 할 수 있다.29) 따라서 애정소설에서 남녀의 결합을 반대하는 현실적 장애가 사회적인 문제와 결부되어 있다면 아울러 사회갈등을 문제 삼게 되겠지만, 그것이 한 개인의 윤리의식의 차원으로 국한될 때는 사회적 갈등으로 파급되기 어렵다.

반면에 영웅소설은 주인공의 사회적 성취를 그리기 때문에 대 사회적인 인식과 필연적으로 결부되어 있다. 물론 대부분 사회적인 인식은 관념적이고 봉건적인 차원에서 이루어지고 있다. 따라서 암울한 현실을 탈피하기 위한 수단으로 봉건지향성 속에서 영웅소설을 바라보는 시각은 두가지 측면을 가지게 될 것이다. 하나는 단지 현실적인 불행을 작품 속에서나마 바꾸어보기 위한 수단, 즉 위로의 차원에서 선호하게 될 것이고, 다른 하나는 현실 속의 무능력과 대비하여 사회나 국가를 다루는 작

---

29) 박일룡, 조선시대의 애정소설, 집문당, 1993. 14면.

품 자체를 외면하는 차원에 서리라는 점이다. 전자는 첫째로는 현실을 위로하는 영웅의 행적, 봉건적이면서도 민족의 자존을 추구하는 영웅소설의 선호로 이어질 것이고, 두번째는 구소설을 통하여서라도 현실을 개혁하고 국가의 자주개화를 염려하는 작품의 선호로 이어질 것이다. 후자는 영웅소설을 포기하고 애정소설을 선호하는 단계로 나아갈 것이다. 따라서 영웅소설은 애정소설보다는 이런 상황에서 폭넓게 선호하는 대상으로서의 매력을 갖지 못할 것이다.

이러한 여건 속에서 창작되는 영웅소설이 독자의 봉건지향적인 성향에 의존하게 되리라는 것은 자명하다. 「신유복전」이 중세보편주의를 포기하지 않으면서 민족주체성을 추구하려는 태도는 이러한 당대의 상황과 일치한다. 따라서 구소설의 봉건지향적인 면모는 독자의 요구이기도 했거니와, 작가로서는 구소설 양식을 선택한 자연스런 귀결이기도 했다. 이외에도 「봉래신선록」, 「정목란전」, 「남강월」, 「이린전」 등도 봉건지향적인 면모를 보이는 작품들이다.

역사소설 또한 역사와 설화를 결합하는 창작방식을 통해, 독자가 관심을 가진 역사적 인물을 단지 흥미의 차원으로 격하시켜 구소설의 틀 안에서 다루는 소극적인 태도를 보여주므로, 때로는 역사를 주관주의적으로 해석하여 친일적 논리를 드러내기도 한다.30) 따라서 흥미를 쫓는 봉건취향의 독자를 기반으로 할 것이다.

「김진옥전」은 혼사장애의 양상에서 당사자들의 주체적 의지를 중시하는 근대적 의미를 부각시켰다.31) 「정씨복선록」은 영웅소설로서 자주 개화의식과 반봉건 정치의식을 표출하고 있으므로 구소설을 통하여 현실적 타결을 선호하는 입장에서 선호할 것이다. 영웅소설의 골격을 취하면서도 구미 열강의 제국주의적 침략을 인식하고, 개화를 통해 학문·교육

---

30) 이은숙, 항일우의 신작 구소설 연구, 180~8면, 권순긍, 위의 논문, 45~66면, 조동일, 위의 책, 341~2면.
31) 김현양, 위의 논문, 358면.

과 상공의 진흥을 이루어야 하며, 자주개화라야만 국가의 부강으로 이어
질 수 있다는 시각을 보여주어 주목된다.[32]

구소설을 통해 당대의 대 사회 인식을 표출하여 당대 영웅소설의 성
향으로서는 예외적인 면모를 보이는데, 이 작품은 항일 우의소설이 담고
있는 주제와 관련하여 논할 수 있다.

우의소설은 소재로 보아 위에서는 애정소설, 가정소설로 분류했다.
「압록강」, 「산촌미녀」, 「영산홍」 등이 해당되는데, 표면에 제시한 주제나
사건과 다른 이면을 설정하는 수법을 통해 이면에서 항일의 주제를 구현
하려는 방식으로 씌어진 일련의 작품들이다.

이 유형의 작품들은 수법 면에서 고대 寓言과 假傳, 몽유록을 이어 발
전적인 성과를 보인 寓話小說을 잇고 있다. 이들 전통문학으로로부터 명명
법과 우의구조를 이어 받으면서 의인법을 제거하고 우의소설을 이룩했
다. 이들 작품에서는 민족의 수난을 우의적으로 함축하면서 고난을 극
복·해결하는 결말을 보이고 있다. 작품 내적 기대로 현실의 극복을 대
신하고 있는 셈이다. 민족 수난사의 구체적인 재현은 우의적 수법이 아
니면 불가능했을 것으로 보인다. 근대소설의 시험작이라 할 수 있는
「魂」에 이르면 고난이 명쾌하게 극복되지 않는 결말로 현실을 인정하는
사실주의적 태도를 견지한다.

이들 소설군은 구소설의 틀 속에서 창작 방식의 변모를 꾀하면서 진
전된 문제의식으로 창작 당대의 문제를 포괄하고 미래적 전망까지 제시
하고자 했다. 민족적 불우한 현실을 회피하지 않고 우의의 수법으로 작
품에 수용하려 했던 현실 대응방식은 신작 구소설이 거둔 높은 성과라
할 수 있다.

---

32) 장효현, 애국계몽기 창작 고전소설의 한 양상, 정신문화연구 41호, 1990, 144
~5면.
장효현, 애국계몽기 고전 장편소설의 역사현실 대응, 한국서사문학사의 연구,
敬山史在東博士華甲紀念論叢, 중앙문화사, 1995.

우의의 수법은 근대문학에서 배제된 방식이다. 이들은 중세문학의 수법과 근대문학의 주제의식을 지니는 이행기 문학의 특징을 보여주는 셈이다. 그러나 따지고 보면 신작 구소설의 전체적인 경향이 바로 이러한 이행기 문학의 특징을 구비하고 있다고 할 수 있다. 신문학기에 살면서 전대 구소설을 선호하는 독자나, 신문학 쪽으로 대세가 기울어가고 있던 시대에 구소설을 쓰고 있는 작자나 다 이행기의 일시적인 모습이고, 문학사의 선편을 쥐지 못하고 뒷북을 치고 있는 모습이다. 따라서 신작 구소설은 당대까지는 많은 지지기반이 있어 창작되기는 했지만, 뚜렷한 방향을 잃은 채로 우왕좌왕하는 모습을 보일 수 밖에 없었다. 이러한 신작 구소설이 이와 같이 다기한 모습은 새로운 시도일 수도 있었지만, 어쩌면 잘못된 문학사적 인식의 결과일 수 있다. 그러한 시도의 문학사적 성과를 면밀히 저울질하는 것은 앞으로의 연구의 몫이다.

5. 신작 구소설 작가의 문제

　1916년 唯一서관에서 간행된 활자본 「鄭木蘭傳」의 작자로 南宮濬[33]이 서지란에 기록되어 있으나 그는 출판사의 社主로서 작자라고 보기 어렵다. 당대의 활자본은 전대 구소설을 그대로 출간하면서도 새로운 작자이름을 명기하고 있는 경우가 흔해서 서지란을 그대로 믿기는 어렵다. 더구나 출판사의 주인인 경우는 대개 '저작자 겸 발행자'로 뒷면 서지란에 기입되어 있는 경우가 많아, 사주가 작자로 되어 있는 경우에는 더욱 믿기 어렵다. 「부용상사곡」의 지송욱도 신구서림의 사주로 작자일 가능성은 적다. 兪喆鎭도 1916년 東昌書屋에서 상·하권으로 발행된 「이린전」의

---

33) 김태준, 조선소설사(학예사, 1939, 250)에서는 남궁준이 작자라고 보고 있으나, 당대의 출판여건으로 보아 단순히 서지사항만으로 작자라고 보기는 어렵다.

표지에 작자로 명시되어 있고, 뒷면 서지란에도 명시되어 있으나 믿기 어렵다. 「신유복전」의 작자로도 鄭基誠이 기입되어 있으나 이 역시 마찬가지로 믿을 수 없다.

1909년 이후 일제의 출판법 발표로 출판물은 허가를 받아 발행하게 하고 판권란을 두어 발행일자, 발행자를 명시하게 하였으므로, 출판사들은 판권란을 기입하기는 하였으나, 거기에 실제 작자를 기입하였는지는 다른 보조자료가 밝혀지지 않는 한 믿기 어렵다. 전대 구소설을 그대로 출간하면서도 작자의 이름을 명기하고 있는 경우가 있어서, 당시의 판권란이 얼마나 허술하게 작성되었는지 알 수 있다. 따라서 출판사 사주의 경우 자기 출판사가 아닌 다른 출판사의 출판물에 저작자로 되어 있을지라도, 정말 작자인지는 추가 자료를 통하여 확인해봐야 한다.

지금까지의 연구에서 확인된 신작 구소설 작가는 박건회, 이해조, 김교제, 이종린 등이다. 이중 박건회는 일찍부터 주목되어온 작가이지만 별로 밝혀진 자료가 없다. '快齋'라는 호를 사용했으며, 조선서관을 차리고 있었고, 자신의 출판사에서 나온 출판물 외에 다른 출판사에서 나온 작품에도 저작자로 되어 있으며, 편집 혹은 역술이라 되어 있는 소설도 많이 출간했다는 정도만을 알 수 있다. 출판업을 직접 하면서 다양하게 저작에도 참여하는 등 적지 않은 활동을 한 인물임이 짐작된다. 그러나 개인적인 행적은 밝혀지지 않고 있다. 신작 중 「박천남전」, 「고려강시중전」, 「형산백옥」 등이 관련되어 있는데, 이 작품을 모두 창작했다 해도 이들이 봉건 지향적인 작품이고, 설화를 소설화했다든지, 친일적인 면모를 드러냈든지 하는 작품이 있으므로, 통속적이고 흥미위주로 작품을 창작 발행했으리라는 추정은 할 수 있다. 또한 박문서관에서 1912년에 발행한 신소설 「空山明月」의 저자로도 되어 있으므로, 신·구소설 구분 없이 다양하게 활동했던 것을 알 수 있다.

그러나 당시에는 출판사를 경영하고 있으면서 다른 출판사의 출판물에 이름을 빌려준 것은 관행으로 보인다. 이중 박건회가 가장 활발하게 활약했던 인물이고, 姜義永, 李鐘楨, 池松旭, 南宮楔, 高裕相 등의 활동도 대단했던 것 같으며, 洪淳必, 鄭基誠 같은 인물들도 간혹 보인다. 말하자면 이들이 당대의 출판계를 좌지우지했던 인물들로, 창작에도 관여하면서 구소설의 창작방향까지 선도했을 가능성이 높다.

이해조나 김교제는 널리 알려진 작가여서 새삼스레 작가적 성향을 따질 필요는 없을 것으로 보이나, 참고삼아 이들이 가지고 있었던 구소설 인식을 살펴보기로 하자. 인용문은 김교제의 「란봉기합」 후문이다.

> 무릇 일부의다쳐(一夫多妻)(곳 유쳐취쳐)는 가정의 큰 방히며 풍속의 큰방히며 위싱의 큰 방히로셔 그영향이 문명의 큰 방히가되나 그러나 권질의 좌우부인은 그사셰도 그러홀쑨더러 그쩌시졀은 곳 죠션쵸엽인고로 고려의 유풍이 오히려 남아잇셔 강쳐향쳐(京妻鄕妻)며 이부인 슴부인의 폐습을 밋쳐 기혁지못흔 연고* 가히 용**흔것이오 지어 쪄쟈는 그사실을 직필로 긔록흐는 **에 그사실을 감히 곳치지못흐노니 독쟈졔군은 그쩌 풍각을 기탄흐실지라도 *쟈를 칙지 안이흐실줄 싱각흐나이다 (** 부분은 판독이 불가능한 부분임)34)

신작 구소설은 시대배경이 前代이므로 그 당시의 사고방식과 풍습을 중시하여 시대배경에 맞는 구성과 서술을 하는 것이 핍진한 것이라는 논리이다. 구소설의 봉건지향성은 구소설로서의 핍진성을 획득하려는 의도의 결과라는 것이다. 김교제는 신소설작가로서 영향력 있는 인물로 다수의 신소설을 창작한 작가이다. 전문적인 작가로서 구소설을 창작하면서 구소설의 핍진성에 대한 나름의 인식이 있었던 셈이다.

김교제가 구소설의 관습에 충실한 작품을 쓰려 하였던 점에 비해 이해조는 구소설을 변혁하려는 의도를 갖고 있기도 하였다. 「소양정」 연재

---

34) 김교제, 란봉기합, 동양서원, 1913, 129~130면, 작자 後記 부분.

예고에서 '본긔자가 십여년 광음을 쇼셜에 종수홀시 …… 신쇼셜 톄지롤 발명ᄒ야 임의 이삼십죵의 쇼셜을 져슐혼바 …… 긔쟈가 연구ᄒ고 쏘 연구ᄒ야 ……쇼양뎡이라ᄂᆞᆫ 쇼셜을 져슐ᄒ노니……' '구쇼셜의 허탄밍랑홈은 ᄇᆞ리고 졍대혼 문법만 취ᄒ며 신쇼셜의 쳔근각삭홈은 ᄇᆞ리고 졍밀혼 의취만 취ᄒ야 쇼양졍(昭陽亭)이라ᄂᆞᆫ 쇼셜을 져슐'한다고 하였다.

이런 태도로 서술의 역전이나, 현실성과 필연성을 위한 사건 설정 등의 시도를 하고 있다. 그래서 「봉선루」에서는 구소설답지 않은 부분이 거부되는 현상까지 일어났던 것이다.

그러나 이들 작가들은 구소설로서 근대 민족의식을 선도하려는 태도는 보여주지 않는다. 이런 태도는 이종린에 이르러서 나타난다. 「영산홍」이 항일의식을 우의적으로 표출함으로써 신작 구소설의 작가의식을 긍정적으로 평가할 수 있을 것이다.

확인된 이 작가들의 공통된 특징은 신문학기에 영향력 있는 활동을 하던 인물이라는 점이다. 이종린은 천도교 교령을 지낸 인물로 대한협회회보와 대한민보, 천도교회월보의 주필을 역임하면서 논설과 연설을 통해 포교와 계몽에 힘썼다. 1919년에는 「조선독립신문」을 발행하고, 신문 발행주동자로 체포되어 3년의 옥고를 치르기도 했다.

이해조나 김교제는 신문학기의 작가로서, 박건회는 출판인으로서, 이종린은 천도교인과 언론인으로서, 각각 신문화기에 주동적인 역할을 했던 인물들이다. 확인된 이들 작가와 위에서 거론한 창작 가능성 있는 출판사 관련 인물들의 성향으로 보아, 사회적으로 영향력 있는 인사들이 구소설 창작에 관여했음을 알 수 있다. 신문학기에 그들이 가진 사고를 구소설의 창작을 통하여 대변할 수 있으리라 보았을 것이다. 그것이 흥미에 영합한 상업성의 추구였든지, 근대의식의 추구였든지, 아직도 구소설은 이들 개화한 선각자들에게도 매력있는 장르였던 셈이다.

필사본의 작가로선 「홍선격악록」의 朴應和(1889~1968)는 휘문의숙을 마치고 보성전문학교를 졸업한 인물로 당시로선 신지식인이라 할 수 있다. 작품을 활자화시킬 수도 있는 위치에 있는 인물임에도 필사본만 남아 있다. 개화인이라 할지라도 필사본 소설에 대한 선호의식이 아직 남아 있었던 것으로 보아야 할 것 같다.

다른 필사본들은 「호섬전」의 작자는 '윤병사'이고, 「봉래신선록」의 저자는 富平지방에 사는 '심생우사 沈遠明'이다. 창작 후기에 기록된 이 사항 외에 달리 알려진 사실이 없다. 대부분의 필사본 작가의 경우에서는 조선조와 유사한 여건이 계속되었으리라 본다. 활자화시킬 수 있었던 계층의 작가와는 다른 측면에서의 고찰이 필요하리라 본다.

6. 결론

지금까지의 연구에서는 길지 않은 기간 동안 비교적 많은 작품을 발굴해 냈다는 의의를 우선 인정해야 한다. 새로운 작품을 발굴하기도 하고, 기왕의 연구에서 논의된 작품의 창작시기를 밝히기도 하여 신소설과 구소설은 동시대의 문학이라는 문학사적인 체계를 새롭게 설정했다. 그래서 신문학기의 구소설이 화석화되어 있었던 것이 아니라, 활성화되어 있던 작품 군으로서 당대적 가치를 지니고 있음을 확실히 했다.

그러나 밝혀진 작품군은 일부일 뿐이므로 전모를 밝히려면, 아직도 많은 작품들을 찾아내야 한다. 또 신작으로 논의된 작품들도 다른 증빙자료를 통해 당시의 창작이 아닐 가능성이 밝혀질 것도 완전 배제할 수는 없다.

구소설은 신소설기와 근대소설의 성립기에 공존하면서 해체기를 맞아 편차가 큰 다양한 성향을 보여 주었다. 새로운 창작이 아닌 활자본 구소설까지 포함하면 말기라기에는 구소설의 위세가 너무나 커서 자칫 전성기의 모습으로 오인될 소지마저 안고 있었다. 신문학기까지 이렇게 치열했던 구소설의 존속의지가 어떻게 그렇게 짧은 기간 동안 소멸되고 근대소설로 대체되었는지는 연구과제이다.

필사본이 존재하면서 이 시기에 대량 활자화된 구소설들도 활자본에서 나타나는 변모가 갖는 구소설의 당대적 의의가 아울러 고려되어야 할 것이다.

우리는 앞서의 논의에서 신작 구소설의 성격 고찰을 통하여 장르가 해체될 때의 말기적 상황에서의 가능태들을 볼 수 있었다. 교체기의 논란이 그만큼 치열했던 셈인데, 소설사 내부에서 가장 큰 논란이 벌어진 상황이므로 장르가 해체 내지 교체될 때의 상황을 근접해서 바라볼 수 있는 기회라 할 수 있다. 구소설 해체기의 양상은 다른 갈래 내부에서 일어났던 동일한 변화와 견주어서 논의될 필요가 있다. 예컨대 사설시조의 해체기에는 어떤 대응이 이루어졌는가. 이런 문제들은 결국 갈래의 전반적인 변천의 진폭을 진단할 수 있는 계기가 되리라 본다.

또 다른 문제는 이런 가능태들이 거둔 문학사적인 역할이 다음 시기의 문학에서 어떻게 재현 내지 활용되었는가에 있다. 그것은 작품 자체와 독자와 작자의 세 측면에서의 고찰이 아울러 필요하다. 그 많은 구소설의 독자는 곧 근대소설의 독자로 흡수되었는가, 혹은 근대소설의 이름으로 구소설에서 확보했던 두터운 독자층을 부당하게 축소하지는 않았는가. 구소설 활자본이 1920년대에 이르면 현저히 출판량이 감소하기 때문이다. 작가는 근대소설의 위세 앞에서 어떤 대응을 했는가. 활자본의 작가와 필사본의 작가는 어떤 차이를 보이며, 당대의 상황에 대응하고자 했는가를 변별적으로 살필 필요가 있다. 우의소설군을 비롯하여 긍정적으로 평가될 수 있는 신작 구소설들은 추가 작품발굴을 통한 논의의 뒷받침이 요구된다.

구소설은 결국 신작을 통하여 구소설의 위세를 유지하려 하였지만, 당대의 문제를 끌어안고 미래적 전망을 제시하기에는 한계를 안고 있었다. 다음 시기에 근대소설이라는 새로운 모습으로 소설사가 전개되고 구소설이 밀려난 것은 이를 입증해준다. 신·구·근대 소설이 거의 동시에 혼재하다가 구소설이 밀려나게 되는 과정이 상당히 급작스럽게 이루어졌기 때문에, 근대소설의 성립에서도 신·구소설에 빚진 부분보다 외래문학의 영향을 보다 실질적으로 입었을 가능성도 다시 제기해봐야 한다. 신문학기의 구소설의 위세와 퇴조는 소설사의 관건을 이루는 부분이다. 이 부분의 연구를 통해 구소설사를 넘어 근대문학 성립기의 양상까지도 구체적으로 해명할 수 있을 것이다.

參考文獻

김태준, 조선소설사, 학예사, 1936.

이능우, 고소설 연구, 이우출판사, 1975.

최원식, 장한몽과 위안으로서의 문학, 민족문학의 논리, 창작과 비평사, 1982.

조동일, 한국문학통사 4 초판, 지식산업사, 1986.

이은숙, 활자본 신작 구소설에서의 애정소설 연구, 한국학대학원 석사논문, 1987.

권순긍, 1910년대 활자본 고소설연구, 성균관대 박사논문, 1990.

장효현, 애국계몽기 창작 고전소설의 한 양상-신자료의 소개를 중심으로 정신 문화연구 41호, 한국정신문화연구원, 1990.

임성래, 「호섬전」에 대하여, 한국고소설연구회 편, 한국고소설의 조명, 아세아 문화사, 1990.

김종철, 「美人圖」 연구, 인문논총, 아주대 인문과학연구소, 1991.

이은숙, 신작 구소설, 「소양정」·「소양뎡긔」·「봉선루」에 나타난 신·구소설의 관련양상, 고전문학연구 8집, 고전문학연구회, 1993.

이은숙, 신작 구소설 「이화몽」의 창작방식, 한국학대학원 논문집 8집, 1993.

김교봉, 활자본 고소설의 출현과 그 소설사적 의의, 고소설사의 제문제, 省吾소 재영교수환력기념논총, 집문당, 1993.

박일룡, 조선시대의 애정소설, 집문당, 1993.

이은숙, 항일 우의 신작 구소설연구, 한국학대학원 박사논문, 1994.

장효현, 애국계몽기 고전 장편소설의 역사현실 대응, 한국서사문학사의 연구, 敬山史在東博士華甲紀念論叢, 중앙문화사, 1995.

김현양, 1910년대 활자본 군담소설의 변모 양상-「남강월」과 「김진옥전」을 중 심으로, 연민학지 4, 연민학회, 1996.

임형택, 20세기초 소설의 신구 양식의 관련양상-「빈상설」과 「興善擊惡錄」의 경우, 한·중문학의 전통과 근대, 동양학 30회 학술회의 발표문, 1997. 12. 15.

【ㄷ】

「다람전」　36
「단가」　355
丹齋　47
端宗　28
「達川夢遊錄」　28, 29, 341
당대성　200, 294
대동서원　297
대원군　107
大政翼贊會　85
대하장편　296
대하장편소설　296, 365
대한매일신보　287
대한민보　437
대한제국　123
덕흥서림　297
독립가사　119
독립군　79
독립단　78
독립신문　287
독살　141
「東岡集」　26
동물우화　43, 50, 52, 427
동물우화소설　188, 278, 429
洞仙記　305
東洋大學堂　381
동양서원　297, 313, 434
동학혁명　133
「두껍전」　33, 34, 35, 272
두만강　79

【ㄹ】

「란봉기합」　418, 423, 424, 436
러시아　136, 138
러일전쟁　140

【ㅁ】

「馬上淚」　255, 272
「滿江紅」　12, 13, 81, 83, 86
만세보　288, 379
「만세전」　207, 220, 221, 222, 225,
　　　226, 236, 237
「만언사 답서」　352
「만언사」　350, 353, 359
만전춘별사　303
만주　141
매일신보　86, 379, 381, 406
맨무대　89
命名　161, 162, 176
命名法　14, 103
명성황후　51, 107, 109, 118, 136, 137
「모란봉」　84, 86
모란화　313
目的小說　87
목판본　294, 295, 422
목활자본　416
「夢見諸葛亮」　43, 44, 48, 204, 205
「夢決楚漢訟」　253
「夢拜金太祖」　43, 44, 204, 205
「몽유가」　355
몽유록　14, 27, 31, 43, 49, 177, 181,

신작 구소설 연구

인쇄일 초판 1쇄   2000년 08월 15일
            2쇄   2015년 08월 20일
발행일 초판 1쇄   2000년 08월 25일
            2쇄   2015년 08월 23일

지은이 이 은 숙
발행인 정 찬 용
발행처 국학자료원
등록일 1987.12.21, 제17-270호

서울시 강동구 성내동 447-11 현영빌딩 2층
Tel : 442-4623~4 Fax : 442-4625
www. kookhak.co.kr
E- mail : kookhak2001@hanmail.net
ISBN 978-89-8206-522-4
가 격 23,000원

*저자와의 협의 하에 인지는 생략합니다.